पाखी घोड़ा

'ज्ञानपीठ पुरस्कार' से सम्मानित साहित्यकार

पाखी घोड़ा

असमी मूल

लेखक

बीरेन्द्र कुमार भट्टाचार्य

अनुवादक

डॉ. महेन्द्रनाथ दुबे

वाणी प्रकाशन ग्रुप
भारतीय ज्ञानपीठ
वाणी प्रकाशन : भारतीय ज्ञानपीठ की पुस्तकों के एकमात्र प्रकाशक एवं वितरक

सजिल्द पहला संस्करण : 1990
सजिल्द दूसरा संस्करण : 2025

लोकोदय/राष्ट्रभारती ग्रन्थमाला : ग्रन्थांक 489

4695, 21-ए, दरियागंज, नयी दिल्ली-110 002
फ़ोन : 011-23273167, 23275710
ईमेल : sales@vaniprakashan.in

पाखी घोड़ा
(उपन्यास)
बीरेन्द्र कुमार भट्टाचार्य

ISBN : 978-93-6944-577-6

मूल्य : **695**

मुद्रक : *सिटी प्रेस, दिल्ली-110 095 में मुद्रित*

PAKHI GHORA (Novel) *by* **Birendra Kumar Bhattacharya**

भूमिका

कुछ समय पहले 'भारतीय कवि' और 'भारतीय कहानीकार' श्रृंखलाओं के शुभारम्भ के अवसर पर हमने कहा था कि शीघ्र ही हम अन्य विधाओं की विभिन्न भारतीय भाषाओं की उत्कृष्ट कृतियों को ऐसी ही श्रृंखलाओं में प्रकाशित करने का प्रयत्न करेंगे। यह हमारे लिए गौरव की बात है कि 'भारतीय उपन्यासकार' श्रृंखला की पहली कृति के रूप में हम देश के लब्ध प्रतिष्ठित साहित्यकार और ज्ञानपीठ पुरस्कार विजेता बीरेन्द्र कुमार भट्टाचार्य का उपन्यास 'पाखी घोड़ा' प्रकाशित कर रहे हैं। शीघ्र ही हम अन्य उपन्यासकारों के उपन्यास प्रकाशित करने की आशा करते हैं।

इस उपन्यास के प्रकाशन के लिए मैं डॉ० महेन्द्र नाथ दुबे का विशेष रूप से आभारी हूं। उन्होंने अनुवाद का कठिन भार तो उठाया ही प्रकाशन को विशेष महत्वपूर्ण बनाने में भी योगदान किया है। नेमिचन्द्र जैन, चक्रेश जैन व सुधा पाण्डेय ने पहले की भांति पुस्तक को समय से प्रकाशित करने में विशेष परिश्रम किया है जिसके लिए मैं उनका आभारी हूं। सुरुचिपूर्ण साज-सज्जा के लिए कलाकार पुष्पकणा मुखर्जी और सुन्दर छपाई के लिए अंबुज जैन का फिर एक बार कृतज्ञ हूं।

20 अप्रैल, 1990
नयी दिल्ली

बिशन टंडन
निदेशक

आमुख

एक लेखक के तौर पर मेरी रचनात्मक चेतना तथा आलोचनात्मक चेतना के बीच निरंतर संघर्ष चलता रहता है। किसी रचना पर जब मैं काम कर रहा होता हूं तो मेरी यही अति आलोचनात्मक चेतना अकसर विवरणों के स्वतः स्फूर्त प्रवाह में अवरोध पैदा करने लगती है। इसके अतिरिक्त उपरिलिखित अंतसुंघर्ष द्वारा उत्पन्न असंगति अथवा विस्वरता के कारण रचनात्मक संतोष का बोध नहीं हो पाता। पर यह उपन्यास 'पाखी घोड़ा' पढ़ते हुए मुझे एक विलक्षण आनंद का अनुभव होता है। लगता है जैसे मैं गुवाहाटी नगर में कॉलेज का ताजा-ताजा स्नातक हूं। विदेशी सत्ता तथा शिक्षा प्रणाली से मेरा मोहभंग हो चुका है। विश्व युद्ध को हमारी इच्छा के विरूद्ध हम पर लाद दिया गया है। चालीस के दशक के (अविभाजित) असम के मेरे अनुभव बहुत ही निराशाजनक हैं। एक पारंपरिक ब्राह्मण परिवार का वंशज होने के नाते जो मूल्य मुझे विरासत के रूप में मिले थे, मैं उन्हें स्वीकार नहीं कर पा रहा था। परिवर्तन तो तब सुनिश्चित ही था—पर केवल मेरे व्यक्तिगत जीवन में ही नहीं वरन् भारत में तथा विश्व में भी, नयी मूल्य प्रणाली के विकास की एक मात्र आशा राष्ट्रीय आंदोलन में निहित प्रतीत हो रही थी। उस समय जो दार्शनिक सवाल, राजनीतिक शंकाएं पैदा हो रही थीं, साहित्य तथा कला की अन्य विधाओं में नये लोग उभरकर आ रहे थे, उससे यह स्पष्ट था कि एक सांस्कृतिक जागरण का दौर आ गया है। मेरे लिए तो असम तक आ गया विश्वयुद्ध तथा बिखरती पुरानी मूल्य प्रणालियां बुरे और अच्छे का मिश्रण थे। मैं देख रहाथा कि किस तरह ठेकेदार पैसा कमा रहे हैं, कैसे औरत के शरीर को जिन्स बना दिया गया है और कैसे संवेदनशील युवा विद्रोही होता जा रहा है। जब तक स्वतंत्रता मिल नहीं गयी, तब तक विभिन्न विचार धाराएं आदमी के मन को इस तरह बहाये लिये जा रही थीं जैसे नदियों के संगम पर नाव डगमगाती हुई चलती है।

अब मैं उन घटनाओं के आईने में अपने जटिल सामाजिक लेकिन व्यक्तिगत अनुभवों के बारे में बताऊंगा जो मेरे युवा मन के लिए असामान्य तथा कभी-कभी तो दहला देने वाले थे। यह सब ऐसी भाषा में है कि ऊपरी तौर पर इसमें जितना कहा गया है उससे कहीं अधिक इसमें निहित है। यहां पर लेखक का दावा है कि वह एक सर्वज्ञ कथावाचक है। पर प्रत्येक पात्र के पीछे ऐसे लोगों की छवियां हैं जिन्हें मैं या तो वास्तव में

मिल चुका हूं या उन्हें मैंने दूर से देखा है। मैं लगभग यह बता सकता हूं कि रणजीत या रबिचंद्र ठाकुर या सुंदर राभा में किन व्यक्तियों की छवि है पर यह कहना लगभग असंभव है कि ये यथार्थ की अनुकृति हैं। यथार्थ एक भ्रामक शब्द है। इस उपन्यास में यथार्थ की निर्मिति है, अनुकृति नहीं। नवीन के चरित्र के भीतर वे सभी मानसिक संघर्ष चल रहे हैं जिनसे हम अपनी युवावस्था में गुजर चुके हैं। आज के युवक को वह युग भले ही अरूचिकर लगता हो, बल्कि कई बार तो लगता है कि वह युग अनिषेध का, यौनमुक्ति का युग था, फिर भी मैं सोचता हूं कि नवीन के एहसास और उसकी दुविधाएं उस युवक के लिए बिल्कुल यथार्थ हैं जो कुछ मूल्यों से जुड़ा हुआ हो। वास्तव में इस सदी के प्रारंभिक काल के कई विद्रोही युवाओं की यौन अथवा नैतिक दुविधाएं गांधी के विचारों से प्रभावित रही हैं।

मृत्युंजय में आपको हिंसा तथा अहिंसा के बीच जो संघर्ष दिखाई देता है, वह इस उपन्यास में भी आया है। केवल उसका संदर्भ बदल गया है, यहां इसका संदर्भ हैं ब्रितानी सरकार से भारत के लोगों को सत्ता का हस्तांतरण, भारतीय नौसैनिकों का विद्रोह, पाकिस्तान के प्रस्ताविक ढांचे में असम को भी जोड़ने की मुस्लिम लीग की साजिश, संयोग से असम के तत्कालीन प्रधानमंत्री गोपीनाथ बारदोलोई जैसे आदरणीय व्यक्ति इसमें एक पात्र के रूप में आते हैं, बारदोलोई का चरित्र एक ऐसा केंद्रीय बिंदु बन जाता है जिसमें जन-आंदोलन के दौरान सभी राजनीतिक शक्तियां आकर सिमट जाती हैं। वे कैबिनेट मिशन योजना के विरूद्ध एकजुट होती हैं, क्षेत्रीय मानसिकता को राष्ट्रीय मानसिकता से जोड़ने का काम करती हैं और इस प्रकार एक बड़े ढांचे को सुगठित करने में योग देती हैं, उपन्यास की सीमाओं के भीतर रहते हुए इसमें मैंने चंपा, ओहाली, माकन, फ़िरोजा, फ़िरोजा का बाप, पंचानन, सदानंद, जयंति, आस्ट्रेलियाई नर्स, अमरीकी प्रोफेसर स्मिथ तथा जापानी सिपाहियों जैसे चरित्र रखे हैं ताकि अतीत के उस तनाव भरे युग को पुर्नजीवित किया जा सके। चालीस के दशक में असम में मध्यवर्ग को सामाजिक परिवर्तन के संक्रांति काल के उस सर्वाधिक महत्वपूर्ण दौर में चित्रित किया गया है जब वह नैतिक, आर्थिक तथा सांस्कृतिक संकटों के बीच में घिरा हुआ था। यद्यपि पंचानन नैतिक यौन बंधनों को तोड़ने की हिम्मत कर लेता है पर ऐसा करते हुए वह अनजाने ही अपने परिवार को तोड़ने का एक कारण बन जाता है। विवाह के बारे में दादा का प्रायोगिक रवैया दिलचस्प तो है पर अंततः सफल नहीं हो पाता। जयंति तथा उसके पिता नारायण ओझा यहां पारंपरिक मूल्यों का प्रतिनिधित्व करते हैं प्रोफेसर रबिचरण दास जब देवदासी नृत्य को फिर से प्रारंभ करने का प्रयास करते हैं, जब वे असम में विश्वविद्यालय खोले जाने के आंदोलन से जुड़ते हैं और जब वे फिल्म निर्माण व्यवसाय तथा पत्रकारिता के क्षेत्र में स्थानीय लोगों को बढावा देते हैं। तब उनकी छवि उस व्यक्ति की बनती है जो असम के

सांस्कृतिक पुनरूत्थान के सपने देखते हैं। बिमल विद्रोही है और असम के समाज के सांस्कृतिक पुनरूत्थान की उसकी दृष्टि रबिचंद्र की दृष्टि से भिन्न है। यद्यपि यह स्पष्ट नहीं किया गया है पर सुंदर राभा के प्रयास उसकी इस सोच के निर्माण में आंशिक रूप से सहायक हुए हैं। माहिम युद्ध के दिनों के ठेकेदार का प्रतीक है। उसकी पत्नी सुदर्शना एक कुंठित तथा दुखी पत्नी की छवि को दर्शाती है जो मानसिक खुशी की खोज में है। नवीन के प्रति उसके प्रेम तथा उसकी मानवतावादी दृष्टि के मूल्योंकी रक्षा करने के लिए उसके मन में चल रहे संघर्ष की पीड़ा से भी हमारा परिचय होता है। रंजीत एक ऐसा चरित्र है जो कारुणिक तो है पर माकन के मंगेतर के रूप में अपनी नैतिक स्थिति के प्रति पूरी तरह से सचेत है और उससे विवाह न करने का उचित निर्णय लेता है। यहां पर मैं पूरी कथा वस्तु की चर्चा नहीं करना चाहता और न असमी समाज के उस विस्तृत परिदृश्य को उसके विकास के दौरान संकट के क्षणों को ही चित्रित करना चाहता हूं जो इस उपन्यास की आधार वस्तु है। पर सुमति के बारे में दो शब्द कहना मैं जरूरी समझता हूं। यह एक ईसाई महिला है जो स्वेच्छा से ब्रह्मचर्य का मार्ग चुनती है। वह नवीन को प्रेरित करती है कि वह गांधीजी द्वारा दिखाये गये रचनात्मक कार्यों को करते हुए समाज के पुनर्निर्माण के कार्य में लगा रहे। बिमल की मृत्यु के बाद वह हिंसा के मार्ग को त्याग देती है और सामाजिक कार्यकर्ताओं में एक नयी चेतना का मार्ग प्रशस्त करती है। इस चरित्र को निरूपित करते हुए मेरे मन में समर्पित असमी महिला की छवि रही जो आज भी रचनात्मक कार्यों की भावना तथा उनके लिए जीवन समर्पित करने की प्रतीक बनी हुई है। जो भी असम को जानता है, उसे जानता होगा। पर मैं उसका नाम नहीं लूंगा क्योंकि सुमति को पूरी तरह से उसकी अनुकृति नहीं कहा जा सकता। कम से कम ऊपरी तौर पर तो उस महिला तथा मेरे इस चरित्र में कोई साम्य नहीं है। और फिर वह तो कई कार्यशील महिलाओं की एक प्रारूप है जिनमें जयप्रकाश नारायण की पत्नी स्वर्गीया प्रभावती देवी भी शामिल हैं।

केवल मनोरंजन के लिए कहानी मैं कभी नहीं लिख पाया। कोई न कोई उद्देश्य मेरी रचनाओं में आ ही जाता है। दिक् और काल भूत की तरह मेरे पीछे लगे रहते हैं। मैं अब भी एक ऐसी विवरण शैली की तलाश में हूं जो मेरे लिए अधिक अनुकूल हो, मैं आशा करता हूँ कि अपना अगला उपन्यास लिखते हुए मैं उसे पाने में सफल हो जाऊंगा। इस समय मैं नये तरह के अनुभवों से गुजर रहा हूं। भारत को मैं जितना इस उपन्यास को लिखते हुए जानता था, अब उससे अधिक जानने लगा हूं। इस सब को मैं असमी भाषा में चित्रित करने की कोशिश करूंगा, संभवतः तब जब मैं साहित्य अकादमी के अध्यक्ष के रूप में अपनी वर्तमान जिम्मेदारियों से मुक्त हो जाऊंगा।

पाठकों की सामान्यतः मेरे प्रति कृपा रही है। उनकी यह उदारता मुझे प्रोत्साहित करती है। मैं भारतीय ज्ञानपीठ का आभारी हूं जिन्होंने अपनी नयी उपन्यास श्रृंखला के

अंतर्गत प्रकाशित करने के लिए मेरे उपन्यास 'पाखी घोड़ा' को चुना। कम से कम आध्यात्मिक रूप से मैं अपने आप को ज्ञानपीठ परिवार का एक सदस्य मानता हूं। इस उपन्यास श्रृंखला को प्रकाशित करने के लिए जिस उत्साह तथा तत्परता से भारतीय ज्ञानपीठ के निदेशक श्री बिशन टंडन ने काम किया उसके लिए मैं उन्हें धन्यवाद देना जरूरी समझता हूं। कई भाषाओं में जो भारतीय साहित्य लिखा जा रहा है उसकी वास्तविक एकात्मकता को प्राप्त करने के लिए जिन मूल्यों की आवश्यकता है, श्री टंडन उन पर विश्वास करते हैं। मैं यह प्रार्थना और आशा करता हूं कि विभिन्न भारतीय भाषाओं में लिखी गयी श्रेष्ठ पुस्तकें शीघ्र ही हिंदी में और फिर धीरे-धीरे अन्य भाषाओं में उपलब्ध होंगी। मुझे विश्वास है कि हिन्दी साहित्य सर्वस्वीकृत मूल्यों पर आधारित राष्ट्रीय जागरण का एक उचित साधन बनेगा।

उपन्यास का मूल शीर्षक असम की एक लोककथा से लिया गया है जिसमें फूलों का राजकुमार पंखों वाले घोड़े पर बैठकर अपनी प्रेमिका को पाने के लिए एक जोखिम भरे लक्ष्य पर निकलता है। "पंखों वाला घोड़ा" आदर्शवाद तथा आत्मा की उड़ान को निरूपित करता है। यह उपन्यास बाहरी घटनाओं के बजाय अपने चरित्रों की अंतश्चेतना का ही चित्रण करता है।

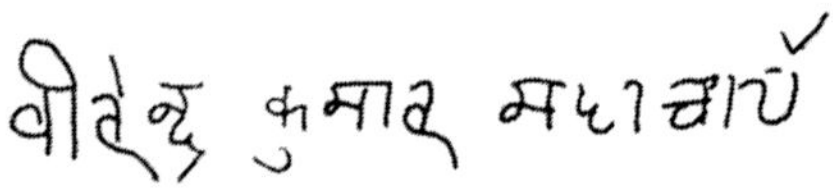

बीरेंद्र कुमार भट्टाचार्य
9.4.90

पाखी घोड़ा

प्रथम खण्ड

रेलगाड़ी का पहिया धीरे-धीरे घूमने लगा। ठीक वैसे ही जैसे सुमति बड़ी बहन जी के चर्खे का गोला महात्मा गांधी की जन्म-जयन्ती पर सूत कातने की प्रदर्शनी में घूमता है।

उस समय सूर्य भगवान अस्ताचल को जा रहे थे। अमीन गाँव स्टेशन (पूर्वोत्तर सीमा रेलवे का ब्रह्मपुत्र के दाहिने किनारे स्थित) का प्लेटफार्म आवाजों की गड़गड़ाहट से भर गया। और इस आवाज की चोट से सुमति बड़ी बहन जी का कलेजा जैसे फाँक-फाँक चिरने लगा। रेलगाड़ी की चाल क्रमशः बढ़ने लगी। कुछ क्षण बीतते-बीतते वह दूर आकाश पर छाये रंग-बिरंगे बादलों और हरे-भरे जंगलों की आड़ में क्रमशः छिपती हुई फिर ऐसी गुम हो गई कि फिर दिखाई ही न पड़ी। कोयले का धुआँ (जो वाष्प चालित इंजन से उठ रहा था) हवा के झोंकों पर चारों ओर उड़ने लगा।

संघ के संचालक विमल भाई को राजयक्ष्मा (तपेदिक) रोग के जकड़ लेने के समय से आज तक काफी लम्बा अर्सा गुजर चुका है। यह जो रेलगाड़ी अभी-अभी क्षितिज के पार ओझल हो गई है, वह अपने साथ उन्हें भी बैठा ले गई है। वे मदनापल्ली (दक्षिण भारत) तक जाएँगे। (जिस समय की यह बात है) तब तक वही एक मात्र ऐसा स्थान था जहाँ इस भयानक रोग की सफल चिकित्सा हो सकती थी। परन्तु सुमति बड़ी बहन जी यह बात भी बहुत अच्छी तरह जानती हैं कि वहाँ से भी स्वस्थ-दुरुस्त होकर बहुत कम ही आदमी लौट पाते हैं।

सुमति बड़ी बहन जी खद्दरधारी सभ्यता की सच्ची प्रतिनिधि हैं। उनकी लंबी, सुगठित, सुडौल और साँवले रंग की देह-यष्टि पर खद्दर का ही परिधान है, साड़ी और ब्लाउज का परिधान। बगल में कंधे से लटक रहा खादी का ही झोला है।

गाड़ी चली जाने पर भी वे बहुत समय तक रूमाल हिलाती रहीं थीं।

सुमति बड़ी बहन जी में सचमुच ही एक प्राण है। वह प्राण ब्रह्मपुत्र नदी की तरह साफ-सुथरा पवित्र और बराबर प्रवाहित होता रहने वाला है। कहीं बहुत-बहुत ऊँचाई पर चिरन्तन काल से सफेद बर्फ की राशि-राशि से ढँकी—हिमालय की पर्वतमालाओं के बीच एक मानसरोवर है वहीं उनके प्राणों के ब्रह्मपुत्र का उद्गम

स्थान है।

उनका वही प्राण राजहंस पक्षी बनकर बराबर वहीं उड़ता चला जाता है।

विमल भाई साहब और सुमति जी का प्रथम परिचय कुछ वर्षों पहले हुआ था, दीमापुर (असम) स्थित उद्‌वास्तु (अपनी जगह छोड़कर भागने को मजबूर) शरणार्थी शिविर में। नवीन उन लोगों के उस प्रथम परिचय की सारी कहानी अच्छी तरह जानता है।

एक और आदमी भी जानता था, और वह आदमी था शेट्टियार। उसका मुरझाया चेहरा अभी भी नवीन को पूरी तरह याद है।

आज जिस तरह विमल भाई साहब विदा हुए, ठीक उसी तरह एक दिन साँझ की बेला में शेट्टियार जी भी दीमापुर रेलवे स्टेशन से रेलगाड़ी में विदा हो गये थे। जाते-जाते भी उन्होंने विमल भाई साहब के हाथ में एक हज़ार रुपये सौंपते हुए कहा था– "आप लोग आपस का संबंध तोड़कर कभी अलग मत होइएगा। अपने इस संघ को जिन्दा किए रखिएगा।" विपश्चित ऋषि की इस बात को कभी मत भुलाइएगा कि– "दीन-हीन-दुखी-पीड़ित जीव के दुःख को दूर करने के लिए अगर मुझे नरक में जाना पड़े तो वहाँ भी चला जाऊँगा।" वस्तुतः इस प्रकार का सेवा-भाव ही मनुष्य की वास्तविक सम्पत्ति है। और बाकी जो सारी चीजें हैं वे सब तो फुटुका (असम प्रदेश में होने वाला एक जंगली पौधा, जिस पर क्षण भर के लिए दूध के फेन जैसे बुलबुले उठते हैं और फिर तुरन्त ही खत्म हो जाते हैं) पौधे पर उभर आए क्षणस्थायी फेन की तरह हैं। आपने तो देखा ही कि आखिर मेरा क्या हुआ।"

शरणार्थी शिविर के सेवा आश्रम के लिए तो सुमति बहन जी जैसे फ्लोरेंस नाइटिंगेल थीं। वहां के सभी लोग उन्हें देवी की भाँति समझते थे। और विमल भाई साहब तो सेवा आश्रम के प्राण ही थे। एक-दूसरे की निस्वार्थ सेवा-भावना को देख-देखकर परस्पर विस्मय-विमुग्ध होकर वे दोनों ही एक-दूसरे के अत्यन्त अन्तरंग मित्र बन गये। परन्तु यह आन्तरिक बन्धुत्व बस उसी सीमा तक चिरस्थायी बना रह गया। उनमें से किसी एक ने भी वैवाहिक बन्धन में बँध जाने की इच्छा नहीं की। उस जमाने में प्रायः ही जो समाज सेवक या सेविकाएँ थे, उन सबकी यह धारणा-सी बन गई थी कि शादी-ब्याह रचाकर गृहस्थी बसा लेने पर कोई अच्छा सेवक नहीं बन सकता।

शेट्टियार जी अभी भी मद्रास में निवास कर रहे हैं। उन्होंने ही विमल भाई साहब को मदनापल्ली में अपने पास बुला लिया है। उन्होंने तो सुमति बहन जी को भी बुलाया था परन्तु सुमति जी पर ही तो अब विमल भाई साहब के तमाम अधूरे

पड़े कामों को पूरा करने का भार आ पड़ा है। विशेष रूप से विश्वविद्यालय के लिए धन-संग्रह करने का भार। अभी तक उन लोगों के संघ ने ही सबसे अधिक चन्दा इकट्ठा किया है।

प्रत्येक वर्ष शेट्टियार जी एक दिन अपनी पत्नी और परिवार से सभी दिवंगत हो चुके सदस्यों की यादगार मनाते हैं। उस दिन वे निश्चित रूप से विमल भाई साहब के पास पत्र भेजते हैं।

उस पत्र में वे प्रायः ही उस महाविपत्ति के दिनों की बातों का उल्लेख करते हैं। उन पत्रों को पढ़ते-पढ़ते ही नवीन के मन में वे सारी-की-सारी घटनाएँ बिल्कुल स्पष्ट रूप से प्रतिभासित हो उठती हैं।

वह विश्वयुद्ध (द्वितीय) का समय था। अपने सैनिक विजय अभियान में जापान की सेना ब्रह्मा देश तक घुस आई थी। (उनके अत्याचार से पीड़ित) ब्रह्मा देश में रहने वाले भारतीय नागरिक पहले अहोम लोग जिस पातकाई के रास्ते से आये थे उसी रास्ते से और मणिपुर प्रदेश के तामोर के रास्ते से होकर (पैदल-पैदल) अपने देश की ओर भागे चले आ रहे थे। भारतवर्ष में प्रवेश करने के लिए पहले उन्हें बहुत लम्बें, अत्यन्त दुर्गम, पहाड़ी और जंगली इलाकों, जो नाना प्रकार की विपत्तियों से भरे थे, से होकर पैदल-पैदल ही आना पड़ता था। रास्ता इतना बीहड़, और खतरनाक था कि उस रास्ते से आते-आते बहुत से लोगों ने तो अपना सब कुछ गँवा दिया था।

कई-कई परिवार तो इसी रास्ते के चक्र में दब-पिसकर नेस्त-नाबूद हो गये थे। अनेक लोगों की सारी सम्पत्ति जो कुछ भी उनके पास बची-खुची थी, सभी कुछ रास्ते में डकैतों ने लूट ली। इसके अलावा शरीर से भी जो लोग बहुत ही हृष्ट-पुष्ट और स्वस्थ थे। उनमें से भी कई भारत पहुँचते-पहुँचते सूखकर काँटा हो गये थे बस हड्डियों और चमड़ियों की ढेरी जान पड़ रहे थे।

शेट्टियार जी जब रंगून शहर से भारत के लिए चले थे तो उनके साथ उनकी धर्मपत्नी, जो लगभग पूरे गर्भ से थीं, उनकी विवाह योग्य नवयुवती कन्या और कामकाज में कुशल स्वस्थ-समर्थ उनका बेटा, परिवार के ये सभी सदस्य साथ थे। सैनिकों की एक टुकड़ी के पहरे में वे लोग अत्यन्त घने जंगलों और अति कठिन चढ़ाई वाली पहाड़ियों के रास्ते से होकर, कई-कई दिनों तक लगातार भूखे-प्यासे, बिना कुछ भी खाये-पिये घिसटते चले आ रहे थे, कि तभी अचानक एक दिन बेटे के पेट में ऐसा असहनीय दर्द उठा कि उसी से छटपटाते-छटपटाते उसके प्राण-पखेरू उड़ गये। और फिर एक दिन के बाद ही लड़की की भी मौत हो गई। उसकी मौत भयानक जंगली काला नाग के काट खाने से हुई। और ठीक उसी दिन

उनकी धर्मपत्नी को भी प्रसव वेदना की भयानक पीर उठनी शुरू हो गई। लगातार तीन घण्टे तक उस दारुण वेदना को झेलते-झेलते उन्होंने एक बच्चे को जन्म दिया, परन्तु उस यन्त्रणा में वे खुद स्वर्ग सिधार गईं।

उस नन्हें शिशु को अब जिलाए रखने की भारी समस्या आ खड़ी हुई। उस बीहड़ जंगल में बच्चे के खाने लायक पदार्थ का तो कहीं नामोनिशान नहीं, ऊपर से उस गहन वन में उसे दूध पिलाने लायक कोई महिला भी नहीं मिल सकी।

शरणार्थियों के उस दल को जो सैनिक अधिकारी अपनी देखरेख में लिये आ रहे थे, उनके मुखिया ने ऐसी दशा में उस नन्हें बच्चे को और कष्ट न देकर मार्फिया इन्जेक्शन की अधिक मात्रा चढ़वाकर शान्ति से मरवा देना ही उचित समझा। वैसे तब तक तो बिना खाए-पिए जीता हुआ वह बच्चा यूँ ही मरने-मरने को हो चुका था।

उस दल के साथ जो डॉक्टर साहब थे, उन्होंने शेट्टियार के देखते-देखते ही उस नन्हें बच्चे को मार्फिया की सूई घोंप दी। जैसे नयी-नयी ब्याई (लवाई) गाय अपने नवजात बछड़े की रक्षा में बिना कुछ कहे-सुने ही, जिससे बच्चे की सुरक्षा का खतरा समझती है, उसे मारने के लिए सींग से कोंचने दौड़ी चली जाती है, उसी तरह अचानक ही शेट्टियार डॉक्टर को मारने दौड़ पड़े थे। परन्तु अब मारने-पीटने से भी क्या होना था। थोड़ी देर बाद ही बच्चे की भी मौत हो गई। उसके मुँह पर एक प्रशान्ति छा गई। उस नन्हें बच्चे के मुर्दा शरीर को छाती से चिपकाए शेट्टियार बहुत देर तक जोर-जोर से बिलख-बिलखकर रोते रहे। परन्तु उस महाविपत्ति के समय तो रोने-कलपने को भी समय नहीं था। उसका शव तुरन्त ही गड्ढा खोदकर गाड़ दिया गया। उसकी समाधि पर एक मुट्ठी मिट्टी डाल देने के अलावा शेट्टियार उस नन्हें शिशु को और कुछ भी नहीं दे सके थे। वैसे उस समय अभी उनके पास रुपये-पैसों से भरी गठरी सुरक्षित थी, परन्तु धन की वह गठरी क्या कर सकती थी?

शेट्टियार के मन में दृढ़ अनुभूति हुई कि इस संसार की कोई भी चीज स्थायी नहीं है, स्थायी है तो केवल परमात्मा।

और यह बात वे विमल भाई साहब को प्रायः ही लिखते रहते हैं। उस ब्रह्मवादी शेट्टियार महोदय के दीमापुर शिविर में फूट-फूटकर रोने का दृश्य नवीन को अच्छी तरह याद है। अपने परिवार के उन आकस्मिक रूप से मरे हुए सदस्यों को उन्होंने सपने में देखा था और उन्हें देखते ही उस दुःखद दृश्य को सहन न कर पाने की व्याकुलता से ही वे चिल्ला-चिल्लाकर रो पड़े थे। आज की तरह ही एक रेलगाडी शेट्टियार जी को उस दिन पश्चिम की ओर ले गई थी।

परन्तु उसी शेट्टियार महोदय ने जब सुमति बड़ी बहन जी को देखा था, तो वे रोना-धोना एकदम भूल गए।

अपनी एक चिट्ठी में शेट्टियार जी ने लिखा था—यह जीवन भी एक रेलगाड़ी है और मृत्यु यात्रा शेष का आखिरी स्टेशन है। इसी तरह यात्री आते हैं और जाते रहते हैं।

नवीन को प्रायः ही ऐसा लगता है कि सुमति बड़ी बहन जी के प्राण मृत्यु का स्पर्श भी नहीं करते। मृत्यु कब कौन-सा वेश धरकर आएगी? कोई नहीं बतला सकता। कभी वह एक मुख धारण करके आती है, तो कभी हजारों मुँह लगाकर आती है। उस समय मृत्यु हजारों मुखों वाले विकट राक्षस के रूप में ही आई थी।

परन्तु यह कहना सच ही होगा कि सुमति बहन जी को मृत्यु का लेशमात्र भी डर-भय नहीं है। उनके मुख पर तो मृत्यु को जीत लेने वाली एक हँसी बराबर बनी रहती है। यद्यपि वह हँसी एकदम मौन और शान्त है परन्तु है अपराजेय, कभी भी दमित नहीं हो सकने वाली, चिरन्तन हँसी।

इस संसार में मर्दों के भय के अलावा भी नारी जाति के लिए और न जाने कितने प्रकार के भय हैं। परन्तु नवीन को लगता है कि सुमति बहन जी को तो किसी भी चीज से कोई भय-डर है ही नहीं। उन्हें देखने से तो कभी-कभी ऐसा लगता है कि जीवन एक हँसी-मजाक से भरा क्रीड़ा-कौतुक है।

सन् १९४२ ई० के उस विद्रोह की वेला में नवीन सुमति जी के साथ-साथ उनकी छाया की तरह असम प्रदेश की भिन्न-भिन्न जगहों में घूमता-फिरता रहा था।

आन्दोलन के समय की एक घटना जब भी उसे याद आती है तो अकेले-अकेले में भी नवीन का हँसते-हँसते दम फूलने लगता है।

उस समय उस आन्दोलन के केन्द्र में सुमति जी एक प्रमुख दूत की तरह थीं और नवीन था एक अत्यन्त विश्वसनीय सेवक। रेलगाड़ी में सफर कर-करके वे लोग नाना स्थानों पर चिट्ठी-पत्र प्रचार सामग्री और नेताओं के आदेश-निर्देश पहुँचाते रहे थे। कभी आन्दोलन के स्वयं सेवकों को देने के लिए, वे रुपये, पैसे, दवा-दारू वगैरह भी ले जाकर पहुँचाते थे, तो कभी हथगोले और राष्ट्रध्वज (तिरंगा झंडा) भी ले जाते थे।

एक बार विमल भाई साहब ने निर्देश दिया, असम प्रदेश के पूर्वोत्तर सीमान्त की ओर जाने का , जहाँ से असम उपत्यका की नदियाँ बहकर आती हैं। अतः नाना प्रकार की प्रचार-सामग्री और कुछ धनराशि लेकर उन्हें डिब्रूगढ़ जाना आवश्यक हो गया था। उस समय वे लोग भूमिगत होकर गोहाटी शहर में छिपे हुए

थे। सुमति बहन जी फिरोजा के पास थीं। नवीन दुदू के एक करीबी रिश्तेदार के घर पर छिपा था। परन्तु उनके गोहाटी आने की सूचना पुलिस को पहले ही कहीं से मिल गई थी। इसी वजह से रेलवे स्टेशन पर, (ब्रह्मपुत्र के किनारे) जहाज के फेरी घाट पर, ग्रैंड ट्रंक रोड स्टेशन पर सभी जगह पुलिस के सिपाही चौकसी करते हुए पहरे पर डँटे थे। दुदू चूँकि पुलिस इंस्पेक्टर का बेटा था, अतः किन्हीं सूत्रों से इन सारी संभावित विपत्तियों की सूचना उसे मिल गई और तब जाने के दिन बड़े भोर में ही उसने उन दोनों को ही इसकी सूचना दे दी। परन्तु ऐसी दहला देने वाली खबर पाकर भी सुमति जी रंच मात्र भी विचलित नहीं हुईं। उन्होंने दुदू को एक पत्र लिखा–"अरे इसमें इतना अधिक परेशान होने की कोई वजह नहीं है, दुदू। तुम बस इतना करना कि नवीन को असमीया लोगों के शादी-ब्याह में दूल्हे जो जामा-जोड़ा पहनते हैं, वही पहनाकर ठीक पक्के दूल्हे के वेश में सजा-सँवारकर एक मोटरकार में बैठाकर ठीक समय पर मेरे यहाँ लिवा लाना।"

उस दिन रात में रेलगाड़ी से उनके रवाना होने का कार्यक्रम निर्धारित था।

नवीन, दुदू और माकन सभी के सभी पत्र पढ़कर आश्चर्यचकित से रह गए। परन्तु बड़ी बहन जी ने जो सुझाव दिया था उसे न मानने की हिम्मत किसी को नहीं हुई।

एक मोटरकार का जुगाड़ करके साँझ की बेला में दुदू नवीन के पास जा पहुँचा। इस बीच दुदू की छोटी बहन माकन ने असमीया दूल्हे की सारी साज-पोशाक अच्छी तरह पहनाकर नवीन को तैयार कर लिया था। दुदू ने खुद भी वेश-परिवर्तन कर लिया था, उसने अंग्रेज अफसरों की तरह कोट-पैंट पहनकर, हैट लगाकर ऐसा वेश बना लिया था कि पहचान में ही नहीं आ रहा था। परन्तु उसने जब नवीन को सजा-सँवरा देखा तो उसे अपने उस छद्मवेश पर बहुत पछतावा हुआ। सर पर बहुत अच्छी कढ़ाई का काम की हुई असमीया पगड़ी, शरीर पर लंबा-चौड़ा रेशमी जामा-जोड़ा, नीचे कमर में लिपटी विशुद्ध रेशमी धोती, नाना प्रकार की फूल-पत्तियों की बारीक कढ़ाई का काम किया हुआ दुपट्टा ओढ़कर नवीन पूरी तरह एक राजकुमार-सा सुशोभित हो रहा था। इस सुन्दर पुराने जामा-जोड़े को अपने घर की एक बहुत ही पुरानी सन्दूक से खोज़-ढूँढकर माकन निकाल लायी थी। दुदू को देखते ही माकन तालियाँ बजा-बजाकर हँसने लगी।

थोड़ी देर बाद ही उस सजे-धजे दूल्हे को बाहर ले आकर माकन ने मोटर कार की पिछली सीट पर बैठा दिया। स्वयं भी वह बड़े सहज ढंग से उसकी बगल में बैठ गई। फिर एक पाइप जलाकर मुँह में लगाए हुए दुदू भी अन्दर आ गया और चालक (ड्राइवर) की सीट पर जा बैठा।

कुछ समय बाद ही लगभग एक मील चल लेने पर मोटर कार फिरोजा के घर के सामने फाटक पर आ पहुँची। दुदू ने भोंपू बजाकर आने की सूचना दी। एक नौजवान लड़का घर में से एक भारी बक्सा ले आया और कार के पीछे जमीन पर रख दिया। दुदू ने बाहर आकर कार के पीछे सामान रखने की डिक्की खोल दी, उस लड़के ने बक्से को फिर उठाकर उसमें रख दिया। दुदू ने डिक्की का दरवाजा बन्द कर दिया और फिर आकर अपनी सीट पर बैठ गया।

पाँच मिनट बीतते-बीतते ही फिरोजा ने अन्दर से ओढ़नी चादर से ढँकी और कामदार बेलबूटे कढ़ी बनारसी साड़ी और ब्लाउज में सजी-सँवरी सुमति जी को बाहर ले आकर मोटरकार की पिछली सीट पर माकन के पास बैठा दिया।

माकन ने व्यग्र होकर पूछा, "क्यों फिरोजा! तू नहीं जाएगी?"

"क्यों नहीं जाऊंगी? अरे धुर बचपन से ही हम-तुम मिलकर जो दूल्हे-दुल्हन बनने-बनाने का खेल खेलते रहे हैं सो क्या तुम्हें याद नहीं है? आज इस जवानी की बेला में जब फिर ऐसा सुयोग पाया है, तो भला इसे हाथ से कैसे जाने दूँगी?"

फिर तो माकन को जो खुशी हुई उसकी समता कौन कर सके? कार चलने लगी। और पूरे रास्ते दोनों चहक-चहककर विवाह के मंगल-गीत गाती रहीं। इसी तरह हँसी-मजाक करते मौज-मस्ती से उन्होंने सुमति जी और नवीन को रेलगाड़ी के एक प्रथम श्रेणी के डिब्बे में चढ़ाया।

उस समय सुमति बहन जी ने भी हँसते हुए माकन से कहा, "यह तो बस चौबीस घण्टे का घर-संसार है, पति-पत्नी का रूप है। फिर तो मैं इस दूल्हे को इसी साज-पोशाक में तुम्हें सौंप दूंगी। समझ रही हो न। मगर तब तुम जरा भी नाहीं-नुकुर नहीं कर सकोगी। जैसे मैं कहूँगी उसी मुताबिक काम करना पड़ेगा।"

माकन उस दिन अचानक ही एकदम मौन रह गई। मारे लाज के गड़-सी गई, सारा हँसी-ठट्ठा जैसे गायब हो गया।

इस तरह दूल्हा-दूल्हन सजाकर विवाह सम्पन्न करवाने का वह नाटक उस दिन बहुत अच्छी तरह सफल हो गया। चारों ओर सजग चौकसी करने वाले पुलिस के सिपाही जरा-सा भी पता नहीं पा सके। रेलगाड़ी से सफर करते हुए भी सारे रास्ते सुमति जी और नवीन ने असमीया विवाहोत्सव के उपरान्त—आठ दिन बीत जाने पर आठ मंगला भोज खाने जाने वाले नव विवाहित वर-कन्या का अभिनय बड़ी निपुणता से किया।

उस दिन के उस नाटक की बात याद आती है तो आज भी नवीन हँसी से लोट-पोट हो जाता है।

अपने इस जीवन में उसने वर बनने का दूल्हे के रूप में सजने का नाटक तो

किया परन्तु सचमुच का 'वर' वह कभी नहीं बन पाया। इसका एकमात्र कारण यही है कि अभिनय या नाटक करना तो सरल है मगर जीवन एक बहुत ही जटिल व्यापार है।

"बड़ी बहन जी ! चलिए अब चलें।" नवीन ने गम्भीर स्वर में कहा, "अब और अधिक देर करने से आर-पार फेरी लगाने वाले जहाज की इस फेरी को हम पकड़ नहीं पाएँगे।"

फेरी पर चढ़ने के लिए लोगों की लम्बी कतार तब तक लग चुकी थी।

"चलो, चलें।"

सुमति जी ने थैला कंधे पर लटकाया और फिर अति गंभीर मुद्रार में धीरे-धीरे कदम बढ़ाने लगीं। वे जैसे ही रेलवे प्लेटफार्म से निकलकर बाहर आईं कि अस्ताचलगामी सूरज की सुनहली किरणें उनके मुख-मण्डल पर पड़ीं। और उनसे उनका मुखमण्डल लाल कमल-सा चमक उठा। राजयक्ष्मा (तपेदिक) के रोग के कारण विमल भाई साहब के पीले पड़े चेहरे पर भी अस्ताचलगामी सूर्य का यह रंग था, परन्तु वहां तो उस पर मृत्यु की विषण्णता छाई थी। किंन्तु सुमति बहन जी के मुख मण्डल पर तो जैसे सदा सूर्योदय का ही रूप होता है उनका वह चिर प्रफुल्लित मुख देखकर नवीन को ऐसा लगता है जैसे उन्हें मृत्यु कभी-भी पराजित नहीं कर सकेगी। आज अपनी गृहस्थी और जीवन के स्वामी को उन्होंने हँसते-हँसते प्रसन्न वदन से ही विदाई दी है।

कुछ ही दूरी पर फेरी का जहाज अभी ठहरा हुआ शान्त खड़ा था। केवल थोड़ी-थोड़ी देर पर रह-रहकर लहरों के थपेड़े आ-आकर से झकझोर जाते थे। पानी की लहरें आज भी प्रबल हैं। वर्षा ऋतु के मध्य भाग में ब्रह्मपुत्र पानी से इतना भर गया था कि भयानक बाढ़ आ गई थी और इसके दोनों किनारे उफनकर भयानक रूप धारण कर चुके थे, परन्तु अब कुछ दिन बीत जाने के उपरान्त बाढ़ का पानी नीचे उतर गया है। घाट अब और नीचे आ गया है।

चलते-चलते नदी के किनारे की तालुका राशि पर पाँव रखते-रखते ही सुमति बहन जी ठिठककर खड़ी हो गईं।

(उन्होंने देखा) पश्चिमी आकाश पर एक रंगीन चित्रों का समारोह चंचल हो उठा है। गोलाकार लाल सूर्य का प्रतिबिम्ब ब्रह्मपुत्र नदी के पानी में पड़ रहा है। और वह लहरों के उठते-गिरते ताल-लय के साथ नाचने लगा है।

जब उन्हों ने 'संघ' में सेविका के रूप में प्रवेश किया तभी किसी ने उनकी स्वच्छन्द-कल्पना-विहार करने वाले घोड़े के मुँह में लगाम लगा दी थी। (उन्मुक्त

प्रेमाकांक्षाएँ और उनसे अनुप्रेरित सौन्दर्य दर्शन क्या होता है, यह फिर उन्होंने कभी जाना ही नहीं।) संघ उनके लिए एक बहुत भारी मधु छत्ते के रूप में था। सुबह से लेकर शाम तक पूरे-के-पूरे दिन मधु-मक्खियाँ दौड़-धूप करके मधु का संचयन करती हैं और मधु ला-लाकर मधु छत्ता गढ़ती हैं। उस मधु छत्ते के अन्दर होती है रानी मधुमक्खी। सुमति बहन जी और विमल भाई साहब ने कहा था कि वे लोग चाहते हैं कि वे पूरे समाज को ही इस प्रकार एक जुट करके एक संगठित मधु-छत्ते के रूप में परिणत कर दें।

सुमति जी जिस दिन संघ में भर्ती हुईं, तब से लेकर आज तक इस सोने की थाली जैसे अत्यन्त सुन्दर सूर्य के इस अलौकिक नृत्य-सौन्दर्य को देखने-उपभोग करने का तो उन्हें कभी अवकाश ही नहीं मिला। शेष प्रकृति के साथ उनके सुकुमार बाल-मन का जो घनिष्ठ सम्पर्क था, वह जैसे अचानक ही टूट-फूटकर विच्छिन्न हो गया। उसके बाद से तो मनुष्यों के दुःख-दर्द और उनकी शोचनीय दुर्दशा ही उनकी मन की प्रधान समस्या, सोच की प्रधान चिन्ता बन गई थी। महात्मा बुद्ध और मार्क्स दोनों को इस समस्या ने ही घर से खींचकर संघ में ला मिला दिया था। बुद्ध ने कहा था कि मनुष्य के मन के अतल तल में ही निर्वाण छिपा है। मार्क्स ने उत्पादन-संघर्ष और सामाजिकीकरण के बाहरी आदर्शों में मुक्ति प्राप्त करने का विचार किया था।

युग-युगान्तर से मनुष्यों को दुःख से छुटकारा दिलाने के लिए संघ ही निरन्तर चेष्टा करता चला आ रहा है, कर्म-यज्ञ चलाता आ रहा है। विमल भाई साहब लोगों का संघ भी इसी लक्ष्य पर जोर दे रहा था। शरत ऋतु की पूर्णिमा की रात को वृन्दावन की रंगस्थली में अपनी मधुर मुरली बजाकर जैसे श्रीकृष्ण ने सारी गोपिकाओं को अपनी ओर आकर्षित कर उन्हें उनके घरों से खींचकर अपने करीब ला खड़ा किया था, विमल भाई वगैरह लोगों ने भी जीवन का सिंहनाद कर-करके उन सबको अपने करीब बुला लिया था। उस युग की गोपिकाओं का लक्ष्य था सच्चिदानन्द की प्राप्ति, और इस युग में नवीन वगैरह का लक्ष्य था नाना प्रकार के बंधनों में जकड़े मनुष्यों को मुक्ति दिलाना। विमल भाई साहब लोगों के संघ में केवल महिला सदस्य ही आती रही हों, ऐसी ही बात नहीं, तमाम-सारे पुरुष सदस्य भी उसमें भर्ती होते रहे।

उस समय (हमारे देश के) मनुष्यों का सबसे बड़ा दुःख था पराधीनता, परतन्त्रता। अतएव संघ के सभी सदस्य अपने दल-बल के साथ अपनी पूरी ताक़त से स्वाधीनता-संग्राम में कूद पड़े थे। झुण्ड के झुण्ड लोग जेल में बन्द हो गए थे, अपने सीने पर गोली झेलते हुए देश पर न्योछावर हो गए थे।

संघ की दृष्टि में पराधीन होकर जीने में और मर मिटने में कोई अन्तर नहीं था, वह मृत्यु और परतन्त्रता को एक ही समान समझता था।

उस जमाने में लोगों के मन में जो यथास्थिति बनाए रखने की भावना थी, उसी ने लोगों को अकर्मण्य बना रखा था। लोगों के परिवार यथास्थिति बनाए रखने के प्रधान आधार बन चुके थे। अपने घर पर रहते हुए नवीन ने अनुभव किया था कि वहाँ प्रेम, जीविका, आशा, आकांक्षा, ज्ञान और कर्म सभी कुछ ठहरा हुआ है। कहीं किसी परिवर्तन की कोई गुंजाइश नहीं। दरअसल इस तरह की जड़ता, इस तरह का ठहराव तो मृत्यु का ही दूसरा रूप था।

इस तरह की यथास्थिति से तो जीवन सैकड़ों योजन दूर था। नवीन ने अनुभव किया कि उस जीवन के करीब पहुँचने के लिए संघ के अलावा और कोई रास्ता नहीं है।

परन्तु सभी लोगों ने तो वह जीवन-पथ स्वीकार नहीं किया था।

प्रोफेसर रविचन्द्र, सदानन्द बरुआ, सुदर्शन, और रंजीत भाई—इन सभी लोगों ने तो पुरानी जीवन धारा को ही अपनी गलबँहियों में घेरकर चिपकाए रखा। मन्मथ ठेकेदार जैसे लोगों ने तो महायुद्ध के नगाड़ों की आवाज सुनकर ही बड़ी तत्परता और हड़बड़ी से एक सुख-विलास सम्पन्न, भोग-विलास का संसार खड़ा कर लेने में जुट गए थे। महात्मा बुद्ध, मार्क्स या विमल भाई साहब आदि के आदर्शों से इनके आदर्श एकदम भिन्न थे। वे लोग यथास्थिति बनाए रखने और सुविधापूर्वक भोग-विलास करते रहने में ही अधिक विश्वास रखते थे। उन लोगों के घर-संसार में जीवन-मृत्यु का बन्दी बना पड़ा था। कितने सारे छलिया-बनावटी रूपों में मृत्यु उन लोगों को छलने के लिए घेरे रहती आ रही थी, उन सबको ठीक से जाने बिना अब आज के समय का कोई व्यक्ति उस जमाने की सारी बातों को समझ ही नहीं सकेगा।

गुवाहाटी महानगर की सड़कों-चौरस्तों पर अकाल-महामारी के पीड़ित झुण्ड-के-झुण्ड लोग और कोई उपाय न देखकर लाचार होकर भिखारी बन इधर-उधर मारे-गारे फिर रहे थे। उन लोगों ने उस अभिशप्त दरिद्रता में मृत्यु को वरण कर लिया था। एक बार एल. एम. होस्टल के किनारे थाली में पड़ी एक टुकड़े रोटी के लिए दो भिखमंगे किस तरह एक-दूसरे पर टूट पड़े थे, किस तरह मरणान्तक मार-पीट कर रहे थे, वह सारा दृश्य अभी भी नवीन को ज्यों-का-त्यों स्पष्ट दिखाई देता है।

संघ की विचारधारा में इस बात को लेकर भय का भाव व्याप्त था कि मृत्यु के प्रत्याक्रमण से जीवन की ज्योति भी बुझ सकती है, इसी से संघ रात-दिन

कर्म-यज्ञ की शिखा को बराबर जलाए रख रहा था। संघ सीमाबद्ध स्थविर जीवन को, जड़ीभूत संन्यास जीवन को भी मृत्यु ही समझता था।

इसी से संघ ने उन लोगों के लिए सीमाहीन असीम संसार के सुन्दर रास्तों को उन्मुक्त कर दिया था। उद्देश्य था कि मनुष्य का मन तमाम तरह के बन्धनों, संकोचों से बिल्कुल मुक्त हो। जिससे कि एक सुन्दर मानव धर्म की प्रतिष्ठा हो सके।

संघ में भर्ती होने के पहले तक वह अपने घर का बहुत ही लाड़ला बेटा था, सबके लाड़-प्यार में पला-बढ़ा। गृहस्थ धर्म की महत्ता को मानने वाला।

कुछ समय से वह इसी प्रकार के सूर्यास्त के रंगीन चलचित्र देखना चाहता था। उस समय वह उस सूर्यास्त की आड़ में छिपे सुन्दर सूर्योदय की आशा कर सका था। यह उपलब्धि किशोरावस्था और छात्रजीवन काल की उपलब्धि थी। उस अवस्था में साँझ की बेला में होने वाला सूर्यास्त आने वाले बिहान के सूर्योदय का पूर्व संकेत था।

उस समय रात बीतते-बीतते बहुत भोर में ही जगकर वह जल निगम कार्यालय के उस पार उगते हुए सूर्य को देखता था तो उसे ऐसा अनुभव होता था जैसे कि वह फूल कुँवर (फूल जैसा सुन्दर सुकुमार और सुगंधि युक्त राजकुमार) है, एक पक्षिराज घोड़े (ऐसा घोड़ा जिसके पंख हों, जिनसे आवश्यकतानुसार धरती छोड़कर वह आसमान में भी उड़ सकता है) पर सवार होकर वह सामने की ओर उड़ता ही चला जा रहा है, यद्यपि किस अनजान प्रदेश को जा रहा है, किसलिए जा रहा है, यह वह खुद भी नहीं कह सकता। और कहीं घोड़े का पंख ही उखड़ गया, पंखहीन घोड़ा धरती पर ही लाल रंग के गुलाब फूल, मालती पुष्प, दोनों-तरह के तगर (जांप नगर और नरा नगर नामक अति सुगन्धित फूल, जो असम-प्रदेश में बहुतायत से होते हैं) और गुटिमाली फूल (एक ऐसा फूल जिसकी कलियाँ गोलाकार गोंटियों की तरह होती हैं, जिन्हें माला में पिरो देने पर मोतियों की माला-सी लगती हैं) जैसे नाना प्रकार से सुगन्धित मुक्त सुन्दर फूल एक साथ ही खिल उठते हैं। उसके बाद आती है दिजाई मालिन। फूल कुँवर के हाथ का स्पर्श होते ही उस दीन-दुःखी के घर का बाँसों के फट्टों का बना मचान सोने का सुसज्जित पलंग बन जाता है, घर के सामने के दरवाजे के बहिर्द्वार पर चमचमा उठता है चाम (एक बहुत ही मजबूत किस्म की लकड़ी वाला) वृक्ष पीढ़ा, चौखटा। और सबसे अन्त में आती है वह अनाघ्रात कुसुम की सुन्दर माला, जो किसी अन्य के गले में कभी नहीं पड़ी, जिसके फूल कभी मुरझाते ही नहीं, फूल पर लिखी चिट्ठी और दीप्तिमती आँखों में चकाचौंध भर देने वाली पंचतोलिया (ऐसी सुकुमार और हल्के वजन की जिसका

भार मात्र पाँच तोला हो) राजकुमारी कन्या। कितने सुन्दर थे वे दिन!

पौराणिक परीकथाओं के रंगीन अबीर-गुलाल मुट्ठियाँ भर-भर जाने कौन से अदृश्य देवता उसके बाल-मन पर फेंकते थे और उसके मन को गुलाल की फुहारों से ढँक देते थे। उस समय ब्रह्मपुत्र तट की बालुका-राशि भी मधु मिश्रित मीठी बन गई थी, और उसके पानी में जल परियों के सुनहले केशों की लहरें झिलमिला रही थीं, दूर—बहुत दूर के गगनचुम्बी रंग-बिरंगी राजप्रासाद की अट्टालिकाओं की आरामदेह शय्याओं को छोड़कर धीर-गम्भीर कदम बढ़ाते हुए वहाँ के सारे राज कुमार नीचे (इन घाटियों में) उतर आए थे। पर्वतों की चोटियाँ अपने हरे-भरे पेड़ों के पंखे झल-झलकर अनन्त-असीम आकाश की हवाओं के झोंके-के-झोंके उन राजकुमारों के शरीरों पर लगाए जा रही थीं। बचपन के उन नाना प्रकार के रंगों से रंगीन गतिशील चित्रों की ओर निहारते हुए यथार्थ जीवन के अपने निजी छोटे से घर की चौहदी में रहकर भी उसने एक अति सुन्दर सीमातीत, आश्चर्यजनक सुनहली पृथ्वी का पता पा लिया था।

उस परीलोक की कहानी के सुनहले राजप्रासाद में किसी ने आग लगा दी। उसे जलाकर छार-छार कर दिया।

सभी का शैशवकाल इसी चिंताग्नि से समाप्त होता है। फिर भी एक सुन्दर समय में वही चिंताग्नि मोह की अग्नि बन जाती है। यौवन की आड़ ले-लेकर सिर छिपाए हुए आता है परी कथाओं का वही राजकुँवर पक्षिराज घोड़ा, मालिनी, अनाघ्रात कुसुमों की कभी मलिन न होने वाली माला और पंचतोलिया राजकुमारी। परीकथा की चिता के नीचे की मिट्टी को भेदकर जवानी के बगीचे का फूल वृक्ष का आकार ले लेता है। अपना ऊपरी आवरण, उतारकर वही मिट्टी में से स्थल कमल के रूप में जन्म लेता है, पारिजात फूल बनकर अपनी सुगन्ध चारों ओर फैला देता है।

उसके यौवन काल के बगीचे में स्थलकमल बनकर आई एक विदेशिनी नारी (भिन्न प्रदेश की महिला) ने ही उसे इस रहस्य का संकेत दिया कि मिट्टी की गहराई में जड़े जमाकर ऊपर की ओर उठते हुए पत्तों से लदर-बदर कमल किस प्रकार से फूलों को प्रस्फुटित कर सकते हैं। एक और महिला बचपन की सारी परीकथाओं के सपनों और मन हर लेने वाली सुगन्धों को एक ही प्राण की पूजा की थाली में सजाकर उसे ही पूजा-अर्चना के नैवेद्य का रूप देकर उसके पास ले आई थी। एक निर्मल निष्कलुष, पवित्र प्रेम की प्रतिश्रुति। वह भिन्न प्रदेशीय (विदेशिनी) नारी हैं सुमति जी, और वह प्रेम पुजारिन है माकन।

संघ की दूती उस विदेशिनी को तो उसने आज आत्मीय बना लिया है परन्तु

हृदय-मन्दिर की उस पुजारिन का नैवेद्य वह सम्पूर्ण रूप में स्वीकार नहीं कर सका है। अपने जीवन को तुच्छ समझ हजारों-हजार लोगों के महाजीवन की सेवा की साधना में उसने आपको विलीन करके एक प्रकार से संन्यास ही ग्रहण कर लिया है। एकान्त मन से किसी एक प्राण के नैवेद्य को स्वीकार कर लेने में उसके मन को वैसे कोई आपत्ति नहीं है, परन्तु स्वर्गीय पारिजात फूल की अभिलाषा के पीछे वह स्थल कमल को खो देना नहीं चाहता। सुमति जी को उसने कभी एक व्यक्ति के रूप में, एक अकेली इकाई के रूप में नहीं समझा, वे सहस्रजनों के समान हैं। परन्तु माकन तो उसके लिए एकान्त रूप से एक अकेली है। माकन ने अभी कल ही उसके पास फूल-सा कोमल अपना अन्तिम पत्र भिजवाया है–"संभव हो तो वह उसके जीवन-नैवेद्य को स्वीकार कर ग्रहण करें, अन्यथा सहस्रजनों के बीच मिल जाए।"

माकन को उसके मतामत के रूप में स्थिर किए गए सिद्धान्त से अवगत करवा दिया गया है।

इस बात में कोई सन्देह नहीं है कि आन्दोलन के समाप्त हो जाने के साथ-साथ ही संघ के बुरे दिन शुरू को गए हैं। हजारों-हजार लोगों का जागरण काल कुछ समय के लिए ठंडा पड़ गया है। इस समय तो संघ के प्रायः सभी सदस्य अपने-अपने घरों को लौट गए हैं। वे लोग अब डूबते हुए को तिनके का सहारा के रूप में जिस किसी चीज को अवलम्ब बना पार जाना चाह रहे हैं। अब सभी लोग निकट भविष्य में असम में बनाए जाने वाले विश्वविद्यालय के लिए धनराशि को चन्दे के रूप में इकट्ठा करने में लगे हैं। निश्चय ही चन्दे के रूप में काफी रुपये मिल रहे हैं, परन्तु यह काम मुक्ति-आन्दोलन जैसे काम को पुनः सक्रिय नहीं बना सकता, यह मुक्ति आन्दोलन का विकल्प नहीं बन सकता। इसी से आज विमल भाई साहब बहुत दूर चले गए। उनकी नेतृत्व शक्ति अब टूट चुकी है। अब तो संघ के जीवन-प्राण को किसी-किसी तरह मद्धिम लौ में सुमति बहन जी जलाए रख रही हैं। वे मर सकती हैं, मगर हार नहीं मान सकतीं। वे अपने आप को मिटाकर भी सत्य के सामने स्थिर खड़ी रहेंगी।

आज से पाँच वर्ष पहले नवीन के मन में यह परिकल्पना ही नहीं थी कि स्थल कमल और पारिजात पुष्प के प्रति आकर्षण का इतना भयंकर द्वन्द्व आ खड़ा होगा। वह तो सोचता कि उसके जीवन की फुलवारी में स्थल कमल और पारिजात पुष्प साथ-साथ ही रसमय हो नई ताजगी से प्रस्फुटित हो उठेंगे।

किशोरावस्था और यौवनावस्था के बीच की उस सन्धि वेला में अपने हम-उम्र नौजवानों की तरह उसके मन में भी एक दिन सहसा अनुभव हुआ कि किसी

भयंकर तूफानी चक्रवात ने उसके जीवन-वृक्ष को जड़ समेत उखाड़ फेंका है। ऐसी दशा में घर की चौहद्दी में जीने और मृत्यु को प्राप्त हो जाने में कोई अन्तर नहीं रह गया है, यह जीवन मृत्यु के ही समान है।

एक दिन गुवाहाटी शहर में विदेशी सैनिकों का नानाप्रकार के चित्र-विचित्र रूप-रंगों वाला दल आया। उस दल ने इस शान्त सुन्दर शहर में महायुद्ध की विभीषिका के नाना भाँति के जंजालों को ला पटका और साथ-ही-साथ एक बिल्कुल अजनबी किस्म की अनजानी-अनपहचानी किस्म की जीवन-पद्धति, विचित्र किस्म के चाल-चलन को प्रदर्शित किया। देखते-देखते एक महीने के बीतते-न-बीतते ही (गुवाहाटी के सर्वप्रमुख) काटन कॉलेज के सारे छात्रावास सैनिक छावनी के बैरकों के रूप में बदल दिए गए। ऐसी दशा में भागकर शहर के गली-कूंचों के भिन्न-भिन्न कोनों में, छिटके-छितराए किसी तरह लुके-छिपे जीवन बिता रहे छात्रों के मन में अपने अनिश्चित भविष्य को लेकर भारी शंका और भय व्याप गया। उनके मन काँपने लगे, चित्त चंचल हो उठे। (उस समय) दीघली पुखरी (का लम्बा चौड़ा सरोवर और उसके आस-पास का मैदान) और ब्रहमपुत्र नद के किनारे-किनारे का स्थान ही इस शहर के नागरिकों के लिए वायु-सेवन (टहलने-घूमने, हवा खाने) का स्थल था। परन्तु वह सब अब पूरी तरह सैनिकों की मौज-मस्ती लूटने की जगह बन गए। एक रात में ही दीघली पुखरी (सरोवर) नहाने और तैरने की पोशाकें पहने, और पोशाकें भी क्या लगभग निपट नंगे विदेशी सैनिकों का तरणताल बन गई। फिर वहाँ हवाखोरी करने जाने वाले शहर के सभी स्त्री-पुरुषों ने उन सैनिकों का वहाँ जो स्नान-विहार का दृश्य देखा तो 'हाय राम इतना अश्लीलता, इतना बेहयापन' कहते चीखते-चिल्लाते, नाक-भौं सिकोड़ते सभ्यता के उस नंगेपन से भागकर अपने-अपने घरों की ओर लौटने लगे। उस नंगी-निर्लज्ज सभ्यता ने नवीन के मन के उन सारे सुनहले सपनों को, जो परीकथाओं और स्वर्णिम स्वच्छन्दतावादी (रोमैण्टिक) साहित्य के पढ़ने से उसके मन में उठे थे, तोड़-फोड़कर चूर-चूर करना शुरू कर दिया। अब तो पुरुष को फूल कुँवर और नारी को स्थल कमल अथवा पारिजात पुष्प के रूप में समझने की उसकी भावना को बनाए रखने में भी संकोच होने लगा। किसी अनजाने-अनपहचाने देवता ने काठ के पक्षिराज घोड़े के पंख ही काट डाले। शहर में आई हुई युद्ध क्षेत्र में मतवाली बनी, सैनिकों की वासनाओं की पूर्ति की सामग्री बनी प्रगल्भा स्त्रियों का एक विशेष वर्ग उसके मन में एक अति वीभत्स कल्पना का बल प्रदान करने लगा। सैनिकों की शारीरिक कामना-वासना की भावना ही धीरे-धीरे प्रेम के पवित्र रूप को नष्ट-भ्रष्ट कर कुत्सित-घृणित रूप दे देती है, ऐसा देख-समझकर वह बहुत ही

भयभीत और परेशान हो उठा। ऐसे वातावरण में भले घरों की बहू-बेटियों ने तो घर से निकलकर घूमना-फिरना तक बन्द कर दिया।

इस प्रकार के सर्वथा अपरिचित यौन-लिप्सा से भरे घातक वातावरण के फैलते-फैलते ही उसके पीछे-पीछे ही अभाव, महंगाई और अकाल की छाया भी पश्चिम से आ घहराई। महाविद्यालयों के छात्रावासों में रहने वाले छात्रों का भोजन शुल्क, जो अब तक नौ रुपये मात्र प्रतिमाह था, अचानक ही बढ़ाकर पैंतालीस रुपये प्रतिमाह कर दिया गया। जो धोती बाजार में दस आने (६२ पैसे के बराबर) में मिलती थी, उसका दाम ६ या ७ रुपये हो गया। शहर में राशनिंग व्यवस्था लागू हो गई, जिससे राशनकार्ड के बिना चावल-दाल जैसे खाद्य-पदार्थ भी दुर्लभ हो गए। गुवाहाटी शहर में उदय हुए एक नये किस्म के भोगी समाज की दृष्टि में नारी जाति भी एक खरीद-फरोख्त की बाजारू सामग्री हो गई। (अकाल इतना भयंकर हो गया कि) गली-कूचे रास्ता-घाट सभी जगह भूख का ताण्डव शुरू हो गया। आसमान में रह-रह कर बड़ी सघनता से ब्रम-वर्षक सैनिक विमान झुण्ड-के-झुण्ड उड़ने लगे और नीचे धरती पर सड़कों पर रक्षावाहिनी की बख्तरबन्द गाड़ियाँ और टैंकों की डिवीजनें दौड़ने लगीं। प्रायः रोज ही रात को पूरे शहर में ब्लैक आउट (पूरे शहर की सारी रोशनियाँ बुझा देना) रखा जाने लगा। साइरन (हवाई आक्रमण की सूचना देने वाला भोंपू) की आवाज सुनते ही लोग हवाई आक्रमण और बम के धमाके से बचने के लिए बनाई गई सुरक्षा खाइयों में जगह पाने के लिए दौड़ने लगे। मृत्यु के डर ने जीवन को भयंकर रूप से घायल करना शुरू कर दिया।

इस संक्रान्ति काल में , जब क्या हो जाये, इसका कोई ठिकाना नहीं था, गुवाहाटी शहर में आवागमन के साधन के रूप में सर्वाधिक प्रचलित सवारी, घोड़े गाड़ियों (इक्कों-तांगों-बग्गियों) के बेकार हो जाने की तरह ही उसके समवयस्क नौजवानों के मन की शान्ति और स्थायी जीवनवृत्ति के मिल सकने की धारणा भी बेकार हो गई। अब जो नया जमाना आया उसके प्रतीक के रूप में आईं, मोटर, जीप, कार, ट्रक आदि भयावह गाड़ियाँ) असमीया भाषा की विशुद्धता जाती रही, भिन्न-भिन्न भाषाएँ बोलने वाले नाना जगहों के सैनिकों की भ्रष्ट भाषा के संयोग से असमीया की शुद्धता समाप्त हो गई। गुवाहाटी निरर्थक शब्द गुंजारों की मीनार-सी हो गई। विदेशी सैनिक सौ-सौ रुपये के नोटों को साधारण कपास के पत्तों की तरह से उड़ाने लगे।' ठीक ऐसी ही बेला में रंजीत भाई और विपुल महन्त सेना में भर्ती हुए। उस समय की अंग्रेजों की सरकार ने सेना में अफसरों की कमी को पूरा करने के उद्देश्य से किंग्स कमीशन के दरवाजे भारतीय नौजवानों के लिए पूरी तरह खोल दिया था।

नवीन को तब ऐसा जान पड़ा था जैसे गुवाहाटी शहर रेगिस्तान हो गया है। ऐसी दशा में न तो घर में रहकर शान्ति मिल पाती थी न स्कूल-कॉलेज में। (सर्वत्र एक-सी ही अशान्ति एक-सी ही छटपटाहट)।

उसी शान्ति की खोज में उसने घर छोड़ दिया और संघ की सेवा में पहुँच गया।

उस समय दुदू भी संघ में आ गया था। दुदू की बहन माकन भी छिपे-छिपे रूप में फिरोजा के साथ-साथ संघ की सेवा में निरत थी। परन्तु संघ में योग देने की यह उमड़-घुमड़, भीड़-भड़क्का, बहुत दिन तक स्थायी नहीं रह सकी। स्वतन्त्रता आन्दोलन के मन्द पड़ते ही एक दिन अचानक ही लोगों का संघ छोड़कर अपने-अपने घर लौटना शुरू हो गया।

माकन अभी भी उम्मीद लगाए हुए है कि एक दिन नवीन भी घर लौट आएगा। घर लौट आने का मतलब है कि उसके करीब आकर घर-गृहस्थी सँभालने वाले घर-संसारो के रूप में लौट आना। उसने सन्देशा भेजकर उसे जंना दिया है कि वह अब और प्रतीक्षा नहीं कर पाएगी। या तो नवीन को साथ लेकर घर-गृहस्थी सँभालेगी, अथवा फिर उसके मिलने की आशा छोड़ देनी होगी।

उसे क्या निश्चय करना है? सब कुछ अभी स्थायी रूप से निर्णय ले लेना होगा। लौटने की वेला आने पर लौट ही जाना पड़ेगा क्या?

सूर्य भगवान के अस्त होने की बेला में आकाश में जो भाँति-भाँति के रंगों के गतिशील चित्र बन रहे थे, वे अब धीरे-धीरे धूमिल होने लगे।

उन दृश्यों को वह कब से देख रहा था, इसे वह भी कह नहीं सकता। बीते हुए समय की सारी घटनाएँ भी जैसे आज के (इस दृश्य) पटल जैसी हो गई हैं। वह उस बीते हुए अतीत को कभी भी हमेशा-हमेशा के लिए भुला देना, छोड़ देना नहीं चाहता।

"नवीन?" सुमति बहन जी ने बड़े स्नेह से उसे पुकारा, "क्यों फिर उसी रोग की गिरफ्त में आ गए क्या? अरे जहाज अब चलने-चलने को है, अब टिकट खरीद लाओ।"

सुमति जी की बातों ने सचमुच ही उसे जगा दिया, सचेत कर दिया। वह हजार-हजार लोगों के प्रति फिर सजग हो गया। उसने कहा, "सच बहुत भूल हो गई, बहन जी। दरअसल अतीत की स्मृतियाँ आकर मन में जग उठी थीं। ऐसा

लगा जैसे नाक में पारिजात पुष्प की सुगन्ध भर गई है।" सुमति जी ने मन्द-मन्द मुस्कुराते हुए कहा, "ठीक ही तो है। हमेशा जो स्थल कमल ही मन को आकर्षित किए रहे, इसका भी क्या कोई मतलब है? क्या पारिजात की कोई ताक़त ही नहीं है? जब सुगन्ध पा ही रहे हो तो उस सुगन्ध की ओर ही बढ़ जाना चाहिए।"

नवीन मन-ही-मन खुशी से नाचता हुआ फैरी के जहाज का टिकट खरीदने चला गया।

सुमति बहन जी नवीन को खूब अच्छी तरह पहचानती हैं। उसका मन एक चक्र गतिशील (मूविंग) कैमरे की तरह है। और लोग तो देखी हुई घटनाओं के एक या दो दृश्य मात्र ही याद रख पाते हैं, परन्तु वह तो समूची-की-समूची घटना और उसके सारे-के-सारे दृश्य मन में सँभालकर रख लेता है। किसी व्यक्ति का मुखड़ा अगर वह एक बार भी देख ले तो उसे फिर कभी नहीं भूलता। यही नहीं जरूरत पड़ने पर कभी-कभी तो वह उस मुखड़े का ज्यों-का-त्यों चित्र भी बना सकता है। अपने चित्रों की रेखाओं में वह चरित्रों के देह की थिरकनों तक को पकड़कर प्रकट करने में समर्थ होता है। राजनीति के क्षेत्र में बहुत अधिक जानकारी रखने की जरूरत प्रायः कम ही होती है। लोगों के कथन, उनकी चाल-चलन और उसके क्रियाकलाप इन सब के उद्देश्य को समझ लेने की क्षमता आ जाने से ही कोई व्यक्ति राजनीतिज्ञ हो जाता है। जैसे पत्नी जब अपने पति के मन की बात समझ लेने में ही सफल हो जाती है, उसी तरह राजनीतिज्ञ जब जनता का मन समझ लेता है तब उसकी राजनीति का काम सिद्ध हो जाता है। सिन्दवाद के कन्धे पर चढ़े दैत्य के बोझ की तरह जो लोग अतीत काल को भोग उससे छुटकारा पा लेते हैं, उनकी अपेक्षा वे लोग ज्यादा परेशान रहते हैं जो अतीत काल को कन्धे पर लादे रहते हैं। अतीत उन्हें ही अधिक चाँपे रहता है। कंधे पर चढ़ा वह दैत्य कब गला दबा बैठेगा? इसका कोई ठीक ठिकाना नहीं। इसी कारण वे जीवन को एक बहती हुई नदी के समान समझती हैं। जिसकी उद्दाम (प्रचण्ड) गति केवल प्रवाह की आगे की दिशा की ओर ही होती है। अतीत का मतलब ही है मृत्यु, यानी कि जो समाप्त हो चुका है।

"अतीत मरिल गल, तार कथा अन्त हल;
मनर पराइ ताक करा विसर्जन।"
—(कवि-यतीन देओरा)

—भूतकाल, वह जो मर चुका, उसकी सारी बातें खत्म हो गईं; अब अपने मन से उसे पूरी तरह बिसार दो, निकाल फेंको।

आज के इस अस्तगामी सूर्य की अन्तिम वेला में आकाश में जो रंग-बिरंगे

चित्र बन-बिगड़ रहे हैं, उन्हें वे सिनेमा हाल में बैठकर रंगीन वृत्त-चित्र देखने के समान ही देख रही हैं। प्रोफेसर रविचन्द्र जी की तरह भी वे इतिहास पढ़ पढ़कर समय नहीं गुजारतीं। इतिहास अगर एक सच्चाई है, तब तो जीवन के भीतर से ही वह प्रकाशित हो उठेगा। श्री रविचन्द्र जी इतने वर्षों से इतिहास पढ़ते रहे हैं, फिर भी वे आज तक यह साधारण-सी बात नहीं समझ सके कि जब सारे-के-सारे भारतीय नागरिक स्वतन्त्रता आन्दोलन में जुट जायेंगे तभी सही अर्थों में इतिहास पढ़ा जा सकेगा। दरअसल उनका इतिहास (देश के) वर्तमान से पूरी तरह कटा हुआ, अलग-थलग है।

सुमति बहन जी प्रत्येक क्षण में अपने आप में ही सम्पूर्ण रहती हैं।

अपने हृदय की अतिशय तीव्र माँग से विवश होकर वह अतीत में चला जाता है, खो जाता है। उस (चिन्तन) अवस्था में उसके सामने प्रत्यक्षतः क्या कुछ घट रहा है? इसे वह बिल्कुल ही बता नहीं सकता।वह यह तथ्य एकदम भूल ही जाता है कि जीवन एक कठोर वास्तविकता है, कटुतम यथार्थ है, (जहाँ) क्षण-प्रतिक्षण नये-नये परिवर्तन होते रहते हैं, (सब कुछ बदलता रहता है) अतीत के प्रकाश में से उसकी ओर अगर देखें तो उसका एक सीमित रूप ही पकड़ में आ पाता है।

सुमति बहन जी के मन में संघ के प्रति भी कोई अन्ध श्रद्धा या मिथ्या मोह नहीं है। आगामी समय अर्थात् भविष्य काल के लिए भी वे कोई आसक्ति, कोई ख़ास लगाव नहीं महसूस करतीं। वर्त्तमान समय में काम सामने है, प्रत्यक्ष है, उसे करना ही उनका परम धर्म है। नवीन की तरह वे किसी काम को उसके ऐतिहासिक नैतिक और कारण-कार्य विवेक के आधार पर उचित-अनुचित का विचार कर लेने के बाद ही करने का प्रयत्न नहीं करतीं। मनुष्य की ऐसी चिन्ता हमेशा लंगड़ी, गूंगी और अन्धी होती है। फिर भी चिन्ता आगे कदम बढ़ाती हैं, अपने इशारों से दूर दृष्टि प्रदान करती हैं।

नवीन जब टिकट खरीदकर लौट आया तो वे दोनों फेरी जहाज के धरातल वाले डेक (जहाज में बैठने का बड़ा हाल) में चले गए। डेक का आकार हंस की आकृति जैसा था। उसके किनारे के आलवाल (रेलिंग) पर पीठ की टेक दिए बैठकर एक लंबा-तगड़ा स्वस्थ-शोभन आकारवाला संयुक्त राज्य अमेरिका का निवासी अंग्रेज अधिकारी सिगरेट पी रहा था, उसने जब इनकी तरफ देखा तो मुस्कराने लगा। वहीं से सर हिला-हिलाकर उसने अपना आदर भाव और बात करने की इच्छा जाहिर की। फिर वह स्वयं चलकर उनके करीब आ गया और उनके समक्ष असम प्रदेश में विश्वविद्यालय स्थापित करने की योजना और तत्सम्बंधी प्रयासों की बातें करने लगा। उसने कहा, "आप लोगों को वस्तुतः तकनीकी (टेकनिकल) शिक्षा

की अधिक आवश्यकता है। मेरी राय ठीक है या नहीं, इस पर आप लोग सोचकर देखें।"

नवीन उनकी राय को न तो पूरी तरह स्वीकार ही कर पाया और न उसे हल्की समझकर उसके विरुद्ध ही कुछ कह पाया।

कुछ देर तक बातें कर लेने के बाद उक्त अधिकारी फिर अपनी सीट की ओर लौट गया। इस बीच उसने पूरे भारतवर्ष के कई चक्कर लगा लिये थे। कई बार इस देश की गहन यात्रा कर गुजरने के बाद वह पुनः अपने कर्मक्षेत्र में लौट आया है। जाते-जाते विशेष अभ्यर्थनापूर्वक कह गया-"(अपनी इन तमाम लंबी-चौड़ी यात्राओं में) केवल सेवाग्राम में ही मैंने आप लोगों के देश की उन्नति के लिए तात्त्विक और सच्ची चिन्ता-भावना करने तथा उसकी प्राप्ति के लिए काम करने वाले आदमियों को पाया, समझ रहे हैं न? आज इस देश के ग्रामीण किसान-मजदूर उन्नत किस्म के यन्त्र पाना चाहते हैं। यहाँ की खेती बारी और कुटीर उद्योगों में अधिक उत्पादन बढ़ाने के लिए ऐसे उत्कृष्ट कोटि के यन्त्रों-उपकरणों की निहायत जरूरत है। सेवाग्राम में इनके लिए शोध-अनुसन्धान बहुत अच्छी तरह से किया जा रहा है।"

वस्तुतः यह आदमी बहुत ही बुद्धिमान और ज्ञान सम्पन्न है। (अपने भारत प्रवास के) अपने प्रयासों के सिलसिले में इस दौरान वे शहर के कई गण्यमान्य बुद्धिजीवियों से अपनी पहचान बना चुके हैं। एक दिन प्रोफेसर रविचन्द्र जी के घर पर उनसे भी उनका परिचय हो गया था।

डेक के एक हिस्से में एक छोटे किन्तु काफी मजबूत कद-काठी का चीनी अधिकारी हमारे देश के दो सिख अधिकारियों से टूटी-फूटी हिन्दी में बातें करने की कोशिश कर रहा था। किन्तु वे लोग किस संबंध में बातें कर रहे थे, यह नवीन नहीं समझ सका। उधर कुछ आदमी साग-भाजी, मुर्गी के अण्डों, केले की टोकरी और नारियल-फलों से भरी टोकरियों को अपने-अपने आगे सँभाले रखकर चुपचाप बीड़ी पीते हुए, ब्रह्मपुत्र की ऊँची उठती लहरों के साथ डगमगाती जाती एक नैया की ओर निहार रहे थे। ऐसा लग रहा था कि जैसे वह नाव ही उनका जीवन है। साँझ की वेला में (डूबते सूरज की) अन्तिम रंगीन किरणों के प्रकाश में सभी मुसाफिरों के मुँह पर एक बहुत पतला, धुँधला-सा, विषादमय प्रकाश पड़ रहा था। वीमेन आक्सिलरी फोर्स (नारी संरक्षण वाहिनी) की खाकी वर्दी पहने और कन्धें तक नॉब कट शैली में बाल कटवाये हुए तीन नवयुवतियाँ एक नीग्रो अफसर से टाफियाँ ले रही थीं और सिगरेट पी-पीकर धुआँ उड़ा-उड़ाकर उन्मुक्त रूप से बातें करती हुई, रह-रहकर खिलखिलाकर हँस-हँस पड़ती थीं। उनकी वह हँसी सुनकर एक

कोने में बैठी एक असमीया नवयुवती आश्चर्यचकित हो उनकी ओर देख रही थी। उसके मुँह पर एक सहज-सरल-निर्मल पवित्रता का भाव दिखाई पड़ रहा था। एक अजनबी, अनजानी-अनपहचानी नवयुवती, जान पड़ती है, निकट गाँव के परिवेश की है और गाँव से शहर में आए अभी ज्यादा दिन नहीं हुए हैं। उसकी बगल में पास ही बैठा है मन्मथ ठीकेदार की मोटर गाड़ी चलाने वाला रत्तीराम ड्राइवर।

सुमति बहन जी को कुछ खाने-पीने की इच्छा हुई। इसी से वे नीचे के डेक में न रहकर नवीन को साथ लेकर सीढ़ियाँ चढ़ते हुए डेक के ऊपरी हिस्से में बने जलपान कक्ष में चली आईं। जलपान कक्ष में एक मेज खाली दिखी। कोने में पड़ी एक मेज के पास केवल एक कोई अधिकारी बैठा हुआ था। वहाँ दो कुर्सियाँ खाली पड़ी थीं। वे उसी ओर बढ़ गए, और दोनों खाली पड़ी कुर्सियों को सरकाकर बैठे ही थे कि अचानक ही वह अधिकारी, जो कोई किताब पढ़ने में मग्न था, किताब बन्द कर बोल पड़ा—"अरे बड़ी बहन जी, मुझे पहचान रही हैं?"

"क्यों क्या तुम्हें पहचान नहीं पाऊँगी भला?" —मुस्कराकर सुमति जी ने उत्तर दिया।

रंजीत भाई (उक्त अधिकारी) भी हँस पड़े। ऐसा लगा जैसे भिन्न-भिन्न रास्तों से सफर करते हुए वे एक सरायखाने में अचानक ही एकत्र हो एक-दूसरे से आ मिले हैं। रंजीत और नवीन दोनों ही एक ही शहर के और एक ही वंश-परम्परा के हैं, परन्तु (अब कुछ ऐसा संयोग घटित हो गया है कि) इस समय एक देश पर राज करने वाली सरकार का एक सैनिक सूरमा है, तो दूसरा साधारण जनता की सेवा में लगा सुरक्षाकर्मी है। एक के पास मारक अस्त्र-शस्त्र हैं, तो दूसरा पूरी तरह अस्त्र-हीन। रंजीत भाई उस समय भी अपनी सैनिक वेशभूषा में सजे-धजे थे। (उनके मुँह को ध्यान से देखने पर लगा कि) अब उनके चेहरे पर पहले जैसा नव प्रेमियों जैसा कोमलता का भाव नहीं है। मुँह की गढ़न में कठोरता आ गई है, रूखापन आ गया है। अब उनके बालों की जुल्फों में वह लहर नहीं है। अब वे कट-छँट कर छोटे हो गए हैं और माँग के आस-पास इधर-उधर बिखरे पड़े हैं। उसकी आँखें यद्यपि कुछ काली पड़ गई हैं, तथापि उनके देखने की धार बहुत तेज हो गई है। वे एक जोड़ी आँखें बहुत कुछ देख लेती हैं। होठों के ऊपर मूँछों को जो 'फ्रेंचकट' शैली में काटा-छाँटा गया है, उससे इस व्यक्ति की नये जमाने की आधुनिक फैशन की ओर उनका रुझान स्पष्ट दिखाई देता है। हाँ, ऊपर-नीचे के दोनों ही होंठ अब पहले से अधिक काले पड़ गए हैं।

रंजीत भाई ने आगे बढ़कर चाय और ब्रेड (रोटी) मँगाने का आदेश दे दिया।

नवीन ने बहुत आदर भाव और प्रसन्नता व्यक्त करते हुए पूछा, "इस समय

कहाँ से आ रहे थे?"

"देहरादून से। इस समय छुट्टी है अतः चला आया।" रंजीत ने नवीन के चेहरे पर जो आत्मीयता का भाव देखा तो बड़े स्नेह से उत्तर दिया। फिर पूछा, "तुमने परीक्षा दी कि नहीं?"

नवीन ने जवाब देने में कुछ परेशानी महसूस करते हुए कहा, "देने-न-देने के बीच की ही दशा समझो।"

"इसका मतलब?" रंजीत ने अनुभव किया कि नवीन का चेहरा, उसके युद्ध में योगदान करने के पहले के चेहरे जैसा ही हू-ब-हू मिल रहा है। खद्दर का पायजामा, कुर्त्ता, छिटके-छितराए बाल और एक जोड़ा चप्पल। इसी वेश-भूषा में घिरा हुआ होकर भी एक निष्कलुष, निरोष मुख प्रकाशित हो रहा है। एक दुबला-पतला शरीर। परन्तु यह सब तो अपनी हीनता का ही प्रदर्शन है। रंजीत इस तरह की इस खद्दर सभ्यता को बिलकुल ही पसन्द नहीं करता।

"अच्छा नहीं हुआ।"

"हाँ," रंजीत हँस पड़ा, मगर बोला कुछ नहीं। इस आन्दोलन के चक्कर में पड़े रहने की वजह से ही नवीन की पढ़ाई बर्बाद हुई, इस तथ्य के सम्पर्क में उसे रत्ती भर भी सन्देह नहीं रहा।

"अब भी मन लगाकर अच्छी तरह से पढ़ाई करो। बिना पढ़े कुछ भी नहीं कर सकोगे।"

नवीन की जिन्दगी में उस समय तक संशय का एक भयानक अंधेरा छा गया था। उसने कहा, "देखें क्या होता है?" (सम्प्रति) देश को स्वतन्त्र करना ही मेरा मुख्य लक्ष्य है, पढ़ने-लिखने पर ध्यान देना नहीं।"

सुमति जी ने नवीन के मुँह की ओर बड़े ध्यान से देखा, उसकी बात के अन्तिम अंशों को सुनकर वे झटका खा गईं। संभावतः नवीन को खुद भी नहीं पता कि वह क्या कहा गया है। वैसे यह बात अवश्य ही पूरी तरह सच है। यह आदमी तन-मन-प्राण से पूरी तरह असहयोग आन्दोलन का समर्थक हो चुका है। पढ़ाई-लिखाई करना या शिक्षा लाभ करना और जीवन में किसी अच्छे कैरियर को बना लेने की चिन्ता करने को असहयोग आन्दोलन के कार्यकर्त्ताओं के लिए अनुचित समझने की एक अस्पष्ट धारणा उसमें काफी पहले से ही रही है। अब संघ का आन्दोलन इस समय ढीला पड़ गया है, परन्तु सुमति जी इत्यादि कर्मठ प्रकृति के लोग इससे हताश नहीं हुए हैं। कारण यह है कि यहं तो स्वाभाविक ही है, क्या आप समझते हैं कि मनुष्य एक बहुत लम्बे समय चिरन्तन काल तक आन्दोलन करता रह सकता है? नवीन को भी आज इस कटु सत्य को जान लेना

चाहिए। उन्होंने कहा, "पढ़ने-लिखने, शिक्षित होने के प्रति ध्यान देने के लिए अभी बहुत समय है, नवीन। क्या तुम समझते हो कि केवल महाविद्यालयों में रहकर की जानेवाली पढ़ाई ही एक मात्र शिक्षा है?"

नवीन को हार्दिक खेद हुआ। उसने कहा, "इसके लिए मैं जरा भी दुःखी नहीं हूँ, बड़ी बहन जी। बल्कि मुझे तो पूरा विश्वास है कि आप लोगों ने जो मार्ग दिखाया है, वह मार्ग ही असली सच्चा-मार्ग है।

रंजीत के मन में बहुत दिन पहले की एक घटना याद हो आई। उसने जब सेना में 'किंग्स कमीशन' पाया तो नवीन ने उसकी इस उपलब्धि पर उसे बधाई नहीं दी थी। स्वाधीनता के लिए लड़ने वाला वह दल जो हिंसावादी मार्ग में भी विश्वास रखता है, असम के सफ्राई, सरु पथार और पानीखाई जैसे सुदूर इलाकों के रेलवे स्टेशनों तक सैनिकों को लाने-ले जाने वाली रेल लाइनों को भी तोड़-फोड़ रहे हैं। रंजीत ये सारे समाचार अच्छी तरह जानता है। इसी वजह से उसने गम्भीर आवाज में कहा, "तुम लोगों का रास्ता गलत है, नवीन। दरअसल इस तरह से तुम लोग फासिज्म की ही सहायता कर रहे हो।"

नवीन के संयम का बाँध टूट गया। वह बोल पड़ा, "आप तो साम्राज्यवादियों की सेना के सैनिक हैं। भूत के मुँह से राम-राम का जाप शोभा नहीं देता। अपनी जीविका चलाने के लिए नौकरी-चाकरी-ओहदा पाने के लोभ में जो आदमी अपने देश के हित को तिलांजलि दे देता है, मैं तो उसे आदमी ही नहीं समझता। उससे तो अपने सर्वस्व का त्यागकर देश की स्वाधीनता के लिए युद्ध करना बहुत अच्छा है।"

क्रोध के मारे रंजीत के कान-मुँह लाल हो गए। उसे ऐसा लगा जैसे नवीन अभी भी आदमी नहीं हो सका है। अभी उसके मुँह में वही नारेबाजी है। उसने मन में यह बहुत बड़ी साध सँजो रखी थी कि अपने शहर में एक महावीर पुरुष की तरह न सही तो कम-से-कम एक सफल अधिकारी पुरुष के रूप में प्रवेश करते ही सभी लोगों से आदर-अभ्यर्थना पाएगा। मनुष्यों के मन की आशा-अभिलाषा उसी प्रकार है। परन्तु पुराने द्वेष-विद्वेष ने, लगता है, पूरे शहर के मन को उखाड़ फेंका है। नवीन वगैरह का आन्दोलन तो धान के खेतों में ढाँचे पुआल (कट जाने के बाद जड़ों में बचे पुआल में जो आग लगा दी जाती है) में लगी आग की तरह जलकर बुझ चुका है। बिना किसी संहारक हथियार के खाली हाथों से ब्रिटिश सरकार या जापानी सेना को खदेड भगाने जाना और गाय-बैलों का पेड़ों पर चढ़ जाना अथवा काँवर (में प्रयुक्त मोटे बाँस के किनारे) के बाँस के किनारों से कान छेदना सब एक ही समान है। इतिहास में कहीं भी, कभी भी ऐसी कोई घटना

घटित नहीं हुई।

उसने उत्तर दिया, "अपने देश के प्रति प्रेम रखने का भाव अकेले तुम्हारा ही है, मेरा नहीं है क्या? इस महायुद्ध को तुम लोग बुरा बताकर इससे दूर रहने की सीख दे रहे हो, यह कहकर कि यह साम्राज्यवादियों की युद्ध है। लेकिन हम जो लड़ रहे हैं सो दरअसल तोजों और हिटलर के खिलाफ लड़ रहे हैं। इस लड़ाई की जरूरत को हम नकार नहीं सकते। मान लो, कल जापान ने भारत को जीत लिया, तब तो यह चर्खा घुमा-घुमाकर आन्दोलन करने की जगह भी कहीं नहीं बचेगी।"

रंजीत ने एक सिगरेट जलाई, उसके कई कश खींचे और तब आगे फिर कहने लगा, "हम लोग इस वक्त जापानी आक्रमणकारियों को खदेड़ भगाने में व्यस्त हैं। जापानी लोग परास्त होंगे, इस विषय में मुझे कोई सन्देह ही नहीं है। तुम कह सकते हो कि इस विजय के परिणामस्वरूप तो अंग्रेजों का शासन और दृढ़ और अटल हो जाएगा। परन्तु अंग्रेज यह अच्छी तरह जानते हैं कि भारतीय सेनाओं को हमेशा-हमेशा मशीन की तरह अपने मन-माफिक नहीं चला सकते। और मैं तुम्हें साफ-साफ बता देता हूँ कि हमारी सारी सेनाएँ ब्रिटिश साम्राज्य की जो संरक्षक या प्रधान आधार कही जाती हैं, सो सोलहों आने सच है, लेकिन (यह भी जान रखो कि) वे लोग स्वदेश-प्रेमी भी हैं। अतएव तुम लोग जो सारी सेनाओं की निन्दा करते रहते हो, सो तुम लोगों का यह कार्य तुम्हारी अदूरदर्शिता की निशानी है।

सुमति बहन जी और नवीन एकदम शान्त रहकर रंजीत की बातों के एक-एक शब्द मनोयोगपूर्वक सुन रहे थे।

नवीन ने अनुभव किया कि जिन सेनाओं को वह आज तक स्वदेश-प्रेम से रहित देशद्रोही समझकर उनका तिरस्कार करता आ रहा था, उन सब सेनाओं के बीच से देश-प्रेम पूरी तरह विलुप्त नहीं हो गया है। रंजीत भाई के प्रति जो वह कुछ कड़वी बातें कह गया था, और उन्हें अकारण ही चोट पहुँचाई थी, उसके लिए अब उसके मन में भारी पश्चात्ताप होने लगा।

उसने कहा, "भाई साहब! तर्कातर्की करने की झोंक में कुछ तीखी-कड़वी बातें कह गया, बुरा मत मानिएगा। देश-सेवा का अधिकार सभी को है।"

रंजीत फिर कुछ नहीं बोला। वह अपने आप में मस्त हो सिगरेट पीने लगा।

इस बीच जहाज ने चलना आरंभ कर दिया, उजान (जिस ओर से नदी की धारा बहकर आती है) की ओर, नदी के बहाव की दिशा के ठीक उल्टी ओर, धारा के विपरीत चलने के कठिन संघर्ष को लक्ष्य कर उसे बहुत आनन्द का अनुभव हुआ, फलतः वह उसी ओर बहुत ध्यान से देखने लगा।

ऐसे ही समय में जलपान-गृह के नौकर ने चाय और ब्रेड लाकर मेज पर रख दी। रंजीत ने सिगरेट फेंक दिया और चाय का एक कप उठा लिया तथा आँखों के इशारे से सुमति जी और नवीन को भी चाय पीने को कहा।

सुमति जी और नवीन भी चाय पीने लगे। पूरे दिन लगातार एक रस काम करते-करते वे थककर चूर हो गए थे। नवीन सिर नीचे झुकाए चाय पी रहा था। कुछ देरी तक किसी के मुँह से कोई बात नहीं निकली।

चाय पी लेने के बाद सुमति जी उठीं और नवीन को लक्ष्य कर बोलीं—"अब जब कि तुम्हारा गुस्सा ठंडा हो चुका है, तो अगर अब जरा सोचकर देखोगे तो स्वयं समझ जाओगे कि दरअसल गुस्सा करने का तो कोई कारण ही नहीं था। रंजीत जी ने तो बस इतना भर कहा कि हम लोगों का रास्ता गलत है, और उनका सही है। (अब तुम्हीं सोचो) इस बात में गुस्सा दिलाने लायक क्या कोई कारण हो सकता है?

यह बात सुनकर नवीन अपनी हँसी नहीं रोक सका। रंजीत भी हँसने को मजबूर हो गया। तब रंजीत की ओर देखकर सुमति जी ने कहा, "सुनो भाई रंजीत! सभी चीजों के लिए एक खास उपयुक्त समय होता है। अगर तुम आन्दोलन करने के समय में आन्दोलन का ही दमन करने के लिए हथियार उठाओगे, तो यहाँ काल-दोष यानी उचित समय का दुरुपयोग आ जाएगा, और जब अपने देश की स्वाधीनता को खतरा हो, उसकी रक्षा करने के लिए शस्त्र उठाने की जरूरत हो, तब अगर तुम अहिंसावादी बनकर हाथ समेट कर बैठ जाओ तो भी काल-दोष घटेगा। यह बात तो तुम्हें मान लेनी चाहिए। इन दिनों आन्दोलन का ही समय चल रहा था। अब आन्दोलन ढीला पड़ गया है, ऐसी संकट की बेला में यदि तुम लोग हमारा काम अपने हाथ में लो, तो मेरा भार भी कुछ हल्का होगा। और इसके लिए और कुछ भी करना नहीं पड़ेगा, बस अस्त्र-शस्त्र या हथियारों को रख देने भर से कांम बन जाएगा। अतएव अब तर्क-वितर्क करना बन्द करो, काम के लिए तर्क बेकार है। और हमें ज़रूरत है काम की।"

"बड़ी बहन जी! (आप समझ रही हैं कि) यदि मैं चाहूँ तो आप को सरकार विरोधी कानून के अन्तर्गत फंसाकर 'कालेपानी' भिजवा सकता हूँ।" —हँसते हुए रंजीत ने जवाब दिया—"फिर भी मेरी अपनी निजी धारणा है कि समय आने पर हमको ही स्वाधीनता की रक्षा करनी पड़ेगी। मुझे तनिक भी सन्देह नहीं कि आज नहीं तो कल तो भारतवर्ष स्वतन्त्र होगा ही।"

सुमति जी हँसकर रह गईं, बोलीं कुछ नहीं। सुमति जी अपनी बातें बहुत शान्त-शिष्ट ढंग से कह रही थीं। उनके कहने का ढंग ऐसा होता है कि जब वे

किसी के मत के विरुद्ध विचार प्रकट करती हैं तो भी उनकी बातें किसी आदमी को उनसे अलग-थलग हो दूर नहीं होने देतीं, बल्कि उन्हें अपने और करीब खींच लाती हैं। नवीन को लगा कि रंजीत भाई यह तो समझ गए हैं कि सुमति जी के निकट उनका एक विशेष मूल्य है। परन्तु वह मूल्य अभी तक स्पष्ट नहीं हुआ है। सुमति बहन जी इसे किस विधि से कहेंगी, इसे वह बता नहीं सकता। सेनाओं के लोग भारतीय-स्वतन्त्रता की इस लड़ाई का भार अपने कन्धों पर लेंगे, इसकी संभावना कहां है? रंजीत के ही व्यक्तित्व में उन्होंने यह संभावना कहाँ देखी?

"बड़ी बहन जी! क्या आप सचमुच ही विश्वास करती हैं कि रंजीत भाई और इनकी तरह के लोग एक दिन हमारे कार्य का भार अपने हाथ में लेंगे। वे केवल स्वतन्त्रता मिल जाने भर की कल्पना करते हैं, स्वतन्त्रता प्राप्त करने के लिए प्रयास करने के लिए नहीं।" नवीन ने अपना विचार व्यक्त किया।

"भविष्य में क्या होगा? इस चिन्ता में मैं अपना सर नहीं खपाती। उनके हाथ में एक अच्छी शक्ति है। इस शक्ति का उपयोग वे देश की स्वतन्त्रता के लिए नहीं कर सकते? खूब कर सकते हैं।" सुमति जी ने हँसते हुए उत्तर दिया।

रंजीत ने कुछ नहीं कहा। विचार-विमर्श की यह धारा धीरे-धीरे नियम की सीमा से बाहर जाते देख वह वहाँ से चले जाने को विकल होने लगा।

सुमति जी उसकी परेशानी समझ गईं। बोलीं, "तुम्हें इतनी जल्दी नहीं जाना है जरा बैठो। विमल भाई साहब की कोई एक चिट्ठी मिली थी?"

विमल भाई साहब के नाम में जैसे कोई जादू है। शहर के तमाम लोगों में एक सबके लिए प्रणम्य व्यक्ति हैं। सभी के श्रद्धा-भाजन रंजीत ने सिगरेट फेंक दी और हँसकर बोला, "हाँ, उनकी चिट्ठी मिली थी, लेकिन देरी हो गई। दरअसल बर्मा फ्रन्ट की लड़ाई के मेरे पते से रिडाइरेक्ट होकर फिर देहरादून के पते पर पहुँचने में काफी दिन लग गए। अरे वाह! मैं तो भूल ही गया था। मैं चन्दे की धनराशि ले आया हूँ। विमल भाई साहब इस समय हैं कहाँ?"

सुमति जी ने विमल भाई के मदनपल्ली जाने तक की परिस्थितियों को विस्तार से बतलाया। सुनते ही रंजीत की आँखों में आँसू आ गए। इस भले आदमी ने सारी जिन्दगी कठिन देश-सेवा करते-करते गुजार दी, और आज उसके पुरस्कारस्वरूप पाई बस केवल यह अकाल मृत्यु यक्ष्मा के तो माने ही हैं अकाल मृत्यु।

"विमल भाई साहब का कल्याण हो, बहन जी।" रंजीत कुछ देर विह्वल-विमूढ़ बैठा रहा। फिर अपने आप को संभालकर उसने पूछा, "चन्दे की धनराशि अब किसे दूँगी?

"मुझे ही देना।" सुमति जी ने जवाब दिया। "कितना दोगे? अभी दोगे?"

"हाँ। तीन सौ रुपये दूंगा।"

रंजीत द्वारा बढ़ाए गए सौ-सौ रुपयों के तीन नोटों को सुमति जी ने लेकर अपने खद्दर के झोले में रख लिया, फिर उसी झोले में से एक रसीद बही निकालकर एक 'तीन सौ रुपयों' की रसीद काटकर उसे थमा दी। उसे अपनी जेब में रखकर रंजीत ने पूछा, "उनकी चिकित्सा के लिए ठींक-ठाक प्रबन्ध हुआ है या नहीं?"

'चिकित्सा के प्रबन्ध' से असली मतलब चिकित्सा के लिए रुपये-पैसे यानी धन से है, यह सुमति जी समझ गईं।

"हाँ, खर्चे का सारा धन जनता दे रही है।" —संक्षेप में उन्होंने उत्तर दिया।

रंजीत ने मन-ही-मन विचारा कि गुवाहाटी में जो कुछ दिन रहना है, उतने में ही यदि संभव हुआ तो वह और काफी धन जुटाकर सुमति बहन जी को दे जाएगा। परन्तु अपने मन के इन विचारों को मुँह खोलकर कहना उसने उचित नहीं समझा। यह भी तो हो सकता है कि धन इकट्ठा करने का समय ही न मिले।

फेरी का जहाज उस समय नदी की तीक्ष्ण धारा से भयंकर संग्राम कर रहा था। अचानक ही उसका इंजन बन्द हो गया। और तब उस असहाय जहाज को नदी की प्रचण्ड धारा बहा ले चली। नीचे डेक के हाल में हो-हल्ला चिल्ल-पों मच गई। आकाश में तब साँझ का झुटपुट अंधेरा था।

उन तीनों व्यक्तियों को जैसे झटका-सा लगा। तीनों ही साथ-साथ डेक के एक कोने की ओर गए और वहाँ से नीचे के इंजिन की ओर देखने लगे। वहाँ जहाज के ड्राइवर, अमेरिकी अधिकारी और सिख अधिकारी आदि कई लोगों को इंजिन के मरम्मत के काम में जुटा देखा। ऑफिसर से पूछने पर रंजीत को पता चला कि इंजिन थोड़ी ही देर में चल पड़ेगा।

कुछ समय बाद ही इंजिन चल पड़ा। परन्तु इतने ही समय में धारा जहाज को लगभग आधी मील तक नीचे की ओर बहा ले गई थी। इंजिन फिर जब नदी के प्रवाह स्रोत के मूल (ऊपरी) दिशा की ओर चल पड़ा, तो वे तीनों फिर अपनी-अपनी कुर्सियों पर जा बैठे।

तीनों ही एक-दूसरे के आमने-सामने बैठकर फेरी जहाज के ऊपर की ओर चढ़ने का शब्द सुन रहे थे। सुमति बहन जी के मन में उतरती हुई रेलगाड़ी की सीटी टिन-टिन कर बज रही थी। विमल भाई विगत पन्द्रह वर्षों तक की असमीया

विकास साधना की जीवन्त प्रतिमूर्ति थे। वे जितनी ही दूरी तक आगे बढ़ सके हैं, उतनी दूरी तक वह प्रतिमूर्ति उज्ज्वल होती गई है। इस महापुरुष के भीतर सुमति जी ने केवल एक जाति का ही दर्शन नहीं किया था, बल्कि देश-काल से परे एक अखण्ड परम सत्ता का भी किंचित् आभास पाया था।

"विमल भाई साहब से जो स्थान खाली होगा, उसका अभाव किसी भी तरह पूरा नहीं हो सकेगा, बहन जी!" अपनी बात कहकर रंजीत ने सिगरेट का धुआँ ब्रह्मपुत्र की तेज बहती हवा में बहुत दूर तक उड़ा दिया।

"तुम समझते हो, प्रकृति कहीं कुछ खाली कर के क्या यूँ ही पड़ी रहने देती है, रंजीत?" सुमति जी ने हंसकर शान्त मधुर स्वर में उत्तर दिया। चलते हुए जहाज की बिजली बत्ती की रोशनी में उनका श्रम से शिथिल मुखमण्डल खुदाई काम करने वाले बंगाली मजदूरों द्वारा सजाई गई सरस्वती देवी की प्रतिमा के मुख-मण्डल सदृश लग रहा था। इन विगत पन्द्रह वर्षों में इस प्रदेश में होने वाले स्वतन्त्रता आन्दोलन, संगीत-शिल्प साधना, कामरूपी प्राचीन नृत्य संघ के गठन, जयमती नामक फिल्म (वृत्तचित्र) का निर्माण, साहित्य के आधुनिकीकरण, चित्रकला की उत्पत्ति, असमीया व्यापार वाणिज्य, दैनिक समाचार पत्र का आरंभ, समाज-सेवा और विश्वविद्यालय बनाने की परिकल्पना आदि-आदि कौन-से ऐसे जातीय उत्कर्ष के कार्य हैं जिनमें वे तन-मन से लिप्त नहीं थे? परन्तु प्लेटो के पंख लगे घोड़ों की भाँति इन सबको उनकी आत्मा ने ही अपने मनोरथ का वाहन बना लिया था। अपूर्ण आत्मा को पूर्णता प्रदान करने के प्रयास उनके इन कार्यों में ही प्रकट हो रहे थे। घोड़े के पंख कट जाने से ही महाविपत्ति होती है। देखोगे कि उन तमाम उल्लिखित कार्यों में से एक काम का भी कोई अर्थ नहीं है। इसी वजह से बहुत से लोग इन कार्यों को करके भी यथास्थिति पारिवारिक (सांसारिक) जीवन में लिप्त होकर अपने निर्दिष्ट लक्ष्य को पाए बिना ही, लक्ष्यच्युत होकर पंखहीन घोड़े के रूप में परिणत हो गए। समूची जाति को समस्त जन-गण को पंखयुक्त घोड़े के रूप में परिणत कर देने के लिए ही विमल भाई साहब ने संघ की स्थापना की थी। अब वैसी ही प्रतिभा, वैसी ही परिकल्पना से जो संपन्न होगा वही उनके द्वारा खाली किए गए स्थान को भर सकेगा। सचमुच ही वे मुक्तात्मा हैं, जिन्होंने जीवन्मुक्ति पा ली है।"

रंजीत के मन में एक और असमीया विचारक महापुरुष की याद उभर आई। सेनावाहिनी में भर्ती होने के पहले एक सार्थक जीवन जीने की कला सीखने और तदर्थ राय-विचार लेने के उद्देश्य से वह प्रोफेसर रविचन्द्र के घर के बैठके में सप्ताह में तीन-चार बार आता-जाता रहता था। उस वक्त प्रोफेसर रविचन्द्र जी इंगलैण्ड से

डॉक्टरेट की डिग्री लेकर लौट आए थे। असम प्रदेश (का पिछड़ापन दूर करने) की उन्नति के लिए भिन्न-भिन्न लोग भिन्न-भिन्न प्रकार का काम करने को उद्यत थे। कोई अपने ऊपर जिम्मेदारी लेना चाहता था चलचित्र (सिनेमा) को विकसित करने की, तो कोई केवल चित्रकला की, कोई मूर्तिकला, कोई नृत्य-कला, कोई संगीत-विद्या, कोई उच्च शिक्षा क्षेत्र, कोई वैज्ञानिक गवेषणा तो कोई नाट्य एवं अभिनय-कला को विकसित करने का भार लेने को तत्पर था। कोई साहित्य-रचना में प्रवृत्त था। तो कोई असम में विश्वविद्यालय स्थापना के लिए सचेष्ट था। इन तमाम क्षेत्रों में कार्य करने को उद्यत सभी-के-सभी प्रो. रविचन्द्र जी के पास मार्ग-निर्देश लेने के लिए जाते थे। रंजीत और प्रो. रविचन्द्र की ज्येष्ठ बिटिया सुदर्शना के मन में चलचित्र (सिनेमा) निर्माण करने की प्रबल इच्छा उत्पन्न हुई थी। रंजीत के पिता जी के पास अपार धन-सम्पत्ति थी। बेलतला कुरुवा और सिपाझार आदि जगहों पर बहुत सारी जमीन-जायदाद थी। घर पर भी नृत्य संगीत और नाटक के संबंध में बराबर चर्चा-परिचर्चा होती रहती थी। रंजीत ने घर पर ही कुछ शास्त्रीय राग, कुछ आधुनिक शैली के गान और कुछ शंकर देव-माधव देव के बरगीत (भजन-वन्दना) आदि सीख लिये थे। (उसकी इस कला-साधना में) उसकी सहयोगिनी थी चम्पा, जो उसकी दूर की रिश्तेदार थी। अपने घर पर ही एक कुशल प्राशिक्षक रखकर अपने पिता जी की देख-रेख में वह नृत्य-कला सीख रही थी। अपने पिताजी के साथ कलकत्ता जाकर दूसरे और धनी मानी सुविधा सम्पन्न असमीया परिवार के लोगों की तरह वहाँ उसने भी अच्छे-अच्छे थिएटर (नाट्य-संस्थान) सिनेमा और संगीत समारोहों का रसपान करने का सुयोग पाया था। प्रमथेश बरुआ, सहगल, पंकज मलिक, कानन देवी, शिशिर भादुड़ी, रवीन्द्रनाथ, रुक्मिणी देवी, उदयशंकर आदि की कला-साधना ने तभी उनके मन में एक नवीन संस्कृति के क्षेत्र के मार्ग का पता दिखा दिया था।

प्रो० रविचन्द्र जी ने उन्हें सिनेमा-निर्माण के लिए केवल उत्साहित ही नहीं किया था, अपितु उसके लिए उन्होंने एक कहानी भी चुनकर बता दी थी।

परन्तु उनकी धर्मपत्नी मनोरमादेवी ने उस सारे उत्साह पर ठंडा पानी डाल दिया था, सारे उत्साह को ठंडा कर दिया था। उन्होंने सुदर्शना को अभिनय करने से एकदम मना कर दिया। उस समय तक असमीया सुसभ्य घरानों के लोगों की यह बद्धमूल धारणा थी कि अभिनय का काम करना कुमारी कन्याओं के लिए कदापि उचित नहीं क्योंकि इस प्रकार की कला अपनाने से कुमारी कन्या के चरित्र के नष्ट हो जाने की प्रबल आशंका रहती है। प्रो. रविचन्द्र का मन भादौं महीने की बढ़ियाई ब्रह्मपुत्र की तरह चाहे ऊँची-ऊँची लहरों से कितना ही ऊँचा क्यों न

उछलने वाला हो, परन्तु उर्वशी के-से शिलाखण्ड की तरह अचल-अटल मन को अपनी दृढ़ स्थिति से जरा-भी विचलित नहीं कर सका। उस योजना को क्रियान्वित करने में इसके अलावा भी एक और बाधा आ खड़ी हुई। (समय की गति को पहचानने वाले) रंजीत के पिता जी ने इसी बीच अनुभव किया कि (द्वितीय) विश्वयुद्ध के कारण तमाम सारी चीजों के दाम चढ़ गए हैं, उन्हीं के साथ फिल्म के दाम भी बहुत बढ़ गए हैं। फलतः वह तो अब दुष्प्राप्य हो गई है। असम प्रदेश में जापानियों के प्रवेश करने की घटना के साथ-साथ देश की दशा भी सुस्थिर नहीं रह सकी है। हलचल मच गई है। परिणामस्वरूप उन्होंने सिनेमा बनाने के लिए आवश्यक धनराशि खर्च करने से अपनी असहमति प्रकट कर दी है और उनकी इस असहमति को सुनते ही रंजीत का (सिनेमा-निर्माण का) सपना नष्ट होकर चूर-चूर हो गया।

रविचन्द्र जी ने अपनी पत्नी के परम्परावादी-प्रतिक्रियाशील विचारों के समक्ष जिस तरह हथियार डाल दिया और हार मान ली। उस दृश्य की याद अगर अब भी कभी ताजा हो जाती है तो रंजीत का मन आज भी उदास हो जाता है। असम-प्रदेश के बुद्धिजीवियों पर से उसका विश्वास डिगने लगता है।

रंजीत और सुदर्शना में परस्पर गहरा प्रेम पल्लवित हो गया था। उनके इस पवित्र-प्रेम पर मुग्ध होकर रविचन्द्र जी स्वयं ही सुदर्शना को रंजीत को समर्पित कर देना चाहते थे। (उनका विवाह कर देना चाहते थे।) मनोरमा देवी को भी कोई आपत्ति नहीं थी। वे बस यही चाहती थीं कि पहले रंजीत अच्छी-सी नौकरी प्राप्त कर ले। रंजीत ने एस. डी. सी. (पी.सी.एस. समकक्ष) की परीक्षा दी थी, परन्तु उसमें वह कुछ अच्छा नहीं कर पाया। तब उसने सेना-सेवा में नौकरी प्राप्त कर ली। सुदर्शना के साथ विचार-विमर्श करने के बाद उसने निर्णय लिया था कि विवाह सम्पन्न हो जाने के बाद जितने समय तक वह लड़ाई के मोर्चे पर रहेगा, उतने समय तक सुदर्शना शान्तिनिकेतन जाकर नृत्य कला की शिक्षा ग्रहण करेगी, और जब युद्ध समाप्त हो जाएगा तो वे दोनों मिलकर फिर से कला की साधना में मनोयोगपूर्वक तल्लीन होंगे। प्रोफेसर रविचन्द्र ने उनका यह विचार सुनकर उन्हें उनकी योजना में सफल होने का आशीर्वाद भी दिया।

परन्तु उन्हीं दिनों मनोरमा देवी ने रात की नींद में भी प्रायः रोज छोटा-सा सिनेमा का दृश्य देखना आरंभ कर दिया। इन देखे गए दृश्यों में से दो दृश्यों ने तो उनका दिल ही दहला दिया। पहले दृश्य में उन्होंने देखा कि एक बहुत ही घने जंगल के बीचोंबीच रंजीत गोलियों से छलनी हुए शरीर को मरणान्तक पीड़ा से छटपटाते-छटपटाते अन्ततः मर जाता है और उसके साथ के सैनिक साथी उसकी

चिता जलाकर उसका अन्तिम संस्कार कर रहे हैं। और उसके साथ-ही-साथ एक दूसरे दृश्य में उन्होंने शान्तिनिकेतन के छात्रावास में रह रही सुदर्शना को देखा, देखा कि वह बेचारी बिस्तरे पर पड़ी-पड़ी छटपटा रही है। कोई एक सहेली उसके पास आकर उसकी रंगीन, महीन जार्जेट की साड़ी उतरवाकर उसके बदले सफेद थान के कपड़े की साड़ी पहना दे रही है, उसके माथे पर लगे सिन्दूर को धो-पोंछ रही है और उसके शरीर पर के सारे गहने और प्रसाधन की चीजों को हटा दे रही है। ऐसी हालत में उधर बेबस पड़ी सुदर्शना बेहोश हो गई है।

यह एक ही सपना लगातार कई दिनों तक बार-बार देखते रहने के कारण मनोरमा देवी का अति कोमल माँ का मन बहुत ही भयभीत हो गया। और (असगुन की आशंका से) उन्होंने उन दोनों के सुनिश्चित विवाह संबंध को भी तोड़ दिया।

प्रोफेसर रविचन्द्र जी ने अब की दूसरी बार भी अपनी धर्मपत्नी की जिद के आगे हार मान ली। और इस बार जो उन्होंने पत्नी के समक्ष पराजय स्वीकार की तो रंजीत का सारा विश्वास, उसकी सारी श्रद्धा-भक्ति प्रो. रविचन्द्र के ऊपर से उठ गई।

"हमारे इस शहर में एक और सज्जन महापुरुष हैं, जिनके विचारों को मैं बहुत महत्त्व देता था। उन्होंने असम प्रदेश के नवजागरण का स्वप्न देखा था। परन्तु उनका मन-मस्तिष्क, उनकी आत्मा विमल भाई साहब की तरह उन्मुक्त या स्वच्छन्द नहीं है। उनके उड़न घोड़े के पंख उनकी धर्मपत्नी ने ही काट फेंके हैं।"—अपने सिगरेट को पानी में फेंक देने के बाद पुरानी घटनाओं को याद करते-करते रंजीत ने कहा। और उसके इस कथन के साथ-साथ ही लम्बी गहरी निश्वास की आवाज भी सुनाई पड़ी।

सुमति जी रंजीत के क्षोभ और दर्द के कारण को समझ गईं। रंजीत द्वारा संकेतित व्यक्ति रविचन्द्र जी ही हैं, इस विषय में उन्हें कोई सन्देह नहीं रहा। परन्तु सिनेमा निर्माण करने और विवाह संबंध स्थापित करने का वचन देकर भी उसे कार्यरूप देने, वचनानुसार कार्य सम्पन्न करा देने में जो वे असफल रहे, मात्र इतनी वजह से प्रो. रविचन्द्र एक बंधनयुक्त आत्मा के, परवश हो जाने वाले व्यक्तित्व के, आदमी हैं, यह बात रंजीत की तरह सुमति जी कतई नहीं मान सकीं। उन्होंने कहा, "देखो भाई, उनकी आत्मा स्वच्छन्द नहीं है, (यह बात अगर मान भी लें) तो इसका एक मात्र एक ही क़ारण है, और वह यह कि उन्होंने सर्वांगीण स्वतन्त्रता, हर तरह के बनधन से मुक्ति की कल्पना नहीं की। अगर वे हमारी समग्र मुक्ति, हर प्रकार की स्वतन्त्रता की भावना में विश्वास रखते तो उन्होंने साम्राज्यवाद का

समर्थन नहीं किया होता और नेशनल वार फ्रण्ट– (राष्ट्रीय युद्ध नीति– तत्कालीन) के प्रचारक भी नहीं बने होते। असम प्रदेश के सभ्य-शिक्षित परिवारों में स्त्रियों को नाटकों में या सिनेमा में अभिनय करने और युवक-युवतियों में परस्पर प्रेम-विवाह होने के विरुद्ध जो मनोभाव प्रचलित है, वह तो पितृप्रधान समाज और स्त्रियों की गुलामी में विश्वास रखनेवाले परिवारों की जड़ में ही विद्यमान है। नौजवान युवकों और युवतियों के लिए ऐसे परिवारों के वातावरण की अपेक्षा संघ के वातावरण में अधिक स्वतन्त्रता को लक्ष्य करने के उपरान्त ही तुम्हारे विमल भाई जी ने अपनी किशोरावस्था में ही परिवार बन्धन से बाहर निकलकर संघ की स्थापना की थी। परिवार में रहते हुए समग्र मुक्ति, प्रत्येक क्षेत्र की स्वतन्त्रता की साधना कर पाने की स्थिति करने की ज़रूरत समझी थी। तुम्हारे बुद्धिजीवी नेता की दृष्टि इतनी साफ, इतनी उन्मुक्त नहीं थी, इसी वजह से उनके उड़न घोड़े के पंख कट गए।

रंजीत, नवीन और विमल भाई–ये सभी एक वंश के, संयुक्त परिवार के थे। अतएव यह तो स्वाभाविक ही है कि विमल भाई साहब द्वारा परिवार को तिलांजलि देकर संघ की स्थापना करने की कहानी से वे सभी सुपरिचित थे।

"विमल भाई से, विमल भाई के संघ से मेरा इसी बात में मतभेद है, बहन जी।" रंजीत ने गंभीरता के साथ जवाब दिया, "समाज में अगर किसी प्रकार के परिवर्तन की आवश्यकता महसूस होती है तो इसका आरंभ परिवार के भीतर से ही होना चाहिए। प्रोफेसर रविचन्द्र यह काम नहीं कर सके, इसी कारण मैं उन पर दोषारोपण करता हूँ।"

"अगर ऐसी बात थी, तो तुम और सुदर्शना ने मिलकर समय रहते ही, अपने विवाह के लिए अन्तिम दम तक 'संघर्ष क्यों नहीं किया?'–सुमति बहन ने बीच में हस्तक्षेप करते हुए कहा, "तुम्हारे विमल भाई और मेरे मामले में भी तो ठीक यही समस्या आ पड़ी थी। मैं शिवसागर जिले की एक ईसाई कन्या थी। तुम्हारे भाई साहब गुवाहाटी के एक सम्भ्रान्त हिन्दू परिवार के नवयुवक थे। अगर हम भी घर-परिवार की सीमाओं में घिरे रहे होते, तो हमारी भी ठीक तुम-जैसी ही दशा हुई होती। परन्तु चूँकि हम (घर की सीमाओं से निकलकर) संघ के खुले वातावरण में आ गए थे, अतः हम ऐसी (शोचनीय) दशा से बच गए। कम-से-कम इसके परिणाम-स्वरूप हमारा प्रेम एक सार्थकता तो पा सका।"

रंजीत सुमति जी की बात के अन्तिम वाक्य को मान नहीं सका। क्योंकि वह अच्छी तरह जानता था कि विमल भाई और सुमति जी के बीच जो प्रेम-सम्बन्ध हुआ वह परिपूर्ण रूप में सार्थक नहीं था। सुमति बहन जी के मन में आदर्श के प्रति निष्ठा का भाव अति प्रबल था, अतएव वे पूर्णरूप से ब्रह्मचर्य व्रत का पालन

करती हुई (एक प्रकार से) आध्यात्मिक प्रेम की साधना कर रही थीं। इसी वजह से विमल भाई साहब से उनका मतभेद भी हो गया था। इन्हीं सब बातों को ध्यान में रखकर उसने कहा, "आप लोगों का संघ दरअसल विवाहित स्त्री-पुरुषों के लिए उपयुक्त आश्रय-स्थल नहीं है। भगवान बुद्ध का संघ, शंकर देव का सत्र, कैथोलिक ईसाई भिक्षुणियों का संघ, और महात्मा गांधी का आश्रम– ये सब सेवा करने वाले सेवकों के लिए हैं। उनमें स्त्री-पुरुष का जीवन परिपूर्ण सार्थकता प्राप्त नहीं करता। ब्रह्मचर्य-व्रत साधारण मनुष्यों का आदर्श नहीं हो सकता।"

"हमारे जीवन में एकमात्र आनन्द था, मन का आनन्द। केवल निस्सन्तान रहकर ही नहीं, अनासक्त रहकर भी हम अपने जीवन का प्रत्येक क्षण देश की सर्वांग पूर्ण स्वतन्त्रता की बलिवेदी पर न्योछावर कर चुके थे। (मैं मानती हूँ कि) यह मार्ग सभी के लिए उत्तम मार्ग नहीं है, परन्तु जो सेवा करना चाहते हैं, उनके लिए तो अत्यन्त आवश्यक है। इस क्षेत्र में महापुरुष माधवदेव मेरे आदर्श हैं। अवश्य ही विमल जी का ....।" अचानक ही सुमति जी का मुँह लाज के मारे संकुचित हो गया। फिर उन्होंने कहा, "ये सब बातें अभी छोड़ो। सुदर्शना को एक बड़ी सुन्दर बिटिया पैदा हुई है, इसकी खबर तुम लोगों को हुई है या नहीं?"

रंजीत ने एक उदास-सी हंसी बिखेरते हुए कहा, "खबर कैसे पाऊंगा? मैं तो लड़ाई के मोर्चे पर था।"

"बहुत ही रूपवती बच्ची है। उसने उसका नाम रखा है—अपराजिता।" सुमति जी ने मुस्कराते हुए कहा, "यद्यपि यह नाम बच्ची के चाचा, दादी माँ, यहाँ तक कि पिता को भी, पसन्द नहीं था, फिर भी उसने हठ करके जोर-जबरदस्ती से यही नाम रखा।"

रंजीत का सारा शरीर सिहर उठा। सुमति बहन जी को, इस तरह हठपूर्वक नाम दिए जाने का रहस्य समझ पाना संभव भी नहीं है। जब रंजीत और सुदर्शना के मध्य प्रेम अत्यन्त प्रगाढ़ हो गया था, उस समय रंजीत सुदर्शना को इसी नाम से बुलाता था, और अपने नीले पैक पर इसी नाम से उसके लिए चिट्ठियाँ भी लिखा करता था। उस समय प्रेम का रंग था—नीला रंग।

रंजीत कुछ भी बोल नहीं सका। (बस मन-ही-मन विचारता रहा) पगली आज तक भी उसे भुला नहीं सकी है।

कुछ देर और बातचीत कर लेने के बाद रंजीत वहाँ से उठकर चला गया। फेरी-जहाज अब घाट पर पहुँचने-पहुँचने को था। उधर उस पार के फेरी का जहाज भी चल पड़ा था। दोनों फेरी-जहाजों की तेज लाइटों का प्रकाश दोनों के बीच दबाव से पेड़ की तरह उठी हुई पानी की लहरों पर जो पड़ रहा था लहरों में

चमकते जलकण सोने के काम किए हुए छोटे-छोटे फूलों की तरह सुशोभित हो रहे थे।

रंजीत और ज्यादा देर तक ऊपर ठहर न सका। अपना सामान ठीक-ठाक करने के लिए नीचे डेक की ओर उतर गया।

सुमति जी ने अपना थैला खोला, और विश्वविद्यालय के लिए एकत्रित धनराशि का हिसाब-किताब ठीक किया। रुपये के नोटों और चेकों के माध्यम से प्राप्त कुल धनराशि मिलाकर एक हजार रुपये हुए। उन्होंने सोचा कि नवीन से कहें कि ये सभी रुपये वह बरदलै जी तक पहुँचा दे, इस अभिप्राय से जों उन्होंने सर उठाकर देखा तो पाया कि नवीन तो जाने किन विचारों में डूबा हुआ है।

"क्यों भाई! तुम्हें फिर भी पुराने रोग ने धर पकड़ा है क्या?" —सुमति जी ने हँसी करने के बहाने पूछा।

रंजीत और सुमति के बीच बातें हो रही थीं तो नवीन उन्हें बड़े ध्यान से सुन रहा था। इसी प्रसंग में माकन द्वारा भेजे गए अतिशय सुकुमार फूल जैसे पत्र की, जो उसके द्वारा मंजा गया, अन्तिम पत्र भी था। वज्र-सी कठोर शर्त की बात उसे याद हो आई थी। माकन ने बिल्कुल दृढ़ निश्चय से साफ-साफ लिखा था। "संघ छोड़कर घर लौट न आने की स्थिति में उनका विवाह हो पाना असंभव है। और यह भी कि यह बात केवल उसके माता-पिता की अकेले-अकेले की बात नहीं है, बल्कि स्वयं उसका भी मत यही है। अब घर लौट जाना—छह वर्षों के बाद फिर लौट जाना, भला क्या संभव है?"

घर तो बस पहले जैसा पड़ा है।

माकन को अगर वह पाना ही चाहता है तो केवल "घर लौट आऊँगा" इतना ही भर कह देने से काम नहीं चलेगा, बल्कि घर-परिवार चलाने के लिए कोई एक काम करने की प्रतिज्ञा भी करनी पड़ेगी। किसी छोटी-मोटी नौकरी से तो माता-पिता या माकन कोई भी सन्तुष्ट नहीं होगा। वे लोग और भी शर्त रखेंगे, कोई बहुत अच्छी नौकरी करने की।

नवीन को इस तरह गुमसुम बैठे देखकर सुमति जी परेशानी में पड़ गईं, उनकी समझ में ही नहीं आया कि क्या करें। वैसे नवीन इसके पहले भी विचारों में कहीं खो जाता रहा है, सुस्त और शान्त पड़ जाता रहा है, परन्तु आज की तरह एकदम कुछ भी ओर-छोर पकड़ में न आने लायक अबूझ चुप्पी में तो कभी नहीं रहा। पूरे एक मिनट तक लगातार नवीन के मुँह को एकटक देखते रहने के बाद सुमति जी अन्दाज लगा पायीं कि यों चुप होकर नवीन आखिर क्या-कुछ सोच रहा है। परन्तु ऐसी स्थिति में नवीन को कोई सलाह-परामर्श देने की भी उनकी कोई

इच्छा नहीं हुई। इसी से आगा-पिछा विचारकर उन्होंने कहा, "देखो नवीन! अब तुम काफी समझदार व्यक्ति हो चुके हो। अतएव किसी भी समस्या को अपने निजी दृष्टिकोण से देख-परखकर निर्णय लेना। अपनी बुद्धि ही सबसे दृढ़ अवलम्ब है, उससे अधिक पक्की चीज कोई नहीं। परन्तु इस तरह अचानक ही मेरी पकड़ के बाहर, मेरे अंकुश से पूर्णतः दूर या हमारी भुजाओं के घेरे से सर्वथा बाहर भी चले जाने की कोशिश मत करना। मानव-जीवन की किसी भी अच्छी परीक्षा को मैं महत्त्वपूर्ण मानती हूँ। विमल भाई ने तुम्हें काफी कुछ सिखाया है। वे सोचते थे कि कौन जाने एक दिन उनके कर्त्तव्य का सारा भार, सारा उत्तरदायित्व तुम्हें ही वहन करना पड़ जाए।"

नवीन ने हँसकर उत्तर दिया, "आप चिन्ता न करें, मैं जो कुछ भी करूँगा, आप से जाँच-पूँछकर ही करूंगा। (इस समय) मैं जिस समस्या में पड़ा हूँ, उसका समाधान तो मुझे खुद ही करना पड़ेगा। लेकिन, इतना अवश्य है कि, आप के होते हुए संघ का भार मैं अपने ऊपर नहीं ले सकता।"

सुमति बहन जी ने हँसते हुए कहा, "सुनो नवीन! मुझे एक और चीज अपनी ओर खींच रही है। विमल भाई उस बात को जानते थे।"

"वह कौन-सी चीज है? संघ को संपूर्णतः साधनहीन कर देने वाली, बेकार कर देने वाली कोई व्यवस्था तो नहीं?" नवीन ने उत्कंठित होकर पूछा।

"बुरा मत मानना, नवीन! अभी मैं इस बारे में कुछ भी नहीं बता सकती। अभी छोड़ो, गुवाहाटी पहुँचने के साथ ही तुरन्त तुम बरदलै जी के घर जाकर चन्दे की धनराशि उन्हें सौंप आना।"

वे दोनों सीढ़ी से नीचे के डेक में उतर आए।

इस बीच एक बहुत लम्बी सीटी बजाकर फेरी जहाज इस पार आ लगा। कुछ मजदूर आदमी लकड़ी के तख्तों के बने पुल से किनारे के घाट और फेरी जहाज के डेक को एक में मिलाकर जोड़ने में जुट गए थे।

निचले डेक में प्रोफेसर स्मिथ, रंजीत और रतिराम आपस में बातें कर रहे थे। उनकी बातचीत का विषय था जयन्ती संबंधी वृत्तान्त। सुमति जी और नवीन जब उनके पास पहुँचे, तब रंजीत ने प्रोफेसर स्मिथ और जयन्ती से सुमति जी का परिचय करवा दिया।

सुमति जी ने जयन्ती की ओर ध्यान से देखा—लंबी-पतली, छरहरे बदन की, पाँव से सिर तक सुगठित-सुडौल देहयष्टि, रंग सांवला पर सुहावना, सिर के लम्बे केशों को प्राचीन समय की राजकुमारियों की शैली में कंधे तक विस्तृत सुविन्यस्त

जूड़े में बँधे हुए जो अपनी शोभा खुद ही बिखेर रहा था, सुन्दर सुकुमारी कन्या, उसके बदन पर बहुत महीन सूत का बना घाघरा और ब्लाउज सुशोभित था। अचानक ही उन्हें याद आया कि इसे तो वे पहचानती हैं (पहले भी कहीं मिल चुकी हैं)।

"नवराम ओझा की सुपुत्री है।" रंजीत ने कहा, "देवधुनी* नृत्य बहुत अच्छा करती है। रतिराम की भगिनी (बहन) की पुत्री है।" रंजीत ने इस बीच उस किशोरी का पूरा परिचय जान लिया था।

सुमति जी को अब सारी बातें याद आ गईं। सिपाझार के एक आदमी के घर पर यही किशोरी जब देवधुनी नृत्य कर रही थी तब अपनी अतिक्षिप्र पद-चाप से वह नामघर* की दीवारों को कँपा-कँपा दे रही थी। (उस समय) इसकी देहयष्टि पर लाल रंग का परिधान सुशोभित था, पीछे की ओर पीठ पर लंबे-लंबे केश नीचे तक फैले हुए थे और हाथों में एक अत्यन्त सुन्दर दीपक लिये वह नृत्य कर रही थी। उस दिन दर्शकों में उनके अलावा सुदर्शना, प्रोफेसर रविचन्द्र और रतिराम भी उपस्थित थे। आज लगभग छह महीने पहले की घटना है। सुदर्शना वगैरह मनसा पूजा देखने सिपाझार गए हुए थे।

"कहाँ जा रही हो?" बड़े प्रेम से सुमति जी ने पूछा।

"रतिराम जी को मालकिन जी ने बुलाया है। नाच सिखाने को कहती हैं। मेरे पिता जी तो आ नहीं सके। सो मुझे ही भेज दिया।"

"तुम्हारी माँ ने नहीं सीखा क्या? ओझा जी सकुशल तो हैं?"

"नहीं। ठीक नहीं हैं। घर का छप्पर ठीक कर रहे थे, कि वहीं से गिर पड़े। कमर में गहरी चोट खा गए।"

"हाय, राम ! " सुमति जी के मुँह से सहानुभूतिसूचक व्यथाभरी आवाज निकल गई। फिर कुछ देर तक उन दोनों में आपस में बातें होती रहीं।

यकायक प्रोफेसर स्मिथ सुमति जी के सामने आकर खड़े हो गए। लंबे-चौड़े सुगठित शरीर वाले प्रौढ़ावस्था को प्राप्त भद्र पुरुष, जो खाकी रंग के कपड़े पहने हुए थे, उनकी ओर देखकर सुमति मुग्ध रह गईं। सामान्यतः दिखाई पड़ने वाले सैनिकों की तरह उनके व्यवहार में चपलता नहीं थी। इसके पहले उन लोगों में दूर से ही

* असम प्रदेश के लोकनाट्यों में से एक यह नाच धर्मानुष्ठानपूर्वक किया जाता है और माना जाता है कि यह नाच करने वाले पात्र के पवित्र मन में देवता स्वयं उतर आते हैं जिससे वह भूत-वर्तमान और भविष्य की सभी बातें बता सकता है। नाचता-नाचता वह भविष्यवाणी भी करता है और लोगों की जिज्ञासाओं का समाधान भी

* असम प्रदेश के (महापुरुषीया) वैष्णव संप्रदाय के विष्णु उपासना के मन्दिर जहाँ बराबर कीर्तन-भजन होता रहता है।

देखादेखी हुई थी। कभी कोई बातचीत नहीं हुई थी।

"आप के संबंध में रंजीत ने काफी बातें बतलाईं। आप को देखकर मुझे मेरी न्यूयार्क में रहने वाली बड़ी बहन की याद ताजा हो गई है। आकार-प्रकार और देखने-दाखने में आप बिल्कुल मेरी बहन जैसी हैं।"–स्मिथ ने अनुनासिक सुर में धीरे-धीरे अटक-अटककर अंग्रेजी भाषा में अपनी बातें कहीं।

दोनों में परस्पर अभिवादन शिष्टाचार-विनिमय के बाद (असम प्रदेश में) विश्वविद्यालय और गांधी जी के आश्रम के क्रिया-कलापों के सम्बन्ध में विचार-विमर्श हुआ। प्रोफेसर स्मिथ ने अपनी बात पर अधिक बल देते हुए कहा, "(हम विदेशी लोगों के लिए) आप लोगों के शहरों में तो कोई भी नवीनता नहीं है, ऐसा कुछ भी नहीं जो हमें नया लगे, आकर्षित करे। परन्तु आपके गाँवों में अवश्य ऐसी चीजें हैं, जिन्हें हमने कभी देखा-सुना नहीं, अत्यन्त दुर्लभ वस्तुएँ हैं। यह (किशोरी) क्या बहुत उत्कृष्ट कोटि की नर्तकी है?"

"हाँ।"

फिर सुमति जी ने मनसा-पूजा के अवसर पर किस प्रकार के नृत्य होते हैं, इस संबंध में उन्हें विस्तार से बतलाया। इसी के साथ-साथ उन्होंने देवधुनी नाच में नर्तकी के शरीर में देवी-शक्ति आ जाने के जनसाधारण के विश्वास के संबंध में भी विस्तार से समझाया। उसी शक्ति के बल पर वह (नर्तकी) भूत-भविष्य की बातें बता देती है। प्रोफेसर स्मिथ ने अपनी नोटबुक खोलकर उसमें उनकी बातों को सारांश में लिख लिया–"जादू और धर्म-भावना के सम्मिश्रण से ही इस नाच की उत्पत्ति संभव जान पड़ती है।" इसके साथ-साथ ही उन्होंने जयन्ती का नाम, पता और शिक्षा-दीक्षा के संबंध में भी टिप्पणी लिख ली।

इतने समय के दौरान ही यात्री लोग लकड़ी के तख्तों से जुड़े पुल के सहारे पार जाने लगे।

प्रोफेसर स्मिथ ने जयन्ती की ओर इशारा करते हुए कहा–अगर उसे कोई आपत्ति न हो, तो वे अपने मूविंगकैमरे से प्रोफेसर रविचन्द्र अथवा सुदर्शना के घर पर उसके नाच की (नृत्य करते उसकी विभिन्न मुद्राओं की) फोटो लेना चाहते हैं।

लाज के मारे जयन्ती का मुँह-कान सभी लाल पड़ गए। केवल उतना ही नहीं, बल्कि उसे ऐसा अनुभव हुआ कि देवता के नाच की नृत्य मुद्रा का फोटो खींचना कोई अच्छा काम नहीं है। ऐसी दशा में रुष्ट होकर देवता देह से निकलकर विलुप्त भी हो जा सकते हैं।

सुमति जी ने हँसते हुए कहा, "प्रोफेसर स्मिथ साहब! इस समय यह सब खोज-पूछकर उसे परेशान न करें। आप हम लोगों से एकदम भिन्न समाज से आए

हुए हैं, और हमारा समाज जहाँ अब आप आए हैं वह आपके समाज से सर्वथा भिन्न है। समय और सुअवसर मिलने पर आप प्रोफेसर रविचन्द्र जी से ही अपना निवेदन कहिएगा, वे सारी सुविधाएँ कर देंगे।"

प्रोफेसर स्मिथ ने स्वीकृतिसूचक सिर हिलाया। थोड़ी देर बाद ही वे रंजीत के साथ चले गए।

यात्रियों की भीड़ से खाली हो चुके फेरी के जहाज की ओर देखकर जयन्ती की जान में जान आई। उसने चैन की साँस ली। जहाज के डेक में रहते हुए अब तक वह एक नयी पृथ्वी की भीषण जटिलताओं में जकड़ी पड़ी थी। वह आज जीवन में पहली बार शहर में आई है। (ब्रह्मपुत्र के) उत्तरी तटवर्ती भाग में इस तरह के महायुद्ध का झंझट-जंजाल भी नहीं है। एक सीधे-साधे पहिये के चक्राकार में गतिशील खेतिहार किसानों का जीवन शान्त और मधुर है। रतिराम उसके बिलकुल करीब खड़े होकर उसे जैसे हर तरह से सुरक्षित रखे हुए थे। वह पूरी तरह स्वाभाविक नहीं हो पायी थी। पुरुषों की अधीनता से मुक्त आधुनिक चंचल नारी की प्रतिनिधि-स्वरूप महिला सहायक सेना (विमन आक्सिलरी फोर्स) की जो कई युवतियाँ यहाँ थीं, उनके चले जाने से उसे बहुत खुशी हुई। वैसे उनके हट जाने से उसे ऐसी खुशी क्यों हुई, इसे वह बता नहीं सकती। दरअसल इस प्रकार की स्वतन्त्रता को गाँव के लोग स्वेच्छाचारिता ही समझते हैं, कहते हैं, यही सब समझ-बूझकर ही नवराम ओझा ने उसे बहुत सावधान होकर चलने का उपदेश देकर ही यहाँ भेजा था।

चारों व्यक्ति फिर धीरे-धीरे लकड़ी का पुल पार कर किनारे पहुँच गए। उस समय नवीन ने ख्याल किया कि अंधेरा गहरा गया है और धरती को अपने प्रकाश में जकड़ चुका है। किनारे के उस तरफ, जिधर सवारियाँ खड़ी होती हैं, जयन्ती का स्वागत करने और उसे ले जाने के लिए स्वयं प्रोफेसर रविचन्द्र और सुदर्शन खड़े प्रतीक्षा कर रहे थे। उन लोगों ने सिपाझार में एक बार जयन्ती का नृत्य-कौशल देखा था। उसी समय से उसके सम्पर्क में अधिकाधिक जानने के लिए रविचन्द्र जी की उत्कृष्ट अभिलाषा थी। नृत्य कला मर्मज्ञ और कुशल नर्तकी श्रीमती जोशी जी से परिचित होने और उसके बाद उनका संग-साथ मिलने के बारे से सुदर्शना के मन में भी यह लोक नृत्य सीखने की बड़ी ललक पैदा हो गई थी। मन्मथ ठीकेदार के साथ विवाह हो जाने के बाद जब शान्ति निकेतन जाने की आशा पूरी तरह समाप्त हो गई तो सुदर्शना के दिल को बड़ी गहरी चोट लगी। वह बहुत दुःखी हुई परन्तु उसने अपना मन टूटने नहीं दिया। उसने पति से आग्रह करके अपने घर पर ही नाच-गान की चर्चा एवं शिक्षा की सुविधा का प्रबन्ध कर लिया। अब जो नृत्य उसने

सीखे उनमें मणिपुरी और सत्रीया* नृत्य विशेष उल्लेखनीय हैं। इधर जो कुछ समय बीता उसमें युद्ध में भाग लेने वाले सैनिकों को नृत्य दिखाकर उत्साहित करने के अभिप्राय से बाहर से कुछ विदेशी नृत्य कला के कलाकार और भारत के अन्य प्रदेशों के भी कुछ कलाकार असम में आए थे। उन्हीं में से एक विशिष्ट कलाकार थीं श्रीमती जोशी। उनसे सुदर्शना ने भारतीय नृत्य कला का इतिहास तथा कला और रस के संबंध में अनेक नयी जानकारियाँ हासिल की थीं। इसे यदि ठीक ज्ञान-प्राप्ति न कहें तो भी ज्ञान-प्राप्ति का आग्रह समझ सकते हैं। प्रोफेसर रविचन्द्र से श्रीमती जोशी ने असम प्रदेश के सत्रीया, देवधुनी, ओजापाली* और देवदासी नृत्य के बारे में विस्तार से सुना (और प्रभावित हुईं) तो बोलीं, "इन कलाओं का उद्धार कर पाने पर ही असमीया जाति की संस्कृति और साधना की बातें संसार जानेगा।" उस समय श्रीमती रुक्मिणी देवी अरुण्डेल द्वारा भरत नाट्यम्, मलयालम के कवि वल्लतोल्ल द्वारा कथकलि नृत्य और लखनऊ में उनके अपने गुरुजी द्वारा कत्थक नृत्य के उद्धार की बातें कहते-कहते वे इन नृत्य शिल्पियों की साधना के प्रति भक्ति भाव से गद्‌गद हो गई थीं। सुदर्शना ने उसी दिन मन स्थिर कर निश्चय कर लिंया था कि इस नृत्य कला के उद्धार के काम को वह स्वयं अपने हाथ में लेगी। उसके पिता जी ने उसके इस दायित्व के लिए उसे उत्साहित किया था।

उसके बाद सिपाझार घूमने का कार्यक्रम बना और वे वहाँ गए। उसी समय विश्वविद्यालय स्थापना के लिए जनता से चन्दे के रूप में धन इकट्ठा करने के उद्देश्य से सुमति जी पहुँची थीं। (जहाँ वे ठहरी थीं उस) घर के पास के ही एक गृहस्थ के घर पर देवधुनी नाच का आयोजन था, अतएव उस नृत्य को देख उन्होंने भी जयन्ती की नृत्य-कला के रसपान का सुयोग पाया था।

सुमति जी वगैरह का आगे बढ़कर रविचन्द्र जी एवं सुदर्शना ने स्वागत-सत्कार किया। उसके बाद जयन्ती के पास जाकर सुदर्शना ने उसे बड़े प्यार से विह्वल होकर अपने आलिंगन में समेट लिया। सुदर्शना की ओर ध्यान से देखने के बाद सुमति जी तो आश्चर्यचकित रह गईं। जो सुदर्शना जार्जेट की महीन फैशन की साड़ी, अंग-अंग में गहनों से लदी हुई, ऊँची ऐडी की सैन्डिल पहनकर और जाली से भलीभाँति बाँध सवाँरकर अपने बड़े-जूड़े की सहायता से अपनी सुन्दर देह-यष्टि को सदा सजा-धजाकर आकर्षक बनाए रखती है, वही सुदर्शना आज ऐसी वेश-भूषा में, एकदम बिना गहने पहने (यहाँ आ गई है) देह पर एक साधारण-सा ब्लाउज-लहंगे का जोड़ा है। गर्दन पर बिना प्रसाधन किए बलों का ढीला-ढाला जूड़ा

* वैष्णव सत्रों (मठों) में धार्मिक भाव से किए जाने वाले नृत्य।

* वैवाहिक उत्सवों का समूह नृत्य।

गला, कान, हाथ सभी सादा, बिना किसी गहने के, मुँह पर भी कोई शृंगार नहीं किया है और पैरों में बस एक मामूली-सी चप्पल।

आज जयन्ती के स्वागत-सत्कार के अवसर पर ही विशेष रूप से वह खादी सभ्यता के करीब आ गई है क्या? या फिर देखने वाले समाज की रुचि-अरुचि का मर्म समझकर उनके मनोनुकूल वेश बदलकर अपने को लोगों का प्रिय पात्र बना लेने अथवा भिन्न-भिन्न परिवेश के अनुरूप अपने को उपयुक्त बनाकर अपनी उपस्थिति से सबके आकर्षण और सबके मन को प्रसन्न कर लेने की कोशिश में उसमें यह परिवर्तित साज-पोशाक झलक उठा है। अथवा फिर यह नारी मन के सुकुमार सौन्दर्य के आकर्षण का परिणाम है? उन्होंने लक्ष्य किया कि सुदर्शना तो जयंती को अँकवार में समेट रही है, परन्तु उसके वक्षस्थल से लिपटने में जयन्ती मारे लाज के संकुचित होती जा रही है। क्योंकि इस भारी भीड़ में, सबकी आँखों के सामने इस प्रकार की अँकवार-आलिंगन की क्रिया उसके लिए तो बिलकुल ही अनजानी-अनपहचानी आश्चर्यजनक चीज़ है।

जयन्ती ने अपनी गठरी से सोन चम्पा के फूलों का एक गुच्छा निकालकर सुदर्शना के हाथों में थमाते हुए कहा, "फूलों का यह गुच्छा अपनी ही घर की फुलवारी का है। पिताजी ने स्वयं अपने हाथ से तोड़कर सजाकर मेरे माध्यम से आप को विशेष रूप भेजा है।

सोन चम्पा के उस पुष्प गुच्छ की सुगन्ध जैसे ही प्रोफेसर रविचन्द्र जी के नाकों में लगी कि त्यों ही उनके मन में पूरे असम प्रदेश की प्रचीन ग्रामीण सभ्यता की वह सुगन्ध, जो अब अपनी अन्तिम साँसे ले रही है, उनके तन-मन में भर गई। परन्तु संस्कृति की इन सुगन्धों के पुनरुद्धार में जो जटिल विघ्न-बाधाएँ हैं, उन्हें समझकर उनका मन उदास हो गया।

नवराम ओझा ने जैसा सिखा-पढ़ाकर भेजा था, उसी के अनुरूप जयन्ती ज्यों ही प्रोफेसर रविचन्द्र जी के सामने पहुँची, उसने झुककर उनके पाँव छूकर उन्हें प्रणाम किया।

"अरे नहीं, नहीं, उठो, उठो, ऐसा मत करो। मैं इतने सम्मान के लायक नहीं हूँ।" आनन्द विह्वल होकर वे प्रसन्न हो बोल पड़े, "अदृश्य ईश्वर तुम्हारा कल्याण करें।"

"अदृश्य ईश्वर।" शब्द सुनते ही जयन्ती का मन उल्लसित हो उठा। उसने सोचा कल-कारखानों और ज्ञान-विज्ञान के चहुँ ओर से त्रस्त-ध्वस्त हो चुके इस शहर में अभी भी 'अदृश्य ईश्वर' विद्यमान है।

शहर के प्रति जयन्ती के मन में जो संकोच और अविश्वास का भाव था,

सुदर्शना के खुले दिल के स्वागत-सत्कार ने उसे कुछ दूर कर दिया था, परन्तु अब तो इस संकोच और अविश्वास का भार बहुत ही हल्का हो गया।

स्वागत-सत्कार की औपचारिकताएँ पूरी हो जाने के बाद सुदर्शना बहुत गम्भीर हो गई। वह चुपचाप बैठी सोन चम्पा के फूलों की पंखुड़ियों को मुट्ठी में लिये नाक में लगाए बहुत देर तक सूंघती रही। अपने मन-प्राण की शक्ति को फिर से पुनराजीवित कर लेने की गरज से ही वह उन फूलों की सुगन्ध को अपने हृदय के भीतर तक उतारे ले रही थी। रंजीत को एक लम्बे अरसे के बाद आज अचानक देख पाने का अवसर मिलते ही उसकी बाईं छाती जोर-जोर से धड़कने लगी, बड़ी जोर की पीड़ा-सी उभरने लगी। विवाह हो जाने के बाद रंजीत से यह उसकी पहली भेंट-मुलाकात है। उसके साथ प्रोफेसर स्मिथ को देखकर उसने अपने मन के आन्तरिक भावों को रंचमात्र भी बाहर व्यक्त किये बिना ही किसी-किसी तरह इस समय को पार कर लिया। अबकी उन दोनों में कोई बातचीत नहीं हुई, ऊपर-ऊपर से कुशल-मंगल भर पूछने-बताने की औपचारिकता का निर्वाह भी हुआ। रंजीत भी कुछ परेशान-परेशान दिखाई पड़ा। प्रोफेसर रविचन्द्र का सदा आनन्दित रहने वाला मन भी अचानक ही मुरुझा गया। परन्तु कुल मिलाकर विवाहोत्सव के बाद की यह पहली भेंट-मुलाकात बिना किसी विघ्न-बाधा के स्वाभाविक रूप में ही सम्पन्न हो गयी।

जयन्ती को साथ लेकर सुदर्शना जल्दी-जल्दी अपनी मोटर कार में जा बैठी। उसके बैठते ही रतिराम ने गाड़ी का इंजन चलाना शुरू कर दिया।

प्रोफेसर रविचन्द्र ने सुमति जी से विमल भाई की चिकित्सा-व्यवस्था आदि के विषय में कुछ देर तक बातें कीं। फिर वे मोटर में बैठने चले गए।

सुमति जी और नवीन पाण्डु स्टेशन के प्लेटफार्म पर खड़ी उत्तर-पूर्व की ओर जाने वाली मेल ट्रेन के साधारण श्रेणी के एक डिब्बे में धक्का-धुक्की करते किसी तरह चढ़ सके। डिब्बे की बेंचों पर कहीं भी रत्ती भर भी जगह खाली नहीं थी। फलतः किसी तरह आमने-सामने खड़े होकर वे दोनों व्यक्ति समय को देखते हुए संघ के सामने जो चुनौतियाँ आ गई थीं, और इस परिस्थिति में उसके जो कर्त्तव्य थे, उन सब पर विचार-विमर्श करने लगे।

डिब्बे में नाना प्रकार के लोग थे। आगे पीछे, अगल-बगल एकदम किनारे तक हर जगह आदमी ही आदमी। गुवाहाटी पहुँचते-पहुँचते रात के नौ बज गए। सुमति बहन जी को संघ के कार्यालय में पहुँचाकर नवीन विश्वविद्यालय के चन्दे की

धनराशि दे आने के लिए बरदलै जी के घर गया। वहाँ से लौटकर आया तो उसने देखा कि सुमति बहन जी एक मेज के कोने में यूँ ही मन मारे अन्यमनस्क हो बैठी हैं। स्नानादि करने या खाना पकाने वगैरह कामों के करने का कहीं कोई लक्षण नहीं दिखाई पड़ा। इस तरह की उदास एवं खिन्न अवस्था में उसने सुमति जी को और पहले कभी नहीं देखा था।

सुमति बहन जी के इस गम्भीर दुःख का कारण वह समझ गया।

वस्तुतः इसके मूल कारण हैं, विमल भाई। फिर वह खुद ही (चूल्हे पर) भात पकाने को घर के अन्दर चला गया।

संघ (भवन) की हर एक चीज विमल भाई के अभाव का अनुभव कर रही थी। जिस मेज पर वे काम करते थे वह एक शान्त उदास कुत्ते की तरह पड़ी थी। लगता था जैसे अपने मालिक से अलग छूट जाने के कारण वह मर्माहत है, मरणासन्न है। उनका विस्तर भी बिलख-बिलख हाहाकार कर रहा है। लगता है जैसे घर का कोना-कोना समूचा घर विमल भाई के कण्ठ से बातें सुनने को उत्कंठित है। नवीन के मन में भी एक अभूतपूर्व सूनापन भर गया था।

माकन से अगर उसे विवाह रचाना हो तो इस नायक-विहीन संघ को छोड़कर चला जाना पड़ेगा। लौट जाना पड़ेगा घर को। उस घर को जहाँ एक बार चले जाने पर फिर वह कभी लौटकर संघ में नहीं आ सकता।

तो फिर संघ महत्त्वपूर्ण है या मान महत्त्वपूर्ण है? दोनों में कौन बड़ा है!" खाना पकाते-पकाते यकायक उसके मन में यह एक उद्भुत प्रश्न उठ खड़ा हुआ।

भोजन कर लेने के बाद सुमति बहन जी चुपचाप बिस्तरे पर जा पड़ीं। नवीन अपने कमरे में चला गया।

उसके कमरे में बिस्तरे की बस एक ही चौकी पड़ी है। एक छोटी-सी लकड़ी की मेज पर किताबों का एक भारी ढेरी, कुछ कागज-पत्र और अन्य भी दो-चार चीजें इधर-उधर विशृंखलित रूप से छिनी-छिटकी पड़ी हैं। उन्हीं के बीच दाढ़ी बनाने का सब सामान और कपड़े धोने का साबुन भी है। एक किनारे की ओर है 'जयन्ती' पत्रिका। उसी को खोलकर उसने (पढ़ना शुरू किया) देखा कि कुछ बिलकुल ही नये प्रकार की कविताएँ (उसमें प्रकाशित) हैं। समाज के दुःखी-दरिद्र लोगों के पक्षधर बनकर कुछ कविगण (शोषण के विरुद्ध) धर्मयुद्ध में लग पड़े हैं। आधुनिक युग के नये मानव के मन में एक अदम्य समानता की भावना जम चुकी है। उसमें प्रकाशित कई कविताओं के भाव-विचार उसे बहुत अच्छे लगे। यह जरूर है कि स्वच्छन्द गद्य के छन्द बहुत अच्छे बन पड़े हों, ऐसा उसे महसूस नहीं हुआ। असम के नौजवानों के मन में तब समाजवादी समाज के निर्माण का स्वप्न जगने

लगा था। साम्राज्यवाद को देश से दूर करने का प्रयत्न हो रहा था, उसी तरह साम्राज्यवाद के साथ-ही-साथ पूंजीवाद भी देश से समाप्त हो जाए, इसके लिए भी एक दल के लोग उठ पड़े थे। वे साम्राज्यवादी युद्ध को जन-युद्ध में बदल देने के लिए विचार कर रहे थे और तदर्थ प्रयत्नशील थे।

उस समय असम प्रदेश भी एक युद्धसन्धि पर आ खड़ा हुआ था। प्रोफ़ेसर रविचन्द्र तो समाजवाद की विचारधारा के करीब भी फटकना नहीं चाहते थे। (वे सोचते थे कि) उस विचारधारा को स्वीकार करने का अर्थ है-असमीया जाति को धनी और गरीब इन दो भागों में बाँटकर असम के इतिहास को फिर से काड़ी-पाइक * की दृष्टि से विभक्त करके देखना, धनुष-बाण की तरह, मालिक-मजदूर की तरह दो अलग-अलग टुकड़ों में बाँट देना। उन्होंने इतिहास के अध्ययन से जो शिक्षा पायी है, उस शिक्षा के अनुसार एक दल नेता के या एक दल संचालकों के ज्ञान द्वारा समाज को संचालित करने के विचार पर जोर देती है। वह शिक्षा समाज को शोषक और शोषित के दो भिन्न वर्गों में बाँट देने की आन्तरिक इच्छा नहीं रखती। फलतः यह शोषितों को शोषकों की दया पर जीने को प्रोत्साहित करती है। समाजवादी विचारकों की इस स्थापना को रविचन्द्र जी स्वीकार नहीं कर सकते। उनका कहना था कि असमीया जाति को धनी और गरीब इन दो भागों में बाँट देने का मतलब है, इस छोटी-सी जाति के टुकड़े-टुकड़े कर देना, इनकी एकता नष्ट कर देना और एकता नष्ट कर देने का मतलब है असमीया संस्कृति की उन्नति को सदा-सदा के लिए अवरुद्ध कर देना।

उसी जमाने में मुस्लिम लीग असम को पाकिस्तान में मिला देने की मांग कर रही थी। उनकी इस मांग और दावे के विरुद्ध असम के पर्वतीय-समतलीय, समस्त इलाकों में एक प्रचण्ड विक्षोभ पैदा हो गया था। इसके साथ-ही-साथ असम प्रदेश में निजी स्वतन्त्र विश्वविद्यालय स्थापित करने के लिए भी आन्दोलन शुरू हो गया था। इन्हीं सब परिस्थितियों के परिणामस्वरूप प्रोफेसर रविचन्द्र जी की विचारधाराओं-इच्छाओं का प्रभाव नौजवानों पर विशेष रूप से पड़ा था। अन्धे आदमियों के हाथी दर्शन की भाँति, हाथी के एक-एक अंग को ही हाथी समझ लेने की गलती की तरह, इस जातीय साधना के एक-एक अंग को एक-एक नौजवान जातीय उन्नति की सम्पूर्ण साधना समझ बैठे थे। केवल एक विमल भाई साहब ने ही साधारण जनता के अन्दर छिपी हुई उस नीरव साधना का दर्शन किया था। एक ऐसी साधना जो उपर्युक्त तमाम सारी साधनाओं की मूलाधार एवं

* धनुर्ष-बाण की तरह दो खण्ड। अहोम राजाओं के काल में एक जाति विशेष के लोग जो लड़ाई के समय धनुष-बाण से युद्ध करते थे और शान्ति की बेला में उनकी मजदूरी करते थे।

संचालिका शक्ति है। गाँव के आदमी खुलकर बातें कहने में संकोच करते हैं, परन्तु वे लोग अपनी पूरी अन्तरात्मा से एक जातीयतावादी राष्ट्र और उच्च श्रेणी की शिक्षा व्यवस्था से स्वतन्त्र कोई एक व्यवस्था के लिए सोच रहे थे। उनकी वह अभीप्सित या चाही हुई चीज क्या है, इसे वे भी ठीक-ठाक नहीं बता सकते थे। परन्तु एक शब्द विशेष से उस चीज का कुछ रूप प्रकट हो उठा था। वह विशेष शब्द था—मुक्ति।

इस मुक्ति को वे एक ऐसे कर्म के रूप में समझ रहे थे जो अपने आप में परिपूर्ण था, और जो उन लोगों के (युग-युगान्तरों से बन्द) मुख को खोल देगा, और उन्हें मनुष्य बनने की शिक्षा प्रदान करेगा।

जन-साधारण के ऊपर किसी मत विशेष को जबरदस्ती थोप देने की शिक्षा ही उनकी मनुष्यता को नष्ट करती है, पतन के गर्त में ले जाती है। हर तरह के जबरदस्ती थोप दिए जाने वाले प्रभाव की सीमा भी कितनी संकीर्ण घेरे में बंधी हुई है, यह इस वक्त इतना स्पष्ट हो चुका है कि प्रोफेसर रविचन्द्र भी निश्चित रूप से यह नहीं बता सकते कि आखिर किस कारण से एक अनजान गाँव का एक अत्यन्त क्षमतावान कुशल राजकुमार और एक कुलीन घर की कनकलता मृत्यु को स्वीकार करके भी मुक्ति के लिए साधना में कर्तव्यनिष्ठ रहते हैं।

कुछ देर तक वह समाचार पत्रों के पन्ने पलटता रहा, फिर कुछ देर तक अपने द्वारा अधपढ़ी किताबों को फिर से देखता-पढ़ता रहा। उसे अन्तर से जैसे ऐसी अनुभूति हुई कि मेज पर पड़े वे कागज-पत्र और वे सारी-की-सारी किताबें मर चुकी हैं, मुर्दा हैं। विमल भाई साहब इसीलिए तो सदा कहते रहते थे कि सचमुच की, वास्तविक मुक्ति तो है-चिन्ता की मुक्ति, विचारधारा की मुक्ति। और इस चिन्ता की मुक्ति को हम केवल अथक परिश्रमपूर्वक काम करके प्राप्त कर सकते हैं।

उस सुनसान कोठरी में अकेले-अकेले बिस्तरे पर पड़े-पड़े नवीन फिर संघ छोड़कर घर लौट आने के माकन के अनुरोध पर गंभीरता से सोचने लगा।

माकन की चिट्ठी को एक बार फिर से पढ़ लेने के बाद वह मन-ही-मन विचारने लगा, "माकन! अभी आज के समय तक भी तुम कुलीन अभिजात वर्ग के परिवार के लड़कियों के सोच-विचार चिन्तन विश्वास, धारणा आदि से निकलकर कुछ भी ऊपर नहीं उठ पायी। (तभी तो) तुम एक ऐसे प्रकार के विवाह संबंध के बारे में सोच रही हो, जिसे अगर मैं मान लूँ, और उस प्रकार का विवाह करने चलूँ, तो मुझे पूरी तरह से अपने निजी व्यक्तित्व को ही सदा-सर्वदा के लिए छोड़ देना पड़ेगा।"

अंगूठी पहनाने और हवन-कुण्ड प्रज्वलित कर खूब धूम-धाम से दिखावेवाली और आडम्बरयुक्त उत्सव, हर तरह से ऐश्वर्यों से पूर्ण, बिना किसी अभाव की सम्पन्न गृहस्थी तथा समाज के उच्च वर्ग में प्रतिष्ठापूर्ण स्थान, चाहने की अभिजात वर्ग के स्वाभाविक सपनों की दुनियाँ को माकन अभी भी छोड़ नहीं सकी है। केवल इतना ही नहीं, बल्कि इस सबको वह जीवन की अत्यन्त आवश्यक वस्तुएँ समझती है। उसके मन में शादी-विवाह के संबंध में अथवा वैवाहिक जीवन के संबंध में जैसी धारणा घर कर गई है वह, और प्रोफेसर रविचन्द के मन में असमीया संस्कृति की जो धारणा है वह, ये दोनों ही धारणाएँ, एक ही प्रकृति की हैं। वह हरचन्द कोशिश करके भी माकन को यह नहीं समझा सका कि ऐसी धारणा कोई मौलिक नहीं है। वस्तुतः असली वस्तु है प्रेम, बाकी सब तो झूठी चीज़ें हैं।

वह तो न्यायालय में एक साधारण-सी रजिस्ट्री के माध्यम से विवाह करके, संघ से ही एक भाड़े का घर लेकर एक ऐसी घर-गृहस्थी का जीवन जीने की सोच रहा था, जिससे सामाजिक परिवर्तन लाने के काम में कहीं कोई नुकसान न पहुँचे। परन्तु माकन वह तो इसी समाज और इसी संस्कृति को ज्यों-का-त्यों जिलाए रखना चाहती है। इस क्षेत्र में उसके विचार उसके पिता फूकन जैसे ही हैं। और केवल फूकन जी का ही क्यों? इस बड़े शहर में केवल विमल भाई साहब और सुमति बहन को छोड़कर और कोई भी व्यक्ति विवाह संस्कार को उसके प्राचीन रूप से मुक्त करने के बारे में नहीं सोचता-बिचारता। उसमें परिवर्तन लाना नहीं चाहता।

परन्तु वह (नवीन) स्वयं इस संबंध में पूरी तरह से विमल भाई साहब का अनुसरण करना चाहता है। इस तरह उनका विवाह-संबंध पूरी तरह से एक अकृत्रिम, विशुद्ध और अटूट शर्तनामे के रूप में होगा।

ये सिद्धान्त की बातें सुनना माकन खूब पसन्द करती है, परन्तु जब इन्हीं सिद्धान्तों के अनुरूप काम करने के बारे में सोचती है तो उसका कलेजा काँपने लगता है। मारे डर के वह मन को मलिन और संकुचित कर लेती है। उसने अपने बचन से ही अंगूठी पहनाने, हवन करने, एक गृहस्थी बसाने, देवता स्वरूप पति पाने, और उस पति के माध्यम से ही जीवन की सार्थकता प्राप्त करने आदि को नाना प्रकार की आशाएँ पालने की शिक्षा पायी थी। इस तरह के संस्कार उसने अपनी वंश परम्परा से उत्तराधिकार रूप में पाये थे। परन्तु उसके अन्दर जो प्रेम का भाव था, वह उसकी अपनी निजी स्वच्छन्द इच्छा का ही बाहरी रूप था। उसके अन्दर पुराने संस्कारों का रंचमात्र भी प्रभाव नहीं था।

नवीन की बात कुछ भिन्न प्रकार की है। प्रेम के क्षेत्र को छोड़कर बाकी सारे क्षेत्रों में उसका माकन से मतभेद है। हाँ, उसका प्रेम जरूर बहुत गम्भीर है। उसके

करीब पहुँचते ही वह अपने आप को भूल कर खो जाना चाहता है। अपने मन के आन्तरिक विचारों को कहना चाहकर भी वह खुलकर कह नहीं पाता। उसका मन उसके प्रेम और रूप के प्रभाव से उसी तरह अवश और निश्चेष्ट हो जाता है जैसे अनेस्थेसिया के प्रभाव से रोगी का शरीर निस्पन्द पड़ जाता है।

इस तरह की मधुर-मृदुल सुन्दर मूर्त्ति के सामने आखिर वह किस तरह निर्मम रूप धारण करे। सो बातें हो नहीं पातीं। और इस तरह प्रायः ही वह अपनी बात न कह पाने की वेदना लिए संघ कार्यालय में लौट आता है। जिस समय तक बात को साफ-साफ खोलकर कह देने की अनिवार्य आवश्यकता नहीं थी, उस समय तक तो वह बिना कुछ कहे, रह ही गया। परन्तु आज की अपनी चिट्ठी में तो माकन ने खुद ही बिलकुल साफ-साफ शब्दों में वे सारी बातें कह दी हैं जिनकी पूर्ति की अपेक्षा वह उससे करती हैं। वह उससे जो कुछ आशा करती है, सब स्पष्ट कह गई है। अतएव अब उसे भी दिल खोलकर साफ-साफ बातें कहनी पड़ेंगी।

बिस्तरे पर पड़े-पड़े वह बहुत देर तक यही सोचता रहा कि माकन से वह क्या कुछ कहेगा।

दूसरे दिन सबेरे वह बहुत देर तक सोता रहा। काफी दिन चढ़ आने पर जगा। जँगने के बाद नहा-धोकर जब संघ कार्यालय में अपनी मेज पर पहुँचा, तब तक सुमति बहन जी बाहर जा चुकी थीं।

उस मेज के ऊपर मोटे-मोटे, अलग-अलग अक्षरों में एक छोटा-सा पत्र पड़ा हुआ था। उस पत्र में लिखा था कि एक बहुत आवश्यक विशेष कार्य से उन्हें अचानक तेजपुर जाना पड़ रहा है। आने में कुछ दिनों की देरी हो सकती है।

सुमति जी किस काम से, कहां जाती हैं, यह सब जानने की कोशिश करने से कोई लाभ नहीं है। उनके काम का मतलब सदा एक है, देश का काम। और जिस काम के लिए जितने दिन देने की नितान्त आवश्यकता है उससे अधिक एक दिन की भी देर वे नहीं लगातीं। जैसे आसमान में सूरज, चाँद और सितारे चलते रहते हैं, उसी तरह वे भी बराबर चलती ही रहती हैं। जैसे एक विशेष समय में ये शक्तियाँ विलुप्त हो जाती हैं, उसी तरह वे भी एक विशेष समय में कहीं गायब हो जाती हैं, परन्तु फिर आने की ठीक निश्चित वेला में प्रकट हो जाती हैं।

रसोई घर में जाने पर उसने देखा कि और दिनों की तरह आज भी सुमति जी ने रोटी-सब्जी पकाकर उसके लिए ढंककर रख दी है। उसने स्वयं एक प्याला चाय बनाकर रखा हुआ वह भोजन किया। उसके बाद संघ के कार्यालय-भवन से

ताला लगाकर माकन वगैरह के घर की ओर निकल पड़ा।

आज बहुत समय के बाद वह माकन वगैरह के घर के एक कोने बनी निर्जन बैठक में बैठकर सामने की फुलवारी की ओर देखने का अवसर पा सका था। बगीचे का माली फूल की एक झाड़ी ठीक कर रहा था। वह झाड़ी गुलाब के दो पौधों के बीच में थी। पूरी फुलवारी में बहुत मद्धिम किस्म का साधारण प्रकाश फैला है। फूल-फुलवारी के प्रति नवीन के मन में पहले से अपना कोई विशेष आकर्षण नहीं रहा है। माकन के सम्पर्क में आने के बाद (उसके प्रभाव से) वह फूलों की शोभा और सौन्दर्य को प्यार करना, सराहना सीख सका। परन्तु फूल के बाहरी रंग-रूप की अपेक्षा उसकी आन्तरिक सुषमा के प्रति अधिक सद्भाव था। लेकिन आज उसने देखा कि इस पूरी फुलवारी पर ही जैसे किसी शोक-विषाद की छाया-सी गहरा गई है। पौधों की पत्तियों को कीड़े-मकोड़े खाने लग गए थे और जो फूल के पौधे बचे भी थे, उनमें से अधिकांश में फूल नहीं लग रहे थे।

फुलवारी में अभी जो माली काम कर रहा था, उसे देखने से लगा जैसे वह बड़े बेमन से जैसे कि कुछ करे कि न करे, इस दुविधा के भाव से काम कर रहा था।

फिर यकायक ही उसने मकान की ओर ध्यान से देखा। मकान की दीवारों पर से सफेदी-चूने और रंग-रोगन आदि जगह-जगह से झड़-गिर गए थे। दरवाजों-खिड़कियों आदि की लकड़ियों पर लगे तेल-पालिश वगैरह की चमक शेष नहीं रह गई थी।

माकन और उसके परिवार के इस मकान के रंग-रोगन आदि को इसके पहले उसने कभी इस तरह का मलिन या मुरझाया हुआ नहीं देखा था। आज करीब आठ महीने हो गए कि वह इधर आने का अवसर नहीं निकाल सका। इन बीते कुछ महीनों में ही निश्चय ही इस घर-परिवार में कुछ अतिरिक्त घटित हो गया है, जिसके परिणामस्वरूप ही इस मकान की शोभा भी गायब हो गई है।

अगर कोई दूसरा अवसर रहा होता तो उसके आने की सूचना होते-होते ही माकन की माताजी हड़बड़ाहट में जल्दी-जल्दी चलती हुई अब तक बाहर आ गई होतीं। परन्तु आज तो जैसे कोई अता-पता ही नहीं, कहीं जरा-सा भी भाव-संकेत तक नहीं आव-भगत का।

उसने माकन के बारे में जो खोज-बीन की तो पता चला कि वह अभी स्नान कर रही है।

कुछ समय तक इसी तरह प्रतीक्षा करते-करते वह कुछ परेशान-सा हो गया फिर वह खुद ही माकन की माता जी के कमरे की ओर बढ़ गया। वहाँ पहुँचा तो देखा कि आँखों पर चश्मा चढ़ाए वे बड़े ध्यान से 'रामायण' का पाठ कर रही हैं।

जब उसे आया हुआ देखा तो उसे बन्द किये बिना उसकी ओर आँखें उठाए ही सर झुकाए-झुकाए ही बोलीं, "बैठो।"

सदा-सर्वदा चहकती रहने वाली हँसी-मजाक से मस्त-प्रफुल्लित रहने वाली इस महिला के मुँह पर आज हँसी की एक क्षीण-सी रेखा भी नहीं है। वे एक आराम चौकी पर बिलकुल शान्त-उदास मन लिये बैठी हैं। मुँह का सारा बाहरी रूप ठीक से साज-सँवर के अभाव में काला पड़ गया है। होठों के एक कोने से बस पान का थोड़ा-सा रस बह रहा है।

"क्या हुआ मौसी जी? मैंने यूँ चले आकर कोई गलती कर दी क्या?" नवीन ने हँसते हुए पूछा। फिर वह अपने आप ही मौसी जी के पलँग पर जा बैठ गया।

मौसी जी ने जैसे काफी जोर लगाकर हँसने की कोशिश की, परन्तु निश्चल-सरल मनवाली उस महिला के मुँह के भावों में तनिक भी परिवर्तन नहीं आ सका तो नवीन के अपने मुँख की हँसी भी बुझ गई।

फिर उसने कमरे की स्थिति को ध्यान से देखा-निहारा। उसने पाया कि कमरे में कुछ ऐसा अटपटापन है, सामान ऐसे तितर-बितर पड़ा है जैसा तो कभी पहले था ही नहीं। सारी चीजें अस्त-व्यस्त। ऐसा लगा जैसे इस घर की लक्ष्मी गृहिणी का मन अब इन सब नश्वर चीज़ों की ओर से पूरी तरह फिर गया है, इनकी ओर उनका ध्यान ही नहीं, उन्होंने तो जैसे 'रामायण' के अन्दर ही किसी शाश्वत स्थायी वस्तु को ढूँढ लिया है।

'रामायण' (की यह पोथी) काफी पुरानी है, मगर लगता है दफ्तरी से नये रूप में बँधवाई गई है। रामायण की यह पोथी मौसी जी के प्रतिमामह द्वारा प्रकाशित करवाए गए प्रथम संस्करण की एक अति दुर्लभ प्रति है। मौसी जी उसे उसी तरह बहुत सावधानी से सँभालकर रखती हैं जैसे कि कोई वधू माता-पिता द्वारा दहेज में दिए हुए गहने वगैरह बहुमूल्य वस्तुओं को संभाले रखती हैं।

नवीन ने पूछा, "मौसी जी, आज रामायण का कौन-सा अंश पढ़ रही हैं?

"कोई खास अंश नहीं पढ़ा।" बहुत विषादयुक्त मन से उन्होंने उत्तर दिया, "मन में कुछ नये विचार उठने लगे हैं। जैसे कि ऋषि वाल्मीकि ने रावण को मनुष्य न कहकर राक्षस क्यों कहा? जान पड़ता है असलियत में राक्षस ही मनुष्य है—मनुष्य और राक्षस में कोई फर्क नहीं है।"

उसके बाद उन दोनों के बीच बड़ी देर तक कोई बातचीत नहीं हुई। दोनों शान्त-गम्भीर बने बैठे रहे।

मौसी जी जो विचार व्यक्त कर रही थीं, उसके मर्म को नवीन पकड़ नहीं पा रहा था। दरअसल उस विचारों के पीछे एक लम्बी कहानी छिपी हुई है। नवीन उस

कहानी से अनभिज्ञ है।

उनके हृदय में गत सात महीनों से ईर्ष्या की जो आग सुलग रही है, उस कौड़े की आग ने केवल उनके मन-प्राण को ही जलाकर खाक नहीं बना दिया है बल्कि उनके घर-गृहस्थी का काम करने के उत्साह को भी जला डाला है। अब तो इस मकान में चूना-सफेदी करवाना, रंग-पॉलिशी करवाना, बाग-बगीचों की ठीक से देख-भाल करवाना, मकान के अन्दर की चीज़ों को यथास्थान सजा-सँवारकर रखना, आदि-आदि कामों को करने का मन ही नहीं करता। एक समय उन्होंने स्वयं अपने अतिशय प्यार से अभिभूत हो पंचानन फूँकन से प्रेम-विवाह किया था। पंचानन फूकन भी उस पर हृदय का सब कुछ न्यौछावर करके प्यार करते रहे। परन्तु अगाध प्रेम का वह चिर प्रवाहित स्रोत अब अचानक ही सूख गया है।

गत वर्ष के शुरू-शुरू में अपनी नौकरी में स्थानान्तरित होकर फूकन शिलांग चले गए थे। वहाँ एक दिन एक सायंकालीन संगीत-समारोह में अचानक ही चम्पा खाटनियार से मुलाकात हो जाने पर उनका मन उसके लिए विचलित हो उठा। उसके रूप-सौन्दर्य में वे ऐसे मोहित हो गए कि पैंतालीस वर्ष की उम्र वाले एक शादी-शुदा गृहस्थ व्यक्ति होते हुए भी उन फूकन महोदय के हृदय को कामदेव ने अपने पुष्पबाणों से बेध डाला। चम्पा के गानों की सुरलहरी में अति कोमल, मनोहर, अलौकिक माधुरी की सृष्टि होती रही। नाना प्रकार के आन्दोलनों-उत्तेजनाओं को पुलिस बल की ताकत से दबाए रखने, तरह-तरह के अपराधों की छान-बीन कर अपराधी का पता लगाने और महायुद्ध की नीचतम तथा घृणिततम वास्तविकताओं के चक्कर में बराबर उलझे रहने के परिणामस्वरूप मन के दबे-दबाए होने संकुचित रह जाने से फूकन का हृदय जो बहुत कठोर और सूखा हो चुका था, वह संगीत की इस रसमयी संजीवनी को पाकर फिर से प्रफुल्लित हो उठा। इस तरह इस सूखी तलैया में संगीत रूप इस पद्मिनी राजकुमारी ने फल्गुनदी की अदृश्य अन्तर्वर्ती पानी की धारा का स्रोत फिर से उभारकर बहा दिया।

अपनी परम्परा प्राप्त आदर्शों वाली गृहस्थी और अपने पेशे के नौकरशाही परिवेश वाले कार्यालय और सामूहिक हाल में जीवन बिताते हुए फूकन यह भूल ही गया था कि इस लौकिक समाज के बीच ही मनोहारी कण्ठ-स्वर की सुर-लहरी का संगीत एक मधुर लोकोत्तर सुर से अनुगुंजित कल्पना-लोक का निर्माण कर सकता है। इस लोकोत्तर सुर-लहरी की मधुर मिठास एक दिन सुन लेने भर से ही उसकी उभर आई पिपासा शान्त नहीं हुई। अतः चम्पा की संगीत-संध्याओं में वह क्रमशः

अधिकाधिक बार जाने लगा। एक-एक कला बढ़ते-बढ़ते चन्द्रमा बढ़ता ही जाता है, उसी तरह उसकी भी पिपासा क्रमशः बढ़ने लगी। उसके दिल में यह भावना उठने लगी कि इस रूपसी संगीत कलाकार के हृदय-प्रदेश में ही ईश्वर ने सौन्दर्य के रहस्यमय खजाने को छिपा रखा है। उस खजाने के तल में सोने का अमूल्य फल रखा हुआ समझकर उसे प्राप्त करने के लिए उसका दिल छटपटाने लगा। जीवन की सार्थकता की उत्कृष्ट अभिलाषा में वह जितना ही उस संगीत-साधिका के करीब पहुँचता गया, उसे लगा कि वह उतना ही विशुद्ध सम्पूर्ण और अखण्ड सौन्दर्य के करीब पहुँच गया है।

प्रौढ़ावस्था के, ढ़लती जवानी के फूकन का रोम-रोम जैसे अपने इस दूसरे प्रेम में ही असीम सुन्दरता के देवता की पुकार सुन रहा था। उसकी सम्पूर्ण सत्ता उसी में विलीन होने को ईश्वरेच्छा समझ रही थी।

परन्तु फूकन का यह आन्तरिक निष्कलुष प्रेम गुवाहाटी के सभ्य-सुसंस्कृत उच्च-कुलीन परिवारों में विकृत होकर एक कलंक के रूप में ही चर्चित और प्रचारित हुआ। मौसी जी के हृदय में ईर्ष्या, अपमान-बोध, छोटेपन की भावना, स्त्री-जीवन की साधना की व्यर्थता और जलन आदि भावों ने एक साथ ही उभरकर उन्हें पूरी तरह से आकुल-व्याकुल बना दिया। चम्पा नामक कोई एक अपरिचित, सुन्दरी गायिका स्त्री अपने कण्ठ संगीत की सुरलहरी के जादू के बल पर, उनके सती-साध्वी हृदय की वेदी पर विराजमान उनके पति देवता को चुरा ले जाएगी और संसार के सामने उन्हें नेस्तनाबूद कर लोगों के हँसी-ठट्ठे, लांछन लगाने लायक करके छोड़ जाएगी, यह दुर्दशा उनसे सही नहीं गई। चारों ओर से असहाय असफल हो उन्होंने मारे क्रोध-क्षोभ के घर में ही खाना छोड़कर अनशन उपवास करना शुरू कर दिया।

परिवार के सबसे बड़े सदस्य और उनके जेठ प्रोफेसर रविचन्द्र जी अपनी बहू के इस महाकष्ट को सह नहीं सके। पुरुष के मन में मोहिनी माया जो बीच-बीच में विकास ला देती है, इसका प्रमाण तो (पुराण की) 'हर मोहन' कथा में ही विद्यमान है (जिसमें शिव को मुग्ध करने के लिए विष्णु ने मोहिनी रूप धारण किया था) जब महादेव शिव जैसे जितेन्द्रिय (जिन्होंने काम देवता तक को भस्म कर दिया था) महापुरुष की ही ऐसी दशा हो गई तो फिर पंचानन फूकन किस खेत की मूली है। इसी कारण वे स्वयं बिलकुल ही विचलित नहीं हुए थे। परन्तु एक भले-कुलीन परिवार की अबला वधू के दुःख से वे भी परेशान होने को मजबूर हो गए।

दो दिन बाद ही वे मोटर से शिलांग जा धमके। वहाँ उन्होंने अपने अंग्रेज मित्र आई. जी. पुलिस को सारी बातें घर-जैसे ही खोलकर समझा दीं। फिर हमेशा

से उनकी बातों का आदर करने वाले अपने छोटे भाई को उन्होंने सामाजिक शिष्टाचार कुल-खानदान की इज्जत और आचरण तथा मनुष्य के रूप में सद्व्यवहार आदि की दुहाई देकर ऐसा समझाया-बुझाया कि उसे बोरिया-बिस्तर सहित ही अपने साथ गोहाटी खींच लाये और मौसी जी के हाथों सौंप दिया। इस घटना से चम्पा की संगीत-सभाओं का कुछ नुकसान हुआ या नहीं, इसके संबंध में तो कुछ पता नहीं चला, परन्तु फूकन का हृदय क्रूर वास्तविकता की चोट से उजड़े हुए जंगल की तरह क्षार-खार हो गया, ठूँठ भर रह गया।

पंचानन फूकन रूप-सौन्दर्य के कल्पना-लोक से निकलकर यथार्थ के धरातल पर प्रतिष्ठित लोकायत समाज में आ तो गया मगर इससे न तो उसे अन्तर की शान्ति मिली और न बाहर का सुख। सोते-जागते, सपना देखते, प्रत्येक दशा में चम्पा की मूर्ति उसके सामने आ खड़ी होती है और उसे व्याकुल बना देती। हालत यहाँ तक पहुँच गई कि एक ही कोठरी में एक ही सेज पर मौसी जी के साथ सोने पर भी वह जैसे उन्हें देख ही नहीं सका। इस दौरान मौसी जी ने कामाख्या देवी के मन्दिर में घी का दीया जलाकर नवग्रह पूजन करवाकर, शनिग्रह की शान्ति हेतु यज्ञ करवाकर नैवेद्य-प्रसाद का थाल चढ़ा-चढ़ाकर अपने पुरुष 'महादेव' को कुत्सित नारी के माया-मोह से छुड़ाने की भरपूर कोशिशें कीं। लेकिन सारे देवी-देवता भी विरुद्ध ही हो गए। उनके पुरुष 'महादेव' ने एक नन्हे बालक की भाँति खुद ही मौसी जी (अपनी धर्मपत्नी को) के सामने विस्तार से वर्णन किया कि उस मायावी ने चम्पा के हृदय में छिपे उस रूप लोक की खोज में वे कैसे-कैसे वैरागी हो गए। उन्होंने कुछ भी छिपाया नहीं। परन्तु उनकी अपनी यह सब कुछ स्वीकारने की विनम्र चेष्टा ने मौसी जी के क्रोध को कम करने की जगह उनकी ईर्ष्या की आग को और भी दुगुना दहका दिया। सती-साध्वी पत्नी के प्रेम की ऐसी अवहेलना उन्हें बरदाश्त नहीं हुई। इसके ऊपर भी उन्होंने अनुभव किया कि इतना सब कुछ करके भी उनके पतिदेव को तनिक भी खेद या पश्चात्ताप नहीं है।

फिर उसके बाद तो उन्होंने अतिशय कठोर रूप धारण कर लिया। उन्हें ऐसा महसूस हुआ कि उनके पतिदेव ने बाला लखिन्दर की तरह काल नागिनी के डँस लेने से स्वयं ही मृत्यु का वरण कर लिया है। तब तो उन्होंने मन-ही-मन प्रतिज्ञा कर ली कि इस तरह काल-सर्पिणी के दंश से मृत्यु को प्राप्त अपने पतिदेव को वह जब तक पुनः जीवित नहीं कर लेंगी, तब तक वे संन्यासिनी के वेश में निरन्तर भगवान की पूजा-अर्चना करेंगी।

घर पर रहकर पंचानन फूकन लेशमात्र भी शान्ति नहीं पा सके। घर के बाहर जो स्वच्छन्द शान्ति उन्हें दिखाई देती थी उसे सोचते-सोचते उनका हृदय हाहाकार

कर उठता था। मन-प्राण से वे इस संकट से छुटकारा पाने का उपाय सोचने लगे।

ठीक उसी समय उनका स्थानान्तरण इम्फाल के लिए हो गया। तब उन्हें ऐसा महसूस हुआ जैसे कि घर की काल कोठरी से उन्हें छुटकारा मिल गया हो।

उस वक्त इम्फाल जापानी सेना द्वारा घेर लिया गया शहर था। वहाँ का जन-जीवन बहुत ही संकटपूर्ण और उत्तेजनामय था। उस डाँवाडोल स्थिति वाले शहर में कानून और व्यवस्था बनाए रखने का भार पंचानन फूकन के कंधों पर आ पड़ा। बस फिर क्या था? उसी उत्तरदायित्वपूर्ण काम में उन्होंने अब अपने को पूरी तरह से लगा दिया। यह जरूर है कि इससे भी उन्हें शान्ति नहीं मिली है, परन्तु आत्मा की जो सतत् दुःख देती हुई यन्त्रणा थी, उससे जरूर ही निस्तार (छुटकारा) मिला है।

गुवाहाटी में रहकर मौसीजी फूकन जी के नैतिक दृष्टि से पूरी तरह स्वस्थ हो जाने के दिन की बाट जोह रही हैं। परन्तु कौन जानता है कि वह दिन आखिर कब आएगा!

फलतः अब मौसी जी का जीवन एक लम्बी प्रतीक्षा बन कर रह गया है। उनके प्राणों में एक करुणाभरी उदास रागिनी निरन्तर बज रही है।

नवीन और उसके जैसे लोग जिस तरह साम्राज्यवादी सरकार के अत्याचारें के खिलाफ असहयोग अवज्ञा आन्दोलन चला रहे हैं, ठीक उसी तरह वे भी अपने स्वामी-पति के दुराचारों के विरुद्ध शरीर और मन दोनों से ही असहयोग कर रही हैं। इस तरह उन्हें पाप-कर्मयुक्त पथ से हटाकर धर्म-पथ पर ले आना ही उनका प्रमुख उद्देश्य है। बिना ऐसा हुए उनका और उनके पति का मोक्ष कतई संभव नहीं है। उनका विश्वास है कि इस तरह की असहयोग की साधना के परिणामस्वरूप उनके पतिदेव धीरे-धीरे रावण का मार्ग छोड़कर राम के मार्ग पर चलने की सुबुद्धि पा जायेंगें।

फूकन के यकायक इम्फाल जाने के दिन के ठीक अगले दिन की रात को उनकी इस असहयोग साधना का सबसे निर्मम रूप प्रत्यक्ष हो गया था।

कलकत्ता के एक कुलीन दत्त परिवार से असम के कई कुलीन परिवारों का काफी सौहार्दपूर्ण रिश्ता कायम हो चुका था। कई परिवारों से तो स्थायी संबंध हो गया था। उस परिवार के श्री नरेश दत्त बहुमुखी प्रतिभा सम्पन्न व्यक्ति थे। वे एक तरफ तो अध्यापन और शोध-गवेषणा के कार्य में प्रेसीडेन्सी कॉलेज में नियुक्त थे, दूसरी ओर शिलांग और गुवाहाटी की बिजली कम्पनी के कारखाने के भागीदार बनकर

असम में अपने व्यवसाय का भी प्रसार किए हुए थे। रविचन्द्र, पंचानन, सिराजुद्दीन, सदानन्द आदि कई व्यक्ति नरेशदत्त के अतिप्रिय छात्र थे। इसी सूत्र से उन सबके कॉलेज के जीवन से ही उन लोगों का बहुत गहरा संबंध स्थापित हो गया था।

उन्हीं नरेश दत्त जी का सबसे छोटा बेटा आई. पी. एस. परीक्षा में प्रथम स्थान पाकर तेजपुर का एस. पी. बनकर असम में आया था। गुवाहाटी पहुँचने पर सिराजुद्दीन के किराए पर लिये हुए विशाल प्रासाद पर दो दिन के लिए ठहरा हुआ था। अन्तिम दिन की रात को पंचानन फूकन ने उसे अपने घर रात के भोजन पर आमन्त्रित किया था। असहयोग साधन कर रही मौसी जी ने खाना वगैरह तो अच्छी तरह पका-वका दिया, परन्तु आमन्त्रित अतिथि के सामने खुद बिलकुल ही नहीं गईं। उनकी जगह पर अतिथि की सेवा-शुश्रूषा का भार माकन ने उठाया। मौसी जी के असहयोग की मात्रा उस दिन अपनी चरम सीमा पर जा पहुँची थी। उनके इस व्यवहार से पंचानन फूकन के दिल को असहनीय चोट पहुँची। अपने ही घर में एक पराये अजनबी की तरह रहना उसकी सहन सीमा के बाहर हो गया। फलस्वरूप अतिथि के विदा हो जाने के बाद फूकन ने अपनी पत्नी को तरह-तरह बार-बार और बड़े निर्मम रूप से लांछित-तिरस्कृत किया, डाँटा-फटकारा। फलस्वरूप स्वाभिमानी मौसी जी के मन में इसकी प्रतिक्रिया में भयानक विक्षोभ पैदा हो गया। अतः उस दिन ही माँ के घर चले जाने के लिए उन्होंने अपना सारा सामान, बोरियाँ-बिस्तर बाँधकर सारी रात दुदू के कमरे में 'रामायण' पढ़ते-पढ़ते ही बिता दीं। अपने सोने के कमरे में एक बार झाँककर भी नहीं देखा।

परन्तु भाग्य की मंशा तो कुछ और ही थी। दूसरे दिन भोर रात में ही फूकन ने आ. ई. पुलिस का ऑर्डर पाया कि वह चौबीस घण्टे के अन्दर इम्फाल में जाकर अपनी ड्यूटी सँभाल ले। अब जरा-सा भी देरी किए बगैर उसने भी अपना सामान झटपट बाँधा और बड़े तड़के ही गुवाहाटी के नवनिर्मित सरभोग हवाई अड्डे पर पुलिस की जीप से बड़ी तेजी से जा पहुँचा और फिर वहाँ से मिलिट्री के हवाई जहाज से इम्फाल चला गया। जाते समय केवल शिष्टाचार के नाते बस एक बार मौसी जी को हाँक लगा गया। मौसी जी की बँधी-बँधाई गठरी धरी-की-धरी रह गई। उनका सोया अहं सिकुड़कर कड़ा हो हिमालय की भारी बर्फ की ढेरी की तरह ठंडा पड़ गया।

मौसी जी घर पर ही रह गईं, परन्तु उनके मन का रोष बाहर के कामों में बिलकुल उल्टे रूप में प्रकट होने लगा। अब घर के काम-धाम में वे पहले की तरह सहज रूप में एकान्त मन से नहीं लग सकीं। घर की जगह जमीन, खेती, बारी की

देखभाल का काम उन्होंने पूरी तरह बेठाराम मोहरी * पर छोड़ दिया। उजनि* के चाय बागान में प्रबन्धक (मैनेजरी) का कार्य कर रहे दुदू के लिए भी चिट्ठी-पत्री देना बन्द कर दिया।

बाग-बगीचे के माली, घर के नौकर-चाकर सभी मालकिन की खबरदारी से मुक्त होकर आलसी बनने लगे। जब उन्होंने देखा अपने मान-अभिमान असन्तोष-रोष का फूकन के दिल पर कुछ भी प्रभाव पड़ने का कोई लक्षण नहीं दिखा, तब फिर धीरे-धीरे उनका हृदय एक अभूतपूर्व विपत्ति और असुरक्षा की चिन्ता की चोट से टूक-टूक होने लगा। और तभी से उन्हें पूर्णिमा की रात भी अमावस्या की रात जान पड़ने लगी।

आजकल वे जब रामायण का पाठ करती हैं, तो वे मन्दोदरी की पीड़ा के संबंध में ही सोचती हैं, सीता के पीड़ा के सम्बंध में नहीं। अपने अन्तःपुर में ही सुन्दरी सती नारी के विराजमान रहने पर भी रावण अशोक वन में जाकर सीता का संग पाने के लिए जो लालायित था, उसके पीछे आखिर क्या कारण था? यह सोचने में ही वे परेशान-परेशान हो जाती हैं। उनकी कुछ समझ में आना ही कठिन हो जाता है।

मगर (जैसे-जैसे दिन बीतते गए) धीरे-धीरे उनके मन में यह धारणा बनने लगी, कि इस पृथ्वी पर जितने भी पुरुष हैं, उनमें से प्रमुख रूप से अधिकतर रावण ही हैं, राम की संख्या तो एकदम नगण्य है। मनुष्य असलियत में राक्षस ही है।

मौसी जी के मन के गोपनीय विचार तब तक शयन-कक्ष से बाहर नहीं फैल पाए थे। फूकन जब शिलांग की पर्वतीय उपत्यका से उतरकर (गुवाहाटी) घर आकर रहने लगे तो उसके साथ-ही-साथ चन्द्रमा के कलंक की तरह ऊपर-ऊपर से दाम्पत्य जीवन के मिलन की जो चाँदी-सी चाँदनी की चमक थी, उसकी ओट में उनका कलंक भी ढँक गया था। इससे फूकन के इम्फाल जाने पर दीफली पुखरी और जोर पुखरी (गुवाहाटी के दो प्रसिद्ध तालाब जहाँ अब बड़े-बड़े बाजार और कालोनियाँ बन गई हैं) के जलाशयों के पानी में एक बुलबुला भी नहीं उठा।

संघ के आश्रम में एक भिक्षुक की तरह त्याग और सेवा का जीवन बिताने वाले नवीन के लिए अपने शयन-कक्ष के अंधड़-तूफान की चपेट में आकर मौसी जी के कलेजे के टूक-टूक चकनाचूर हो चुके हृदय की मर्मवेधी बातों को समझ पाना बहुत मुश्किल था। जिसके सोचने-समझने की मूल-प्रकृति आज तक हजारों आदमियों के उद्धार की ही बात को उचित समझती रही है, उसका मन मौसी जी द्वारा की गई रामायण की उल्टी व्याख्या का मूल कारण मौसी जी के हृदय के बाहर

* मुहर्रिर, क्लर्क, जो कोर्ट-कचहरी के कागजात देखता है।

* ब्रह्मपुत्र के आदि स्रोत उत्तर असम के।

ही ढूँढने का प्रयास करेगा, इसमें फिर आश्चर्यचकित होने की क्या बात है।

सो नवीन की धारणा यही बनी कि इस महायुद्ध ने गुवाहाटी शहर के शरीर पर जो कुष्ठरोग के घाव पैदा कर दिए हैं, उन्हें देखकर ही मौसी जी रामायण की उल्टी-पुल्टी व्याख्या कर रही हैं।

समाचार-पत्र रोज-रोज होने वाले भयानक हत्याकांडों और विनाशों की खबर प्रकाशित कर रहे हैं। हत्या की ऐसी ताण्डव लीला जिसका कोई आधार नहीं, निरर्थक हत्या। गुवाहाटी रेलवे स्टेशन पर प्रतिदिन मरे हुए सैनिकों की लाशें उतारी जा रही हैं, गंभीर रूप से घायल सैनिक और बन्दी बनाए गए जापानी सैनिक उतर रहे हैं। शहर की मुख्य सड़क से सैनिकों के मृत शरीर (गाड़ियों पर लदकर) नवग्रह श्मशान घाट के पास बनाए गए कब्रगाह (सिमिट्री) को ले जाए गए हैं। कब्र पर पत्थर की परिचय-पट्टिका लगाकर कोई अज्ञात सैनिक कारीगर शिलापट्टिका पर मृत सैनिक का परिचय छेनी-हथौड़ी की सहायता से खोदकर लिख गया है, उसमें एक ही कब्र खोदकर शत्रु पक्ष और मित्र पक्ष के मृत शरीर को दो भागों में अलग-अलग करके ढँक दिया है। यह बँटवारा भी बिलकुल अर्थहीन है। और आप क्या-क्या सोचते हैं? यह हत्याकांड भर ही क्या अकेला आतंक का काण्ड है? कोहिमा और इम्फाल के आस-पास तो साम्राज्य विस्तार और अपने राज्य के लिए प्रचण्ड युद्ध चल रहा है। राज्य के लिए कुत्सित लिप्सा किस पक्ष में अधिक प्रबल है, अंग्रेजों की या कि जापानियों की, कह नहीं सकता।

यह राज्य लिप्सा भी अर्थहीन है, धन की लिप्सा, नारी की लिप्सा, सभी अर्थहीन हैं। फिर शहर की छाती पर ही इस लिप्सा के विकट दृश्य देखकर अगर सभ्य सुशिक्षित सम्भ्रान्त परिवार की कुलबधुओं के हृदय में पुरुष मर्द—राम के रूप में न दिखकर रावण के रूप में दिखाई पड़ते हैं, तो इस रहस्य को बिना किसी प्रयास के ही समझा जा सकता है। मौसी जी के घर से बस दो लट्ठे (आठ हाथ लंबाई की नारा का असमीया माप नल कहलाता है, जो एक लट्ठे बराबर होता है।) भर की दूरी पर ही रहते हैं, उनके भतीज-जमाई मन्मथ चौधरी जिन्हें उठते-बैठते, खाते-पीते हर समय बस एक ही धुन लगी रहती है कि कैसे अधिक-से-अधिक धन इकट्ठा कर लें। सेना में काम करने वाले सैनिक कर्मचारी और सैनिक संगठन रद्दी कागज की तरह नोट चटका रहे हैं, जूठन की ढेरी पर जूठन खाने के लिए इकट्ठा हुए कौवों की तरह झुण्ड-के-झुण्ड आदमी उन्हें लूटने के लिए हाथ पसार रहे हैं। कहते हैं कि हालत इतनी खराब हो चुकी है धन की लालच में हिन्दू कसाइयों के हाथ गाय बेंच रहे हैं तो मुसलमान शराब बेचने पर उतर आए हैं। रुपये कमाने की लालच में लोग एम. ई. एस. और ऐसी ही और दूसरे मिलट्री स्टोरों से

चोरी-चोरी और सारे सामान खरीद ला रहे हैं, जिससे कि उन्हें बाजार में भारी दामों में बेचकर रातोंरात धनी-मानी बन जायं। फैंसी बाजार (गुवाहाटी शहर का एक वाणिज्य केन्द्र) के आढ़ती-व्यापारी चावल कड़ुवा (सरसों का) तेल काले बाजार में पहुँचाकर रातों-रात लखपति हो रहे हैं। राम, राम, राम! अब तो मनुष्य भी खरीद-फरोख्त की एक चीज बन गया है। भला सोचो तो, इस गुवाहाटी शहर में पहले कितनी कम वेश्याएँ थीं, जब कि लोग बताते हैं कि अब अचानक ही उनकी संख्या बढ़कर लगभग छह सौ हो गई है। भगवान ही रक्षा करें। इस तरह की बातें सुनते-सुनते कान पक गए हैं अब तो मन करता है कि कानों में ठेंठी लगा लें।

और इस तरह जो तमाम सारे दुराचार हो रहे हैं उनमें से अधिकांश भाग के कर्त्ता-धर्त्ता ये मर्द लोग-पुरुष समाज ही तो हैं। सो इस तरह के निर्णय पर पहुँचने में मौसी जी की कोई गलती नहीं। इस तरह की लिप्सा-लालच का नाम ही तो रावण है।

युगों-युगों में रावणों ने मर्दों की इसी लिप्सा को अभिव्यक्त किया है। परन्तु तब स्थिति यह थी कि ऐसी संकट की घड़ी में जो राम लोग थे, उन्होंने इस लिप्सा के खिलाफ निर्णायक लड़ाई लड़ते हुए उन पर विजय प्राप्त कर साधारण मनुष्य को संयम की शिक्षा भी प्रदान की थी। परन्तु आज लगता है जैसे उनका स्रोत सूख गया है, उनका वंश निश्शेष हो गया है। महात्मा गांधी भी, जैसे जेल में कैद हैं। विमल भाई साहब मदनापल्ली चले गए हैं। वरदलै महाशय नदी की मुख्य स्रोत-धारा में जब नैया नहीं चला पाए तो उसकी सहायक पतली धारा से ही होकर नैया खे ले जाने की कोशिश कर रहे हैं। विश्वविद्यालय के लिए आन्दोलन चला रहे हैं। अब भला सोचें तो कि रुपये-पैसे धन-दौलत की लिप्सा से ग्रस्त इस शहर के लिए विश्वविद्यालय की शिक्षा ही क्या स्वर्गीय स्वर्णिम फल ला देगी? समाज में जो सदाचरण करने वाले सज्जन पुरुष थे, वे या तो जेल में हैं, या फिर चूल्हों की भट्ठियों में जल रहे हैं। सारे-के-सारे राम या तो शहर से निर्वासित हो चुके हैं। या फिर घरों में भूमिगत हो अवरुद्ध हो गए हैं। उनमें से कौन राम होने की कोशिश कर रहा है और कौन रावण बनने के फिराक में है? इतनी कुशलता से कि उसे पकड़ पाना मुश्किल है।

ऐसी विकट स्थिति में जो समाज जीवन के मूल-उद्देश्य को समझाने के लिए डुग्गी पीट-पीटकर लोगों को बुलाकर लाता, वही अध्यापकों का समाज, बुद्धिजीवी वर्ग आज खुद ही भ्रमित है। स्वयं प्रोफेसर रविचन्द्र अत्याचार और शोषण के पेड़ को पानी दे-देकर सींच रहे हैं। (राष्ट्र की इस संकट की घड़ी में) ब्रिटिश साम्राज्य के लिए युद्ध का प्रचार कार्य करके, भारत में ब्रिटिश शासकों के साम्राज्य को

बनाए रखने के लिए शासन के प्रति सहयोग प्रदान करके और देश पर मर मिटने वाले देश-प्रेमियों पर जो जुल्म ढाए जा रहे हैं उसकी ओर से मुँह मोड़कर निरपेक्ष बने रह कर। वे और उनके धनी-मानी असमीया मित्र मिलकर इस समय एक नया चाय बागान खरीद रहे हैं। विशाल वट वृक्ष की छाया में पान की बेल नहीं लगती, बेहया किस्म की जंगली लताएँ तक नहीं पनप पातीं, यह सिद्धान्त की बात तो वे भूल ही गए हैं। मनिराम दीवान का चाय बागान कहाँ चला गया? और ये बड़ी-बड़ी औद्योगिक कम्पनियाँ छोटी-मोटी कम्पनियों को कब निगल जाएँगी, भला कौन जानता है? सभी तो रावण बनने के रास्ते पर जा रहे हैं, सो मौसी जी ठीक ही तो कह रही हैं।

मौसी जी के पलंग पर नवीन आराम से बैठ गया। इस शवग्रस्त शहर को अब अगर कोई ताकत बचा सकती है, तो वह संघ ही है। उसने मन-ही-मन निश्चय किया कि संघ की ताकत को और अधिक बढ़ाने के लिए वह एक मासिक पत्रिका प्रकाशित करवाएगा, और जब मासिक पत्रिका की आर्थिक दशा कुछ सुदृढ़ हो जाएगी तो एक दैनिक समाचार पत्र भी निकालेगा।

इस तरह शब्द का पाञ्चजन्य शंख बजाकर वह इस शहर को जगाएगा। शब्द ही उसका लक्ष्य-भेद के लिए धनुष-बाण होगा। उसने यह बहुत साफ-साफ समझ लिया है कि समाज में रावणों की प्रमुखता को समाप्त करने के लिए आवश्यकता है एक ऐसी संघबद्ध शक्ति की जो सबकी समानता की भावना से प्रबुद्ध हो। अतः सब कामों का मुख्य लक्ष्य होगा समानता की चेतना जगाना।

वह बोल पड़ा, "एक बात है मौसी जी।"

"क्या?" उसके मुँह की ओर निहारते हुए मौसी जी ने शान्त भाव से पूछा।

"आप ने ठीक ही लक्ष्य किया है।" उसने उत्तेजित स्वर में जवाब दिया, "रावण को परास्त करने का अब बस एक ही रास्ता शेष रह गया है, मौसी जी!

"कौन-सा?" बड़ी उत्सुकता से मौसी जी ने पूछा।

"यह जो नाना प्रकार की विषमता है, भेद-भाव है, इसे दूर करना। जितनी भी लिप्साएँ हैं, लोभ-लालच है–सबकी जड़ यह विषमता ही है, सभी असमानता की वजह से ही पैदा होती हैं, जरा देखें तो मौसी जी, कि कितनी तरह की असमानताएँ हैं। गोरे के साथ काले की, पुरुष के साथ नारी की, ब्राह्मण के साथ हरिजन की, शक्तिसम्पन्न के साथ शक्तिहीन की, सबल के साथ निर्बल की, पूँजीपतियों के साथ मजदूरों की, साम्राज्यवादी ताकतों के साथ उनके द्वारा शोषित उपनिवेशों की, कैसी-कैसी विषमताएँ हैं। इन सबमें कितना अन्तर है, कितना भेद-भाव है। और यह जो असमानता है, भेद-भाव बरतने का जो रिवाज है उसकी

वजह से ही लड़ाइयाँ हो रही हैं, रुपये-पैसे, धन-दौलत के प्रति लालच की होड़ है, नारी जाति पर भयंकर अत्याचार हो रहे हैं। समाज में दुःख दारिद्र्य आदि हैं। यह असमता की स्थिति जब तक शहर को जकड़े रखेगी, तब तक रावण की यह लिप्सा भी वर्तमान रहेगी।''

'समानता' शब्द को जितने खुले ढंग से संघ के परिवेश में इस्तेमाल कर सकते हैं, उतनी ही स्वच्छन्दता से उसका इस्तेमाल फूकन के परिवार में कर पाना संभव नहीं है, यह बात नवीन कभी समझ नहीं सका था।

इस घर के परिवेश में तो स्थिति यह है कि यहाँ किसी ऐसे शब्द का उच्चारण करना ही पड़े तो यहाँ के शिष्टाचार के तकाजे उस शब्द को पूरी तरह 'नपुंसक' बनाकर उसकी सीधी अभिव्यक्ति-शक्ति से उसे हीन बनाकर ही उच्चारित किया जाता है। फूकन के घर के सोच-विचार, दर्शन की व्याख्या स्वयं प्रोफेसर रविचन्द्र जी की करते हैं। और उनके दर्शन की उस व्याख्या के अनुसार समानता या साम्य 'शब्द' का मतलब बहुत अधिक करुणा या दान भर है। जिस तरह हाथ की पाँचों अँगुलियाँ एक ही समान नहीं होतीं, उसी तरह समाज में सभी मनुष्य समान-समान नहीं होते। इसी वजह से कोई राजाधिराज सम्राट होता है, तो कोई सड़क के किनारे की पटरी का भिखारी। कोई महाधनाढ्य बिरला होता है तो कई सूखे पत्ते बीनने, इकट्ठा करने वाले मजदूर। कोई होता है महात्मा गांधी, कोई होता है हिटलर। इसी प्रकार प्रत्येक युग में असमता बनती रहती है।

मौसी जी ने रामायण की पोथी बन्द करके ग्रन्थाधार (काठ की बनी क्रासनुमा पट्टी निचले क्रास के सहारे खड़ा करके उस पर पोथी खोलकर पाठ करते हैं) सहित उठाकर पास में पड़ी मेज पर रख दिया।

'समता' शब्द जैसे प्रायः और लोगों में दहशत पैदा कर देता है, उसी तरह उनके मन में भी उसने दहशत पैदा कर दी। फिर उन्होंने हँसते हुए कहा, ''तुम जो 'समता' का इतना निर्भय होकर सहज ढंग से उच्चारण कर पा रहे हो, उसका मूल कारण यह है कि तुम संघ में रहने वाले एक भिक्षु या सेवक हो। (तुम्हारा अपना कोई घर-बार नहीं है) परन्तु मेरे पास तो बेलतला में लम्बी-चौड़ी खेती है जिसे हमने अधिया-बँटिया– (अर्थात् फसल उगाने वाला किसान उपज का आधा हिस्सा खेत मालिक को दे देगा–इस शर्त की खेती) पर दे रखा है, उत्तरी पहाड़ी इलाके में अपनी चाय बागाम है और इन सबके भी ऊपर है (घर के मर्दों की) सरकारी नौकरी, राजकीय सेवा। तुम सोचते हो कि तुम अपने एक शब्द का बाण मारकर मुझे अपने नाग पाश में बाँध लोगे, तो यह एक आकाश-कुसुम जैसी, आकाश में मचान बना लेने जैसी ही असम्भव बात है। और तुम्हारे जैसे समझदार नवयुवक के

मुँह से शोभा नहीं देती। अरे इस धरती पर समता कभी भी नहीं होगी। साहब (बड़े लोग या अंग्रेज साहब) लोग हमेशा रहेंगे। उससे तो बल्कि राम का रास्ता ही अच्छा है। (समता के लिए कोशिश करने की जगह) रावण के स्वभाव को सुधारने की जरूरत है।

नवीन ने अब समझा कि बात की आरंभिक जड़ से ही, शुरुआत से ही बात को समझने में उससे गलती हो गई थी। दरअसल मौसी जी अभी भी (मूलरूप से परिपूर्णतः) फूकन परिवार की परम्परावादी गृहिणी ही बनी हुई हैं। (पुरुष और नारी में असमता की भावना की वजह से नहीं बल्कि) किसी और प्रकार के दुःख से परेशान होकर ही संभवतः वे पुरुष वर्ग की तुलना रावण से कर रही थीं। फलतः उसने निराश होकर कहा–"मौसी जी! इतनी सरलता से तो मै किसी कि विचारधारा को बदल नहीं सकता। इसके अलावा भी मैं गांव में रहने वाले किसानों और चाय बागानों में खटने वाले मजदूरों को कुछ अच्छी तरह ही जानता हूँ। आप लोगों की मुट्ठी में, आप लोगों के आधिपत्य में यह जमींदारी और चाय-बागान वगैरह में से कुछ बचा नहीं रहेगा, एक दिन वे लोग ही इनके मालिक बनेंगे। हाँ, इतना जरूर है कि वह दिन आने में अभी देरी है। जो हो, छोड़ें भी इन बातों को। मगर जरा यह तो बताएँ कि यह यकायक आप क्यों मर्द लोगों के खिलाफ ऐसी खड्गहस्त हो गईं? कहें तो जरा, मैं भी जानूं।"

"वह सब जानने से तुम्हारा कोई लाभ नहीं है, नवीन।" बहुत ही उदास और वेदनापूर्ण स्वर में उन्होंने उत्तर दिया, "कुछ ऐसी विशेष समस्याएँ हैं जिन्हें कोई भी किसी से नहीं कह सकता। उनका बोझ व्यक्ति को अकेले-अकेले ही ढोना पड़ता है। विशेषतः नारी जाति को।"

"परन्तु मैं एक ऐसी भी श्रेष्ठ नारी को जानता हूँ, जो अपनी अत्यन्त गोपनीय प्रकार की निजी समस्या को भी किसी से नहीं छिपातीं।" नवीन ने तुरन्त जवाब देते हुए कहा।

–"तुम सुमति की बात कर रहे हो न?" मुस्कुराते हुए मौसी जी ने कहा, "मगर नहीं, मैं इस बात पर विश्वास नहीं करती। अरे बेटे, नारी का यह शरीर ही एक महा जंजाल है, मन की बात तो फिर कहने की जरूरत ही नहीं। अतएव निश्चय ही कुछ-न-कुछ गोपनीयता तो रहेगी ही।"

मौसी जी ने एक लम्बी आह भरी साँस छोड़ी। थोड़ी देर शान्त-चुप रह लेने के बाद फिर बोलीं, "हाँ, इतना जरूर है कि सुमति को एक विशेष सुविधा अवश्य प्राप्त है। उसका विमल एक मर्द-पुरुष के हिसाब से उत्तम है। जहाँ तक संभव है, उस सीमा तक कभी भी नारी पर पुरुष के अधिकार का प्रयोग कर उसने किसी

दिन भी सुमति को छला नहीं, उसे प्रताड़ित नहीं किया। सुमति की स्वतन्त्रता हम लोगों से बहुत अधिक है।"

अब नवीन ने पहली-पहली बार यह महसूस किया कि मौसी जी की वेदना एकान्त रूप से पूरी तरह नारी की वेदना है। अब उसके मन में वह सारा कुछ बिलकुल साफ-साफ प्रत्यक्ष हो गया कि आखिर क्योंकर मौसी जी का यह घर अब उदास, शोभाहीन हो गया और क्योंकर पूरी फुलवारी ही मुरझा गई है।

परन्तु वह एकान्त वेदना वस्तुतः क्या है? इसे पकड़ पाना उसके लिए संभव नहीं हो सका। मौसी जी की यह कोठरी तो जैसे एक विषादमय कब्रगाह हो गई है। उनके चेहरे पर जो रेखाएँ उभर आई हैं, उनसे विरोध करने की एक अनुगूँज निकल पड़ रही है। उनका रावण कौन जाने उनकी रामायण की पोथी के पास ही कहीं अनंग (बिना शरीर धारण किए, गुप्त रूप से) छाया बनकर छिपा हुआ है। वह कुछ देर तक काठमारे की तरह हकबकाया-सा मौसी जी के मुँह की ओर देखता रहा।

उसे लगा जैसे मौसी जी का वह अबोला मुँह कह रहा है, "देखो नवीन! सब कुछ वर्तमान रहते हुए भी मेरा कुछ भी नहीं है। एक चीज पर भी मेरा अधिकार नहीं है, नवीन। इस घर में आज मैं प्रकृत–सच्चे अर्थों में अबला हूँ।"

मौसी जी को महसूस हुआ कि नवीन सभी कुछ समझ गया है। फलतः उनका मुँह लाज के मारे लाल पड़ गया।

'नहीं, अपने मन की आन्तरिक दुर्बलता का बाहर प्रकट हो जाना, बहुत अनुचित हुआ जा रहा है।' मौसी ने मन-ही-मन सोचा–"उनके लिए जैसा दुदू (उनका बेटा) है, नवीन भी वैसा ही है। धुर बचपन से ही इस घर में उसका अबाध-प्रवेश रहा है, जब चाहे आता-जाता रहा है। जब बच्चा था तो खेलने आता था। जब कॉलेज में पढ़ता था तो दुदू के साथ पढ़ने प्रायः ही आता था। बीच-बीच में कभी-कभी तो दुदू के कमरे में रातें बिता देता था। सन् बयालीस के आन्दोलन की वेला में तो दुदू के कमरे में ही भूमिगत होकर बीच-बीच में छिपा पड़ा रहा था। उसी दरम्यान उनकी बैठकें भी होती थीं, गुप्त बैठकें। कभी-कभी तो वहीं बैठकर माकन ने भी उनके पोस्टर और प्रचार पत्र, लिख दिया था। बाद में इसी तरह के कामों के कारण ही सरकार ने उनके 'महादेव' की नौकरी में तरक्की रोक दी थी।'

सो वही नवीन उनके स्नेह-दया-ममता का पात्र है। परन्तु उनके हृदय की गोपनीय बातों का भागीदार तो वह हो नहीं सकता।

और इसके अलावा भी आज तो वह यहाँ आया है उनकी कन्या का पाणिप्रार्थी होकर। विवाह के लिए उनकी पुत्री का हाथ मांगने। इस सन्दर्भ में उन्हें

बूँद भर भी सन्देह नहीं है।

उनके हृदय में नवीन के प्रति असीम स्नेह उमड़ा पड़ रहा था। (उन्हें अनुभव हुआ कि) अभी भी उसके मुँह की आभा को दुनिया की कुटिलताओं ने, बदनामियों ने और पापों ने कलुषित नहीं किया है। (अभी भी उसमें निष्कलुष सहज मानवीयता है) वह दूसरे की वेदना को, दूसरों के दुःख-दर्द को सहजता से अपना बनाकर ग्रहण कर सकता है। दूसरों के दुःख के प्रति सहज समानुभूति रखता है।

अचानक ही उन्हें याद आ गईं कल जेठ जी के घर में दिवंगत ससुर जी के श्राद्ध-कर्म सम्पन्न हो जाने के बाद पूरे परिवार की रसोई घर में जो बैठक हुई थी, उसकी बातें। उस पारिवारिक गोष्ठी में निर्णय लिया गया था, माकन के लिए रंजीत को वर के रूप में पाने का प्रयास करने का। जेठ जी को तो दृढ़ विश्वास हो गया है कि रायबहादुर सदानन्द बरुआ जी उनके इस प्रस्ताव को सहज ही स्वीकार कर लेंगे। विगत कुछ दिनों के अन्दर-अन्दर ही इन दोनों परिवारों के बीच एक नया व्यावसायिक दृढ सम्बन्ध स्थापित हो चुका है। फूकन और उसके परिवार के लोगों का जो चाय-बागान है, उसके वे एक बड़े भागीदार बन चुके हैं। पहले चाय-बागान लगाने के लिए जो भारी कर्ज का रुपया लेना पड़ गया था, उसके बोझ को कम करने और ऋण को चुकता करने के लिए यह नयी व्यवस्था की गई थी। अब इस नये व्यावसायिक संबंध को खून के रिश्ते, शादी-ब्याह के संबंध में बदल देने (और इस तरह रिश्ते को पूरी तरह पक्का करने) के लिए ही जेठ जी माकन की शादी रंजीत से कर देना चाहते हैं।

सदानन्द बरुआ जी अपार सम्पत्ति के मालिक हैं, परम धनाढ्य व्यक्ति हैं। अगर उनकी धर्मपत्नी ने तब मुसीबतें खड़ी कर बाधा-बिघ्न न डाला होता तो सुदर्शना के साथ ही रंजीत की भी शादी हो चुकी होती। लेकिन अफसोस कि वह सुयोग हाथ से जाता रहा। इस वक्त राय बहादुर जी अपने बेटे के ब्याह करने का दृढ़ निश्चय कर चुके हैं। नरवरे भी बहुत बढ़ गए हैं। शादी के लिए संबंध भी बहुत आ रहे हैं। अतएव अगर जल्दी-जल्दी भाग-दौड़ न की गई तो संबंध स्थापित हो पाने में विपत्ति (की भी आशंका) है। इसी वजह से जेठ जो ने वायरलेस से सन्देश भेजकर अपने लहुरे भाई की सहमति भी मँगा ली है।

सुदर्शना की शादी का प्रस्ताव करने पर उसका विरोध जेठानी जी ने किया था। परन्तु उस दिन जब माकन की शादी करने की बात उठी तो उस सभा में खुद मौसी जी ने उसका विरोध किया। उन्होंने विवाह के संबंध में माकन की इच्छा को साफ-साफ जेठजी को बतला दिया। इस प्रसंग में उन्होंने नवीन की बात का भी

उल्लेख किया।

लेकिन इस बार जेठ जी औरतों की बातों पर ध्यान देकर परिवार के हित की जड़ों पर कुराघात करने को एकदम राजी नहीं हुए। अब प्रेम के संबंध में उनकी धारणा पहले की तरह बलवती नहीं रही। अब तक की अपनी बीती जिन्दगी में देखकर, सुनकर, चोट खाकर, उन्होंने बहुत कुछ सीख लिया है। उनके देखते-देखते, उनकी खुली आँखों के सामने ही सुदर्शना और रंजीत के प्रेम की हत्या हो गई, फिर भी कोई अघटन न घटा, कोई भी दुर्घटना या विपरीत घटना नहीं घटी। सुदर्शना के मन के भीतर संभव है, कहीं कोई दुःख बचा रह गया हो। परन्तु उसने अपने नये परिवार को स्वीकार कर लिया और उसी में रहते हुए अब एक बच्ची की माँ भी हो चुकी है। प्रेम और विवाह में कोई भी अटूट या स्थायी संबंध नहीं है, इस सिद्धान्त की पुष्टि तो पंचानन के वैवाहिक जीवन से ही हो जाती है। इन दोनों ने एक समय एक-दूसरे के प्रेम में प्रमत्त होकर परस्पर प्रेम-विवाह किया था। लेकिन अब? अब क्या हुआ? पंचानन के हृदय पर फिर एक बार काम देवता के बाण आ बिंधे। फिर वह यौनव का प्रेम कहाँ चला गया? इसी वजह से जेठ जी शादी-ब्याह के लिए एकमात्र प्रेम को ही आधार बनाने को राजी नहीं हैं। और इस आधार पर माकन की शादी के लिए नवीन की उम्मीदवारी को नकार दिया गया। (माकन से शादी करने के लिए क्या योग्यता है उसमे?) उसकी तदनुरूप अवस्था नहीं है, वह स्तर नहीं है, बस केवल प्रेम भर ही है। जब कि रंजीत के पास सामाजिक स्तर अवस्था-संपन्नता तो है, बस प्रेम नहीं है। मगर वर के लिए अवस्था-संपन्नता अधिक आवश्यक वस्तु है। अगर ईश्वर चाहेंगे, तो शादी हो जाने के बाद रंजीत और माकन में प्रेम भी पनप जाएगा।

दरिद्र शिवशंकर के साथ सर्वसम्पन्न परिवार की धनी पार्वती के विवाह होने की कहानी केवल एक अर्थहीन मिथक भर है। ऐसे मिथक में प्रोफेसर रविचन्द्र जी की बूँद भर ही आस्था नहीं है। उनके द्वारा उस दिन कही गई बातें अभी भी मौसी जी के कानों में गूँज रही हैं, "अपने वंश, परिवार के हितों की रक्षा करना ही मेरी सोच-समझ का सर्वप्रधान विषय है। माकन भी यह बात अच्छी तरह समझ ले तो ठीक है। नवीन उसके लिए सर्वथा उपयुक्त प्रेमी तो हो सकता है, परन्तु उपयुक्त पति या स्वामी नहीं हो सकता। और इस सबसे ऊपर जो सबसे बड़ी बात है वह यह कि राजनीतिक मान्यताओं के क्षेत्र में नवीन यदि सुमेरु है, तो मैं कुमेरु। दोनों एकदम भिन्न दिशा में। कहीं किसी मेल की गुंजाइश ही नहीं। इसी महीने पंचानन के डी. आई. जी. पद पर पदोन्नति हो जाने की बात है। मणिपुर में उसका खूब नाम हुआ है। अब ऐसी दशा में अगर नवीन के साथ उसका (माकन

का) विवाह हो जाता है, तो वह स्वयं तो पछताएगी ही, उसके बाप (पिता) की पदोन्नति भी नहीं होगी।"

'उनके इन तर्कों में कहीं-न-कहीं कोई गलती अवश्य रह गई है।' ऐसा महसूस होने पर भी मौसी जी यह नहीं निश्चित कर पायीं कि दरअसल गलती कहाँ और क्या रह गई है। उन्होंने जेठ जी के तर्कों का विरोध करना चाहा, परन्तु वे समझ गईं कि साधार विरोध करने के लिए न तो उनके पास सक्षम भाव ही हैं और न तदनुकूल भाषा ही। फिर जेठ जी की तरह वे अपनी बातों को स्पष्टतः फाँक-फाँक करके निर्णयात्मक ढंग से कहने की शैली भी नहीं जानतीं। इस कारण से उस दिन की गोष्ठी समाप्त होने तक वे फिर मौन साधे बैठी रहीं। अतएव उस दिन की पारिवारिक गोष्ठी में जो निर्णय लिया गया उसे उन्हें निर्विवाद रूप से मान लेना पड़ा।

उस दिन के निर्णय को उन्होंने अभी तक माकन को नहीं बतलाया है। उन्होंने सोचा था कि रात बीतने पर प्रातः काल की बेला में चाय-जलपान करते समय उसे बतलायेंगी, परन्तु उसके पहले ही नवीन आ उपस्थित हुआ। नवीन उनके हृदय के बन्द किवाड़ों को खोलकर उसमें बहुत गहरे प्रविष्ट हो चुका था। परन्तु अफसोस कि ठीक उसी क्षण में उसे एक और दूसरे दरवाजे के किवाड़ों को खोलकर उसे बाहर कर देना पड़ा।

इतने में ही दीवार घड़ी में नौ बजने की सूचक घंटी बजी। बाहर धूप और बारिश का जोर बढ़ गया है। नवीन बार-बार दरवाजे की ओर देखने लगा।

मौसी जी समझ गईं कि उसकी इस उतावली का कारण क्या है?

"अरे तुम (इतनी दूर से) आए। और मैंने अब तक तुम्हारे आने का प्रयोजन किस विशेष कारण से आज आए हो—यह पूछा की नहीं।" गंभीर मुद्रा बनाती हुई मौसी जी ने कहा, "तुम्हारा चेहरा देखकर मुझे ऐसा लगता है कि तुम कुछ कहना तो चाहते हो, परन्तु कह नहीं पा रहे हो।"

नवीन का कलेजा थर-थर काँपने लगा। साहस करके उसने कहा, "हाँ, मौसी जी। मैं एक बात का अनुरोध करने ही आया था। और वह यह कि मैं माकन से विवाह करना चाहता हूँ।"

"ओह्! लेकिन तुम्हें बहुत देरी हो गई, नवीन। "काँपती-काँपती आवाज में मौसी जी ने कहा।" कल ही हम लोगों का निर्णय अन्तिम रूप से हो चुका।"

मौसी जी ने धीरे-धीरे जेठ जी के घर पर हुई परिवार की गोष्ठी और उसमें लिये गए सर्वसम्मत निर्णय की सारी बातें सही-सही रूप में विस्तार से नवीन को बतला दीं।

नवीन ने सारी बातें बड़े धैर्य से सुनीं। उसने दिल से महसूस किया कि मौसी जी ने उसकी ओर से होकर उसके पक्ष में बातें की थीं। इस बात से उसे बड़ा सन्तोष हुआ। उसने पूछा, "आप लोगों का यह निर्णय क्या अन्तिम रूप से बिलकुल पक्का है?"

मौसी जी ने कहा, "अब तो सब कुछ राय बहादुर जी पर निर्भर है। परन्तु हम लोगों के इस प्रस्ताव को वे अस्वीकार कर देंगे, ऐसा तो नहीं लगता। हमारे जेठ जी से उनका बहुत ही मधुर संबंध है।"

नवीन कुछ कहने ही जा रहा था कि तभी अचानक एक जोर की आवाज हुई, जिसे सुनकर उसने दरवाजे की ओर देखा तो आवाक् रह गया। दरवाजे के सामने माकन एकदम चुपचाप काठ की तरह जरा भी हिलेडुले बिना जड़वत् खड़ी है, जैसे कि एक सीधा आसमान की ओर उठा हुआ नागकेशर का नवीन वृक्ष। उसकी दोनों आँखें माँ के चेहरे पर एकटक जड़ी हुई स्थिर हैं।

उसके हाथों में पकड़ी हुई तश्तरी उसके अनजाने ही उसके हाथों से छूट गई थी। उसमें रखे चाय के दो प्याले नीचे गिरकर टूटकर टुकड़े-टुकड़े हो गए थे। तश्तरी में रखकर लायी हुई पूड़ी-सब्जी फर्श पर गिरकर फैलने लगी। दूध पीने वाले साँप की तरह कुण्डली भाँजता हुआ लुढ़कता-पुढ़कता चाय का प्याला आकर मौसी जी के पैरों पर दांत गड़ा गया।

मौसी जी का पूरा बदन काँप गया। वे भली-भाँति समझ गईं कि माकन ने निश्चय ही उनकी बातचीत का सारा तत्त्व जान लिया है। यदि ऐसा न हुआ होता तो इस तरह की अनहोनी घटना न घटी होती।

वे उठ गईं और स्नान-घर से एक बड़ा-सा पुराना चिथड़ा कपड़ा उठा लायीं, उससे उन्होंने फर्श पर से चाय समेटी, टूटे प्यालों के टुकड़ों और जलपान की बिखरी सामग्री उठाकर तश्तरी में रखा, फिर किसी से कुछ भी कहे बिना सिर-झुकाये चुपचाप रसोई घर की ओर चली गईं।

नवीन ने जो माकन की ओर निहारा तो देखा कि अभी स्नान करके आई उसकी सद्यःस्नात देह-यष्टि सबेरे-सबेरे खिली केतकी की शुभ्र पंखुड़ियों की तरह पवित्र और कान्तियुक्त होकर झिलमिला रही है। वह ऐसा विभोर हुआ कि कुछ देर के लिए तो वह सब कुछ भूल गया। वैसे माकन को देखते ही हमेशा ही ऐसा ही होता है। ऐसी घड़ी में वह अपने आप को पूरी तरह अपने आप में समझ पाता है। ऐसा लगता है कि उसे किसी और चीज की कोई आवश्यकता नहीं रही। उसके फैले हुए गाढ़े काले लम्बे-लम्बे केशों के बीच उसका सुन्दर मुखड़ा चमक रहा है। काले-कजरारे बादलों की ओट से जैसे चन्द्रमा अचानक प्रकट हो रहा हो, ऐसा ही

कान्तिमान है उसका मुखमण्डल। दोनों भुजाओं के बीच फैलते-बढ़ते वक्षस्थलों के उभार की सभी जगहों में छूटकर बिखरते हुए, ऊँचे-नीचे केश किसी नदी की उपत्यका-से लग रहे हैं। उपत्यका उसे ब्रह्मपुत्र की उपत्यका की तरह ही परम प्रिय है।

उसकी देह पर बहुत साधारण किस्म का परिधान है, जान-बूझकर सजाया-सँवारा नहीं। सहज स्वाभाविक। फिर उसकी देह प्रातःकालीन सूर्योदय की दीप्ति के साथ-साथ पूर्वी आकाश में दिखाई पड़ने वाली शुभ्र कान्ति दृष्टिगोचर हो रही है। उस कान्ति से ज्योति-किरण बिखर रही है, वह मानो उसके मन की भी ज्योति है। उस ज्योति ने ही उसके मन को प्रफुल्लित कर दिया। उसे ऐसा महसूस हुआ जैसे वह आज उसके समक्ष बिलकुल नये रूप में प्रकट हुई है।

उसका इस प्रकार का प्रेम भाव वस्तुतः संसार के हर लेखे-जोखे से ऊपर है। लौकिक-जगत से बहुत ऊपर रूपलोक, कल्पना लोक में ही उसका स्थान है।

पूर्णिमा की परिपूर्ण चाँदनी में ऊपर आकाश में उड़ जाने वाला चकोर पक्षी शायद स्वप्निल चन्द्रमा के ढक्कन को हटाकर आकाश के सारे मधुर रहस्यमय मूल स्रोत को पा लेना चाहता है। वैसे ही नवीन भी इस रूपलोक के, कल्पनीय सौन्दर्य जगत् के मूल रहस्य को ढूँढ लेना चाहता है, पा लेना, देख लेना चाहता है।

परन्तु वह देख नहीं सका। उस समय माकन के मुखमण्डल पर उसके हृदय के अन्तस्तल की वेदना की रेखाएँ झलकने लगी थीं जिनसे उस पोसी-पाली मैना चिड़िया की मनोवेदना व्याकुल हो प्रकट हो रही थी जो बराबर एक सोने के पिंजरे में बन्द रहते-रहते अपनी पक्षी-सुलभ उड़ने की स्वाभाविक शक्ति ही भूल चुकी हो। नवीन (इस दृष्टि से) जंगल के उन्मुक्त वातावरण में उड़ने वाला एक स्वच्छन्द पक्षी है, फलतः पिंजरे में कैद पालतू चिड़िया की यन्त्रणा को वह पूरी तरह समझ नहीं

इस वेला में माकन उसके मुँख पर ग्रीष्मऋतु की वरदैशिला देवी (असम प्रदेश में बैसाख महीने में जो बहाग बिहू उत्सव मनाया जाता है, उसके कुछ पहले और बाद में बहुत जोर का आंधी-तूफान-झड़-वृष्टि होती है, बंगाल की काल बैशाखी सदृश। लोक मान्यता है कि यह तूफान दरअसल बरदैशिला नामक देवी के इस उत्सव की वेला में असम स्थिति अपनी माँ के घर बिहू खाने और उसके बाद लौट जाने के समय उनके प्रबल तेज के कारण ही उठता है।) की प्रचण्ड पदचाप वाले भयानक ताण्डव नृत्य के पद-चिह्न देखना चाहती थी, परन्तु उसकी जगह वहाँ वह शरद ऋतु की शीतल, मधुर मलयानिल का ताल-लयानुकूल मधुमय लास्य नृत्य के ही चिह्न देख सकी। (उसने सोचकर देखा कि) माँ के मुँह से परिवार के इतने कठोर, इतने हृदय विदारक निर्णय की बात सुनकर भी संघ के इस भिक्षु का कलेजा

जरा भी नहीं काँपा। इस फूल कुँवर का पक्षिराज घोड़ा तो है, मगर उसके पंख ही नदारद हैं, डैने ही टूट चुके हैं।

"माँ ने क्या कहा?" क्या कहे, क्या न कहे कि दुविधा में अन्ततः 'हिचकिचाते हुए उसने पूछा। छिछली कड़ाही में गर्म हो रहे दूध की तरह जो जरा-सी आँच से उफनकर बाहर गिर पड़े, वैसे ही उसके हृदय में छिपे भाव भी उतावली के मारे बाहर छलक पड़े। "अब मेरे लिए तुम्हें क्या कहना है, सो तो कहो।"

बिना किसी भावावेग के अत्यन्त शान्त, स्थिर स्वर से नवीन ने वे सारी बातें, जो मौसी जी ने उससे कही थीं, ज्यों की त्यों माकन से बखान दीं। इतने तटस्थ भाव से कि लगता था कि वे बातें जैसे उससे संबंधित न होकर किसी और से संबंधित बातें हों। इस लहजे में वह विवरण दे रहा था। अपनी उच्चतम सीमा पर पहुँचे प्रकृष्ट शृंगार रस की वेला में जैसे शान्त रस अच्छा नहीं लगता, ठीक उसी तरह आज की इस घड़ी में माकन को भी नवीन का यह संयम अच्छा नहीं लगा। माकन को लगा कि संघ के नियम बन्धनों के संन्यास में दबते-दबते जैसे नवीन का हृदय ही मर गया है और अब रक्त-मांसहीन झांझट-पंजर भर रह गया है। संगीत के जिस परिवेश में स्वर का राग जब सप्तम में चढ़ जाना चाहिए तब भी अगर वह प्रथम में ही रुका रह जाय, तो इस स्थिति को वह कतई सहन नहीं कर सकती। आज की इस दारुण स्थिति में उसके घायल हृदय का हाहाकार का स्वर, हृदय विदारक वेदना की कोई रागिनी नहीं बन सकी, तो उसे बहुत निराशा हुई। इस तरह का संयम का भार तो प्रेम का दुश्मन है। वस्तुतः प्रेम तभी सार्थक होता है, तभी धन्य होता है जब प्रेमी हृदय का अनुकूल सही उत्तर देता है। (और यहाँ तो स्थिति यह है कि) जहाँ उसका हृदय तपती हुई ग्रीष्म ऋतु बन चुका है वहाँ नवीन का हृदय अभी शीतल शिशिर ऋतु ही बना हुआ है।

उसे ऐसा जान पड़ा जैसे नवीन के चेहरे पर विवाह करने के आग्रह के भाव का कोई लक्षण ही स्पष्ट नहीं हो पा रहा है।

परन्तु उसका अपना कर्त्तव्य क्या है, इसे वह भली-भाँति समझ चुकी है। उसने अपने परिवार के लोगों द्वारा इस संबंध में लिये गए निर्णय को ठुकरा देने का मन-ही-मन दृढ़ निश्चय कर लिया। परन्तु (साथ-ही-साथ उसने यह भी अनुभव किया कि) वह नवीन से उसकी ऐसी हालत में जैसी वह इन दिनों गुजार रहा है, वर्त्तमान दशा में विवाह नहीं कर सकती। उसके घर-परिवार ने जो निर्णय लिया है उसे जैसे भी हो, बदलवाना ही पड़ेगा। और अगर वे लोग किसी भी दशा में अपना निर्णय नहीं बदलते तो फिर वह किसी से भी विवाह न कर चिर कुमारी ही बनी

रहेगी। उसके मन में इतना दृढ़ विश्वास है कि उसके घर के लोगों द्वारा उसके मन के विपरीत जबरदस्ती उसका विवाह कर पाना कभी संभव नहीं हो सकेगा। नवीन यदि अब भी संभल जाय और अपनी अवस्था में सुधार कर ले, तो उसके घर-परिवार के लोग एक साल बाद ही फिर उसी से उसका विवाह कर देने के लिए अपनी सम्मति दे देंगे। ज्येष्ठ पिता जी उसके हृदय की आन्तरिक भावनाओं के महत्त्व को हमेशा-हमेशा तिरस्कृत नहीं कर सकते।

उसने नवीन को जो पत्र भेजा था, उसमें उसने अपने सारे भावों को बिलकुल साफ-साफ खोलकर स्पष्ट कर दिया था। आज उसकी जो दशा है, उसमें वह उसे कदापि ग्रहण नहीं कर सकती। अब उसे भी स्पष्ट रूप से अपना निर्णय ले लेना चाहिए, या तो वह संघाराम का भिक्षु बनकर ही रह जाए, या (मुझसे विवाह करने का इच्छुक है तो) मेरे उपयुक्त वर होने की योग्यता हासिल करे। (इसके लिए अच्छा हो कि) वह एक अच्छी, प्रतिष्ठा वाली सरकारी नौकरी प्राप्त कर ले। वह सुमति बहन जी जैसी गृहस्थी बसाने की कल्पना तो कभी सपने में भूलकर भी नहीं कर सकती। वह तो ऐसा ही घर-संसार चाहेगी, ऐसी ही गृहस्थी बनाना पसन्द करेगी, जिसे समाज उचित मानता है।

"तुम इतने शान्त-स्थिर किस तरह बने हुए हो? मैं यही नहीं समझ पाती।" रोष और अभिमानपूर्वक माकन ने कहा, "हो सकता है कि तुम्हारी मान्यता के अनुसार जीवन में प्रेम ही एक मात्र सबसे बड़ी चीज है, प्रेम ही सर्वस्व है। परन्तु मेरे लिए तो समाज भी अति आवश्यक है। मेरी इस धारणा के लिए तुम अगर चाहो तो मुझे विद्रोह करने में अक्षम, या कमजोर भी समझ सकते हो, परन्तु मैं यह अच्छी तरह जानती हूँ कि मैंने सही रास्ता ही अपनाया है। मेरी चिट्ठी में सारी बातें—साफ-साफ रख दी गई हैं। इस वक्त बहुत साहस करके यहाँ आए हो और मुझे अपने करीब पा सके हो। आज तो तुम्हें अपना एक दृढ अन्तिम उत्तर देकर ही जाना होगा।"

ऐसी कुलिश-कठोर बातें कहते समय उसका कलेजा अन्दर-ही-अन्दर जलकर जो जार-खार हुआ जा रहा था—इसका तनिक भी अन्दाज उसने उसे नहीं होने दिया। उस वक्त वह सचमुच ही अपने आप को बहुत असहाय-अकेली समझ रही थी। परन्तु वह इतना अच्छी तरह समझ रही थी कि अगर आज उसने हृदय खोलकर साफ-साफ अपनी बातें उसके सामने नहीं रख दीं, तो भविष्य में शायद फिर भी ऐसा सुयोग ही न मिले।

नवीन के मन में उसकी इन बातों का उत्तर तो पहले से तैयार था। माकन का पत्र मिलने पर, उसे पढकर उसकी बातों पर बहुत सावधानी से उसने

सोच-विचार किया। उसने अपने अन्तरतम में विचारकर देखा तो पाया कि माकन को पाने के लिए वह अपना सभी कुछ न्योछावर कर सकता है, परन्तु संघ को ऐसी हालत में वह बेसहारा करके छोड़ नहीं सकता। माकन उसे सरकारी उच्च पदस्थ नौकरी कर लेने का परामर्श दे रही है, परन्तु सरकार से ही तो उनका असहयोग आन्दोलन है, और इस असहयोग के चलते तो उस तरह का काम करना उसके लिए कभी संभव ही नहीं है। और सबसे ऊपर की बात यह कि वह ऐसा कोई भी काम कर ही नहीं सकता, जो मानव-मुक्ति की साधना में सहायक न हो। उसके मुक्ति के आदर्श और उसके काम करने के बीच क्या सम्पर्क है, इस तथ्य को माकन आज तक समझ ही नहीं पायी। परन्तु इतना तो विमल भाई और सुमति बहन जी के साथ-साथ रहकर देख-समझ लिया है कि उसका काम कितना अधिक विस्तृत है। जिस काम का उद्देश्य मात्र धन-सम्पत्ति इकट्ठा करना है, उस काम से तो उसे घृणा होती है। परन्तु यह माकन है जो उसे ठीक ऐसे काम करने के लिए उस ओर खींच रही है। धन-सम्पत्ति इकट्ठा करने के लिए उपयुक्त काम माकन और उसके स्तर के धनी-समृद्ध समाज के लोगों की आँखों में जरा भी नहीं खटकते, उनमें उन्हें कोई बुराई नजर नहीं आती, परन्तु उसकी आँखों में तो चुभते हैं, उसे तो बहुत ही बुरे लगते हैं। इस प्रकार नैतिक-दृष्टि से दोनों में कहीं कोई मेल नहीं है। परन्तु माकन इस तथ्य को समझ ही नहीं रही। अतएव फिर उसी नैतिक तर्क-वितर्क को उठाने से कोई लाभ नहीं है। यह ठीक है कि माकन का हाथ थामने के लिए वह सच्चे दिल से तैयार है, परन्तु उसके लिए वह अपने आदर्शों की बलि चढ़ा देने में पूरी तरह असमर्थ है।

"मैं जो उत्तर दूँगा, वह तुम्हें पसन्द आएगा या नहीं, यह तो मैं कह नहीं सकता।" नवीन ने शान्त गम्भीर स्वर में कहा, "परन्तु मैं हर किस्म का काम, जो भी मिल जाय, जैसा भी मिल जाय, नहीं कर सकता। क्योंकि मेरे काम करने के सम्बंध में मेरे विचार, मेरा दर्शन भिन्न प्रकार का है, और से भिन्न प्रकार का है। तुम तो यह अच्छी तरह जानती हो कि मैंने वकालत करने के उद्देश्य से पढ़ाई की थी और उसकी परीक्षा भी दी थी। परीक्षा में मैं दक्षता नहीं दिखा पाया, परीक्षा अच्छी नहीं सम्पन्न हुई। सो अच्छा ही हुआ। क्योंकि अब मैं जान गया हूँ कि वह (वकालत का) काम मेरे मनोनुकूल नहीं है। मेरे लिए तो, जब तक अपना देश स्वतन्त्र नहीं हो जाता, तब तक सर्वप्रमुख काम है सेवा-कार्य और आन्दोलन करना, आन्दोलन चलाना। और इस काम में कुछ भी आमदनी, आय या फायदा नहीं है। और एक साधारण सेवक का जीवन स्वीकारने को तुम इच्छुक नहीं हो। अतः अब मैं एक और काम को क्रियान्वित करने के बारे में सोच रहा हूँ। मैंने मन स्थिर

किया है कि मैं एक पत्रिका प्रकाशित करूंगा, पहले मासिक रूप में और फिर धीरे-धीरे उसे दैनिक पत्र के रूप में परिवर्तित कर दूँगा। आज हमें जैसे एक विश्वविद्यालय की आवश्यकता है उसी तरह हमें पत्रिकाओं और समाचार पत्र की भी आवश्यकता है। अब शब्द के पाञ्चजन्य (शंखनाद) बजाकर (उसके उद्घोष से सोयी हुई) जनता को जगाने का समय आ गया है। महायुद्ध का समय चलते रहने के कारण पत्रिकाएँ और समाचार पत्र वगैरह मर गए हैं, (उनका भयंकर अभाव हो गया है अतः ऐसे परिवेश में) इस प्रकार के काम से कुछ आय भी होगी, और उसी से हमारी गृहस्थी चल जाएगी।''

इतनी दुःखद परिस्थिति में भी माकन हँस पड़ने को मजबूर हो गई। अचानक ही उसे बचपन में पाठशाला की पुस्तक में पढ़ी हुई 'ब्राह्मण और हँड़िया भर पिसान' नामक उपदेश-कथा याद आ गई। असमीया पत्रिकाएँ अभी भी 'पिसान की उस हँड़िया' की तरह ही पड़ी हुई है। उसे लेकर–पत्रिका प्रकाशन के भरोसे–धन की आय करके धनाढ्य होने का सपना तो देखा जा सकता है परन्तु उस सपने को यथार्थ रूप देना, सत्य सिद्ध करना बहुत मुश्किल है। परन्तु जिस नवीन को धन उपार्जित करने की जरूरत को वह आज तक समझा नहीं सकी, उसी नवीन को आज फिर अपने मन की ओर, अपनी मान्यताओं की ओर खींच लाने का प्रयास, निरर्थक परिश्रम, निष्फल कोशिश के अलावा और कुछ नहीं है।

अचानक ही उसका उत्साहित आह्लादित हृदय बैठ गया। धीरे-धीरे प्राणों का आन्दोलित गर्म जल निराशा के स्पर्श से ठंडा पड़ गया।

''तुम्हारा हृदय बदलने का अब भगवान से प्रार्थना करने के अलावा मेरे पास और कोई उपाय नहीं रह गया है, नवीन!'' माकन ने उत्तर दिया, मगर केवल एक बात बिलकुल पक्की है परिपूर्णतः सही है कि मैं तुम्हें छोड़कर और किसी दूसरे व्यक्ति के साथ घर-गृहस्थी बसाने की बात सोच ही नही सकती। फलतः मैं पड़ी रहूँगी। तुम्हारे लिए कुछ दिन रास्ता जोहूँगी।'' कुछ देरी तक चुप रहने के बाद उसने फिर स्पष्ट रूप से कहा, ''तुम्हें अपनी दशा सुधारनी चाहिए। यह बात कहते हुए मुझे खुद तकलीफ हो रही है। परन्तु बिना कहे मेरे लिए और कोई उपाय ही शेष नहीं है। मैं एक अति साधारण कुमारी कन्या हूँ। तुम्हारी तरह बेपरवाह निश्शंक और चिंता-व्यथारहित होकर जीने की शक्ति भगवान ने मुझे दी ही नहीं।

नवीन ने अनुभव किया कि माकन के प्राणों में जो ज्योति प्रज्वलित हो रही थी, वह बुझने-बुझने को है। उसे खुद ही बहुत बुरा लगा, बहुत अफसोस हुआ। फिर भी कटु सत्य कहने में उसने तनिक भी हिचकिचाहट नहीं की। उसने उत्तर दिया, ''प्रेम ही तुम्हें शक्ति देगा, माकन, भगवान नहीं। भगवान है भी कि नहीं,

यह तो मैं ठीक से नहीं जानता। मेरे लिए तो संघ ही सब कुछ है। तुमने अगर तनिक-सा भी संघ के ऊपर भरोसा किया होता, तो तुम्हारा दरिद्रता का यह डर न जाने कब का कहाँ उड़ गया होता। क्या तुम समझती हो कि धन-सम्पत्ति इकट्ठी करना ही जीवन का लक्ष्य है? किसी काम के मूल्य को उसकी सार्थकता को क्या केवल धन से ही तौलना उचित है? यदि तुम समाज के सभी मनुष्यों क़ी दशा को अपने मन में जगह दो, सभी की स्थिति को समझो तो तुम इस धन-उपार्जन के आदर्श को छोड़ पाने में समर्थ हो सकोगी। अगर तुम अपना मन दृढ़ता से स्थिर कर सको, तब तो तुम्हारे और मेरे विवाह होने में कहीं कोई बाधा उठेगी ही नहीं। (तुम अपने घर-परिवार के जिस निर्णय लेने की बात कह रही हो) वह निर्णय तो असली निर्णय है ही नहीं, तुम खुद जो निर्णय लोगी, वही, तुम्हारा स्वयं का निर्णय ही असली चीज है। यदि तुम्हारी इच्छा हो, तुम चाहो तो हम स्वयं ही अपना विवाह संपन्न कर सकते हैं।''

माकन ने नवीन की बातों के एक-एक शब्द को बहुत ध्यान देकर सुना। ''स्वयं अपने आप की सहमति से विवाह करने की बात में उसकी स्वयं की रंचमात्र भी आपत्ति नहीं है। परन्तु ऐसा होने के पहले नवीन को दरिद्रता के मुँह से दरिद्रता के जिस जाल में जकड़ा है उससे अपने आप को मुक्त करना होगा। स्वयं दरिद्रता से अपना उद्धार करना पड़ेगा। नवीन के प्रेम को उसने माथा झुकाकर स्वीकार किया है। परन्तु उसकी दरिद्रता को वह ग्रहण नहीं कर सकती। उसे यकायक फिरोजा की कुछ दिन पहले आई हुई चिट्ठी की याद आ गई। उसने अपने माता-पिता की इच्छा के विरुद्ध, उनकी सम्मति न होने पर भी कलकत्ता के नरेशदत्त के सुपुत्र रबीन दत्त के संग सिविल मैरेज (कचहरी में रजिस्ट्री से किया हुआ विवाह) कर लिया है। उन दोनों का विवाह आज ही है। उनके इस विवाह के उपलक्ष्य में उन्हें बधाई देने के लिए उसने एक तार सन्देश लिख रखा है। ज्येष्ठ पिता जी के कार चालक (ड्राइवर) रतिराम को उसने इसी उद्देश्य से कह भेजा है कि वह उक्त तार सन्देश को डाक घर में ले जाकर तार करवा आए। फिरोजा की भाँति ही उसमें भी घर-परिवार के निर्णय के विरुद्ध जाकर अपनी इच्छा के अनुसार (विवाह) कर लेने का साहस है। परन्तु दरिद्रता को स्वीकार करके जीवन भर मरणान्तक दुःख भोग सकने का साहस उसमें नहीं है। उसने (अपनी सहेली) फिरोजा के साथ पहले ही इन सारी बातों पर गंभीर विचार-विमर्श किया है। फिरोजा के विचार भी ठीक उसके विचारों जैसे ही हैं। उसका होने वाला पति रबीन दत्त पुलिस विभाग का बहुत उच्च पदाधिकारी है। उसी रबीन दत्त की तरह ही नवीन को भी अपना स्तर उठाना होगा, अपनी दशा को श्री-सम्पन्न बनाना होगा। अब तक बिताए गए अपने जीवन की इस पूरी

अवधि में वह जिस तरह का जीवन जीती रही है, ठीक उसी तरह ही आगे भी उसकी जीवनधारा चलती रहे, यही वह चाहती है, क्योंकि (अगर घर गृहस्थी में) सम्पन्नता नहीं रहेगी तो परिवार श्मशान-भूमि बन जाएगा, और प्रेम एक मरियल फूल, मुरझाया-सा, नष्ट होने-होने की स्थिति में पहुँचा हुआ फूल बन जाएगा।

उसने धीरचित्त होकर बड़े शान्त भाव से कहा, "तुम कोई ऐसा अनुरोध मत कर बैठना जिसे रख पाना असंभव हो। तुम्हारे लिए तो प्रेम ही सब कुछ है, कारण कि तुम पुरुष हो, मर्द हो। परन्तु मैं एक लड़की हूँ, एक किशोरी कन्या, मेरे लिए प्रेम और गृहस्थी दोनों अलग-अलग तत्त्व नहीं हैं। परिणामस्वरूप मैं अभी जल्दबाजी नहीं कर सकती, मैं रुकी रहूँगी। तुम भी मेरे लिए थोड़ा त्याग करो।" फिर वह चुप हो गई। भावावेग के मारे अचानक ही उसकी आँखों से आँसू छलक पड़े। फिर वह और भावविह्वल होती हुई बोली, "भगवान मेरी प्रार्थना सुनेंगे, नवीन ! यह मेरा दृढ विश्वास है।"

नवीन ने सुध-बुध खो, भावविभोर हो, उसकी ओर निहारा। भगवान के अस्तित्व के सम्बन्ध में आजकल नवीन को भारी सन्देह हो गया है। बचपन का जो सरल विश्वास था उसकी जड़ को नवीन की विचारधाराओं ने डिगा दिया है। उसने डारबिन, मार्गन, के. वी. एच. हेल्डेन, हेवलाक एलिस, बार्ट्रोण्ड रसेल और मार्क्स आदि के विचारधाराओं को नाना प्रकार से ग्रहण किया है। इन सबके आहरण के परिणामस्वरूप उसकी यह धारणा बन गई है कि इस सृष्टि की जगत की परिकल्पना भगवान के बिना भी, ईश्वर के न रहने पर भी की जा सकती है। उसका मन धीरे-धीरे वस्तुवाद, या जड़वाद की ओर खिंचता जा रहा है। उसके बचपन के दिनों में परिवार में रोग दुःख-शोक आ पड़ने पर उन्हें दूर करने के लिए माँ जो देवी-देवताओं की पूजा-अर्चना मानत-मनौती वगैरह करती रहती थीं, अब जब उसकी याद आती तो उसे बहुत पश्चात्ताप, मानसिक क्लेश, होता है। (अब यह सिद्ध हो चुका है कि) रोग-व्याधि, शोक-दुःख को दूर करने के लिए आजकल मनुष्य की शक्ति ही काफी है। दर्शनशास्त्र के अध्ययन-मनन में उसकी रुचि और तदनुरूप ज्ञान उसे कभी नहीं रहा, परन्तु अब उसकी यह धारणा बन गई है कि भगवान की कल्पना किये बगैर ही इस विश्व ब्रह्माण्ड की और जन्म-मृत्यु के रहस्य की समस्या को बुद्धि के माध्यम से ही समझा जा सकता है। यह बात सच है कि आधुनिक ज्ञान-विज्ञान की भी एक सीमा है परन्तु यह भी सच है कि यह सीमा, यह कमजोरी, हमेशा नहीं रहेगी। ज्ञान के सीमा क्षेत्र के और अधिकाधिक विस्तृत हो जाने पर भी मनुष्य की अज्ञानता को पूरी तरह दूर कर पाना संभव नहीं है। परन्तु उसके लिए ईश्वर की कल्पना करने की कोई आवश्यकता नहीं है। ईश्वर अनेक

लोगों के लिए सान्त्वना है, अनेक लोगों के लिए आशापूर्ति की खान है, बहुतों के लिए ज्ञान का चरम कारण है, और बहुतों के लिए सृष्टि और नैतिकता का मूलाधार या खान है। परन्तु (ईश्वर को अगर न मानें तो भी) केवल मानव-दर्शन के आधार पर भी यथोचित युक्तिपूर्ण नैतिकता, प्राणवन्त-गतिमय, चंचल सृष्टि, आशा, प्रेम, और सुख-आनन्द का एक सहज आधार तैयार कर लिया जा सकता है। इसी वजह से दिन-प्रतिदिन उसका मन भगवान के अस्तित्व की मान्यता से क्रमशः हटता चला जा रहा है। अब उसकी यह दृढ़ धारणा हो गई है कि इस मानव-दर्शन की सहायता से मनुष्य को आत्मोन्नति के मार्ग को प्रत्यक्ष कराने के लिए संघ नितान्त आवश्यक है। "मेरे हृदय को भगवान बदल नहीं सकते माकन, समझी न।" नवीन ने उत्तर दिया, "ि", अगर मैं स्वयं ही समझ सकूँ (बदलने की आवश्यकता को) तो फिर वह अलग बात है। परन्तु अपने आप इसे समझने की कोई संभावना नजर नहीं आती। मैंने संघ में ही वास्तविक शक्ति को प्रत्यक्ष देखा है।"

उसकी बातें सुनकर माकन आश्चर्यचकित रह गई। आजकल के नौजवान की नास्तिकता की भावना इतनी अधिक भयानक हो गई है, इस तथ्य को इससे पहले कभी वह नहीं जान पाई थी। संघ एक उलटी ही सृष्टि करना चाहता है, इस दुस्साहसिक कदम को वह समर्थन देने को तैयार नहीं हुई। उसने कहा, "महात्मा बुद्ध भी ईश्वर के संबंध में पूछे गए प्रश्नों पर चुप्पी साध गए थे। इसी शहर (गुवाहाटी) के उजान बाजार मुहल्ले में हेमकोष के रचनाकार हेमचन्द्र बरुआ रहते थे। वे भी ईश्वर के संबंध में मौन साधे रहे। परन्तु फिर भी तुम क्या समझते हो कि कामाख्या देवी, उमानन्द और उग्रतारा देवी के स्थान जाग्रत अवस्था में नहीं हैं? भगवान हैं, समझते हो न। और वह भगवान ही तुम्हारे मन की गति को (सही दिशा में) घुमाएंगे।"

भावावेश में ऐसी बातें कहते-कहते उसके गाल-मुँह एकदम से लाल हो गए। हृदय में तो जैसे एक ज्वालामुखी ही फूट पड़ा। आज पहली बार उसे अनुभव हुआ कि यह दुनिया बदल गई है, परन्तु उसका यह बदलाव उसकी उन्नति का लक्षण नहीं है, बल्कि अनुशासनहीन उद्दण्डता का ही लक्षण है। उसने एक बार ध्यान से नवीन की ओर देखा। (उसे जान पड़ा जैसे) उसके (नवीन के) हृदय में कल्लोल करते प्रवाहित होने वाले झरने को उसकी बुद्धि की आँच ने जलाकर सुखा दिया है। उसके चेहरे पर प्रेमासक्ति का कोई आवेग नहीं है, न कामनाओं का प्रकाश है और न तो प्रबल भावावेगों का ज्वार है। उसकी साज-पोशाक और बनने-ठनने, सजने-सँवारने में एक अच्छे प्रेमी के यत्न-प्रयत्न का कोई नामोनिशान नहीं है। उसका सुन्दर मुख-मण्डल धीरे-धीरे मलिन हो गया है। आँखों की पलकें काली पड़

गई हैं। बिलकुल खद्दर सभ्यता का प्रतीक हो जैसे। माकन के मन में अचानक ही यह विचार कौंधा कि उसके घर में इस प्रकार का उदासीन प्रकृति का प्रेमी तो पहले कभी नहीं आया था। और किसी की क्या कहें, आज के सात महीने पहले तक नवीन भी जब यहाँ आता था तो कभी इस प्रकार का बेपरवाह और वैरागी प्रकृति का नहीं था। (अब तो) पूरी खद्दर सभ्यता के प्रति ही उसके मन में विरक्ति हो गई, उससे मन फिर गया। (उसने अनुभव किया कि) एक नवयुवक को जैसे-जैसे शौक होते हैं, उनमें से कोई भी शौक-उमंग नवीन में है ही नहीं। वह सिनेमा नहीं देखता, संगीत-समारोह में शामिल नहीं होता, हमजोलियों के संग आह्लाद मनाने यात्रा-पिकनिक पर नहीं जाता, शिकार करने नहीं जाता, ताश-चौसर-पाशा नहीं खेलता, क्रिकेट-फुटबाल जैसे खेलों के प्रति भी कोई आकर्षण नहीं रखता, गप्पबाजी-अड्डेबाजी नहीं करता, मौजमस्ती या शहर-भ्रमण, बाजार-खरीदारी नहीं करता, शराब नहीं पीता। (जब कि माकन के परिवार में शराब पीना किसी बड़े दोष के रूप में नहीं देखा जाता) और समय-समय पर मौका निकालकर घूमने के लिए कलकत्ता की यात्राएँ भी नहीं करता। नवीन के इस खद्दर रंगी उदासीन-संन्यासी रूप की बातें उठा-उठाकर उसके (माकन के) घर के अन्य सदस्यों की कौन कहे, अत्यन्त गम्भीर स्वभाव वाली उसकी मां भी उसे चिढ़ाती हैं, उसका मजाक उड़ाती हैं। उसकी बड़ी बहन सुदर्शना उसे सुनाकर कहती है, "तुम्हारा प्यारा साथी तो एक ध्यान मग्न शिव है, (ध्यान भी कैसा गम्भीर कि वाल्मीकि की तरह उस ध्यानस्थ साधक के चारों ओर) पूरी तरह चींटियों ने जो चारों ओर मिट्टी उठा दी हैं उसी मिट्टी के टीले (वाल्मीकि) के रूप में बदल गया है (उससे अलग और कुछ दीखता ही नहीं) ऐसे ध्यानमग्न साधक के ध्यान को अगर काम देवता के बाणों का संधान करके कामबाण मारकर उसका ध्यान भंग करने की कोशिश भी करो तो फिर (उसके तीसरे नेत्र के खुलने से) उसकी नेत्र-ज्योति की अग्नि से जलकर छार-खार हो जाने का डर है।" उसके बाद वह फिर कहती है—"अरे भाई! प्रेम की सार्थकता तो ऐसे ही विरक्त संन्यासी का हृदय जीत लेने में है। बाकी सारे तो बस चिराग पर मँडराने वाले फतिंगे हैं।"

अपने परिवार की और घर के मुख्य कमरे की सभा-समितियों में माकन हमेशा अपने इस खद्दर-रंग में रंगे संन्यासी के पक्ष में ही तर्क-वितर्क करते हुए अपने विचार व्यक्त करती रही है, क्योंकि उसे मन-ही-मन यह पूरी उम्मीद थी कि समयानुसार नवीन के मन में समयोचित सभी शौक (मौज-मस्ती) पुनः लौट आएँगे। उसने सोचा था कि उसकी इन समय-सुलभ प्रवृत्तियों के पुनः लौटा लाने का मुख्य कारण वह स्वयं ही होगी। और अगर वह ऐसा करवा पाने में समर्थ न भी हो पाई

तो स्वयं भगवान ही उसकी शौकें उसमें पुनः लौटा लाएँगे। परन्तु अब इस समय तो उसने लक्ष्य किया कि उस सर्व-शक्तिमान भगवान की भी भुजाओं के घेरे से बाहर निकल चुका है नवीन का हृदय। फिर उसके हृदय को भगवान भला कैसे बदलेंगे? जब तक मनुष्य के अन्तरतम में विश्वास नहीं होगा तब तक भगवान भी अपनी भगवत्-शक्ति का प्रकाश नहीं करते। अगर इसी तरह सब चलता रह गया तो भी उसके जीवन में साध-आह्लाद, शानो-शौक फिर कभी नहीं आ सकेंगे।

नवीन के चेहरे पर एक सूखी हँसी फैल गई, ऐसी जैसे की कँटीली झाड़ी का शोभाहीन उदास फूल हो। बुद्धि तत्त्व के कई-कई तहों वाले ढँकने से बहुत नीचे ढके-दबे पड़े ईश्वर-विश्वास के पुराने भाव ने उस क्षण सिर उठाने की दमतोड़ कोशिशें शुरू कर दी थीं। प्यार-मोहब्बत को माकन भगवद्भक्ति की श्रेणी में चाहे भले नहीं उठा रही हो, फिर भी उसे एक रहस्यमयी शक्ति के ज्योति-कणों की श्रेणी को महत्त्व तो प्रदान करती ही थी। ऐसे महत्त्वपूर्ण क्षणों में यदि कोई पुरुष सचमुच ही ऐसी नारी से प्रेम-प्रीति रखता है, तो फिर उसके विश्वास को भी वह पुरुष अन्ध भाव से मानना शुरू कर देता हैं। नवीन की भी ऐसी ही प्रवृत्ति हो गई थी। परन्तु उसकी बुद्धि के भीषण झटके के कारण वह प्रवृत्ति फिर नीचे ही दब गई। उसे स्पष्ट अनुभव हुआ कि माकन के प्रेम की भी एक सीमा है। सोने के पिंजड़े में रहते-रहते पिंजरबद्ध पक्षी के उड़ने की शक्ति भी धीरे-धीरे मर जाती है। उसने उत्तर दिया, "मैं क्या सोचता हूँ? समझती हो, माकन! गाँव-उपग्राम, पहाड़-जंगल में रहने वाले मामूली आदमी जब जगेंगे तो उनकी सम्मिलित शक्ति ही आकर तुम लोगों के इस सोने के पिंजड़ों को तोड़ डालेगी। तुम आज भी मेरी अपनी हो। परन्तु तब तुम पूरी तरह से मेरी हो जाओगी। संघ के बाहर प्रेम की भी मुक्ति नहीं है।"

माकन समझ गई कि नवीन केवल राजनीतिक आन्दोलन की ही बात नहीं कह रहा है, बल्कि उसने उससे भी कहीं अधिक गम्भीर, अनजानी, अदृश्य एक शिक्षाप्रद जनशक्ति को उसने अपने मन की आँखों से देख लिया है। कौन जानता है वह जन-शक्ति ही कहीं भगवान की शक्ति हो। स्वयं महात्मा गांधी ने ईश्वर को दरिद्रनारायण के रूप में देखा है। नवीन वगैरह नवयुवकों ने नये सिरे से दर्शन की खोज आरंभ की है। इसीलिए वे देखे हुए सत्य को, प्रत्यक्ष हो चुके सत्य को ही अन्तिम सत्य समझते हैं। परन्तु दरअसल जब वे उस अगोचर दर्शनातीत को देखेंगे, तभी भगवान को देखेंगे।

परन्तु बौद्धिक तर्क-वितर्क करने में माकन की जरा भी रुचि नहीं थी। बल्कि वह तो हृदय के अन्तरतर में विराजमान किसी जीवन-देवता की सुमधुर सुकोमल

महीन बातें सुनने के लिए ही बराबर अपने कान खड़े किए रहती हैं। वह सोचती थी कि उस जीवन-देवता के साथ बाहर के मठ-मन्दिरों में जो जाग्रत ईश्वर शक्तियाँ हैं, उनका कोई एक अदृश्य संबंध है। आज उसने अपने मन की आन्तरिक इच्छाओं की पूर्ति के उद्देश्य से ही उस जीवन-देवता के साथ जन-शक्ति के सम्बन्ध का सन्धान मन-ही-मन किया।

"देखो नवीन! संघ-शक्ति को इतना बड़ा बनाकर इतने महान रूप में देखने की ज़रूरत शायद तुम्हें हो, परन्तु असली शक्ति को इस तरह एक सीमित घेरे के भीतर कैद कर रखने की तुम्हारी कोशिश वस्तुतः तुम्हारी भूल है।" माकन ने दृढ़तापूर्वक कहा, "भूतनाथ बाबा समय-समय पर हमारे यहाँ आते रहते हैं। उनकी सिद्धियों पर मुझे पूरा विश्वास है। वे सोने के पिंजड़े में निवास नहीं करते। उन्होंने मुझे बतलाया है कि नाना प्रकार की खण्ड-खण्ड शक्तियाँ जो दृष्टिगोचर होती हैं, उन तमाम खण्ड-शक्तियों के मूल में है ब्रह्म।" –अपने ज्ञान को ठीक से अभिव्यक्त करने की क्षमता देखकर अपनी ही महिमा पर अपने आप ही विमुग्ध होकर माकन ने कहा, "तुम्हारे संघ की शक्ति भी क्या है? व्यक्ति-व्यक्ति की, एक-एक की शक्तियों का ही समष्टिगत रूप ही नहीं है क्या? और फिर व्यक्ति की शक्ति भी क्या है? उसी अखण्ड शक्ति का ही तो व्यक्त रूप है। अतएव मैं जिस सिद्धान्त पर पहुँची हूँ, मैंने जो उपलब्धि की है, उसमें कहीं कोई गलती नहीं है। भूतनाथ बाबा ने भी कहा था, "माँ! तुम सही ही सोच रही हो।" अतः मुझे पूरा विश्वास है कि भगवान तुम्हारी बुद्धि सुधारेंगे, तुम्हारा चाल-चलन सही रास्ते पर लौटा लाएँगे।"

थोड़ी देर के लिए नवीन जड़वत विवश पड़ा रहा। वह समझ गया कि उस क्षण संघ-शक्ति, भगवत-शक्ति के आमने-सामने आ पड़ी है। यह पुरोहित की मन्त्र-शक्ति नहीं है, बाहर के पूजन-अर्चन, आचार-व्यवहार की चीज नहीं है, यह अन्ध-विश्वास-जनित संस्कार नहीं है, यह तो प्रत्येक मनुष्य के अन्तरतम में रहने वाली अनुभूति से प्राप्त होने वाली अन्तःसंस्कृति है। समाज के ऊपरी स्तर पर विराज रहे आभिजात्य वर्ग द्वारा संघ-शक्ति के विरुद्ध आत्मरक्षा में ला खड़ा किया गया अन्तिम मासूम अस्त्र है। यह अस्त्र बाहर खुले मैदान में या युद्ध-क्षेत्र में व्यवहार नहीं किया जाता। इसका व्यवहार करते हैं घरेलू बैठकों में, अतिथि-कक्षों में, शयन-कक्षों में, एकान्तिक आन्तरिक संवादों में। माकन भीतर-ही-भीतर जो इतनी शक्तिशालिनी हो चुकी है, इसकी तो नवीन ने कभी कल्पना भी नहीं की थी। अब वह साफ समझ गया कि स्वयं संघ के पास जाने की जगह माकन उसे ही अपने सोने के पिंजड़े के अन्दर खींच लाने की चेष्टा कर रही है। अतः उसी की

तरह वह भी एक प्रतिबद्ध सेवा कर्मी है।

"मैं अब तुमसे क्या कहूँ? कुछ सोच नहीं पा रहा हूँ, माकन।" नवीन ने एक गहरी ठंडी साँस छोड़ते हुए कहा, "इसके पहले मेरी ऐसी धारणा ही नहीं थी कि तुम एक बिलकुल विरोधी दर्शन खड़ा करके मुझे ही अपने सोने के पिंजड़े की ओर खींचोगी। इस प्रकार का दार्शनिक संघर्ष, विचारधाराओं की टक्कर बनी रहने पर तो हमेशा एक खींचातानी, स्पर्धात्मक संघर्ष बना रह जाता है। हाँ, इतना ज़रूर है कि उस प्रकार की खींचातानी या संघर्ष अगर रह भी जाता है तो कोई विशेष नुकसान नहीं, तब जब कि तुम सचमुच ही संघ की शक्ति को समझने की कोशिश करो। तब तुम खुद देख लोगी कि तुम लोगों के, यानि आभिजात्य वर्ग के जीवन-सुख संबंधी धारणा गलत है, तब तुम लोग त्याग करके ही दरिद्रनारायण को पा सकोगे।"

उसकी इस प्रकार तर्कपूर्ण युक्ति सुनकर माकन उससे प्रभावित हो दबी नहीं बल्कि उल्टे उसी के मत सिद्धान्त को बदलने के लिए और आतुर हो उठी।

"तुम भी यदि सचमुच ही अखण्ड भगवत् शक्ति को कुछ समझ जाओगे कि धनी व्यक्ति को दरिद्र बना देना भगवान की चाहत नहीं है, बल्कि दुःखी दरिद्र को धनी बनाना ही उनकी एकान्त कामना है।" माकन ने अपनी बात अच्छी तरह कह जाने की अपनी सफलता के लिए खुद ही बहुत सन्तोष का अनुभव किया।

नवीन ने जवाब दिया, "यह सब फालतू तर्क है, माकन। तुम किसी भी तरह कभी-भी अपने हृदय से यह नहीं समझ पाती कि धन-सम्पत्ति, मजदूरों के परिश्रम के परिणामस्वरूप जो कुछ उपलब्ध होता है, उसका शोषण करने से ही प्राप्त होती है। यह जो धनी-गरीब का फर्क है वह आदमी का ही बनाया हुआ है। इसी से समझदार मनुष्य धनियों द्वारा इकट्ठी की गई इस धन-सम्पत्ति को जनसाधारण की सम्पत्ति के रूप में बदल देना चाहते हैं।"

नवीन के मुँह की ओर देखकर माकन तो अवाक् रह गई। अरे यह नवीन तो वह सीधा-सादा शान्त-सुशील नवीन नहीं है। यह नवीन तो उग्रमूर्ति धारण कर अपने निजी स्वरूप को ही भुला बैठा है। कुछ क्षणों तक चुप रहने के बाद नवीन ने फिर शोषण की नीति को विस्तार से समझाना शुरू कर दिया। इसी तरह जब लगभग पाँच मिनट तक लगातार भाषण कर चुका तब यकायक उसे होश आया कि अरे वह तो एक महाजड़ मूर्ख की तरह मौसी जी के इस शयनकक्ष को राजनीतिक भाषण देने के रंगमंच की तरह उपयोग में ला रहा है।

उसके ललाट पर पसीना उमड़ आया। परेशान और बेबस होकर वह मौसी जी के पलँग के एक किनारे पीठ टेककर बैठ गया और जेब से रूमाल निकालकर उससे

अपना पसीना पोंछने लगा।

उसकी बातों को माकन बहुत ध्यानपूर्वक सुन रही थी। परन्तु वह यह बात मान लेने को कतई राजी नहीं हुई कि वह और किसी का शोषण करके ही सुख भोग रही है। आजकल के समाजवादी (सोसलिस्ट) और साम्यवादी (कम्युनिस्ट) विचारधारा के युवकों में किताबी ज्ञान तो बहुत काफी है, परन्तु वे लोग आज तक ऐसा ज्ञान या ऐसा तर्क उसके समक्ष प्रस्तुत नहीं कर सके हैं जिससे शोषण के दोष को सही ढंग से समझा जा सके।

उस दिन, उस प्रकार के विषयों की विस्तृत चर्चा-परिचर्चा करने का उसका मन भी नहीं था। नवीन की दार्शनिक विचारधारा स्वीकार करने लायक नहीं है, फिर वह उसका अपना है, यह बात वह उस क्षण भी भूली नहीं थी। आज ही उन दोनों के विवाह के संबंध में एक निर्णय ले लेना होगा। जो काम पहले होना चाहिए उसे टालकर पीछे कर देने की आदत उसकी नहीं है। नवीन के ललाट पर उभरे पसीने को देखकर उसके मन में अबोध समवेदना उमड़ आई। वह उसके पास गई और अपने आँचल से उसने उसका पसीना पोंछकर सुखा दिया फिर उसके गालों पर हाथ फेरती हुई बोली, "हमारे विचारों का पारस्परिक विरोध, हमारा मतभेद, तो एक दिन में ही समाप्त नहीं हो जाएगा। और मतभेद दूर हो ही जाना चाहिए, यह बात सोचना भी महामूर्खता के अलावा कुछ नहीं है। देखो, लगता है माँ अभी आने वाली हैं। उनके आने से पहले ही अपनी बात पूरी कर लें तो ज्यादा अच्छा है। नहीं तो शायद फिर कभी समय न पा सकें। उसके हाथ अपने हाथों में थामकर नवीन ने अपने हृदय में बड़ी शान्ति का अनुभव किया। उसने पूछा, "तब क्या तुम कुछ समय तक प्रतीक्षा करती रहना चाहती हो?"

"हाँ, कम-से-कम डेढ़ वर्ष तक।" माकन की आवाज अचानक ही मधु-सी मीठी हो गई। इसी डेढ़ वर्ष में सभी कुछ बदलेगा, तुम भी बदलोगे।"

बदलाव आएगा ही, इस संबंध में माकन को कोई सन्देह नहीं था।

संघ के सदस्य ज्योतिषाचार्य, माकन के घर पर समय-समय पर आने वाले भूतनाथ बाबा, शहर का फटामुख (पत्र) सभी का इस संबंध में एकमत है—बदलाव आएगा। परिवर्तन अवश्य होगा। कांग्रेस पार्टी के नेता बरदलै ने खुद ही कहा है—अंग्रेजों के दिन पूरे हो गए। आगामी डेढ़ वर्ष के अन्दर-अन्दर ही चुनाव होगा, और इस चुनाव में उनके दल की जीत पूरी तरह निश्चित है। सात समुद्र, तेरह नदी के उस पार है विलायत (ब्रिटेन) देश। वहाँ की लेबर पार्टी इस द्वितीय महायुद्ध के समाप्त होते ही हमारे देश का शासन भारतीय नागरिकों के हाथ में ही सौंप देने का विचार कर रही हैं। इंग्लैंड में निर्वाचन होने में अब देर नहीं है, उसमें लेबर

पार्टी की विजय होने की संभावना बहुत अधिक है। केवल एकमात्र उसके बड़े पिताजी और पिताजी ही ऐसे हैं जो 'परिवर्तन होगा' ऐसा सोचते तक नहीं। वे लोग तो सोचते हैं कि अंग्रेजों के साम्राज्य में कहीं सूरज डूबता ही नहीं। असलियत तो यह कि वे कोई परिवर्तन, कोई बदलाव चाहते ही नहीं। और, इस न चाहने का कारण भी बिलकुल साफ है–वह है 'परिवार का स्वार्थ।' बड़े पिताजी रायबहादुर की पदवी और पिताजी पुलिस विभाग की नौकरी छोड़ने में बहुत कठिनाई का अनुभव करेंगे। इन सुविधाओं को छोड़ पाना उनके लिए बहुत मुश्किल होगा।

माकन एक बात और जानती है। अभी कुछ दिन पहले ज्योतिषाचार्य ने उसकी जन्मपत्री (कुंडली) देखकर कहा था, "डेढ़ वर्ष बीतते-बीतते उसका विवाह एक श्रेष्ठ राजपुरुष के साथ होगा।" उस बात को सुनकर उसने सोचा था कि वह श्रेष्ठ राजपुरुष नवीन ही है। आगामी डेढ़ वर्षों में उसका श्रेष्ठ राजपुरुष बन जाना कोई असम्भव भी नहीं है।

इसी कारण से वह अभी चुप पड़ी रहने को तैयार हो गई थी।

उसकी धीर-गम्भीर-स्थित मूर्ति की ओर देखकर नवीन समझ गया कि उसके ऐसे आत्म-विश्वास का कारण क्या है। राजनीनिक गप्पबाजी, बेसिर-पैर की संभावनाओं की चर्चेबाजी, ज्योतिषियों की गणनाओं के आधार पर परिणामों की संभावनाओं पर प्रकाश, संन्यासियों द्वारा की गई भविष्यवाणी आदि पर उसे बहुत आस्था है। उसे लगता है कि समूची धरती ही, जैसे उसका विवाह सम्पन्न हो जाने के लिए ही, एक भारी परिवर्तन ला देना चाहती है। माकन की इस दूसरों की बातों पर निर्भर हो जाने और अन्धविश्वासों से ग्रस्त होने की भावना पर क्रुद्ध होकर वह उसे डाँटकर फटकार देना चाहता था, परन्तु ऐसा कुछ वह नहीं कर सका। उस समय उसके मन में शान्ति और उसकी देह में सरल सौन्दर्य प्रस्फुटित हो उठा था। उस क्षण तो वह सती सावित्री और बेहुला की तरह एक प्राचीन सती-साध्वी नारी के रूप में परिणत हो गई थी। फलतः वह कुछ कहना चाहकर भी कुछ नहीं कह सका।

माकन ने गौर से लक्ष्य किया तो पाया कि नवीन के चेहरे पर किसी संकल्प के लेने की दृढ़ता का कोई लक्षण स्पष्ट नहीं हुआ है। बल्कि उसकी आँखों में तो सन्देह का भाव है। उसने व्याकुल होकर कहा, "तुम कर सकोगे। न हो सके तो भी तुम्हें कर लेना पड़ेगा ही। अन्यथा फिर क्या होगा, मैं सोच ही नहीं पाती। भगवान तुम्हारी सहायता करेंगे।"

"मैं प्रयत्न करूँगा।" नवीन ने सिर झुकाए-झुकाए ही उत्तर दिया। फिर उसने

माकन का हाथ छोड़ दिया। जाल में फँसे मृग की तरह उसका हृदय भी प्रेम के बन्धन में पड़कर छटपटाने लगा।

उसी समय कमरे के बाहर से माकन की माँ के कदमों की आवाज सुनाई पड़ी। माकन सहज भाव में आकर अपनी कुर्सी पर बैठ गई। वे (माकन की माँ) तब तक कमरे में पहले वाली ही तश्तरी में उन दोनों के लिए चाय और जलपान ले आईं थीं। एक छोटी मेज पर उसे रखकर उन्होंने उन दोनों से खाने-पीने को कहा और खुद खड़ी होकर उन दोनों के ही चेहरों की एक-एक रेखाओं की बड़ी गहरी निगाह से थाह लेने लगीं।

दोनों ने ही माथा नीचे झुकाए हुए ही चायपान पूर्ण किया। अनुभवी माँ ने तब तक उनके मुखों को ध्यान से देखकर उसी के आधार पर उनके दिलों की गतिविधि का, मन की भावनाओं का पूरा पता लगा लिया। उन्होंने लक्ष्य किया कि नवीन का मन कुछ विषादमय, दुःखी है, माकन का मन कुछ चिन्ताग्रस्त है। वे अच्छी तरह समझ गईं कि उन दोनों ने कोई अनहोनी घटना कर गुजरने का निर्णय नहीं किया है। माकन को वे खूब अच्छी तरह जानती हैं। वह कभी भी अनुशासनहीन, उद्दण्ड नहीं हो सकती। उनके परिवार में वही सबसे अधिक शान्त-गम्भीर स्वभाव की है।

नवीन ने घड़ी की ओर देखा, संघ के कार्यालय पहुँचने का समय हुआ जानकर वह कार्यालय जाने के लिए उठ खड़ा हुआ। यकायक मौसी जी ने कहा, "तुम्हारा चेहरा देखकर ही मैं समझ रही हूँ कि तुम्हें बहुत चोट पहुँची है। परन्तु अगर तुम शान्त-चित्त होकर गंभीरता से विचार करोगे तो देखोगे कि जो कुछ भी होता है, भगवान की इच्छा से ही होता है। अतः तुम बुरा मत मानना, दुःखी मत होना। समय-समय पर आते रहना।"

नवीन को ऐसा अनुभव हुआ जैसे भूकम्प आ गया हो और पाँव के नीचे की धरती खिसकी जा रही हो। अपने आप को सँभालते हुए उसने कहा, "माकन से विवाह करने की आशा मैंने पूरी तरह छोड़ नहीं दी है। आप माकन से जान-पूछ लेने पर स्वयं ही इसका अन्दाजा कर लेगीं।"

इस तरह उन्हें विदा नमस्कार कह वह वहाँ से चला गया। माकन उसे घर के बाहरी प्रवेशद्वार तक छोड़ आई। विदा होने के क्षण में माकन की आँखों में अचानक ही आँसू भर आए। "अब फिर कब आओगे?"

नवीन ने उसके मुँह पर दृष्टि स्थिर करते हुए कहा, "जब मेरी चेष्टाएँ सफल हो जाएँगी, मैं तुम्हें सूचित करूँगा।" फिर वह बड़ी शीघ्रता से चला गया। माकन यह भलीभाँति समझ गई कि वह चेष्टा तो अवश्य करेगा, परन्तु उसकी चेष्टा

फलवती कहाँ तक हो पाएगी, इस संबंध में उसे सन्देह है। उसने सोचा कि नवीन एक कर्मठ पुरुष है, अतएव एक-न-एक काम में वह सफल होगा ही।

ठीक उसी वेला में रतिराम ड्राइवर आ पहुँचा।

फिरोजा को देने के लिए जो तार देना था उसे उसके हाथ में देकर वह फिर माँ के कमरे में लौट आई। रतिराम तार देने चला गया। माँ ने उत्सुकता से पूछा, "रतिराम क्यों आया था?"

माकन ने तब तक फिरोजा के प्रेम-विवाह—सिविल मैरेज के संबंध में कुछ नहीं बतलाया था। वैसे किसी अन्य कारण से नहीं, बस इसीलिए कि यह खबर सुनकर माँ के दिल को चोट न पहुँचे। परन्तु अब तो सारी बातें खोलकर बताने को विवश हो गई। उसने जैसे ही यह बतलाया कि उसने रतिराम के हाथों फिरोजा के लिए बधाई का तार भेजा है, वैसे ही उसकी माँ के मन को किसी पैशाचिक गहरे अँधेरे ने घेर लिया। उनकी विचारधारा के अनुसार फिरोजा ने, जो यह काण्ड किया है, वह दरअसल उसकी उद्दण्डता है। रायबहादुर सिराजुद्दीन हजारिका का खानदान असम के उच्च कुलीन वंशों के बीच सर्वाधिक महत्त्वशाली है। उसका नाम सबसे अधिक रोशन है। उनकी लड़की ने जो इस तरह अनुशासनहीन होकर उद्दण्डतापूर्वक सिविल मैरेज की है, वस्तुतः वह अधःपतन का ही लक्षण है। अपने इस बुरे व्यवहार से उसने न केवल अपने कुल खानदान की बेइज्जती करवायी है, बल्कि उसने धर्म की भी अवहेलना की है। कलकत्ता के रईस नरेशदत्त के साथ हजारिका और फूकन दोनों ही परिवारों का बहुत दिनों से निकट संबंध रहा है। उनके लड़के को भी इस तरह का न जाना—न सुना बुरा काण्ड नहीं कर बैठना चाहिए था।

माकन ने फिरोजा को जो बधाई-सन्देश भेजा है, यह बात भी वे सह नहीं सकीं, क्योंकि यह इस बात का संकेतक चिह्न है कि माकन का मन किस दिशा की ओर ढलता जा रहा है। ऐसी दशा में उन्होंने अनुभव किया कि समय रहते ही माकन को सजग-सतर्क कर देना उनका अत्यावश्यक कर्त्तव्य है।

उस समय उन्होंने रामायण-पाठ करने के लिए उठा लिया था मगर रामायण को फिर से बन्द करके, माकन की ओर देखकर यकायक ही वे बोल पड़ीं—"राय बहादुर जी की तकदीर ही खराब है। अगर उनकी तकदीर खराब न होती तो उनकी बेटी भला इस तरह की अनुशासनहीन बे-परवाह हुई होती? ऐसी दशा में अगर तूने कोई तार-वार न भेजा होता, तभी मुझे खुशी हुई होती। बेटी ! बुरे काम को कभी भी प्रोत्साहन नहीं देना चाहिए।"

माकन ने माँ के विचारों को ध्यान से सुना, परन्तु वह उन्हें मानने को प्रस्तुत नहीं हुई। फिरोजा के इस काम को बुरा समझने का कोई भी कारण वह

खोज-ढूँढकर भी नहीं पा सकी। बल्कि अगर यह विवाह नहीं हुआ होता तो अवश्य ही प्रेम की बेइज्जती हुई होती। और उसने कोई बुरा वर (दूल्हा) तो चुना नहीं। नरेश दत्त तो प्रत्येक दृष्टि से सर्वोत्तम पुरुष है। हाँ, दोनों के धर्म में जरूर फर्क है, परन्तु मात्र इतने से ही, हिन्दू और मुसलमान धर्म मानने वालों में हमेशा-हमेशा के लिए हुक्का-पानी बन्द ही रहेगा, यह बात वह किसी प्रकार नहीं मान सकती। ऐसी स्थिति में उन दो व्यक्तियों की बात याद आई। आज से कई वर्ष पहले हुमायूँ कबीर बड़े पिताजी के यहाँ आए हुए थे। वे दोनों लोग साथ-साथ एक ही कक्षा में पढ़े थे। वे बहुत ही बड़े विद्वान थे, जैसे विद्या के समुद्र ही हों। देश में चल रहे स्वतन्त्रता-संग्राम के वे एक कर्मठ नेता भी थे। इसके अलावा वे एक समाज-सुधारक भी थे। कवि काजी नजरुल इस्लाम की तरह ही उन्होंने भी हिन्दू लड़की से शादी कर के एक आदर्श परिवार बनाया था। शादी के बाद भी पति-पत्नी दोनों अपने-अपने धर्म के मतानुसार ही चलते रहे। किसी के भी धर्म के मामले में कोई भी किसी तरह की रुकावट या परेशानी खड़ी नहीं करता। उनके संबंध की ऐसी बातें सुनकर पहले पहल तो माकन को बहुत आश्चर्य हुआ, परन्तु अन्त में वह भलीभाँति समझ गई कि सच्चे प्रेम-विवाह में धर्म बिन्दुमात्र भी जरा-सी भी, बाधा खड़ी नहीं करता। हुमायूँ कबीर उस समय के युवक-युवतियों के अत्यन्त श्रद्धास्पद प्रोफेसर थे। उनका नाम मुँह पर आते ही नवीन और उस जैसे युवकों के संघ के लोगों का भी सर श्रद्धा से झुक जाता है। (ऐसी ही चिन्तनधारा के चलते) माकन के मन में एक और श्रेष्ठ महिला की तसवीर झिलमिला उठी। सन् उन्नीस सौ बयालीस के भारत छोड़ो आन्दोलन की एक नेता थी अरुणा आसफ अली। उन्होंने कांग्रेस के प्रसिद्ध नेता आसल अली से विवाह किया था। आसल अली एक काफी प्रौढ़ावस्था के विदुर पुरुष थे, परन्तु कुलीन हिन्दू घराने की कन्या अरुणा का संग पाने के लिए उनका हृदय व्याकुल हो गया था। अरुणा के मन में भी निष्कलुष प्रेम का ज्वार उमड़ रहा था। परिणामस्वरूप कुछ दिन बाद ही दोनों परस्पर विवाह-सूत्र में बँध गए। वह सुन्दरी विद्रोही महिला गुप्त रूप से अंग्रेज मेम के वेश में गुवाहाटी स्टेशन पर आकर उतरी थीं। उनके स्वागत-सत्कार, सेवा-शुश्रूषा का भार दूदू और उसके ऊपर था। माकन उनके सुन्दर रूप पर तो मुग्ध हुई थी, उनके गुण पर भी लट्टू हो गई थी। झाँसी की रानी और रमनी गाभरू देवी की तरह ही वे वीरांगना लग रही थीं। तब उसने यह निष्कर्ष पा लिया था कि भिन्न-भिन्न धर्मों के लड़के-लड़कियों में आपस में विवाह हो सकता है। हृदय की भावना अथवा बुद्धि के तर्क, इसमें कहीं कोई बाधा नहीं देते। बाधा देते हैं केवल अन्धे संस्कार, अन्ध विश्वास।

माँ उसी अन्ध संस्कार की, सही गलत की तर्कपूर्ण विवेचना न करने की, प्रतिमूर्त्ति हैं। वे परिवर्तन नहीं चाहतीं।

माकन ने कहा, "माँ, इसे अगर मैं बुरा काम समझती तो मैंने बधाई का तार कभी नहीं दिया होता। सही बात तो यह है कि, उसने कोई गलती नहीं की है। हिन्दू-मुसलमान के बीच विवाह होना तो तनिक भी बुरा नहीं है। (इसी प्रकार के व्यवहारों से) दोनों ही धर्म-सम्प्रदाय किस तरह एक-दूसरे से कट गए हैं, अलग जा पड़े हैं, क्या इसे तुमने नहीं देखा, माँ?"

पाकिस्तान बनाने की माँग से उस समय पूरे देश में उथल-पुथल मची थी। माँ ने भी माकन की बातों का मर्म अच्छी तरह समझा, परन्तु उसे अपने मन से-हृदय से स्वीकार नहीं कर सकीं। वे क्रोध में आकर बोली, "अपनी यह उलटी सृष्टि की बातें अपने पास ही रखो। इस प्रकार से तो हिन्दू-मुसलमान का मिलन नहीं होगा, बल्कि यह तो व्यभिचार ही होगा। तुम भी जरा सँभलकर चलो। फिरोजा की तरह मनमानी करने वाली उद्दण्ड तुम मत बनना। घर-खानदान की इज्जत-आबरू मान-सम्मान की रक्षा करते चलता।"

अपनी ऐसी बातें कहते हुए उनके मन में यह विचार हुआ कि वे बिना किसी कारण के ही माकन के ऊपर प्रहार कर रही हैं। तब उन्होंने अपने को सँभालकर थोड़ी मुलायमियत से प्रेमसनी मधुर वाणी में कहा, "माकन! मेरी बातें जरा अधिक कठोर हो गईं। इसका बुरा मत मानना। तुम अगर स्वयं माँ हुई होती तो समझ सकी होती कि तुम सब को लेकर मेरे मन में कितनी चिन्ता बसी रहती है।" इतना कहते-कहते उनका गला भर आया, मुँह से बोल फूटने में अवरोध होने लगा, किसी-किसी तरह उन्होंने कहा, "आज के ऐसे संकट के समय में तुम लोग जल्दबाजी में बिना सोचे-विचारे मूर्खता का कोई काम मत कर बैठना। अगर ऐसा किया, तो जीवन भर पछताना पड़ेगा। अरे इन मर्द लोगों की पुरुष की बात अलग है। परन्तु औरत होने पर, स्त्री को तो बहुत सोच-समझकर चलना पड़ता है, फूँक-फूँककर कदम बढ़ाने की जरूरत होती है। सो तुम बिना मुझसे पूछे कोई काम मत करना।"

माकन का मन कुम्हला गया। अपने घर-परिवार में वह माँ को सबसे अधिक प्यार करती हैं, उसने कहा, "कहने की जरूरत पड़ने पर निश्चय ही कहूँगी। तुम से क्या मैंने कभी कोई बात छिपायी है?"

हवा के रुख के साथ-साथ ही आसमान का रंग बदलता है, उसी तरह माकन का मन भी मनोवेगों की परिस्थितियों के अनुरूप बदलता रहता है। अतएव उसने जब माँ की ममता भरी बातें सुनीं और उनके भरे गले की व्याकुलता देखी तो वह

इतनी विचलित हो गई कि अचानक ही उसने मन-ही-मन एक प्रतिज्ञा कर ली। वह यह कि जब भी ऐसा समय आएगा, वह अपने अन्तर्मन की सारी बातें स्पष्ट रूप से माँ को बतला देगी। (माँ के अनजाने) छिपे रूप से वह कोई भी काम नहीं करती। इस प्रतिज्ञा का आगे परिणाम क्या होगा? इस पर कुछ सोचने-विचारने का अवसर और तदनुरूप चेतना उसमें नहीं थी।

माकन फिर अपने कमरे में जाने के लिए बाहर निकल आई और उसकी माता जी फिर रामायण खोलकर पाठ करने बैठ गईं।

ठीक उसी वक्त अचानक ही एक बड़ी जोर की भयानक गर्जना हुई, जिससे सारा वातावरण काँप गया। ऐसा लगा जैसे जंगली और दलदली तराई के इलाके में कोई धनेश पक्षी मारे दर्द के चिंग्घाड़ रहा हो।

साइरन (हवाई आक्रमण सूचक भोंपू) बज उठा था।

दोनों ही हड़बड़ाकर रसोईघर के पास बने, अंग्रेजी के जेड (Z) अक्षर के आकार की बनी बड़ी खन्दक—जो हवाई आक्रमण से सुरक्षा के लिए बनाई गई थी—में, आपस में जल्दी-जल्दी सलाह-मशवरा करके जा छिपीं। उसकी माँजी काफी डर गई थीं, वे गड्ढे में सिमटकर उनके दोनों बगलों में पड़ी बालू की बड़ी बोरियों को हाथ से मजबूती से थामकर बड़ी भयभीत मनःस्थिति में परेशान होकर आसमान की ओर टकटकी लगाए देखती रहीं। माकन भी माँ के बगल में सटकर उनके कंधों को हाथ से पकड़कर, जमीन कंपा देने वाला भयानक शब्द जिधर से आ रहा था, उधर ही ध्यान से देखने लगी।

प्रायः इस ओर जब जापानी सेना के युद्धक विमान आते हैं, तभी इस तरह की आवाज होती है। लेकिन आज तो जापानी युद्धक विमान दिखाई नहीं पड़े। दक्षिणी-पूर्वी दिशा (जिधर से वे प्रायः उड़ते आते हैं) तो आज बिलकुल साफ और शान्त है। आज तो उत्तरी-पश्चिमी दिशा की ओर से ही यह महाप्रचण्ड गर्जना उठ रही है। उस ओर से तो प्रायः (ब्रिटिश सरकार के) मित्र देशों के विमान ही आते हैं। फिर आज यह क्या हुआ? जान पड़ता है (यहाँ की रक्षा वाहिनी ने) राडार पर कहीं बहुत दूर से आते जापानी युद्धक विमानों को देख लिया है, बहुत संभव है मणिपुर के इम्फाल युद्ध क्षेत्र से।

माकन की माँ और स्वयं वह जब भी इम्फाल युद्ध के बारे में सोचती हैं तो वे पंचानन फूकन के विषय में ही चिन्ता करती हैं। फूकन और उसके संगी-साथी इम्फाल में बड़ी मुश्किलों का सामना करते हुए दिन काट रहे हैं। जब से इम्फाल

का इलाका जापानी सेना द्वारा घेर लिया गया है, तब से संभवतः इम्फाल के लोगों को दिया जाने वाला राशन भी घटाकर आधा कर दिया गया है। फूकन खाने-पीने का शौकीन मस्त जवान है, अतः इस अभाव की दशा में बहुत कष्ट भोग रहा है। उस पर से आराम करने, काम-काज से खाली होने का समय भी बहुत कम ही मिल पाता है। इस समय फूकन के ऊपर (इम्फाल क्षेत्र में) कानून और व्यवस्था बनाए रखने तथा असैनिक प्रतिरक्षा व्यवस्था सुदृढ़ रखने का बहुत बड़ा भार आ पड़ा है। जापानी सेना की एक-एक गतिविधि की सूचना एकत्रित कर संबद्ध अधिकारियों तक पहुँचाना, तदनुकूल कार्य करना और भारत पर राज्य करने वाली ब्रिटिश सरकार और उसके मित्र राष्ट्रों की सेना के सैनिकों के खाली समय में उनके आमोद-प्रमोद के लिए साधन जुटाने, नाच-गाने-उत्सव आदि आयोजित करने के हर एक प्रकार के कामों में उसे बीच-बीच में लगना पड़ता है। ऊपर से सामानों का भारी अभाव है, इम्फाल में (कोई चीज जल्दी मिलती ही नहीं।) और चीजों की तरह सैनिकों के मनोविनोद के लिए गाने वाले कलाकारों और नाचने वाली नर्त्तकियों का भी मिलना महामुश्किल हो जाता है। फूकन को सबसे ज्यादा कमी इस अन्तिम वस्तु नर्तकियों की ही खलती है।

(यह युद्ध कोई साधारण युद्ध तो है नहीं) यह समूची जनता का युद्ध है, विश्वयुद्ध है। इस विश्वयुद्ध में आपस में लड़ने वाले दोनों पक्षों में से कौन-सा पक्ष राम का है, और कौन सा रावण का? इसे माकन की माँ निश्चित ही नहीं कर पातीं। मौसी जी (नवीन जिन्हें मौसीजी कहता है, माकन की माँ) जापानी सेना या ब्रिटिश राज्य की सेना किसी को भी अपना नहीं समझ पातीं। दोनों ही पक्षों के मन में अपने-अपने राज्य की स्थापना और विस्तार की कुटिल कामना ही प्रबल है। हाँ, उनके पतिदेव अवश्य ही ब्रिटिश सरकार के ही भक्त हैं। उनके साथ उनका (माकन की माँ का) मन का मेल न रह पाने पर, मतभेद हो जाने पर भी, वे ही उनके जन्म-जन्मान्तर के स्वामी हैं, यह बात वे कभी भी भूल नहीं सकतीं। उनकी वजह से ही यह युद्ध उनके लिए जानने योग्य, उसकी खबर रखने योग्य वस्तु बन गया है, इस बात से मौसी जी इनकार नहीं करतीं। उनके स्वामी—पतिदेव का जिससे कोई अनिष्ट न हो, उनके मार्ग में कोई बाधा-विघ्न न घटे, इसके लिए वे रोज बहुत तड़के प्रातःकाल ही मन्दिर में जाकर प्रार्थना करती हैं। "माँ! ओ माँ! देखो तो वे कितने भारी-भरकम विमान हैं।" कहते हुए माकन ने दाहिने हाथ से आकाश के उत्तर-पश्चिमी छोर की ओर संकेत कर दिखाया।

दोनों ही टकटकी बाँधें इन नये भारी-भरकम विमानों की ओर देखती रहीं। क्रमशः उनकी गर्जना बढ़ती गई। आगे की पहली खेप में दो कतारों में स्पिट

फायर नाम के छोटे-छोटे विमान थे। जब विमानों की वे दोनों कतारें उनके सिर के ऊपर से पार हो गईं, तो उनके तुरन्त बाद तीन कतारों में बहुत बड़े आकार-प्रकार के विमान माकन वगैरह के सिर के ऊपर आ पहुँचे। माकन इन विमानों को पहचान गई। उधर पिछले कई दिनों से शहर के गली-चौरस्तों पर सभी जगह इस नये प्रकार के विमान की चर्चा सुनाई पड़ती रही है। योरोप में चल रहा युद्ध अब मद्धिम पड़ रहा है। अतः ब्रिटिश-मित्र राष्ट्रों ने अपने इन विशालाकार विमानों को दक्षिण-पूर्व एशिया क्षेत्र में चल रहे युद्ध-क्षेत्रों की ओर भेज दिया है। इनके द्वारा इम्फाल के लिए तमाम सारी आवश्यक वस्तुएँ अस्त्र-शस्त्र, गोलाबारूद, सैनिक दस्ते और खच्चर वगैरह ले जाने के काम में इन विमानों को लगा दिया गया है।

"ये सब माल ढोने वाले परिवहन विमान है, माँ।" —माकन ने माँ की पीठ पर पीठ टेक कर सहारा लेते हुए धीरे-धीरे कहा।

माँ भी तब तक इस बात को समझ गई थीं। "तुम्हारे पिता के लिए रह-रहकर बहुत मन घबराता है। बहुत दिनों से कोई चिट्ठी भी नहीं दी। किस तरह खा-पी रहे हैं? अपने साजो-सामान से अच्छे तो हैं? इन्हीं सब बातों को लेकर बड़ी चिन्ता होती है।"

माकन के मन में भी पिता की याद उभर आई।

अभी कुछ ही दिन पहले उसने अपने पिता जी को एक लम्बा पत्र लिखा था, जिसमें घर-परिवार की वर्तमान अवस्था, उसके अपने विवाह की समस्या, डिब्रूगढ़ के पास चाय-बागान में मैनेजर का काम कर रहे दूदू के काम में आ रही अनपेक्षित बिघ्न-बाधाए, बेलतला की जमींदारी में अधिया पर जमीन लेकर खेली करने वाले बटैयादार किसानों द्वारा फसल के धान का आधा भाग न देने का दावा करना और उससे उत्पन्न परिस्थिति मकान, बाग, बगीचे का क्रमशः बिगड़ते जाना और माँ की उदासीनता आदि बातों का विस्तार से वर्णन किया था। उसने इन सभी बातों पर पिताजी की राय-परामर्श जानने की उत्सुकता प्रकट करते हुए पत्र भेजा है।

जान पड़ता है कि उसका वह पत्र पहुँच पाने के पहले ही उसके पिताजी ने, बड़े पिताजी के पास वायरलेस से , उसके (माकन के) विवाह के सम्बन्ध में बड़े पिताजी के प्रस्ताव पर अपनी सम्मति पठा भेजी थी।

उसका पत्र पाकर उसके पिताजी क्या सोचेंगे? इसकी चिन्ता करके उसका मन बहुत व्याकुल और परेशान हो गया। उसका घर-मकान सचमुच ही श्मशान की तरह हो गया है। बेलतला की जमींदारी की समस्या के बारे में बेठाराम मुहर्रिर ने कई बार कितने ही दिन बातें की हैं। बड़े भैया दूदू को लिखते-लिखते तो थक गई। जमीन-जायदाद के प्रति उसे बिन्दु मात्र भी मोह नहीं है। किसानों का शोषण

कर के जबरदस्ती धान लेने को वह पाप समझता है। ऐसी दशा में पिता जी को सूचित करने के अतिरिक्त उसके पास और कोई उपाय ही शेष नहीं रह गया था।

उसने माँ के मुँह की ओर देखते हुए कहा, "माँ! पिता जी को सारी बातें लिख पठाई है। मैंने खाने-पीने में रुचिपूर्वक ध्यान देने के लिए उनसे अनुरोध भी किया है।"

अपनी पुत्री के बात सुनकर माँ का हृदय गद्गद हो गया। वे प्रफुल्लित हो गईं।

इतने समय में ही वे सारे विमान आकाश के दक्षिण-पूर्वी क्षितिज में कहीं विलीन हो गए। साइरन ने भी "सभी कुछ ठीक है, संकट टल गया है।" सूचक ध्वनि बजायी। लगता है जापानी युद्धक विमान बर्मा देश के हवाई अड्डों की ओर भाग गए। हवाई क्षेत्र की लड़ाई में उनकी ताक़त दिनोंदिन कम पड़ती जा रही है।

फिर वे दोनों-माँ-बेटी-उस खंदक से बाहर निकल आई और धीरे-धीरे घर की ओर चल पड़ीं। माकन ने तब अचानक ही लक्ष्य किया कि माँ की आँखों से आँसू छलछला रहे हैं। लगता है आज इस घड़ी उन्हें पिताजी की बहुत याद आ रही है।

द्वितीय खण्ड

गुवाहाटी के ऊपर के आकाश से उड़कर जाने वाले उन परिवहन विमानों में से अधिकांश इम्फाल ही गए थे। उनके साथ दो-एक यात्रीवाही विमान भी थे। उन्हीं में से एक में गुणधर बरुआ और चम्पा भी गए थे। गुणधर को असम राइफल्स के इम्फाल मुख्यालय में वरिष्ठ कार्यालयाध्यक्ष (सीनियर सुपरिण्टेण्डेण्ट) के रूप में बदली कर भेजा गया था।

चम्पा स्वयं वहाँ आना नहीं चाहती थी। यद्यपि मुँह खोलकर वह साफ-साफ नहीं कह पा रही थी, तथापि उसकी न आने की इच्छा के पीछे एक कारण थे पंचानन फूकन। परन्तु अपने पतिदेवता से यह बात कहते हुए उसे लाज लग रही थी।

उन लोगों का विमान जब उतरा तो उस समय इम्फाल का तुलिहल हवाई अड्डा अत्यन्त व्यस्त था। लगातार विमान उड़ रहे थे, उतर रहे थे। हवाई अड्डे से इम्फाल नगर को जानेवाली मोटर सड़क पर ट्रक आ-जा रहे थे। विमान से उतरते ही गुणधर असम राइफल्स ऑफिस से भेजे गए आदमियों और ट्रक का पता लगाने के लिए बाहर गए। परन्तु बाहर निकलते ही उन्होंने युद्ध की विभीषिका के कारण हो रही उथल-पुथल को देखा। दूर की पहाड़ियों, घाटियों और मैदानों में गोले-गोलियाँ छूट रहीं हैं। लड़ाई जोर-शोर से मची हुई है। कल प्रातःकालीन ही जनरल मुटागाशी ने जो युद्ध करने का कठोर आदेश दिया है, उसे पाकर जापानी सैनिक सेनाम और लिटान की ओर के नुंगु शिवम में मरते दम तक की भयंकर लड़ाई में जूझ गए हैं। (जैसे कि उनका प्रण हो कि) कर लेंगे या फिर हारिकिरी (सामूहिक आत्महत्या) कर लेंगे।

गुणधर बाहर जाकर ढूँढ़-पूछकर, खोज-खबर लेकर भी न तो ऐसा कोई ट्रक ही पा सके और न तो कोई उपयोगी सूचना ही। निराश होकर दुःखी हृदय से वे फिर चम्पा के पास ही लौट आए। उन्होंने देखा कि चम्पा जान-बूझकर कोशिश करके उन्हें सन्तोष देने के लिए मीठी हँसी हँस रही है। इस तरह अपने पति को भी प्रसन्न हो हँसने के लिए वह प्रोत्साहित करना चाहती है। नहीं तो उस समय हँसने की उसकी अपनी इच्छा नहीं थी। वहाँ कुछ बीमार-अपंग सैनिकों को विमान पर चढ़ने जाते हुए देखकर उसका मन घबरा गया था। उन सैनिकों में से कोई-कोई

पाँव से हीन हो लँगड़ा रहा था, कोई जोर-जोर से चीख-चिल्ला रहा था, किसी को दूसरे लोगों को हाथ से उठाकर ले जाना पड़ रहा था। 'लड़ाई-भिड़ाई का, युद्ध का अन्तिम परिणाम तो यही है।' चम्पा मन-ही-मन यही बात दुहरा रही थी।

हवाई अड्डे के एक कोने में माल-असबाब हर तरह की चीज़ों का एक बहुत बड़ा-एक-पर-एक लदा-अँटा-ढेर पड़ा था। उसकी उस तरफ भार ढोने वाले कई खच्चर खड़े थे। और इस तरफ की ओर एक चाय की दूकान थी, जिस पर मोटे अक्षरों में लिखा एक बोर्ड लटक रहा था। "केवल सैनिकों के लिए"। गुणधर ने उसी दूकान से चाय-बिस्कुट खरीदा और लौटकर अपने बिस्तरों के गट्ठर पर बैठकर स्वयं भी खाया-पिया और चम्पा को भी खिलाया-पिलाया। उसकी थोड़ी ही देर बाद सादरी के बारे में सोचने लगे। सादरी उन दोनों की अकेली कन्या है। उसे वे शिलांग में अपने ज्येष्ठ भाई के पास ही छोड़ आए हैं। गुणधर की बहुत उत्कृष्ट अभिलाषा है कि एक लिपिक (क्लर्क) की कन्या के रूप में जन्म लेने पर भी वह उत्कृष्ट श्रेणी की शिक्षा-दीक्षा से वंचित न रह जाय। चम्पा ने भी अपने पति की इच्छाओं को पूरा करने में अपनी सम्मति दे दी।

राय बहादुर सदानन्द बरुआ के एक दूर के रिश्ते के गरीब भाई की कन्या है चम्पा। अपने धुर बचपन से ही उसने जो राय बहादुर के घर का चाल-चलन, रीति-रिवाज़ देखा, तो उसी प्रकार के रहन-सहन, जीवन-यापन को उसने उच्च श्रेणी का अच्छा जीवन मान लिया। गाने-बजाने-नाचने की कला-निपुणता, आधुनिक शैली का रहने का मकान, अच्छी-अच्छी फैशनेबुल साज-पोशाक पहनना, दूर-देशान्तर की यात्राएँ करना, और मर्दों-पुरुषों के समान ही चलना-फिरना, व्यवहार करना, इन्हीं सबको चम्पा ने अधिक महत्त्वपूर्ण मान लिया था। परन्तु एक साधारण लिपिक कर्मचारी के घर तो उस तरह का जीवन जी पाना असम्भव ही है। फिर भी हर प्रकार से सभी तरह के खर्चों में यथासम्भव कमी करे भी, जितना वह कर सकती थी, अपनी सर्वोत्तम क्षमता से वह उसी प्रकार के उत्कृष्ट जीवन की सुरुचिसम्मत शैली से चलने की कोशिश करती आ रही थी। इस क्रम में उसने बहुत सावधान होकर परिवार नियन्त्रण विधि अपनाकर अपनी सन्तान की संख्या एक से किसी भी दशा में अधिक न बढ़ने देने की दृढ़ प्रतिज्ञा कर ली थी। परन्तु गुणधर की प्रबल इच्छा थी कि कम-से-कम एक पुत्ररत्न का जन्म हो जाये। इसके लिए उन्होंने अपनी धर्मपत्नी के मत को बदलने की हरसंभव कोशिश की। परन्तु जब अपने इस प्रयास में वे असफल ही रह गए तो अन्ततः उन्होंने अपने मन की अभिलाषा मन में ही दबा दी और धर्मपत्नी की अभिलाषा को ही अपनी अभिलाषा के रूप में ग्रहण कर लिया। वैसे अपनी गुणवती पत्नी को लेकर

गुणधर मन-ही-मन अपने में बहुत गौरव भी समझते हैं, ऐसी रूपवती-गुणवती पत्नी सच्चरित्रता की तो वह प्रतिमूर्त्ति ही थी। जैसे कोई भावुक भक्त सोने की मूर्त्ति के समक्ष विनयावनत हो अपने आप को न्योछावर कर दे, उसी तरह वे भी चम्पा के समक्ष अपना सब कुछ न्योछावर कर चुके थे।

चम्पा के साथ-साथ घूमने-फिरने, उससे बातचीत करने, और पूरे समाज में लेकर निकलने के अपने सौभाग्य से गुणधर इतने फूले रहते थे कि उनका आनन्द किसी भी सीमा में अँट ही नहीं रहा था। "यह मेरी है, यह मेरी है।" ऐसे भाव से वे साधारणतः मोह मुग्ध हो अपने आप को भूल ही जाते थे। (उसे वे अपने से क्षणभर के लिए भी अलग नहीं रखना चाहते थे) इसी वज़ह से इस भयंकर लड़ाई की जगह भी वे उसे साथ-साथ ले आए थे। चम्पा के प्रति उनकी ऐसी विकट आसक्ति थी कि अगर उसके साथ उन्हें चिता पर भी चढ़ जाना पड़े तो उसमें भी वे तनिक भी नहीं हिचकेंगे।

चम्पा भी यह अच्छी तरह जानती है कि अपने पतिदेव के लिए तो वही सर्वश्रेष्ठ सम्पत्ति है। उस अमूल्य निधि-को वे स्यमन्तक मणि की भाँति सदा-सर्वदा अपनी छाती पर लटकाए हुए घूमना चाहता हैं। उनकी इस दिशा ज्ञान ही अन्ध आसक्ति को देखकर समय-समय पर चम्पा बहुत ही शर्म का अनुभव करती है, क्योंकि (चाहे कोई कितना ही उत्कृष्ट प्यार करे मगर) वह अपने आप को किसी व्यक्ति की सम्पत्ति समझे जाने की स्थिति को स्वीकार कर पाने में बहुत परेशानी का अनुभव करती है। (वह अपने व्यक्तित्व की स्वतन्त्रता बनाए रखना चाहती है इसी से) अपने पति महोदय के समक्ष अपने आप को वह आज तक भी परिपूर्ण रूप से न्योछावर नहीं कर सकी है। विवाह की वेला में अग्नि को साक्षी मानकर अग्नि में हवन की आहुतियाँ डालते हुए मन्त्राभिषिक्त करके जब उसने उन्हें ग्रहण किया है तो फिर उन्हें चाहे जैसे भी संभव हो प्यार तो करना ही पड़ेगा। उसके इस दृढ़ संकल्प ने ही उसे एक सुन्दर पारिवारिक जीवन रचने की प्रेरणा दी है।

समय-समय पर रह-रहकर उसके मन में ऐसे भाव उठते हैं, जिनमें वह सोचती है कि उसने पति के रूप में जैसे सुपुरुष की कल्पना की थी, गुणधर वह अभिलषित पुरुष नहीं हैं। दुबला-पतला, ज़रूरत से अधिक लम्बा, बिना किसी सुगढ़ बनावट के बेडौल कद-काठी वाले गुणधर के मुँह की ओर देखकर कभी भी वह मोह-मग्न नहीं होती। (उसके रूप-गुण पर मुग्ध हो कभी भी आत्म-विभोर नहीं हो पाती, परन्तु इस तथ्य से वह भलीभाँति अवगत है और प्रभावित भी है कि) गुणधर का हृदय बहुत ही सच्चा, पाक-साफ है। वह अपना सब कुछ लुटाकर, सर्वस्व समर्पण करके चम्पा को अपना बना लेने का अनवरत प्रयास कर रहा है।

उसका यह अद्‌भुत पुरुषार्थ ही चम्पा के हृदय में उसके प्रति कृतज्ञता का भाव स्फुरित करता है। गत ग्यारह वर्षों के सहवास ने उन दोनों में एक घनिष्ठ आत्मीयता और मैत्री का भाव भी उत्पन्न कर दिया है। केवल घनिष्ठ मैत्री भाव ही नहीं, एक दूसरे के लिए परस्पर आत्म-त्याग करते रहने के परिणामस्वरूप उनमें एक-दूसरे के प्रति समुचित प्रेम भी उदय हो गया है। फिर भी बीच-बीच में, कभी-कभार उसे ऐसा जान पड़ता है कि कार्यालय की लाल फीताशाही वाली फाइलों में बराबर मूँड़ मारते-मारते और अपने ऊपर के बड़े अफसरों के आदेशों को मानकर बराबर सिर झुकाए चलने की कोशिश में गुणधर का अपना निजी व्यक्तित्व बहुत ही नीचा, घटिया किस्म का हो गया है। परिणामस्वरूप उसका वार्त्तालाप, बातों का स्तर, काम-धाम, प्रेम-प्यार का भाव सभी कुछ मानो दब-सिकुड़ कर बहुत छोटा हो गया है। पुरुष के इस प्रकार के आत्मसंकोच को, स्वाभिमान को छोड़ सकुच-सिमटकर सिर झुकाकर जीने को, चम्पा पुरुष के पौरुष की अनपेक्षित मौत ही समझती रही है। हाँ, इतना ज़रूर है कि अपने इन भावों को मुँह खोलकर स्पष्ट रूप से उसने कभी भी गुणधर के समक्ष प्रकट नहीं किया।

"सुनिए तो जरा! अभी तक कोई गाड़ी-वाड़ी पा सके कि नहीं?"—चम्पा ने कुछ चिन्तित होते हुए कहा, "यहाँ पर इसी तरह बैठे-बैठे पड़े रहने से भला क्या होगा?"

गुणधर जवाब में कुछ भी बोल नहीं सके। बस चुपचाप उठ खड़े हुए और हवाई अड्डे के केन्द्रीय कार्यालय से निकलकर फिर बाहर, शहर की ओर की सड़क की ओर, निकल गए। बाहर कुछ देर तक सवारी-गाड़ी वगैरह की खोज खबर में भटक लेने पर भी जब कोई सवारी न पा सके, तो धीरे-धीरे हवाई अड्डे के कार्यालय में चले गए और वहाँ से असम राइफल्स के इम्फाल केन्द्र को फोन किया। फोन उठाया स्वयं पंचानन फूकन ने। उस समय वे वहीं ड्यूटी पर थे और युद्ध-क्षेत्र की विभिन्न जगहों से आए हुए. असम राइफल्स की सैनिक-टुकड़ी के आदमियों के काम-काज की सूचनाएँ एकत्र कर रहे थे। शहर में शत्रु पक्ष के गुप्तचरों को धरने-पकड़ने का अभियान भी तेज़ी से चल रहा था।

फोन पर अचानक ही गुणधर के गले की आवाज़ सुन-पहचानकर फूकन ने आश्चर्यचकित हो पूछा, " अरे आप! अकस्मात् आप यहाँ कैसे आ पहुँचे?"

गुणधर ने सभी बातें अति संक्षेप में बतलायीं। सुनकर फूकन ने जवाब दिया, "ठीक है। जब ऐसी दशा है तो मैं खुद ही आकर आप लोगों को ले आऊँगा। यहाँ पर किसी को अपने आप की ही सुध-बुध नहीं है। किसी को किसी की परवाह नहीं। गाँव-शहर, गली-कूचा सभी गाँव दुर्भाग्य के मारे शरणार्थियों से भर

गए हैं। कहीं कोई एक कमरा भी खाली नहीं है। और इधर ट्रकों की यह हालत है कि युद्ध में मरे हुए सैनिकों को जलाने के लिए ले जाने को भी ट्रक-गाड़ी का अभाव हो गया है। जापानी सैनिक, मरेंगे कि जिएँगे, इसकी परवाह किए बगैर भयानक रूप से युद्ध कर रहे हैं। शहर में पाँचवीं सैनिक वाहिनी की बटालियन के लोग पहुँच गए हैं। अतः इस दारुण-दशा में आप को लेने अगर कोई न जा सका तो इसका बुरा मत मानिएगा। परेशान मत होइएगा।"

(फूकन की सहानुभूति पूर्ण बातें सुनकर) गुणधर का हृदय फूकन के प्रति कृतज्ञता से भर उठा। इतने ऊँचे ओहदे के अधिकारी (अफसर) होने पर भी एक साधारण मुहर्रिर (क्लर्क) और उसके परिवार को ले जाने के लिए स्वयमेव आने जैसा आश्चर्यजनक-सा उदाहरण इस दुनिया में बहुत मुश्किल है। फोन रखकर वे प्रसन्नता के मारे विह्वल हो प्रसन्नचित्त चम्पा के पास लौट आए और बोले, "आज हमारे भाग्य बहुत अच्छे हैं। फोन किया तो फोन पर फूकन को ही पा गया। वे खुद आकर हम लोगों को अपने साथ ले जाएँगे।"

"क्यों ? तुम्हारे असम राइफल्स विभाग का कोई आदमी नहीं है क्या? उन्हें न बुलाया होता तो अच्छा था।" पंचानन फूकन का सामना होने पर वह किस तरह उनके साथ पेश आएगी, इसी कठिन स्थिति के बारे में सोच-सोचकर वह व्याकुल हो गई थी। उसके पति महोदय सारी बातें जानते-बूझते हुए भी जो फूकन को यहाँ आने का बुलावा दे आए, यह उसकी दृष्टि से बहुत अनुचित कदम हो गया है। शिलांग में (उन्हें लेकर) क्या कुछ घटित हो गया था, यह पति महोदय अच्छी तरह जानते हैं। फूकन ने उसे उसके परिवार के मर्यादा की चौहद्दी के बाहर सीमातीत उन्मुक्त क्षेत्र की ओर खींच लिया था। फूकन स्वयं भी यकायक अपनी सीमाओं का अतिक्रमण कर बाहर जा पड़ा था। स्थिति ऐसी भयावह मोड़ ले लेगी, जैसा हो गया, वैसा हो सकने का उनमें से किसी ने भी पूर्वानुमान नहीं किया था, वैसा होने के लिए नहीं सोचा-समझा था, संभवतः इसी वज़ह से फूकन शिलांग से दूर हटकर इम्फाल में आकर एकाकी वनवासी जीवन बिता रहा है।

इस तरह की आश्चर्यजनक स्थिति में अचानक ही फूकन का सामना हो जाने की सम्भावना मात्र से ही अधीर-चंचल-हो उठी थी। इसी वज़ह से उसकी बातचीत में—कहने की वचन—भंगिमा में-विला वज़ह ही दूसरों के प्रति खीझ-झुंझलाहट और दोषारोप करने का भाव आ गया था। यद्यपि यह दोषारोपण मुख्य रूप से उसके अपने ही हृदय की दुर्बलता के ही विरोध में था, तथापि उसमें अत्यन्त छोटी सीमा में जकड़ी अपनी छोटी-सी गृहस्थी के बन्धन में बँधे रहने की मज़बुरी की मन्त्रणा-छटपटाहट भी फूट पड़ी थी।

चम्पा का मुक्त उड़ानें भरनेवाला हृदय हमेशा राग-रागिनी की भाँति उन्मुक्त विशाल आकाश में विहार करता था। परन्तु उसे जिस सीमाबद्ध गृहस्थी में रहने को विवश होना पड़ा था, वह घर-गृहस्थी उसके उड़ान भरते हृदय रूपी पक्षी के पंखों को ही कतर देती थी। इसके कारण ही वह सदा तन-मन को मथ देने वाली यन्त्रणा का अनुभव करती रहती थी।

(चम्पा की भावदशा लक्ष्य कर) गुणधर तब जाकर समझ पाए कि फूकन को बुलावा देकर उन्होंने भयंकर गलती की है। फिर यकायक वे पूछ बैठे, "क्या जाकर कह दूँ कि अब हमें तुम्हारी सहायता की ज़रूरत नहीं है?"

गुणधर के इस सहज सरल प्रश्न को सुनकर चम्पा को ज़ोर की हँसी आ गई। उसने अनुभव किया कि उम्र में प्रौढ़ किन्तु मन से भोले शिशु जैसे इस भलेमानुस को झमेले में उलझाकर और परेशान करने से कोई लाभ नहीं है। इसी से उसने कहा-"अब ठहरो भी। अब और कुछ भी कहने की जरूरत नहीं है। अब तो वह पहुँच ही रहे होंगे।"

थोड़ी ही देर बाद सचमुच ही फूकन एक जीप लेकर आ पहुँचे। उन्हें देखते ही गुणधर स्वागतार्थ आगे बढ़ गए। फूकन को दूर से देखने पर भी चम्पा का दिल ज़ोर-ज़ोर से धड़कने लगा।

जीप में सारा साज-सामान रखवा देने के लिए गुणधर से कहकर फूकन हवाई अड्डे के पास ही स्थित क्वार्टर मास्टर जनरल के ऑफिस में गया। वहाँ ऑफिस के अधिकारी से मिला। उनसे उसने हवाई जहाज से आने वाली पेनसिलिन और एटेब्रिन वगैरह दवाओं के संबंध में पूछताछ की कि वे अभी तक यहां पहुँची हैं, या नहीं? डॉक्टरों के कथनानुसार इन दो तरह की दवाओं के अभाव से कई जख्मी सैनिक और मलेरिया से बुरी तरह पीड़ित मरीज अस्पताल में दम तोड़ चुके थे। परन्तु यह दुर्भाग्य की ही बात थी कि अभी उस दिन तक भी हवाई जहाज से इन दवाओं के पार्सल यहाँ नहीं आ सके थे। यह जानकर फूकन को बहुत निराशा हुई। अफसोस के साथ उसने यह सूचना स्थानीय रेडक्रास के अधिकारियों को फोन करके जता दी।

उस कार्यालय से निकलकर वह फिर चम्पा के करीब आया। वह पहले से ही सोच-समझकर यह स्थिर करके आया था कि चम्पा से वह बस एक साधारण परिचित व्यक्ति के रूप में ही मिलेगा। वस्तुतः यह एक नकली, नाटक जैसी ही बात होगी, परन्तु यह नाटक तो करना ही पड़ेगा,कारण यह कि इस मोड़पर नाटक करने के पीछे एक विशेष प्रयोजन है। अगर ऐसा न हो सका, तब तो दो परिवार साथ-ही-साथ नष्ट हो जाएँगे।

मगर, इतना सब होते हुए भी, जब उसने चम्पा के मुख की ओर देखा, तो तुरन्त ही उसका मन जाने कैसा हो गया। उसने अनुभव किया कि वह मुख कोई एक साधारण मुख न होकर अत्यन्त धीर-स्थिर-शान्त पवित्र जल है। मन्त्रोपचारों से सम्मोहित-विस्मय-विमुग्ध हो जैसे, मनुष्य काठमारे-सा अचल-स्थिर हो जाता है, ठीक उसी तरह वह भी किंकर्त्तव्यविमूढ़ हो स्तब्ध रह गया। और उसकी इस स्थिति के साथ-साथ ही उसकी आँखों में उसके पूरे चेहरे पर अपने आप के खोएपन का, आत्मविभोरता का एक डरावना अहसास छा गया।

उसके चेहरे के उस सन्त्रास को देखकर चम्पा भी अधीर हो उठी। परन्तु वह यह भली-भाँती समझ गई कि वह वेला हृदय की उमंगों को वश में रखने की, इच्छा को घोड़ी की लगाम कसने की है, न कि उसे मुक्त छोड़ देने की, स्वच्छन्द विहार करने देने की। फूकन की आँखों में, उसके चेहरे की रेखाओं में उसके प्रति प्रेम के जो सच्चे निशान दिखाई पड़ रहे थे, उन्हें देखकर उसका प्रेम-विस्वल हृदय मन-ही-मन काफी आश्वस्त भी हुआ। अपने प्रेम की ताक़त का अनुभव करके उसने आत्मगौरव का भी अनुभव किया। इस तरत की परिस्थिति में उसका हृदय संयम में रहने और सारे संयमों को तोड़कर स्वच्छन्द रूप से उमड़ पड़ने की दो प्रकार की भावनाओं में हिचकोले खाने लगा।

उधर गुणधर उस समय एक कुली के कंधे पर चढ़ाकर अपना सब सामान जीप पर चढ़ाने को ले गया था।

"आप तो बहुत दुबले-पतले और कमजोर हो गए हैं।"– इतनी बात कहने में ही मारे भावावेग के चम्पा का गला काँपने लगा।–"इस वनवास में बहुत भारी कष्ट हो रहा है क्या? क्या बात है?"

फूकन ने समझ लिया कि चम्पा से वह कुछ भी छिपा नहीं सकेगा। उसके शिलांग छोड़कर यहाँ आ जाने पर उसके परिवार, स्त्री-सन्तान और मन पर कैसी-कैसी दुर्घटनाएँ गुज़र गई हैं, चम्पा वह सभी कुछ जानती है। फिर उससे कुछ छिपाने की ज़रूरत भी नहीं है। बल्कि इसके विपरीत दोनों को ही एक-दूसरे को अच्छी तरह समझने की ही अधिक ज़रूरत इस समय है।

"सब कुछ भुला देने की कोशिश कर रहा हूँ।"–फूकन ने गम्भीर होकर कहा, "यहाँ तो रातों-दिन काम-ही-काम है। काम करते-करते थककर चूर हो जाता हूँ। असली युद्ध तो मन का ही है, बाकी यह बाहर का युद्ध तो बस।"

चम्पा ने उत्तर दिया, "आप ठीक ही कह रहे हैं। मैं भी संसार से लड़ाई ही लड़ रही हूँ।

अपने-अपने पारिवारिक कर्त्तव्यों के पालन करने के क्षेत्र में दोनों कितने आगे

बढ़ चुके हैं, इसके सम्बन्ध में दोनों ही खुले दिल से सारी बातें बता गए। चम्पा अब अपनी बेटी सादरी को लिखा-पढ़ाकर कुशल बनाने के कर्त्तव्य में जुट गई है। फूकन के शिलांग छोड़कर चले आने के बाद से उसके यहाँ होने वाला संगीतोत्सव समाप्त हो गया है। अब तो बहुत मन होने पर वह कभी-कभार अकेले-अकेले सितार बजाकर अपने ही मन से गुप्त रूप से बातें करती रहती है। उसके सीधे-सादे-सरल चित्त पति महोदय तो सितार की भाषा समझ ही नहीं पाते। वैसे साधारणतः सितार एक उपेक्षिता विरहिणी की भाँति घर के एक कोने में पड़ा रहता है।

इधर फूकन फौजी जवानों, सैनिकों की सेवा-शुश्रूषा में और साधारण प्रजा के रक्षा-कार्य तथा सहायता-कार्य में इतना तल्लीन रहता है कि उसके लिए अपने प्राणों की आहुति तक दिये जा रहा है। उन लोगों के दुःख-दर्द को कम करने की चेष्टा में ही मन की असली सबसे बड़ी शान्ति है। इसके साथ-ही-साथ (अपने पुत्र) दुदू और (पुत्री) माकन का भविष्य जिस विधि से भी उत्तम प्रकार का हो सके, वे सारे प्रयत्न वह कर रहा है। परन्तु धर्मपत्नी के साथ उसके मन की जो अनबन हो गई वह दिनोंदिन बढ़ती ही जा रही है। मन का मेल हो सकने की सम्भावना दिनोंदिन क्षीण होती जा रही है। और कुछ तो क्या, यहाँ तक कि आज तलक वह उसे एक चिट्ठी तक नहीं लिख सका। और चिट्ठी न लिखने का कारण फूकन अच्छी तरह जानता है कि अगर वह चिट्ठी लिखेगा तो निश्चित रूप से उसमें उसे प्यार न करने की बात ही तो लिखनी पड़ेगी।

"इधर कई महीनों से तो मेरे लिए भी आपने एक काला अक्षर भी नहीं लिख-पठाया।"–चम्पा ने मुस्कराते हुए कहा, "समय-समय पर जानने की इच्छा होती है। आत्मदमन अर्थात् आत्मपीड़न, अपने आप को ही दण्ड देते रहने की प्रवृत्ति। बहुत ही तकलीफ भोगती हूँ। 'प्यार करने' को चाहे दुनियाँ भले ही अवगुण समझती हो, परन्तु मैं तो ऐसा नहीं समझती। मैं इसमें कोई दोष नहीं देखती। आप क्या कहते हैं?"

यकायक ही जैसे किसी अवरुद्ध नदी का बाँध टूट गया हो। फूकन अपनी रक्षा कर पाने में भी समर्थ नहीं हो पाया। प्रचण्ड जलधारा उसे अपने जोरदार बहाव में बहा ले जाना चाहने लगी। धर्मपत्नी चित्रा के विवाह होने से धर्ममतानुसार उसका उससे जन्म-जन्मान्तर का सम्बन्ध मानने का विश्वास बतलाया जाता है और उसी के अनुरूप मन में यह भावना घर करवायी जाती है, जबकि फूकन के विचार से इस तरह की धारणा बनाने का कोई युक्तिसंगत आधार नहीं है। इस धारणा के ऊपर ही एक विवाह की स्थिरता निर्भर करती है। इस धारणा की असली जड़ है

मनुष्य का ईश्वर के अस्तित्व के प्रति विश्वास। जब प्रकृत सत्य के साथ इस धारणा का विरोध स्पष्टतः घटित होता है, तब इस धारणा का कारण भी असत्य या झूठा जान पड़ने लगता है। चम्पा ने तो सत्य को अत्यन्त सहज भाव से स्वीकार कर लिया है। तो फिर वैसा ही उसे भी करना क्या उचित नहीं है?

वह कुछ भी निर्णय नहीं ले पाया। उसे इस तरह गम्भीर होकर चुप्पी साधे देखकर चम्पा ने गम्भीरतापूर्वक कहा, "मैं देख रही हूँ कि आप प्रेम-प्रीति को स्वाभाविक रूप में नहीं ले पा रहे हैं। आखिर क्यों? जान पड़ता है कि नैतिकता के संकट से आप मुक्त नहीं हो पाए हैं।" कुछ क्षणों तक चुप रहकर उसने फिर कहा, "असमीया समाज की अपेक्षा मैं खसिया समाज को अधिक आदरणीय समझती हूँ। उनके समाज में अगर कोई स्त्री किसी एक पुरुष को, जिसे वह प्यार करती थी उसे, प्यार करना छोड़कर किसी और को प्यार करने लगती है, तो फिर वह इस दूसरे पुरुष को ही ग्रहण करती है, (उससे ही विवाह रचाती है।) इस तरह हृदय के सत्य को स्वीकार करने, सम्मान देने के कारण वे अधिक सहज-स्वाभाविक हैं, ज्ञानवान हैं।"

उसकी ये बातें पहाड़ी झरने की तरह, उसके हृदय क्षेत्र से अपने आप ही बाहर फूट निकली आ रही थीं। उसके आवेग में मन की सारी बाधाएँ–सारे संशय–अपने आप ही पिघलकर उसी भावधारा में बह गए।

फूकन समझ गए कि चम्पा उन्हें सहज-सरल रूप में प्रेम-प्रीति को स्वीकार करने को कह रही है।

परन्तु उनके लिए तो यह काम सहज नहीं है और सरल भी नहीं है। अपनी धन-दौलत की गरिमा, अपनी सन्तान और अपने समाहत सम्पन्न ऊँचे कुल-खानदान की मर्यादा की धारणाओं का परित्याग किए बग़ैर वे चम्पा के प्रेमभाव को सहज सरल भाव से ग्रहण नहीं कर सकते। फिर भी उस विशेष क्षण में उनके अन्तरतम में एक नयी आश्चर्यजनक अनुभूति जगने लगी थी।

उन्हें ऐसा अहसास हुआ कि इम्फाल जैसी अजनबी-अनजानी जगह पर, एकान्त परिवेश में चम्पा की बातों को मान लेने में कोई कठिनाई नहीं है।

"दरअसल मैं यहाँ बिल्कुल ही आना नहीं चाहती थी। मैं यह भली-भाँति जानती हूँ कि मेरे आमने-सामने होना आप के लिए सहज नहीं होगा, परन्तु (इतना सब समझते हुए भी) आप स्वयं हमें लेने यहाँ क्यों आ गए? जान पड़ता है कि ऐसा करने का आखिरी परिणाम क्या होगा? इस परिणाम के प्रश्न पर आपने कुछ सोचा-विचारा ही नहीं। खैर, अभी भी समय है, आप अभी भी कृपया चले जाइए।" कहते-कहते चम्पा की दोनों आँखों में आँसू छलछला आए।

फूकन किंकर्त्तव्यविमूढ़ हो चम्पा के मुँह की ओर निहारता रह गया। संभवतः चम्पा यह नहीं जानती कि उसका नाम सुनने मात्र से ही वह कैसे सुध-बुध खो बैठता है। किनने ज़रूरी-से-ज़रूरी कामों को छोड़कर वह असम राइफल्स के कार्यालय से यकायक बाहर निकल आया है। अपने आप को नियन्त्रित करते हुए उसने कहा, "हाँ, अभी भी अलग हो जाने के लिए समय है। लेकिन अभी पहले इम्फाल तो चलो। वहाँ पहुँचकर अपने आपही सोच-विचारकर जो उचित समझना वहीं ठीक कर लेना।"

"क्यों? तुम्हें क्या हो गया?"

"कुछ भी तो नहीं हुआ। चलिए।" अबकी बार गुणधर ने फूकन के मुँह की ओर लक्ष्य किया। फूकन के मुँह पर हँसी का नामोनिशान नहीं और ऐसा लगा जैसे उसमें जान भी नहीं, बिल्कुल निर्जीव-सा। एक-ब-एक उन्हें शिलांग में घटी पुरानी घटनाएँ याद हो आयीं। और तब तो उनके मुँह की हँसी भी मर गई।

तीनों ही एकदम मौन। बिना एक आवाज़ किए ही चुपचाप तीनों जाकर जीप में चढ़ गए। फिर जीप चल पड़ी।

इम्फाल घाटी के खेत-खलिहान-जंगल-मैदान घायल हुए सैनिक जवान की तरह परेशान-हैरान, चीखते-चिल्लाते-से लुढ़के पड़े हैं। थोड़ी-थोड़ी दूर पर जो कुछ ऊँचे-ऊँचे टीले-ढूहे हैं, उन पर उगे जंगल-झाड़ की आड़ों में सैनिकों के शिविर यत्र-तत्र लगे हुए है। बायीं ओर की पहाड़ी पर टैंकों की भयानक लड़ाई जारी है। गोलियों से छिटकी चिनगारियाँ यहाँ जीप से थोड़ी ही दूर तक आ-आकर गिर रही थीं।

चम्पा की देह झटका खा उठी। वह गुणधर और फूकन के बीच में बैठी थी। कच्ची सड़क पर जहाँ-तहाँ पड़े गड्ढे-खड्ढों में पड़ने पर जीप जो धक्के खाती तो वह कभी फूकन की ओर तो कभी गुणधर की ओर जा गिरती, जिससे वह बहुत परेशानी महसूस कर रही थी। बाहर देह की इस दशा की भाँति ही उसके मन-प्राण भी इन दोनों पुरुषों के आकर्षण की ज़ोरदार रस्साकसी में जैसे बाहर निकल-निकल पड़ रहे थे। अब वह जहाँ पहुँच चुकी थी वहाँ देखा कि बाहर भयानक लड़ाई चल रही है। पहाड़ की चोटियों के ऊँचे-ऊँचे पेड़ों के करीब रह-रहकर आग के गोले जल उठते थे। सड़क के किनारे पड़े मरे सैनिकों और मरे हुए पशुओं की मुर्दा देहों के गल-पच जाने से बड़ी ही बुरी बदबू नाकों में घुसी जा रही थी।

जब सबकी यह गम्भीर चुप्पी असहनीय हो उठी तो फूकन ने अपनी ओर से पहल करते हुए इम्फाल के युद्ध-क्षेत्र की कहानियों-घटनाओं का विवरण चम्पा को

सुनाना शुरू कर दिया। शुरू-शुरू में जब मूटागाशी की पन्द्रहवीं बटैलियन टिडिम और लितान की ओर से जोशो-खरोश से हल्ला बोलती हुई इम्फाल की ओर उमड़ आई, तब तो भागती-पराती मित्र राष्ट्रों की बीसवीं और तैंतीसवीं डिवीज़न की सेना के प्राणों में तो जैसे कोई ताक़त ही बची नहीं रह गई थी। जापानी सैनिकों ने जैसे बच्चों के खेल की तरह बिना किसी बाधा-अबोध का सामना किये ही आकर दीमापुर और कोहिमा के राजपथ को रोक दिया। कॉलाटंपि के निकट उन्होंने रास्ते में अवरोध खड़ा कर दिया। परिणामस्वरूप असम में स्थित मित्र-राष्ट्रों की सेना और इधर मणिपुर में स्थित मित्र-राष्ट्रों की सेना के सम्पर्क सूत्र कट गए। उनका एक-दूसरे से मिल पाना पूरी तरह समाप्त हो गया। फिर तो उनके मिलने-जुलने की स्थिति फिर से बहाल करने में बहुत समय लग गया। यूरोप में महायुद्ध कर रही मित्र-राष्ट्रों की सेना ने दूसरा युद्ध क्षेत्र खोलकर मैजिनेट लाइन तोड़ दी और फिर पश्चिम की ओर से क्रमशः आगे बढ़ आई। दूसरी ओर सोवियत रूस की सेना पूरब की ओर से बढ़ती हुई जर्मनी के अन्दर-उसके हृदय-प्रदेश तक में घुस गई। इस तरह जब पश्चिमी छोर की लड़ाई में मित्र राष्ट्रों की सेनाएँ सफलता पाकर कुछ फुरसत में आईं, तब मित्र राष्ट्रों की सेनाओं के बड़े-बड़े सेनापतियों को पूर्वी छोर में स्थित इम्फाल युद्ध-क्षेत्र की ओर दृष्टि फेरने का-ध्यान देने का-अवकाश मिला।

तभी से वहाँ से झुण्ड-के-झुण्ड मालवाही बड़े-बड़े विमान इम्फाल की ओर आने शुरू हुए। फिर क्या था। इस लड़ाई का रुख ही बदल गया।

माओ क्षेत्र में जापानी सेनाओं में बड़े-बड़े पोस्टर-इश्तहार प्रकाशित और वितरित हुए– ''अनगिनत ट्रकों, अनगिनत प्रकार के अस्त्र-शस्त्र, गोला-बारूदों, अगणित युद्धक विमानों से लैस, हर तरह से समृद्ध और खाने-पीने-पहनने की हर तरह की चीज़ों की सुन्दर व्यवस्था से सम्पन्न है मित्र राष्ट्रों की सेना। मित्र राष्ट्रों की सेना की स्थिति को देखते हुए हमारी ओर, जापानी सेना के पास तो कुछ भी नहीं है, किसी चीज़ की सुविधा नहीं है।''

फिर भी जापानी साहसी सेना ने मरते दम तक विजय-प्राप्ति की लालसा में अपनी प्रचण्ड लड़ाई लड़ना छोड़ा नहीं है। जनरल मुटागाशी ने अभी-अभी आदेश दिया है, जैसे भी हो, इम्फाल शहर पर अधिकार करने के लिए। परन्तु अभी तक सफलता नहीं मिली। और सफल हो पाने की कोई आशा भी लक्षित नहीं होती। सभी जापानियों की हालत दिनों दिन बुरी होती जा रही है।

मित्र-राष्ट्रों की सेना ने कोहिमा क्षेत्र में जारी युद्ध में विजय हासिल कर ली है। जनरल सातों की ३४ नं. बटैलियन जिस रास्ते आई थी, उसी रास्ते से कोहिमा

से निराश होकर वापस लौट गई है। नुंगुंसिमा, सेनाम और बिशेनपुर के क्षेत्रों में लड़ रही जापानी सेना और उनके सेनापतियों का मनोबल टूट गया है। फिर भी वे भयंकर युद्ध कर रहे हैं। हिरहिटो पर उनका अन्ध-विश्वास अभी भी अटूट बना हुआ है।

दोनों ही ओर की सेनाओं के बहुत सारे जवान मारे गए हैं। इम्फाल शहर के आस-पास मरे हुए लोगों के सड़े मुर्दों से भयंकर दुर्गन्ध फैली हुई है।

मरी-सड़ी-गली लाशों की नहीं, बल्कि यह तो मृत्यु की ही सड़ाँध भरी दुर्गन्ध है।

फूकन तो इस सबमें कहीं भी जीवन के नामोनिशान नहीं देखता। जीवन का तो अर्थ ही है– प्रेम, करुणा, सत्य, सेवा, आनन्द और सौन्दर्य। जब यहाँ तो जीवन के इन मूलभूत अंशों में से कहीं कुछ भी नहीं है। यहाँ तो है बस घृणा, हत्या, राज्य लोभ, झूठ-फरेब, दुःख-अवसाद और घृणित भावनाओं के ग़न्दे दृश्य।

ब्रिटिश सरकार के प्रति राजभक्ति रखने वाले फूकन के मन में भी, युद्ध के प्रति घृणा का भाव जग गया। उसे तो अब युद्ध और मृत्यु में कोई अन्तर ही नहीं दिखाई देता।

युद्ध की बातें विस्तार से सुनकर चम्पा अवाक् रह गई। शिलांग में रहते हुए वह युद्ध के संबंध में ऐसी बातें सोच भी नहीं सकी थी। वहाँ समाचार-पत्रों में युद्ध से संबंधित जो समाचार छपते थे, उनमें मृत्यु का यह रूप तो कभी स्पष्ट हो ही नहीं सका था। मित्र-राष्ट्रों द्वारा इस युद्ध के बारे में जो प्रचार-पत्र, पैम्फ्लेट वग़ैरह प्रकाशित-प्रचारित किए जाते थे, उनमें युद्ध के इस काले अध्याय, इस घृणित, अमानवीय, निष्ठुर रूप का तो कहीं जिक्र ही नहीं होता था, उसमें तो बस बड़े-बड़े, ऊँचे-ऊँचे आदर्शों की बातें थीं। वे तो दिखाते थे जैसे उन्हें बाध्य होकर ही लड़ाई लड़नी पड़ रही है, गणतन्त्र और सभ्यता की रक्षा के आदर्श पर ही वे लोग जोर दे रहे थे, जिसके लिए उन्हें यह लड़ाई लड़नी पड़ रही थी।

गुणधर युद्ध की इस कहानी को बिना ध्यान दिए ही बस टूटे-फूटे क्रम में सुन रहे थे। उनके मन में अचानक ही एक अभूतपूर्व ईर्ष्या का भाव भर उठा था। चम्पा द्वारा दबी-दबी निगाह से आँखों के कोरों से फूकन की ओर निहारते रहने को लक्ष्य करके समझ गए थे कि चम्पा अभी भी फूकन को भुला नहीं सकी है, अन्दर-अन्दर वह उसे ही प्यार करती है। चम्पा के न चाहते हुए भी, तथा ऊपर से नैतिक संयम को यथाशक्ति बनाए रखने के भरपूर प्रयत्न के बावजूद आज की इस भेंट में अकस्मात् ही उनका वह प्यार उभरकर प्रत्यक्ष हो गया। शिलांग में रहते हुए जब उन दोनों में आपस में आकर्षण बढ़ रहा था, तब वे समझते थे कि यह

तो मामूली क्षणस्थायी मोह भर है जो शीघ्र ही समाप्त हो जाएगा, परन्तु आज चम्पा की आँखों में छलके आँसुओं ने प्रमाणित कर दिया कि उस समय का वह आकर्षण सामयिक मोह भर नहीं था, बल्कि उनमें सचमुच का प्यार था। चम्पा के मुख के भावों को परखकर यह बात वह अच्छी तरह समझ गया।

'गलती हो गई, गलती हो गई, गलती हो गई।' गुणधर मन-ही-मन बार-बार यह कहने लगे। मैने जो उसे हवाई अड्डे पर बुला लिया, सो वही बहुत बड़ी गलती हो गई। चम्पा भी अपनी इस दुर्बलता को अच्छी तरह समझ रही थी। नहीं तो क्या फूकन को हवाई अड्डे पर आने को कहने की बात सुनकर वह इतनी परेशान-परेशान हुई होती? मगर इस सबमें 'उसका कोई दोष नहीं है' दोष है तो खुद मेरा। मैंने ही उसे इस अनुचित प्रेम की खाई की ओर ढकेल दिया है।'

वैसे फूकन पर गुणधर को सचमुच ही पूरा विश्वास है। फूकन के चेहरे पर उसने अभी-अभी प्रेम का भयावह आतंक देखा है। यह भयावह आतंक ही अब उसका एकमात्र सहारा है। कारण यह कि उसकी नैतिकता की भावना बहुत शक्तिशाली है। गुणधर को पूरा विश्वास है कि फूकन कभी भी चम्पा की दुर्बलता का लाभ नहीं उठायेगा। गुणधर की तरह वह भी एक कुलीन परिवार का सद्गृहस्थ है।

धीमी-धीमी रफ्तार से चलते हुए उनकी जीप नदी पर लकड़ी के पुल के पास पहुँचकर थम गई, कारण कि लकड़ी का पुल ही नष्ट हो चुका है। नदी के दोनों किनारों की ओर की सड़कों पर ट्रकों, टैंकों और जीपों की लम्बी-लम्बी कतारें आ खड़ी हुई हैं। पुल के पास से थोड़ी ही दूर पर सैनिक पहरा दे रहे हैं।

जीप खड़ी करके फूकन उतर गए। उनके 'पास' को चेक कर लेनें के बाद पहरे पर तैनात सैनिक ने उन्हें पुल के करीब तक जाने दिया। वहाँ पहुँचकर इससे-उससे जाँच-पूछकर उन्होंने पुल के ध्वंस होने का सारा वृत्तान्त जान लिया। जो कुछ लोगों के बताने से स्पष्ट नहीं हुआ, वह सब भी उन्होंने अनुमान कर अन्दाज़ा लगा लिया।

फूकन फिर जीप के पास लौट आए। बड़े दुःखी मन से उन्होंने चम्पा वगैरह को सारी घटना विस्तार से कह सुनायी।

इस पुल के दोनों ओर बहुत ही घना जंगल है। जंगल के उत्तरी किनारे की ओर जो सड़क गई है उसकी बायीं ओर से पहाड़ियाँ शुरू हो गई हैं। उसी ओर से लुकछिपकर दो जापानी सैनिक जवान यहाँ आ पहुँचे और उन्होंने विस्फोटक (डाइमाइट) लगाकर इस पुल को ध्वसं कर दिया। वैसे उसी विस्फोटक की चपेट में आकर वे दोनों जापानी जवान भी मौत के घाट उतर गए। उनका मूल उद्देश्य था

इम्फाल और बिशेनपुर के युद्ध-क्षेत्रों के बीच के आवागमन को सुगम बनाने वाले इस मार्ग को छिन्न-भिन्न कर देना। और उनका यह उद्देश्य सामब्यक रूप से तो सफल हो ही गया है। इस समय बरसात की घमासान बारिश के कारण बाढ़ आई हुई नदी पर एक कार्यकारी (पैन्टन ब्रिज) पुल बनाने का काम सेना के इंजीनियरों द्वारा तेज़ी से किया जा रहा है।

पुल काम लायक बनकर तैयार होने में अभी कुछ समय लगेगा। मगर अब तो यहाँ ठहरकर प्रतीक्षा करने के अतिरिक्त और कोई उपाय ही नहीं है।

"उन दोनों सैनिक जवानों की लाशें देख आए क्या?"– चम्पा ने उत्सुक हो पूछा।

"देखा तो है।" फूकन ने कहा, " खण्ड-खण्ड, चिन्दी-चिन्दी उड़ गये हैं। सेना की गुप्तचर टुकड़ी ने उसे भी अपनी अभिरक्षा में बन्धक बना लिया है।"

"क्यों?" आर्श्चचकित होते हुए, चम्पा ने पूछा।

"उनके पास में दुश्मन पक्ष की रणनीति और अगली योजना की जानकारी की खबर भी तो हो सकती है। इसके अतिरिक्त उनके नाम-धाम का पता करने की भी आवश्कयता होगी।" फूकन ने हँसते हुए उत्तर दिया।

थोड़ी देर बाद इस बीच उन सैनिक जवानों की परीक्षा-निरीक्षा का काम पूरा हो गया। उन दोनों के शवों को टिकठी (बाँसों की बनी शव रखने के स्ट्रेचर जैसी चीज़) पर बाँध चार सैनिक जब उन्हें जंगल की ओर ले जा रहे थे, तो वे उधर से ही गुज़रे, सो चम्पा ने उन्हें आँखें फाड़कर देखा।

कुछ ही दूर जाकर एक ऊँची जमीन पर ठहर गए, फिर एक उपयुक्त जगह देखकर उन्होंने गड्ढा खोदना शुरू किया। लगभग एक घंटा खोदते रहने के बाद गड्ढे पूरे हो गए। दोनो शवों को उसी में डालकर उनके ऊपर मिट्टी डाल-डालकर गड्ढा पाटने लगे। उन्हें मिट्टी से पाटने में लगभग आधा घंटा लग गया। मिट्टी पाट लेने के बाद उन्होंने वहाँ लकड़ी का एक खूँटा गाड़ दिया और उस पर एक सूचना पट्ट लगा दिया। अपना काम पूरा कर लेने के बाद वे इधर फूकन की जीप के पास आकर खड़े हो गए। फूकन उन लोगों को पहचान गए। वे सभी गुप्तचर सेवा के जवान थे। उन लोगों से पूछ-ताछ करके फूकन ने जान लिया कि उन सैनिकों को इस काम को संपन्न करने के लिए हटिकिरी (आत्महत्या) कर लेने का आदेश दिया गया था।

उनमें से दो सैनिकों ने चम्पा की ओर देखा। उसे देखने के साथ-ही-साथ उनके मुँह कुम्हला गए। उनके चेहरे पर कहीं भी हँसी-खुशी का निशान नहीं रहा। बड़े दुःखी भाव से वे कुछ देर तक उसके चेहरे की ओर एकटक निहारते रहे। उसके

बाद एक सैनिक ने उसके करीब आकर अपनी जेब से एक युवती का फोटो निकालकर चम्पा के हाथों की ओर बढ़ा दिया, फिर पूछा, "इसे उनमें से एक जवान की जेब में पड़ा पाया था। आप इसे देखना चाहेंगी क्या? जान पड़ता है कि यह युवती या तो उसकी प्रेमिका थी अथवा फिर उसकी परिणीता पत्नी।"

चम्पा ने देखा– एक अनजानी, अन-पहचानी जापानी स्वस्थ, सुन्दर, नौजवान स्त्री की फोटो। उस फोटो में उसका चेहरा मुस्कराता हुआ। देखने में इतना सुन्दर शोभन कि आँखें ने भरें, बिल्कुल जीवन्त चेहरा।

उस चित्र को अपने हाथों में थामे हुए चम्पा बहुत देर तक टकटकी बाँधे देखती रही। लगा कि देखते-देखते भी जैसे देखने की प्यास नहीं मिट रही। उसकी आँखें आँसुओं से भर गयीं। उस फोटो के नीचे बहुत सुन्दर बेलबूटों से जापानी अक्षरों में जाने क्या लिखा हुआ है। कोशिश करके भी चम्पा उसे पढ़ नहीं सकी।

उसके हाथ में उस फोटो को न केवल वे दोनों सैनिक ही ध्यान से देख रहे थे, बल्कि गुणधर और फूकन भी उसे एकटक निहार रहे थे।

"सैनिक-हितों के लिए दूसरे देश में जाकर खुफियागिरी करने वाले गुप्तचरों को पकड़ने के कौशल को सीखने के दौरान मैंने जापानी भाषा भी सीखी थी, बहन जी।" उस फोटो के नीचे बेलबूटेदार अक्षरों की ओर देखते हुए एक सैनिक जवान ने कहा, "दरअसल यह एक जापानी कविता का एक छन्द है–

'किसी के द्वारा देखे जाने का सौभाग्य मिले बिना ही
इस धरती पर जाने कितने मनुष्यों के हृदय-कुम्हला जाते हैं।'

ध्यानपूर्वक एक-एक अक्षर जोड़कर उसने पढ़कर उसे सुनाया- समझाया।

क्षणभर में ही चम्पा की आँखों से आँसू बहने लगे। एक अनजानी पीड़ा से उसका अन्तरतम व्यथित हो मसोसने लगा।

थोड़ी देर बाद उस नौजवान सैनिक ने वह फोटो फिर माँग ली, फिर उन लोगों से विदा लेकर वह अपने साथी के साथ पुनः पुल की ओर चला गया।

कुछ समय तक किसी के मुँह से कोई बोल नहीं फूटा। फूकन ने अब तक अनगिनत सैनिक जवानों के मृत शरीर देखे हैं, परन्तु उन सबों को उसने बराबर एक समूह के रूप में ही देखा था। इस तरह के मरे हुओं में से किसी को भी एक व्यक्ति की मृत्यु के रूप में उसने कभी नहीं देखा-समझा। वही क्या? गुप्तचर विभाग के वे सैनिक भी अगर चम्पा के करीब न आए होते, उसका साहचर्य न पाते तो कौन जानता कि वे उस फोटो की युवती को और उस फोटो के नीचे लिखी कविता की पंक्तियों के मर्म को समझ पाते भी या नहीं? फूकन को जैसे यह

आन्तरिक अनुभूति हुई कि संभवतः नारी के साहचर्य या नारी के स्पर्श, नारी की ममतामयी छुअन के कारण ही पुरुष के मन के ऊपर कसा-पड़ा कठोरता का बाहरी ढक्कन खुलकर हट जाता है, तभी उसके अन्तस की सुकोमल प्रेम की अनुभूति का विकास होता है। परन्तु सभी स्त्रियों के साहचर्य और स्पर्श से इस सुकोमल अनुभूति का विकास निश्चित रूप से अनिवार्यतः नहीं होता। चम्पा जैसी स्त्री के साहचर्य और स्पर्श से ही इस तरह की अनुभूति विकसित होती है। चम्पा जैसी स्त्री का मतलब है ऐसी स्त्री, जो मनुष्य को अमानुष—राक्षस—बना देनेवाली हर प्रकार की निष्ठुरता और पापाचरण की कालिमा-दोषों से मुक्त हो।

इस बीच चम्पा जीप से नीचे उतरकर सड़क के किनारे के मैदान की घास पर जा बैठी।

उस दिन साँझ की वेला तक फूकन-आदि को वहीं ठहरे रहना पड़ा। सूरज डूबते-डूबते सैनिक-वाहिनी ने पण्टून ब्रिज * बना लिया, तब उसी के ऊपर से नदी पार करके वे इम्फाल शहर पहुँच सके।

चम्पा और गुणधर को इम्फाल शहर के बाबू पाड़ा मुहल्ले में स्थित फूकन के लम्बे-चौड़े, बड़े क्वार्टर में अतिथि के रूप में ठहरना पड़ा। (उन लोगों की सुविधा के लिए) फूकन ने दो कमरे और रसोई घर उन लोगों के लिए खाली कर दिया और अपने लिए एक कमरा और उससे लगे एक कमरे में रसोई—पानी करने, खाने पीने का ब़न्दोबस्त कर लिया।

फूकन नहा-धोकर एक कप चाय बनवाकर पीने की तैयारी कर ही रहा था कि यकायक उसका अर्दली रसोई घर से ही जलयान का सामान और चाय एक तश्तरी में रखकर लिये हुए उसके कमरे के अन्दर आ गया। फूकन चम्पा के इस प्रकार के आदर आतिथ्य को मन से कुछ अच्छा नहीं समझा क्योंकि वह तो खुद ही उसकी अतिथि थी, फिर भी अर्दली के सामने इस पर कोई आपत्ति करना या अस्वीकृति दिखलाना उसके लिए बड़ा मुश्किल हो गया। फिर तो जलपान करने और चाय पीने के लिए वह मेज़ के पास कुर्सी पर जा बैठा। तभी उसने देखा कि मेज़ पर तीन चिट्ठियाँ पड़ी हुई हैं।

चाय पीकर उसने पढ़ने के लिए चिट्ठियाँ उठायीं कि तभी दरवाजे पर खड़े अर्दली ने कहा, "साहब! माँ जी कह रही हैं कि आप का भोजन भी वही पकाएँगी।"

फूकन ने उसकी ओर देखकर कहा, "अपनी माँ जी से कहना कि मैं आज बाहर ही खाना खाऊँगा।" थोडी देर बाद उन्होंने उसे पास बुलाकर, जेब से दस

* नाव या पीपो के सहारे बना पुल, असम मणिपुर क्षेत्र में पीपो की अपेक्षा नौकाओं के सहारे ही ऐसा पुल बनाने का रिवाज है।

रुपये का नोट निकालकर उसे देते हुए कहा, "देखना अगर किसी चीज़ की जरूरत हो तो बाहर दूकान से लाकर अपनी माँ जी को दे देना।"

अर्दली वापस चला गया। तब फूकन ने चाय खत्म की और चिट्ठियाँ पढ़ने लगा।

पहली चिट्ठी बड़े भाई साहब की थी। पिता जी के श्राद्ध के अवसर पर माकन की शादी के संबंध में परिवार द्वारा लिये गए निर्णय को संक्षेप में सूचित करके उन्होंने राय बहादुर के पास भेजे गए अपने प्रस्ताव के बारे में लिखा है। उनकी चिट्ठी पढ़कर उन्हें हार्दिक प्रसन्नता हुई। इसी चिट्ठी की तो वे बहुत दिनों सें उत्सुकता-पूर्वक प्रतीक्षा कर रहे थे।

दूसरी चिट्ठी राय बहादुर सदानन्द बरुआ की थी। वे दुदू को चाय-बागान की मैनेजेरी से बदलकर गुवाहाटी के कार्यालय में ले आना चाहते हैं। कारण यह कि दुदू सही तरीके से बागान नहीं चला पा रहा, उल्टे उसने सभी श्रमिकों को अनुशासनहीन और उच्छृँखल बना दिया है। उसकी भावुकतापूर्ण कमज़ोरी का लाभ उठाकर ट्रेड यूनियनों के कर्मचारी बागान में कर्मचारी संघ (यूनियन) बनाने के काम में जुट गए हैं।

इस प्रकार बरुआ जी दुदू को वहाँ से हटाकर गुवाहाटी ले आना चाहते हैं, इसमें फूकन को कहीं भी कोई आपत्तिजनक बात नहीं दिखाई पड़ी। उनके मन ने कहा कि यह तो उचित ही हैं!

तीसरी चिट्ठी माकन की थी। माकन ने अपनी चिट्ठी में घर-परिवार की दशा और इस समय जो उनकी दुर्दशा हो रही है, इस सबका विस्तृत वर्णन बिलकुल यथार्थरूप में-सही-सही-चित्रित किया है। इसी के साथ उसने अपनी शादी की बात भी लिखी है। उसने लिखा है कि माँ अब प्रत्येक काम से पूरी तरह उदासीन हो गई हैं। बेलतला की जमींदारी की खेती को जो किसान अधिया पर कर रहे हैं, वे संघ के स्वयं-सेवकों के बहकावे-उकसावे में आ गए हैं और अब इस साल वे आधा हिस्से से भी कम उपज देने का निर्णय ले चुके हैं। हमारे कारिन्दे बेठाराम मुहर्रिर ने बड़ी-बड़ी कोशिशें कीं, हर तरह से समझाया-बुझाया, फिर भी वह उन सबको उनके निर्णय से ज़रा भी हिला-डुला नहीं सका। ऐसी विकट अवस्था में यदि दुदू घर लौट आए और घर-बार, सर-सम्पत्ति को देखने-भालने की जिम्मेदारी अपने ऊपर ले ले, तो उससे स्वयं दुदू का भी भला होगा और घर-परिवार भी पतन के गर्त में जाने से बच जाएगा।

इसी सबके कारण फूकन ने फैसला किया कि राय बहादुर की राय से अपनी सहमति जताते हुए वह उन्हें एक चिट्ठी लिखेगा।

चाय-जलपान समाप्त कर उसने राय बहादुर जी और अपने ज्येष्ठ भाई के

नाम दो चिट्ठियाँ लिखीं, फिर अर्दली को बुलाकर उन्हें उसी समय डाक-बक्स में डाल आने को कहा। परन्तु माकन के पत्र का उत्तर देने के लिए उसे काफी कुछ सोचना-समझना पड़ा। विशेषकर उसके द्वारा उसके स्वयं के विवाह के संबंध में लिखी गई बातों के संबंध में।

माकन ने स्पष्ट रूप से लिख भेजा है कि वह तो नवीन के साथ ही विवाह करना चाहती है। और अगर किन्हीं कारणों से उसका विवाह नवीन से साथ नहीं हो सका, तो फिर वह शान्तिनिकेतन में जाकर अपना शेष जीवन अध्ययन-अनुशीलन करते हुए संस्कृति की साधना में लगा देना चाहती है। परन्तु उसके इस प्रस्ताव पर तो वह अपना कभी भी समर्थन नहीं दे सकते। संघ के एक भिक्षु के साथ उसका विवाह करके वे माकन को संघ की एक भिक्षुणी भर बन जाने के लिए कभी भी छूट नहीं दे सकते। नवीन के साथ विवाह होने का सीधा मतलब है कि दरिद्रता के साथ विवाह। उनकी धारणा बन रही है कि सदानन्द बरुआ जी की पुत्र-वधू बनने से ही उसका जीवन सार्थक होगा। और अगर वह शान्तिनिकेतन जाकर पढ़ना चाहती है, तब तो वह विवाह हो जाने के बाद भी वहाँ जाकर पढ़ सकती है। (उसकी इस इच्छा पर) राय बहादुर जी कभी कोई आपत्ति नहीं करेंगे। वे एक बहुत ऊँचे मन के विचारवान व्यक्ति हैं। और रंजीत (उनका पुत्र) हर तरह से एक सर्वथा सुयोग्य लड़का है।

इस प्रसंग में बस केवल एक समस्या है-प्रेम। माकन सचमुच ही नवीन को हृदय से प्यार करती है। परन्तु अगर केवल बस इतने कारण से वह नवीन को अपने वर के रूप में चुनकर उसे पति बना लेती है, तो वह जीवन पर्यन्त खुद महा दुःख भोगेगी ही, उन लोगों के साथ भी-अपने घर-परिवार के साथ भी-उसका संबंध विच्छेद हो जाएगा। देश में असहयोग आन्दोलन चलाने वालों के साथ किसी भी पुलिस सेवा के अधिकारी का संबंध रखना ठीक नहीं है, इसी से वह ऐसा नहीं कर सकता।

बहुत देर तक आगा-पीछा सोच-विचारकर उन्होंने माकन को अपनी स्वीकृति-अस्वीकृति संबंधी राय स्पष्ट रूप से समझाकर किसी-किसी तरह चिट्ठी पूरी की। फिर कपड़े पहनकर उसी चिट्ठी को हाथ में लेकर बाहर निकल गया।

उस वक्त बाहर झिर-झिर करती झींसी की बारिश शुरू हो गई थी।

जीप चलाकर वे पहले डाकखाना गए, वहाँ डाक-बक्स में चिट्ठी छोड़ने पर उन्हें काफी शान्ति महसूस हुई। किसी चिट्ठी का उत्तर देने में एक दिन की भी देरी हो जाने पर परेशानी होने लगती है। इसी तरह अपने और भी किसी काम को वे टाल-मटोल कर बिना तुरन्त किए छोड़े नहीं रखते।

अचानक ही चम्पा का मुख-मण्डल उनके मन के आईने में चमक उठा। जीप के पास आकर उन्होंने एक बार उस निर्जन अन्धकार में डूबी सड़क की ओर ध्यान से देखा। अभी तक जो झींसी, झिर-झिर कर बूँदाबाँदी कर रही थी वह धीरे-धीरे अब तेज बारिश के रूप में बदल चुकी थी। बादल ज़ोर-ज़ोर से गरज रहे थे। ऊँचे-ऊँचे वृक्षों के बीच-बीच में बिजली के लम्बे-लम्बे खम्भों की कतार थी, जिनमें बिजली के बल्ब जल रहे हैं। इस राजपथ—इस लम्बी—चौड़ी सड़क-पर आज एक और ही किस्म की शान्ति विराज रही है—

उस समय वे सदर थाना के कार्यालय की ओर जाना चाह रहे थे, परन्तु उनके प्राण उन्हें उसी मुँह की ओर खींचे जा रहे थे। इस प्रकार कर्त्तव्य-बोध और प्राणों की पुकार की खींचतान में उनका मन जैसे दो भागों में फटा जा रहा था।

कुछ देर तक इसी असमंजस में पड़े-रहने के बाद अन्ततः उन्होंने मन स्थिर किया और अपनी जीप सदर-कार्यालय की ओर चला दी। सदर कार्यालय पहुँचते-पहुँचते उन्हें याद हो आया कि आज के दिन ही कर देने योग्य एक बहुत बड़ा उत्तरदायित्वपूर्ण काम तो उन्होंने किया ही नहीं। आज बिलकुल तड़के सबेरे सूचना मिली थी कि, स्थानीय उद्वास्तु शरणार्थी शिविर में जापानी पंचम वाहिनी के दो गुप्तचर पकड़े गए हैं। उनके साथ जिरह करके आवश्यक सूचना प्राप्त करने के लिए उसे फौजी-युद्ध के केन्द्रीय कार्यालय में उपस्थित रहने के लिए कहा गया था। इसके साथ-ही-साथ चार नंबर-केन्द्रीय कार्यालय से आदेश आया था, शहर के कुछ लोगों के घर खानातलाशी लेने के लिए। केन्द्रीय-युद्ध- कार्यालय को इस बात का सन्देह है कि इन लोगों का आई. एन. ए. (इंडियन नेशनल आर्मी-आज़ाद हिन्द फौज़) के लोगों से गुप्त संबंध है।

कार्यालय पहुँचने पर उन्हें पता चला कि लड़ाई की कठिन परिस्थिति में अपने कर्त्तव्य की अवहेलना करके वह जो तुलिहल हवाई अड्डे चला गया था, उसकी वज़ह से सरकार के राजनीतिक प्रतिनिधि महोदय बहुत नाराज हैं। केन्द्रीय युद्ध कार्यालय के वरिष्ठ अधिकारी भी शहर में नियमित रूप से खानातलाशी न लिये जाने के कारण उससे बहुत रुष्ट हो गए हैं। उसके ऊपर क्रुद्ध राजनीतिक प्रतिनिधि महोदय ने तो फूकन की अनुपस्थिति में उसके ही एक कनिष्ठ (जूनियर) अफसर को जापानी पंचमवाहिनी के खिलाफ अभियान चलाने की जिम्मेदारी सौंप दी है। फूकन ने जब वह आदेश पढ़ा तो उनके मुँह से परेशानी की गहरी साँस निकल गई। उक्त आदेश आज ही दिन के एक बजे जारी किया गया है। उस आदेश में उसके लिए भी आदेश दिया गया है—कार्यालय पहुँचते-पहुँचते ही अभियान का भार अपने जिम्मे ले लेने के लिए, यद्यपि इस आदेश-पत्र ने उसके पद की मर्यादा घटा दी है।

वहाँ की सारी सूचनाएँ प्राप्त करने के बाद फूकन जान सके कि अब तक उनके कनिष्ठ अधिकारी ने लगभग दस स्थानों की खानातलाशी पूरी कर ली है, किन्तु कहीं भी कोई दोषपूर्ण चीज़ जिसपर अपराध दर्ज किया जा सके, नहीं पा सका है। बस केवल शिंजिमे बाज़ार से दो मील दक्षिण की ओर तामूर राजमार्ग के किनारे आज़ाद हिन्द फौज़ का एक मणिपुरी सैनिक पकड़ा गया है। खानातलाशी का परिणाम अभी तक बस इतना ही है। उनका सहायक अफसर थोड़ी देर पहले ही उसी ओर गया है।

फूकन ने थाने के और-और कागज़-पत्रों पर एक नज़र डाली और दिन में आई दरखास्तों, शिकायती रिपोर्टों, और सहायतार्थ प्रार्थना-पत्रों आदि का लेखा-जोखा लिया। शिकायती-पत्रों दोषरोपण-पत्रों में कुछ तो चोरी संबंधी थे। इस बीच उनकी जाँच के लिए पुलिस दल चला गया है। सहायतार्थ प्रार्थना-पत्रों में से अधिकांशतः युद्ध संबंधी सैनिक अधिकारियों की ओर से थे या फिर रेडक्रास सोसाइटी की ओर से। इन सभी को ज़रूरत थी या तो ट्रकों की या सहायक जवानों की।

सभी का निरीक्षण-परीक्षण करते-करते एक प्रार्थना-पत्र पर आकर उसकी आँखें जड़वत् स्थिर हो गईं।

रेडक्रॉस और अस्पताल के मुर्दाघर से अतिआवश्यक एक अनुरोध है। उन लोगों के यहाँ बहुत सारे मरे हुए लोगों की लाशें इकट्ठा हो गई हैं, उन्हें फूँकने ले जाने के लिए ट्रकों और श्रमिकों का अभाव है, उनकी बेहद ज़रूरत है। यह प्रार्थना पत्र संध्या छह बजे का है। क्षणभर में ही इतनी भारी संख्या में लोगों की मृत्यु होने का कारण उसके समक्ष स्पष्ट हो गया। एटेब्रिन और पेन्सिलिन जैसी दवाओं के अभाव में जख्मी और रोगी मनुष्यों की मृत्यु-दर में कई दिनों से भारी वृद्धि होती जा रही है। उसके मन से आवाज़ आई कि इस शहर में आज के दिन यदि किसी को सहायता की सबसे अधिक ज़रूरत है तो इस मुर्दाघर को ही।

उसने जल्दी-जल्दी करके कुछ श्रमिकों को एकत्र किया और फिर दो पुलिस के सिपाहियों की देखरेख में उन्हें एक ट्रक में अस्पताल भेज दिया।

उस दिन हवालात में बन्दी कर रखे हुए आदमियों की सूची देखने के बाद उसे याद पड़ा कि एम. शोबा सिंह नामक मणिपुरी नौजवान पोलो खिलाड़ी को एक युवती स्त्री का अपहरण करने के सन्देह में गिरफ्तार करके वहाँ रखा गया है। उस पोलो खिलाड़ी को उसने देखा है। मणिपुर के महाराजा भी समय-समय पर उसे पोलो खेलने के लिए बुलाते हैं। विशेषतः वह दूसरे लोगों को पोलो खेलने का प्रशिक्षण देता है। इस तरह के एक गुणी कुशल खिलाड़ी को स्त्री-अपहरण के केस

में अभियुक्त हुआ देखकर उन्हें बहुत दुःख हुआ। इसीलिए उसकी पूरी जानकारी के लिए वे उसके संबंध में प्रस्तुत प्रतिवेदन को ध्यान से पढ़ने लगे। उक्त प्रतिवेदन वान्खे गाँव से आया था। उक्त गाँव महाराज के राजप्रासाद के पास में ही हैं।

एक युवती का, जो अपने घर से बाज़ार की ओर आ रही थी, शोबा सिंह ने कुछ और आपराधिक कार्य करने वाले गुण्डों के साथ मिलकर अपहरण कर लिया था। उसके इस कुकृत्य में दो-एक सैनिक जवानों के भी सहयोग करने का उल्लेख उसमें है। किन्तु उन सैनिकों के अपराध पर विचार करने का भार युद्ध-संचालन करने वाली वाहिनी (बटैलियन) के कमाण्डर पर छोड़ दिया गया है।

उस प्रतिवेदन के विवरणादि के संग में उस युवती का भी फोटो संलग्न है। अभी आज जिस जापानी युवती का फोटो देखा है वैसी अप्रतिम सुन्दरी तो नहीं है, फिर भी काफी सुन्दर है। इस मणिपुरी युवती के मुँह की गर्दन उस जापानी युवती के मुखड़े जैसी ही है, बस थोड़ी दुबली-पतली है। न जाने क्यों इस युवती के प्रति उनमें सीमातीत सहानुभूति का भाव उमड़ आया। लोकापवाद, ताना-मेहना और चरित्र पर कीचड़ उछाले जाने के डर से अपने आप को बचाने के अभिप्राय से उसने आत्महत्या कर लेने की कोशिश की थी। (इसी चेष्टा में पकड़ी गई) अब वह अस्पताल में है। उसकी दशा बहुत चिन्ताजनक है।

उससे संबंधित घटना को पढ़कर फूकन के रोएँ भर-भरा उठे। वह भावावेश से काँपने लगे। जाने क्यों उस जापानी युवती का चित्र देखकर चम्पा को आँसू बहाते देखने के बाद से उनका मन एक अलौकिक दुःखानुभूति से भर उठा है। पुरुष की सभी उद्दण्डता-निष्ठुरता का फल नारी को भुगतना पड़ता है। जब कि यह नारी ही है जो पुरुष को अपने प्रेम के स्पर्श से मानव बना देती है। इस अद्भुत-अपूर्व शक्ति की अधिकारिणी नारी के प्रति किसी भी प्रकार का निष्ठुर व्यवहार करना घोरतर अन्याय है। इस प्रकार का अन्याय करना केवल नारी प्रति ही अन्याय नहीं है, बल्कि उस अन्याय के करने वाले व्यक्ति का अपने प्रति भी किया हुआ अन्याय है। इस प्रकार का अन्याय करनेवाला व्यक्ति मनुष्य की प्रेममय रूप-रेखा से सदा-सदा के लिए वंचित हो जाता है। और किसी मनुष्य का इससे बड़ा और कोई दुर्भाग्य हो ही नहीं सकता। फूकन मन-ही-मन इसी प्रकार के विचारों में तल्लीन हो गए।

कुछ समय बाद वे कार्यालय से बाहर निकलकर पुनः जीप पर जा बैठै। बाहर बारिश क्रमशः तेज होती जा रही है।

जीप चलाकर वे पहले शिंजिमें के पास उस आदमी के घर पहुँचे जहाँ खानातलाशी का काम चल रहा था। वहाँ पहुँचने पर उन्होंने देखा कि उनके सहयोगी-मणिपुरी अफसर ने उसके घर को चारों ओर से पुलिस से घेर रखा है

और पुलिस सिपाहियों को साथ लेकर अन्दर जाकर घर की तलाशी ले रहा है। दरवाज़े पर उस गाँव के मुहल्लें के अड़ोसी-पड़ोसी भारी भीड़ लगाए हुए हैं। उन्हीं आदमियों के बीच एक सुन्दर नौजवान आदमी खड़ा है जिसके हाथों को रस्सी से बाँध दिया गया है। उसके भी चारों ओर सिपाही खड़े हैं।

उन्होंने अन्दर से पुलिस अफसर को बाहर बुला लिया, और अब तक की गई खानातलाशी के पूरे विवरण की जानकारी हासिल की। घर के अन्दर कोई भी आपत्तिजनक सामग्री नहीं मिल सकी थी। कुछ जापानी दाव (लकड़ी वगैरह काटने का लंबा छुरा) और जापानी विमानों द्वारा गिराए गए कुछ युद्ध-प्रचार पत्र के अलावा और कुछ नहीं मिला। यह बात तो सच साबित हुई है कि यह आदमी कुछ दिनों तक आज़ाद हिन्द फौज के साथ रहा है, लेकिन उसने कोई राजनीतिक अपराध किया हो, ऐसा कुछ भी ज्ञात नहीं हुआ। वह टिडिम से पहाड़-पहाड़, जंगल-जंगल लाँघते-फलाँगते जिस किसी तरह कल ही अपने घर पहुँच पाया है। टिडिम के रास्ते चलकर कबौ घाटी की ओर व्यापार करने के लिए समय-समय पर मणिपुरी लोग प्रायः जाते रहते हैं। उन्हीं की तरह यह भी गया था। जाते समय ही आज़ाद हिन्द फौज़ की एक टुकड़ी की पकड़ में आ गया। इस नौजवान आदमी का नाम है अंगों सिंह। उसके ललाट पर चन्दन का तिलक लगा हुआ है। कोई बहुत मोटा-भाँटा, मज़बूत काठी का अथवा बहुत सारे आदमियों के गिरोह का मुखिया नहीं लगता, बस एक बहुत साधारण-सा आदमी है।

फूकन को ऐसा लगा जैसे यह आदमी बहुत सीधा-सादा है, पूरी तरह निर्दोष-निरपराध है। अतः पुलिस ऑफिसर को वहाँ से जल्दी ही लौट चलने की सलाह देकर फूकन वहाँ से निकल आए। आज जिन्दगी में पहली बार उन्हें महसूस हुआ कि एक विदेशी सरकार के शासन में शासक वर्ग को अगर निराधार झूठ-मूठ भी सन्देह हो जाता है तो परतन्त्र प्रजा की कितनी दुर्दशा हो जाती है।

इसके बाद वे रेडक्रॉस सोसाइटी के अस्पताल पहुँचे। 'मुर्दाघर' इस अस्पताल से ही जुड़ा हुआ है। इम्फाल शहर में इस तरह के छोटे-छोटे कई अस्पताल हैं। उनमें से यही एक सबसे बड़ा अस्पताल हैं।

अस्पताल के प्रवेश-द्वार पर ही उनकी भेंट एक अत्यन्त सुन्दरी, गोरी-चिट्टी आस्ट्रेलियन मेट्रेन (प्रधान नर्स) से हुई। प्रधान नर्स महोदया फूकन को अच्छी तरह पहचानती हैं। अस्पताल के रोगियों के लिए समय-समय पर अस्पताल की ओर से जो नाचगान के समारोह किए जाते हैं, उनके लिए फूकन प्रायः ही अच्छे कलाकारों को ला जुटाकर सहायता करते रहते हैं। इसी माध्यम से दोनो में घनिष्ठ परिचय हो गया था।

उनसे बातचीत करने पर फूकन को पता चला कि जो तमाम सारे लोग मर गए हैं उनकी मुर्दा लाशों को यहाँ से ले जाने के लिए पर्याप्त ट्रक नहीं हैं, अभी और कई ट्रक यहां चाहिए। इन लाशों में से हिन्दुओं की लाशों को श्मशान पर, मुस्लिमों की लाशों को कब्रगाह पर और क्रिश्चियनों की लाशों को सिमीट्री में ले जाना होता है। आज मुस्लिम की तो कोई लाश नहीं है। क्रिश्चियनों की जो लाशें थीं उन्हें स्थानीय क्रिश्चियन असोसिएशन (ईसाई संघ) के लोग अभी-अभी उठा ले गए हैं।

प्रधान नर्स से बातचीत कर लेने के बाद फूकन उनसे विदा लेकर वहाँ से चल पड़ना चाहते थे, लेकिन तभी उन्होंने अन्दाज़ किया कि नर्स महोदया कुछ विशेष अनुरोध उससे करना चाहती हैं, अतः वह थोड़ा ठहर गया। तब वे आगे बढ़ आयीं और बोलीं– "इधर बीते कई दिनों में बहुत सारे आदमी मर गए हैं। जिसकी वज़ह से जो रोगी अस्पताल में भर्त्ती हैं, उनके मन टूट गए हैं। (उनमें निराशा घर करती जा रही है। उन्हें दिलासा देने के लिए, उनके मनोरंजन के लिए) क्या हम लोग कोई एक अच्छा समारोह आयोजित नहीं कर सकते? अगर कल शाम तक ऐसा कोई संगीतानुष्ठान हो सके, तो बहुत अच्छा हो। नहीं तो निराशा और असहायता की भावना के भयंकर दुःख से ही अनेक बीमार दम तोड़ देंगे। उधर युद्ध-क्षेत्र में घनघोर लड़ाई चल रही है। यह जगह बहुत खतरनाक सिद्ध हो रही है। जापानी सेना इस प्रण के साथ लड़ रही है कि जब तक साँस रहेगी, तब तक बराबर लड़ते रहेंगे। बिना मरे युद्ध में कतई विराम नहीं होने देंगे। और जापानी सैनिकों की तरह महाभयंकर हैं मणिपुर के जंगलों के मच्छर और डँस बगै़रह। उनके डंक मारने से, उनके आक्रमण से भी किसी की रक्षा नहीं, मार कर ही छोड़ते हैं।"

इस दर्दनाक स्थिति में भी नर्स महोदया के चेहरे पर एक मुस्कराहट फैल गई, मगर वही दुःख-विषादमय हँसी की रेखा।

मगर असली मूल कारण तो वही एक ही है। दवाएँ नहीं हैं। लगता है कि रोगियों को ठीक-ठाक ढंग से नियमपूर्वक चिकित्सा भी नहीं की जा पा रही है। अतएव धर्मविश्वासी प्रधान नर्स बेचारी एक अन्य प्रकार की चिकित्सा को भी आजमाना चाहती है। किसी एक अन्य, अदृश्य, असीम शक्ति का यदि सहारा मिल जाए, तो शायद भला हो।

यकायक उन्हें चम्पा की याद हो आई। चम्पा अगर यहाँ आकर गाना गाए, तो बहुत भला होगा। और यह विचार मन में आते ही उनका मन उछल पड़ा। वे बोले पड़े, "एक बहुत ही श्रेष्ठ स्तर की मशहूर गायिका मेरे यहाँ अतिथि के रूप में आई हुई हैं। उन्हें ही बुला लाऊँ क्या? बहुत ही अच्छी गायिका हैं।"

"ज़रूर, ज़रूर, ले आइएगा। हमें तो इस घड़ी बस संगीत की ही आवश्यकता है।"

अति प्रसन्नचित्त होकर प्रधान नर्स अस्पताल भवन में चली गईं।

आनंदित मन से फूकन ने भी अपनी जीप चालू की और सीधे श्मशान घाट जा पहुँचा। वहाँ जाकर उसने देखा कि दस चित्ताएँ धधक रही हैं। यद्यपि बारिश हो रही है फिर भी चिता की अग्नि बुझ नहीं रही है। अन्त्येष्टि के समय वहाँ उपस्थित मज़दूर भी राम-राम का सुमिरन कर रहे हैं। युद्ध से संबंधित एक सैनिक अधिकारी उसी चिता की अग्नि की रोशनी में जिन लोगों के शव जलाए जा रहे हैं उनके नाम-पता-ठिकानों की सूची तैयार कर रहा है। एक और आदमी कई छोटे-छोटे डिब्बे लिये वहां तैनात है, जान पड़ता है, कि चिताग्नि के शान्त होने पर उन मृतात्माओं के अस्थि-अवशेषों को-चिताभस्म को-उन्हीं डिब्बों में भरकर रखने के उद्देश्य से ही वह वहाँ खड़ा है। बहुत दूर-दराज देश-भाग में रहने वाले इन मृत लोगों के सगे-संबंधी तो संभवतः इनके मर जाने का समाचार भी नहीं जान सके होंगे। जब इनकी अस्थियों का संग्रह हो जाएगा तब अस्थि-अवशेषों के साथ उनके मरने की खबर उनके घर भेजी जाएगी, तभी वे लोग जान पाएँगे कि किस स्त्री का पति, किस माता-पिता के पुत्र की यहाँ ऐसी अकाल-मृत्यु हो चुकी है। फूकन को ऐसा लगा जैसे आज चिताग्नि की इस वेला में यहाँ जो लोग भी उपस्थित है, दरअसल वे सभी लोग ही इन मृत जवानों के अपने सगे-संबंधी हैं।

युद्ध भूमि में मारे गए सैनिकों का यह अन्तिम कार्य अन्तेष्टि या दफन करना वगै़रह ही युद्ध-क्षेत्र का सबसे श्रेष्ठ सेवा कार्य है।

अभी वह वहीं था कि और भी शेष शवों को लेकर ट्रक फिर आ पहुँचे। जैसे-जैसे मृत लोगों के शव उतारे जा रहे थे, वैसे-वैसे ही वहाँ उपस्थित अधिकारी उनका परिचय प्राप्त कर ले रहा था, ताकि कहीं किसी तरह की गलतफ़हमी न हो। फूकन भी एक-एक शव को ध्यान से देखते जा रहे थे कि अन्त में अचानक एक नवयुवक के शव के पास आकर काठमारे-से खड़े हो गए। मृत नवयुवक बहुत ही रूपवान है। उसका चेहरा दुदू के चेहरे से हू-ब-हू मिलता है, बिलकुल ही दुदू जैसा ही मुखड़ा। उसकी आँखें आँसुओं से भर आयीं। आज पहली बार उन्हें अनुभव हुआ कि जिन आदमियों के मुख की गढ़न में समानता होती है, वह केवल कोई आकस्मिक रूप से ही नहीं होती, बल्कि उनके पीछे कोई एक जन्म-जन्मान्तर का अज्ञेय रहस्य छिपा होता है। कुछ देर तक उस मृत नवयुवक के पास स्तम्भित-से खड़े रहने के बाद फिर भारी कदमों से धीरे-धीरे अपनी जीप के पास लौट आए।

जीप चलाकर वे फिर थाने पर पहुचँ गए। वहाँ देखा तो इनका कनिष्ठ

मणिपुरी अफसर बैठा हुआ है। उससे बातचीत करने के अनन्तर उन्हें पता चला कि सरकार के राजनीतिक-प्रतिनिधि ने फिर उनके संबंध में खोज-बीन की थी। अभी थोड़ी देर पहले ही उन्हें पूछते हुए एक आदमी आया था। फूकन अब समझ गए कि आज कुछ देर के लिए जो वे ड्यूटी से अनुपस्थित रहे, उसे प्रतिनिधि महोदय बहुत बुरी, सन्देहास्पद, नजरों से देख रहे हैं। सारे-के-सारे अंग्रेजों के मन, इस युद्ध की वेला में, सन्देहों से भर गए हैं। ऐसा जान पड़ता है कि साहब समझ रहे हैं कि फूकन असैनिक प्रतिरक्षा-सुरक्षा-व्यवस्था के अपने कर्त्तव्य की अवहेलना कर ढिलाई बरत रहे हैं। मगर किया ही क्या जा सकता है? अरे जो न समझने का निर्णय ले चुका हो, उसे समझाने का काम धेरुआ (मूली जैसा एक शाक जिसकी गांठ सीझती ही नहीं) की गाँठ को सिझाने की चेष्टा जैसा है, अनपेक्षित, असफल कोशिश भर।

मन-ही-मन फूकन को नाराज़गी भी हुई। साहबों के व्यवहार का बहुत बुरा लगा। उन्हें ऐसा लगा कि इन साहबों को वे लाख सेवा करके भी कभी सन्तुष्ट नहीं कर सके। ज़रा-सा भी हेर-फेर हुआ कि वे अपने अत्यन्त विश्वास पात्र सेवक पर भी सन्देह करने लगते हैं।

"आप एक बार साहब से जाकर मिल लें, तो क्या ठीक होगा क्या?" उनके सहायक अफसर ने दबी जबान से सुझाव दिया।

फूकन ने उसके सुझाव को सम्मानपूर्वक ध्यान लगाकर सुना। इस सहायक अफसर (के मन में कोई खोट नहीं) का उद्देश्य बहुत शुभ है। उनकी पदोन्नति का समय काफी अरसे से हो चला है। ऐसी घड़ी में अगर ऊपर के उच्चाधिकारियों के विचार उसके संबंध में अच्छे न रहे, तो फिर पदोन्नति का अवसर हाथ से चला जाएगा, फलतः पदोन्नति नहीं हो पाएगी। लेकिन उन्होंने महसूस किया कि आज की अनुपस्थिति के लिए उन्हें किसी के भी सामने सफाई देने की कोई आवश्यकता नहीं है। अगर राजनीतिक प्रतिनिधि उसकी कर्त्तव्यनिष्ठा को नहीं समझ पाते हैं, तो फिर उनकी जो मर्जी हो सो करेंगे ही। उन्होंने अपनी ओर से कोई गलती नहीं की है। और फिर वे किस विशेष कारण से आज तुलिहल हवाई अड्डे गए थे, इसे तो वे प्रतिनिधि-महोदय से बता ही नहीं सकते। वस्तुतः उस विशेष कारण को तो उनके अपने खुद के सिवा कोई भी समझ पाने में असमर्थ होगा।

उस दिन पूरी रात उन्होंने कार्यालय में ही बिता दी। बाहर लगातार मूसलाधार बारिश होते रहने के कारण वे सैनिक कैण्टीन में भी भोजन करने नहीं जा सके। वैसे यह कहना कुछ गलत होगा कि बिलकुल जा ही नहीं सके थे, बल्कि भोजन करने जाने का मन ही नहीं हुआ। उनका मन तो अपनी ही जटिल

चिन्ताओं में डूबा रह गया।

रात बीतते-बीतते, अन्तिम पहर में वह अपने घर लौटा।

अर्दली द्वारा दिये गए गर्म पानी से उसने स्नान किया, फिर खाकी वर्दी छोड़कर धोती-कुर्त्ता पहनने के बाद उसने अर्दली को चाय बनाने के लिए कहा।

परन्तु अर्दली ने बतलाया कि चाय तो माँ जी तैयार कर चुकी हैं।

आश्चर्यचकित हो उन्होंने अर्दली से पूछा, "क्यों जी! तुम्हारी माँ जी इतनी जल्दी, इतने तड़के उठ गयीं?"

तभी फूकन को बाहर चूड़ियों की खनखनाहट सुनाई पड़ी।

एक थाली में एक थोक्का (एक पर एक रखी राशि जैसी) रोटियां, एक ढेरी सब्जियाँ और एक गिलास गर्म दूध और शिलांग से लाये गए बहुत मीठे रसीले केलों में से दो केले लिये हुए चम्पा उनके कमरे में आ गई। इतने समय में ही उसने नहा-धोकर नये रेशमी वस्त्रों का लहँगा-ब्लाउज़ पहन लिया था। इस नूतन परिधान में और परिपाटी सहित सुन्दर ढंग से किए गए केश-विन्यास में वह नवोदित चन्द्रमा-सी मनोहर हो गई थी।

थाली सामने परोसकर उसने कहा, "अच्छा, अब उपवास तोड़िए। पूरी तरह से हविष्य का भोजन (व्रतोपव में व्रत भंग के अवसर पर गाय के घी, चावल आदि से बना पूर्णतः निरामिष भोजन) ले आई हूँ। –इतना कहकर ही चम्पा लाज के मारे लाल पड़ गई। शिलांग की टकला पहाड़ी पर अपनी मौज-मस्ती में उड़ने-फिरने वाले लाल रंग के नर मधु-मक्खी के पंखों की तरह वह एक ही जगह पर विजड़ित-सी खड़ी रह गई।

फूकन ने जो रात में कुछ खाया-पिया नहीं, यह बात आखिर वह कैसे जान गई? मन में इसी दुविधा पर सोचते हुए अचानक वे आश्चर्यचकित हो पूछ बैठे– "तुम सर्वज्ञ हो क्या?"

मन्द-मन्द मुस्कान बिखेरते हुए चम्पा मौन ही साधे रही। उनकी बात के उत्तर में कोई कैफियत देने की ज़रूरत उसने नहीं समझी। फूकन ने चम्पा से जानबूझकर ही दूरी बनाए रखने के उद्देश्य से ही अलग खाने-पीने की जो अपनी व्यवस्था बनाई थी, यह तथ्य चम्पा की दृष्टि से छिपा नहीं रहा। और दूसरी ओर फूकन को कैण्टीन-होटल में भोजन करना जो पसन्द नहीं और उसका अभ्यास भी नहीं है, अतः कैण्टीन में खाना खा लेने की बात का साफ अर्थ है कि या तो उपवास ही रखा है या फिर ज्यादा से ज्यादा हुआ तो जलपान भर कर लिया होगा, बस इतना ही भर, ये सभी सूचनाएँ तब तक उसके स्वामिभक्त अर्दली ने चम्पा को समझा दी थीं।

फूकन प्रसन्नचित्त हो भोजन करने लगे। जब वे भोजन कर चुके तब चम्पा ने कहा, "आप के लिए मैं अभी चाय बनाकर भेज रही हूँ। चाय पीकर थोड़ी देर के लिए सोकर आराम कर लें। दिन में दोपहर को भोजन करके तब जाइएगा।"

चम्पा ने जाने के लिए कदम बढ़ाया ही था कि फूकन को अस्पताल की प्रधान नर्स महोदया की बात याद आ गई, वे तुरन्त ही बोल पड़े, "तुमसे एक अनुरोध करना है। आशा है, तुम मेरे अनुरोध को स्वीकार कर उसे सम्मान दोगी।"

चम्पा का चेहरा चिन्तायुक्त होकर कुछ किंकर्त्तव्यविमूढ़-सा हो गया, "क्या कहना चाहते हैं? कहिए भी।"

फूकन ने फिर अस्पताल की दुर्दशा का सारा विवरण भावविह्वल होकर विस्तार से सुना डाला। वहाँ भरती रोगियों को सान्त्वना प्रदान करने के लिए संगीत सभा का आयोजन करना किस प्रकार से आवश्यक और उपयोगी है। इसके औचित्य को समझाने की उन्होंने पूरी कोशिश की। उसके बाद श्मशान घाट पर देखे गए उस मृत नौजवान की भी चर्चा उन्होंने की जिसकी मुँहखर (चेहरे की बनावट) बिलकुल दुदू जैसी ही थी, और जिसे देखकर उनकी आँखों से आँसू छलछला आए थे। वह सब उन्होंने सुना दिया। और अन्त में इम्फाल क्षेत्र में बढ़ रहे अनैतिक वातावरण—गुण्डागर्दी—अनुशासनहीनता आदि—को दूर करने के लिए एक नैतिक—सदाचार पूर्ण—परिवेश बनाने की आवश्यकता के संबंध में एक मुश्त—लंबी—चौड़ी—वक्तृता ही दे डाली। और इसी प्रसंग में उन्होंने उस जापानी युवती, जिसका फोटो चम्पा ने देखा था और उस मणिपुरी युवती, जिसे अपहरण की लांछना भुगतनी पड़ी थी, इन दोनों की दुर्दशा और करुण स्थिति में जो मूलभूत भेद है, उसे भी बहुत अच्छी तरह समझाया। इस स्थिति में एक सहृदय नैतिक वातावरण की आवश्यकता है और ऐसे ही नैतिक वातावरण के निर्माण करने के अभियान को सफल बनाने के लिए आज अस्पताल प्रांगण में आयोजित संगीत सभा में चम्पा के गाना गाने का विशेष महत्त्व है, इस बात पर उन्होंने बार-बार बहुत ज़ोर दिया।

चम्पा ने महसूस किया कि कल से ही फूकन में एक नयी चेतना का संचार हुआ है। और यह नयी उपजी चेतना एक-एक कदम बढ़ाती हुई क्रमशः सुदृढ़ और विस्तृत ही होती जा रही है। उसे इस पर हार्दिक प्रसन्नता हुई, बहुत अच्छा लगा। उसके मन में ऐसा अनुभव जागृत हुआ कि फूकन की प्रेमानुभूति अचानक ही विशाल होनी शुरू हो गई है।

मन-ही-मन परम सन्तुष्ट होते हुए उसने प्रसन्नतापूर्वक जवाब दिया, "जब आप ने कह ही दिया है तो फिर मेरी आपत्ति करने का प्रश्न ही नहीं उठता। वैसे

गाने की कला तो प्रायः भूल ही गई हूँ। सचमुच यही एक बहुत बड़ी कठिनाई है। वहाँ गाना गाने के लिए जाकर अगर गधे की तरह से बस रेंकने लग गई, तब तो महासर्वनाश ही हो जाएगा। बीमार सैनिक जवान गाना सुनकर शान्ति-सान्त्वना पाने के बदले बस छिछले किस्म के हास्य रस का ही आस्वादन कर पाएँगे।''

''अरे पाएँ, तो पाएँ'' फूकन ने हँसकर उत्तर दिया, ''मैं तब वहाँ सूचना भेज रहा हूँ। प्रधान नर्स महोदया खुद आकर तुम्हें और उन्हें ठीक समय पर ले जाएँगीं। अगर कुछ और समय हो तो रुक जाना। तो फिर कार्यक्रम का समय सायंकाल तीन बजे रख दूँ? कहो!''

''अच्छा यदि राम न रहें तो क्या रामायण होगी? आप खुद चुपके से खिसक जाना चाहते हैं क्या?''

''हो सकता है मुझे समय ही न मिल पाए।'' कहकर फिर उन्होंने वह सारा वृत्तान्त कह सुनाया कि कल बिना कहे जो तुलिहल हवाई अड्डे चला गया था, तो बस उतनी-सी वज़ह से मुझे कर्त्तव्य से अवहेलना करने का कैसा भीषण सन्देह सरकारी राजनीतिक प्रतिनिधि ने मन में बैठा लिया है। और फिर पूछा, ''ऐसी दशा में अगर मेरी पदोन्नति रुक जाएगी, तो फिर उसके लिए जिम्मेवार कौन होगा?''

यह नौकरी-चाकरी के नियम-कानून और उनका तर्क-शास्त्र चम्पा कभी नहीं समझ पायी थी और आज भी कुछ नहीं समझ सकी। फिर भी उसने स्पष्ट रूप से इस पर को आपत्ति न करके बस इशारे मात्र के लिए दबी ज़बान से कहा, ''ऐसी स्थिति में तो फिर नौकरी का काम ही मन लगाकर करना ठीक होता, फिर समाज सेवा, सदाचार और नैतिक कार्यों को चलाने का अभियान करने में क्योंकर मन लगता है?''

चम्पा के वहाँ से चले जाने के बाद उन्होंने अर्दली को आदेश देकर प्रधान नर्स के लिए एक चिट्ठी भेजकर चाय-पान समाप्त किया और फिर पलँग पर जा लेटे। अर्दली बाहर का दरवाज़ा बन्द कर चुपचाप चला गया।

चम्पा ने अपने कमरे में जाकर अपने पतिदेव (गुणधर) को जब फूकन द्वारा संगीत-सभा में गाना गाने के लिए आमन्त्रित करने की बात बताई तो गुणधर ने तुरन्त ही अपनी सहमति प्रदान कर दी। फूकन द्वारा इस प्रकार के समाज-सेवा और समाज-सुधार संबंधी नैतिक अभियान चलाने की योजना उन्हें बहुत पसन्द आई। इस प्रकार के क्रिया-कलाप से उन्हें फूकन के मन के मानव उसके आन्तरिक असली चेहरे को वे प्रत्यक्ष पहचान सके। और इस पहचान ने ही उन्हें विशेष बल और आश्वासन प्रदान किया। तब उन्हें फूकन और चम्पा के बीच पनपा सम्पर्क एक अज़नबी, अज्ञेय आध्यात्मिक प्रेमानुभूति के अतिरिक्त और कुछ नहीं लगा।

इस तरह के लौकिक धरातल के ऊपर मात्र आध्यात्मिक सम्पर्क की सम्भावना की समझ से उनका हृदय बिलकुल हल्का, साफ़, चिन्ता-मुक्त हो गया। मन के आकाश में अभी तक जो दुश्चिन्ताओं के गहरे बादल छाए हुए थे, वे अचानक ही टूट गए।

उन्होंने कहा-"मैं तो यहाँ आज पहले-पहल कार्यालय में ड्यूटी ज्वाइन करने जाऊँगा अतएव स्वाभाविक ही है कि आज जल्दी लौट पाना मुश्किल ही होगा। अतः तुम बल्कि फूकन के साथ ही चली जाना और उसी के साथ लौट भी आना।"

चम्पा अपने पति के सरल स्वभाव को भलीभाँति जानती है। शिलांग के पहाड़ की चोटी पर मँडराने वाले बादलों की तरह कब उनके हृदय के आकाश को बादल घेर लेंगे, इसे तो ब्रह्मा-विष्णु भी नहीं जानते। इसी कारण वह अपने पति को साथ लिए बग़ैर संगीत सभा में जाने को सहमत नहीं हुई। फलतः गुणधर ने आज छुट्टी लेकर जल्दी ही लौट आने का वायदा किया।

उस दिन दोपहर के बाद आस्ट्रेलिया निवासी वह प्रधान नर्स महोदया स्वयं आयीं और रेडक्रास की मोटर में बैठाकर चम्पा और गुणधर को अपने संग लिवा ले गईं। अस्पताल के प्रागंण के एक किनारे की ओर बने मंच पर गाने-बजाने के संगीतानुष्ठान का आयोजन किया गया।

कार्यक्रम के आरंभ में कई नर्सें एक झुण्ड बनाकर आयीं और उन्होंने शुभारंभ करते हुए एक अंग्रेजी भजन (धर्म-गीत) समवेत स्वर में (समूह गान के रूप में) प्रस्तुत किया-

महान् चिकित्सक कृपा कर यहाँ पधारे,
वे महान् सबके प्रति सहानुभूतिशील जेसस क्राइस्ट।
वे डूबते हुए निराश, दुःखी हृदयों से
मधुर वाणी में बातें करते हैं-
उन्हें आनन्दित-प्रफुल्लित करने के लिए,
अरे सुनो! सुनो मधुर वचन जेसस के।*

इस भजन के बोल सुनते हुए ऐसा लगा जैसे सर्वत्र करुणा-ही-करुणा प्रकाशित होती जा रही है।

अस्पताल में भर्त्ती सभी-के-सभी रोगी-बीमार तो वहाँ आ नहीं सके थे। फिर भी उनमें से अधिकांश जैसे-तैसे वहाँ खिंचे चले आए थे। कोई लँगड़ाता, आदमियों

---

* दि ग्रेट फिजिशियन नाउ इस हियर,
दि सिम्पेथाइजिक जेसस।
हि स्पीक्स टु दि ड्रुपिंग हार्ट टु चियर,
ओ ! हियर द वाइस आफ जेसस।

या बैसाखियों के सहारे आया तो कोई आँखों पर पट्टी बँधाये, कोई चेहरे पर बैण्डेज बँधवाए ही आ पहुँचा। उनमें से कई तो देखने में सूखी खपच्चियों वाले बेड़े (बाँस के फट्टे से बनाई गई चहारदीवारी) के जीर्ण-शीर्ण तिनकों से लग रहे थे। उन सूखे-सूखे, रक्त-मांसहीन मुखों में जेसस क्राइस्ट की स्वर्गीय आभा आई या नहीं, इसे तो चम्पा नहीं बता सकती, परन्तु उसने प्रत्यक्ष देखा कि वे मुरझाये हारे-थके चेहरे मधुर सुरों के कोमल स्पर्श से धीरे-धीरे आनन्द से प्रफुल्लित होने लगे। वहाँ उपस्थित लोगों में अंग्रेजी भाषा समझ पाने वालों की संख्या बहुत कम ही थी। फिर भी देश के विभिन्न भागों के भिन्न-भिन्न भाषा-भाषी लोगों—सिख, जाट, मद्रासी, केरली, मराठी, असमीया, नागा आदि सभी सैनिकों—के प्राणों में एक पुलक भरी सुन्दर अनुभूति खिल उठी थी, ऐसा अनुमान चम्पा को हुआ।

मंडप की अगली पंक्ति में बैठे पढे-लिखे देशी-विदेशी श्रोता तो उस धर्म-गीत से ताल मिलाकर उसे खुद भी गुनगुना रहे थे। वहाँ चम्पा को ऐसा लगा जैसे समूची पृथ्वी ही उसके सामने प्रत्यक्ष हो रही हो। उसकी एक बगल में गुणधर और दूसरी बगल में पंचानन फूकन बैठे हुए थे।

शुरू-शुरू में तो चम्पा फूकन की ओर-सीधी नज़रों से नहीं देख पा रही थी, चोरी-चोरी ही, बीच-बीच में आड़ी-तिरछी नज़रें फेंक-फेंककर अपनी साध पूरी कर रही थी। परन्तु फूकन उसकी ओर लगातार टकटकी लगाए निहार रहा था। चम्पा को लगा कि इस भजन (धर्म गीत) ने फूकन के हृदय की विशाल प्रेमानुभूति की कली को धीरे-धीरे खिला दिया है। लेकिन बीच-बीच में वह फूकन की आँखों में, मुँह पर, खिंची आ रही अन्तर्तम में चल रहे संग्राम की सूचक रेखाओं को भी उभरते अनुभव कर रही थी। फूकन के मन में तब चम्पा की देह के आर्कषण से अपने को मुक्त करने के लिए अत्यन्त प्रबल आध्यात्मिक संघर्ष आरंभ हो चुका था। वैसे इस महा-संग्राम को सफल होने में काफी दिन लगेंगे। चम्पा के हृदय में भी एक इसी प्रकार संग्राम चल रहा था।

गुणधर के निष्पाप, सरल मुँह की ओर देख लेने पर चम्पा के हृदय में अपने अस्तित्व को लेकर भयानक द्वन्द्व उभर आया। उसे ऐसा अनुभव हुआ कि अब तो उसके लिए फूकन को प्यार करना और चम्पा के रूप में जीना-दोनों ही एक समान-सा हो गया है, एक के बिन दूसरे का अस्तित्व ही सम्भव नहीं रह गया है। वह यह भलीभाँति जानती है कि सामाजिक दृष्टि से उसका ऐसा प्यार पाप है, परन्तु उसके अस्तित्व के लिए जिन्दा बने रहने के लिए, आज वही अति आवश्यक हो गया है। संभवतः यह एक प्रयोजनीय—आवश्यक उपयोगी—पाप है। और सच तो यह है कि इतने दिनों तक वह खुद ही इस तथ्य को नहीं समझ सकी थी। परन्तु

आज उसके दिल के आईनें में सारी बातें बिलकुल साफ हो गई हैं। गुणधर को भी वह प्यार करती है परन्तु वह तो बस कर्त्तव्य निबाहने भर के लिए। वैसे सांसारिक दृष्टि में इसे ही प्रेम-प्रीति कहा जाता है। आज तक वह भी इसी दृष्टिकोण पर श्रद्धा-विश्वास रखती आ रही थी और फलतः फूकन को बलपूर्वक अपने से दूर रखती आ रही थी। परन्तु अब जब गुणधर के साथ वह इम्फाल आ पहुँची है, तो उसकी वह पुरानी धारणा पूरी तरह खण्ड-खण्ड हो टूट गई। वास्तविकता तो यह है कि अब उसका पत्नी के रूप में कर्त्तव्य नीरस, कर्कण, परिपाटी-निर्वाह मात्र ही नहीं रह गया है बल्कि वह अन्दर-अन्दर से बिलकुल खोखला हो चुका है, अपदार्थ-बेकार हो गया है। इस तथ्य को आज नहीं तो कल गुणधर भी जान ही जाएँगे। आखिर फिर तब क्या होगा?

इस संबंध में चम्पा कुछ भी नहीं कह सकती। वैसे फूकन में अभी कर्त्तव्य की भावना बहुत-प्रखर है। उसकी भाँति फूकन ने अभी तक अत्यावश्यक-प्रयोजनीय-पाप करने की धारणा को स्वीकार नहीं किया है। उनके सामने नैतिकता का संकट अभी उपस्थित नहीं हुआ है। वे तो चम्पा से बहुत दूर-दूर रह रहे हैं। अपने अन्तरतम की हार्दिक प्रेमानुभूति को समाज के विशाल जनसमुदाय की महान सेवा भावना में बदलते हुए वे धीरे-धीरे ईश्वर की ओर ढलते चले जा रहे हैं। अगर ऐसा परिवर्तन न आया होता तो अदृश्य-अरूप सार्वजनिक सेवा-भावना से अभिभूत होकर क्या वे मृत सैनिकों की चिता में अग्नि दिलवाने श्मशान गए होते, और क्या इन क्षत-विक्षत, घायल, रुग्ण जवानों को मानसिक शान्ति प्रदान करने के उद्देश्य से ऐसा आयोजन करने के लिए अपने आप को इस तरह न्योछावर कर रहे होते? यह सब काम जो वे कर रहे हैं, वह तो त्यागी महात्माओं, साधु-सन्तों का काम है, प्रेम-दीवानों का काम नहीं है। जो अपनी ही प्रेमिका को अपना सर्वस्व अर्पित करने में परेशानी का अनुभव करता है, भला वह समूची पृथ्वी को क्या देगा? अभी भी उन्होंने प्रेम-मार्ग की जगह किसी अन्य सुनिश्चित मार्ग पर कदम नहीं रखा है। सो वे इस समय बढ़ियाई नदी को दो नौकाओं में एक-एक पाँव रखकर पार करने की कोशिश कर रहे हैं।

अचानक ही चम्पा को हार्दिक अनुभूति हुई कि उसके मन में व्याप्त सारी शंका, दुविधा, भय-डर आदि सभी जाने कहाँ हवा हो विलीन हो गए हैं, और अब वह बिना किसी संकोच के, बेखटके फूकन की ओर सीधी निगाहों से देख सकने में समर्थ हो गई है। उसकी इस तरह की साहस भरी निर्भीकता को देखकर गुणधर अपनी आँखों के इशारों से बार-बार अपने बुरा मानने की सूचना दे रहे हैं, उसकी निर्लज्जता पर उसे अपमानित कर रहे हैं। (परन्तु अब तो स्थिति ही नदान

चुकी है) आज समाज के समक्ष, खुलेआम, उसका आवरणहीन-बिल्कुल साफ-साफ-प्रेम लाज के सारे बन्धनों को तोड़ चुका हैं और सच्चे गूढ़ भाव को खुलकर प्रकाशित कर रहा है। वह अपलक फूकन की ओर देखती रही।

कुछ समय बाद चम्पा ने मीराबाई द्वारा रचित एक पद गाया। उपस्थित सभी श्रोताओं का हृदय उस सुरलहरी के स्पर्श से जुड़ गया, सारी परेशानियाँ शान्त हो गयीं। सभी निस्तब्ध होकर अत्यन्त शान्त होकर सुन रहे थे, उस सुर-संगीत को सुन कर सभी आत्मविभोर-आत्मविस्मृत हो गए। और तो और (भिन्न देशीय-भिन्न भाषा-भाषी) आस्ट्रेलियन प्रधान नर्स महोदया भी शान्तचित्त हो एकटक चम्पा के मुँह की ओर निहारती रह गईं। ऐसा लगा जैसे सभी घायल-रोगी सैनिकों के अन्तरतम से कोई शीतल झरना प्रवाहित हो आया हो और उसने हृदय की सारी व्यथाओं का, सारी कालिमा को और आँखों में छाए सारे दुःख-दर्द-विषाद-अँधियारों को धो-पोंछकर साफ कर दिया हो। वे सभी लोग मानो एक नये ही लोक में ऊँचे उठकर जा पहुँचे।

सामने की अगली पंक्ति में दो अमरीकी और दो अंग्रेज ऑफिसर भी बैठे हुए थे। वे लोग भजन की सुरलहरी को अपने हाथों से ताल दे-देकर पकड़ने की कोशिश कर रहे थे। उनमें जो सबसे फुर्तीला अमरीकी नौज़वान था, वह थोड़ी-थोड़ी देर पर गायिका (चम्पा) के फोटो खींच ले रहा था और टेपरेकार्ड में गीतों के बोल को निबन्धित कर ले रहा था। अपने आप को पूरी तरह खोकर—एकान्त तन्मयता से—सुन रहा था, केवल फूकन। (चम्पा द्वारा गाए गए जो बहुत सारे गाने-भजन) उसने शिलांग में सुने थे, उन सबसे बढ़कर बढ़िया—मधुरतम—संगीत था इस भजन का। विशेषतः इसलिए कि आज की इस गायकी में दर्द की अत्यधिक मात्रा थी। गुणधर को भी उस दिन अपनी धर्मपत्नी के गीतों में सौन्दर्य की एक नयी ही छटा दिखाई पड़ी। पत्नी की इस उत्कृष्ट कला पर वे इतने मग्न हुए कि आत्मगौरव के मारे उनका दिल फूला नहीं समा रहा था।

उस भजन के बाद चम्पा ने कुछ बरगीत* गाए। और उसके बाद ही उस दिन की वह छोटी-सी संगीत-सभा समाप्त हुई। उस दिन चम्पा ने सभी का हृदय हर लिया था। आते वक्त सभी रोगी-घायल सैनिकों ने उसे चारों ओर से आ घेरा और सभी मुक्त हृदय से उसकी प्रशंसा करते हुए उसके प्रति अपनी कृतज्ञता ज्ञापित करने लगे। आस्ट्रेलियन नर्स महोदया ने उच्छ्‌वसित होकर उसे चूम लिया और एक बार फिर वहाँ आने के लिए बार-बार अनुरोध करने लगीं।

---

* महापुरुष शंकर देव और माधव द्वारा रचे गए असमीया भाषा के श्रीकृष्ण और श्रीराम की लीला विषयक गीत-भजन

उस संगीत-सभा के समापन के बाद गुणधर और चम्पा अपने निवास स्थान पर लौट आए। परन्तु फूकन को घर लौटने में उस रात बहुत देरी हो गई। बहुत रात गए जब वे घर लौटे तो आश्चर्य से देखा कि चम्पा के कमरे में भी अभी बत्ती जल रही है।

अपने कमरे में जाकर उन्होंने कपड़े बदले फिर अर्दली को ढूँढने लगे। जाकर देखा तो बगल के कमरे में ज़ोर-ज़ोर से नाक बजाते हुए वह गहरी निद्रा में खोया हुआ था। कमरे की बत्ती भी बुझा चुका था। जिससे वहाँ अँधेरा फैला हुआ था। भोजन की कौन कहे, भोजन बनाने का सरंजाम करने का भी कोई लक्षण नहीं। उसे जगाने की इच्छा होते हुए भी उन्होंने उसे नहीं जगाया।

मेज के पास आकर बैठकर उन्होंने दिन में आई चिट्ठियाँ देखीं। कुछ कार्यालयीय चिट्ठियों के अतिरिक्त और कोई चिट्ठी नहीं थी। उनमें से कुछ चिट्ठियां उसने पढ़ीं, फिर दो-एक-के उत्तर लिखे तथा कल डाक-घर में छुड़वा देने के अभिप्राय से उन्हें वहीं मेज़ पर रख दिया।

ठीक तभी बाहर चूड़ियों की खन-खनाहट हुई।

कुछ क्षण बाद ही दरवाजे का पर्दा ऊपर उठ गया। मीठे मुस्कान बिखेरते चम्पा कमरे के अन्दर आकर बोली, "भोजन परस दिया है, आइए।"

"अभी तक तुम सोयी नहीं? जानती हो रात के पूरे दो बज गए हैं।" -फूकन ने विनम्र स्वर में कहा।

"अभी नहीं सोयी। वे भी आप की प्रतीक्षा कर रहे हैं।"

चम्पा चुपचाप बाहर चली गई। कुछ देर बाद फूकन भी रसोई घर से लगे भोजन करने के कमरे में गया। देखा तो वहाँ अभी गुणधर भी भोजन करने के उद्देश्य से उसकी प्रतीक्षा में बैठे हैं। इतनी देरी हो जाने के लिए फूकन ने उनसे क्षमा माँगी। और वह सारी कैफियत दे डाली, जिसकी वज़ह से देरी से आने को वह मजबूर हो गए थे। उस रात राजकीय मार्ग (सड़क) निर्माण-मरम्मत का काम करने वाले मज़दूरों की देख-रेख, उनका आदेश-निर्देश कर लेने के बाद वे फिर युद्ध की विभीषिका से अपने-अपने गाँव छोड़कर भाग आए उपवास्तु शरणार्थियों के शिविर में गए। वहाँ उन्होंने उन लोगों की अवस्था देखी और यथावश्यक उपयोगी व्यवस्था की। गन्दा, कृमि युक्त पानी पी लेने के कारण कई आदमियों को हैज़ा, हैज़ा संबंधी-अतिसार बार बार पेट, झरना, दस्त आना, की बीमारी हो गई थी तथा कई को आँत की पेचिश, आमतिसार की बीमारी ने जकड़ लिया था। उन्हें तत्काल अस्पताल पहुँचवाने की व्यवस्था भी उन्हें ही करनी पड़ी।

उधर अस्पताल में आज भी कई आदमी मर गए। (ऊपर से ऐसी बीमारियों

के लिए आवश्यक जीवन रक्षक दवाइयों का भी अभाव है) ऐटेब्रिन और पेन्सिलिन जैसी दवाइयाँ तो अब कल से पहले पाने की कोई उम्मीद ही नहीं। आज भी उन्हें चिताग्नि देने के लिए श्मशान घाट ट्रक भेंजने पड़े।

फूकन के मुँह की ओर निहारते हुए गुणधर ने कहा, "इस तरह आप को तो आवश्यकता से भी बहुत अधिक खटना पड़ रहा है। खाने-पीने से भी समय नहीं बचता। अगर इसी तरह रात-दिन खटते रहे, तो क्या समझते हैं, शरीर यूँ ही बचा रहेगा?"

खाने की ठहर पर बैठकर फूकन ने हँसते हुए उत्तर दिया, "अरे भाई साहब, इतनी सारी बातों की चिन्ता-परवाह करने से क्या, आप समझते हैं, कोई भी काम हो सकता है? ऊपर से "समय तो भयंकर युद्ध का है।" – चम्पा की ओर देखते हुए उन्होंने कहा- "तुम भी बैठो न।"

लेकिन वह (भोजन करने के लिए) नहीं बैठी। उसने दोनों लोगों की थाली में भोजन परस दिया। फिर बिलकुल शान्त हो बैठकर दोनों के मुखों की ओर देखती रह गई।

अवसर देखकर चम्पा ने उस दिन की संगीत-सभा के समापन के बाद वहाँ से आते समय एक और आमन्त्रण पाने की बात छेड़ दी "थौबाल अस्पताल से कुछ लोग कल यहाँ आएँगे, मुझे एक अन्य संगीत-सभा में ले जाने के लिए। मगर इन्हें तो छुट्टी नहीं मिल रही है। मैंने कह दिया था कि मैं नहीं जा पाऊँगी। लेकिन आस्ट्रेलियन मेम साहब ने खुद आकर ले जाने और फिर पहुँचा आने का वायदा किया। अब बतलाएँ कि मैं जाऊँ या नहीं? इन्होंने तो आप से ही अनुमति ले लेने के लिए कहा है।"

फूकन ने देखा कि उक्त समारोह में जाने के नाम पर चम्पा की आँखों में, चेहरे पर एक प्रफुल्लता का भाव झलक रहा है। लगता है आज की संगीत-सभा की सफलता से उसका मन बहुत उत्साहित हो गया है। अतः उन्होंने कहा, "मैं उस भद्र-महिला को भलीभाँति जानता हूँ। उनके साथ तुम बिना किसी सोच-विचार के निश्चित जा सकती हो।"

"कोई विशेष कठिनाई तो फिर नहीं न होगी।" गुणधर ने उनके मुँह की ओर देखते हुए पूछा।

"कोई ऐसी कठिनाई तो नहीं होनी चाहिए।" –फूकन ने गम्भीर मुद्रा में उत्तर दिया।

गुणधर ने फिर दुबारा कोई प्रश्न नहीं किया।

भोजन कर लेने के बाद गुणधर सीधे अपने कमरे में चले गए। रात काफी

बीत चुकी थी। दिन में संगीत-सभा से लौटने के बाद वे शहर में भाड़े पर कहीं मकान पाने की तलाश में चले गए थे। वहाँ दौड़ते-धूपते काफी विलम्ब हो गया। (और फिर अब तक जगते रहने से) उन्हें काफी थकान भी लग रही थी) फलतः खाट पर सोते-सोते ही गुणधर गहरी नींद में डूब गए।

घर के बाहर तब तक बारिश शुरू हो गई थी। फूकन अपने कमरे में लौट आए और अर्दली को भी जगा दिया। वह हड़बड़ाकर उठ बैठा और फिर मारे डर के फूकन की ओर आँखें फाड़े देखने लगा। फिर उसने दोनो हाथों से अपनी दोनो आँखें मलीं। फूकन ने तब उसे रसोई घर में (खाना खा लेने के लिए) जाने को कहा।

तभी यकायक अर्दली को, सरकारी राजनीतिक प्रतिनिधि के घर से भेजी गई चिट्ठी की याद आ गई। उसने मेज़ की दराज़ से चिट्ठी निकाली और फूकन के सामने मेज पर रख दिया, फिर खाना खाने के लिए चुपचाप रसोई घर की ओर चला गया।

बरसात की रिम-झिम की आवाज धीरे-धीरे और तेज़ होने लगी।

चिट्ठी खोलकर देखा तो राजनीतिक प्रतिनिधि के निजी सचिव ने वह चिट्ठी उसके नाम लिखी थी। उसने शहर की खानातलाशी की कल की कार्रवाई का फिर से जिक्र किया था। और बताया था कि शहर में संघ के सदस्यों के घरों की खाना-तलाशी फिर से लेना बहुत ज़रूरी हो गया है। युद्ध संचालन के केन्द्रीय कार्यालय के अधिकारियों को विश्वसनीय आधार पर सन्देह है कि थौबाल घाटी के युद्ध क्षेत्र से आज़ाद हिन्द फौज के कुछ जवान इम्फाल शहर में गुप्त रूप से आ घुसे हैं और उन्होंने शहर के ही किसी नागरिक के घर में शरण ले रखी है। फिर से की जाने वाली ख़ाना-तलाशी में फूकन वग़ैरह कल की तरह फिर कोई ढिलाई न बरतें, इसके लिए सांकेतिक भाषा में अत्यन्त संक्षेप में राजनीतिक प्रतिनिधि ने विशेष निर्देश दिया है।

उक्त निर्देश के अनुसार भोर होने के पहले ही रातोंरात—खानातलाशी का काम पूरा कर लेना होगा। फिर खाना वग़ैरह खा-पीकर फूकन को थौबाल क्षेत्र की ओर जाना पड़ेगा। वहाँ रात में लड़ाई के विभिन्न ठिकानों पर आवश्यक गोपनीय कार्य करके पाँचवीं बटैलियन के स्वयंसेवकों और असम राइफल्स के गुप्तचरों-भेदियों से सम्पर्क स्थापित कर जापानी सेना की युद्ध संचालन, रणनीति, उनकी अगली आक्रमण कार्रवाई आदि की विस्तृत जानकारी इकट्ठी करके दूसरे दिन बड़े भोर ही आकर उन्हें देनी होगी।

और इन तमाम कार्रवाइयों की भी किसी को कानों-कान खबर न हो पाए,

इसके लिए भी फूकन को विशेष रूप से अत्यन्त सतर्कता बरतने का भी आदेश दिया गया है।

इसके लिए उन्हें समझाया गया है कि बाहरी तौर पर उनकी इस यात्रा का उद्देश्य यह घोषित किया जाए कि वे मणिपुर और थौबाल के पुलों की दशा का निरीक्षण करने तथा थौबाल और वांजिंग हवाई अड्डों को जोड़ने वाली सड़क की मरम्मत के बारे में निरीक्षण करके तदनुरूप रिपोर्ट तैयार करने के लिए जा रहे हैं। इस यात्रा के असली–आन्तरिक–उद्देश्य को अत्यन्त गोपनीय ही रखा जाय।

चिट्ठी को सावधानी से मेज़ की दराज़ में रखकर फूकन कुछ समय के लिए स्तम्भित-से किंकर्त्तव्यविमूढ़ हो पड़े रहे। (इतने दिनों की एकनिष्ठ सेवा पर भी यह अविश्वास, ऐसा सन्देह) विदेशी शासकों के इस प्रकार के बेबुनियाद-सन्देह करने की प्रवृत्ति और आज्ञाकारी सेवकों से भी इस तरह की सतर्कता की भावना को देख उन्हें भयंकर क्रोध आ गया। कल से ही लगातार खोज-बीन, खाना-तलाशी ली जा रही है, परन्तु बस एक अंगों सिंह के अलावा और कोई आज़ाद हिन्द फौज़ का आदमी पुलिस खोज-ढूँढ नहीं पायी हैं। अंगों सिंह के संबंध में भी सारी गुप्त-से-गुंप्त जानकारी उन्होंने विश्वसनीय ढंग़ से ढूँढ निकाली है, उसका सब कुछ सही-सही पता लगा लिया है। वह यथार्थतः एक सीधे-सरल व्यापारी के अतिरिक्त और कुछ नहीं है। इस सही जानकारी को देखते हुए, अगर फूकन के पास इतना अधिकार रहा होता, तो उन्होंने उसे छोड़ ही दिया होता। लेकिन उनके तो हाथ-पाँव बँधे हुए हैं।

जीवन में आज यहीं पहली बार विदेशी शासकों से उन्हें भयंकर घृणा उत्पन्न हुई।

थोड़ी ही देर में फिर से पुलिस की वर्दी पहनकर वे बाहर ड्यूटी पर जाने के लिए तैयार हो गये। मौसम को देखते हुए आज उन्होंने बरसाती (रेन कोट) भी ले ली।

ठीक उसी समय दबे पाँव चुपचाप आकर चम्पा उनके दरवाज़े के सामने खड़ी हो गई। इस समय उसने देह पर एक चद्दर भी लपेट लिया था। परन्तु इस समय फूकन को पुलिस वर्दी में सजे-धजे देख वह अवाक् रह गई। हड़बड़ाकर पूछ बैठी। "इस गाढ़ी रात में कहाँ जाने की तैयारी है?"

फूकन ने मेज की दराज़ से वह चिट्ठी निकाली और उसे चम्पा के हाथ में देते हुए कहा, "लो, खुद ही पढ़कर देखो। पढ़ लेने पर अपने आप समझ जाओगी।" फिर कुछ क्षण शान्त रहकर सिर नीचे गड़ाए-गड़ाए ही भुनभुनाकर (मुस्कराकर) कहा "दासता करने की भी तो कोई हद है।"

चिट्ठी पढ़कर चम्पा ने फिर उन्हें लौटा दिया। उसे जेब में रखते हुए फूकन ने कहा, "इन सबकी (मित्र राष्ट्रों की, जिनमें ब्रिटेन भी शामिल है) इस महायुद्ध में विजय हो गई है। फिर भी आज़ाद हिन्द फ़ौज का डर इनके दिल से गया नहीं। भारतीय लोग चाहे इनकी लाख दासता करें मगर भारतीय नागरिकों में पूरा विश्वास ये कभी भी नहीं कर सकेंगे।"

चम्पा तो आई थी फूकन से अपने दिल की कोमल भावनाओं की बातें करने। अतः नौकरी पेशे की परेशानियों और विदेशी शासकों द्वारा परतन्त्र देश के लोगों पर किए जा रहे अत्याचारों आदि पर विचार-विमर्श करने को वह तैयार नहीं थी।

उस समय तक उसने अपने हृदय की यथार्थ भावनाओं को बहुत अच्छी तरह समझ लिया था। आज अस्पताल की संगीत-सभा में रंगमंच पर समासीन हो गायन करते समय ही उसने स्पष्ट रूप से अनुभव कर लिया कि, वह अपनी सम्पूर्ण सत्ता से फूकन को प्यार करती है। और अपनी इसी प्रेम-भावना की स्वीकृति को ही कहने के लिए इस वक्त वह वहाँ आई थी।

परन्तु यहाँ आने पर तो सभी कुछ उलट-पुलट गया। अब तो आज पूरी रात फूकन घर से बाहर ही रहेंगे।

"इस तरह की विश्रामहीन खटनी—एकतान परिश्रम करते रहने—से तो शरीर स्वस्थ नहीं रह सकेगा।" चम्पा ने कहा। राजनीतिक परिस्थिति और शासकों की प्रशासन रीति के संबंध जानने-समझने या कहने-सुनने की बूँद भर भी उसकी इच्छा उस वेला में नहीं थी। उस समय तो उसके रोम-रोम की प्रबल आकांक्षा का विषय थे स्वयं फूकन।

फूकन ने देखा कि चम्पा की दृष्टि उन्हीं की खोज-परख कर रही है। उसके चेहरे से उसके आन्तरिक सच्चे और सन्देहरहित प्रेम की ज्योति फूट रही थी। वह मानो चिल्ला-चिल्लाकर कह रही हो, 'मैं तुमसे प्यार करती हूँ, तुम्हीं से प्यार करती हूँ।' उसके काम-धाम के विषय में उसे कोई आग्रह नहीं है, कोई लेना-देना नहीं है। उसका तो एकान्त आग्रह बस उन्हीं के प्रति है।

फूकन का मत्त भी जाने कैसा हो गया। संसार की सारी बातें भुलाकर पूछ बैठे—"चम्पा! क्या तुम मुझे प्यार करती हो?"

उन्हें ऐसा लगा जैसे उनका अपने आप पर से सारा नियन्त्रण समाप्त हो गया है, अपना आपा ही वश में नहीं रहा। अपनी दशा के सम्बन्ध में कुछ भी कह पाने की उनकी सामर्थ्य जाती रही। अपने कुल-परिवार, घर-संसार, जगह-जमीन, स्त्री, पुत्र-पुत्री, नौकरी-चाकरी, सभी से वे क्रमशः अलग हटते-हटते बहुत दूर जा पड़े।

सारे संबंधों से विच्छिन्न हो गए। उन्होंने अब तक सामाजिक, नैतिक का जो चोला बड़ी दृढ़ता से धारण कर रखा था, वह भी अब शिव के बाघम्बर छाल की तरह सरक कर गिर जाना चाहता था। सारी बाधाएँ, सारे बन्धनों से मुक्त हो जाने की विवशता आ पड़ी।

तभी दरवाज़े के बाहर से अर्दली के कदमों की आवाज़ सुनाई पड़ी। फूकन ने गम्भीर होकर कहा, " आज और बातें नहीं हो पाएगी, चम्पा! आज मुझे अत्यन्त अपरिहार्य काम है।" फिर कुछ देर चुप रहकर कहा, "मुझे कुछ सोचने का वक्त दो। तुम तो कल थौबाल जाओगी ही। वहीं हमारी फिर भेंट होगी। इस बीच तुम भी अच्छी तरह सोच-विचार लो। यह समय बहुत गम्भीरतापूर्वक सोचने-विचारने का ही है।"

और फिर थोड़ी देर बाद ही घर से बाहर निकल फूकन चले गए।

दूसरे दिन फूकन दस बजे के बाद घर लौट सके। इस बीच उन लोगों ने संघ के दस-बारह लोगों के घरों की तन्न-तन्न तलाशी ली, फिर भी कहीं भी उन्हें कोई आपत्तिजनक चीज़ नहीं मिल सकी। उल्टे शहर के शान्त-शिष्ट नागरिकों के घरों की खाना-तलाशी लिये जाने से शहर के लोगों का ब्रिटिश सरकार के प्रति गुस्सा ही और अधिक बढ़ गया। इस बिना किसी सुपरिणाम के व्यर्थ मे की गई खानातलाशी की एकमुश्त रिपोर्ट लिखते-लिखते उसे दस बज गए।

अपने शरीर के ऊपर वह अब तक बहुत अधिक अत्याचार कर चुके थे। बिना आराम किए निरन्तर कठिन परिश्रम करते रहने के कारण शरीर के जोड़-जोड़ में भीषण दर्द उभरने लगा था। अपनी इस नौकरी से ही आज उन्हें अरुचि उत्पन्न हो गई, उसकी ओर से मन मैला हो गया। हाथ-पाँव धोकर वे सीधे बिछौने पर जा पड़े और तुरन्त ही नींद में डूब गए।

नींद खुली तो देखा कि घड़ी में दो बजने-बजने को हैं। वे झटपट उठे और जल्दी-जल्दी में स्नान किया, फिर कमरे में ही भोजन करके, वर्दी पहनकर पुनः काम पर थौबाल जाने के लिए तैयार हो गए। यह सारा काम कमरे के अन्दर-अन्दर ही उन्होंने इसलिए निपटाया क्योंकि बाहर निकलने भर को जरा-सा भी वक्त नहीं था।

कुछ समय के बाद उन्होंने आवश्यक कपड़े-लत्ते, बक्स, पानी की बोतल, भोजन ले जाने का डिब्बा वग़ैरह बाँध-बूँध कर सँभालकर अर्दली से जीप में रखवा दिया। इस आपा-धापी में अब तक उन्होंने चम्पा की कोई खबर भी नहीं ली थी। अब बाहर निकल कर वे चम्पा के कमरे की ओर गए। वहाँ देखा तो चम्पा सज-धजकर बाहर बरामदे में ही बैठी हुई है। आज उसके सुन्दर बदन पर बहुत ही

सुन्दर लँहग-ब्लाउज़ का जोड़ा सुशोभित हो रहा था। और सुरुचिपूर्वक बनाए गए ज़ूड़े में एक गुच्छा गुलाब के फूल गमक रहे थे।

फ़ूकन वहीं जाकर उसके सामने बैठ गए।

"अस्पताल की प्रधान नर्स महोदया अब बस दस मिनट के अन्दर ही आ पहुँचेंगी।" —चम्पा ने कहा।

"तब तो हम लोग साथ-साथ ही चल सकेंगे।" फ़ूकन ने कहा।

"आप आज की संगीत-सभा में तो रहेंगे न?" प्रफुल्लित हो चम्पा ने पूछा।

उसकी इस जिज्ञासा का क्या उत्तर दें, यह फूकन सोच ही न सके। वस्तु-स्थिति तो यह थी कि उस दिन उन्हें एक क्षण की भी मोहलत नहीं थी। उन्हें पहले रांजिंग जाकर वहाँ का काम पूरा कर फिर थौबाल लौटना है। ऐसी कार्यव्यस्तता में संगीत-सभा में भाग लेना अपनी नौकरी के कर्त्तव्य की अवहेलना करना हो जाएगा। परन्तु चम्पा के इस अनुरोध में एक ऐसी भावना छिपी थी जिसे तिरस्कृत करना कदापि उचित नहीं। उसके इस आर्कषण से अपने आप को अलग रख पाना अब उसके लिए असंभव जान पड़ने लगा। फिर भी कुछ भी बोल नहीं सके। बस मन-ही-मन सोचने-विचारने लगे कि कौन-सा उपाय करें कि उस अवसर के लिए कुछ समय निकाल सकें।

परन्तु चम्पा का दिल यह बात स्पष्ट रूप से महसूस कर रहा था कि उसके इस अनुरोध को फूकन ठुकरा नहीं सकते। वह यह अच्छी तरह समझ रही थी कि उनकी उपस्थिति के बिना उस संगीत-सभा में गाना गाने का उसके लिए कोई अर्थ ही नहीं होगा, इस तथ्य को फूकन भी मन-ही-मन भली प्रकार जान गए हैं।

वे कुछ देर तक आपस में संगीत के संबंध में बातें करते रहे। आज की सभा में चम्पा एक बिलकुल नया भजन गाना चाह रही थी। इस परिचर्चा के बाद फिर इस सन्दर्भ में बातें होने लगीं कि इतने दिनों बाद एक-दूसरे से मिलकर दोनो को ही कितनी अधिक प्रसन्नता हुई है।

प्रधान नर्स महोदया आ पहुँची, तब चम्पा जाकर अपना हारमोनियम उठा लायी, जिसे अर्दली ने ले जाकर रेडक्रॉस की जीप में रख दिया। और थोड़ी देर बाद ही रेडक्रॉस की जीप अपने गन्तव्य स्थल की ओर बढ़ चली। जीप में बैठे-बैठे चम्पा फूकन की ओर देखकर हाथ हिलाती रही।

अर्दली को बुलाकर घर-गृहस्थी के साज-सँभाल के लिए आवश्यक सलाह-परामर्श देकर और तदनुरूप व्यवस्था का इन्तजाम करने के बाद वे भी अपनी जीप चलाकर थौबाल की ओर रवाना हो गए।

इम्फाल से तूटिल के पुल तक तो उन्होंने जीप बहुत तेज गति में चलायी,

लेकिन जब उस काठ के पुल के पास पहँचे तो उन्होंने गाड़ी रोक ली और फिर उसका ठीक ढंग से निरीक्षण किया। उन्होंने महसूस किया कि पुल मज़बूत है। इस बार की वर्षा ऋतु जैसे-तैसे पार हो जाएगी। वहीं कुछ देर और ठहरकर उन्होंने वहाँ पहरे पर तैनात कई-एक सैनिकों से सामयिक युद्ध के संबंध में बातचीत चलाई। उन्होंने बताया कि उस तरफ गोला-गोली छूटने का कोई नामोनिशान ही नहीं है। उन्हें नहीं लगता कि लड़ाई और आगे छिड़ेगी। उधर का सारा इलाका एकदम शान्त है। उस अंचल में तो जापानी सेना के गुप्तचरों की भी कोई हलचल पिछले पाँच महीने से नहीं दिखाई पड़ी।

फूकन समझ गए कि सेनाम युद्ध-क्षेत्र की ओर जापानी सेना कुछ भी आगे बढ़ी तो नहीं ही, लड़ाई की प्रचण्डता भी अब गिरती जा रही है। अब उनका उत्साह ठंढा पड़ता जा रहा है।

प्रसन्न मन से वे जीप स्टार्ट कर चल पड़े। कुछ समय तक चलते-चलते वे थौबाल नदी के पास पहुँच गए। तभी बरसात का एक झोंका आ गया। मगर कोई विशेष जोरदार नहीं, साधारण-सी बारिश होने लगी। अतः उसकी परवाह किए बिना ही वे वहीं जीप रोकरकर उतर गए और नदी पर बने पुल की दशा का निरीक्षण करने लगे। अच्छी तरह निरीक्षण करने के बाद उन्होंने पाया कि पुल की दशा तो बेहद खतरनाक है।

हालत यहाँ तक पहुँच गई है कि अगर एक बार ज़ोर का झड़-तूफ़ान आया और ज़ोर की बारिश हो गई तो नदी में बाढ़ आने से धारा का जो प्रबल वेग आएगा वह नदी के बीच खड़े दो खम्भों को—जिन पर कि पुल टिका हुआ है— ही बहा ले जाएगा। लगता है इस तथ्य की ओर इंजीनियर ने ध्यान नहीं दिया। नदी काफी बड़ें पाटों वाली है। इधर वर्षा ऋतु की बारिश के फेनयुक्त पानी से बढ़ियाती चली आ रही है।

पुल की रखवाली करने के लिए नियुक्त दो सैनिक जवान पुल के ऊपर-ऊपर ही चहल-कदमी करते हुए पहरा दे रहे थे। फूकन ने उन्हें अपने पास बुलाया और पूछा कि इस पुल का निरीक्षण करने के लिए कोई आया था या नहीं।

"नहीं, कोई नहीं आया।"

उन्होंने झटपट एक कागज़ निकाला और उसपर पुल की दशा का विवरण लिखकर वहाँ नियुक्त रक्षावाहिनी के सैनिकों के नायक को अपने पास बुलाया। उन्हें वह रिपोर्ट देते हुए हिदायत दी कि उसे वे सँभालकर रखें और जब कोई सरकारी मोटर कार आए तो उसे काफी सतर्कता से इम्फाल क्षेत्र के राजनीतिक प्रतिनिधि के पास भेंज दे। संभव है कि आजकल में ही यहाँ अस्थायी पीपों का

पुल बनाना आवश्यक हो जाए। पहले से ही अगर सावधानी न बरती गई, तैयारी न की गई तो साज-सामान जुटा पाना बन्द ही हो जाएगा।

थौबाल से वांजिंग हवाई पट्टी तक जाने की सड़क कच्ची है। उस सड़क से जीप चलाते हुए जाने पर फूकन ने लक्ष्य किया कि सड़क पर हीं जगह-जगह गड्ढे खुद गए हैं। बीच-बीच में बिलकुल लपेट लेनेवाला कीचड़-काँदो भरा पड़ा है। रास्ते में दो-एक ट्रक भी फँसे पड़े दिखाई दिए। हवाई पट्टी के अड्डे पर जाकर उन्होंने जाना कि गत दो दिनों से वहाँ कोई विमान उतरा ही नहीं जिसका मूल कारण इससे संबंधित यह सड़क ही है। इस सडक की मरम्मत करने के लिए अगर तुरन्त ही मज़दूर काम पर नहीं लगाए गए तो फिर उस हवाई अड्डे का विमानों के उतरने-उड़ने के काम के लिए व्यवहार कर पाना ही संभव नहीं हो पाएगा।

वहाँ से चलकर कुछ देर बाद वे थौबाल की पुलिस चौकी पर लौट आए। वहाँ बैठकर उन्होंने एक लम्बी-चौड़ी विस्तृत रिपोर्ट यथाशीघ्र राजनीतिक प्रतिनिधि के पास भेज देने के लिए लिखी और उसे उस चौकी के थानेदार को सौंप दिया कि वे उसे तुरन्त ही भिंजवा दें।

उस वक्त बाहर वर्षा हो रही थी। रात को किया जानेवाला गुप्तचरों का सम्मेलन शहर से बहुत दूर वन विभाग के निरीक्षण-भवन में जंगली इलाके में करने की व्यवस्था की गई थी। फूकन के लिए वहीं पर रात को ठहर जाने का भी निर्देश दिया गया था।

शहर की सुरक्षा-व्यवस्था की तहकीकात करके फूकन फिर थौबाल अस्पताल गए, विशेषतः चम्पा का गाना सुनने के लिए। वहाँ पहुँचकर श्रोता-मंडली के बीच जाकर वे बैठ ही रहे थे कि तभी मंच पर बैठकर अपना कार्यक्रम प्रस्तुत कर रही चम्पा ने उनकी ओर देखकर मन्द-मन्द मुस्कान बिखेरी। फूकन को सही-सही अनुभूति हुई कि चम्पा अभी तक एकचित्त होकर उन्हीं के आने की बाट जोह रही थी।

कार्यक्रम प्रारंभ होने से ठीक एक घण्टे पहले उस दिन एक अतिशय गंभीर हालत वाले रोगी की मौत हो जाने की वज़ह से कार्यक्रम काफी देर से आरंभ हो सका। दरअसल उसी वज़ह से फूकन को चम्पा का गाना सुन पाने का एक बार फिर अवसर मिल गया था।

उस दिन चम्पा के गायन में पहले दिन की अपेक्षा बहुत अधिक दर्द मुखरित हो रहा था।

साँझ काफी ढल जाने पर संगीत-सभा समाप्त हुई। प्रधान नर्स महोदया रेडक्रॉस विभाग की मोटर वैन मँगवाकर चम्पा को पहुँचाने जाने के लिए तैयार हो

रही थीं। उधर चम्पा फूकन को अकेले में लेजाकर एकान्तिक वार्ता कर रही थी। आज भी फूकन को एकान्त में पाने का सुयोग नहीं मिल सकेगा, इस बात पर विचार करके उसे असहनीय पीड़ा होने लगी। उसकी आँखों की गहराई में, मुख-मुद्रा की एक-एक भाव-भंगिमा में बस उनका संग-साथ पालने की उत्कृष्ट अभिलाषा ही प्रकट हो रही थी।

फूकन ने आज के पहले और कभी चम्पा को इतना उतावला, इतना आतुर-चचंल चित नहीं देखा था। उन्होंने स्वयं काफी धीरज रखते हुए उसे भी शान्त और संयत बने रहने की सलाह दी। उनके विचार से अगर सचमुच ही कभी धीरज धारण करने की ज़रूरत थी, तो वह दरअसल इसी समय के लिए थी। अब हड़बड़ी में कोई कदम उठाना ठीक नहीं। प्रबल वेग से उमड़ रहे प्रेम के स्रोत पर उस समय बाँध बाँधने की ही आवश्यकता थी।

मोटर वैन में सवार हो चम्पा जब वहाँ से विदा हो गई तो फूकन फिर स्थानीय पुलिस थाने गए। वैसे उस वक्त उनका मन भी आन्दोलित था, किसी बिन्दु पर स्थिर नहीं हो पा रहा था। प्रेम की इस प्रबल लहर के स्पर्श के कारण उनके मन में जो पहले से काम संबंधी नैतिकता की बद्धमूल धारणा थी, उसमें खलबली मच गई थी, सारा कुछ उलट-पुलट होता जा रहा था। इस बीच यहाँ के सरकारी राजनीतिक प्रतिनिधि ने उनके काम में शिथिलता का कर्त्तव्य के प्रति अवहेलना करने का सन्देह अपने में में बना ही लिया था। वे यह अच्छी तरह समझ रहे थे कि जिस कर्मचारी की पदोन्नति का अवसर निकट हो, और जो पदोन्नति पाने के लिए घात लगाए, आशा सँजोए बैठा हो, उस व्यक्ति के लिए ऊपर वाले-उच्चाधिकारी वर्ग-अधिकारियों के मन में घर कर गयी इस तरह की धारणाएँ अत्यन्त घातक होती हैं। इस नाजुक मोड़ पर अगर उसके इस प्रकार के प्रेम करने की बात सबके समक्ष उजागर हो जाय, तब तो उस पर चरित्र के नैतिक पतन का आरोप लगाया जा सकता है और इसी आरोप के दबाव में उसकी पदोन्नति का सुयोग अचानक ही बन्द किया जा सकता है। अलावा इसके इस प्रेम के प्रवाह में अगर वह बह जाता है, तो इस समाज में उसकी मर्यादा ही हेठी हो जाएगी। और अपने इस कृत्य से वह दो परिवारों को नष्ट-भ्रष्ट कर देने का मूल कारण हो जाएगा। इसके भी ऊपर यह कि वर्तमान समाज में तो वह मुँह ही दिखाने लायक नहीं रह जाएगा। और तब माकन जिस प्रेम के आधार पर अपना पक्ष रख रही है, उसके इस प्रेम-आधार पर बाधा दे पाने का नैतिक अधिकार भी उनमें नहीं रह जाएगा।

इसके साथ-ही-साथ उनमें इसके एक सर्वथा विरुद्ध चेतना भी जागृत हुई।

यदि प्रेम ही सबसे अधिक महत्त्वपूर्ण वस्तु है, प्रेम ही सर्वस्व है, तो फिर पदोन्नति, सामाजिक मर्यादा, घर-परिवार की इज्जत और माकन की इच्छा के विरुद्ध उसकी शादी कर देने की व्यवस्था आदि का मतलब ही क्या है? पुराने मुल्यबोधों की रक्षा करने के लिए उन्हें जो सब काम करने पड़ेंगे, वे सब काम क्या यथार्थ रूप में नैतिक हैं? घर-परिवार, समाज में मर्यादा बनाए रखना, किसी मध्यस्थ के माध्यम से स्थापित किए गए विवाह-संबंध की व्यवस्था, नौकरी में उच्च्य पद की प्राप्ति—इन तमाम कामों में सफलता के लिए, इनकी रक्षा के लिए वे अपने हृदय को और अपने प्रेम को बिना किसी पीड़ा के अनुभव के बलिदान कर देंगे क्या?

विशेनपुर के पास उस दिन, जिस जापानी सैनिक को दफ़ना दिया गया था, उसका सारा दृश्य एक बार उनके मन की आँखों के सामने फिर आ खड़ा हुआ। मर जाने के बाद उस सैनिक का क्या कुछ शेष रह गया? केवल उसके मन में प्रतिपालित उस नवयुवती की प्रेम-भावना। वस्तुतः इस जगत में प्रेम ही एक मात्र स्थायी वस्तु है। अतएव वह किसी भी काम की नैतिकता—औचित्य—का निर्धारण प्रेम के आधार पर करना ही ठीक है।

यकायक उन्हें अनुभव हुआ कि उनकी अपनी प्रेम-भावना बहुत दुर्बल है। इसी वजह वे उसे किसी काम की नैतिकता को निर्धारण के आधार के रूप में ग्रहण नहीं कर सके हैं। वस्तु-स्थिति तो यह है कि वर्तमान परिस्थितियों में उनकी नैतिकता का एक मात्र आधार —"पृथ्वी जैसी है, संसार जिस रूप में स्थित है, बस वैसा ही बना रहे।" की इच्छा ही रही है। आज उन्हें स्पष्ट अनुभव हुआ कि इस प्रकार की इच्छा नैतिकता का सच्चा आधार नहीं है। प्राणों की आवश्यकताओं को यह किसी भी रूप में पूरा नहीं करती।

पुलिस थाने पर पहुँचकर फूकन ने पाँचवीं सैनिक वाहिनी के लोगों और गुप्तचर दस्तों के बारे में सूचनाएँ एकत्रित कीं। पुलिस थाने का नौजवान नायब निरीक्षक (सब इंस्पेक्टर) उन्हें अपने साथ जंगल के प्रकोष्ठ में स्थित डाक बँगले में ले गया। वहाँ मैण्टल गैस (पैट्रोमैक्स) जलाकर कुछ नागा और मणिपुरी लोग बैठे हुए थे। उन लोगों के साथ काफी देर-तक बातचीत करके फूकन ने भिन्न-भिन्न क्षेत्रों में जापानी सेना के ठहर-ठिकानों और उसकी गतिविधियों की विस्तृत जानकारी हासिल की। उन तमाम सूचनाओं का नोट ले लेने के बाद, उन पर तार्किक दृष्टि से विवेचन-विश्लेषण कर वे इस निस्कर्ष पर पहुँचे कि अब जापानी सेना का मनोबल टूट चुका है। विजय की उनकी लालसा अब पूरी तरह खत्म हो चुकी है। उनका मनोबल तो अब इतना अधिक टूट चुका है कि कुछ दिनों के अन्दर ही अगर लौट न पड़े तो ही ठीक है। इसी दौरान कोहिमा की ओर कूच करने

वाली जापानी सेना-वाहिनी तो लौट ही गई है।

गुप्तचरों का सम्मेलन काफी लम्बा हो गया था। उसमें सेना के बड़े अधिकारी भी आए थे। असैनिक सुरक्षा व्यवस्था पर भी काफी देर तक विचार-विमर्श होता रहा, जिससे वहीं काफी रात हो गई। सेनावाहिनी के बड़े अधिकारी ने पंचम वाहिनी और असम राइफल्स के जवानों के साथ-साथ छोटे-छोटे सशस्त्र पुलिस दस्ते भी भेजकर छिपे-छिपे रूप में ही गुप्त कार्रवाई करते हुए पहाड़ के आसपास की चौकियों को और अधिक शक्तिशाली बना देने की उन्होंने सलाह दी। उस सभा में ही उस सलाह के अनुसार तुरन्त ही काम करने का निर्णय भी ले लिया गया, क्योंकि चौदहवीं वाहिनी के सैन्य-संचालक बहुत ही जल्दबाज़ी में—आकस्मिक रूप से—जापानी सेना पर आक्रमण करने का फैसला ले चुके थे।

इन तमाम स्थितियों का गम्भीरतापूर्वक विश्लेषण कर लेने के बाद फूकन अच्छी तरह समझ गए कि ऐसी दशा में आज़ाद हिन्द फौज़ के आक्रमण कर देने की जो दहशत फैलाई गई है वह पूरी तरह से आधारहीन है। दरअसल वह राजनीतिक प्रतिनिधि या सैनिक वाहिनियों के संचालकों के दूषित-षडयन्त्रकारी मस्तिष्क की उपज है।

उस दिन उनके रात्रि-विश्राम के लिए उस डाक-बँगले में ही ठहरने की व्यवस्था की गई थी। वह डाक-बँगला बहुत छोटा था। वैसे डाक-बँगला प्रायः ही खाली नहीं रहता था, परन्तु उस दिन उनके लिए विशेष रूप से खाली करके रखा गया था। अपनी जीप-गाड़ी एक तरफ खड़ी करके चौकीदार की सहायता से उन्होंने अपना साजो-सामान उतरवाया और उसे डाक-बँगले में पहुँचवाया। वहाँ एकत्रित हुए लोग जब अपने-अपने निश्चित स्थानों को विभिन्न दिशाओं में चले गए तो फिर उन्होंने अपना बिस्तर लगाया और फिर चौकीदार को अपने पास बुलाया। भोजन-व्यवस्था के संबंध में पूछताछ करने पर पता चला कि उनका रात्रि-कालीन भोजन पुलिस थाने से ही आ जाएगा।

डाक-बँगले में आराम से बैठकर उन्होंने शान्ति का अनुभव किया। उनके कमरे में एक हैरिकेन लालटेन की मद्धिम रोशनी फैल रही थी। कमरे का फर्श कच्चा था। खाट पर बिछौना बिछाकर वे दरवाजा बन्द कर लम्बी तान सो गए। बाहर पक्षियों के झुण्ड ने नाना प्रकार के स्वरों में अपना कलरव-संगीत छेड़ दिया था प्रकृति के समान गायक-वादक नहीं। बाहर रिमझिम बरसात होने लगी। अपने पैंतालीस वर्षीय जीवन में फूकन ने और कभी इस प्रकार की निर्जन-सुनसान-जगह पर रात नहीं बितायी थी। इस शान्त स्थल पर उनके मन की सारी-चिन्ता भावना, द्वन्द्व सभी कुछ शान्त हो गया।

ऐसी ही मनोदशा में जाने कब उन्हें गहरी नींद आई कि कुछ पता ही नहीं चला। मगर चौकीदार की ज़ोर-ज़ोर की आवाज़ सुनकर उनकी नींद टूट गई।

दरवाज़ा खोलकर देखा तो चौकीदार उनके लिए खाना लेकर खड़ा है। दरवाजा खुलने पर खाने की थाली मेज़ पर सजाकर कमरे से बाहर जाते-जाते उसने कहा, "उस कमरे में रहने के लिए कुछ महिलाएँ आएँगी।"

फूकन ने उसकी सूचना पर कोई विशेष ध्यान नहीं दिया। भोजन करके, कपड़े बदलकर वे फिर सोने का प्रयत्न करने लगा।

ठीक उसी समय बाहर किसी मोटर-गाड़ी के आने और रुकने की आवाज़ सुनकर वे बाहर निकल आये। उन्होंने देखा-मोटर से कई महिलाएँ नीचे उतर आईं हैं।

"हम लोग ही हैं।" डाक बँगले के बरामदे तक चम्पा की बोली स्पष्ट सुनाई पड़ी। "आज हम लोग लौटकर जा नहीं सकीं। (जा ही रहे थे कि देखा कि) थौबाल नदी का लकड़ी का पुल टूट गया है। काफी कोशिश करने पर भी मोटर-वैन पार नहीं जा सकी।"—इतना कहते-कहते चम्पा का मुख-मण्डल उसके सामने चमक उठा. "अब तो कल से पहले नाव या पीपे का पुल बन पाना कठिन ही है।"

ड्राइवर और चौकीदार, दोनों ने मिलकर कुछ बिस्तर लाकर कमरे में रख दिये। आस्ट्रेलियन प्रधान नर्स महोदया ने मामेबत्ती जलाकर जिस-किसी तरह कुछ रोशनी की। फूकन ने देखा कि उस दल में चम्पा के अतिरिक्त चार और महिलाएँ हैं। कमरा छोटा है। खाट भी बस एक ही है। चौकीदार को बुलाकर उन्होंने अपने कमरे की खाट भी उसी कमरे में डलवा दी।

प्रधान नर्स जी तो कभी इस तरह की मुश्किलात में पड़ी नहीं थीं। फूकन की सहृदयता की प्रशंसा करते हुए, उन्होंने उन दोनों खाटों पर बिस्तरे बिछा दिए। एक बिस्तरा जमीन पर भी लगाने की ज़रूरत पड़ गई। वह इतना अच्छा था कि उस दिन गुप्तचरों की बैठक की वज़ह से लाया हुआ तिरपाल वहीं पड़ा था, सो भाग्यवशात, वह काम आ गया नीचे फर्स पर बिछाने के। लेकिन फिर कोई बिस्तरा नहीं छूटा। आस्ट्रेलियन महिला ज़रा मोटी-सोटी भारी-भरकम शरीर की ठहरीं, अतः उन्होंने एक खाट तो अकेले-अकेले ही छेंक ली। चम्पा और बाकी सभी शेष दो पर किसी-किसी तरह सोने की कोशिश करने लगीं। (उनकी यह दुर्दशा फूकन से देखी नहीं गई) फूकन के मन में बहुत कष्ट हुआ, सो उन्होंने अपना बिस्तरा भी उन लोगों के लिए छोड़ दिया। और स्वयं किसी तरह सिमट-सिकुड़कर जीप में ही जाकर सो रहने के लिए बाहर निकल आए। नर्सों के मुँह पर सहानुभूति सूचक प्रशंसा का भा आ गया।

फूकन ने अपने बिस्तरे की ऊपरी चादर, तकिया और अपना ओवर कोट भर लिया और उन्हें ही जीप में जैसे-जहाँ संभव था जीप की अगली सीट पर बिछौने-सा बिछाकर दोनों किनारों की ख़िड़कियों के ढक्कन बन्द कर सोने का जुगाड़ बैठा लिया।

फूकन ने लक्ष्य किया कि उनके कमरे में बिस्तरे पर जाकर सोने के लिए जब कोई महिला तैयार नहीं हुई तो चम्पा खुद वहाँ सोने गई।

थोड़ी देर बाद ही वन विभाग के उस निर्जन डाक-बँगले का भीतरी भाग फिर और शान्त हो गया। फूकन गुट्टी-मुट्टी मारकर किसी-किसी तरह सिकुड़कर अगली सीटों पर सो रहे। जिन्दगी में इस तरह सोने का यह पहला अवसर था। जीप जहाँ खड़ी थी, उसकी थोड़ी ही दूरी पर चौकीदार का छोटा-सा कमरा था। वहीं रेडक्रॉस की मोटर वैन के ड्राइवर नें आग जलाकर कौड़ा-सा बना लिया और उसके चारों ओर जुटकर बैठे और-और आदमियों से बातें करता रहा। चौकीदार नागाओं की टांखुला जाति का नागा था। कौड़े के इर्द-गिर्द बैठकर वे आपस में हँसी-ठट्ठा करते हुए देशी शराब पी रहे थे। बीच-बीच में किसी औरत के स्वर की आवाज़ भी उनके कानों में पड़ रही थी। इन सब दृश्यों से फूकन को लगा कि साधारण श्रेणी के ये मनुष्य बहुत सुखी हैं।

अधिकतर गुवाहाटी शहर में रहते हुए फूकन को शहर के भीड़-भड़क्के से दूर शान्त परिवेश वाले गाँवों में रहने वाले लोगों के शान्त ग्रामीण जीवन को देखने-समझने का सुयोग कभी नहीं मिल सका था। जाने को तो वह बेलतला और सिपाझार जैसे गाँवों में अपनी जगह-जमीन देखने गया है मगर वहाँ वह एक बड़े जमींदार के रूप में, अपनी जमीन में अधिया बटैया पर खेती करने वाले किसानों के बीच गया है। कभी भी वहाँ रात को नहीं ठहरा। शिकार करने के लिए गुवाहाटी की दीप झील, सान्दकूसि झील की ओर जाते हुए भी उसे गाँवों के भीतर से होकर जाना पड़ा हैं, इस तरह कहने को तो वह गाँवों में जाने का अवसर कहा जा सकता है, परन्तु यर्थाथतः वह सब शहर-भ्रमण ही था। ग्रामीण परिवेश से उसकी निकट पहचान नहीं हुई थी। इसी वज़ह से आज उसे बिलकुल ही अलग प्रकार की, एक स्वतन्त्र रूप की, अनुभूति हुई।

काफी देर तक तो उसे नींद ही नहीं आई। अपने लम्बे-चौड़-तगड़े शरीर को सिकोड़-मरोड़ सो जाने में उसे कठिनाई हो रही थी। परन्तु आज की इस रात में कुछ महिलाओं के लिए अपनी सुख-सुविधा का त्याग करके मन-ही-मन उसे आनन्द की भी अनुभूति हो रही थी। आज दिन में जो लगातार काम करने का कष्ट झेलना पड़ा था, उससे शरीर यूँ भी अधमरा हो-चला था, फलतः बहुत देर

तक जगे रह पाना भी उसके लिए मुश्किल हो गया।

काफी वक्त बीत जाने पर उसकी नींद टूटी। दाहिना पाँव झुन-झुनी लग जाने से ऐसा हो गया था जैसे संवेदनहीन हो गया हो। बड़ी मेहनत और सावधानी से उसने पैर जो फैलाया तो उसे लगा कि पाँव भींग रहा है। धीरे-धीरे वह उठ बैठे और बाहर की ओर एक बार देखा।

बाहर मूसलाधार बारिश हो रही थी। उनकी गर्दन में तेज़ दर्द होने लगा। पाँव की झुनझुनी कम हुई तो भी फिर से वे उस तरह सोने का साहस नहीं जुटा सके। माथे में भी भयंकर दर्द अनुभव हुआ, तो उन्होंने ललाट को हाथों से दबा लिया।

अचानक उन्होंने चम्पा के सोने वाले कमरे की ओर देखा। वहाँ उस वक्त भी हैरिकेन लालटेन जल रही थी। चौकीदार के कमरे की ओर अब कोई हँसी-ठट्ठा नहीं हो रहा था। सभी सो गए हैं। उधर वर्षा के साथ-साथ बीच-बीच में जोरों से मेघ गरज रहे हैं। और रह-रह कर आकाश में बिजली कौंध रही है। एक बार जब बिजली चमकी तो उसके प्रकाश में उन्होंने देखा कि अन्दर खिड़की बन्द करने जैसी आवाज़ हो रही है। जान पड़ता है कि खिड़की में सिटकिनी (हुक) न लगी होने के कारण उसके पल्ले झटका खाकर हिल रहे हैं।

एक बार ऐसी तेज की बौछार आई कि उसने उनकी सारी देह को ही भिंगों दिया।

"आप वहाँ से निकल आइए। सुन रहे हैं न। बनौरी (बर्फीले ओले) पड़ने लगी है।" –चम्पा की आवाज़ आई। और उसके कहते-कहते ही सचमुच ही उस घर और जीप के पास बनौरी के बड़े-बड़े ओले पड़ने लगे।

फूकन का सारा शरीर भींग गया। उन्होंने अपना कपड़ा वगैरह लपेटा, दरवाजा खोला और फिर उसे अच्छी तरह बन्द करके कमरे की ओर भागे। मात्र चार हाथ रास्ता पार करने में ही ऐसे भींग गए कि मारे जाड़े के उनका शरीर थर-थर काँपने लगा। और कँपकँपी भी ऐसी जो बिलकुल शरीर के अन्दर से आ रही हो।

चम्पा दरवाज़ा खोले खड़ी थी। फूकन कमरे में घुसें-घुसें कि चम्पा ने रंज मानने के लहज़े में कहा,"जाने कब से चिल्ला-चिल्लाकर बुला रही हूँ, आपने सुना नहीं क्या?" दरवाज़े को बन्द कर वह फिर उस खिड़की के पास गई जो खुली हुई थी, और फिर उसे बन्द करने की कोशिश करने लगी। लेकिन उसके ऊपर या नीचे कहीं कोई सिटकिनी नहीं थी। उसी ओर से बरखा की बौछार आई और उसने चम्पा के बिस्तरे को भी थोड़ा भिगो दिया। काफी देर से उसे बन्द करने की कोशिश कर-करके भी चम्पा उसे बन्द नहीं कर पायी।

फूकन ने उस खिड़की की ओर एक बार ध्यान से देखा, तो पाया कि उसके पास ही एक खूँटी गड़ी हुई है। लगता है, कभी किसी ने उसे मच्छरदानी लटकाने के लिए लगाया था। उसने अपना थैला खोलकर उसमें से एक नारियल के रेशों से बटी रस्सी निकाली और उसे उसी खूँटी में भाँज-लपेटकर उसमें एक गांठ दे दी और उसी से खिड़की को खूब कस कर बन्द कर दिया, फिर उसके बाद दरवाजे के सिटकिनी में ले जाकर कसकर बाँध दिया। तब आकर अपनी कुर्सी पर बैठ गए। खिड़की के शीशे के उस पार बनौरियों की गोंटियों की बौछार पड़कर उसी ओर छिटक पड़ते देख लेने के बाद फूकन फिर निश्चिन्त हो पाये।

फिर दोनों ने उठकर खाट को स्नान-घर की ओर की दीवार की ओर सटाकर रख दिया।

फूकन ने फिर अपना थैला खोला और एक एटेब्रिन की गोली निकाल कर खायी और फिर आराम से बिस्तरे पर बैठने की कोशिश की।

"दवा की गोली क्यों खा रहे हो? ज्वर चढ़ आया है क्या?" –चम्पा ने चिन्तित होकर पूछा।

"कुछ कह नहीं सकता, लगता है मलेरिया ने पकड़ लिया है? जाड़े की कँपकपी देकर तेज़ बुखार उठ रहा है।"-फूकन ने जवाब दिया।

"ओह! फिर आप सो जाइए।"

"और तुम?"

"अरे मैं नहीं सोऊँगी तो भी कोई बात नहीं। रात अब अधिक बाकी नहीं है। आप सो जाइए। फूकन लम्बी तानकर खाट पर सो गया। चम्पा ने उन्हें कई कपड़ों का ओढ़ना ओढ़ा दिया। उसने छूकर अनुभव किया कि उनके हाथ-पाँव ठण्डे पड़ते जा रहे हैं। आँखें मूँदकर वे हाथ-पाँव फैलाकर फिर बिना हिल-डुले बिलकुल काठ-से सोये पड़े रहे। कुछ क्षणों बाद ही वे गहरी नींद में सो गए।

चम्पां कुछ देर तक तो किंकर्त्तव्य-विमूढ़-सी सोचती रही कि उनके ललाट पर हाथ रखूँ या नहीं, किन्तु बाद में जो उनके ललाट पर हाथ रखा, तो छूते ही मारे डर के काँप गई। उन्हें तो बहुत तेज ज्वर चढ़ आया था।

बहुत देर बाद फूकन की नींद टूटी। उन्होंने देखा कि चम्पा उनके पैरों की ओर नींद के भार से ढलकर सो गई है।

उसे इस तरह कष्ट में सोता देख उन्हें बहुत दुःख हुआ। उन्होंने उसे पुकारा–"चम्पा sss!'

चम्पा हड़बड़ाकर उठ बैठी और उसने उत्सुकतापूर्वक पूछा, "अब कैसा लग रहा है?"

"अब तो अच्छा ही महसूस कर रहा हूँ। अब तुम भी ठीक से सो जाओ। अभी भी रात काफी शेष है।"–घड़ी की ओर देखने से फूकन ने जाना कि अभी रात के ढाई बजे हैं।

"फूकन के मुँह की ओर निहारकर चम्पा ने प्रसन्न मुख से कहा, "आप मेरे लिए इतनी चिन्ता क्यों कर रहें हैं?"

"क्यों? यह तो मैं भी बता नहीं सकता। (हाँ, यह अवश्य है कि) मेरे दिल में अब तक जो विघ्न, बाधा, डर वग़ैरह समाए हुए थे, वे सभी अपने आप ही नष्ट हो दूर हो गए हैं।"

उस रात फिर उन दोनों के बीच कोई भी बाधा शेष नहीं रह गई। चम्पा फूकन के एकदम करीब आ गई। दोनों की देहों के एक-दूसरे के इस तरह समीप हो जाने से, एकात्म हो जाने से उन दोनों के मध्य संसार की, समाज की, वंश-खानदान की, नैतिकता की और सामाजिक रीतिरिवाज़ की जितनी भारी-भारी बाधाएँ थीं, वे इतनी आसानी से दूर हो जा सकती हैं, ऐसा अभी कुछ क्षणों आगे तक फूकन ने कभी सोचा तक नहीं था। और उससे भी आश्चर्यजनक बात तो यह कि उस समय उन्हें अन्तरात्मा से ऐसी अनुभूति हुई कि देहों की शरीरों की समीपता, शरीरों की एकात्मकता के बिना प्रेम की तृप्ति ही नहीं हो सकती। आज का उनका यह मिलन अचानक ही (बिना किसी पूर्व परिकल्पना के ही,) हो गया था, परन्तु इस पर फूकन को कोई अचम्भा नहीं हुआ था। परस्पर एक-दूसरे को चाहने की प्रबल कामना ने उस दिन उन दोनों को अनायास ही अपने वश में कर लिया था।

दूसरे दिन प्रातःकाल सभी के जग जाने के बाद ही फूकन जगे।

जगते ही उन्होंने देखा कि चम्पा अपनी पोशाक पहनकर इम्फाल जाने के लिए पूरी तरह तैयार हो बैठी है। आज उसकी आँखों में, उसके चेहरे पर एक गम्भीर परितृप्ति की आभा चमक रही है। उसकी आँखों में एक अज़ीब सी-कोमलता की ज्योति बिराज रही है।

फूकन का माथा उस वक्त कुछ भारी लग रहा था। वे उठे, हाथ-मुँह धोकर फिर बिस्तरे पर आ पड़े। चौकीदार गरम चाय और मुढ़ही (नमक में तली लाई) लाकर दे गया। फिर वे बैठकर चुपचाप चाय पीने लगे।

"आप आज जायेंगे क्या?"–चम्पा ने पूछा।

"हाँ, अगर शरीर स्वस्थ रहा तो।" -फूकन ने जवाब दिया –"यहाँ से जाने का मन तो नहीं कर रहा। तुम जाओगी क्या?"

"जाऊँगी तो"–चम्पा ने कुछ विहँसते हुए उत्तर दिया, "परन्तु बस प्राणहीन

देह ही जाएगी। मैं इम्फाल पहुँचकर आप की बाट जोहती रहूँगी। वैसे मैं सोच रही हूँ कि उन्हें सारी बातें खोलकर बता दूँ। उनका सब कुछ जान जाना ही ठीक है।"

फूकन न तो यह कह सके कि "हाँ उन्हें सब कुछ बता देना।" और न यही कह सके कि "नहीं, कुछ मत बताना।" उन्होंने सोचा कि जो कुछ करना है अपना निर्णय चम्पा खुद ही ले तो अच्छा है। एक ही रात में फूकन का अपनी धर्मपत्नी से और चम्पा का अपने पति से सारा संबंध-सम्पर्क टूटकर छिन्न-भिन्न हो गया। इस कटु यथार्थ के संबंध में वे दोनों किसी अन्य के मुँह से सूचना पाएँ इसकी अपेक्षा तो यही अधिक अच्छा है कि वे इसके मूल लोगों, इस कृत्य के कर गुज़रने वाले मूल पात्रों (फूकन और चम्पा) के मुँह से ही सब कुछ सुनें। बस मामूली-सी एक रात ने ही इतना बड़ा परिवर्तन घटा दिया।

चाय पीकर चम्पा के मुँह की ओर देखते हुए फूकन ने कहा, "मैं भी सोचता हूँ कि उसे (अपनी धर्मपत्नी को) एक पत्र लिखकर सारी स्थिति सही-सही रूप में बता दूँ। नहीं तो..."

आगे फूकन को कहने के लिए कोई शब्द ही सुझाई नहीं पड़ा, आगे होने वाले परिणाम का वर्णन करने के लिए। अपने द्वारा किए गए काम का उत्तरदायित्व अगर सर झुका कर स्वयं अपने ऊपर ही न ले लें, तो उनका अपना ही अनिष्ट अधिक होगा। सत्य को स्वीकर कर, सही तथ्य को स्पष्ट रूप से कह देना ही सबसे कम हानिकारक है और सबसे भला मार्ग है। यह सही है कि यह सारी बातें घरवालों को बतला देने के बाद उनका अपना पुराना संसार, अपना घर-परिवार, कुल-खानदान फिर अपना नहीं रह सकेगा। और तो और वे अपने बड़े भाई, अपने बेटे और अपनी बेटी तक के, किसी के भी सामने मुँह नहीं दिखा सकेंगे। और यहाँ नौकरी में भी बहुत संभव है कि उनके पद से ऊपर के उनके सभी उच्चपदाधिकारी उनके इस कृत्य को उनके चरित्र का पतन समझकर और तदनुरूप आरोप लगाकर उनकी पदोन्नति का मार्ग भी बन्द कर देंगे।

खैर रोकना चाहें तो रोक दें। अगर अपने किए का परिणाम भोगने से डरकर चुपचाप रह जायें तब तो पापाचार को, अशालीनता और कपटाचरण को ही संरक्षण प्रदान होगा। (बुराई को ही बढ़ावा मिलेगा।)

एक बात बिलकुल ठीक है। नौकरी में पदोन्नति पाने का लाभ और समाज में यश बनाए रखने की लालसा—इन सभी के मूल में कई प्रकार की कामनाएँ-वासनाएँ हैं। चम्पा को प्यार करने और उसे पाने की उनकी कामना पहली कामनाओं से एक दम विरुद्ध दिशा में है। इसी कारण उनके मन में इतना प्रबल अन्तर्द्वन्द्व चलता रहा है- किसे चाहें किसे छोड़े" की भंयकर लड़ाई अन्दर-अन्दर ही निरन्तर चलती

रही है– परन्तु कल की जो रात इस निर्जन सुनसान इलाके के डाक बंगले में गुजरी है उसमें पहले वर्ग की सारी कामनाएँ-लालसाएँ हार मान गई हैं। चम्पा को प्राप्त करने की कामना ही उनकी जिन्दगी की, उनके अस्तित्व की सम्पूर्णता की एकमात्र कामना बन गई। प्रेम कहीं भी बिना किसी कारण के ही नहीं होता, परन्तु यह जो कारण है, यही सबसे बड़ा कारण है और यही नैतिक भी है। कल रात उन्होंने जो परितृप्ति पायी है, वही सर्वोत्तम तृप्ति है, सर्वात्मक तृप्ति है। और अब वे इस काम को करने के चाहे जो भी परिणाम हो, सभी परिणामों को सहने के लिए पूरी तरह तैयार हैं।

उन्हें अच्छी तरह मालूम है कि ऐसा कार्य कर गुजरने पर समाज उन्हें बहुत बुरी नज़र से देखेगा, उनकी अवहेलना करेगा, निन्दा करेगा, उनकी अपनी धर्मपत्नी और अपनी सन्तानें भी उन्हें उत्तरदायित्व विमुख निपट कामुक व्यक्ति समझकर उनका अनादर करेंगे। परन्तु अपनी नज़रों में तो वे नहीं गिरेंगे, अपनी आत्मा तो उन्हें नीच नहीं मानेगी। वे यह भी नहीं बता सकते कि यह प्रेम की उत्कट अनुभूति उन्हें किसने दी, (परन्तु इतना वे भली-भाँति जानते हैं कि) यह प्रेम दैहिक और मानसिक सभी दृष्टियों से निष्पाप और सच्चा प्रेम है। अपने जीवन में पहले कभी भी उन्होंने प्रेमानुभूति को इतने विशाल और अनिर्वचनीय रूप में नहीं उपलब्ध किया था।

"अच्छा चम्पा, इसके बाद हमें क्या करना उचित होगा?" –फूकन ने हँसते हुए पूछा, "अगर तुम अपने अन्तर्मन की बात निस्संकोच खोलकर कहो तो बहुत अच्छा हो।"

चम्पा ठीक इसी प्रकार की बात सुनने के लिए बहुत देर से इन्तज़ार कर रही थी। वस्तुतः उसकी अपनी समस्या भी अतिशय गम्भीर है। अतिशय सरल स्वभाव के सज्जन व्यक्ति गुणधर से संबंध-विच्छेद करना कितना पीड़ाजनक होगा, इसका उसके अलावा और कोई अनुमान भी नहीं लगा सकता। परन्तु उसके मन में इस बात पर जरा भी सन्देह नहीं है कि स्थिति की यथार्थता को गुणधर को सही ढंग से समझा लेगी। यह ज़रूर है कि इस असाधारण परिस्थिति की प्रतिक्रिया में गुणधर किस प्रकार का भाव-ग्रहण करेंगे, इसे वह नहीं बता सकती। परन्तु उसकी वज़ह से उसे स्वयं जो मनोवेदना सहनी पड़ेगी, उस मनोवेदना के समक्ष चम्पा कभी भी हार नहीं मानेगी। कारण यह कि, कल जो काम उसने खूब समझ-बूझकर किया है, वह काम उसने अपने अस्तित्व की रक्षा के प्रयोजन से ही किया है। वह तो अब प्रेम की दासी है।

नहीं, नहीं, दासी नहीं, बल्कि वह प्रेम का झरना है।

परन्तु उसके लिए सबसे भारी समस्या होगी—सादरी। सादरी को वह कभी भी छोड़ नहीं सकती। वह तो उसका दूसरा प्राण है। अगर गुणधर उसे नहीं छोड़ते तो उसे असहनीय मानसिक वेदना होगी।

परन्तु ये सारी-बातें बताकर वह फूकन के दुःख-भार को और बढ़ा देना नहीं चाहती। फूकन को वह कभी भी किसी विपत्ति में और किसी झगड़े-झंझट या परेशानी में डालना नहीं चाहती। इतने दिनों तक उन्होंने बहुत अधिक समस्याओं का सामना किया है, परेशानियों को झेला है या अभी और भी सामना करेंगे-झेलेंगे। अतः फूकन जी को जो कुछ भी करना होगा वह वे स्वयं ही सोच-समझकर करेंगे। और चम्पा जो करेगी सो खुद ही आगा-पीछा सोच-विचार कर करेगी। दोनों को मिलकर, एकमत होकर कोई एक निर्णय लेने की ज़रूरत फिलहाल नहींहै। अगर भविष्य में ऐसी आवश्यकता पड़ी, तो वह तभी सोच-विचार कर देखेगी।

"समय आने पर सभी बातें बतलाऊँगी।" चम्पा ने हँसकर उत्तर दिया, "परन्तु एक बात अभी इस वक्त भी कहने का मन हुआ, लेकिन कह नहीं सकी।"

इतनी बात कहते ही चम्पा के गाल-मुँह, सारा चेहरा लाज के मारे लाल पड़ गया। फूकन को अचानक ही झटका-सा लगा। फिर उसने ध्यान से देखा तो पाया कि चम्पा की आँखों में, मुँह पर सर्वत्र एक नयी सृष्टि का उल्लास छाया है। उसने समझने की कोशिश की कि चम्पा क्या कुछ कहना चाहती है। अपने अनुमान से वह समझ भी गया। उसे संभवतः यह बोध हो रहा है कि वह माँ बन सकती है। उसके मन में जो वैसा ही भाव उठ रहा है, इस समझने में फूकन को काफी समय नहीं लगा।

"तुम्हारे न बताने पर भी मैं समझ गया हूँ।" —फूकन ने उत्तर दिया।" परन्तु मुझे कोई चिन्ता नहीं, परिणाम चाहे कुछ भी हो, मैं सभी का सामना करने को तैयार हूँ।"

कृतज्ञता के भाव से चम्पा का हृदय अभिभूत हो गया। आज उसका दिल अन्दर से कह रहा है कि वह माँ बन सकती है। सादरी का जन्म हुए आज आठ वर्ष हो गए। इन विगत आठ वर्षों में उसके मन में कभी भी ऐसा भाव नहीं उठा। और आज जब दिल में ऐसी अनुभूति अपने आप उठी है, तो उसे नजरअन्दाज कर पाना, उसकी उपेक्षा कर पाना बहुत मुश्किल है।

कुछ समय बाद प्रधान नर्स महोदया उनके पास आ पहुँचीं। उन्होंने चम्पा से कहा कि अब फूकन जी से विदा लो और मोटर वैन में आकार बैठ जाओ। चम्पा के चेहरे को ध्यान से लक्ष्य कर उन्होंने उसके मन की भावनाओं को जान लिया।

फिर उन्होंने एक अर्थभरी मुस्कान बिखेरी। उनकी वह मुस्कान बड़ी सन्तोषप्रद मुस्कान थी।

फूकन की ओर एक बार गहरी निगाहों से देखकर चम्पा फिर नर्स महोदया के साथ रेडक्रास की मोटर वैन के पास चली गई।

थोड़ी देर बाद ही मोटर के चालू होने और चल पड़ने की आवाज फूकन के कानों में सुनाई पड़ी।

उसके बाद भी बड़ी देर तक फूकन बिस्तरे पर ही पड़े रहे। उनके शरीर में तब भी ज्वर चढ़ा हुआ था। इसी वज़ह से कुछ समय बाद उठे और अपने बैग से ऐटाब्रिन की एक और गोली निकाली और पानी की सहायता से खा ली। फिर पलंग पर हाथ-पैर फैलाकर सो रहे। और फिर इस नयी परिस्थिति में अपने कर्त्तव्यों पर गम्भीरता से सोच-विचार करने लगे।

बड़ी देरी तक सोचते-विचारते उन्होंने अन्ततः निश्चय किया कि इस डाक-बंगले में बैठे-बैठे ही वे अपनी धर्म-पत्नी को अपने जीवन की अन्तिम चिट्ठी लिख डालेंगे। फूकन ने उनसे अपने प्यार को जो समेट लिया है, उन्हें जो वे अब प्यार नहीं करते, इस कटु सत्य को उन्हें आज ही अच्छी तरह से बतला देना ही श्रेयस्कर है। चम्पा के साथ उनका जो नया रिश्ता जुड़ा उसका परिणाम उनके साथ पूर्णतः संबंध-विच्छेद ही है, यह बात भी स्पष्ट रूप से सविस्तार आज ही अपनी गृहिणी को लिख डालेंगे। उनके संबंध-विच्छेद का स्वरूप कैसा हो? इस संबंध में वे अपनी गृहिणी के विचारों को भी जानना चाहेंगे। वकील के पास भी जाना पड़ेगा। अपने बड़े भाई से भी इस संबंध में सलाह-परामर्श लेने के लिए नैतिक दृष्टि से वे बाध्य हैं।

ये सब कुछ वे यथार्थ रूप में करेंगे। परन्तु दुदू और माकन को वे क्या जवाब देंगे? पिता के रूप में किए जा सकने वाले समस्त कर्त्तव्यों का पालन करने के लिए वे सदैव प्रस्तुत हैं। वे अपनी संपत्ति का भी बँटवारा कर देंगे।

परन्तु माकन के विवाह का क्या होगा?

अगर उनके इस नये कृत्य की वज़ह से रायबहादुर के परिवार के लोग, उनकी बेटी को (अपनी बहू के रूप में) ग्रहण करने में कठिनाई अनुभव करें, उसे स्वीकार न करें, तो फिर क्या होगा?

माकन के भाग्य में जो बदा है, वही होगा। परन्तु उन्हें इतना विश्वास है कि राय बहादुर सदानन्द बरुआ इतने अन्यायी नहीं हैं। पिता के दोष को बेटी के ऊपर मढ़ देने की कोई उचित युक्ति भी हो सकती है, ऐसी मनोभावना उनकी नहीं हो सकती।

धर्मपत्नी को चिट्ठी में क्या-क्या लिखना होगा? धीरे-धीरे वे सारी बातें उनकी आँखों के सामने बिलकुल साफ प्रत्यक्ष हो गईं। तब उन्हें ऐसा अनुभव हुआ, जैसे अपने जीवन का एक विशेष पर्व उन्होंने समाप्त कर लिया है, और उसके अनन्तर अब एक-दूसरे ही, नये पर्व का शुभारंभ कर दिया है।

वस्तुतः इस पर्व-परिवर्तन की अत्यन्त आवश्यकता थी। इस विषय में बूँद भर भी सन्देह नहीं है। अपना पुराना संबंध-सम्पर्क टूटने के डर से ही वे पहले चम्पा के करीब से दूर चले आए थे। उन्होंने अपनी पत्नी के साथ सुदृढ़ आधारों पर परस्पर समझौते से एक युक्ति सम्मत मेल-मिलाप पर पहुँचने का बहुत प्रयत्न किया था। परन्तु उसके परिणामस्वरूप हृदय में एक कपटाचरण ने ही जड़ जमा ली। परन्तु आज इस कपटाचरण से वे मुक्ति पा गए। उनका मुखौटा उघड़ गया। अब तो उनके अन्दर का मनुष्य बाहर निकल आया है। यह अन्दर का मनुष्य आज तक भिन्न-भिन्न रूप में प्रकाशित किया गया था। कोई तो देख रहा था धन-सम्पत्ति और नौकरी के उच्च पद, मर्यादा के चश्मे से। कोई देख रहा था विकृत मानवीय दृष्टिकोण से। कोई उन्हें लोभी-लालची-व्यक्ति कहकर उनकी निन्दा करता था। आज के दिन से लोग और फिर चश्मे और दूरवीक्षण से उन्हें नहीं देखेंगे। अब तो असली मनुष्य ही कटघरे में आ खड़ा हुआ है।

"अच्छा ही हुआ। अब अपने जीवन को नये रूप में फिर से आरम्भ करने का अपूर्व सुयोग पा गया हूँ।"—फूकन ने मन-ही-मन अपने आप से कहा।

थोड़ी देर बाद ही कागज़ कलम लेकर अपनी धर्मपत्नी के नाम वे अपनी अन्तिम चिट्ठी लिखने में तल्लीन हो गए। क्योंकि वे यह अच्छी तरह जान गए हैं कि इस शान्त परिवेश में ही यह चिट्ठी बिना किसी दोष या कपट के विशुद्ध भाव से लिखी जा सकती है।

तृतीय खण्ड

प्रोफेसर रविचन्द्र ने जयन्ती के मुँह से जैसे ही वह समाचार सुना वे सिसक-सिसककर रोने लगे। कुछ देर तक इसी तरह रोते रहने के बाद ही वे कुछ शान्त हुए। जिस पलंग पर वे लेटे हुए थे, उन्होंने कोशिश की कि उस पर उठ बैठें। परन्तु इस प्रयत्न में वे समर्थ नहीं हो सके। उनके पूरे दाहिने पैर पर और बाएँ हाथ पर पट्टी बँधी हुई है। पैर को तो वे ज़रा-सा भी इधर-उधर हिला-डुला भी नहीं सकते।

अभी तो थोड़ी देर पहले तक ही सुदर्शना के बैठकी कक्ष में जयन्ती देवधुनी (देवता को समर्पित एक विशेष प्रकार का असमी लोकनृत्य) नृत्य कर रही थी। स्वयं उसके पिता नवराम ओझा (नृत्य को ताल-लय देने के लिए) बाजा बजा रहे थे। सदुर्शना उस नृत्य की भाव-भंगिमा को ध्यानस्थ हो देख रही थी। प्रोफेसर स्मिथ अपने चलायमान (मूविंग) कैमरे से नृत्य की एक-एक मुद्रा के फोटो खींच रहे थे।

नृत्य रुकने पर रतिराम ने समाचार दिया। तब जयन्ती अपनी नृत्य की साज-सज्जा उतारने के लिए अपने कमरे में जाने को बढ़ गई थी। सुदर्शना घबराकर धड़कते दिल से हड़बड़ी में माकन के घर की ओर दौड़ पड़ी। जाते-जाते जयन्ती को समझा गई कि इस समाचार की सूचना पिताजी को (बहुत सावधानी से) तुरन्त ही दे दे। उस समय जयन्ती ने नृत्य-सज्जा का लाल-रंगा जोड़ा पहन रखा था। गले में मोतियों का एकलडी हार लटक रहा था, और सिर की लंबी केश राशि खुलकर कंधों और शेष देह-यष्टि पर फैली हुई थी।

जल्दी-जल्दी में वह उसी साज-सज्जा में उनके कमरे में अन्दर चली आई और आकर उनके पास खड़ी हो गई। जयन्ती की ओर देखते ही रविचन्द्र जी यकायक भयानक रूप से डर गए। उन्हें लगा जैसे उसकी देह-यष्टि पर प्रलय का वेश-विन्यास है।

और वह समाचार समाचार नहीं बल्कि बिना बादल के ही बिजली आ गिरी हो जैसे। माकन की माँ, रविचन्द्र जी की अत्यन्त प्रिय, अतिशय शालीन अनुजवधू चित्रा का थोड़ी देर पहले ही अकस्मात् स्वर्गवास हो गया है।

उस वेला में परिचारिका नर्स वहाँ नहीं थी। कमरा बिलकुल निर्जन-शान्त था।

जयन्ती नृत्य-परिधान उतारकर वेश-भूषा बदल आने के लिए वहाँ से जाने के लिए आगे बढ़ी कि तभी अपने आप को बिलकुल असहाय और अकेला समझकर रविचन्द्र ने अकुलाकर कहा, "नहीं जयन्ती नहीं, तुम मत जाओ। तुम मेरे पास उस कुर्सी पर बैठो। कम-से-कम तब तक तो बैठो। जब तक कोई और (देखभाल करनेवाला) न आ जाय। मेरे दामाद जी भी नहीं हैं। गोआल पाड़ा गए हुए हैं। माताजी संभवतः माकन के घर की ओर गई हुई हैं। क्यों है, न?"

जयन्ती ने सम्मतिसूचक सिर हिलाया। रविचन्द्रजी ने कहा—"परसों से ही मैं यहाँ पड़ा हुआ हूँ। कोई भी मेरे पास बैठकर कुछ देर तक बातें नहीं करता। सभी को डॉक्टर का डर लगा हुआ है। नर्स भी तुनुकमिजाज़ है, ज़रा-ज़रा-सी बात पर गर्म हो जाती है।"

जयन्ती ने हँसकर कहा, "ठीक है, थोड़ी देर मैं रुककर ही जाती हूँ।"—वह वहीं एक कुर्सी पर बैठ गई। कुछ देर बाद उसने उनकी अनुमति माँगते हुए-से कहा, " बड़े चाचा! मैं भी अब अपने घर लौट जाना चाहती हूँ। जहाँ देवता ही नहीं हैं, वहाँ देवधुनी नृत्य नाचकर क्या होगा? (बहन जी जो मेरे निर्देशन में नाचती हैं तो) बहन जी की देह भर नाचती है, मगर उनका हृदय अन्दर से हाहाकार करता है, अन्दर-अन्दर वे बहुत दुःखी रहती है।"

कुछ देर पहले नवराम ओझा भी जब विदा लेने आए थे, तो उन्होने जयन्ती को घर लौटा ले जाने की बात छेड़ी थी। इसी वर्ष जयन्ती का विवाह करके उसे घर से विदाकर वे तीर्थयात्रा पर निकल पड़ना चाहते हैं। उनके विचार से किसी युवती के जीवन के उद्देश्य की पूर्ति केवल नृत्य से नहीं हो सकती, बल्कि उनका कर्त्तव्य तो है नया घर-संसार बसाकर विधाता की सृष्टि को आगे बढ़ाना। संभवतः ईश्वर ने इसी उद्देश्य से नारी की रचना की है। शहर में रहते-रहते वह गाँव की सरल बालिका अपने रास्ते से भटक भी सकती है। सुदर्शना जी के घर का रीति-रिवाज़, चाल-चलन उसे पसन्द नहीं आया है। लड़की की तरह उसके पिता (नवराम) को भी वह नहीं रुचा। उनके विचार से वहाँ धर्म और मोक्ष जैसे उत्तम पुरुषार्थों की तो कोई चिन्ता ही नहीं, उसके लिए कोई उद्योग ही नहीं। केवल काम और अर्थ, माने धन-संग्रह और कामोपभोग की ओर ही एक मात्र दृष्टि है। इतने विशाल भवन में कहीं देव-प्रतिमा या मन्दिर की जगह नहीं। ऐसे घर में भगवान कभी निवास नहीं करते।"

उनकी वे बातें सुनकर रविचन्द्र तो स्तब्ध हो गम्भीर चिन्ता में डूब गए थे। गँवई-गँवार के वासिन्दा, अनपढ़-निरक्षर ओझा का वह सहज-सरल ईश्वर-दर्शन और महापुरुषों जैसा ज्ञान बस केवल वंश-परम्परा, ग्राम्य-संस्कृति परम्परा से ही

पाया हुआ था। प्रोफेसर रविचन्द्र जी भी इतने दिनों से जीवन के सम्बन्ध में चिन्तन करते रहे हैं, परन्तु यथार्थ तथ्य तो यह है कि उनका कोई जीवन-दर्शन नहीं है। ईश्वर की सत्ता के संबंध में, ईश्वर के अस्तित्व के संबंध में उन्हें सन्देह है। वे अतिमानवता—सुपर मैन—में विश्वास करते हैं। उनके विचार से कुछ विशिष्ट गुणों से युक्त अतिमानव या महामानव ही मानव समाज का विकास करते हैं—नीति रचना करके अथवा मानव-जीवन को सुचारु रूप से उत्तरोत्तर विकसित करने के लिए कर्त्तव्य-कर्मों का सुझाव देकर। साधारण श्रेणी के मनुष्य—साधारण मानव समाज उन्हीं का पालन करके समाज को उन्नति प्रदान करते हैं। आज के युग में अर्थ और काम ही दर्शन की प्रमुख समस्या हैं। ईश्वर के अस्तित्व के प्रति सन्देह हो जाने से आज के मनुष्य की सबसे बड़ी चिन्ता इसी बात की है कि किस प्रकार एक मानव-धर्म की प्रतिष्ठापना की जाए। 'मोक्ष' की पुरानी धारणा भी धीरे-धीरे राजनीतिक और सामाजिक मुक्ति की धारणा में बदल गई है।

उन्होंने ये सब ज्ञान की बातें नवराम ओझा को समझायीं (ताकि उनका मिथ्या भय दूर हो जाय) मगर इससे उनके मन में समाया भय कुछ कम नहीं हुआ, उल्टे और अधिक बढ़ ही गया। उन्होंने साफ-साफ घोषित कर दिया कि अब वे जयन्ती को यहाँ और नहीं रुकने देंगे, बहुत जल्दी ही उसे यहाँ से लिवा ले जायेंगे।

"सुदर्शनां का हृदय अन्दर-अन्दर से दुःखी क्यों हुआ? कुछ बतलाओ तो, जयन्ती!" सहज कौतूहल से रविचन्द्र जी ने पूछा, "क्यों वह नृत्य नहीं करती है क्या?"

"नृत्य करेंगी भला कैसे? घर में तो आधी रात शराब का दौर और जुए का चक्कर चलता रहता है। यदि ईश्वर में ही विश्वास न हो तो देवधुनी नृत्य कोई सीख ही नहीं सकता। और बहन जी तो मन-ही-मन न जाने क्या सोचती रहती हैं। उनका दिल तो बराबर बाहर की ओर ही उन्मुख रहता है- साज-परिधान, ठाट-बाट के फैशन, पार्टियों के भोज, घूमने-फिरने और गप्प-बाजी में मशगूल रहने जैसी बाहरी आकर्षण की चीजों में। घर-गृहस्थी का एक तिनका भी तो इधर-से-उधर नहीं करतीं। माँ बन् गई हैं मगर अपनी जायी बेटी का भी लालन-पालन भी नहीं करतीं। उस नन्हीं-सी जान को बाज़ार की चीज़ें खिलाते-खिलाते उसके मुँह की सारी चमक जाने कैसी तो हो गई है, चेहरे का हाल ही बेहाल हो गया है। घर में तनिक भी शान्ति नहीं है।"

"ये सब बातें तुमने अपनी बहन जी से कभी कही है या नहीं?"—रविचन्द्र ने पूछा।

"कही क्यों नहीं। खूब कहती हूँ,परन्तु एक गँवारू-मूरख की बात की ओर कोई कान देता है? देखती हूँ कि प्रायः ही कभी-कभी अकेले-अकेले बैठी-बैठी रोती रहती हैं।"–जयन्ती ने उत्तर दिया।

जयन्ती बतलाने में लजा रही है, यद्यपि रविचन्द्र जी उसके अन्तरतम की बात को सहज ही समझ गए। वस्तुतः सुदर्शना के प्रेम-रोग के संबंध में ही वह संकेत करना चाहती है। उस दिन अमीनगाँव में उसकी भेंट जो रंजीत से हो गई, रंजीत को देख लेने के बाद से ही उसका हृदय दुःखी हो गया है। मन्मथ (सुदर्शना के पति) इस बात को जान तो गये हैं, परन्तु इसे वे कोई शोचनीय समस्या ही नहीं मानते। 'प्रेम' को वे खाली पड़ीं, उद्योग-कर्महीन, आलसी, स्त्रियों का एक रोग भर समझते हैं।

माकन का विवाह रंजीत के साथ होने के प्रयत्न-प्रबन्ध करने की कोशिशें होते देख पहले तो उसे भारी ईर्ष्या हुई, परन्तु अब वह मन-ही-मन माकन को आशीष दे रही है।

जयन्ती और उसके जैसी लड़कियों के लिए यह सब कोई समस्या ही नहीं है। यौवन के यौन-आकर्षण के प्रबल होने पर भी गाँव की ये लड़कियाँ परिवार और धर्म की सीमा से अलग होना नहीं चाहतीं। वे सब तो जीवन की प्रत्येक वस्तु की एक सीमा मानकर ही चलती हैं। यहाँ तक (उनके द्वारा मान्य) असीम सत्ता की भी अगर उन्हें खोज करनी हो, तो भी वे नामघर (पूजा-भवन) मन्दिर और वैष्णव-धर्म केन्द्रों में ही जाते हैं परन्तु सुदर्शना का तो कोई भी जीवन-दर्शन नहीं है।

उनके परिवार के तमाम-सारे सदस्यों में बस केवल चित्रा का ही एक जीवन-दर्शन था। वह आज के, वर्तमान युग के आधुनिक चिन्तक मनुष्यों के भोगवादी दर्शन को रावण की मधुशाला का दर्शन कहती थी। वह इसमें बिलकुल विश्वास नहीं करती थी। वह तो विश्वास करती थी राम के दर्शन में। राम और सीता को ही वह आदर्श पति-पत्नी (गृहस्थ-गृहिणी) मानती थी।

"मेरे छोटे भाई की बहू का सामीप्य पा सकी थी कि नहीं, जयन्ती!" –रविचन्द्र जी ने पूछा।

"वाह! भला क्यों नहीं?" जयन्ती ने उत्तर दिया, "माँ जी तो परम सात्विक थीं, जब कि हमारी बहन जी तो तामसिक प्रवृत्ति की हैं।"

चित्रा जी की बातें कहते-कहते जयन्ती भाव-विह्वल हो गई। रविचन्द्र की आँखें छल-छला आईं। उन्होंने सिसक-सिसककर कहा, "उसके मरने से तो मेरा मर जाना ही अच्छा था।"

"ऐसा क्यों कहते हैं, बड़े चाचाजी? आप की आयु में अभी जीवन का जोर

शेष है, जब कि उनमें नहीं रह गया था। ईश्वर उन्हें ही लेते हैं जो उन्हें बहुत भले लगते हैं।''–जयन्ती का निर्भ्रान्त, बिलकुल खरा विश्वास ही उसकी बातों में स्पष्ट रूप से अभिव्यक्त हो उठा।

ऐसा विश्वास उनका नहीं है। जन्म, जीवन और मृत्यु को वे मनुष्य के ज्ञान और कर्म के ही अधीन करना चाहते हैं। परिवार की सीमा में रहकर भी वे स्वयं को असमीया जाति के दार्शनिक -शासक के रूप में परिणत करने की आजीवन कोशिश करते रहे हैं। संघ का जीवन स्वीकार कर नवीन और सुमति वग़ैरह भी जन-साधारण की शक्ति की जो साधना कर रहे हैं सो भी इसी एक उद्देश्य के लिए। वे सब गणतन्त्र में विश्वास करते हैं, किनतु वे विश्वास करते हैं अभिजात-तन्त्र या कुलीनी-तन्त्र में। वे लोग घर-परिवार और शासन-सत्ता को फिर नये सिरे से गढ़कर उसमें नयी समत्व की नीति से अर्थ, काम और मुक्ति की साधना करना चाहते हैं।

जब कि वे अभिजात-तन्त्र के द्वारा ढूँढ निकाली गई, प्रतिष्ठापित की गई नीति से ही वर्तमान घर-परिवार और शासन-सत्ता को बनाए रखते हुए अर्थ, काम और मुक्ति की साधना करना चाहते हैं। आन्दोलन, विद्रोह या विप्लव को वे अच्छा नहीं समझते, कारण यह कि आन्दोलन और विप्लव जनतन्त्र और सभी को समान सुविधा-सुअवसर प्रदान करने के नाम पर देश में ज्ञानहीन, नासमझ, निरक्षरों के शासन की स्थापना करके एक नैतिक विश्रृंखलता–खलबली-गड़बड़ी–पैदा कर देते हैं। (यही वज़ह है कि) संघ के वे नासमझ छोकरे उन्हें परसों ही मार डालना चाहते थे।

नवीन आदि उन्हें कोई स्पष्ट निर्भ्रान्त दर्शन दे नहीं सके। वे तो केवल राजनीतिक कर्मचारी भर हैं। हाँ, विमल के दिमाग में ज़रूर कुछ मसाला (सूझ-बूझ का) था, भले ही उसकी मृत्यु अत्यन्त निकट है। नवीन तो स्वयं दिग्भ्रमित है, भ्रम में ही पड़ा है, सुस्थिर नहीं हो सका है। और सुमति भी बस आशुतोष (शिव) ही है, बस थोड़े में ही सन्तुष्ट हो जाने वाली।

''मैं ठीक ही कह रहा हूँ, मेरा परसों ही मर जाना बेहतर था।'' उन्होंने सोचा, '(अगर उस दिन ही मैं मर गया होता तो) मैं एक बिलकुल ही विशिष्ट प्रकार का (औरों से अलग प्रकार का) शहीद हो गया होता। ज्ञान का शहीद।'

जयन्ती ने रविचन्द्र जी के बैंडेज़ बँधे हाथों-पैरों की ओर ध्यान से देखते हुए पूछा, ''ये पाठशालाएं-महाविद्यालय (स्कूल-कॉलेज) सब तो देवी सरस्वती के मन्दिर हैं। फिर वहाँ भी मनुष्य बम विस्फोट कर मनुष्य को मारते हैं क्या?''

एक गाँव की गँवम् युवती के मन के शुद्ध भावों की बात सुनकर प्रोफेसर

रविचन्द्र तो आश्चर्यचकित रह गए। आखिर इस मामूली-सी लड़की ने इतना विशुद्ध भाव पाया कहाँ से? निश्चय ही अपने शुद्ध अन्तःकरण से ही। वैष्णवाचार्य महापुरुष शंकरदेव-माधवदेव आदि सभी महात्मा सत्य के साक्षात्कार के लिए विशुद्ध अन्तःकरण की आवश्यकता इसी वज़ह से मानते हैं। वैसे यह ठीक है कि केवल विशुद्ध अन्तःकरण का होना ही पर्याप्त नहीं है, ज्ञान का होना भी आवश्यक है। ज्ञान के बिना मनुष्य का विशुद्ध भाव भी सुदृढ़ नहीं रह पाता। और दृढ़ता न होने के कारण ज्ञान द्वारा नियन्त्रित नवीन कर्मशक्ति भी नष्ट हो जाती है। सरस्वती शब्द मात्र ही विद्यालय में एक पवित्रता ला देता है। परन्तु आजकल तो पढ़े-लिखे शिक्षित लोगों में देवी-देवता में भयंकर अविश्वास है। लड़के-लड़कियों को शिक्षा के संबंदा में नये ज्ञान की बड़ी आवश्यकता है।

उन्होंने कहा, " उन्होंने क्या सोचकर बम विस्फोट किया था, जानती हो? यही कि स्कूल-कॉलेज टूट जाँय। उनके टूट जाने, बन्द हो जाने से विद्यार्थी सब फिर से आन्दोलन के काम में लग जाएँगे। और बम-विस्फोट की मार से यदि मेरे जैसा बुद्धिजीवी मर जाता है, तब फिर इस आन्दोलन का विरोध करने के लिए फिर और कोई आगे आने का साहस नहीं करेगा। जहाँ युक्ति से, तर्क से सफलता पाने की उम्मीद नहीं, वहाँ भय दिखाकर, आतंकित करके अपना काम निकाल लेना ही इन लोगों का उद्देय है। दरअसल आन्दोलन करना ही इनका धर्म है। आन्दोलन करने के लिए ये किसी भी प्रकार के उपाय करने को अपनाने को प्रस्तुत रहते हैं।"

जयन्ती ने उनकी बातों को बड़ें ध्यान सें सुना। उनमें से आधी बातें समझ पायी मगर आधा हिस्सा उसकी समझ में नहीं आ सका। इतिहास में विश्वास रखनेवाले सभी आन्दोलनकारी किस विशेष उद्देश्य की पूर्त्ति करने के लिए जिस किसी भी तरह के उपाय का सहारा ले सकते हैं, इसे सरल-हृदया ईश्वर-विश्वासी जयन्ती का न समझ पाना ही संभव है। मनुष्य की चेतना में इतिहास के महत्त्व की बात तो अभी उस दिन (थोड़े दिनों पहले) की ही घटना है।

जयन्ती ने पूछा, "तो फिर आप बच कैसे गए, ज़रा बताइए तो? निश्चय ही भगवान ने ही रक्षा की।"

आज तीन दिन बीत गए, यह प्रश्न उनसे और कोई तो क्या, यहाँ तक कि उनकी अपनी धर्मपत्नी तक ने नहीं किया। वे तो डॉक्टर की व्यर्थ की हिदायतें मानकर उनसे दूर-ही-दूर रह रही हैं। उनकी जगह की क्षति-पूर्ति कर रही है नर्स। इस नर्स का बन्दोबस्त भी दामादं जी ने कर दिया है। ये डॉक्टर साहब यहाँ के सबसे मशहूर डॉक्टर हैं। अतः उनकी हिदायतें तो बस वेदवाक्य हैं। नर्स भी उन्हें और आदमियों से अलग-अलग रखना चाहती है। एक मशीन की तरह वह उन्हें

दवा खिलाती है, हाथ-पाँव धुलवाती है, ज्वर का ताप नापती है, देह दबा देती है, पथ्य खिला देती हैं, सूइयाँ लगा देती है। मन घबराता रहता है। वे तो जैसे सुदर्शना की बिटिया अपराजिता हो गए हैं। बहुत सावधानी से, ज़रूरत से ज़्यादा देख-रेख कर के नर्स देह की बाहरी दशा को ठीक रखना चाहती है, परन्तु देह के भीतर स्थित दिल तो बराबर हाहाकार करता रहता है। व्यावसायिक डॉक्टर लोग यह बात तो भूल ही जाते हैं कि देह ही सब कुछ नहीं है, देह का आत्मा से भी कुछ नाता-रिश्ता है। उन लोगों का मरीज़ से संबंध तो बस देह और रुपये का है। दुनिया में जो नयी-नयी चिकित्सा पद्धतियाँ विकसित हो चुकी हैं उन्हें भी वे जानना-समझना-तदनुसार जिम्मेदारी उठाना भी नहीं चाहते।

इस समय उनका मन हो रहा था कि वे गीता, शेक्सपियर का साहित्य, बेकन के लेख और धम्मपद आदि ग्रन्थों का पाठ करें। लेकिन नहीं। डॉक्टर साहब की कड़ी मनाही है। इन डॉक्टर लोगों ने अभी साइकोथिरैपी (मनोचिकित्सा) के बारे में जैसे कुछ सुना ही नहीं। धर्मपत्नी और उनकी पुत्री दोनों ही पिछले कई दिनों से उनसे दूर-दूर ही रह रही हैं। वे सब तो जैसे उन्हें मनुष्य मानती ही नहीं। इन्हीं सब कारणों से जयन्ती के इस प्रश्न से उन्हें हार्दिक आनन्द हुआ।

"मैं अपनी कक्षा में विद्यार्थियों को पढ़ा रहा था। समझ रही हो न, जयन्ती।" –रविचन्द्र जी ने उत्तर दिया, "जिस कुर्सी पर बैठा था, वह एक कम ऊँची-चौड़ी चौकी पर थी। और उस चौकी के नीचे छिपाकर रखा हुआ था वह बम। पढ़ाते हुए अभी पाँच मिनट ही हुए कि बम का विस्फोट हो गया। मैं तो जैसे उछालकर फेंक दिया गया। दूर जाकर पक्के फर्श पर मुँह के बल गिरा। चौकी उलटकर मेरे पौरों पर आ गिरी। फटे हुए बम का एक टुकड़ा आकर बाएँ हाथ पर लगा। और फिर क्या हुआ, मुझे पता नहीं। मैं तो अचेत हो गया। और जब चेतना जगी, होश आया तो देखा कि मैं यहाँ इस पलँग पर पड़ा हूँ। हाथ-पाँव पर पट्टियाँ बँधी हैं। यह अभी परसों की ही घटना है। पैर तो खैर टूट ही गया। मगर जान पड़ता है दिल पर भी काफी चोट पहुँची है।"

रविचन्द्र जी ने सारी बातें कह सुनाईं (सहानुभूति के मारे जयन्ती की) आँखों से आँसू झरने लगे, "मनुष्य के हृदय से दया-ममता-प्रेम सभी पूरी तरह खत्म हो गए क्या? चाचा जी!" उसने हिचकियाँ भरते हुए हकला-हकलाकर कहा।

ठीक उसी समय नर्स वहाँ आ पहुँची। उसने उनके ज्वर का ताप नापा, फिर थोड़े से अंगूर उन्हें खाने को दिए। उनकी पास की मेज़ दवाइयों और खाने-पीने की आवश्यक चीज़ों से भरी पड़ी थी।

वह नर्स छात्रीवाटी की थी। उसने जयन्ती से कहा, "देखिए! ज्यादा देर तक

बातें मत कीजिएगा। डॉक्टर ने मना कर रखा है।"

जयन्ती ने पूछा, "आत्मा यदि बातें करने को उत्सुक हो, तब तो उस पर रोक लगा रखना बुरा है न।"

नर्स ने मुस्कराकर कहा, "हम आत्मा की चिकित्सा नहीं करते न, अतः इस संबंध में मैं क्या कह सकती हूँ? हाँ, इतना है कि बात करने से कमज़ोरी बढ़ती है।"

"आप भी एक ही हैं, जरा-सी बात का रंज मान लेती हैं। अरे हम तो गँवई-गँवार के रहने वाले लोग हैं। मरते दम तक, अन्तिम साँस तक बातें करते हैं। क्योंकि जीवन-मरण का असली मालिक तो बस भगवान ही है।" जयन्ती ने भी हँसकर उत्तर दिया।

नर्स फिर चुप रह गई। उसने कोई प्रत्युत्तर नहीं दिया। उसने अपना काम पूरा किया, फिर बैठक खाने में बैठकर एक सचित्र पत्रिका के पन्ने उलट-उलटकर देखने लगी। रविचन्द्रजी के परिवार में क्या कुछ घटित हो गया है, उनके मन में कैसी उथल-पुथल मची है, इस सबके बारे में उसे रंचमात्र भी कोई जानकारी नहीं हो सकी।

रविचन्द्र जी को ऐसा महसूस हुआ जैसे जयन्ती कोई साधारण युवती न होकर स्वर्ग से उतरी हुई गार्गी या मैत्रेयी हो। अन्यथा जो बातें उनकी पढ़ी-लिखी सुशिक्षिता पत्नी और पुत्री भी नहीं पकड़ सकीं उन्हें मात्र अपने विशुद्ध अन्तःकरण के बल से ही उसने कैसे पकड़ लिया, कैसे पहचान लिया?"

उन्हें यकायक ही अनुभूति जगी कि विशुद्ध अन्तःकरण पाने के लिए विश्वविद्यालय स्तर की शिक्षा प्राप्त करना आवश्यक नहीं है, आन्दोलन करने की भी ज़रूरत नहीं, उसके लिए तो एक ईश्वरीय अनन्त शक्ति में विश्वास भर की आवश्यकता है। परन्तु आज के युग में बुद्धिजीवियों के लिए तो एकमात्र विज्ञान ही विश्वसनीय आधार है। विज्ञान की शक्ति आज ईश्वर की प्रबल प्रतिद्वन्द्वी बन गई है। नैतिकता के आधार के लिए चाहिए किसी एक चीज़ पर अचल-अटल विश्वास। मनुष्य में उसी विश्वास को वे अब तक रखते आ रहे थे। परन्तु मनुष्य अन्ततः अपनी प्रवृत्तियों का दास ही तो है। जब तक प्रवृत्तियों पर नियन्त्रण नहीं हो जाता तब तक अर्थ और काम वासनाओं पर भी नियन्त्रण असम्भव है। अचानक ही उनके मन में आइन्स्टीन (महान् वैज्ञानिक) की याद उभर आई। इस विश्व ब्रह्माण्ड की एक अखण्ड एकता पर उन्हें गहरा विश्वास था। सभ्यता की जानकारी के आधार पर और विश्व-प्रकृति की एकता की वास्तविकता के आधार पर मनुष्य को एक सार्वजनीन-सर्वमान्य नैतिकता को खोज निकालना ही उचित है। इसी वज़ह से

मूल्य-बोध की आवश्यकता है। सत्य, सौन्दर्य समता, न्याय और मुक्ति। अगर इन सब मूल्य बोधों पर दृढ़ विश्वास बनाए रखा जा सके तो ईश्वर-विश्वास को छोड़ा जा सकता है। उस स्थिति में अगर कानून न भी रहे तो भी मनुष्य अपने आप पर शासन कर सकता है। आन्दोलनों-विद्रोहों या विश्वविद्यालयों की हमें विशेष आवश्यकता नहीं है। कोई चीज़ किसी अन्य के लिए आवश्यक है, बस इसीलिए हमारे लिए भी आवश्यक है, ऐसी धारणा पालना तो भारी भ्रम है, गलती है। आवश्यकता इस बात कि है कि पहले हम इस बात का पता लगाएँ कि किसी भी चीज़ की आवश्यकता हमें क्योंकर है? स्वतन्त्रता के क्षेत्र में भी यही प्रश्न आवश्यक है। "भारत छोड़ो" का नारा लगा-लगाकर चीखने-चिल्लाने, उथल-पुथल मचा देने भर से ही कुछ नहीं होगा, "भारत छोड़ो" क्यों? यह प्रश्न करना भी ज़रूरी है।

"हे असमीया समाज के सर्वसाधारण जन! आप लोग नैतिकता के आधार पर अपनी एक कार्यक्रम सूची पहले निश्चित कीजिए। हम आप लोगों को उसी नैतिकता का रास्ता दिखायेंगे।" यह बात चिल्ला-चिल्लाकर कहने का मन प्रोफेसर रविचन्द्र जी का हुआ।

भाव-विभोर प्रोफेसर साहब के मुँह की ओर शान्त भाव से देखने पर जयन्ती ने पाया कि वे ऊपर की ओर देखते हुए अपने आप, जाने क्या सोचकर, हँसते जा रहे हैं। मन-ही-मन जाने क्या बातें कह रहे हैं। उनके दोनों होंठ बातें करने की भंगिमा में हिल-डुल रहे हैं।

उसने उत्सुकता से पूछा, "क्या सोच रहे हैं, चाचा जी? ठीक देवधुनी का प्रवाह उठने, देवता का उपासक-नर्तक के शरीर में प्रवेश कर मुखर हो उठने, जैसा ही तो जान पड़ रहा है। मेरे शरीर पर भी जब देवधुनी का आवेश होता है, तब मैं भी जो बातें कहना चाहती हूँ, उसे स्पष्ट रूप से कह नहीं पाती।"

रविचन्द्र जी हँस पड़े। साथ ही उनका चेहरा-कुछ शर्म से लाल पड़ गया। उस वक्त तो उनकी कल्पना पंख फैलाकर बहुत दूर, बहुत ऊँचे आकाश पर उड़ान भर रही थी। परन्तु अब, इस क्षण वे सब भाव अयथार्थ, अवास्तविक जान पड़ रहे हैं।

"तुमने ठीक ही कहा, एक प्रकार से मेरे शरीर पर भी देवधुनी का ही आवेश चढ़ा रहता है, जयन्ती।" –शान्त, स्थिरचित्त होकर रविचन्द्र जी ने उत्तर दिया, "तो फिर तुमने यह निर्णय ले ही लिया, अब तुम यहाँ अधिक दिन तक नहीं ठहरोगी?"

"जी हाँ। मैंने बहन जी से भी कह दिया है।"

"फिर तुम्हारी बहन जी, क्या कहा?"

"उन्होंने तो कुछ भी जवाब नहीं दिया।"

"अच्छा!"

कुछ क्षण चुप रहने के बाद जयन्ती ने कहा, "मगर बहन जी ने इतना अवश्य बताया कि उनकी मानसिक पीड़ा जब दूर हो जाएगी तब वे नृत्य-कला फिर सीखेंगी। अभी उसी दिन तो"

"उसी दिन क्या?"

"अरे हाँ। परसों ही तो। वे मुझसे नृत्य-कला सीख रही थीं। बहुत ही ललित रूप में नाच रही थीं। तभी थोड़ी देर बाद ही अचानक अपराजिता ज़ोर की आवाज में रो पड़ी। नींद से जगी बच्ची तो रोएगी ही। मगर इतने से ही वे एकदम परेशान-परेशान हो गईं, मारे घबराहट और चिन्ता के वे वहीं फर्श पर बैठ गईं। बोल पड़ी–"अब तो मैं और अधिक सह नहीं पा रहीं हूँ इस गृहस्थी को। और नहीं सह सकूँगी मैं।"

मैंने बच्ची को उसका दूध-बिस्कुट वग़ैरह खिलाया और फिर उसे माता जी के पास पहुँचा आई। उधर से लौटकर आती हूँ तो क्या देखती हूँ कि नृत्य की साज-सज्जा बदलकर, बाहर निकलने के परिधान में सजी-सँवरकर वे तैयार बैठी हैं। मुझे देखकर बोलीं, "चलो चलें, जरा पिताजी की जगह-जमींदारी की सैर कर उसे देख-समझ आएँ।" मैं भी तैयार हो गइ, और उनके साथ चल पड़ी। कार से चलते-चलते बेलतला पहुँच गए हम। उधर ग्रामीण इलाके की सड़क थी, रास्ता कुछ ठीक तो था नहीं। मगर उसी पर से कार चलाते-चलाते जैसे-तैसे वे सीधे बेठाराम मुहर्रिर के घर तक पहुँच हीं। मुहर्रिर जी उस वक्त मकान के पीछे की ओर बँसवारी में से बाँस काटने गए हुए थे। उधर ही जो वे बातें कर रहे थे, उसकी आवाज़ आ रही थी। तभी यकायक बहन जी को एक शरारत सूझी। मुझसे बोलीं, "उसकी बातें सुन रही हो?" मैंने हामी भरी, "हाँ, सुन रही हूँ।" "आओं चलें, चलो ज़रा और पास में चलकर सुनें।" इतना कहकर मुझे उन बाँसों के झुरमुट के बीच में से छिपते-छिपते लिये चलकर एक बहुत घनी पुरानी बँसवारी की आड़ में जाकर शान्त ख्ड़ी हो गईं। वहाँ से हम दोनों बेठाराम की बातें बहुत साफ-साफ सुन सके। जान पड़ा कि उस वक्त वह एक नये करील-से छरहरे अभी नवोदित बाँस के सामने आ पड़े थे। उसी को लक्ष्य कर कह रहे थे, "अरे ओ नये-नये उभरे करील से कोमल बाँस! तुम अभी और बढ़ो, विकसो। तुम्हें काटने का समय अभी नहीं हुआ। तुम्हें फिर कभी बाद में काटूँगा।" थोड़ी देर बाद हम लोगों ने फिर सुना, " अरे ओ दुबले-पतले, जैसे खाने-पीने के बिना मरे-मरे से बाँस। तुझे भी नहीं काटूँगा। तूँ भी अभी खा-पीकर मोटा-मज़बूत बन।" उसके बाद फिर बिलकुल चुपचाप शान्त रहे। थोड़ी देर बाद ही हम लोगों को उनकी आवाज़ सुनाई पड़ी–"अरे ओ

मोटे-तगड़े-बड़े भलूका बाँस! (मोटे कड़े बाँस की एक विशेष जाति जो असम में लकड़ी फूस की सहायता से बनाए जाने वाले मकानों, झोपड़ियों के लिए सुदृढ़ आधार खम्भों के रूप में इस्तेमाल किया जाता है।) आज तो तुम्हें ही काटूँगा, छोड़ूँगा नहीं। हमारी मालकिन बहन जी अपने यहाँ एक देवधुनी (नाचनेवाली) ले आई हैं। उसे रहने के लिए एक छोटा-सा घर तो बनाना पड़ेगा। अतः उस घर के लिए तूँ ही उसके निर्माण का पहला स्तम्भ (खम्भा) बनेगा। मगर अब इस काम में तूँ जरा भी आनाकानी मत करना, इधर-उधर मत हिलना।''

बहन जी अब अपनी हँसी रोक नहीं पायीं। खिल-खिलाकर हँस पड़ीं, कुछ देर बाद मैं भी हँसने लगी। हमारी हँसी सुनकर वे भी उधर से निकलकर हमारी ओर बढ़ आए। हमें देखकर वे भी अट्टहास कर हँसने लगे।''—एक लम्बी साँस छोड़कर जयन्ती ने फिर कहा, ''बेठाराम फिर बाँस काटने का काम छोड़कर हमारे स्वागत-सत्कार में, सेवा शुश्रूषा में लग गए। उन्होंने हमें खाना भी खिलाया।''

''और फिर उसके बाद क्या हुआ?''—बड़ी आतुरता से रविचन्द्र जी ने जानना चाहा।

''फिर हम वहाँ से लौट आए। घर पहुँच आने पर बहन जी ने मुझसे पूछा, ''कहो तो, तुम्हें कैसा लगा?'' मैंने जवाब दिया—''और कैसा लगेगा भला! आदमी बस मज़ाकिया स्वभाव का, हँसी-ठट्ठा-चुहलबाजी करनेवाला है।''

तब उन्होंने कहा, ''तो तुम बस उतना ही समझ पायी।''

मैंने पूछा, ''तो फिर उसमें समझने को क्या है?''

वे जैसे कहीं झटका खा गई हों, इस भाव से उन्होंने कहा, '' समझोगी, समझोगी कि बाँस में भी प्राण है।''

रविचन्द्र का मुँह पूरा खुल गया, वे किंकर्तव्य-विमूढ़-से जयन्ती की ओर देखते रह गए।

''सुदर्शना के मन का रोग बहुत जटिल हो उठा है क्या?'' उन्होंने कहा, ''बेठाराम आदमी तो बहुत भला है। तुम लोगों का संभवतः बहुत आदर-सत्कार किया होगा। इस तरह से बाँसों से बातें करते हुए उसे मैंने भी कई बार देखा-सुना है। तो वह बाँस ले आया क्या?''

''हाँ। कल ही दो बाँस लाकर रख गए हैं। दोनों ही-काफी बड़े, मोटे-ताज़े भलूका बाँस हैं। मुझसे भी कह गए हैं कि तेरे लिए एक घर बना दूँगा। मैंने कहा, ''मुझे क्या? मेरे तो जाने का समय आ गया।'' तो वे बोले, ''फिर जाओगी कहाँ? कामाख्या तक या फिर नवग्रह तक? (मानो जैसे अन्तिम संस्कार हेतु ले जाना हो) मैंने कहा, ''क्यों? अभी ले जाएँगें क्या?'' वे बोले, ''जाना चाह रही हो, यह देख

कर ही ले जाना चाहता हूँ।"

जयन्ती हँसने लगी। हँसते-हँसते ही उसका मुँह लाल हो गया। वह ये सब बातें चाचाजी से क्यों कह बैठी, यह सोचकर ही शर्म के मारे उसका चेहरा लाल पड़ गया।

रविचन्द्रजी ने फिर कहा—"बेठाराम बहुत भला आदमी है।"

ठीक उसी समय उस कमरे में स्वयं राय बहादुर सदानन्द बरुआ जी आ पहुँचे। (सभी जानते हैं कि) जब कोई बहुत ज़रूरी बात न हो, वे किसी के घर झाँकने को भी नहीं जाते। रविचन्द्र जी के घर भी ज़्यादा नहीं आते-जाते। उनका गुरु गम्भीर व्यक्तित्व देखकर जयन्ती अपनी कुर्सी से उठ खड़ी हुई। बरुआ जी ने उसे शिख से लेकर नख तक— आपाद मस्तक—ग़ौर से देखा।

रविचन्द्र जी ने जयन्ती से कहा, "तूँ जा, जयन्ती। अपना यह परिधान बदल डाल।"

जयन्ती बड़े वेग से दौड़ती-भागती-सी उन लोगों के पास से दूर चली गई। रविचन्द्रजी ने सोचा मानो उनका सुनहरा शैशव काल आकर उनके पास कुछ देर बैठा रहा हो और फिर अचानक ही दूर चला गया हो। जयन्ती को देखकर उनके हृदय में यही भाव जगता है कि मौन, निरीह, निष्पाप, निष्कलुष भावों का यह पवित्र परिचय ही मनुष्य का पहला और अन्तिम परिचय है।

सदानन्द बरुआ ने जयन्ती की बात ज़रा भी नहीं छेड़ी। जिस विशेष विषय पर चर्चा करने के लिए वे यहाँ तक आए थे, उसी पर विचार-विमर्श करके वे जितनी जल्दी हो सके यहाँ से विदा ले लेना चाहते हैं। रविचन्द्र जी के स्वास्थ्य और उपचार वगैरह के बारे में नर्स से पूछताछ कर अपेक्षित जानकारी पहले ही ले चुके थे।

कुशल समाचार पूछ लेने के बाद मुस्कराते हुए बोले, "मेरा अनुमान है कि आप सारी बातें भली-भाँति जानने के लिए मन-ही-मन बहुत व्याकुल हैं, हैं न?"

रविचन्द्र ने सिर हिलाकर स्वीकृति की सूचना दी।

कुछ देर ठहरकर बरुआ जी ने माकन की माँ चित्रा की मृत्यु की घटना का शुरू से लेकर अन्त तक वर्णन कर सुनाया।

परसों प्रातःकाल चित्रा जी से माकन की जो बात-चीत हुई, जिसमें माकन के साथ रंजीत के विवाह के संबंध में चर्चा हुई, उसके बाद से ही उनके मन में अशान्ति की शुरुआत हुई। माकन ने तो खाना-पीना ही छोड़ दिया, इस तरह अपनी माँ की चिन्ता और परेशानी ही उसने बढ़ा। दी उसी दिन साँझ की वेला में रंजीत भी वहाँ जा पहूँचा। वैसे वहाँ वह अपने मन से नहीं, बल्कि स्वयं बरुआजी के

निर्देश के मुताबिक, उनकी सलाह पर ही गया था। माकन के अन्तर्मन की क्या इच्छा है, इसे रंजीत पहले से ही जानता था। इसी से एक बार माकन से खुले रूप में बातचीत कर लेने के लिए वह गया था।

जब वह उनके घर पहुँचा तब माकन अपने कमरे में सिमटी बैठी थी। जब उसकी माताजी ने जाकर रंजीत के आने की सूचना उसे दी तो बस शिष्टाचार निभाने की खातिर वह बाहर के बैठकखाने में उससे मिलने आई। वैसे पूरे दिन अनाहार रहकर-एक प्रकार से उपवास-सत्याग्रह करने के कारण वह तब तक काफी कमज़ोर और उदास हो गई थी। रंजीत ने जब अपने और माकन के, दोनों ही परिवार के बड़े लोगों द्वारा उन दोनों के विवाह संबंध स्थिर होने की सूचना देते हुए उसी संबंध में बात करने के लिए आने का अपना उद्देश्य बतलाया तो पहले वह हकबकाकर रो पड़ी। रंजीत चुपचाप बैठा उसके शान्त-प्रकृतिस्थ होने का इन्तज़ार करता रहा। फिर जब वह स्वाभाविक हो गई, तब उसने माकन से कहा, "सुनो माकन! मैं स्वयं ही तुम्हारी इच्छा के विरुद्ध तुमसे विवाह करना नहीं चाहता हूँ। मेरे पिताजी चाहे कितना भी जोर दें, तो भी मैं तुम्हारी इच्छा के विरुद्ध यह विवाह नहीं करूँगा। अतः तुम पहले अपना मन स्थिर करो। नवीन से भी राय-बात कर लो, उससे भी पूछ लो। वह मेरा भाई ही है। हम लोगों के बीच किसी प्रकार का दुराव-छिपाव नहीं है, परस्पर किसी से कोई इर्ष्या नहीं है। बस इतना ही कि तुम जो भी निर्णय लो, उसकी जानकारी मुझे कृपया जल्दी-से-जल्दी बतला देना। मैं तीन दिन बाद ही लड़ाई के अगले मोर्चे पर चला जाऊँगा। जाने के पहले बतला देना ठीक रहेगा।"

रंजीत की बातें सुनकर माकन को बहुत ढाँढस बँधा। उसने कहा, "मेरी प्रेम-भावना को आपने उचित महत्त्व दिया, इसके लिए मैं आप की बहुत आभारी हूँ। मेरी माँ ने आप के पिताजी को (हमारे विवाह के लिए बिना मेरी स्वीकृति लिये) वचन दे दिया, इसी वज़ह से मुझे बहुत धक्का लगा, क्रोध आया। परन्तु माँ भी क्या करे, वह भी तो असहाय, निरुपाय है। परिवार के सभी लोगों के फैसले का वह उल्लंघन भी तो नहीं कर सकती। अब तो हमारे समाज की दृष्टि में मैं आपकी वाग्दत्ता हूँ। परन्तु मेरी निजी दृष्टि में ऐसा नहीं है।"

माकन की बातें सुनकर रंजीत को बुरा लगने की जगह, खुशी ही हुई। उसने कहा, "ठीक यही दशा मेरी भी है। तुम तो जानती ही हो कि एक समय मैं सुदर्शना से विवाह करने के लिए दीवाना हो गया था। परन्तु तुम्हारी बड़ी चाची जी की आपत्ति की वज़ह से हमारा विवाह नहीं हो सका। तब से मैंने विवाह न करने की ही ठान रखी थी। परुन्तु बाद में ऐसी परिस्थिति आ पड़ी कि पिताजी के

अनुरोध को मैं टाल नहीं सका। खासकर तब जब कि पात्री के रूप में तुम्हारा नाम सुना। अब मैं अन्तिम रूप से बस यही कहने के लिए यहाँ आया हूँ कि अब अगर मेरा विवाह होता है तो बस तुम्हारे साथ ही होगा, अथवा फिर होगा ही नहीं। अभी तो मैं तुम्हें अपना मित्र ही समझूँगा, आशा करता हूँ इसमें तुम्हें कोई आपत्ति नहीं होगी।''

अबकी बार माकन ने रंजीत को बहुत ध्यान से पहली बार देखा। उसके बात-व्यवहार पर वह मुग्ध हो गई। रंजीत भी बहुत प्रसन्न हुआ।

उसके बाद बहुत देर तक वहाँ रुककर, ढेर सारी बातें, किस्से कह सुन लेने के बाद भोजन करके रंजीत वहाँ से घर वापस आया।

उस दिन की उनकी भेंट-मुलाकात की सारी खबरें सुन लेने के बाद सदानन्द बरुआ जी को लगा कि दोनों के बीच एक-दूसरे की समझने-बूझने का क्रम आरंभ हो गया है। अगर किन्हीं कारणों से मज़बूर होकर नवीन विवाह के लिए माकन द्वारा रखी गई शर्त को पूरा नहीं कर पाया, तो वह रंजीत को अपने वर के रूप में ग्रहण करने को प्रस्तुत हो ही जाएगी।

उधर इन्हीं दिनों नवीन भी सदानन्द बरुआ जी के पास आया था। बरुआ जी ने उसके पत्रिका प्रकाशित करने का स्वागत किया और इसके निमित्त उसे तीन हज़ार रुपये का दान देकर पत्रिका प्रकाशित करने के लिए प्रोत्साहित किया। परन्तु एक सफल व्यवसायी के अनुभवों की अपनी अभिज्ञता के नाते वे एक बात अच्छी तरह जानते हैं। वह यह कि नवीन की वह प्रकाश्य पत्रिका असमीया साहित्य और संस्कृति की श्रीवृद्धि तो कर सकती है, परन्तु वह नवीन को धन दिलाकर, सम्पत्तिशाली बनाकर माकन की इच्छानुरूप योग्य वर बनने की योग्यता प्रदान नहीं कर सकती। और माकन दुखी दरिद्र होकर जीना पसन्द नहीं करती।

माकन के विवाह का प्रस्ताव जब बरुआ जी के पास आ पहुँचा, तो उन्होंने नवीन को अपने पास बुलवाया और सारी परिस्थिति उसे साफ-साफ समझा दिया। सब जान-सुनकर पहले तो नवीन बहुत दुःखी हुआ, परन्तु बाद में धीरे-धीरे वह अपनी अवस्था की यथार्थ स्थिति को समझने में सफल हो गया। उसने माकन के साथ हुई अपनी सारी बात का सारांश निष्कपट रूप से साफ-साफ और सही-सही कह सुनाया। उसकी इस साफगोई और खुले दिल की खूबी से बरुआ उसके प्रति सहानुभूतिशील हो गए।

उन्होंने उससे कहा, ''तुम्हारी अवस्था काफी अच्छी हो सकती है, बशत कि अभी आगे देश में जो निर्वाचन होने जा रहा है, उसमें तुम्हारा संघ विजयी हो जाए। परन्तु, अभी एक वर्ष के अन्दर-अन्दर ही राजनीतिक परिवेश, राजनीतिक

स्थिति में बदलाव आएगा, ऐसा तुम नहीं कह सकते।"

नवीन ने हिम्मत बाँधते हुए उत्तर दिया, "मैं उससे विवाह करने में सफल हो जाऊँगा। देश की जनता मेरी पत्रिका को ग्रहण करेगी, अपनाएगी ही।"

सदानन्द बरुआ जी ने अनुभव किया कि नवीन के मन में इच्छा और आदर्श भावनाओं का भयंकर संघर्ष चल रहा है। उन्होंने नवीन के उत्साह को दबाया नहीं, बल्कि उसे प्रोत्साहित करते हुए कहा, "देखो बेटे! अब तो माकन जो निर्णय लेगी उसी पर ही सब कुछ निर्भर है। परन्तु अपने परिवार द्वारा लिये गए निर्णय को वह डिगा पायेगी कि नहीं इस संबंध में मैं कुछ नहीं कह सकता। सभी कुछ तो मनुष्य की इच्छा पर ही निर्भर नहीं होता।"

बरुआ जी चाहे जो भी काम करते हैं, उसे बिलकुल साफ-सुथरे ढंग से, बिना किसी लाग-लपेट के, परिष्कृत रूप से करते हैं। रंजीत के विवाह की उन्होंने सभी आरंभिक व्यवस्थाएं सुचारु रूप से कर लीं। उन्होंने मन-ही-मन महसूस किया अगर देश में राजनीतिक स्थिति परिवर्तित हो जाती है और परिवर्तित राजनीतिक परिस्थिति ही नवीन को रातों-रात धनी-समृद्ध नहीं बना देती, तो फिर नवीन बहुत जल्दी ही दरिद्रता के बन्धन से मुक्त नहीं हो सकेगा। बहुत संभव है तब माकन अविवाहित ही रह जाने की प्रतिज्ञा कर ले। परन्तु उनका विचार है कि माकन के रक्त में वैरागिनी-संन्यासिनी होने का कोई लक्षण नहीं है। असमीया समाज के उच्च श्रेणी के कुलीन फूकन या बरुआ ख़ानदान की कोई लड़की संन्यासिनी हो सकती है, इस बात पर वे विश्वास नहीं करते।

व्यवसाय-व्यापार की उन्नति के लिए दोनों परिवारों के बीच दृढ़ संबंध स्थापित करने की कितनी अधिक आवश्यकता है, इसे बरुआ जी और रविचन्द्रजी दोनों ही बहुत अच्छी तरह जानते हैं। एक चाय-बागान तो इस बीच ही खरीदी जा चुकी है। और भी एक चाय-बागान खरीदने की बात चल रही है। उनके विचार से पारिवारिक संबंधों के आधार पर व्यावसायिक संबंधों को मज़बूत करने का उद्देश्य बहुत ही पवित्र है। नौजवान युवक और युवतियों के बीच जो भावप्रवण प्रेम का सम्पर्क होता है वह भी पवित्र होता है, परन्तु वह अस्थायी ही होता है, दृढ़ और स्थायी बना नहीं रहता। क्योंकि उन युवा हृदयों की परिवार की धारणा पुष्ट और परिपक्व नहीं होती, जब कि व्यावसायिक-व्यापारिक सम्पर्कों को सुदृढ़ बनाकर दोनों परिवारों को समृद्ध और खुशहाल बनाना, उन लोगों के परिपक्व अनुभव और पुष्ट चिन्तन का परिणाम है।

बरुआ जी कल दिन भर अपने व्यावसायिक कामों में अतिशय व्यस्त थे। पंचानन फूकन की चिट्ठी पाकर उन्होंने दुदू को गुवाहाटी कार्यालय में चले आने के

लिए तुरन्त ऑर्डर भेज दिया। इस स्थानान्तरण को दुदू कुछ अन्यथा न समझे, इसमें अपनी अवहेलना किया जाना न अनुभव करे, इसके लिए गुवाहाटी स्थित कार्यालय को और उच्चस्थान (अपग्रेड) प्रदान कर दिया गया। दुदू का मासिक वेतन और भत्ते वग़ैरह भी बढ़ा दिये गए। उत्तरी असम के चाय बागान के प्रबन्धक पद को विज्ञापित कर देने के लिए उन्होंने कलकत्ता के और असम के समाचार पत्रों में विज्ञापन भी भिजवा दिया।

आज प्रातः काल ही, जब वे रविचन्द्र जी को देखने और उनका कुशल-क्षेम जानने के यहाँ आने के उद्देश्य से साज-पोशाक पहनकर तैयार होकर निकल ही रहे थे कि तभी रायबहादुर सिराजुद्दीन हजारिका आ पहुँचे।

कल रात उनके किराये वाली कोठी पर उनकी बेटी और दामाद के आने की खुशी के उपलक्ष्य में जलपान महोत्सव मनाया गया था। उसमें भाग लेने माकन भी आई हुई थी। नवीन भी आया हुआ था। दोनों आपस में देर तक बातचीत करते रहे थे। परन्तु अचानक ही माकन को जाने क्या हो गया। उसने वह रात फिरोज़ा के घर पर ही रुककर बिताने और फिर दूसरे दिन फिरोज़ा वगैरह के साथ ही कलकत्ता चले जाने का निश्चय कर लिया। यह उसका अपना निजी एकपक्षीय फैसला था। कलकत्ता जाकर वह शान्तिनिकेतन जाने और वहीं रहकर आगे पढ़ने-सीखने का उपाय जुटाएगी। यहाँ तक कि इस संबंध में उसने अपनी माँ से भी अनुमति नहीं ली थी। माँ से बिना पूछे-जाँचे ही अपने आप ही उसने यह निर्णय ले लिया। अब वह सभी झंझटों से अपने आप को अलग रखना, मुक्त कर लेना चाहती थी।

"नवीन ने फिर क्या कोई निर्णय नहीं लिया?"—बरुआ ने हजारिका से पूछा।

"नहीं !नवीन कोई भी नया निर्णय नहीं ले पाया।"

आपत्ति-विपत्ति के समय बरुआ जी की बुद्धि और भी सौ गुना तेज हो जाती है। थोड़ी देर तक सोचकर वे बोले, "इसमें मैं तो कोई बुराई नहीं देखता। कोई चिन्ता की बात नहीं। उसे जाने ही दें। इतना ज़रूर है कि इस बारे में उसकी माँ को और बड़े पिताजी को सूचित कर देना उचित होगा। वहाँ उसके खर्चों वग़ैरह के लिए, मुझे उम्मीद है, कोई असुविधा नहीं होगी। मैं उसकी भी व्यवस्था कर सकता हूँ।"

सिराजुद्दीन अहमद् हजारिका के कंधे से एक भारी बोझा उतर गया, उन्होंने फ़ुरसत की साँस ली। वे अपने मित्र की पुत्री को लेकर बहुत परेशानी में पड़ गए थे। पंचानन तो बाहर प्रवास कर रहा है। रविचन्द्र जी ने खाट पकड़ रखी है। ऐसी विकट परिस्थिति में माकन के संबंध में दोनों ही परिवारों के विशेष हितैषी बरुआ महाशय से सलाह-परामर्श करने के अलावा उनके लिए और कोई चारा भी तो नहीं

था। बरुआ जी ने जो राय दी, वह उन्हें पसन्द आई।

हजारिका ने माकन को अपनी और बड़े पिता जी से परामर्श कर उनकी अनुमति लेने को कहा। परन्तु माँ की और बड़े पिताजी की राय क्या होगी? इसे वह अच्छी तरह समझ रही थी। उन लोगों द्वारा उसे फिरोजा के साथ जाने से मना करने की ही संभावना अधिक है। फिर भी सिराजुद्दीन अहमद हजारिका ने माँ और बड़े पिताजी के निर्णय को ही अधिक महत्त्व देना उचित बताया। फिरोज़ा ने भी उसे बहुत समझाया। केवल अकेले अपने मन से अकस्मात निर्णय लेकर उसी के अनुसार काम कर बैठने पर बाद में पछताना पड़ सकता हैं।

परन्तु उसके मन में तो उस समय भयानक ऊहापोह चल रहा था। क्या करना चाहिए? कहाँ जाना चाहिए? किसलिए घर जाना चाहिए? इन सब प्रश्नों पर-गम्भीरता से सोचने-विचारने के औचित्य को वह अस्वीकार नहीं कर सकी। माँ को सूचित किए बिना ही क्रोध के आवेश में अपना घर छोड़कर यहाँ चले आने में, और अपने प्रेमी की निष्क्रियता से, परिस्थितियों का दृढ़ता से सामना करने के लिए उसके तैयार न होने से नाराज़ होकर अकस्मात् ही अपनी सहेली के साथ कलकत्ता जाकर फिर शान्ति-निकेतन में अध्ययन करने के लिए वहाँ की छात्रा बनने के उसके संकल्प में, उसका अपना दृढ़ निश्चयी निजी व्यक्तित्व ज़रूर ही कुछ प्रकाशित हुआ है फिर भी उसके इस क्रियाकलाप में उसकी असहाय-निरुपाय दशा भी छिपी नहीं रह सकी, प्रकाश पाने से रुक नहीं सकी। उस समय उसने उचित-अनुचित का सहीं ढंग से विचार भी नहीं किया था। और सही बात तो यह है कि उस वक्त वह स्वयं भी अपने वश में नहीं थी। अपनी प्रकृत दशा में स्वस्थ चित्त नहीं थी। उसके अनजाने ही कोई अदृश्य असंभ्य पाशविक शक्ति उसे धीरे-धीरे उसके घर से दूर, उसके प्रेमी से अलग खींच ले गई थी। परन्तु अकेले-अकेले इस संसार में परिवार में डटे रहने की शक्ति भी उसमे नहीं आ पायी थी।

उसे लगा था कि फिरोजा के साथ कलकत्ता चले जाने पर ही वह शान्ति पा सकेगी।

लेकिन जब फिरोज़ा ने भी उसे माँ से सलाह-परामर्श कर लेने के लिए माँ के पास जाने को कहा तब वह असमंजस में पड़ गई। क्या करे, क्या न करे कुछ सोच पाना ही मुश्किल हो गया। साथ ही फिरोज़ा ने यह भी बतलाया कि माकन को अपने साथ ले जाने पर उसकी अपनी भी परेशानी हो सकती है। बात यह है कि वह अब एक व्यक्ति की स्त्री है, और एक पराये घर की वधू है। अपनी ससुराल में वह जब माकन का यह परिचय देगी कि वह पंचानन फूकन की सुपुत्री है, तो उसके

श्वसुर जी निश्चय ही माकन का बहुत आदर-सत्कार करेंगे। परन्तु जब वे यह जानेंगे कि इस समय माकन की मनोदशा उलझनपूर्ण है, शान्तिनिकेतन जाकर पढ़ने की उसकी इच्छा दरअसल केवल मानसिक द्वन्द्वों-संघर्षों से छुटकारा पाने का एक उपाय भर है, और उसके इस प्रकार के निर्णय लेने के संबंध में उसके परिवार के लोग रत्ती भर भी कुछ नहीं जानते, तब उसके प्रति फिरोज़ा के श्वसुर के मनोभाव भी बदल जा सकता है। (अभी, आज के युग में भी) अबला नारी को पूरी तरह स्वतन्त्र होकर चल पान सरल काम नहीं है।

उस समय माकन के मन की दशा बहुत ही करुण हो उठी। उसने अनुभव किया कि फिरोज़ा से भी वह बिलकुल अलग स्थिति में है, उसकी अवस्था किसी से भी नहीं मिलती। उस वक्त तो वह न अपने घर की ही है, न बाहर की ही, यहाँ तक कि अपनी भी नहीं। वह तो मानो आकाश से टूटा एक तारा है—जो गिरता ही जा रहा है। वह सोच-विचारकर कोई भी निर्णय नहीं ले पायी। वह जो कोई भी निर्णय लेने का निश्चय करती, उसी में भारी बाधा दिखाई पड़ती। अपने द्वारा ही रचे गए चक्रव्यूह में वह ऐसी फँस गई कि उसमें से उसका निकल पाना ही असंभव हो गया।

फिरोज़ा वगैरह रेलवे स्टेशन जाने के लिए तैयार हो गयीं। परन्तु माकन चुपचाप बरामदे में बैठी रही। वहाँ से तनिक भी इधर-उधर नहीं हो रही थी। (वहाँ से उठने का कोई लक्षण नहीं दिखाई दे रहा था) उधर रेलगाड़ी के लिए केवल आधे घण्टे का समय शेष रह गया था। सभी के चेहरे परेशान-उद्विग्न थे। माकन को तब ऐसा महसूस हुआ जैसे वह फिरोज़ा के लिए एक आफ़त बन गई है। उसे बड़ी ठेस लगी। दुःखी हृदय से उसने (परिस्थिति की नाजुकता को समझकर) फिरोज़ा और उसके पतिदेव को बिना अपनी यात्रा आरंभ कर देने के लिए कहा। और व्यर्थ में ही जो उन लोगों की परेशानी बढ़ा दी थी, उसके लिए उनसे क्षमा-प्रार्थना की। उसने अनुनयपूर्वक कहा, "आप लोग खुशी-खुशी जाइए। मैं बाद में जाऊँगी।"

फिरोज़ा उसके मन की आन्तरिक परस्थिति की व्याकुलता को समझ रही थी, परन्तु उसकी इस उलझनपूर्ण दशा को देखते हुए उसे अपने साथ ले जाने की भी कोई सही युक्ति नहीं ढूँढ़ पा रही थी। माकन की दशा सुस्थिर नहीं है। वह विशृंखल क़िस्म की और प्रवृत्तिजन्य—सभ्य सोच समझ से भिन्न—हो चली है। इसी वज़ह से उसे अपने पिता जी के पास ही रखकर, सभी से विदा लेकर फिरोज़ा अपने पति के मोटर कार में जा बैठी।

माकन ने उन्हें हँसमुख चेहरे से विदाई दी। अपनी सहेली की सुखी गृहस्थी देख उसे भी आन्तरिक आनन्द हुआ। विदाई की वेला में दोनों ने बहुत ही

सहज-स्वाभाविक-ढंग से बातें कीं।

वह दृश्य देख सिराजुद्दीन जी को बहुत खुशी हुई। बाहर से लौटकर माकन फिर बैठक-खाने में आ बैठी। तब वह अपने-आप को ही मन-ही-मन धिक्कारने लगी। अपना घर छोड़कर चले आने का, अपनी माँ पर क्रोध करने का, और नवीन की अकर्मण्यता पर नाराज़ होने का कोई युक्तिसंगत कारण वह बहुत सोच-विचार कर भी नहीं पा सकी। परन्तु उसके अन्दर का अहंकार जैसे उससे कह रहा था—"तूँ सभी को यह दिखा दे कि तूँ क्या कर सकती है।"

बिना आगा-पीछा सोचे एक अन्धे-आवेग के वशीभूत होकर वह कलकत्ता और फिर शान्तिनिकेतन जाने के लिए निकल पड़ी थी। शान्तिनिकेतन में क्या कुछ विशेष है, इसे वह नहीं जानती, वहाँ अध्ययन कर लेने से भी क्या होगा, इस संबंध में भी वह कुछ नहीं कह सकती। किन्तु शान्तिनिकेतन का नाम इधर बहुत मशहूर है। अतः वह सोचती है कि वहाँ जाने पर वह कोई विशेष प्रकार की असाधारण किस्म की, अनजानी और सुन्दर जानकारियाँ पा सकेगी। यदि नवीन से विवाह करके वह सहज-स्वाभाविक समाजिक जीवन नहीं बिता पायी तो वह पूरी तरह से सबसे विच्छिन्न, बिलकुल अलग विलक्षण हो जाएगी। परन्तु वह विलक्षण किस्म का हो जाना दरअसल क्या है? इसे वह खुद नहीं कह सकती।

अब वह विलक्षण होने की संभावना भी लुप्त हो गई, कम-से-कम सामयिक रूप से तो लुप्त हो ही गई। फिरोज़ा के चले जाने पर सिराजुद्दीन हजारिका का घर माकन् के लिए सूना हो गया, उसके लिए उपयोगी नहीं रह गया। अतः उसने उनसे अनुरोध किया, "धर्मपिता जी (या चाचा जी) फिर मैं वापस घर चली जाती हूँ। माँ जाने क्या सोच रह होंगी।"

सिराजुद्दीन हजारिका ने उसे समझाया कि नहीं, उसने कहीं कोई गलती नहीं की है। एक खास उम्र में, एक खास वक्त पर, एक खास परिस्थिति में सभी लोगों को ऐसा हो जाता है। अतः अगर अब तुम घर लौट जाती हो, तो माँ बहुत आनन्दित ही होंगी, वे तनिक भी नाराज़ नहीं होंगी, तुम पर बिगड़ेंगी नहीं।

परन्तु माकन तो अपनी जन्मदात्री माँ के स्वभाव को खूब अच्छी तरह जानती है। सो माँ तो संभवतः उस पर नाराज़ होंगी ही नहीं, उसका कुछ बुरा नहीं मानेंगी, उस पर क्रुद्ध नहीं होगी। वे क्रुद्ध होंगी अपने आप पर ही। माँ का स्वभाव है कि घर में जो कोई भी गड़बड़ी, या गलती हो जाती है, जो कुछ भी अनपेक्षित घट जाता है, उस सबके लिए वे अपने आप को ही दोषी मानती हैं। उसी तरह अब जो माकन घर छोड़कर चली आई है, तो माँ सोच रही होगी कि उसी के द्वारा माकन के प्रति कोई अन्याय-अविचार हो गया होगा, नहीं तो भला माकन क्या

उसे छोड़कर कहीं जा सकती है? माँ की मानसिक-दशा वैसे भी आजकल ठीक नहीं है, विशेषतः पिताजी द्वारा उनकी की जा रही अवहेलना की वज़ह से। और अब ऊपर से उसने भी उनके हृदय पर एक नयी ठेस लगा दी। फूकन परिवार की कोई युवती कन्या इस प्रकार से कभी भी अपने घर से बाहर नहीं गयी थी। एक वही है जिसने सर्वप्रथम इस प्रकार का अनाचार किया है।

कुल-परिवार की, वंश-खानदान की मर्यादा-रक्षा की बात जब भी आ उठती है, तब फूकन, बरुआ और अहमद हजारिका सभी एक हो जाते हैं। वे भले ही अलग-अलग हों मगर मर्यादा-रक्षा के प्रश्न पर वे सभी एक-दूसरे की दिलोजान से सहायता करने का प्रयत्न करते हैं। इसी सन्दर्भ में बरुआ और हजारिका ने इस दरम्यान ही आपस में सलाह-मशविरा करके एक निर्णय ले लिया था। माकन को साथ लेकर एक निश्चित समय पर हजारिका उसके घर पहुँचे, जिस समय वे वहाँ पहुँचेंगे उस समय वहाँ बरुआ पहले से ही पहुँचे रहेंगे, वे उन्हें वहीं बैठा हुआ पायेंगे। माकन जब तक वहाँ नहीं लौटती तब तक उसकी माँ चित्रा को बरुआ जी समझा-बुझाकर ढाँढस बँधाकर शान्त बनाए रखेंगे।

"माँ! चलो चलें, तुम्हें तुम्हारे घर पहुँचा आएँ। मुझे आज ही अति-आवश्यक काम से तेजपुर लौट जाना पड़ेगा।"—हजारिका ने अतिशय लाड़-पयार भरे शब्दों में माकन से कहा।

माकन ने भी बिना कोई आपत्ति किए—बिना किसी ननुनच के—उनका प्रस्ताव स्वीकार कर लिया और उनके साथ मोटर कार में जा बैठी।

उनकी मोटर कार जब माकन के घर के फाटक पर रुकी, तो हजारिका ने देखा कि माकन के घर के बैठक खाने में बरुआ जी बिलकुल चुपचाप बैठे न जाने किस उधेड़-बुन में डूब-उतरा रहे थे। माकन को संग लिये हजारिका जैसे ही बैठके में पहुँचे, बरुआ जी बड़ी गंभीर मुद्रा बनाए उठ खड़े हुए। उनके चेहरे पर हँसी-खुशी का नामोनिशान नहीं। माकन की ओर देखकर उन्होंने कहा, "अच्छा हुआ बेटी तूँ आ गई। मैं यही सोच रहा था कि तुम्हें जाकर लिवा लाऊँ। यहाँ अभी थोड़ी देर पहले ही आ पाया। आकर देखा तो पाया कि तुम्हारी माँ का स्वर्गवास हो गया है। बहुत ही आश्चर्यजनक दुर्भाग्यपूर्ण घटना है। बेटी तूँ अन्दर जा, तुम्हारी बड़ी माँ वहीं हैं।"

माकन की देह से तो जैसे चेतना ही लुप्त हो गई। माँ, माँ, चिल्लाती हुई, वहाँ ज़रा भी रुके बग़ैर, वह दौड़ती-भागती आकुल-व्याकुल हो माँ के कमरे की ओर चली गई।

"यह क्या हो गया, बरुआ जी? जरा खोलकर तो बतलाएँ।"—उद्विग्न होकर

हजारिका ने पूछा। तब हजारिका जी बैठने की भी सुध भूल गए।

कुछ समय पहले यहाँ आने पर बरुआ जी ने जो कुछ देखा-समझा था, वह सब हजारिका से कह सुनाया।

अभी थोड़ी देर पहले की ही तो बात है। बरुआ जी अभी माकन के घर में प्रवेश कर ही रहे थे कि माली भागता-पराता उनके पास आया और घबराकर हाँफते हुए बोला, "बाबूजी, जरा जल्दी चलकर देखें कि माताजी को क्या हो गया है? उनकी बोलचाल एकदम बन्द हो गई है।"

माली के पीछे-पीछे बरुआ जी माकन की माँ के शयनकक्ष में जा पहुँचे। जाकर देखा तो वे भद्र महिला ऊपर की ओर मुँह किए लेटी पड़ी हैं। छूकर देखा तो शरीर में अभी भी गर्मी थी। बरुआ ने तुरन्त ही डॉक्टर को बुलवाया। डॉक्टर आए-आए कि तब तक वे उनकी देख-रेख करते रहे। एक क्षण उन्होंने भद्र महिला को ध्यान से देखा। उनके कमरे की हर एक चीज़ को बड़े ग़ौर से निरखा-परखा। उन्हें ऐसा जान पड़ा जैसे चित्रा जी की देह में प्राण शेष नहीं रहे। इसी वज़ह से वे इस आकस्मिक अकाल मृत्यु के कारणों को ढूँढने लगे।

उपधान (तकिया) के एक किनारे एक खुली हुई चिट्ठी पड़ी हुई थी। उसे देखते ही बरुआ का सारा शरीर मारे डर के काँप गया। उस समय सामाजिक नैतिक शिष्टाचार दिखाने का समय नहीं था। उन्होंने चिट्ठी की लिखावट के अक्षरों को पहचान लिया। पंचानन के हस्ताक्षर की लिखावट थी। उस चिट्ठी को लेकर वे तुरन्त बाहर की फुलवारी में आ गए। वहीं उन्होंने वह पूरी चिट्ठी पढ़ी।

चिट्ठी काफी लम्बी थी। उस लंबी चिट्ठी को अति संक्षेप रूप देकर, सारांश रूप में बता पाना संभव नहीं है। वह चिट्ठी एक ऐसी सामान्य चिट्ठी नहीं थी, जैसी कि एक पति अपनी पत्नी को लिखता है। उस चिट्ठी में पंचानन ने अपनी पत्नी के साथ व्यतीत किए गए अब तक के अपने दीर्घ वैवाहिक जीवन के पटाक्षेप की घोषणा कर दी है, और अपनी पत्नी को त्यागकर उसकी जगह चम्पा को लेकर एक नये पारिवारिक जीवन के आरंभ करने की सूचना अत्यन्त निर्लज्जतापूर्वक दी है। उसका यह नया जीवन पुराने जीवन की समाप्ति पर ही आरंभ होगा। उसकी पैतृक सम्पत्ति का उत्तराधिकारी दुदू ही होगा। माकन के विवाह के लिए और धर्मपत्नी के भरण-पोषण के लिए अलग से व्यवस्था रहेगी। संयुक्त परिवार की मिली-जुली जगह-जमीन आदि सम्पत्ति का बँटवारा हो पाने में अभी समय लगेगा। पंचानन स्वयं अपने लिए कहीं स्वतन्त्र रूप से अलग रहने की बात सोच रहा है।

बेचारी चित्रा इस चिट्ठी की सांघातिक खबरों की चोट बर्दाश्त नहीं कर पायी। इसके पहले अभी माकन के घर छोड़कर चले जाने से उसने असहनीय डर

पाया ही था। पिछली रात से अब तक उसके मुँह में अन्न का एक दाना भी नहीं जाने से उसका स्वास्थ्य बिलकुल कमज़ोर हो गया था। उनके शरीर का रक्तचाप भी काफी बढ़ गया था। चिट्ठी लेकर डाकिया ठीक साढ़े दस बजे आया था। जान पड़ता है कि यह चिट्ठी पढ़कर ही शोकाभिभूत हो मूर्छित होकर वह खाट पर जा गिरीं। बहुत संभव है इसी में उनकी हृदय-गति बन्द हो गई हो। और उसके बाद तो सभी कुछ समाप्त।

लगता है कि पूरी तरह हताश हो जाने के कारण उस बेचारी ने अपना जीवन ही विसर्जित कर दिया। अपने जीवन के स्वामी पतिदेव के दुर्व्यवहार-अनाचार को सहते रहने को मज़बूर होने और अन्तः उसके द्वारा परित्याग कर दिए जाने के साथ ही उनके पति-पुरुष निर्भरशील जीवन का कोई अर्थ ही शेष नहीं रह गया। उनके अतिशाय लाड़-प्यार की सन्तान थी —माकन। वह भी अचानक ही घर-द्वार छोड़, उनसे नाता-रिश्ता तोड़ दूर चली गई, तो फिर उन्होंने तो दिन में ही अँधेरा देखा। सर्वत्र निराशा ही निराशा ब्याप गई।

माली का कहना है कि उसने अचानक ही उनकी चीख सुनी थी। जैसी किसी घने जंगल में रास्ता भटक गया, डर से आकुल-व्याकुल आदमी चीख-चिल्ला उठता है ठीक उसी प्रकार माकन की माँ भी चीख उठीं थीं। बस एक बार या दो बार की चीख के बाद ही फिर सब कुछ ठंडा। सब कुछ समाप्त।

हजारिका के वहाँ रहते-रहते ही डॉक्टर साहब आ पहुँचे। उन्होंने माकन की माँ के शरीर का परीक्षण किया और अन्ततः उन्होंने भी बरुआ जी के अनुमान को सत्य प्रमाणित किया। अचानक ही हृदय गति बन्द हो जाने—हार्ट फेल हो जाने—से ही मृत्यु हो गई थी। डॉक्टर ने उसे किसी तरह फिर से चालू करने की कोशिश की मगर इस कोशिश में वे सफल नहीं हो सके।

अभी उस समय तक तो माकन रोयी नहीं थी। परन्तु डॉक्टर के वहाँ से चले जाते ही वह फफक-फफककर रोने लगी। रोते-रोते भी उसने अपने व्यक्तित्व के वैशिष्ट्य को भुलाया नहीं था। सुदर्शना और उसकी माता जी दोनों ही उसे समझा-बुझाकर चुप करवाने की कोशिश कर रही थीं। परन्तु उसकी आज जो हानि हो चुकी थी उसकी क्षतिपूर्ति असम्भव थी। फिर कभी अपनी माँ को पा सकना संभव नहीं था। इसके अतिरिक्त अभी तक वह उस यथार्थ कारण के संबंध में रंच मात्र भी नहीं जान पाई थी, जिसकी वज़ह से यह भयंकर दुर्घटना घटित हो गई थी। वह खबर तो अभी बस बरुआ जी और हजारिका जी को ही थी। इसी से संभवतः वह यह समझ रही थी कि माँ की मृत्यु का असली कारण वह स्वयं है। यह अपराध-बोध ही उसे तिल-तिल कर सता रहा था। वस्तुतः अपनी माँ की भाँति

उसके भी हृदय में अपने आप को ही दोषी ठहराने और आत्मग्लानि से भर उठने की प्रवृत्ति ही अधिक प्रबल थी।

माकन की छटपटाहट, उसकी वह असहनीय पीड़ा बरुआ जी से सही नहीं गई। उसका करुण-क्रन्दन वे देख नहीं पा रहे थे। वे उसे वहाँ से अलग ले गए, उसके अपने कमरे में ले जाकर उन्होंने नाना प्रकार से उसे समझाया, बुझाया। उसे धीरज बँधाते हुए अन्त में उन्होंने कहा, "देखो माँ! तुम्हारी माता जी तो अब स्वर्ग चली ही गईं। परन्तु हम लोग तो अभी मरे नहीं। तुम्हारा विवाह किसके साथ हो, यह निर्णय तो तुम्हीं करोगी। जैसा निर्णय तुम लोगी उसी के अनुसार होगा। परन्तु इस बीच ही मैंने अपने मन में तुम्हें अपने घर की बहूरानी की पद-मर्यादा पर प्रतिष्ठित मान लिया है। मैं तुम्हें वही इज़्ज़त-सम्मान देता हूँ। अतएव तुम अब पूरी तरह से मेरी अतिनिकट आत्मीय हो। मुझे आशा है कि तुम मेरे प्यार-दुलार और स्नेह के महत्त्व को समझोगी। इसमें मेरा अपना कोई स्वार्थ नहीं छिपा है। क्योंकि मैं किसी भी बात के लिए किसी को भी बाध्य नहीं करता। परन्तु एक बात मैं सच्चे दिल से तुम्हें बतला देना चाहता हूँ। वह यह कि अपनी माँ की मृत्यु का कारण तुम नहीं हो। उस तरह का कोई भी कारण नहीं सिवाय भाग्य के।"

चिट्ठी की बात खोले बिना ही उनसे जितना संभव हो सका उन्होंने माकन को आत्म-दोष-दर्शन और आत्मपीड़न के मिथ्या दोष से पीड़ित रहने से मुक्त करने की कोशिश की।

माकन ने उनकी बातें ध्यान से सुनीं। उसने महसूस किया कि उनके एक-एक शब्द में बरुआ जी का सच्चा स्नेह प्रकट हो रहा था। उन्होंने जो उससे यह कहा कि अपनी माँ की मृत्यु का कारण वह नहीं है, इसके लिए उसने उनके प्रति बहुत-बहुत कृतज्ञता ज्ञापित की। परन्तु वह इतना समझ पा रही थी कि ऐसी कोई बात ज़रूर है जिसे बरुआ जी उससे छिपा रहे हैं, परन्तु यह दुराव-छिपाव का काम भी वे किसी अच्छे उद्देश्य के लिए ही कर रहे हैं।' उसने उनसे विनयपूर्वक कहा, "ऐसी घड़ी में मेरे पिताजी यहाँ हैं नहीं, बड़े भैया भी नहीं हैं। बड़े पिता जी अस्पताल में घायल पड़े हुए हैं। मेरा दिमाग भी ठीक ढंग से काम नहीं कर पा रहा है। अतः मेरी प्रार्थना है कि, चाचा जी, आप ही हमारा सब कुछ देखें-भालें। मुझे आशीर्वाद दें कि मैं अपनी माँ की योग्य पुत्री बन सकूँ। माँ सचमुच ही मेरे लिए क्या थीं, इसे मैं किससे कहूँगी, कौन पतियाएगा?"

अपनी करुणिक बातें कहने के साथ-ही-साथ माकन सिसक-सिसककर रोती भी जा रही थी। उसने देखा घर हर प्रकार से मलिन हो गया है। सारी रंगत फीकी पड़ गई है। रसोई घर बिलकुल सूना है। माँ के कमरे में, उसके नित्य पाठ-पूजन

करने की रामायण पड़ी है, परन्तु माँ ही नहीं है।

वह अब बिलकुल अकेली है। इस सुनसान घर का सारा भार अब उसी के सर पर है। अब तो चाहे जितना भी दुःख-दर्द हो, सभी कुछ सहना ही पड़ेगा।

उसने एक बार आँखें उठाकर बरुआ की ओर देखा। पके हुए सफेद बालों के नीचे एक शान्त-गम्भीर मुख-मण्डल जिसमें आँसुओं से भरी हुई दो बड़ी-बड़ी आँखें। आज के दिन से पहले, बड़े-से-बड़े संकटकाल में भी, कभी उनकी आँखों ने आँसू नहीं देखा था। चूँकि उसके प्रति उनका अगाध स्नेह है इसीलिए आज वे खुलकर रो ले पा रहे हैं। उसे पूरा विश्वास हो गया कि ऐसे संकट के समय बरुआ जी उसे छोड़ेंगे नहीं, हर संभव सहायता करेंगे।

बरुआ जी ने भी आज से पहले किसी लड़की के लिए इतनी सहानुभूति नहीं दिखाई थी। उनकी यह सहानुभूति स्वतः स्फूर्त थी, बिना किसी कोशिश-यत्न के उनका भाव उमड़ पड़ रहा था। और जो सब लड़कियाँ हैं, माकन उन सबसे अलग एक अतिशय विशिष्ट लड़की है। वैसे उसका रूप सौन्दर्य दीप्तिमय और चमकदार तो नहीं है, परन्तु उसके मुखमण्डल पर गाम्भीर्य की एक विशेष आभा है। वह हल्के स्वभाव की न होकर गुरु-गम्भीर, कर्त्तव्य-परायण और उत्तदायित्वशील है। उसे उस विशेष रूप में उस वेला में भी देखकर, उनके हृदय में सचमुच ही ये भाव उठे कि यथार्थतः वह उनकी पुत्र-वधू होने के सर्वथा सुयोग्य है। वह ज्ञान सम्पन्न, हर तरह से समझदार युवती है। सामायिक रूप से कल ज़रूर वह कुछ दिग्भ्रमित हो गई थी, फिर भी वह अकारण ही नहीं, उसका भी सुसंगत आधार है। उसने नवीन को जो वचन दिया था, बाद में अगर (वह सुख-समृद्धि का सरल मार्ग अपनाने के निहित-उद्देश्य से) उसका उल्लंघन कर बैठी होती, तो बरुआ की उसके प्रति श्रद्धा और ही घट गई होती। वचन देकर, अपनी वचन की रक्षा न कर, वचन तोड़ देने वाले मनुष्य को बरुआ जी तनिक भी पसन्द नहीं करते। नवीन में और उसमें (माकन में) जो परस्पर विचार-विमर्श हुआ और एक सिद्धान्त पर दोनों का समझौता हुआ, वह भी किसी निराधार और काल्पनिक बातों पर न होकर यथार्थ जगत की वास्तविक धारणाओं पर आधारित है। प्रेम की सीमाबद्धता को उन दोनों ने स्वीकार कर लिया है। घर-गृहस्थी के संबंध में दोनों की धारणाओं में भिन्नता है। यही कारण है कि आगे चलकर उनका प्रेम और पुष्ट होगा और वह उनके विवाह संस्कार के रूप में परिणत हो सकेगा, इस बात की संभावना बहुत कम ही है। यह प्रेम बना रहे। उसी प्रेम की मनोभिलाषित परिणति होते न देखकर, और अपने कुल-खानदान, परिवार के लोगों द्वारा इस संबंध में लिये गए निर्णय की चोट से आघात खाकर वह किंकर्त्तव्यविमूढ़ हो गई जिसकी वज़ह से वह एक बिलकुल

अपरिचित परिस्थिति में जा फँसी। अपने अन्तरतम के सत्य की रक्षा के लिए वह अपने परिवार से और नवीन से, दोनों ही ध्रुवों से परे हटकर दूर शान्तिनिकेतन में जाकर रहने-अध्ययन करने में ही उसने अपने लिए छुटकारे का रास्ता देखा-विचारा। परन्तु वास्तविकता तो यह है कि वह रास्ता असम्भव रास्ता है, अनुपयुक्त है। और यह बात भी वह बहुत जल्दी ही समझ गई, परन्तु घर लौट आने पर भी उसे एक और अप्रत्याशित घटना का सामना करना पड़ गया। अपनी माँ की रहस्यमय मृत्यु। ऐसी जटिल परिस्थिति में उसकी धारणा बन गई कि उसने जो माँ की बात नहीं मानी, उससे विवाद किया और अन्ततः रूठकर चली गई, उसके इन उत्पातों ने ही माँ के कोमल हृदय को भारी आघात पहुँचाया, और उसके परिणामस्वरूप माँ की मृत्यु इतनी जल्दी हो गई। अब (स्थिति को कुछ सही परिप्रेक्ष्य में भाँप लेने से) संभवतः उसे कुछ शान्ति मिली है। उसकी आँखों से, मुँह से, समूचे चेहरे से कृतज्ञता का भाव प्रकट हो रहा है। वह अब समझ गई है कि बरुआ उसके प्रबल हितैषी हैं। संभवतः वह यह भी समझ गई है वे उसे जो इतना स्नेह इतना समादर दे रहे हैं इसके पीछे सचमुच ही उनका कोई संकीर्ण स्वार्थ भी नहीं है। यह ठीक है कि उसे अपनी पुत्र-वधू बनाने की अपनी एकान्त अभिलाषा को बरुआ जी ने छिपाया नहीं है। उस इच्छा को वे छिपाए रख भी नहीं सकते।

वह बरुआ जी के प्रति कृतज्ञता के भाव से भर उठी है, यह बात बरुआ जी भी समझ गए।

कुछ देर बाद ही वह बरुआ जी के करीब आई, उसने उनका चरण छूकर प्रणाम किया, और फिर माँ के शयन-कक्ष में चली गई। तब बरुआ जी बाहर निकल आए।

सिराजुद्दीन हजारिका बाहरी बैठक-खाने में ही उनकी बाट जोहते बैठे हुए थे। दोनों मित्रों में कुछ देर तक विचार-विमर्श चलता रहा। फिर बातचीत पूरी कर हजारिका जी अपने घर वापस चले गए।

तब बरुआ जी ने माली को बुलाकर उसे रंजीत और नवीन को बुला लाने के लिए भेज दिया। साथ ही उन्होंने रतिराम ड्राइवर को बुलाकर उसे दुदू और पंचानन फूकन को तार देकर बुलाने के लिए दो अतिशीघ्र वाले तार-समाचार तैयार कर तार ऑफिस में दे आने को कहा। उधर से लौटते समय अपने साथ कुल-पुरोहित को भी बुला लाने की हिदायत दी। उन्होंने अनुमान करके अन्दाज़ लगाया कि दुदू के यहाँ आ पहुँचते-पहुँचते रात के आठ या नौ बज जाएँगे। अतः रात दस बजे के पहले माकन की माँ के शव को श्मशान ले जा पाना संभव नहीं हो सकेगा। इस बीच बेठाराम मुहर्रिर को अंत्येष्टि क्रिया के लिए आवश्यक कच्चे बाँस, सूखी

लकड़ी-फूस वगैरह का इन्तजाम कर देने के लिए कह दिया गया है। तब तक पास-पड़ोस के लोगों की भीड़ का स्रोत माकन के घर की ओर खोज-खबर लेने के लिए उमड़ पड़ा था।

बरुआ जी बाहर के बरामदे में बैठकर सभी कुछ देख-सँभाल रहे थे।

आधा घण्टे के बाद माली खाली हाथ लौट आया। उसने बताया कि रंजीत बाबू तो आज बहुत भोर में प्रातःकाल ही अपने दो और सैनिक दोस्तों के साथ दीप की झील की ओर शिकार खेलने के लिए चले गए हैं। माकन की माँ के मरने की खबर वहाँ वह और किसी को बता नहीं सका। दोपहर ढलने के पहले उनके लौट आने की उम्मीद नहीं है।

"नवीन से भी क्या तुम भेंट नहीं कर सकें?"–चिन्तित होकर बरुआ जी ने पूछा।

"नवीन बाबू के कार्यालय में तो पुलिस खाना-तलाशी ले रही है।"–माली ने डरे-डरे से स्वर में कहा, "नवीन बाबू वहाँ हैं नहीं। शायद वे गिरफ्तार कर लिये गए हैं।"

बरुआ जी का तो सिर ही चकरा गया। अत्यधिक बेचैनी में उन्होंने घर के अन्दर से सुदर्शना को बुलवाया, और उससे बोले, "माँ! तुम जरा बाहर ही ठहरो और यहाँ की देखभाल करती रहना। मैं जरा नवीन के संघ के कार्यालय जाकर आता हूँ।"

"अरे अब नवीन को क्या हो गया?"–आश्चर्यचकित होकर सुदर्शना ने पूछा।

"गिरफ्तार हो गया है।"–बरुआजी ने उत्तर दिया। संघ से संबंधित कार्यकत्ताओं के गिरफ्तार कर लिये जाने की खबर आजकल कोई खबर ही नहीं रह गई है। वे तो आये दिन गिरफ्तार होते ही रहते हैं। फिर भी नवीन के गिरफ्तार कर लिए जाने की खबर एक सनसनीखेज खबर ही है क्योंकि यहाँ सभी नवीन को अत्यन्त सज्जन व्यक्ति के रूप में ही जानते-मानते हैं।

"मन्मथ को इसकी सूचना दी या नहीं?" बरुआ जी ने पूछा।

"सूचना दे दी है" सदर्शना की आवाज़ में एक प्रकार की उदासीनता थी, "वे जाने किस वन-जंगल में जा घुसे हुए हैं। तार की खबर भी नहीं पाते। अपने आप ही अगर आ जायँ, तो आएँ।"

बरुआ ने उस वक्त सुदर्शना के मुँह की ओर निहारा तो अचानक ही उन्हें बहुत पुरानी बातें याद आ गईं। सुदर्शना जब निरी बच्ची थी तभी से उसे देखते आ रहे हैं। उसकी रंजीत के साथ अत्यन्त घनिष्ठ दोस्ती थी। नाचने-गाने के प्रति दोनों के मन में बहुत अधिक अभिरुचि दिखाई पड़ती थी। उनका और

सुदर्शना–दोनों का ही परिवार, जब कभी भी पर्यटन यात्रा के सिलसिले में अथवा किसी अच्छी खेल-प्रतियोगिता को देखने के सिलसिले में कलकत्ता जाता था, दोनों ही परिवार एक ही होटल में ठहरते थे। रविचन्द्र जी जिस समय इंग्लैंड में जाकर अध्ययन कर रहे थे, उस वक्त यहाँ उनके परिवार में अगर कोई आफत-विपद आ पड़ती, कैसी भी कोई परेशानी होती तो उनके परिवार की देखभाल, सुरक्षा-व्यवस्था वगैरह बरुआ जी ही करते थे। ऐसी ही आत्मीयता के चलते रंजीत और सुदर्शना ने मिलकर एक फिल्म बनाने की भी योजना बनाई थी। उस फिल्म के बनाने में जो कुछ भी खर्च होना आवश्यक था, उस सबका जुगाड़ करने की जिम्मेदारी बरुआ जी ने अपने ऊपर ली थी। दोनों का आपस में विवाह करवा देने के लिए दोनों के ही पिता लोगों में सहमति भी हो गई थी। परन्तु यह जो विश्वयुद्ध शुरू हो गया, इस विश्वयुद्ध ने ही फिल्म-निर्माण में बाधा-विघ्न खड़ा कर दिया। यकायक फिल्मों के दाम में बेतहाशा वृद्धि हो गई। और विवाह में विघ्न-बाधा डाली सुदर्शना की माता जी ने। दरअसल वे अत्यन्त परम्परावादी महिला हैं। पुराने विचारों से पूरी तरह प्रभावित। अतएव सुदर्शना का विवाह मन्मथ के साथ हुआ। फलतः दोनों ही सुध-बुधहीन हो किंकर्त्तव्यविमूढ़ हो गए। सुदर्शना अब एकान्त में रहती हुई समय गुज़ारती है और उधर मन्मथ रात-दिन रुपये कमाने की फिराक में ही मग्न रहता है।

रंजीत बेचारा तो आजकल भँगेड़ी (भाँग खाकर नशे में मत्त) हो गया है। किस मानसिक परिताप से उसने अपनी यह गति कर डाली है। इसे तो वही जाने। परन्तु उसे सदा-सर्वदा इसी प्रकार की स्थिति में तो बने रहने नहीं दे सकता हूँ।

सुदर्शना के प्रति उनमें असीम करुणा जगी। बरुआ जी ने उससे कहा, "सुनो सुदर्शना बिटिया! मैं साँझ की वेला में फिर आऊँगा। अभी जाता हूँ। रंजीत शिकार खेलने चला गया है। शिकार से लौटते ही वह ज़रूर आएगा। तब उसे यहीं रुके रहने के लिए कहना।"–फिर कुछ देर चुप रहकर वे सुदर्शना के मुँह की ओर देखते रहे।

सुदर्शना ने कुछ नाराज़गी जताते हुए कहा, "रंजीत जी ने तो इतने दिनों से मेरी कोई खोज-खबर ही नहीं ली कि मर गई हूँ या अभी जिन्दा हूँ?"

बरुआ जी ने हँसकर उत्तर दिया, "उसकी छुट्टी अब कल तक ही है। परसों ही वह युद्ध के मोर्चे पर इम्फाल चला जाएगा।" थोड़ी देर ठहरकर वे फिर बोले, "आज तो वह आएगा ही। बातचीत जो कुछ भी करनी है उसी से कर लेना।"

सुदर्शना ने मन-ही-मन अनुभव किया कि बरुआ जी का उसके प्रति जो स्नेह था उसमें तनिक भी कमी नहीं आई है।

कुछ समय बाद बरुआ जी पंचानन फूकन के घर से चले गए।

पंचानन फूकन के घर से आते समय दीघली पोखरी तक पहुँचने के पहले संघ के कार्यालय पहुँच गए। संघ के कार्यालय के सामने खड़े होते-होते ही उन्होंने देखा कि कार्यालय के बाहर ही तमाम सारे कागज़-पत्र छींटे-छितराए पड़े हैं। कार्यालय के कमरों के सभी दरवाज़ें भी खुले पड़े हैं। आज के पहले बरुआ जी कभी भी संघ के इस कार्यालय में नहीं आए थे। कार्यालय का भवन अंग्रेजी के 'ई' (E) अक्षर के आकार-प्रकार का है। पहले-पहले देखने पर गाँव की प्राथमिक पाठशाला जैसा लगता है। बरुआ जी संघ के कार्यालय भवन में भीतर चले गए। अन्दर जाकर देखा तो कार्यालय के कक्ष में सुमति जी मन मारे परेशान हो बैठी हैं। उनके पास में एक लम्बा-चौड़ा, भारी-भरकम शरीर का पुलिस अधिकारी खड़ा हुआ था।

बरुआ जी को देखकर सुमति जी उनके करीब बाहर निकल आईं।

"कभी न आने वाले महाशय आए हैं, देखो तो।"—मन्द-मन्द मुस्कराते हुए सुमति जी ने कहा, "हमारा हाल-चाल लेने के लिए ही शायद, बादल छँट गए थे और मौसम सुहावना हो चला था, कि अचानक ही ऐसा तूफ़ान आ ज़ाएगा, इसे कैसे जान सकती थी। मैं तो बाहर गई हुई थी। अभी-अभी यहाँ आई हूँ।"

बरुआ भी आश्चर्यचकित रह गए थे क्योंकि देश की राजनीतिक परिस्थिति तो मूलतः अच्छी ही थी। बरदलै जी से बातचीत करके वे इस स्थिति को समझ गए थे। यूरोप में चल रहा विश्वयुद्ध अब समाप्त होने वाला था। चर्चिल (ब्रिटिश प्रधानमंत्री) चाहे कितनी भी उछल-कूद करें, मगर ब्रिटेन में लेबर पार्टी की ही विजय होगी और वही शासन की सत्ता संभालेगी, यह बात प्रायः निश्चित ही है। परिणामतः भारतवर्ष को स्वतन्त्रता प्राप्त हो जाने की ही अधिक सम्भावना है। दूसरी ओर संघ का काम-काज भी वैधानिक शासन प्राप्त कर लेने की दिशा में ही आगे बढ़ रहा है। इस अवस्था में संघ कार्यालय में की जा रही खाना-तलाशी का फिर क्या मतलब है?

बरुआ ने पूछा, "कहीं कुछ बहुत आपत्तिजनक घटना घट गई है क्या?"

बरुआ जी इस शहर के एक श्रेष्ठ गण्यमान्य व्यक्ति हैं। अतः पुलिस अधिकारी भी अपनी कुर्सी छोड़कर उनके पास ही आ गए और वहीं वे भी खड़े हो गए।

सुमति जी ने हँसकर पुलिस अधिकारी की ओर देखा और बोली, "बरुआ जी के प्रश्न का उत्तर कृपया आप ही दें।"

पुलिस अधिकारी—शिलहटिया (शिलहट शहर—जो अब बांग्ला देश में हैं—के निवासी) थे। उन्होंने अपनी टोपी उतारकर आदरपूर्वक कहा, "परसों सबेरे से ही

गुवाहाटी शहर में कई जगह कई बम फटे हैं। परसों रविचन्द्रजी की पढ़ाने की कक्षा में ही बम फटा। बेचारे बहुत बुरी तरह घायल हो गए हैं, किसी-किसी तरह ही बचे हैं। पुलिस के गुप्तचर विभाग ने खोजकर प्रतिवेदन दिया है कि विद्यार्थियों का एक ऐसा दल है जो शिक्षा व्यवस्था में गड़बड़ी पैदा करना चाहता है, काटन कॉलेज को बन्द करवा देने के लिए ही यह दल यह सब काम कर रहा है। ये बम आखिर कहाँ बनाए जाते हैं? इनका भंडारण कहाँ होता है, छिपाकर कहाँ रखे जाते हैं? इसी खोज-बीन का काम चल रहा है। कल सायंकाल एक नौजवान लड़के ने गुवाहाटी स्टेशन प्लेटफार्म पर ही एक बम का विस्फोट किया था। उस लड़के के संबंध में जानकारी प्राप्त हो गई है। वह संघ का ही सदस्य है। आज प्रातःकाल ही राजकीय टेलीफ़ोन कार्यालय में एक बम फटा है। पूरे शहर में दहशत फैली हुई है। संघ के कुछ विशिष्ट लोगों के घरों की खानातलाशी ली जा रही है। ऐसे कुछ लोगों को भारतीय सरकार के प्रतिरक्षा अधिनियमों के तहत गिरफ्तार किया गया है।"

थोड़ी देर तक तो किसी के मुँह से कोई बोल नहीं फूटा।

"नवीन को आप लोगों ने ही गिरफ्तार कर लिया है क्या?" आकुल-व्याकुल हो बरुआ जी ने पूछा।

"जी, हाँ।"

"अरे भाई, मैं यह अच्छी तरह जानता हूँ कि वह बेचारा तो इधर कई दिनों से एक मासिक पत्रिका प्रकाशित करवाने के काम में लगा हुआ था। उसे तो इसी भाग-दौड़ से फुरसत नहीं थी। इसमें सहायता करने के लिए मैंने भी रुपये दिए हैं। मुझे तो विश्वास है कि आप लोगों ने उसे गलतफहमी में पड़कर ही गिरफ्तार कर लिया है।"– बरुआ जी ने उन लोगों पर आरोप लगाने के सुर में कहा। फिर पूछा, "अगर मैं उसे जमानत पर छुड़ा लेना चाहूँ, तब उसे छोड़ तो देंगे?"

पुलिस अधिकारी ने उनकी बातें ध्यान से सुनीं। उसके बाद वहाँ की गई खानातलाशी का विवरण उन्हें बतलाया। नवीन के कमरे में और उसके कार्यालय में उन लोगों ने खोज-ढूँढ कर भी किसी प्रकार की षडयन्त्रकारी गतिविधि का कोई चिह्न नहीं पाया, न कोई ग़ैर-कानूनी साहित्य या प्रचार मूलक कोई चीज ही पायी, न कोई बम वग़ैरह ही। परन्तु गुप्तचर सेवा ने जो रिपोर्ट दी है उसके अनुसार रेलवे स्टेशन के प्लेटफार्म पर जिस नौजवान लड़के ने बम विस्फोट किया था वह प्रायः ही संघ के कार्यालय में आता-जाता रहता है और नवीन के साथ विचार-विमर्श करके फिर से ज़ोरदार आन्दोलन चलाने की योजना बनाता है। इसके अलावा एक और रिपोर्ट भी उसके खिलाफ सिद्ध हुई है। मणिपुर के इम्फाल क्षेत्र से आजाद हिन्द

फौज के कई एक गुप्तचर गुवाहाटी शहर में गुप्तचरी करने आ पहुँचे हैं। उन्हीं में से एक गुप्तचर, जो एक नेपाली युवक है, कल अमीन-गाँव में पकड़ा गया है। उसकी डायरी में भी नवीन बाबू का नाम है। अतः एक दृढ़ सन्देह में उसे गिरफ्तार किया गया है। इस समय वह संघ के राष्ट्रविरोधी क्रियाकलाप के आरोप में अवरुद्ध है। जमानत पर छोड़ दिए जाने की संभावना कम ही है।''

अबकी बार बरुआ जी ने सुमति जी की ओर देखा। अत्यन्त भाव-गम्भीर होकर सुमति जी ने आकाश की ओर देखा। बरुआ जी ने महसूस किया कि उस समय सुमति जी से कोई बात करना सम्भव नहीं है।

वे यह भली-भाँति समझ गए कि नवीन पर जो सन्देह किया गया है, इसका प्रधान कारण यह है कि आजकल वह संघ के उस पद का उत्तरदायित्व संभाले हुए हैं जो वस्तुतः विमल का है। संघ के गर्मदल के लोगों ने अभी स्वतन्त्रता-प्राप्ति के लिए हिंसा का निष्फल मार्ग छोड़ा नहीं है।

नवीन के कामकाज करने की एक और दिशा आज उन्होंने जानी-पहचानी। उसकी राजनीतिक गतिविधियों वाला रूप उसके समाचार संपादकत्व वाले रूप से अधिक उग्र और तीक्ष्ण है। उनकी नाकों से एक गहरी निश्वास निकल गई।

रस्सी जल जाने पर भी ऐंठन नहीं छूटती। नवीन उनका दूर के रिश्ते का भतीजा लगता है। विमल भी ऐसा ही है। संघ का सदस्य बनकर संघ के लिए समर्पित हो जाने के समय से ही वे अपने पारिवारिक परिवेश से दूर हट गए। स्वतन्त्रता आन्दोलन जब धीमा पड़ गया तो जो नवीन वग़ैरह से कमजोर किस्म के कार्यकर्त्ता थे वे तो निष्क्रिय हो गए। उन्हीं में से कोई-कोई बम मारने, विस्फोट करने वग़ैरह कामों में जा लगा। उसी के अपराध का भार संभवतः नवीन के सिर मढ़ गया।

नवीन को उसके पारिवारिक परिवेश में लौटा लाने के लिए वे बहुत पहले से ही हर संभव कोशिश करते आ रहे हैं। परन्तु नवीन के लिए संघ के कार्य का आकर्षण इतना प्रचण्ड हो उठा था कि नवीन नौकरी-चाकरी, व्यवसाय-वाणिज्य, खेती-बारी किसी एक में भी मन नहीं लगा सका। सरकार और समाज में परिवर्तन करने के लिए ही उसने अपनी सारी शक्ति लगा दी थी। परन्तु माकन का प्रेम उसे परिवार के सुन्दर सुसज्जित घर में—रम्य घर गृहस्थी में—पुनः खींच ले आना चाहता है। नवीन जो पत्रिका प्रकाशित करने में इतना कर्त्तव्य-व्यस्त हो उठा है उसके मूल में भी माकन की ही प्रेरणा है। बरुआ जी ने उसके इस उद्योग में यथासंभव सहायता करने का भार अपने जिम्मे लिया है। मन-ही-मन एक दैनिक समाचार पत्र प्रकाशित करने की बात भी सोच रहे हैं। नवीन की प्रतिभा पर उन्हें दृढ़ विश्वास

है। (उसी के चलते उन्हें आशा है कि उसके संपादकत्व में सभी कुछ लाभप्रद होगा।)

परन्तु आज उन्हें समझ में आया कि नवीन की जड़ें राजनीति की गम्भीरतम गहराई में पहुँच चुकी हैं। प्रेम की ज़मीन में हो सकता है दो-एक जड़ें फैली हों परन्तु वे जड़ें असली मोटी और प्रमुख जड़ें नहीं हैं, इतना तो स्पष्ट है।

देश को स्वतन्त्रता प्राप्त हो जाने पर राजनीति के प्रति हुआ यह आकर्षण और बड़ा होकर एक और बड़े पारिवारिक जीवन का आधार बना दे। लेकिन स्वतन्त्रता कब प्राप्त होगी? इसके बारे में बस अनुमान भर लगा सकते हैं, निश्चयपूर्वक कुछ भी कह नहीं सकते।

"नवीन से तुम्हारी भेंट हुई थी क्या, सुमति?"–बरुआ जी ने उत्सुकतापूर्वक पूछा।

"नहीं" एक दीर्घ श्वास छोड़ते हुए सुमति जी ने कहा, "नवीन को विशेष रूप से वे पकड़कर ले जाएँगे, यह बात तो मैंने सपने में भी नहीं सोची थी। उसे संघ में लगाए रखकर मैं एक आश्रम खोलने की योजना बना रही थी। यह समय एक रचनात्मक एवं संगठनात्मक निर्माण के काम करने का समय है।"

बरुआ के मन को यह बात बहुत भायी। उन्होंने उल्लसित होकर अनुरोध करते हुए कहा, "कीजिए, कीजिए। अगर इस काम के लिए ज़मीन की ज़रूरत पड़ी तो मैं जमीन दूँगा।" फिर उन्होंने संक्षेप में बतलाया कि शरनीया की ओर उनकी कुछ जगह-जमीन है। वे जमीन के अपने उस हिस्से को किसी भले काम के लिए दान में देना चाहते हैं।

सुमति जी ने उनकी ओर देखकर आँखों-आँखों से ही कृतज्ञता ज्ञापित की। उन्होंने मन-ही-मन कस्तूरबा गांधी के नाम पर एक आश्रम स्थापित करने की परिकल्पना किए हुए थीं। उसमें उनकी योजना के अनुसार ग्राम सेविकाओ के लिए एक प्रशिक्षण केन्द्र रहेगा। विमल जी भी उसके इस काम का समर्थन करेंगे।

बरुआ जी के साथ सुमति जी की बातचीत बहुत अच्छी तरह कुछ देर तक होती रही। इस बीच पुलिस अधिकारी ने वहाँ की गई खानातलाशी के उपरान्त कागजों का एक पुलिन्दा ले जाने के लिए बँधवाया, उसमें ले जाने वाली चीज़ों की एक तालिका बनवाकर उसकी एक प्रति सुमति जी को दी, फिर पुलिस सिपाहियों के साथ सब कागज-पत्र लिये वे थाने चले गए।

मशीन की तरह काम कर रहे पुलिस के नौजवान मशीन की तरह ही वहाँ से बाहर चले गए।

सुमति जी ने इस सब कार्यवाही पर कोई आशंका, कोई परेशानी, कोई

हड़बड़ी या कोई नाराज़गी या क्रोध व्यक्त नहीं किया। वे जैसे धीर-गम्भीर रहती हैं वैसे ही बनी रहीं, मानो संघ कार्यालय की खानातलाशी और नवीन की गिरफ्तारी बिलकुल साधारण घटनाएँ हों।

उनके मन की प्रशान्ति को देखकर बरुआ जी बहुत आश्चर्यचकित हुए। परन्तु इसके संबंध में उन्होंने कौतूहल नहीं दिखाया। क्योंकि वे जानते हैं कि इसके मूल में कुछ सात्विक स्थिर मूल्यों के प्रति विश्वास का भाव है। आँधी-तूफान या पानी की प्रबल धारा चाहे जितनी भी प्रचण्ड हों मगर ब्रह्मपुत्र के मध्य स्थित उर्वशी शिला को कभी बहा नहीं ले जा सकीं और न कभी बहा ले जा पाएँगी। सुमति का हृदय भी उर्वशी शिला की भाँति स्थिर, अचल-अटल है।

बरुआ प्रस्थान करने के लिए उठकर चलने को हुए। तभी सुमति जी ने अचानक पूछा, "नवीन को खोजते हुए आप स्वयं अपने आप ही आए थे। कोई विशेष जरूरत थी क्या?"

थोड़ा-सा हँसकर बरुआ जी ने कहा, "यह प्रश्न तुमने बहुत देर बाद किया। पिछले इन कई दिनों में—माने जब तुम यहाँ नहीं रही हो तब—कई घटनाएँ घट गई हैं। जैसे कि एक पत्रिका प्रकाशित करने की योजना, जैसे माकन के विवाह-संबंध की बात-चीत। उसके बाद बम के विस्फोट से रविचन्द्र जी के पाँव का जख्मी हो जाना, और, " कुछ ठहरकर थूक निगलकर बरुआ ने फिर आगे कहा, "अन्त वाली यह घटना बहुत ही कष्टदायक है। माकन की माँ स्वर्गवासी हो गई हैं। संभवतः तुम अभी थोड़ी ही देर पहले गुवाहाटी पहुँची हो, इसी से तुम इस सबकी भनक न पा सकी। उनके घर पर और कोई नहीं है। अतः मुझे ही सब देखना-भालना पड़ रहा है। नवीन को इसलिए खोज रहा था, माकन की माँ को श्मशान ले जाकर चिता में अग्नि देने के लिए और अन्य सारे कार्य-क्रर्मों में सलाह-मशविरा देने और जरूरी उपाय करने में सहायता देने के लिए। नवीन साथ में रहता तो कोई चिन्ता नहीं रहती।

"अब इस समय तो नवीन को पाने का कोई उपाय नहीं है।" सुमति जी ने सोच-विचारकर कहा, "भारत रक्षा अधिनियम के अन्तर्गत गिरफ्तार कर ले गए हैं।"

कुछ क्षण मौन रहकर बरुआ जी की ओर उन्मुख होकर सुमति जी ने कहा, "चित्रा बहू जी इस तरह अचानक विदा हो जाएँगी, इसका भला कैसे अनुमान लगा सकती थी? जरा देर ठहरिए। मैं भी आप के संग आप की गाड़ी में चलूँगी। कम-से-कम माकन को सान्त्वना के दो-एक बोल तो बोल आँऊ।"

बरुआ जी अपनी मोटर कार ले आए। सुमति जी ने संघ के कार्यालय भवन

के मुख्य द्वार को बन्द कर ताला लगाया और फिर बरुआ जी की कार में आ बैठीं। उनके बैठते ही बरुआ जी ने कहना शुरु किया, "माकन के विवाह के संबंध में हुई बातचीत के संबंध में तुम भी कुछ जान लो तो अच्छा रहेगा। हमारे दोनों ही परिवारों के बीच अब तक रंजीत और माकन का विबाह आपस में कर देने की बात पक्की हो गई है। चित्रा भी अपनी सम्मति दे जा चुकी है। परन्तु माकन और नवीन के परस्पर प्रेम की कहानी संभवतः तुमसे छिपी नहीं होगी। इस संदर्भ में माकन ने नवीन के सामने एक शर्त रखी है। परन्तु नवीन ने उसे पूरी करने के लिए एक निश्चित अवधि माँगी है। अगर उस सीमा के अन्दर वह शर्त पूरी न कर पाया, तो फिर माकन नवीन से विवाह नहीं करेगी। तब सम्भवतः वह किसी से भी विवाह नहीं कर सकेगी। परन्तु अन्ततः रंजीत को अपने वर के रूप में स्वीकार कर लेना भी बिलकुल असम्भव नहीं है।

'सड़क के एक मोड़ पर एक दूसरी गाड़ी को पास देने (आगे निकलने के लिए जगह देने) के कारण बातचीत का स्रोत बन्द हो गया था। जब उनकी कार सहज ढंग से मुख्य सड़क पर बढ़ने लगी तब फिर उन्होंने सुमति जी से कहा, "मैं प्रेम-भावना का अनादर कथापि नहीं करना चाहता। परन्तु शादी-विवाह के लिए तो जीवन यथार्थ की वास्तविक अवस्था की ज़रूरत होती है। इस संघर्ष में कौन-सा पक्ष विजयी होता है? मैं कह नहीं सकता। माकन मुझे बहुत पसन्द आई है। रंजीत भी (उससे विवाह करने के लिए) सहमत है। परन्तु सब कुछ इस बात पर निर्भर करेग कि नवीन एक वर्ष के भीतर क्या कर पाता है और फिर माकन क्या निर्णय लेती है।"–कुछ क्षण हँसते रहने के बाद बरुआ जी ने फिर कहा, "चित्रा ने मरकर माकन के लिए एक वर्ष का समय तो यूँ ही ला दिया। अब तो इस एक वर्ष की अवधि के भीतर कोई उसके विवाह की बात उठा ही नहीं सकेगा। अच्छा, तुम क्या सोचती हो कि इस एक वर्ष की अवधि में नवीन अपनी अवस्था में सुधार कर ले सकेगा?"

सुमति जी ने मुस्कराते हुए कहा, "देखो बड़े बाबू जी, नवीन और माकन, दोनो ही परस्पर अपनी-अपनी ओर खींच रहे हैं। नवीन उस संघ की ओर, संघ के क्रियाकलापों में योग देने के लिए खींच रहा है, तो माकन उसे खींच रही है पारिवारिक गृहस्थ जीवन जीने की ओर। और यदि आप इसमें मुझसे यह जानना चाहें कि मैं किस ओर अपना योग देना चाहूँगी तो में स्पष्टतः नवीन की ओर ही जोर दूँगी।"

बरुआ जी के मुँह से फिर कोई बोल नहीं फूटा। सुमति जी के समर्थन और विरोध-सहमति-असहमति-भावों में कही कोई दुराव-छिपाव नहीं हैं।

माकन के मकान के सामने पहुँचते-पहुँचते ही बरुआ जी ने मोटर कार रोककर खड़ी कर ली। सुमति जी नीचे उतर गईं। बरुआ जी रविचन्द्र जी के घर की ओर बढ़ गए, इन सब बातों से उन्हें अवगत कराने के लिए।

बरुआ जी से सारी-घटनाओं का विवरण सुन लेने के बाद रविचन्द्र जी को ऐसा लगा जैसे वे एक बहुत बड़े चौड़े पाट की बढ़ियाई नदी की उत्ताल तरंगों पर एक जीर्ण-शीर्ण नैया में बैठे हैं और आँधी-तूफान के थपेड़ों में डगमगाती उस नैया में डर के मारे अवश्यम्भावी मृत्यु के क्षण गिन रहे हैं कि नाव के खेवैया मल्लाह के आसन पर बैठकर बरुआजी ने उन्हें अभय दान देकर नैया को उन प्रबल लहरों और प्रखर धाराओं से निकालकर किनारे से लगा दिया और उन्हें तट पर चढ़ाकर सुरक्षित खड़ा कर दिया। बरुआ के प्रति कृतज्ञता के भार से उनका हृदय भर गया।

परन्तु उन्हें अनुमान हुआ कि पंचानन अभी और विपत्तियाँ ढाएगा।

"बरुआ जी, आप ने हमारा बहुत उपकार किया है। आप की जगह अगर मैं स्वयं भी रहा होता तो इतनी अच्छी तरह से इन कामों को सम्पन्न नहीं कर पाया होता।"—रविचन्द्र जी ने बरुआ की बातें पूरी हो जाने पर अपना मत व्यक्त किया, "चित्रा की मृत्यु से उत्पन्न शोक को अपने इस जन्म में भुला पाना संभव नहीं। परन्तु चित्रा के बिना उस घर का क्या होगा, यह सोचकर मैं बहुत चिन्तित हो गया हूँ। यह पंचानन तो अपने पगलाए प्रेम के लिए अपना जीवन, धन-सम्पत्ति, पत्नी और पुत्र-कन्या सभी को तिलांजलि देने, सभी कुछ त्याग देने को प्रस्तुत हो गया है। उसके इस मतवाले प्रेम के प्रवाह को रोकने के लिए मैं कौन-सा उपाय करूँ, कृपया इस संबंध में आप ही मुझे सलाह दें। मैं तो सुध-बुध खो बैठा हूँ। क्या करूँ, क्या न करूँ, कुछ समझ ही नहीं पा रहा।

बरुआ जी, अब तक बातें करते-करते काफी थक गए थे। वे धीरे से कुर्सी के पिछले आधार पर पीठ टेककर बैठ गए, फिर सिर पर हाथ रखकर बोले, "मुक्का मारने से केला पक नहीं जाता, फूकन जी! पंचानन पहले यहां आए तो।"

रविचन्द्र जी को आभास हुआ कि बरुआ जी का गला सूख गया है। उन्होंने रतिराम को बुलाकर उनके लिए चाए लाकर देने को कहा।

उस समय बरुआजी ने पंचानन और चम्पा के पारस्परिक सम्पर्क के बारे में अच्छी तरह सोचा-विचारा। काफी देर तक सोचते-विचारते रहने के बाद भी उनके मस्तिष्क में समस्या के समाधान का कोई उपाय प्रकट नहीं हो सका।

प्रोफेसर रविचन्द्र फूकन के साथ अब और अधिक बातें करने की उनकी इच्छा नहीं हुई। उन्हें फिर शीघ्र ही माकन के घर जाना बहुत जरूरी है।

रतिराम चाय लेकर आया तो उन्होंने बड़े चाव से प्याला अपने हाथ में लिया, फिर उन्होंने रविचन्द्र जी के कमरे का बहुत ध्यान से निरीक्षण किया। कमरे में एक ओर पुस्तकों से भरी पड़ी आलमारियों की कतारें हैं, दूसरी ओर प्रसिद्ध यूरोपीय विद्वान बेकन का बड़ा-सा चित्र टंगा है। उस चित्र में मानो युग-युगान्तर से चली आ रही मनुष्य की ज्ञान-पिपासा ही मूर्त्तिमन्त हो उठी है। असम के परिवेश में ऐसी ज्ञान-पिपासा उन्होंने रविचन्द्र जी के अन्दर ही देखी है। इसी वज़ह से इन महाशय को वे विशेष श्रद्धा की दृष्टि से देखते हैं, सहानुभूतिपूर्वक समादर करते हैं। भारतवर्ष की भिन्न-भिन्न भाषाओं में संभव है रविचन्द्र जी से भी बड़े-बड़े विद्वान हों, परन्तु अत्यन्त दीनहीन असमीया जाति की ज्ञान-साधना की एक मात्र सहारे की लकड़ी-अन्धे की लाठी की भाँति एक मात्र सहारा कहने को बस यह एक व्यक्ति हैं। यह बात नहीं कि और लोग इतने विद्वान नहीं हैं, बल्कि बात यह है कि इनका ज्ञान यथार्थ ज्ञान है। बेकन की श्रेणी के ज्ञानी ये नहीं हैं। ये तो जातीय संस्कृति के विकास के प्रेरणास्रोत हैं। इसी कारण से बरुआ जी इन्हें बराबर निर्बाध, निश्चिन्त रखने की हमेशा कोशिश करते रहे हैं। बरुआ जी के लिए रविचन्द्र ज्ञान के सहारे की लाठी हैं, और रविचन्द्र जी के लिए बरुआ जी घर-परिवार-संसार-चलाने के लिए सहारे की लाठी हैं। अतएव दोनों को ही एक-दूसरे की अति-आवश्यकता है।

विमल की ज्ञान साधना के प्रति भी उनकी विशेष श्रद्धा है। परन्तु विमल तो वर्तमान समय में प्रचलित संसार की धारा को ही बदल देना चाहता है। उसके इस परिवर्तन कामी कार्य के प्रति बरुआ जी की सहानुभूति नहीं है। अज्ञानी-मूढ़-गँवार जनता में वह नये जीवन का आधार समझ नहीं पाते। बल्कि प्रोफेसर फूकन के मत को ही वे ससम्मान मानते हैं।

दार्शनिक ज्ञानी-गुणी-विचारक ही समाज और राष्ट्र को अच्छी तरह चला सकते हैं, अर्धशिक्षित स्वयंसेवक नहीं।

नवीन को वे उन्हीं सबकी श्रेणी में रखना चाहते हैं। असम में आदमियों का अभाव है। आन्दोलन के चक्कर में पड़कर उसने अपनी पढ़ाई-लिखाई खराब कर दी। और तो क्या विधि (ला) की परीक्षा में भी पास होगा कि नहीं, कुछ कहा नहीं जा सकता। इसीलिए उसे समाचार पत्र प्रकाशन के काम में लगाने के लिए वे प्रोत्साहन दे रहे थे।

लेकिन आज के सभी नवयुवकों का मन भटक गया है। जो प्रचलित ज्ञान-विज्ञान हैं, नियम-कानून है और मूल्यबोध हैं, उनमें उन सबका विश्वास ही नहीं रह गया है। ज्ञान की जिस साधना में कोई राजनीतिक दावपेंच नहीं चल

सकता, वह बात तो नवीन समझता ही नहीं। सच्ची ज्ञान साधना के लिए भीड की ज़रूरत नहीं होती। ज़रूरत होती है निद्रा-क्लान्ति से रहित एकान्तनिष्ठ साधना की। कवि, पण्डित, विद्वान, वैज्ञानिक और रचनाधर्मी लेखक भीड़ में नहीं उपजते। एकान्त-शान्त साधना-कक्ष में ही उन लोगों की सृष्टि और तत्त्व उत्पन्न होता है। उस संसार की लौकिक जानकारियाँ तो उनकी और दूसरे ग्नुष्यों जैसी ही होती है, परन्तु उनकी आध्यात्मिक चेतना पूर्णतः स्वतन्त्र प्रकार की होती है।

इन्हीं सब कारणों से रविचन्द्र जी के इस निर्जन कमरे को वे नवीन वगै़रह के संघ और अपने व्यावसायिक प्रतिष्ठान के कार्यालय भवन से उच्चतर स्थान देते रहे हैं। उन्हें पूरी आशा है कि इसी एकान्त कमरे में नवीन भावों का जन्म होगा।

रविचन्द्र जी की अवस्था को अत्यन्त दुर्दशा-ग्रस्त स्थिति में डाल दिया है, एक तरफ से संघ के अत्यन्त उग्र स्वभाव वाले नवयुवकों ने, और दूसरी तरफ से उनके बुद्धिहीन लुटुरे भाई ने। इसीलिए रविचन्द्र जी की सहायता करने के लिए वे स्वयं आगे बढ़ आए हैं।

चाय पी लेने के बाद बरुआ जी ने रविचन्द्र जी से कहा, "फूकन महाशय! आज तो मुझे जाने की अनुमति दें। आज और फिर भेंट नहीं हो पाएगी। चिता में अग्नि-प्रज्वलित करने और दाह-संस्कार संपन्न होने का काम, जान पड़ता है, दस बजे के पहले पूरा नहीं हो सकेगा।"—कुछ क्षण विराम लेकर वे फिर बोले, "पंचानन के आचरण को लेकर मैं भी आप के समान ही चिन्तित हूँ। उसने चित्रा के नाम जो चिट्ठी पढाई थी, उसे आप को दे दूँ या अपने पास ही रखे रहूँ?"

रविचन्द्र जी ने कहा, "अपने पास ही रहने दें। आप के पास रहना और मेरे पास रहना, दोनों एक ही बात है।"

बरुआ जी विदा लेकर चले गए।

कमरा फिर निर्जन शान्त हो गया।

नर्स ने आकर फिर उनके ज्वर का माप लिया और फिर से उन्हें दवाएँ खिलाईं। उसने उनकी ओर देखकर हँसते हुए कहा, "अब आप थोड़ा सोकर विश्राम कर लें। (काफी थक चुके हैं।) अब और आदमियों को अन्दर आने नहीं दे सकती। आप का ज्वर बहुत चढ़ गया है।"

वह फिर बैठकखाने में चली गई।

रविचन्द्र जी ने आँखें मूँद कर सोने की चेष्टा की परन्तु उन्हें नींद नहीं आई। बार-बार चित्रा का मुँह ही उनके मन में कौंधने लगा।

घड़ी में उस समय दो बज गए थे।

रंजीत ने उस दिन दीप की झील में दस हंसों का शिकार किया। उसके साथ गए

सेना के दो अफसरों में से प्रत्येक ने दो-दो हंस पाए।

उस दिन शिकार की दृष्टि से रंजीत का भाग्य बहुत अच्छा था, और हाथ भी दृढ़ था। झील के पास पहुँचने पर उसने देखा कि पानी के बीच उभरे एक टीले पर छोटे हंसों का एक झुण्ड बैठा हुआ है, बस उसने तुरन्त ही निशाना साधकर गोली चला दी। एक ही बार में चार हंस घायल हो गिर पड़े। शेष डर के मारे चिल्लाते हुए आसमान की ओर उड़ गए।

उसके साथ गए हुए सेना के वे दोनों साथी तब जंगल की दूसरी दिशा की ओर बढ़ते-बढ़ते काफी दूर चले गए थे, इतनी दूर कि वहाँ से दिखाई तक नहीं पड़ रहे थे।

उन हंसों का करुण-क्रन्दन रंजीत के कलेजे में चुभ गया।

उड़ते-उड़ते काफी दूर चले जाने के बाद हंसों की वह पाँत भी अदृश्य हो गई। जब तक वे अदृश्य नहीं हो गए थे, तब तक रंजीत उनकी ओर ही टकटकी लगाए देखता रहा था। फिर पानी बचा-बचाकर, सँभाल-सँभाल कर कदम रखते हुए, एक झटके में वह उस टीले पर पहुँच गया। वहाँ गिरे पड़े हंसों की देह से खून बह रहा था। एक ही गोली दागने से चार हंसों का गिर पड़ना, उसके जीवन में यह पहली घटना है। आनन्द के मारे उसका दिल नाचने लगा। उसने मन-ही-मन सोचा, उन चारों ही हंसों को आज वह उपहार स्वरूप माकन को भेंट में दे देगा। हंसों को उसने अपने थैले में रख लिया और फिर वहाँ से लौट आना चाहा कि तभी उसने लक्ष्य किया कि अभी थोड़ी देर पहले जहाँ से खड़े होकर उसने गोली चलाई थी उससे थोड़ी ही दूरी पर झील के पानी में हंसों का एक और झुण्ड विचर रहा है। उसने फिर निशाना साधा और गोली दाग दी। इस बार विशाल आकारों वाले दो जंगली हंस गिर पड़े। जिस जगह वे पानी में गिरे, वहाँ पानी कोई गहरा नहीं था, छिछली ही जगह थी। रंजीत ने जूते तो जीप में ही उतार दिए थे। पैण्ट सिकोड़-मरोड़कर पैरों ऊपर जाँघ की ओर चढ़ाकर नीचे पानी में घुसकर पानी में तैर रहे उन हँसों को उठा लाया। उन दोनों को भी बैग में भर लेने के बाद उसके मन में ऐसा भाव जगा कि अगर वह कुछ और ऊपर की ओर जाये, तो बहुत संभव है वह कुछ और हंसों का शिकार कर लेने में सफल हो जाय।

उसके साथ आए सैनिक अफसर उल्टी ओर के घने जंगल में छिपकर कहीं से गोलियाँ दाग रहे थे। रंजीत उस टीले से लौट आया और फिर मुख्य सड़क पर आ गया। जहाँ जीप खड़ी थी वहाँ पहुँचकर उसने चालक (ड्राइवर) से कहा, "साथ आए अफसर लोग अगर लौटकर आएँ तो उन्हें यहीं ठहरे रहने को कहना। चालक को समझा रंजीत झील के निर्जन इलाके की ओर से ऊपर की ओर चढ़ते हुए

ब्रह्मपुत्र की ओर बढ़ने लगा।

थोड़ी ही दूर आगे गया होगा कि उसका भाग्य फिर खिल गया। छिछले पानी वाली एक किंचित् उठी हुई जमीन पर उसने हंसों का एक और झुण्ड देखा। फिर क्या था? उसने फिर से निशाना साधा और गोली दाग दी। इस बार एक ही हंस गिरा। इससे उसका मन कुछ उदास हो गया। मगर कुछ देर बाद ही उसका उत्साह भी जग गया। काफी कष्ट झेलकर भी पानी में पड़े उस हंस को वह उठा लाया।

तब तक दोपहर हो चली थी। अब और हंस मिलेंगे या नहीं, सोच-सोचकर वह जंगल-झाड़ फलांगता हुआ आगे बढ़ रहा था कि अचानक ही उसे पानी का एक काफी लंबा-चौड़ा सोता दिखाई दिया जहाँ बहुत सारे हंस झुण्ड बनाए बैठे हुए थे। सभी विशाल आकारों वाले राजहंस। रंजीत के मन में यकायक ही एक अद्भुत भावना उत्पन्न हुई। उसने सोचा, 'एक ही साथ अगर कई गोलियाँ छोड़ दूँ तो क्या कुछ विशेष फल नहीं मिलेगा?' रंजीत को हमेशा ही बिलकुल नया कुछ कर पाने में मज़ा आता है। इसी से उसने पल भर में ही निर्णय ले लिया कि अबकी वह एक साथ ही कई गोलियाँ मारेगा।

एक के बाद एक करके कई गोलियाँ बड़ी तेजी से हंसों के झुण्ड पर जा गिरीं। परन्तु रंजीत ने जितनी उम्मीद की थी, उतनी संख्या में हंस गिरे नहीं। अधिकांश हंस तो उड़ ही गए थे। उस सोते के पास जाकर रंजीत ने तीन हँसों को पानी पर बहता पाया। इतना भी उसे कुछ बुरा नहीं लगा। उन हंसों को पकड़ लाने के प्रयास में अबकी तो उसका पैण्ट भी भींग गया। फिर भी उसे ज़रा भी बुरा महसूस नहीं हुआ। उसके जैसे कभी-कभार शिकार करने वाले एक शिकारी के लिए एक दिन में दस हंसों का शिकार कर लेंना एक बहुत ही तारीफ की बात है। तरुण फूकन, नवीन फूकन जैसे कुशल शिकारी भी संभवतः एक दिन में दस हंस कभी नहीं मार सके होंगे।

उन हंसों को थैले में भर लेने के साथ-साथ ही उसे अनुभव हुआ कंधे पर लटके थैले का बोझा काफी भारी हो गया है। और फूल भी बहुत गया है। वह किसी-किसी तरह जीप की ओर बढ़ चला।

जीप के पास पहुँच कर देखा कि दोनों ही अधिकारी हारे-थके निराश-से जीप में बैठे हैं। किसी के मुँह से कोई बात नहीं निकल रही। बस दोनों ही एक-एक सिगरेट होठों में दबाए हैं।

उसके थैले को भारी देखकर दोनों ने ही बड़ी प्रसन्नता से उसका स्वागत किया। उनमें से एक ने कहा, "ओ, हो। आप के भाग्य से नहीं तो, आप की इस होने वाली बहू नवयुवती के भाग्य से ही इतना अच्छा शिकार हुआ। एक ही दिन

में दस हंसों का शिकार कोई मामूली बात नहीं हैं।''

उसकी बातें सुनकर रंजीत के दिल में भी बड़ी खुशी हुई। उसने सभी हंसों को थैले से बाहर निकाला और फिर उनका बँटवारा कर दिया। दोनों अधिकारियों को दो-दो करके चार हँस दे दिए। अपने लिए भी चार अलग रख लिये। दो हंसों को एक दूसरे थैले में रख लिया और जीप की आगे की सीट पर रख दिया।

''अपनी उस होने वाली पत्नी के लिए रखा है क्या?''—एक अधिकारी ने पूछा।

''हाँ।'

कुछ देर बाद जीप गुवाहाटी की ओर दौड़ने लगी। पूरे रास्ते वह माकन के संबंध में ही सोचता-विचारता रहा। उनका विवाह अभी भी निश्चित नहीं हुआ है। फिर भी उसने माकन को अपने मन-प्राण से ग्रहण कर लिया है। उसे ऐसा अनुभव होता है कि माकन के मुँह पर कुछ ऐसा भाव है, जिसे देखते ही पुरुष का चञ्चल और अभिमानी स्वभाव भी शान्त-स्थिर हो जाता है। अब चाहे विवाह हो या न हो परन्तु वह उसे अपनी समझ रहा है।

माकन के मकान के बाहरी फाटक पर जीप के पहुँचते-पहुँचते ही रंजीत को लगा कि बाहरी चबूतरे पर बेठाराम मुहर्रिर मृत शरीर—शव—ले जाने के लिए हरे बाँस की टिकठी बना रहा है।

माकन के मकान के बैठकखाने में मन मारे हुए उदास-परेशान-सी बैठी है माकन या फिर सुदर्शना।

क्षण भर में ही उसका शिकार से मिला सारा आनन्द हवा हो गया। उसे धक्का-सा लगा। ज़रूर ही कोई-न-कोई मर गया है। लेकिन वह कौन हो सकता है?

साथ के वे अधिकारी भी इस विषादपूर्ण विषम परिस्थिति को समझ गए। उनमें से एक ने कहा, ''हमारा यहाँ इस समय न उतरना ही अच्छा है।''

वैसे दोनों ही अधिकारी माकन को देखना चाहते थे। रंजीत अपने घर जाना चाहता था।

किन्तु तभी घर के मुख्य द्वार पर सुदर्शना आ खड़ी हुई। उसने जब रंजीत को शिकार खेलने की पोशाक में देखा तो मन-ही-मन सोचने लगी कि ऐसी दशा में उसे बुलाए या न बुलाए। उसके मुँह पर कीचड़ के कुछ छिटके पड़े हुए थे। कपड़े भी भद्दे हो गए थे। थैले में से मरा हुआ एक हंस बाहर लटक आया था। सामने भी एक थैले में हंस पड़े थे।

जीप से उतरकर रंजीत सुदर्शना के निकट आ गया। उसकी आँखें धँस गई थीं। बाल सब बिखर गए थे। सूखे उलझे बालों से मन की विषादपूर्ण दशा प्रकट

हो रही थी। उस दिन फेरी के जहाज से उतरते समय उसे देखा था, उसके बाद यह पहली ही भेंट है। उसके प्रति उसका पहले जैसा आग्रह भी नहीं था। उसका अब पहले जैसा वह सौन्दर्य भी नहीं था और अधिकार भी नहीं था।

मन को सबल बनाकर उसने पूछा, "क्या हो गया है, सुदर्शना?"

"काकी माँ स्वर्गवासी हो गईं।"

रंजीत का हृदय कुम्भला गया। शिकार से प्राप्त सारा उल्लास-उत्साह जाता रहा। इसी बीच जीप से उतरकर वे दोनों अधिकारी भी उनके पास आ गए थे। रंजीत ने उन्हें भी यह दुःखद संवाद बतलाया।

दोनों ही अधिकारी उसके प्रति समवेदना प्रगट करने लगे। उन्होंने कहा, "हम जरा अन्दर जाएँ। तुम्हारी भावी दुल्हन को अपनी समवेदना जता आएँ।"

"दुल्हन" शब्द सुनकर सुदर्शना को क्षण भर को दिल में आघात महसूस हुआ। परन्तु बड़ी शीघ्रता से ही उसने अपने आप को सँभाल लिया। वह समझ गई, दोनों अधिकारियों का आचरण सहज-स्वाभाविक है।

वे चारों जने अन्दर आकर बैठकखाने में बैठ गए। उस समय वहाँ और कोई नहीं था। सुदर्शना ने अन्दर जाकर रंजीत के आने की सूचना माकन को दी। यह सूचना सुनते ही पहले तो माकन घबरा गई, परन्तु अन्त में उसने अपने मन को प्रकृतिस्थ किया और उसके साथ बाहर निकल आई। उन अधिकारियों को अपना अभिवादन कह कर उसने रंजीत की ओर बड़ी करुण दृष्टि से देखा। माकन का मुँह सूखकर काँटा हो गया था। चेहरा बिलकुल उदास हो गया था। उसके सारे केश इधर-उधर फैल गए थे। देह पर अभी कुछ देर पहले ही बदले हुए कपड़े-परिधान थे। लँहगा-चोली बिलकुल सफेद चमक रहे थे।

माकन को देखते ही दोनों अधिकारी मुग्ध हो गए। उन्होंने उसकी माँ की अकाल मृत्यु पर हार्दिक समवेदना व्यक्त की।

रंजीत तो कुछ बोल ही नहीं पाया। काफी देर बाद बोला, "एक बार जरा मौसी जी का अन्तिम दर्शन कर लूँ, माकन!"

माकन ने एक बार रंजीत को नीचे-से-ऊपर तकर भली-भाँति निहारा। शिकार करने की उसकी पोशाक उसे कुछ बुरी नहीं लगी। उसकी माँ की मृत्यु पर जो सचमुच ही उसे हार्दिक दुःख हुआ है, यह अनुभव करके उसे सच ही बहुत अच्छा लगा। उसके मौन मुखमण्डल के भाव को देखकर ही माकन उसके हृदय की सात्त्विक भावनाओं को समझ पा रही थी।

"आइए, चलिए।"—उसने कहा।

वे सभी लोग वहाँ से उठकर स्वर्गीया चित्रा फूकन के कमरे में गए।

रंजीत ने जूते खोलकर बरामदे में एक किनारे रख दिये, उसके साथ ही सैनिक अधिकारियों ने भी। माकनं उन लोगों को बुलाकर शयन-कक्ष की ओर ले गई। उन अधिकारियों ने दरवाज़े के बाहर से ही माकन की स्वर्गीया माँ के मृत शरीर को प्रणाम किया। उनमें से एक ने धीरे-धीरे संस्कृत श्लोकों का पाठ किया। एक ने गहरी निश्वास छोड़ी। माकन ने दोनों अधिकारियों की ओर अच्छी तरह देखा। जान पड़ा कि उनमें से एक दक्षिण भारतीय, सम्भवतः मद्रासी है। उसके शरीर का रंग बहुत गहरा काला है। दूसरा कुछ गोरा है, लगता है हिन्दी भाषाभाषी है।

रंजीत कमरे के अन्दर चला गया और माकन की माँ के खुले हुए ठंडे पैरों को छूकर घुटने टेककर, मत्था टेककर मौन रूप से प्रणाम निवेदित किया। काफी देर तक वह उसी अवस्था में खड़ा रहा।

उस समय कमरे में सुदर्शना की माँ और सुदर्शना भी थीं। माकन अचानक ही सिसक-सिसककर रोने लगी।

रंजीत की आँखों से भी आँसू बहने लगे। थोड़ी देर बाद वह खड़ा हुआ। एक बार सुदर्शना की माँ की ओर देखकर उसने सर झुका लिया। उसके आने के बाद सुदर्शना की माँ ने यहीं पहली बार उसे देखा था। वे उससे दो-चार बातें भी करना चाहती थीं। परन्तु रंजीत तो ध्यान-मग्न जाने कहाँ खो गया था। वह अब माकन की माँ के मुँह के पास जाकर खड़ा हो गया।

"हाय, मौसी जी!" उसने अस्फुट शब्दों में विगलित कण्ठ से काँपते-काँपते पुकारा। फिर कुछ देर बाद वह बाहर निकल आया।

माकन ने उन लोगों को मकान के बाहर तक पहुँचाया। जीप में बैठ जाने पर रंजीत ने चालक को गाड़ी घर की ओर ले चलने को कहा। गाड़ी घर पर पहुँचते-पहुँचते रंजीत झटपट उतर गया। उसने अपने साथी नौजवानों से कहा, "ये सारे हंस आप लोग ही ले जाइए। इस वक्त मेरा मन हंसों को लेने को बिलकुल राजी नहीं है।"

अधिकारियों ने उसके मन की अवस्था को गहराई से समझा, अतएव वे हंसों को ले जाने के लिए सहमत हो गए।

जीप जब वहाँ से चली गई, तो रंजीत ने घर में आकर स्नान किया, फिर बक्से में नीचे रखे धोती और कुर्ते को निकालकर पहन लिया। फिर कुछ चाय-जलपान करके अपने आप ही फिर माकन के घर की ओर जाने के लिए निकल पड़ा। बाहर के बरामदे में बैठे हुए उसके पिताजी बहुत व्यग्र होकर उसी की बाट जोह रहे थे।

उसे निकलते देखकर उन्होंने पूछा-"रंजीत! क्या तुम माकन के घर उन लोगों के पास जाओगे?"

"हाँ, पिताजी।"

"ठीक है, ज़ाओ। नवीन भी नहीं है। देख-भाल करने के लिए एक नौजवान का रहना बहुत ज़रूरी हैं।"

"क्यों, नवीन को क्या हो गया?"

उसके पिताजी ने जब नवीन की गिरफ्तारी की बात बताई तो रंजीत का मन और उदास हो गया। उसके पिताजी नवीन को जमानत पर छुड़ा लाने के लिए पुलिस डिप्टी कमिश्नर के पास तक गए थे, परन्तु डिप्टी कमिश्नर ने जमानत पर भी रिहा करने से मना कर दिया।

पिता और रंजीत दोनों ही चिता जलवाने की व्यवस्था के संबंध में बड़ी गम्भीरता के साथ काफी देर तक विचार-विमर्श करते रहे। अब तो दुदू के आ जाने के बाद ही श्मशान घाट जाया जा सकेगा। उसके पहले क्या-क्या काज-कर्म करना आवश्यक है, इस सबके संबंध में उसके पिता ने उसे भली प्रकार समझाया।

अपने घर से पैदल चलकर ही लगभग पन्द्रह मिनट बाद रंजीत फिर माकन के घर आ उपस्थित हुआ। वहाँ पहुँचते ही उसने अन्तेष्टि क्रिया करने के लिए सारे प्रबन्ध पूरे किए। श्मशान घाट जाकर अन्त्येष्टि क्रिया में भाग लेने वाले लोगों को और चिता सजाने वालों को वह स्वयं ही जाकर कह आया। कामाख्या के श्मशान पर चिता के लिए लकड़ी वगै़रह की व्यवस्था करने को उसने बेठाराम मुहर्रिर को पहले ही भेंज दिया था।

माकन आदि के घर को उस बेला में शोक-विषाद के बादलों ने घेर लिया था। तभी सुदर्शना उसके पास आई और उसके साथ इस संभावना पर विचार-विमर्श करने लगी कि पंचानन फूकन घर आ सकेंगे भी या नहीं। रंजीत को अचानक ही एक उपाय सूझा। उसने कहा, "अच्छा ठहरो। देखो मैं कुछ कामगर उपाय कर पाता हूँ या नहीं।"

(इतना कहकर उसने) एक जीप ली और उसे दौड़ाते हुए सीधे सैनिक हेड क्वार्टर जा पहुँचा। सौभाग्य से वहाँ तुरन्त ही उसकी भेंट प्रोफेसर स्मिथ साहब से हो गई। उसने सारा समाचार स्मिथ साहब से कह सुनाया तब उन्होंने यह काम अपने हाथ में ही ले लिया। उन्होंने कहा, "अगर किसी उपाय से फूकन को हवाई जहाज से आज रात ही यहाँ बुलवा ले सका तब तो उसे बुलवा ही लूँगा। वैसे आज मौसम बहुत ही खराब है।" स्मिथ साहब ने रंजीत को ढाँढस बँधाकर विदा किया और स्वयं ही बेतार-के-तार (वायरलेस) स्टेशन केन्द्र चले गए।

रंजीत माकन वगैरह के घर लौट आया। तब तक साँझ की वेला हो गई थी। उसने देखा कि उसके पिता जी पहले से ही आकर माकन के मकान के बरामदे में बैठे हुए हैं। उसने अपनी भाग-दौड के संबंध में जब अपने पिता जी को जानकारी दी तो उनके चेहरे पर कुछ परेशानी की लकीरें खिंच आयीं। उनसे उनका कुछ ऐसा भाव परिलक्षित हुआ जैसे पंचानन जी नहीं भी आ सकते हैं। उनके मन के अन्तरतम की अवस्था का ज्ञान उनके और रविचन्द्र जी के सिवा और किसी को नहीं था। परन्तु उन्होंने अपने पुत्र को भी वे सब बातें नहीं बतलायीं।

उन्होंने मन-ही-मन यह विचार दृढ़ कर लिया कि अगर प्रोफ़ेसर स्मिथ यहाँ आते हैं, तो उनके पहुँचने के साथ-ही-साथ तुरन्त ही वे स्वयं आगे बढ़कर उनसे जा मिलेंगे और सबसे पहले ही उनसे बातचीत कर लेंगे। अगर कोई आपत्तिजनक बुरी खबर वे पा गए हों, तो उनसे अनुरोध करेंगे कि कम-से-कम आज के दिन भर तो वे उसे छिपाए-दबाए रखें। नहीं तो उसके पापाचरण की बदनामी आज ही सर्वत्र फैल जाएगी।

रात के आठ बजे दुदू मोटरकार से ही सारा सफर करते हुए घर आ पहुँचा। उसके वहाँ पहुँचने के साथ रंजीत उसके संग हो लिया, और फिर क्षण भर को भी उसने उसका साथ नहीं छोड़ा।

सर्वप्रथम वह उसे उसकी माँ के पास ले गया। माँ के शव को देख दुदू ने जोर-जोर से रोना-चिल्लाना शुरू किया तो भी उसने उसके रोने-धोने में कोई रोक-टोक नहीं की। उसने सोचा अगर रो लेने से ही उसका असह्य क्लेश कुछ कम हो जाय, तो फिर क्या हर्ज है? वैसे इतने ज़ोर-ज़ोर से चीख-चिल्लाकर, सिसक-सिसककर दुदू को रोते देख उसे खुद भी बहुत कष्ट महसूस हो रहा था। उसे रोता देख माकन भी रोने लगी।

और उधर उसी समय प्रोफेसर स्मिथ भी माकन के मकान के सामने आ प्रकट हुए। उन्हें बाहर देखते ही सदानन्द बरुआ जी जल्दी-जल्दी आगे बढ़ गए और फाटक के बाहर ही उनसे जा मिले। वहाँ से वे उन्हें सीधे प्रोफेसर रविचन्द्र जी के घर ले गए।

रविचन्द्र जी के बैठकखाने में बैठकर स्मिथ साहब ने इम्फाल से प्राप्त सारी सूचनाओं को खोलकर विस्तार से सूचित किया। उन्होंने बतलाया कि वहाँ मौसम इतना खराब है कि उस रात हवाई-जहाज उड़ सकना, उड़कर आना कतई संभव नहीं है। अभी इसी बीच ह एक हवाई जहाज मौसम की खराबी की वज़ह से दुर्घटना-ग्रस्त भी हो गया है।

इतनी सब सूचना दे चुकने के बाद प्रोफेसर स्मिथ ने बरुआ जी के मुँह की

ओर विशेष दृष्टि से देखकर कहा, "पंचानन फूकन को जाने क्या हो गया है। जान पड़ता है कि किसी एक विशेष कारण से उसे भयंकर मानसिक कष्ट झेलना पड़ रहा है। अपनी नौकरी की ड्यूटी से भी निलम्बित (ससपैण्ड) कर दिया गया है। मैंने बहुत जानने की कोशिश की कि आखिर किस कारण से ऐसा हुआ? मगर सूचना देने वाला अधिकारी भी यह नहीं बतला सका।"

तब बरुआ जी ने प्रोफेसर स्मिथ को अति संक्षेप में बतलाया कि दरअसल पंचानन फूकन को क्या हो गया है। और उनकी धर्मपत्नी की मृत्यु भी जिस विशेष आघात से हुई है उसे भी सारांशतः बतला दिया।

"यह एक भारतीय शोकप्रद दुर्घटना है। अपने आप में निराली, एक अद्भुत नमूना।"–स्मिथ साहब ने आह भरते हुए कहा, "अगर ऐसी ही परिस्थिति उनके देश में हुई होती तो प्रथम विवाहित दम्पती में तलाक से इस समस्या का समाधान कभी का हो गया होता।"

बरुआ जी भी मुस्कराए। फिर उन्होंने कहा, "परन्तु भारतीय शोकप्रद दुर्घटना भी आखिर एक दुर्घटना ही है।"

स्मिथ साहब एक बार पुनः घनिष्ठ रूप से रविचन्द्र जी से जाकर मिले, उनके साथ दो-चार बातें कीं और फिर कुछ देर बाद ही वे अपने क्वाटर चले गए। जाते-जाते उन्होंने बरुआ जी से कहा कि अगर वे इम्फाल गए तो वहाँ वे प्रयत्न करके पंचानन फूकन से मिलेंगें और आवश्यक सारी जानकारी हासिल करके ही आएँगे।

बरुआ जी फिर जब माकन के घर पहुँचे तब तक स्वर्गीया चित्रा जी के शव को अर्थी (टिकठी) पर रखकर बाँधने का काम पूरा हो चुका था। वंश-परिवार की सभी महिलाएँ माकन की माँ के शव पर फूल अर्पित करके उनके प्रति अपनी श्रद्धाञ्जलि व्यक्त कर रही थीं। दुदू खाली पैर और बस नाममात्र का कपड़ा पहने हाथ में एक बाँस की मज़बूत लाठी के सहारे अपने शरीर को टिकाए हुए चुपचाप टकटकी बाँधे अपनी माँ का मुँह निहार रहा था।

रंजीत ने जैसे ही अपने साथी तीन और नौजवानों के साथ मिलकर अर्थी को अपने-अपने कंधों के सहारे उठवाया, वैसे ही माकन बिलख-बिलखकर रोने लगी।

बरुआ जी ने एक बार चित्रा जी के मुँह की ओर देखा, फिर उन्होंने अपनी आँखें मूँद लीं और वे हृदय के अन्दर-ही-अन्दर निर्गुण-निराकार-अनन्त शक्तिमान भगवत् शक्ति का ध्यान करने लगे।

अर्थी के साथ बहुत बड़ी संख्या में लोग श्मशान घाट दाह-क्रिया करने के लिए गए। परन्तु उस अन्तिम संस्कार को संपन्न करवाने जा रही उस भीड़ के साथ

बरुआ जी नहीं गए। माकन के घर पर ही अपनी उपस्थिति की आवश्यकता को समझकर, वे माकन के घर पर बहुत समय तक रुके रहे। माकन और सुदर्शना को सान्त्वना बँधाते हुए वे उनके साथ मानव जीवन की स्वाभाविक दशाओं के संबंध में बातें करते रहे। उन्होंने उन्हें समझाया कि वस्तुतः यह मनुष्य का शरीर तो उस शाश्वत आत्मा का एक आवरण भर है, पहनने के कपड़े के समान है। जब इस सच्चाई को आदमी जान जाता है, तभी वह आत्मा के अस्तित्व के प्रति सजग होता है। और तभी मानव जीवन के असली अर्थ को समझ पाता है।

"तो माँ की आत्मा क्या नहीं मरी हैं, बड़े चाचा जी!"—उत्सुकतापूर्वक माकन ने पूछा।

"नहीं, नहीं मरी। आत्मा कभी नहीं मरती।"—बरुआ जी ने पूर्णविश्वास के साथ दृढ़ स्वर में कहा।

फिर माकन कुछ नहीं बोली। बिलकुल मौन हो गई।

कुछ देर बाद अचानक ही सुदर्शना के मुँह से बोल फूटा, " काका जी (पिता के छोटे भाई साहब) नहीं आ पाए।"

"इसके लिए विशेष दुःखी मत होओ, बेटी। पंचानन का भाग्य ही खराब हो गया है।"—बरुआ जी ने 'भाग्य के खराब' होने की जो बात कही, उसका अर्थ कितना व्यापक है? इसका अनुमान सुदर्शना नहीं लगा सकी।

फिर अकस्मात् बरुआ जी ने माकन की ओर देखा। उसे बहुत प्यार से संबोधित करते हुए उन्होंने उसे धीरज बँधाया—"माँ! तुम निर्भय रहो। किसी भी प्रकार की चिन्ता करने की, डरने की ज़रूरत नहीं है। मनुष्य को जीवन में अगर कोई शोक न हो, कोई आघात न लगे, तब तो वह जीवन का सच्चा रूप देख ही नहीं पाए। किसी भी चीज़ से डरना नहीं, किसी भी चीज़ से बहुत अधिक मोह मत रखना। बहुत संभव है, अभी और भी विपत्तियाँ आएँ। परन्तु तुम सभी का सामना करने के लिए सदा तैयार रहना। मैं हर आफत-विपद में सदा तुम्हारे साथ रहूँगा।" —थोड़ी देर तक शान्त रहने के बाद उन्होंने फिर कहा, "शायद तुमने अभी सुना नहीं कि नवीन का क्या हुआ?"

इस बीच माकन ने नवीन के गिरफ्तार कर लिये जाने की खबर सुन ली थी।

उसके मन में अत्यन्त असहनीय वेदना भरी हुई थी। उसकी माँ की मृत्यु का आघात हृदय पर इतना प्रचण्ड वेग से पड़ा था कि उसकी तुलना में नवीन के जेल चले जाने का दुःख बहुत हल्का लगा था। इस दारुण विपत्ति की दुर्दशा में वह स्वयं ही नवीन को अपने समीप देखना चाहती थी। सान्त्वना के दो बोल सुनना चाहती थी। नवीन जो भी बातें करता है, वे सारी बातें उसके हृदय के अन्तरतम से सीधे

निकलती हैं। इसी कारण से औरों की सांसारिक चालबाजियों से भरी बातों की अपेक्षा नवीन की सीधी-सरल बातें उसे बहुत ही भली लगती हैं । वे बातें ही उसे सदा अपने को नये रूप में समझने में, अपनी कमज़ोरी, कमी और अपनी ताक़त, सामर्थ्य को समझने में बल प्रदान करती हैं। सांसारिक भौतिक सुख सुविधाओं की दृष्टि से उसकी असमर्थता और उसके सुयोग्य वर के रूप में उसका पाणिग्रहण करने योग्य बनकर उसका हाथ माँगने में समर्थ न हो पाने की दशा को देखकर उसे भी दुःख होता है। अधिक क्लेश यह देखकर ही होता था कि इन्हीं कमज़ोरियों के कारण उसके विवाह हो पाने में अड़चनें पड़ रही हैं। परन्तु अकेले-अकेले मात्र उसका अपना स्वार्थ जितना उसके लिए मूल्यवान है, जनता के स्वार्थ के साथ अपने स्वार्थ को पूरी तरह मिला देने वाले नवीन के लिए वह उतना मूल्यवान नहीं है। अगर नवीन चाहता तो अपने स्वार्थ को देश के स्वार्थ से अधिक महत्व देकर, अपने आपको अधिक सुखी सम्पन्न बनाकर एक समृद्ध घर-गृहस्थी का निर्माण कर चुका होता। परन्तु नहीं वह ऐसा नहीं कर सकेगा। ऐसा करके वह अपने निजी व्यक्तित्व को ही खो बैठेगा, और दूसरों की तो क्या वह अपनी ही दृष्टि में नीचा हो जाएगा। माकन जितना ही अधिक उसे अपनी उच्चकुलीन वैभवशाली समृद्ध श्रेणी के लोगों के बीच प्रतिष्ठित करने के लिए संपत्तिशाली बनाने के लिए उत्प्रेरित करती रही है, उतनी ही अधिक उसकी आत्मा उसे अपने सिद्धान्तानुसार सुनिश्चित सत्य के मार्ग पर खींचती लिये चली जाती रही है। माकन ने फिरोजा के घर पर रहकर उसके साथ तर्क-वितर्क करके, उसके संबंध में एक-एक बातें खोद-खोदकर जाँची-परखी हैं। उसने अपनी निजी बातें, अपना स्वकीय सिद्धान्त उसके समक्ष बिलकुल साफ-साफ प्रत्यक्ष रख दिया है। अब उसके पास कहने को कुछ भी शेष नहीं है, और माकन के पास पूछने को भी कुछ शेष नहीं है। अब तो कम-से-कम अभी एक वर्ष तक वह उससे कुछ भी नहीं पूछेगी।

यह एक वर्ष वह कैसे, किस रूप में बिताता है? किस विधि-प्रविधि से वह अपनी अवस्था को ऊँचे उठाता है, श्रीसम्पन्न कर उन्नतिशील बनाता है? यह उसके अपने सोचने-विचारने की बात है। इस सबमें माकन के परामर्श से काम नहीं चलने वाला।

दूसरी ओर वह अपना यह वर्ष बिलकुल अकेले-अकेले रहकर बिताना चाहती है। शान्ति निकेतन जाकर रहने, अध्ययन-अनुशीलन करने की उसमें अत्यन्त प्रबल कामना जगी है। वह कला-कौशल के माध्यम से जीवन में सौन्दर्य का अन्वेषण करना चाहती है। उसका मन अब उसी दिशा में भाग रहा है। इसी अन्तर्हित अभिप्राय की वज़ह से ही उसने किसी भी व्यक्ति से नवीन के संबंध में कोई

कौतूहल, कोई जिज्ञासा अभिव्यक्त नहीं की थी।

उसने, शान्त निर्लिप्त स्वर में कहा, "सुन चुकी हूँ, बड़े चाचाजी।"

उसके मुँह की ओर देखकर बरुआजी अवाक् रह गए। इस परिस्थिति में उसके मन में क्या है? वह क्या सोच-विचार रही है? इसका कोई अनुमान वे नहीं लगा सके।

कुछ देर तक तो किसी के मुँह से कोई बोल नहीं फूटा।

फिर थोड़ी देर बाद बरुआ जी ने उन दोनों बहनों से विदा ली और श्मशान घाट चले गए।

बरुआ जी की मोटरकार जब दूर चली गई, उसकी आवाज़ सुनाई पड़नी भी जब बन्द हो गयी, तब सुदर्शना ने माकन की ओर देखकर कहा, "अभी थोड़ी देर पहले जब रंजीत माँ के चरणों में घुटने टेके प्रणाम कर रहा था तो कैसा लग रहा था, जानती हो?"

"कैसा?"

"यही कि आदमी बिल्कुल सच्चा, पवित्र हृदय का है। अगर ऐसा नहीं होता तो दूसरे की माँ को अपनी माँ-सा समझ नहीं पाता।" सुदर्शना ने जवाब दिया। "तुमने लक्ष्य नहीं किया क्या, कि उसने पल भर के लिए भी दुदू का साथ नहीं छोड़ा।"

माकन ने अपनी बड़ी बहन की ओर एक बार ध्यान से देखा फिर कहा, "इस व्यवहार में कोई असाधारण लक्षणीय व्यवहर है क्या?"

"नहीं, एकदम नहीं। कोई अस्वाभाविक भी नहीं। और यही वह कारण है जिससे इस आदमी से प्रेम करने को जी होता है। तुम भी धीरे-धीरे प्रेम करने लगोगी। मैं आज ही यह बात कहे रखती हूँ।" सुदर्शना ने कहा, "नवीन असाधारण है, जबकि रंजीत भाई साधारण, सामान्य। यह घर-गृहस्थी, संसारिक परिवेश, साधारण के लिए ही है। जो लोग असाधारण होते हैं वे घर-गृहस्थी में शान्ति का अनुभव नहीं कर पाते। तुम भी गलती मत कर बैठना। अब तो काकी जी भी नहीं रहीं, तुम्हें सही मार्ग सुझाने के लिए। तुम तो मन-ही-मन घर-गृहस्थी बनाने की सोच रही हो। तुम्हारे मन को मैं तुमसे अधिक समझती हूँ। इसी से मैं तुम्हें पहले से ही सजग किए दे रही हूँ, कि कोई भी निर्णय खूब अच्छी तरह सोच-विचार करके ही लेना। एक कन्या के जीवन में यही एक निर्णय सबसे महत्त्वपूर्ण होता है। मैं तो तभी बहुत प्रसन्नता का अनुभव करूँगी जब तुम रंजीत को अपने पति के रूप में ग्रहण कर लोगी।"

कुछ समय तक शान्त रहकर सुदर्शना ने माकन के मन के भावों को समझने

की चेष्टा की। सुदर्शना की बातें सुनकर माकन भी एकाग्र चित्त से सोचने-विचारने लगी थी। उसे ध्यानमग्न देख सुदर्शना ने फिर कहा, "तुम शान्तिनिकेतन जाना चाहती हो न? खुशी से जाओ। परन्तु वह तो संघर्षों से छुटकारा पाने का एक साधारण-सा उपाय भर है। मनुष्य कभी-कभी जीवन की कठोर वास्तविकताओं का सामना करने की जगह उनसे छूट निकलने के उपाय ढूँढ़ता है। परन्तु इससे कोई लाभ नहीं।"

माकन ने कोई भी उत्तर नहीं दिया। सुदर्शना की बातों ने उसे अन्दर-ही-अन्दर झकझोर दिया, वह आन्दोलित हो उठी, परन्तु शान्त-स्थिर होने का कोई भी उपाय वह बहुत सोचकर भी निकाल नहीं सकी।

ठीक उसी समय अपराजिता को गोदी में उठाए जयन्ती वहाँ आ उपस्थित हुई। वह सुदर्शना के पास जाकर खड़ी हो गई।

"बहन जी।" जयन्ती के सुर में नाराज़गी जताने का भाव था, "अपराजिता कब से आप को खोज-पूछ रही है। जब उसे बहलाए रखने का कोई उपाय नहीं रह गया तो बाध्य होकर उसे यहाँ ले आई हूँ। वह अपनी छोटी दादी माँ के बारे में भी बहुत पूछ रही थी।"

जयन्ती ने अपराजिता को गोदी से उतारकर छोड़ दिया। वह दौड़ती-दौड़ती सुदर्शना की गोदी में आ चिपटी। उसने एक बार अपनी माँ के मुँह की ओर, फिर एक बार माकन के मुँह की ओर देखा।

अपराजिता हमेशा अपनी माँ को खोजती-पूछती रहती है। परन्तु परेशान नहीं करती। नौकर-चाकर जब उसे बहला-फुसलाकर उसका मन किसी और चीज़ में लगाकर प्रसन्न रखना चाहते हैं तो वह उसी में मग्न हो जाती है। परन्तु आज वह जिद्द में आ गई, किसी भी तरह सन्तुष्ट नहीं हुई। जब उसे बहलाने-फुसलाने का कोई उपाय शेष नहीं रह गया, तो जयन्ती स्वयं उसे अपने साथ ले आयी।

उसने आज जब अपनी माँ और मौसी किसी के मुँह से भी कोई बात निकलते नहीं सुनी तो नाराज़ होकर बोली, "मुझे छोड़ो, मैं छोटी दादी माँ के पास जाऊँगी।"

'छोटी दादी माँ' से उसका मतलब चित्रा से था।

अपनी छोटी दादी माँ को अपराजिता बहुत चाहती थी। अभी तक उसे किसी ने भी यह नहीं बतलाया था कि वे अब इस संसार में नहीं रहीं। अगर कोई बतलाए भी तो भी उसकी समझ में कुछ नहीं आएगा। अपनी ओर किसी को ध्यान न देते देख बुरा मानकर वह सुदर्शना की गोदी से छूटकर हट जाना चाहती थी। तब उसकी माँ (सुदर्शना) ने कहा, "अपराजिता! छोटी दादी माँ घर में नहीं हैं।"

"तो फिर कहाँ चली गईं? उसने पूछा। अबकी बार अत्यन्त असहाय भाव से सुदर्शना ने जयन्ती की ओर देखा।

फिर जयन्ती ने ही उससे कहा, "स्वर्ग चली गईं।"

"स्वर्ग कहाँ है?" अपराजिता ने पूछा।

ऊपर की ओर।" जयन्ती ने उत्तर दिया।

अपराजिता अवाक् होकर ऊपर की ओर देखने लगीं। तारों से भरे आकाश की ओर देखते-देखते वह अपने आप को भूल गई, उसी में मग्न हो गई।

माकन ने अनुभव किया कि अपराजिता की ही तरह जयन्ती ने भी माँ के स्वर्ग चले जाने की बात में विश्वास कर लिया है। जयन्ती का विश्वास अटल है। अपराजिता ने भी उसकी बातों पर विश्वास कर लिया है। उन दोनों का सीधा-सादा सरल मन बिना किसी जटिलता के, बिना किसी झंझट-झमेले के बिलकुल स्वच्छ-सहज है।

माकन ने सुदर्शना की ओर देखा। उसके बाद मन-ही-मन कविता का एक चरण गुनगुनाया–

"मरि गै सोन सउ,
तरा एटि होल अउ,
तरा ए टि होल।

(कवि श्री लक्ष्मीनाथ बेज बरुआ की कविता का चरण)

(मर कर सोना (प्यारे लोग) सब आकाश में जाकर तारा बन गया। एक तारा और बन गया)

चतुर्थ खण्ड

गिलहरी के लिए घात लगाए हुए वह बुहत देर से जेल की अपनी कोठरी की दीवार के झरोखे के पास बैठा हुआ था। परन्तु वह नहीं आई।

उस गिलहरी ने एक ऐसा बड़ा अपराध कर डाला था जिसे क्षमा नहीं किया जा सकता। माकन द्वारा भेजी गई अन्तिम चिट्ठी का पन्ना खींचकर उसने कहीं बाहर ले जा फेंका था। दोपहरी में उसे हल्की-सी नींद आ गई थी, उसी बीच उसने यह अक्षम्य अपराध कर डाला था। नींद आने के कुछ पहले लेटे-लेटे जब वह उस चिट्ठी को पढ़ रहा था, तभी नींद की खुमारी में न जाने कब वह चिट्ठी हाथ से छूटकर नीचे जमीन पर गिर पड़ी थी। पूरी चिट्ठी के तीनों ही पन्ने वह चुरा ले गई थी।

बीते डेढ़ सालों में इस गिलहरी ने छोटी-बड़ी बहुत सारी शरारतें कर डाली थीं। कभी साबुन का टुकड़ा उठा ले गई, कभी सुपाड़ी (पूँगीफल) उठा ले गई, कभी पाव रोटी का टुकड़ा, तो कभी महीन कागज चुरा ले जाकर उसने नवीन को बार-बार परेशान किया है। परन्तु इतने लम्बे कारावास की अवधि का एक मात्र संगी समझकर उसने बराबर ही उसे क्षमा किया है।

परन्तु आज जो उसने बहुत ही बड़ा अपराध कर डाला है, उसके लिए भी उसे क्षमा कर पाना नवीन के लिए बहुत मुश्किल हो गया है।

(उसकी बाट जोहते-जोहते थक जाने पर) उसने हाथ में पकड़ी हुई छड़ी दूर फेंक दी और फिर आकर बिस्तरे पर लम्बी तान पसर गया। करने को तो अब कुछ भी शेष नहीं। क्रोध को नियन्त्रित करके वश में कर लेने की तरह ही माकन को पाने की सारी आशा-आकांशा को धीरे-धीरे परिपूर्ण त्याग देना ही अब एक मात्र रास्ता शेष है।

मगर अच्छा ही हुआ। यह अन्तिम चिट्ठी भी गई। उस चिट्ठी के साथ ही माकन के हाथ की लिखावट के वे अक्षर जो क्रमशः स्मृति-पटल पर उसकी निशानी के रूप में परिपुष्ट होते जा रहे थे, उन अक्षरों की सजीवता भी अब चली गई।

विगत डेढ़ वर्षों के भीतर ही माकन मानो उसके पास से बहुत दूर हो गई हैं। इस समय वह शान्तिनिकेतन में है, रवीन्द्र-साहित्य से संबंधित किसी पाठ्यक्रम का अनुशीलन कर रही है। और इसके अतिरिक्त ऊपर से चित्रकला का भी प्रशिक्षण ले रही है। परन्तु इस शिक्षा में उसका मन लग नहीं रहा है। वस्तुतः वह रवीन्द्र-दर्शन की ओर ही आकर्षित हो रही है।

राजनीतिक चेतना के मोह से वह पूरी तरह मुक्त को चुकी है। उसने देखा और अनुभव किया है कि राजनीति मनुष्यों को एकत्र तो कर लेती है, एक जुट कर लेती है अवश्य, परन्तु उसकी यह एकता किसी-न-किसी के विरुद्ध ही होती है। सो यह एकता विरोधी पक्ष की वज़ह से होती है। विरोधी पक्ष के हटते ही फिर वही ढाक-के-तीन पात, एक चित हुए मनुष्य फिर हिन्दू, मुसलमान, बंगाली, असमिया आदि छोटे-छोटे उप विभागें में बँटने शुरू हो जाते हैं।

राजनीति मनुष्यों को एकत्रित करती है, परन्तु मनुष्य को एकता की डोरी में बांध नहीं रख पाती। इसके लिए तो इस सबसे सर्वथा भिन्न, एक स्वतन्त्र प्रकार की गम्भीर विश्वानुभूति की आवश्यकता होती है। रवीन्द्र के साहित्य में उसी को वह पा गई है – ''यस्तु सर्वाणि भूतानि आत्मन्येवानुपश्यति। सर्वभूतेषु वात्मानं न ततो विजुगुप्सते।) (जो सभी प्राणियों को अपने समान देखता हैं, और सभी प्राणियों को अपने में देखता है– उससे ईर्ष्या, द्वेष, कलह नहीं करते, कभी भी उनकी निन्दा नहीं करते।) किसी विशेष कक्षा को उत्तीर्ण कर उसका प्रमाणपत्र प्राप्त करने की कोई उत्सुकता उसमें नहीं है। वह तो बस उसी विश्वानुभूति को प्राप्त करने के लिए प्रतीक्षारत है जो विश्व के सभी मनुष्यों को एकात्म कर देती है।

नवीन इस दौरान यह अनुभव कर पा रहा था कि उसकी राजनीतिक विचारधारा पहले की अपेक्षा अधिक कठोर होनी शुरू हो गई है। भयानक कठोर। बरदलै (गोपीनाथ बरदलै तत्कालीन कांग्रेस पार्टी के नेता) की राजनीतिक पार्टी से अब उनका मतैक्य नहीं रह गया है, उससे संबध विच्छेद हो गया है। बरदलै ने असम में कांग्रेस की संयुक्त मन्त्रि परिषद का गठन करके समझौतावादी राजनीति चलाना आरम्भ कर दिया है। दिल्ली में कांग्रेस और मुसलिम लीग की ब्रिटेन की सरकार से बातचीत शुरू हो गई है।

इस बातचीत का अन्तिम परिणाम होगा– देश का विभाजन। दूसरी ओर अब तक चल रहा विश्वयुद्ध अब पूरी तरह समाप्त हो गया है।

ऐटमबम के वज्रपात ने जापान की कमर ही तोड़ दी। फासिज्म (समानाधिकार विरोधी सिद्धांत) का खात्मा हो गया है, परन्तु साम्राज्यवाद बचा रह गया है। 'ब्रिटेन फिर से शक्तिशाली बन गया है। अब एक ऐसा समय आ गया है जब ब्रिटेन भारतीय स्वतन्त्रता आन्दोलन से पहले (जब अभी विश्वयुद्ध छिड़ा हुआ था) जैसा भय महसूस नहीं कर रहा है।

इस समय दिल्ली के लालकिले में बन्दी बनाए गए आज़ाद हिन्द फौज के जवानों के देशद्रोह के अपराध का दोषी मानकर उनके दण्ड का न्याय-विचार ब्रिटिश सरकार कर रही है। उधर विश्वयुद्ध से लौटकर आई हुई भारतीय सेना वाहिनी के कुछ अंगों में विद्रोह की चिनगारी भी सुलगने लगी है।

ऐसे समय में अगर वह आज बाहर रहा होता तो 'भारत छोड़ो' आन्दोलन की आग को फिर से प्रचण्ड वेग से धधकाने की कोशिश कर रहा होता।

पाकिस्तान की मांग को लेकर उठायी गई राजनीति और समझौतावादी बातचीत के जरिए देश के विभाजन का जो खतरा मँडरा रहा है। उसे बन्द कर पाने का बस एक मात्र वही उपाय है। सर्वथा एक मात्र उपाय।

ऐसे वक्त में अब विश्वविद्यालय स्थापित किए जाने के लिए आन्दोलन चलाने, पत्रिका प्रकाशित कर धनागम करने में सर्मथ होकर माकन से विवाह रचाने की जैसी बातें वह फिर से सोच ही नहीं सकता। इतने लम्बे कारावास के दौरान ही माक़न द्वारा दी गई एक वर्ष की अवधि-सीमा कब की बीत गई। और अभी तो वह जेलखाना की सजा से ही छुटकारा नहीं पा सका। बल्कि उल्टे उसे बहुत खतरनाक आन्दोलनकारी करार देकर सरकार ने एक महीना पहले ही उसकी कारावास की सजा मियाद एक साल और बढ़ी दी है।

जेल में रहते हुए ही उसने एक पत्र गुप्त रूप से सुमति बहन जी के लिए बाहर भिजवा दिया था।

सुमति बहन जी उस वक्त मदनापल्ली में थीं। विमलदा की बीमारी के संबन्ध में जाँच-पूछ करने गई हुई थीं। वह पत्र जाने कैसे पुलिस के हाथ जा पड़ा। उस चिट्ठी में देश को नये-आन्दोलन के लिए तैयार करने की योजना बनाकर समझाई गई थी, उसके लिए कुछ सिद्धान्त स्थिर किए गए थे। सरकार ने उस पत्र से नवीन के विद्रोही मनोभावों को देखते हुए उसके छूटकर बाहर जाने में खतरे की आशंका व्यक्त की, फलतः उसे कारावास से मुक्त करने को राज़ी नहीं हुई।

बरदलै जी असम के मुख्यमंत्री बनने के उपरान्त जब अनेक राजनीतिक बन्दियों को जेल से मुक्ति दिला रहे थे तो औरों के साथ नवीन को भी उन्होंने मुक्ति देनी चाही थी। परन्तु उसे मुक्ति नहीं मिल पायी। क्योंकि स्वयं अंग्रेज चीफ सेक्रेटरी ने ही उसे मुक्त किए जाने के प्रस्ताव पर आपत्ति प्रस्तुत की। बरदलै जी अभी भी उसे मुक्ति दिलाने के लिए प्रयास कर रहे हैं, परन्तु अभी तक उन्हें इस उद्देश्य में सफलता नहीं मिल सकी है।

नवीन को अब एक मात्र सुमति बहन जी से ही आशा रह गई है। वे संघ के लड़कों को एकत्र संगठित करने की कोशिश कर रही हैं, परन्तु अभी सफल नहीं हो सकी हैं। झुकी हुई आरर डाल (कमजोर दुबली-पतली) देखकर सभी उसे काटने के लिए टाँगी मारते हैं। मारेंगे ही। सुमति बहन जी अब पहले की भाँति एकान्तनिष्ठ मन से केवल राजनीति का काम ही करने की इच्छुक नहीं रहीं। राजनीति के अन्दर वे शक्ति और अधिकार क्षमता का खेल देख चुकी हैं। कोई मन्त्री बनना चाह रहा है, तो कोई एम.एल.ए. (विधायक-विधानसभा)। अब राजनीति के क्षेत्र में कोई भी सेवा करने के

लिए आगे नहीं आता।

संघ के कुछ लड़कों के मन में तो निराशा घिर आई है। मुस्लिम धर्म माननेवालों के मन में तो लीग वाले पाकिस्तान बनवाने का सपना घुसाए दे रहे हैं। लीग असम को पाकिस्तान बना देने का दावा कर रही है। पूरा असम आन्दोलित हो उठा है, सभा-समिति-प्रदर्शन-जुलूस से किसी-किसी ओर इसके प्रबल विरोध में भी आवाज़ उठने लगी है। परन्तु विरोध की यह ध्वनि अभी व्यापक नहीं हो पा रही है।

जनता उन्नीस सौ बयालीस के आन्दोलन की भाँति अभी जगी नहीं है। आखिर क्यों इसे वह बता नहीं सकता। जेल की इस कोठरी में बैठे-बैठे उसकी ऐसी धारणा बन गई है कि इतने दिनों तक स्वतन्त्रता-आन्दोलन और संघ के ऊपर जो विश्वास करता आ रहा था वह विश्वास मानो पुष्ट ज्ञान पर प्रतिष्ठित नहीं था। भारत के स्वतन्त्र होने का क्या इतना ही मतलब है कि अंग्रेज विदेशी लोगों की जगह अपने देश के कुछ लोगों का शासन स्थापित हो जाय? जीवन के उद्देशय की पूर्ति में संभवतः यह स्वतन्त्रता कोई सहायता नहीं पहुँचाती? स्वतन्त्रता आन्दोलन में लगे हुए लोगों के मन में कोई उच्च नैतिक चेतना तो थी नहीं, अतः वे लोग जैसे-तैसे अधिकार हासिल कर लेने भर की ही बात सोच रहे थे। वह स्वयं भी सोच रहा था कि जीवन का श्रेष्ठ उद्देश्य है स्वतन्त्रता की प्राप्ति। नेता लोगों के ऊपर वह बिना किसी शंका-संकोच के पूरा विश्वास रखे हुए था– मानो कि वे लोग ही प्रकाश के ध्रुवतारा हों। परन्तु इन नेता लोगों में से अधिकांश लोग ही किसी आदर्श के लिए आत्म-त्याग करने, स्वार्थ का त्याग कर पाने की शक्ति खो चुके थे। इसका मुख्य कारण यह है कि उनके लिए जो आदर्श निर्धारित किए गए थे, वे आदर्श उनकी अपनी अन्तरात्मा से, अपनी बौद्धिक चेतना से प्रादुर्भूत नहीं हुए थे, बल्कि उत्कृष्ट कोटि के मनुष्यों के मानववाद का वे अन्धानुकरण भर करते रहकर आत्मसन्तोष कर रहे थे। उन लोगों ने स्वाधीनता को कभी भी उसके परिपूर्ण रूप में नहीं देखा था। उसका वह परिपूर्ण निर्भ्रान्त रूप लोगों के हृदय में बसा हुआ नहीं था। इसी कारण वे लोग उलझन और भटकाव में पड़े हुए थे। स्वाधीनता के लिए सच्ची भावना से संघर्षशील प्रत्येक कार्यकर्त्ता को आज सर्वप्रथम अपने आप को ठोक-बजाकर अपने निजत्व की खोज करने की जरूरत है। जीवन का सच्चा अर्थ रहस्यमय है, कोई भी उस रहस्य का भेदन करने में, उसकी वास्तविकता को पहचान लेने में समर्थ नहीं हो सका है। इस रहस्य की खोज अकेले-अकेले, स्वयं अपने आप में की जा सकती है, अपने अन्तर्लोक में ही उसे ढूँढ़ पाना सम्भव है।

अकस्मात् ही उसने अनुभव किया कि जिस समय माकन एक विशाल विश्वानुभूति का अनुसरण करती जा रही है, उसी समय वह केवल अपने निजी व्यक्तित्व को ही अपनी आँखों के समक्ष प्रत्यक्ष देख पा रहा है। उसकी पार्टी वाली या दलबद्ध चिन्ता-भावना में

संकट उपस्थित हो गया है। उसकी अपनी चिन्ता-भावना के अनुसार स्वाधीनता की कामना में जो न्याय, विचार, सामाजिक दायित्वबोध और प्रेम का भाव भरा हुआ है, वह भाव साधारण स्तर की राजनीतिक और सामाजिक लाभ उठाना चाहने वाली स्वाधीनता की कामना की भावना से ऊँचे स्तर की है। अपने आप को वह जितना कुछ समझ सका है, उतने के अनुसार उसकी यह दृढ़ धारणा बन गई है कि साधारण प्रयोजनों के बन्धन से छुटकारा पाए बिना मनुष्य सच्ची मुक्ति, सच्ची स्वाधीनता नहीं पा सकता, क्योंकि सच्ची मुक्ति तो ज्ञान में ही है।

आदमी जब तक पूर्ण रूप से अकेला नहीं होता, जान पड़ता है तब तक जीवन के अर्थ को प्राप्त कर पाना उसके लिए बहुत कठिन है। परन्तु उसके लिए इस समय जरूरत है सही मार्ग के अनुसन्धान की, विप्लव के पथ की पहचान की।

अपनी लम्बी दाढ़ी पर हाथ फेरते-फेरते उसने अपने आपसे अपरिचित एक भिन्न स्वतन्त्र व्यक्तित्व के नवीन की उपस्थिति का अनुभव किया। मानो जेल में आने के पहले वाला वह नवीन न रह, एक बिलकुल नया नवीन बन गया हो।

उसे याद आई, उसके द्वारा माकन को लिखी गई अन्तिम चिट्ठी की। उस चिट्ठी की जिसे उसने माकन को सभी प्रकार के सामाजिक स्तरों के प्रेम-बन्धन से मुक्ति प्रदान करते हुए पत्र लिखा था। अब वह अच्छी तरह समझ रहा है कि पत्रिका या समाचार पत्र प्रकाशित कर पाना और धन-सम्पत्ति इकट्ठा कर पाना उसके द्वारा संभव नहीं हो सकेगा। उसने जो विधि (कानून लॉ) की परीक्षा दी थी, वह भी बेकार हो गई। उस प्रकार के कामों की ओर अब उसकी सारी अभिरुचि समाप्त हो गई है। अपने आप को जिस हद तक वह समझ सका है, उस हद तक वह यह समझने लगा कि वस्तुतः वह एक संगी-साथी हीन निस्संग पथिक है। उस रास्ते पर चलते जाना भर ही उसका अपना धर्म है। अगर कहीं उसका ब्याह उसकी प्रेमिका के साथ हो भी जाए तो भी अब वह इस पथ का त्याग नहीं कर सकता। परन्तु यह पथ, यह रास्ता, तो सर्वस्व न्योछावर कर देने का, सभी कुछ त्याग देने का पथ है। अगर इस पथ की संगिनी माकन नहीं हो सकती, तो फिर उसे ज़बरदस्ती इस पर खींच लाने का कोई अर्थ ही नहीं है। जीवन के निम्न स्तर के लक्ष्यों को प्राप्त करने का मोह उसमें नहीं रह गया है। बल्कि अब तो वह यह चाहता है कि माकन स्वयं ही अपने धर्म का सन्धान कर ले, स्वयमेव अपना धर्म निश्चित कर ले तभी उसका अनुसरण करे। (बिना अपनी सोच समझ से निर्धारित किए नहीं)

उसी पत्र के उत्तर में माकन ने वह चिट्ठी पठाई थी जिसे गिलहरी उठा ले गई है। उस चिट्ठी में उसने इसी प्रकार की अपनी मनोकामना प्रकट की थी। उस लम्बी चिट्ठी में उसने कहीं रंजीत भाई के नाम तक का उल्लेख नहीं किया था। परन्तु इतनी बात तो सुनिश्चित है, कि अगर वह उनसे विवाह करने का निर्णय करती है, तो उसकी ओर से और कोई

नैतिक बाधा नहीं खड़ी की जाएगी, बल्कि इसमें तो माकन उसका समर्थन ही पाएगा। माकन ने जो शर्त रखी थी, उसे पूर्ण करने में वह पूरी तरह असफल रहा है।

इन्हीं सब भावनाओं में वह डूबा हुआ था कि तभी खिड़की के चिक के पार आकर खड़े हो गए स्वयं जेलर साहब। जेलर साहब बहुत गम्भीर स्वभाव के हैं, परन्तु हैं बड़े ही दयालु। उनके मुँह की ओर देखकर नवीन ने पूछा, ''साहब आप! आप खुद ही चले आए।''

वे हँसते हुए बोले, ''सुमति बहन जी आई हुई हैं। आप को सात दिन के लिए पैरोल पर छुटी दी गई है। वे आप को अपने साथ लिवा ले जाने के लिए आई हैं।''

क्षणभर के लिए नवीन का हृदय नाच उठा परन्तु दूसरे ही क्षण उसे परिस्थिति की यथार्थता का स्मरण हो आया। तब उसने कहा, ''नहीं, मैं पैरोल (कैदी से लिखित दृढ़ प्रतिज्ञा करवा कर छुट्टी देना) पर नहीं जाऊँगा।''

जेलर ने बहुत मद्धिम आवाज़ में धीरे से कहा, ''आप लोगों के संघ के विमल बरुआ का स्वास्थ्य अत्यन्त चिन्ताजनक हो उठा है। वे सम्प्रति गुवाहाटी में ही हैं। वे आप को देखने को लालायित हैं''।

नवीन के मन की सारी गर्मी को किसी चीज ने अपने शीतल स्पर्श से भिगोकर ठंडा कर दिया। विमल भाई साहब गुवाहाटी में ही हैं, इसे वह निश्चयपूर्वक नहीं कह सकता। लगता है कि मदनापल्ली से गुवाहाटी लौट आने के बाद से सुमति बहन जी को लेशमात्र अवकाश नहीं मिल पाया कि अपने लौट आने की सूचना दे सकें। एक तो वैसे ही संघ की दशा बुहत खराब हो गई है, दूसरे विमल भाई साहब की जीवन-यात्रा का यह अन्तिम समय है।

बहुत समय तक नवीन को मौन खड़ा देख जेलर ने पूछा, ''मैं जाकर उनसे क्या कहूँ?''

पैरोल पर छुट्टी पाने की उसकी रंचमात्र भी इच्छा नहीं है। जेल से मुक्ति उसे चाहिए परन्तु वह इससे पूर्ण मुक्ति, पूरी तरह छुट्टी पाना चाहता है, सामयिक रूप से नहीं।

नवीन को फिर भी चुप्पी साधे देख जेलर ने मुस्कराकर कहा, ''तो फिर अच्छा हो कि आप ही चले आइए। उन्हीं से बात करके देखिए।''

कोठरी का दरवाज़ा खुल गया। नवीन और जेलर साहब दोनों ही आगे-पीछे होकर जेल कार्यालय की ओर बढ़ चले। कार्यालय के ही एक किनारे आगन्तुकों से भेंट-मुलाकात करने की कोठरी है। नवीन ने देखा—सुमति बहन जी उसी में बैठी हुई हैं। सुमति जी को देखकर नवीन मारे डर के काँप उठा। क्या हो गया उन्हें? उनकी देह में तो कुछ भी नहीं रह गया है। वह उनके और निकट गया और उत्सुकता से पूछ बैठा, ''क्या हो गया, बड़ी बहन जी? आप इतनी कमजोर, रक्त-मांसहीन, इतनी क्षीण कैसे हो

गयीं?''

सुमति जी ने उसके प्रश्न का कोई उत्तर नहीं दिया। वे बोलीं, ''बहुत-बहुत दौड-धूप, कोशिश-प्रयत्न करने के बाद ही तुम्हें पैरोल पर छुड़ाने का आदेश पा सकी हूँ। ऐसी हालत में छूटकर चलने से इनकार मत करना। विमल भाई साहब और कितने समय तक इस संसार में जिन्दा रह पाएँगे, मैं कह नहीं सकती। अपनी इस शोचनीय दशा में भी उन्होंने कई बार तुम्हारे बारें में पूछा है, तुम्हें देखना चाहा है।''

''मेरा विवेक तो इस तरह छूट कर जाने को नहीं कह रहा, लेकिन मन बहुत कह रहा है।'' नवीन ने धीरे-धीरे उत्तर दिया।

''विवेक के ऊपर भी ज्ञान है, प्रज्ञा है। उस ज्ञान, उस प्रज्ञा से पूछ देखो।'' सुमति जी ने क्षीण मुसकान से हँसते हुए कहा।

नवीन ने कहा, ''अगर मृत्यु-काल आ ही गया है तो उसे तो कोई रोक नहीं सकता। विमल भाई साहब जाना चाह रहे हैं (मृत्यु का आलिंगन करने को प्रस्तुत हो चुके हैं) तो फिर तो वे जायेंगे ही। परन्तु पैरोल पर छूटने की अपमानजनक शर्तों को स्वीकार करके छूटना और तब उनसे भैंट करने, उनका साक्षात्कार करने जाना स्वयं विमल भाई साहब के जीवन के प्रति ही अनादर करना होगा। विमल भाई साहब को तो मैं यहीं से देख रहा हूँ।''

अपनी बातें पूरी करते-करते नवीन की दोनों आँखों से आँसुओं की धारा बहने लगी।

सुमति जी ने बहुत स्नेहपूर्वक उसकी ओर देखा और उसे ढाढस बँधाते हुए बोलीं, ''अगर तुम्हारा अपना विवेक ही जाने को नहीं कह रहा, तो फिर जाने की कोई आवश्यकता नहीं। मैंने अपना कर्तव्य पूरा कर लिया है। मैं एक बार और सरकार से प्रार्थना करूँगी, उन्हें कहूँगी तुम्हें पूरी तरह कारादण्ड से मुक्त कर देने के लिए। और ये (विमल जी) और कितनी देर तक रहते हैं, कुछ कह नहीं सकती'' अपना अन्तिम वाक्य उन्होंने जानबूझ कर दुहराया।

इतनी बात कहकर ही सुमति बहन जी चुपचाप चली गयीं। तब तक दोपहर ढलक आई थी। नवीन जेल की अपनी कोठरी में लौट आया। साँझ की बेला गहराने तक उसका मन बहुत आकुल-व्याकुल हो गया। विमल भाई साहब को देखने के लिए वह बहुत सरलता से पैरोल पर छूटकर जेल से बाहर जा सका होता, परन्तु उस प्रकार से जाने के लिए उसे यह शपथ-पत्र देना होता कि सरकार उस पर जो यह दया कर रही है, उसके लिए उसे यह वचन देना है कि वह भागेगा नहीं, फिर इसी जेल की कोठरी में लौट आएगा। ऐसी सुविधा पाने की जगह तो वह जेल की यातना भोगना ही अधिक अच्छा समझता है। जेल का कष्ट भोगने को ही तैयार है।

अगर जेल से छुट्टी मिलनी है तो वह तभी स्वीकार है जब वह बिना किसी शर्त के मिले, नहीं तो अनन्त कालीन कारावास भी स्वीकार्य है।

विमल भाई साहब के साथ उसका नैतिक सम्पर्क प्रगाढ़ है। अतः उसकी स्थिति को विमल भाई साहब अच्छी तरह समझ सकेंगे। उसका मन यह कहता है, उसकी यह निश्चित धारणा है कि जितना ही वह नैतिक सदाचरण करेगा, नीति को मानकर जितना ही चलेगा, वह उतना ही विमल भाई साहब के निकट होता जाएगा। अतः रही बात विमल भाई साहब के प्रति उसके भाव की, भावात्मक सम्पर्क की, श्रद्धा की सो वह भाव तो सदा बना रहेगा।

उस रात वह अच्छी तरह सो नहीं सका। बार-बार सुमति जी का मुँह मन की आँखों के सामने कौंध जाता। उनका चेहरा इतना क्षीण, इतना दुर्बल, इतना उदास क्योंकर हो गया? क्या कारण है इसके पीछे? उन्हें अन्दर-अन्दर ही कोई बीमारी तो नहीं खा रही? कहीं विमल भाई साहब की (छूत की बीमारी तपेदिक) राजयक्ष्मा की बीमारी ही तो नहीं हो गई? नहीं भी हो सकती वह बीमारी। परन्तु कष्ट तो उतना ही हो सकता है। लेकिन उनका चेहरा बिलकुल ही जाने कैसा हो गया। आज उन्होंने अधिक बातें भी नहीं कीं। आयीं और चली गयीं। उनसे कुछ भी पूछना-जाँचना भी नहीं हो सका। हाँ, उनकी आँखें पहले की तरह ही शान्त-सुस्थिर थीं।

उस रात, सारी रात वह अच्छी नींद नहीं ही सो पाया।

दूसरे दिन सबेरे एक ज़ोरदार आवाज़ सुनकर ही उसकी नींद टूटी। जगकर देखा तो कोठरी के बाहर से स्वयं जेलर साहब की आवाज़ सुनाई पड़ी।

उठकर वह खिड़की के चिक के पास जा खड़ा हुआ। जेलर साहब ने उसे देखते ही हँसकर कहा, ''बहुत सुखद समाचार है। सीधे (प्रान्तीय राजधानी) शिलांग से आदेश की सूचना आई है। आप को कारावास से मुक्ति दे दी गई है''।

''मुक्ति? यानी कि जेल की सजा से छुट्टी?'' जेलर के कथन पर विश्वास न कर पाने के कारण उसने कहा।

''हाँ, जी हाँ।''

जेलर साहब गद्गद हो हँसने लगे।

जेल की उस कोठरी को छोड़कर बाहर निकलते समय अचानक ही उसने लक्ष्य किया कि वह गिलहरी कोठरी की दीवार झरोखे के छिद्र के भीतर से छिपकर झाँक कर उसी की ओर देख रही है। तो क्या उसने भी कुछ आभास पा लिया है क्या? उसकी ओर एक बार स्नेह भरी नज़रों से देखकर उसने हाथ में अपनी गठरी-मोटरी उठायी और एक दीर्घ निश्वास छोड़ते हुए, धीरे-धीरे वह जेल के कार्यालय की ओर बढ़ गया।

वहाँ उसने दुदू को बैठा हुआ देखा। दुदू के शरीर पर शिकार के लिए पहन कर जानेवाली पोशाक थी। नवीन को देखते ही वह बोल उठा, ''अरे वाह, तूँ तो देखता हूँ, पूरी तरह ऋषि-मुनि हो गया है। मगर भाई, मैं तो अभी रत्नाकर (ऋषि बनने के पहले का

वाल्मीकि का नाम) ही रह गया। आज बड़े तड़के भोर में निकल पड़ा था शिकार करने जाने के लिए। परन्तु तभी जाने कहाँ से सामने आ प्रकट हुई मणिका। आते ही कहा, "तुम्हें लिवा ले आने की ज़रूरत है, सो ले आना पड़ेगा।"।

नवीन ने जेल के कार्यालय में आवश्यक कागज़-पत्रों पर हस्ताक्षर किए, फिर दुदू के साथ-साथ जेल की चहारदीवारी से बाहर निकल आया। मोटर कार में बैठते-बैठते नवीन ने पूछा, "कौन-सी मणिका? तुम किस मणिका की बात कर रहे थे?"

दुदू ने मणिका का परिचय दिया। आजकल गुवाहाटी के बड़े सम्भ्रान्त घरानों में किसी बीमार के लिए किसी चिकित्सकीय परिचारिका (नर्स) की ज़रूरत होती है, तो लोग मणिका की ही खोज करते हैं। प्रोफेसर रविचन्द्र का जब पाँव टूट गया था तब मणिका ने ही उनकी सेवा-शुश्रूषा की थी। इस समय वही विमल भाई साहब की सेवा-शुश्रूषा कर रही है। विमल भाई सम्प्रति खारघुलि की ओर नदी के किनारे के एक छोटे से टीले के घर में रह रहे हैं। वैसे वह घर सदानन्द बरुआ जी का है। यह घर उनके पिताजी के जमाने का ही बनवाया हुआ है। उसी को तेल-चूना लगवाकर, थोड़ी-बहुत मरम्मत करवाकर, छा-छोपकर ऐसा चिकना-सुन्दर बना दिया है जिसमें राजयक्ष्मा (क्षय रोग) का रोगी आराम से रह सके।

भोर-भिनसार (प्रातः काल) की गुवाहाटी नगरी। सड़कें-चौरस्ते जगने लगे हैं, सजीव हो उठे हैं। नवीन बड़ी उत्कण्ठा से नगरी का दृश्य देख रहा था। युद्धकाल का कहीं कोई संकेत नहीं, कोई अफरा-तफरी नहीं। थोड़ी-थोड़ी देर पर जहाँ-तहाँ बस दो एक सैनिक दिखाई पड़ गए थे। आकाश में भी सैनिक जहाजों की कोई घड़घड़ाहट नहीं। केवल जीप गाड़िया सड़कों पर दौड़ रही हैं। एक दुर्लभ सपना-सा लग रहा है।

"रंजीत भाई वगैरह लौट आए हैं या नहीं?" नवीन ने मौन भंग करते हुए पूछा।

"तुम्हें इसका समाचार नहीं मिला क्या?" आश्चर्यचकित हो दुदू ने पूछा, "रंजीत भाई तो लड़ाई के मोर्चे पर घायल हो गए थे। इस समय वे कलकत्ता में हैं।"

"क्यों? क्या हो गया?"

"मैं भी विशेष कुछ नहीं जानता। सदानन्द बरुआ जी सारा विस्तृत समाचार, खोज-खबर लेने वहीं गए हुए हैं। अब उनके आने पर ही पूरी जानकारी मिल पाएगी।" दुदू ने मोटर-कार को घर के फाटक में प्रवेश कराते-कराते उत्तर दिया।

माकन और उसके परिवार जनों का यह मकान तो बिलकुल पहचान में ही नही आ रहा। मकान का फाटक भी नया बना हुआ है। ईंट के जैसा लाल रंग से रंगा हुआ मकान। मकान के सामने के प्रागंण की फुलवारी में नाना प्रकार के रंग-बिरंगे फूलों की रमक-झमक सुशोभित है। घर के पुराने माली की साज-पोशाक भी बदली हुई-पूरी खाकी वर्दी में सजा-धजा उसे देखकर माली ने उसे झुककर सलाम किया। इसके पहले कभी भी

उसको सलाम नहीं किय था, ऐसा उसे तो याद नहीं आता।

घर को ध्यान से देख लेने की गरज से नवीन थोड़ी देर तक बाहर ही ठिठककर खड़ा हो गया। गाड़ी से उतरकर दुदू होंठों से सीटी बजाते हुए हाथों की अंगुलियों में मोटर की ताली का गुच्छा घुमाते-घुमाते मकान के अन्दर चला गया। नवीन ने लक्ष्य किया कि अतिथियों के स्वागतार्थ निर्मित बैठक खाना तो ऐसा रमणीय बन गया है कि पहचान में ही नहीं आता। सारी सज-धज आश्चर्यजनक ढंग से सुन्दर सुशोभित है। माकन के कमरे के पास की छोटी-सी फुलवारी अब वहाँ नहीं है, उसकी जगह एक छोटा-सा मकान बन गया है। यह घर असम में बनने वाले सामान्य मकानों जैसा न होकर सीमेन्ट कंक्रीट का बना हुआ है।

थोड़ी देर बाद माली भी उसके पास आ गया और बहुत दिनों से परिचित अपने अतिनिकट के व्यक्ति की तरह उसके करीब खड़ा हो गया। नवीन ने पूछा, "यह मकान किसका है?"

"अफसर साहब का। बीच-बीच में कभी-कभार नयी माताजी को साथ में ले आकार इसी में रहते हैं।" माली ने जवाब दिया।

"इस समय वे यहीं हैं क्या?" उत्सुकतापूर्वक नवीन ने पूछा।

"नहीं। शिलांग गए हुए हैं।" माली ने हँसकर जवाब दिया, "नयी माँ जी को एक बेटा पैदा हुआ है।"

इस पर नवीन ने कोई विशेष कौतूहल नहीं दिखाया।

फिर यकायक माली ने कहा, "आप के संघ के कार्यालय में तो अब कुछ भी नहीं है। प्रायः ही उसके मैदान में जानवर घुस जाते हैं। कई दिन तो मैं ही जाकर उन्हें खदेड़ आया हूँ।"

इसका भी नवीन ने कोई उत्तर नहीं दिया। उसे अनुमान हुआ कि संभवतः अभी भी उसका संघ गैरकानूनी संगठन ही करार दिया हुआ है। ब्रिटिश सरकार ने संघ के सदस्यों को केवल दमन चक्र में पीसकर ही छोड़ नहीं दिया है बल्कि उनके दिलो-दिमाग में भय-आतंक पैदा करने में भी वह सफल हुई है। लगता है इस भय-आतंक से वे लोग अभी भी मुक्ति नहीं पा सके हैं।

नवीन अभी घर के अन्दर प्रवेश करने जा ही रहा था कि तभी उस कंक्रीट वाले छोटे मकान के भीतर से एक दीप्तिमती युवती आँखों में चकाचौंध भरती बाहर निकल आई। उसके ललाट पर एक तरोताज़ा चमचमाता रोली का टीका सुशोभित था। देह पर महीन मूँगा रेशम का परिधान—साड़ी चोली-छटा बिखेर रहा था। हाथों में चाँदी का एक जोड़ी वलय (कंगन) कान के छिद्रों में कर्णफूल की जगह कान का बड़ा वाला झूल रहा था।

(जब वह आकर नवीन के) निकट खड़ी हो गई, तब नवीन ने (उसे पहचानते हुए

आश्चर्यचकित हो) पूछा, "अरे जयन्ती !तूँ क्या अभी तक यह शहर छोड़कर जा नहीं सकी?"

वह स्तम्भित हो गई। कुछ देर तक स्तब्ध बनी रहने के बाद उसने सँभलकर कहा, "चली तो गई थी। परन्तु उसके बाद ही सुदर्शना बहन जी ने शिलांग में जाकर वहाँ नृत्य-प्रदर्शन का एक कार्यक्रम आयोजित कर डाला। फिर कुछ दिन में ही मेरी बुलाहट हुई। आदेश को भला कैसे अस्वीकारती। पिता जी को साथ ले भागी-दौड़ी जा पहुँची। वहीं प्रोफेसर साहब भी उपस्थित थे। विश्वविद्यालय के काम के लिए (गए हुए थे)। वहाँ नाच-गान का अनुष्ठान सम्पन्न कर अब इस समय यहाँ आई हूँ। पिता जी भी आए हुए हैं। फिर वह कुछ क्षण मौन ठहर गई। फिर बोली– "यहाँ आकर भी माकन बहन जी से भेंट नहीं कर पायी। उस बार अपनी माँ की मृत्यु के बाद माकन बहन जी ने मुझे ऐसा धर पकड़ा कि किसी प्रकार छोड़ ही नहीं रही थीं। उन बेचारी भलेमानस की बात सोचते ही मन दुःखी हो जाता है। जैसे चिड़िया अपने बच्चे को मारे प्यार-दुलार के अपने पंखों से घेरे-समेटे रखती है उसी प्रकार माकन को उसकी माता जी ने हर तरफ से अपनी सुरक्षा में सँजोए रखा था। अब तो वह अनाथ हो गई, कोई उसे देखने-भालने वाला नहीं। मैंने उन्हें इस दुर्दशा से छुटकारा पाने के लिए भगवान शिव की पूजा करने को कहा था। शिव की आराधना से मनोकामना पूरी होती है, मनोवांछित वस्तु प्राप्त होकर ही रहेगी। "अच्छा आप कुशल से तो थे न?"

नवीन ने स्वीकृति सूचक सर हिलाया। इसी प्रकार कुछ देरी तक बातचीत करते रहने के बाद जयन्ती ने कहा, "दुदू भाई तो बिलकुल छोटे नादान बच्चों की तरह हैं। अब जरा चलकर देखें तो कि वे इस समय कर क्या रहे है? मुझे लगता है कि अब तक निश्चय ही आग जलाकर वे चाय की केटली चूल्हे पर बैठा चुके होंगे। आइए, आइए। अन्दर चलकर ही बैठिए। मैं अभी चाय बना लाती हूँ।"

जयन्ती आगे-आगे चली, नवीन पीछे-पीछे। कुछ दूर चलने के बाद जब वे माकन की माँ के शयन-कक्ष में पहुँचे, तब अचानक ही नवीन के मन में जाने कौन-सी चीज कौंध गई। उसे ऐसा लगा जैसे चित्रा मौसी जी वहाँ बैठी-बैठी रामायण का पाठ कर रही हैं। उनका वह शयन-कक्ष और अधिक साफ-सुथरा और सुन्दर बन गया था। दुदू ने उस शयन-कक्ष को किसी को भी व्यवहार में लाने नहीं दिया था। उसे उसने एक पवित्र संग्रहालय की भाँति सहेज-सँवार रखा था। उसकी माँ का पलंग-बिस्तरा सभी कुछ पहले की तरह ही यथावत् सुरक्षित है। केवल कपड़ों की स्वच्छता, लकड़ी वगैरह की पालिश का रंग और अधिक स्वच्छ और चटकदार हो गया है। रामायण की पोथी को उसकी माँ जहाँ रख गई थीं, वह वहीं पड़ी हुई हैं। उनके बैठने की चौकी भी जैसी उस दिन दिखाई पड़ी थी, ठीक वैसी ही आज भी लग रही है। दीवार पर लटकाए हुए चित्र भी अपनी जगह

यथावत हैं, उनका स्थान भी नहीं बदला है। अपने पिता जी के फोटो को भी दुदू ने हटाया नहीं है। माँ के चित्र के पास ही वह भी बड़े सुन्दर रूप में प्रकाशित हो रहा है। उन लोगों (माता-पिता) के विवाह संस्कार के संपन्न होने के बाद के एक वर्ष के भीतर ही खिचवाया हुआ चित्र है। दुदू का जन्म भी तब तक नहीं हुआ था।

जयन्ती रसोई घर के अन्दर चली गई। उसने दुदू को अलगकर चाय बनाने का भार अपने जिम्मे ले लिया।

नवीन धीरे-धीरे चलकर उस चित्र के नीचे जा खड़ा हुआ। फिर चित्रा (के चित्र) की ओर देखने लगा। उसे ऐसा अनुभव हुआ जैसे मुस्करा रही हों। ठीक मोनोलिसा की मुस्कान की भंगिमा की तरह एक रहस्यमयी मुस्कान। उसे ऐसा लगा जैसे पुराने दिन फिर से लौट आए हैं। वे ही सुन्दर दिन। चित्रा मौसी जी उसे अपनी सन्तानों–दुदू और माकन-की तरह ही बिलकुल अपना समझती थीं। नवीन के घर भी उसका अत्यन्त अपना सगा कोई नहीं था। उसके माता-पिता तो उसके बिलकुल बचपन की वेला में ही गुजर गए थे। इसी वजह से चित्रा मौसी जी उससे और भी ज्यादा-विशेष रूप से स्नेह करती थीं।

और फिर बाद में तो एक दिन आ गया वह विशेष दिन माकन के विवाह के सम्बन्ध में अत्यन्त निर्मम निर्णय लिये जाने वाला दिन। उस दिन भी चित्रा मौसी जी ने तो उसे बहुत-बहुत स्नेह और आत्मीयता प्रदान की थी। उन्होंने अपना कर्त्तवय बहुत ही सुन्दर ढंग से निभाया था उस दिन।

फिर उसके बाद आया वह दुर्भाग्यपूर्ण दिन जब कि उनका स्वर्गवास हो गया। नवीन की दृष्टि बिस्तरे के एक किनारे की ओर रखी हुई एक बहुत बड़ी तसवीर की ओर गई। उस तसवीर में उसने देखा–चित्रा मौसी जी अपनी अन्तिम यात्रा की अन्तिम शय्या (अर्थी) पर लेटी हुई हैं। उस तसवीर में प्रशान्त रूप में सोयी हुई मौसी जी के मुख पर मानो एक कालजयी मधुरभाव विराज रहा है।

उसी समय दुदू आकर उसके पास खड़ा हो गया।

नवीन ने कहा, "दुदू भाई !तुमने तो मौसी जी को इस कमरे में जीवन्त बनाए रखा है।"

दुदू ने उत्तर में कुछ भी नहीं कहा। वह शान्त-निस्तब्ध होकर अपनी माँ के मुँह की ओर निहारने लगा। थोड़ी देर बाद उसने कहा, "मैं कितनी यन्त्रणाओं में समय गुजार रहा हूँ कि बस क्या समझोगे? चाय-बागान में काम करने वाले श्रमिक मजदूरों को मैंने अपनी बराबरी का सम्मान दिया। (मैनेजर होते हुए भी उन्हें कभी अपने से हेठा नहीं समझा) मैंने उन लोगों की मजदूरी, उनका वेतन बढ़ा देना चाहा। बस इसी बात पर यहाँ हड़कम्प मच गया, प्रबन्ध तन्त्र सन्देह करने लगा। सदानन्द बरुआ, मेरे बड़े पिताजी, और

स्वयं मेरे पिता जी आदि ने राय बात करके मेरी बदली यहाँ गुवाहाटी कार्यालय में करवा दी। श्रमिकों-मजदूरों की झोंपड़पट्टियों वाली बस्ती में जाकर कौन मैनेजर झूमर नाच नाचेगा। हाँ, बोलो तो !परन्तु मैं मैनेजर होते हुए भी नाचता था। परन्तु बरुआ जी वगैरह को यही सब व्यवहार पसन्द नहीं आया। सहा नहीं गया। सो वहाँ से मैं यहाँ चला आया। यहाँ पहुँचा तो देखता हूँ कि माता जी ही नहीं रहीं। पिता जी भी प्रेम के ऐसे विकट बन्धन में बँध गए कि उन्होंने घर-द्वार, जगह-जमीन सभी कुछ की देखरेख चिन्ता करना ही त्याग दिया, और इस तरह मेरे ही दुर्बल कंधों पर इतने बड़े घर-परिवार का सारा भार डाल दिया। माकन शान्ति की तलाश में शान्तिनिकेतन चली गई। परन्तु मेरी तो स्वच्छन्दता ही समाप्त हो गई। मैंने इस कोठरी को ही अपना पूजा-स्थल मन्दिर बना लिया। एक छोटा-सा सुख-सुविधापूर्वक मकान बनवाकर यहीं रहने के लिए पिता जी को बुलाया। पिताजी चम्पा, नयी माँ जी, को साथ लेकर बीच-बीच में रहने के लिए आते रहते हैं। कुछ दिन पहले आकर यहाँ कुछ समय ठहरे रहे। परन्तु जाने क्यों यहाँ से जाने के लिए नयी माँ जी ने इतना हठ पकड़ लिया कि उन्हें किसी तरह रोका ही नहीं जा सका। वे लोग शिलांग चले गए। वहाँ उन्हें एक बच्चा पैदा हुआ है। बहुत ही सुन्दर है वह बच्चा। परन्तु वे केवल उस बच्चे को लेकर ही सन्तुष्ट नहीं हैं। सादरी नाम की उनकी बिटिया (पहले पति से) है, उसे भी अपने संग रखने के लिए परेशान हैं, जब कि बिटिया के पिता गुणधर जी किसी भी तरह उसे उन्हें दे नहीं रहे हैं। वैसे गुणधर जी उन्हें भी अभी भूल नहीं पाए हैं। उनका तो मन है कि अभी भी अगर चम्पा नयी माँ जी लौटकर उनके घर जायें तो वे उनका सारा दोष क्षमा करके (पहले की भाँति ही) अपना लेंगे। इस प्रकार का व्यवहार करने वाले उस सज्जन को देखकर तो मैं आश्चर्यचकित हो गया हूँ।"

नवीन बिलकुल अवाक् होकर सारी बातें सुन रहा था। अबकी उसने पूछा-"यह सब जो गड़बड़-सड़बड़ हो रहा है, किसी सही निर्णयात्मक स्थिति की ओर न चल कर अनाप-शनाप, विशृंखल घटनाएँ हो रही हैं, क्या तुम समझते हो कि यह अच्छा हो रहा है?"

"अच्छे-बुरे को कौन कर छाँट सकता है?" दुदू ने उत्तर दिया, "तुम छाँट सकते हो। क्योंकि तुमने काम देवता जैसे फूलकुँवर के वाणों की चोट को बहुत सरलता के साथ सह लिया है, काम पर विजय पा ली है। परन्तु इस काम देवता ने किस बुरी तरह से दो परिवारों को नष्ट-भ्रष्ट कर जलाकर राख कर दिया, इसे तुमने नहीं देखा है।' मैं कितनी गहन मानसिक यन्त्रणा झेल रहा हूँ, तुम क्या समझ सकोगे मैं तो विवाह कहलाने वाले संस्कार पर से विवाह-व्यवस्था के ऊपर से, पूरा विश्वास खो चुका हूँ। संभवतः मेरे पिता जी भी ...."

दुदू ने अपनी बात पूरी नहीं की। अपने पिता जी के वैयक्तिक जीवन की बातों की

आलोचना करना, उनकी चर्चा करना भी उसने उचित नहीं समझा। परन्तु दुदू ने इस बात के संकेत पा लिये हैं कि उसके पिता जी की भी आस्था अब विवाह अनुष्ठान में नहीं रह गई है। उन्होंने चम्पा माँजी के नाम बहुत ज्यादा रुपये बैंक में जमा कर दिए हैं और अपनी जमीन का भी एक हिस्सा उनके नाम कर दिया है। परन्तु चम्पा नयी माँ जी हैं कि धार्मिक अनुष्ठानपूर्वक विवाह सम्पन्न करवाने के लिए पंडित पुरोहित जी से लग्न विचारती फिरती विकल हैं। परन्तु गुणधर के साथ जो उनका पहले ही विवाह हो चुका है, उससे तलाक मिलने-विवाह विच्छेद हो सकने का कोई उपाय ही नहीं है। गुणधर स्वयं ही विवाह-विच्छेद करना नहीं चाहते। और अगर वे चाहें तो भी वह कहाँ हो सकता है क्योंकि हिन्दू धर्म का विवाह तो स्वर्गीय है, मनुष्य या कोई कानून उसे तोड़ ही नहीं सकता।''

नवीन ने उसकी इन सब बातों में कोई उत्सुकता नहीं दिखाई। परन्तु इतने सब से वह यह तो समझ ही गया कि असली समस्या कहाँ है। इस समस्या का समाधान सहज नहीं है। इस समाज में अगर कोई प्रेमिका होनी है तो या तो उसे अहल्या बनकर (सम्पूर्णतः उपक्षित हो पत्थर की शिला बन) रहना होगा या फिर उर्वशी बनकर सर्व स्वच्छन्द (स्वैरिणी) होकर रहना पड़ेगा। आज के इस जमाने में भी यह समाज अभी सीता-सावित्री का ही समाज है।

कुछ देर बाद जयन्ती उन दोनों को ही भोजनालय के कमरे में बुला ले गई। इस भोजनालय के भोजन-जलपान करने के कक्ष को देखकर तो नवीन अवाक् हो गया। यहाँ तो पूरी-की-पूरी बिलकुल नयी साज-सज्जा है। कमरे के एक कोने में एक रेफ्रेजिरेटर चमचमा रहा है। उसी के पास कप बोर्ड है। चीनी मिट्टी के रंग-बिरंगे कप-प्लेट सजे हुए हैं। हाथ-मुँह धोने के लिए चमचमाता वाश-बेसिन, भोजन करने के लिए अत्यन्त सुन्दर लकड़ी की विशाल मेज और उसी के अनुरूप सुन्दर-सुन्दर कुर्सियों की कतारें।

दुदू ने उसके भावों को ताड़ते हुए कहा, ''तूँ सोच रहा है कि मैं अपने आदर्शों को भुला बैठा हूँ। हाँ, ठीक ही है, मैं उन्हें भुला चुका हूँ। तुम्हें प्रोफेसर स्मिथ की याद तो है न? वे प्रायः ही बीच-बीच में आये दिन मेरे यहाँ आकर भोजन पान करते रहे हैं। अपने और भी साथी-संगी, अतिथि-अभ्यागतों को ले आते हैं। बीच-बीच में हम सभी नाचते भी रहे हैं, समूह-नृत्य, अंग्रेजी शैली का बाल डांस। ये साहब (अंग्रेज) लोग बहुत ही विनोदी और आनन्द उठाने वाले स्वभाव के होते हैं। कभी-कभी मैं शराब भी पी लेता हूँ। तनिक भी बुरा तो नहीं लगता। इसी में सब कुछ भुलाए रहता हूँ।''

जयन्ती उनकी मेज पर पूड़ी-सब्जी और चाय रखने के लिए आकर (जाने कब से) दुदू की बातें आश्चर्य विजड़ित होकर सुन रही थी। सुदर्शना के घर पर शराब पीने-पिलाने का दृश्य देखते-देखते वह उसे देखने-सहने की अभ्यस्त हो गई थी। फिर भी वह मन्मथ ठीकेदार को हृदय से घृणा करती थी। बहुत नादान शैशव अवस्था से ही उसके हृदय में

यह भावना दृढ़ता के साथ पैठ गई थी कि शराब पीने वाले मनुष्य चरित्रहीन होते हैं। परन्तु दुदू को तो जिस दिन पहली बार उसने देखा था, उसी दिन से ही उसके मन में उसके प्रति एक अच्छी धारणा पल रही थी। क्योंकि दुदू अत्यन्त सरल स्वभाव का, सत्यवादी, सुन्दर सुशील और करुणापूर्ण हृदय का है। हाँ, यह जरूर है कि अभी आज तक उसने दुदू को उसके घरेलू परिवेश में नहीं देखा था। बस इसी बार अपने पिता के साथ शिलांग से यहाँ लौटने पर यहाँ ठहरना पड़ा है। क्योंकि अबकी बार सुदर्शना बहन जी यहाँ नहीं हैं अतः यहीं ठहरना पड़ा। यहाँ ठहरने पर भी उसने नवीन को कभी शराब पीते हुए नहीं देखा। परन्तु अब जो उसकी बातें सुनी तो उसके हृदय पर चोट लगी। मन-ही-मन उसने अपने आप ही से कहा—'हे भगवान !तूने एक इतने अच्छे भलेमानुस को जो इतने सारे सद्गुणों से सुशोभित है, उसके उन सारे सद्गुणों को एक इस बुरे दोष से ही नष्ट कर दिया। यह तूने क्या किया, हे प्रभु !'

नवीन ने भोजन करना आरम्भ करने ही जा रहा था, परन्तु उसने जब जयन्ती की ओर दृष्टि फेरी तो उसे एक मूक प्रतिमा की तरह जड़वत खड़ा पाया। उसकी ऐसी पत्थर की जड़मूर्त्ति-सी दशा देखकर उसने उत्सुक हो पूछा, "क्यों, क्या हो गया, जयन्ती? अरे देखो-देखो तो वह पत्थर की मूरत-सी जड़ हो एकटक क्यों देख रही है?"

उसे उस रूप में देखकर दुदू भी हक्का-बक्का रह गया।

जयन्ती ने तभी सँभलते हुए कहा, "ये सब बातें कहने की नहीं है भगवन् !मन में ही बनी रहें तो अच्छा है।"

"आखिर हो क्या गया जयन्ती ?" दुदू ने पूछा। जयन्ती ने मुस्कराकर कहा, "नहीं साहब !यह सब बातें कृपया मुझसे मत पूछें, हे भगवान !'

जयन्ती भोजन-कक्ष से निकलकर दूसरे कमरे में चली गई और वहाँ सरौते से सुपाड़ियाँ काटने लगी।

दोनों कुछ देर तक चुपचाप भोजन करते रहे थे कि दुदू यकायक हँसने लगा। हँसते-हँसते बोला, "अरे ओ !मैं अब सब समझ गया। समझ रहे हो न, नवीन। यह जो मैंने कहा न कि मैं शराब पीता हूँ। बस मेरी यह बात सुनकर ही उसे बहुत दुःख पहुँचा है। वैसे वह मेरे प्रति बहुत प्रेम का भाव रखती है।"

नवीन ने उत्तर दिया, "शराब पीना वस्तुतः जो बुरा है इस बात को युक्ति से, तर्क से चूंकि वह प्रमाणित कर समझा नहीं सकती, इसीलिए वह मन मसोसकर चुप रह गईं। परन्तु सचमुच ही उसका हृदय बहुत सरल है। कभी-कभी सरल हृदय में सत्य अपने आप ही प्रकाशित हो जाता है।"

दुदू ने मुस्कराकर कहा, "प्रोफेसर रविचन्द्र जी भी ठीक यही बात कहते है । वे तो जयन्ती का नाम लेते ही पागल हो जाते हैं। उसकी बातों में उन्होंने पौराणिक बुद्धितत्त्व और महापुरुष शंकर देव के महापुरुषीय धर्म की संस्कृति का साक्षात्कार किया है।

संभवतः यह बात सही ही है कि शराब पीना बुरा है। परन्तु मैं तो खाने-पीने, हँसने-बोलने, उछलने-कूदने, मौज-मस्ती में खुशी महसूस करता हूँ। यही सब मुझे अच्छा लगता है। देवधूनी नाच, या ऐसे लोकनृत्य वगैरह में मेरा मन नहीं लगता, उन्हें मैं पसन्द नहीं करता। यूरोप का बाल-डान्स (नृत्य) बल्कि अच्छा है। संसार की सीमा में, लौकिकता की परिधि में रहकर ही पुरुष प्रकृति, मर्द-औरत दोनों ही समुचित आनन्द का उपभोग कर सकते हैं। प्रोफेसर स्मिथ, मेरे बड़े पिता (रविचन्द्र) जी इन लोगों की विशेष अभिरुचि शास्त्रीय या स्थायी महत्त्व के श्रेष्ठ पारम्परिक एवं लोकतात्त्विक नृत्यों में अधिक है, वे इन्हें ही वरीयता देते हैं, ज्यादा अच्छा समझते हैं। प्रोफेसर स्मिथ ने तो जयन्ती के इस प्रकार के नाचों की विभिन्न मुद्राओं के ढेर सारे फोटो खींचे हैं। परन्तु मेरी अभिरुचि नृत्यकला के अध्ययन-अनुशीलन में नहीं है। नृत्य-नाच तो देखने की चीज है। उससे भी बढ़कर बड़ी चीज है नाच नाचना, नृत्य करना। परन्तु प्रोफेसर स्मिथ की तो दृष्टि ही भिन्न है। वे एक बहुत ही शौकिन-प्रवीण अमरीकी विद्वान हैं। लेकिन मुझे तो चाहिए तात्कालिक प्रभाव से प्राप्त होने वाला सामाजिक उत्तेजनात्मक आनन्द। हर्षोल्लास-स्फूर्ति आह्लाद मुझे तुरन्त चाहिए। अच्छे-बुरे की पहचान की सीमा-रेखा मैं नहीं देख पाता। चाहे राजनीति की बात लो, चाहे नाच की बात लो, किसी भी क्षेत्र में कहीं कोई सीमा नहीं है। फिर नैतिकता है कहाँ? जरा बताओ तो !कौन नैतिक है? क्या नेता बरदलै जी नैतिक है? मेरे पिताजी क्या नैतिक हैं?''

नवीन ने कहा, ''निम्न स्तरों के प्रयोजनों की नैतिकता में एक संकट उपस्थित हो गया है परन्तु बस इतने ही कारण से नैतिकता को दोष देने से कोई लाभ नहीं है। हमें उच्च्य स्तर की नैतिकता का पता लगाना होगा, उत्कृष्ट कोटि की नैतिकता की खोज करनी पड़ेगी।''

दुदू ने चाय पीना छोड़ दिया और अपनी कुर्सी से उठकर भयंकर मानसिक उत्तेजना में उद्वेलित होकर भोजन-कक्ष की एक खिड़की से लेकर दूसरी खिड़की तक चहल-कदमी करना शुरू कर दिया।

उस समय दुदू के मन में नाना प्रकार के भावों का प्रबल वेग एक तूफान की तरह से प्रवाहित हो रहा था। केवल किसी एक ही दिशा से आता हुआ नहीं, अपितु अनेक दिशाओं से अपने समृद्ध घर की अपार सम्पत्ति का मालिक बनकर भी वह सुखी प्रसन्न नहीं था। उल्टे मन-ही-मन वह बराबर यही महसूस करता था कि यह सब धन-दौलत अनावश्यक बोझा है जो उसके ऊपर जबरन लदा है। उसके जीवन का लक्ष्य केवल रुपये-पैसे धन-दौलत इकट्ठा करना भर ही नहीं है। संघ के सम्पर्क में आने से उसका मन खेतिहर किसानों-मजदूरों की दुर्दशा के प्रति करुणाभाव से प्रेरित हो उन्हीं की ओर ढल गया था। उस वक्त उसने गावों में जाकर ग्रामीण मनुष्यों की सहज-सरल जीवन पद्धति

में शान्ति का अनुभव किया था। जब वह चाय-बागान के मैनेजर जैसे ऊँचे ओहदे का अधिकारी था, तब भी वह मजदूरों की बस्ती में गया था। उसने देखा कि वे तमाम-सारे गरीब लोग उनकी अपेक्षा बहुत कम चीज़ें लेकर भी, बहुत सीमित साधनों में जीकर भी, उसकी अपेक्षा अधिक सुखपूर्वक रह रहे हैं। बिना किसी बाहरी दिखावट-बनावट के सहज-स्वाभाविक जीवन है उनका। नवीन और उसके संघ और उसके जैसे सारे लोग उनके और मजदूरों-किसानों के जीवन के बीच जो भारी अन्तर है, उसे मिटा देना चाहते थे। उसका मन बराबर कहता रहता था—'जो कुछ भी, उनके लिए जितनी भी चीज़ों का उत्पादन होता है, जितनी चीज़ें बनती हैं। तुम्हारे घर में तो केवल उसी उत्पादन और उसी पैदावार से नोचा-खसोटा, चुराया हुआ हिस्सा आ-आकर इकट्ठा होता जा रहा है, ढेरी लगती जा रही है। सम्पत्ति का अर्थ है चोरी।'

मजदूरों के जीवन को सरल और सहज स्वाभाविक करने के लिए उसने हर संभव प्रयत्न किया था। परन्तु कर नहीं पाया, सफल नहीं हो सका। उसके पिता जी ने ही उसके ऊपर सम्पत्ति का बोझ लाद दिया। इस बोझे को आसानी से उतार रखना असम्भव है। अब तो उसे अपने आप को संचालक की श्रेणी की सीमा-रेखा में ही बाँधे रखना होगा। अब वह इस सीमा से निकल नहीं सकता। उसके पिताजी इस बनावटी बाधा-विघ्न की दीवारों को फलांगकर अपने, अन्तः के प्रेम जगत में छुटकारे का स्थान समझ रहे हैं। परन्तु धनी-मानी व्यक्तियों के प्रेम को भी जीवन्त बनाने के लिए धन की आवश्यकता होती है। प्रेम के इस नशे में उनकी नौकरी, पद-प्रतिष्ठा सामाजिक जीवन का मान-सम्मान सारा कुछ चला गया। इतना सब हो जाने पर भी धन के बन्धन से वे अभी भी मुक्ति नहीं पा सके हैं।

दुदू इस घर को ही कृत्रिम सुखों का वास-स्थान बना लेना चाहता है। हर प्रकार के भौतिक सुखों से समृद्ध एक विलास भवन। उसी कारण से यह बालडान्स का रंगस्थल, यह अच्छे-अच्छे भोजनों, अच्छी-अच्छी शराबों के खाने-पीने की, मौजमस्ती करने का सारा आयोजन है। यह सुख वह एक नयी जमीन पर पाना चाहता है, एक नये प्रकार का सुख-भाव, और वही नया भाव वहन करके ले आए हैं पश्चिमी जगत के साहब लोग। वे लोग खूब धन-सम्पत्ति कमा रहे हैं, धन-सम्पत्ति खर्च कर, रुपये उड़ाकर वे सुख खरीदना चाहते हैं, मौज-मस्ती लूटना चाहते हैं। यह सारा सुख प्रवृत्तियों का, मानवीय मूल-भावनाओं का सुख है, भौतिक शारीरिक सुख है। आत्मा का सुख वे लोग अभी भी पा नहीं सके।

अभी कुछ दिनों पहले प्रोफेसर स्मिथ साहब यहाँ से विदा लेने के लिए आए थे। उनके संग-संग ही आई थीं वह आस्ट्रैलियन महिला, जो इम्फाल में प्रधान नर्स के रूप में उसके पिता की भी पूर्व परिचिता थीं। उन लोगों के साथ ही एक ब्रिटिश सेना का अंग्रेज

सिपाही भी आया हुआ था। उस दिन अपने देश, अपने घर वापस लौट जाने का अवसर पाने की खुशी में वे सभी लोग मस्त होकर झूम-झूमकर नाच रहे थे। खूब शराब पी रहे थे।

शराब पीकर मदमस्त हो नाच रहे थे। उस महा आनन्द की वेला में –"हे ईश्वर !दया करना। अब और अधिक बनावटी जीवन जीना न पड़े, कृपया इतनी दया करना, हे ईश्वर।" वह ब्रिटिश सैनिक विगलित कण्ठ से हिचक-हिचककर कहता जा रहा था "मनुष्य को राज्य शासन नहीं चाहिए, राजकपट का मालिक बनने की जरूरत मनुष्य को नहीं है, मनुष्य को ज़रूरत है सहज-स्वाभाविक सच्चे सुख की, मुक्ति की, स्वाधीनता की, बन्धनहीनता की। मनुष्यों की हत्या करके क्या होगा?"

उसकी बातें सुनकर उस प्रधान नर्स महोदया ने कहा, "मनुष्य की हत्या कर के मनुष्य कभी भी सुख नहीं पाता, सुखी नहीं हो सकता। आज पश्चिमी दुनिया के सुखी समृद्ध देश भोगवादी संस्कृति का विकास कर रहे हैं। भोग करने के लिए अपना सब कुछ लगाए दे रहे हैं, भोग-सामग्री जुटाने में जुट गए हैं। सुख लूटने में सारी शक्ति लगाते जा रहे हैं। परन्तु असली जीवन (जीवन का असली आनन्द) जो कि त्याग में है, उसे तो उन्होंने देखा ही नहीं।

आज प्रातःकाल वे लोग सिपारझार गए थे। प्रोफेसर स्मिथ ने जयन्ती को उसकी नृत्य मुद्राओं की खींची हुई अनेक फोटो भेंट की थी। एक बहुत ही सुन्दर अलबम में कई रंगीन तसवीरें बहुत करीने से लगी हुई थीं।

जयन्ती का निवास स्थान, उसका घर देखकर तो वे लोग अवाक् रह गए थे। बस एक छोटी-सी झोंपड़ी। बाँस के खूँटों पर बाँस के फट्टों से बने मचान-सी चारपाई पर वे लोग सोते हैं। घर में कुल मिलाकर छोटी-छोटी तीन कोठरियाँ बनी हैं। एक जयन्ती के रहने को, एक रसोई घर। नवराम बाहर बरामदे में ही सोते हैं। आने वाले लोगों के बैठने के लिए बरामदे में कुछ बेंत के मोढ़े (डमरूनुमा स्टूल) पड़े हैं, कुछ घासपात की और बाँस के फट्टों से बनी चटाइयाँ हैं। उन लोगों को बैठने के लिए नवराम ओझा ने पड़ोस के एक धनी व्यक्ति के घर से दो कुर्सियाँ माँग ली थीं। हाँ, उन पर बैठा कोई नहीं जरूर।

जयन्ती ने फोटों का अलबम ले तो लिया, लेकर बोलीं, "इसे यहाँ रखूँगी कहाँ?"

प्रोफेसर स्मिथ तो आश्चर्यचकित रह गए थे। इस घर में किस सीमा तक अभाव है, कितनी भीषण गरीबी है? इसे वे अच्छी तरह समझ गए थे।

आष्ट्रेलियन नर्स महोदया ने तब तक जयन्ती से नाना प्रकार के प्रश्न पूछ लिये थे। जैसे कि अपने नृत्य का अभ्यास कहाँ करती है? देवधुनी लोकनृत्य का मतलब क्या है? आदि-आदि।

परन्तु उसने बस इतना भर कहा था–नृत्य करते-करते नाच में ही भगवान का साक्षात्कार करती हूँ। कभी घर के आँगन में, दरवाजे के मैदान में, कभी मन्दिर के मण्डप में।"

उस दिन वहाँ से लौटकर गुवाहाटी आने पर सभी अतिथियों के चेहरे गम्भीर हो गए थे। ऐसी भीषण दरिद्रता उन लोगों ने अपनी सारी जिन्दगी में नहीं देखी थी।

प्रोफेसर स्मिथ ने कहा, "(इस देश के नेताओं में) एकमात्र गांधी जी ने ही इस दरिद्रता को समझा है कि यह दरिद्रता दरअसल है क्या चीज। इस दरिद्रता के होते, इसके सामने हम लोगों का धन पाप है, देश-देश के राज्यों को जीतना पाप है।"

"पाप पाप पाप" के शब्द अभी भी दुदू के कानों में बजते जा रहे हैं। परन्तु अपने विचार से तो वह कुछ भी नहीं कर सकता। कुछ भी तो नहीं कर सकता। इसी मानसिक यन्त्रणा, मानसिक द्वन्द्वों से परेशान होकर अत्यन्त व्याकुल हो जाने पर ही तो वह शराब पीता है, नाचता है, प्रवृत्तियों को पूरा करने के लिए सहज प्राप्य सुखों को प्राप्त करने की कोशिश करता है। कभी अपने इस मकान में कभी बेठाराम मुहर्रिर के घर पर, कभी दीप की झील के किनारे वन-जंगल में डाले गए शिकार-शिविरों में, तो कभी-कभी शिलांग में जाकर। शराब पीकर, नाचकर उछल-कूदकर, नवयुवती लड़कियों के साथ हँसी-ठट्ठा करके वह कृत्रिम सुख का अनुभव करता है।

फूकन के घर की बनावटी संस्कृति की विकृतियाँ किस सीमा तक बढ़ गई हैं? इसे जयन्ती नेअपने अब तक के अनुभव से अच्छी तरह समझ लिया है। फूकन के घर के लोग सहज-सरल मार्ग से विचलित हो गए हैं। भ्रान्त पथ पर भटक गए हैं। मनुष्य के अन्तर्तम में निवास करने वाले भगवान को उन लोगों ने देखा नहीं।

नवीन ने चुपचाप रहकर चाय पी। फिर दुदू के पास जाकर उससे पूछा, "क्या सोच रहे हो?"

दुदू ने अपने मन की बातें खोलकर कहने की कोशिश की, परन्तु वह कह नहीं सका। परन्तु उसके कहे बिना ही, नवीन समझ गया कि यह उसके बनावटी जीवन की यन्त्रणा है।

उसी समय जयन्ती एक छोटी तश्तरी में कटी हुई सुपाड़ियाँ लेकर उनके पास आ गई। उसने उन्हें मुखशुद्धि हेतु खाने को दीं। फिर तश्तरी हाथ में लिये-लिये ही बोलीं, "शहर में आने से ही मन बहुत दुःखी हो जाता है। भाई साहब !हम लोगों को कब गाँव पहुँचा आवेंगे? मेरे पिता जी का भी मन यहाँ रहने को नहीं कर रहा है। अगर और कोई उपाय न हो तो हम नाव से भी जा सकते हैं। बस ब्रह्मपुत्र नद पार करते ही तो है सिपाझार गाँव।"

दुदू ने हँसकर कहा, "अब थोड़ा-सा धीरज तो धर, जयन्ती। अभी यहाँ बरुआ जी हैं नहीं। मेरे ऊपर ही यहाँ के कार्यालय की सारी जिम्मेदारी है। और उससे भी बड़ी बात यह है कि इस समय विमल भाई साहब की बीमारी बहुत विकट हो चुकी है। इन्हें पहले उनके पास तो पहुँचा आऊँ। मणिका जी के अस्पताल से यहाँ आते ही हम लोग जाएँगे।

पिताजी भी संभवतः बेलतला से आ गए हैं। क्या तुम जानती हो? कौन जाने मेरे घर पर ही तुम्हारे अंगूठी पहनाने का—विवाह-बन्धन की लग्न का—शुभ मुहूर्त सम्पन्न हो जाय !'

यह सुनते ही जयन्ती का चेहरा लाल हो गया। नवीन ने उत्सुकतापूर्वक पूछा, "अपना विवाह करने जा रही हो क्या, जयन्ती?"

जयन्ती ने तश्तरी को छाती से चिपका लिया फिर बहुत गम्भीर होकर बोली, "विवाह तो भगवान ही सम्पन्न करते हैं, भाई साहब।" इतना कहकर उछलती हुई बड़े वेग से वह वहाँ से चली गई।

उसकी इतनी-सी बात ही नवीन के हृदय में गहराई तक पैठ गई।.परन्तु भगवान के अस्तित्त्व के संबंध में नवीन को भारी सन्देह है। इसी वजह से वह भगवान की जगह पर सामाजिक और मानसिक शक्ति की ही बातें करना पसन्द करता है। बहुत सारे विवाह माताओं-पिताओं की मर्जी के मुताबिक ही होते हैं। कुछेक युवक-युवतियों, वर-कन्या की इच्छा से भी होते हैं। परन्तु इन तमाम सारे विवाहों में से अधिकांश विवाह संसार की रक्षा करने के ही उपाय होते हैं। संसार में परिवर्तन लाने के लिए नहीं। इसीलिए वह एक ऐसे नये यौन-मिलन का मार्ग खोज रहा है जो संसार-परिवार के प्रयोजनों से मुक्त हो। इधर पंचानन फूकन ने वैसे ही एक मार्ग अपनाया है। परन्तु उसमें भी वे संसार-परिवार के घेरे से बाहर नहीं निकल पाए हैं। सुमति बड़ी बहन जी आदि पुत्र-जन्म कामना का अवरोध कर, सन्तानोत्पत्ति रोककर, एक अस्वाभाविक स्त्री-पुरुष सम्पर्क की रीति चलाने में भी समर्थ हुए हैं। परन्तु यह रीति, यह रास्ता अमानवीय त्याग का रास्ता है। उन लोगों ने संसार-परिवार का त्याग तो कर दिया है परन्तु संसार-परिवार में कोई परिवर्तन ला पाने में वे समर्थ नहीं हो पाए हैं। अभी इस क्षेत्र में यह परीक्षा, यह अनुसंधान चल ही रहा है।

वह स्वयं भी एक नया मार्ग ढूँढ निकालना चाहता है। विवाह की प्रचलित व्यवस्था की जगह उसकी एक दूसरी नयी विकल्प व्यवस्था वह पाना चाहता है। जिसमें आगामी काल में स्त्री-पुरुषों को अपनी प्रवृत्तियों का दमन भी करने की जरूरत न पड़े और बन्धन की यन्त्रणा से भी उन्हें छुटकारा मिले। गैर-सम्पर्क केवल उनमें हो जो यथार्थतः एक-दूसरे को प्यार करते हों। प्रेमी मनुष्यों में ही यौन-सम्पर्क बनना चाहिए। जिस क्षण पारस्परिक प्रेम समाप्त हो जाता है, ठीक उसी क्षण वह मिलन अपने आप ही समाप्त हो जाता है। तब तो उनका विच्छेद हो ही जाना चाहिए। इतनी उच्चतर स्तर की नैतिकता तब होनी ही उचित है।

परन्तु यह तो एक सच्चाई है, निपट यथार्थ ज्ञान। और इस नग्न सत्य को स्वीकार करने के लिए यह धरती, यह संसार अभी तैयार नहीं है।

दुदू ने बतलाया, "नवराम ओझा ने बेठाराम मुहर्रिर को पकड़ा है। मेरे बड़े पिता जी और सुदर्शना बहन जी दोनों की इच्छा है कि बेठाराम मुहर्रिर के साथ ही जयन्ती का

विवाह हो जाए। परन्तु अपने विवाह के संबंध में वह अपनी कोई इच्छा प्रकाशित नहीं करती। इस संबंध में वह निर्विकार है। अपने पिता की इच्छा के अनुसार ही वे जैसा कहेंगे उसी के मुताबिक ही वह विवाह कर लेगी, चाहे किसी के साथ हो, वह सहज ढंग से विवाह करवा लेगी।'' कुछ देर ठहरकर उसने फिर कहा, ''क्यों, बताओं तो भला, यह आश्चर्यजनक नहीं लगता? पुराने विधाता (बूढ़े ब्राह्मन) के निर्देशानुसार ही (ब्रह्मा विवाह) युग-युगान्तर से हमारे गाँवों में इसी आस्थ-विश्वास वाला समाज चल रहा है। इस विवाह में प्रेम कोई महत्त्वपूर्ण तत्त्व नहीं है। उनके लिए तो विवाह एक कर्त्तव्य है। हम शहरी लोगों के लिए प्रेम एक प्रधान अधिकार है। और प्रत्येक अधिकार का आधिपत्य जमाने के लिए आन्दोलन करना पड़ता है, संघर्ष करने की आवश्यकता पड़ती है। इसीलिए होते हैं छोटे-मोटे सत्याग्रह। परन्तु जब स्थिर चित्त से गंभीरतापूर्वक ये शहरी लोग विवाह की बात पर विचार करते हैं, तब देखते हैं कि विवाह की असलियत तो है अनन्त त्याग। और तब समस्या अत्यन्त गम्भीर हो जाती है। वे लोग तब पिंजड़े में बन्द पक्षी की तरह बाहर निकलने के लिए छटपटा-छटपटा मरते हैं। वास्तव में क्या जानते हो, मैं सोचता हूँ, प्रेम का अर्थ है अखण्ड, अनन्त स्वाधीनता।''

नवीन ने यह बात स्वीकार की कि दुदू की बातों में शहरी प्रेम का यथार्थ स्वरूप स्पष्ट पहचान में आ गया है। उसने कहा, ''इस समय आवश्यकता है, इस स्वाधीनता-बोध को और सारी स्वाधीनताओं के साथ मिलाकर एक अखण्ड स्वाधीनता संग्राम करने की, सम्पूर्ण स्वतन्त्रता हेतु संघर्ष करने की।''

दुदू ने अपना सर झटक दिया, ''आन्दोलनकारियों के लिए संग्रामकर्त्ताओं के लिए तो बस आन्दोलन ही सब कुछ है। परन्तु भाई मेरे, ये सब भावना-कल्पना जगत की चीज़ें हैं। यथार्थ स्थिति तो यह है कि व्यक्ति ही असली चीज हैं। समष्टि नहीं। व्यक्ति क्या पाता है? यही बड़ी बात है।''

दुदू उसी रौ में और भी बातें कहता। परन्तु उसी समय सात्रीबारी अस्पताल से मणिका आ गई। अभी उस समय भी उसकी देह पर नर्स की सफेद पोशाक थी।

''मणिका !'' दुदू ने कहा, ''ये ही हैं प्रसिद्ध विप्लवी नवीन चन्द्र। और नवीन भाई ! यही हैं प्रसिद्ध फ्लोरेन्स नाईटिंगेल के समान परहित-कातर सेविका मणिका। अब आप लोग आपस से कुछ देर तक बातचीत करें, मैं जरा बाहर होकर आता हूँ। ज्यादा नहीं, केवल तीन मिनट में।''

नवीन ने फिर लक्ष्य किया कि मणिका का मुखमण्डल सुचिक्कण मक्खन की तरह मुलायम है। उस पर कहीं भी किसी प्रकार की चिन्ता या परेशानी की कोई लकीर, कोई सिकुड़न नहीं है। बिना किसी उलझन के शान्त-मसृण मुखमण्डल पर किसी आन्दोलन, उत्तेजना, युद्ध और सांसारिक पारिवारिक दुश्चिन्ताओं का कहीं कोई नामोनिशान नहीं।

मणिका ने उसकी ओर देखकर कहा, "आप को देखकर जाने कैसा लग रहा है?"

"कैसा?"

"ठीक महाप्रभु ईसा मसीह की तरह। मुख की गढ़न, आकार-प्रकार, बिलकुल हू-ब-हू एक ही जैसी। दाढ़ी-मूँछ, सर के केश तक प्रायः वैसे-के-वैसे ही।" कहकर मणिक हँसने लगी।

"यदि ऐसा है तब तो तुम मार्था हो।" थोड़ी देर रुककर नवीन ने फिर कहा, "नहीं तो फिर तुम मेरी हो।"

मणिका हँसने लगी। कुछ देर लगातार हँस लेने के बाद उसने कहा, "यदि मैं मार्था होऊँ, तब तो लाजरस को आप को ही जिलाना पड़ेगा। मेरी होने पर पहले आप को सूली पर लटकने देना होगा। उसके बाद ही पुनर्जीवन देख सकूंगी। नहीं, मैं मार्था और मेरी में से कोई नहीं हूँ। मैं हूँ वही स्मैरिटन वूमन। अस्पृश्य, अछूत महिला।"

नवीन के मुँह से फिर कोई बोल नहीं फूटा। उसने मन-ही-मन सोचा कि यद्यपि यह भद्र महिला हँस-हँसकर मजाक के रूप में बातें कह रही है, फिर भी इसके मन की गहराई में कहीं कोई एक विशेष दुःख छिपा हुआ है। यदि ऐसा न होता तो क्या यह अपने को स्मेरियेत, अछूत स्त्री कहती, उससे अपनी तुलना करती। प्रभु ईसा मसीह ने अछूत महिला के हाथ से पानी पीकर उसे अपनी जाति-बिरादरी में लिया था, उसका उद्धार किया था।

उसी वक्त दुदू आ पहुँचा। उस समय उसके हाथ में मोटर कार की चाभियों का गुच्छा था।

(फिर) तीनों जाकर मोटरकार में बैठ गए। वहाँ से विदा होते समय वहाँ जयन्ती को न देख पाने से नवीन का मन दुःखी हुआ। माली ने उसकी गठरी-मोटरी लाकर गाडी में सँभालकर रख दी।

कुछ समय बाद ही वे लोग खारधुली वन के पास पहुँच गए। मोटरकार खड़ी हो गई। दुदू ने उन्हें वहीं उतार दिया। (फिर आवश्यक निर्देश देकर) और स्वयं अपने घर लौट गया।

जंगल के टेढ़े-मेढ़े, ऊँचे-नीचे रास्ते से मणिका और नवीन दोनों ही चुपचाप, विमल भाई साहब जिस घर में रह रहे थे उसे लक्ष्यकर, उसकी ओर बढ़ चले। (यह जिस समय की बात है) उस समय उधर की वह जगह आज की तरह आदमियों की जन-बस्ती से भरी हुई नहीं थी। सारा का सारा वन का जंगली इलाका था। परन्तु उस घर के उस पार, दूसरे छोर पर सदानन्द बरुआ के पिता जी द्वारा लगवाया गया एक चाय-बागान था। वहाँ कुछ श्रमिक मजदूरों की झोंपड़ियां भी दिखाई पड़ रही थीं।

कुछ दूर और आगे बढ़ने पर नवीन ने ज्योतिप्रसाद जी द्वारा फिल्मायी गई फिल्म

'जयमती' में फिल्माए गए सुन्दर विशेष स्थान का अवलोकन किया। कुछ और ऊपर चढ़ने पर उसके पास ही लोकप्रिय नेता मानिक चन्द्र बरुआ जी की अन्त्येष्टि किए जाने—चिताग्नि को उनके शरीर की भेंट दिए जाने—का स्थान भी उसने देखा। (सारा कुछ याद आते ही) उसका मन अतिशय गम्भीर हो गया। और बस थोड़ी देर बाद ही वह उस विशेष घर को देख सका।

यकायक नवीन पूछ बैठा, "विमल भाई साहब अब हैं कैसे?"

"किस तरह अभी तक जिन्दा हैं? यही मैं नहीं समझ पाती, नहीं बता सकतीं।" मणिका ने भारी आवाज में उत्तर दिया, "कल रात तो बस अब गए, कि तब गए, वाली अवस्था हो गई थी। परन्तु आज भिनसारे से ही प्रातःकाल उनकी दशा कुछ सुधरी हुईं, अच्छी ही देख रही हूँ। फिर भी अब वे बहुत अधिक समय तक नहीं रहेंगे।"

नवीन ने फिर कुछ भी नहीं कहा।

पंचम खण्ड

उस वेला में ग्रीष्म ऋतु के चढ़ते सूरज की धूप बहुत तेज होने लगी थी।

वन के उस ऊबड़-खाबड़ रास्ते पर नवीन और मणिका पाँव बढ़ाने लगे। दो-एक छोटे-बड़े टीलों को चढ़ते-उतरते पार करते ही वे धीरे-धीरे नदी के किनारे पहुँच गए।

यकायक ही मणिका पूछ बैठी, ''क्या आप विल फ्रेड नामक एक नवयुवक व्यक्ति को पहचानते हैं?''

''हाँ, हाँ, अच्छी तरह। मेरे साथ महाविद्यालय (कॉलेज) में साथ-साथ पढ़ा है वह। लेकिन तुम्हारा वह क्या लगता है?'' अतिशय कौतूहलवश नवीन ने पूछा।

मणिका का सारा मुँह लाज के मारे लाल पड़ गया। शर्माकर उसने कहा, ''मेरे साथ उसका विवाह होगा।''

नवीन ने अबकी बार विशेष आग्रह से मणिका के मुँह की ओर निहारा। (तब उसने लक्ष्य किया) विल फ्रेड की होने वाली धर्मपत्नी एक बोडो जाति की नवयुवती का दीप्तिमान, चमचमाता, गोलाकार गठन वाला, छोटी-छोटी तेजस्वी आँखों वाला मुख-मण्डल, जो कि उसके सामने नर्स की स्वच्छ-शुभ्र पोशाक के भीतर से झलक रहा था। विल फ्रेड बोडो जाति का (असम के पर्वतीय इलाके के आदिवासी) एक नवयुवक था, जिसने अभी नया-नया ही ईसाई धर्म अपनाया था। महाविद्यालय की पढ़ाई समाप्त कर के धर्मशास्त्र की डिग्री हासिल कर वह गिरजाघर के प्रमुख अधिकारी का पद भार ग्रहण करने जा रहा है। इस समय वह रानी बाडी स्थान पर एक नये-नये खुले गिरजाघर (चर्च) में रह रहा है।

विल फ्रेड देश की स्वतन्त्रता हेतु किए जा रहे आन्दोलनों के प्रति विशेष आकृष्ट नहीं हुआ था। यह नया धर्म ही उसमें एक नये जीवन की आशा जगा रहा था। विल फ्रेड से मिलने के लिए नवीन प्रायः ही उसके निवास स्थल एल. एम. होस्टेल में जाता रहता था। उसी होस्टेल में उसने असम की पर्वतीय जन जातियों के बहुत सारे नवयुवकों में परिचय प्राप्त किया था। उन आदिवासी जन जातीय युवकों में अधिकांश ईसाई धर्म मतावलम्बी थे। धर्मभीरु विल फ्रेड का विश्वास था कि ईसाई धर्म अपनाए बिना कोई भी मनुष्य मोक्ष प्राप्त नहीं कर सकता। और जगत के सभी अच्छे आदमियों को यूसू—ईसामसीह के क्रिश्चियन धर्म की शरण ले ही लेनी चाहिए।

उसकी बात सुनकर नवीन ने बहुत प्रसन्नता जाहिर की फिर पूछा, ''वह सकुशल तो

है?"

"बहुत अच्छी तरह हैं। खेती-बारी करते, पढ़ते-लिखते और गिरजाघर का काम-काज सम्पन्न कराते हुए कार्यव्यस्त रहते हैं। उनके यहाँ मैं बड़े दिनों में दिसम्बर के महीने में गई हुई थी। बिलकुल ही बीहड़ इलाके में, जहाँ पहुँच पाना बहुत ही कठिन है, एकदम निपट गँवार गाँव है। शहर से वहाँ जाने पर पहले किसी को भी वहाँ अच्छा नहीं लगेगा। मगर विल फ्रेड को तो वहीं पर सब बहुत अच्छा लगता है। उन भलेमानुष का तो विचार है कि अनपढ़ गँवार मूर्ख ग्रामीण मनुष्यों के बीच ही भगवान निवास करते हैं। मुझसे बड़े लाड़ से बोले, "तुम्हारे यहाँ आ जाने पर हम यहाँ स्वर्ग राज्य की स्थापना कर देंगे।"

इतनी बातें कहते हुए मणिका का कण्ठस्वर अतिशय कोमल और मधुर हो गया। नवीन ने मन-ही-मन अनुभव कर लिया कि विल फ्रेड के सरल व्यक्तित्व के प्रभाव के कारण ही उसके स्वर में यह कोमलता-मधुरता आ गई है। वस्तुतः यह प्रेम की गम्भीरता की निशानी है।

"स्वर्ग राज्य, धर्म राज्य की कल्पना बड़ी ही मधुर है, लुभावनी है, परन्तु है एकदम अवास्तविक, असत्य। राज्य सर्वदा वास्तविक वस्तु होता है। यथार्थ जगत का ठोस सत्य होता है। उसे मैंने जाने कितनी बार समझाया, कहा कि हमारे साथ आ मिलो। हमारे सहयोगी बनो। परन्तु वह हम लोगों का सहचर नहीं बना।" नवीन ने कहा।

"अच्छा भला बतलाएँ तो आप लोग ईसाई धर्म मानने वालों और इस्लाम धर्म मानने वाले मुसलमानों—को अपनी ओर क्यों नहीं आकर्षित कर सके?" मणिका ने बहुत गम्भीर होकर प्रश्न किया।

नवीन कहना तो चाहता था कि साम्राज्यवादियों की कुटिलताओं और कुचक्रों की वजह से, परन्तु ऐसा उसने कहा नहीं। उसने यह भी देखा कि मणिका उसका उत्तर पाने के लिए रुकी भी नहीं रही। बल्कि इस प्रश्न का उत्तर स्वयं उसके पास पहले से ही तैयार धरा है। उसने कहा, "भारत का यह स्वतन्त्रता आन्दोलन अभी भी मुख्यतः हिन्दू आन्दोलन ही बना रहा गया है। इसका असली कारण क्या है? इसे झटाक से बता सकना मुश्किल है। फिर भी मैं तो समझती हूँ कि इसका कारण है छुआछूत मानने का भाव।"

नवीन कुछ उत्तेजित हो उठा और कुछ गर्माहट भरी आवाज में दृढ़तापूर्वक उसने कहा, "तब तो तुमने संघ की राजनीति को सही ढंग से समझा ही नहीं। स्वतन्त्रता, स्वाधीनता सभी के लिए होती है, यह आन्दोलन सभी के लिए मुक्ति दिलाने को चलाया जा रहा है। सभी को परतन्त्रता के बन्धन से छुटकारा दिलाने को। सुमति बड़ी बहन जी तो स्वयं एक ईसाई हैं।"

मुस्कराते हुए मणिका ने कहा, "सुमति बहन जी बस एक ही भद्र महिला हैं न।

परन्तु ईसाई धर्म का जन-साधारण तो आप लोगों के साथ नहीं है।''

कुछ चिन्तित होते हुए नवीन ने कहा, ''तुम इस बात पर विश्वास करो, धर्म भावना को लेकर इसमें कोई बात ही नहीं है। केवल जो भिन्न धर्मावलम्बी लोग हैं, जो दूसरे धर्म मानते हैं, वे गलतफहमी का शिकार होकर हम लोगों से अलग चले गए हैं या हमारे साथ आ नहीं मिले। इस गलतफहमी को हमें दूर करना ही होगा।''

मणिका ने कहा, ''आप लोगों ने पहले इतना विशाल आन्दोलन किया, मगर इसमें कितने ईसाई आ सके? हाँ, कहने को कुछेक मुसलमान जरूर आ गए हैं।''

अब की बार नवीन अपने आप को वश में नहीं रख सका, बोल पड़ा, ''धर्म-पुरोहितों के पास राजनीति सीखने जाने की वजह से ही विल फ्रेड की यह दुर्दशा हुई है। मैंने उसे बहुत समझाया था कि अधिकांश क्षेत्रों में धर्म मनुष्यों को शोषण से छुटकारा पाने का रास्ता नहीं दिखाता। इसी कारण से धर्म को अन्धा कहा जाता है।''

दाढ़ी-मूँछ और लम्बी केश राशि समन्वित यीशू-(ईसा-मसीह) क्राइस्ट जैसा चेहरा लेकर जेल से बाहर निकले इस भलेमानुष के मुँह से ऐसी धर्मविरोधी अधार्मिक बाते सुनकर मणिका के चेहरे की सारी खुशी, उसके प्रति मन में उभरा आदर-आग्रह का सारा भाव अचानक ही जैसे लुप्त होने लगा। (धर्म और ईश्वर पर अविश्वास करने वाले) नास्तिक से मणिका भयंकर रूप से डरती है। गुवाहाटी शहर के उच्च कुलीन संभ्रान्त लोगों के अन्तः पुरों में उसने सेवाकार्य किया है, क्योंकि वह यह अच्छी तरह जानती है कि उन लोगों के समाज के बीच अविश्वास करने वाले नास्तिक किस्म के लोग नहीं है। प्रोफेसर रविचन्द्र जी को भी और तो क्या, ईश्वर में ही दृढ़ विश्वास है। जयन्ती के साथ बातचीत करते हुए, उसने इस बात का पूरा आभास पाया है, अच्छी तरह महसूस कर लिया है। जयन्ती उन्हें भगवान के समक्ष परिपूर्ण रूप में आत्मसमर्पण करने का उपदेश दे रही थी। और रविचन्द्र जी उसकी वे बातें सुनकर आन्तरिक बल-भरोसा प्राप्त कर रहे थे।

परन्तु आज यह नवीन की बात सुनकर तो वह बेहद डर गई।

बिना एक शब्द भी बोले—गम्भीर चुप्पी साधे-साधे—ही वे लोग उस घर के पास पहुँच गए। उसके बहुत निकट में ही अपनी फेनिल तरंगों से बढ़िया आई ब्रह्मपुत्र नदी बह रही है। नवीन को ऐसा अनुभव हुआ कि फूलकुँवर के पक्षीराज घोड़े के पंख आज टूटकर खण्ड-खण्ड हो गए हैं। और घोड़ा बिलकुल थककर चकनाचूर हुआ मिट्टी के टीले पर गिरा पड़ा छटपटा रहा है।

ब्रह्मपुत्र नदी में एक नैया तिरती आ रही थी। बहुत ऊँची-ऊँची उठती तरंगों और अत्यन्त प्रखर धारा में नैया डूबने-डूबने को होती जा रही थी।

नवीन ने अब जाकर एकान्त शान्त पड़े, पुराने लम्बे-चौड़े घर की ओर ध्यान से देखा। बहुत पुराने समय का घर। वैसे यह घर असम प्रदेश में बहुप्रचलित शैली का ही घर

है, फिर भी बहुत सुन्दर है। आज से बहुत समय पहले सदानन्द बरुआ के पिता जी ने खारधूलि से बहुत दूर नदी के किनारे पूरब की ओर स्थित पहाड़ी जमीन पर चाय-बागानों में रोपने के लिए चाय की पौध उगाने का कारबार चलाया था, परन्तु किसी कारणवश उसे फिर बन्द कर दिया था। यह घर तभी बनवाया गया था। उसके बाद सदानन्द बरुआ ने इस मकान में एक मुद्रणालय (प्रेस) स्थापित किया था। अब उस मुद्रणालय को वे यहाँ से उठाकर शिलपुखुरी (गुवाहाटी का एक भाग) ले गए हैं।

इस मकान को बरुआ परिवार समय-समय पर आमोद-प्रमोद और मौज-मस्ती लूटने के लिए व्यवहार में लाता रहा है। परन्तु अचानक ही इसे राजयक्ष्मा (क्षयरोग-तपेदिक) रोग के मरीजों के रहने की जगह के रूप में बदल देने के क्या मूलभूत कारण थे, यह तो जानने वाले ही जानते थे। इसी सत्कार्य सम्पादन में बरुआ जी की उदार दानशीलता का भाव जो था उसे अस्वीकार करने में कोई लाभ नहीं है—उसे तो मानना ही चाहिए। लेकिन इस दरियादिली के साथ-ही-साथ उनके दिलो-दिमाग में एक व्यावसायिक बुद्धि-फितरत भी काम कर रही थी।

संघ के सदस्य नौजवान लड़कों ने जिस लड़के ने, प्रोफेसर रविचन्द्र की कक्षा में बम विस्फोट किया था, उसी को अपना नेता बनाकर, उसी के नेतृत्व में बेलतला इलाके के, जमींदारों के खेतों में, अधिया-बटैया पर खेती करने वाले खेतिहर किसारों को एकत्र कर उनका संगठन (यूनियन) बना लिया था। उन लोगों में खेल के मालिक जमींदार को धान का आधा भाग देने की जगह मात्र एक चौथाई (पौवा) भाग धान देने के लिए आन्दोलन चला रहा था। दूसरी ओर बरुआ जी ने बेठाराम मुहर्रिर को अन्दर-अन्दर बल प्रदान कर, उसके माध्यम से अधिया-बटैया पर खेती करने वाले कुछ किसानों का एक अलग ही संगठन (यूनियन) बनवा दिया था।

संघ के लड़कों ने संगठन का नाम रखा था—"खेतिहर मजदूर संघ।"

बरुआ ने गांव में एक पाठशाला (स्कूल) खोलने का भार भी अपने जिम्मे लिया था।

इन कुछ गुजरे समय के दौरान बरुआ जी की फालतू पड़ी जमीन में सुमति बहन जी ने एक आश्रम खोल रखा था। इस आश्रम को भी ये नौजवान लड़के पहले-पहल सन्देह की नजर से देखते थे। वर्ग-संघर्ष की अपनी विकसित दृष्टि से इस घटना पर विचार करते हुए उनका यह विचार बन गया था कि सुमति बहन जी घुमाफिराकर फेंके गए बरुआ जी के जाल में फँस गई हैं। वे इसमें उनकी दानशीलता का उदारभाव देख रही हैं परन्तु इसके द्वारा बरुआ ने उन्हें अपनी गिरफ्त में कस लिया है। परन्तु सुमति बहन जी को अपने किए पर कोई पछतावा नहीं है। वे इसमें कोई दोष नहीं देखतीं। उनका विश्वास था कि यह दान स्वीकार करने में उनकी कोई कमजोरी कारण नहीं बनी है बल्कि इसके द्वारा तो वे एक शान्तिपूर्ण उपाय से धनकुबेरों—उद्योगतियों-जमींदारों को उनकी उस

सम्पत्ति से, जिनका उपार्जन उन्होंने खुद नहीं किया है, गैरों के श्रम को गैर मानवीय ढंग से हथिया रखा है, उससे और उस सम्पत्ति के कारण जो वे शोषण का चक्र चलाते हैं उससे लोगों को मुक्ति दिलाने का ही एक साधन है। इस प्रकार के कामों को लेकर संघ के लोगों में जो आन्तरिक मतभेद उभर आए थे, आपसी संघर्ष का वातावरण बन गया था, उसकी सूचना नवीन को उसके कारावास काल में ही मिल गई थी।

विमल भाई साहब की सेवा में पूरी तरह से निरन्तर जुट जाने के समय से काफी पहले से ही सुमति बहन जी और उनके आश्रम की स्वयं सेविकाएं आदि ने मिलकर बेलतला (और इसके आसपास के पिछड़े इलाके को अपने सेवाकार्य के मुख्य क्षेत्र के रूप में चुन लिया था। वहाँ जाकर वे लोग गाँवों में नियमित रूप से कताई-बुनाई के सूत बाँटने, सद्यःप्रसूता स्त्रियों की सेवा शुश्रूषा करने, उनके लिए उचित सलाह-मशवरा देने और ग्रामीण लोगों को जान-समझकर उनकी सहायता करने, समुचित रास्ता सुझाने आदि के कार्य वे लोग निष्ठापूर्वक कर रहीं थीं।

इन सब कामों के लिए जिस धन-रुपये-पैसे की जरूरत पड़ती थी, उसे सुमति बहन जी विभिन्न जगहों से चन्दे माँगकर इकट्ठा करती थीं। कुछ समय के लिए वे दूर अलग हो गई थीं, अतएव धन के अभाव के कारण बाकी सब सेविकाएँ कुछ दिनों तक काम बन्द कर देने को मजबूर हो गई थीं।

अभी इस समय भी वह सब काम प्रायः बन्द ही है। हाँ, अब जरूर बरदलै जी सरकारी बजट के कई मदों से खींच-खाँचकर कुल बीस हजार रुपये का सरकारी अनुदान उन्हें दे रहे हैं। उसी के परिणामस्वरूप ही सेविकाओं के मुँह पर चमक आ गई है।

कृतज्ञ सेविकाओं ने इसके लिए बरदलै जी को बेलतला में बुलाकर उनका अभिनन्दन भी किया है। अपने इस अभिनन्दन के उत्तर में बरदलै जी ने जो भाषण दिया, उसमें उन्होंने जो बातें कहीं, उन बातों ने उन नौजवान लड़कों को और जला दिया है। बरदलै जी ने जनता के सामने खुले आम एलान कर दिया कि संघ के जो लोग समाज में वर्ग-भेद मानकर वर्ग-संघर्ष के मार्ग पर जा रहे हैं उनका यह मार्ग अनुचित है, अशुद्ध है, जबकि आश्रम की सेविकाओं का मार्ग उचित है, शुद्ध है। इस घोषणा से बरदलै ने उन नौजवान लड़कों के दिल में राष्ट्रीयतावादी सरकार के प्रति भी अरुचि पैदा कर दी है, आक्रोश जगा दिया है।

इसी बीच विमल भाई साहब को शिलांग से गुवाहाटी लाकर एक ऐसे घर में, जहाँ किसी प्रकार की छुआछूत का भय न हो, बिलकुल सबसे अलग घर में रखने की एक बड़ी भारी समस्या आ पड़ी। संकट की ऐसी घड़ी में बरुआ जी की दरियादिली का, सहायता करने के लिए अपने आप आगे बढ़कर आने का भाव पूरी तरह से जग गया। उन्होंने खुद ही कोशिश करके अपने इस घर की मरम्मत करवाकर तेल-चूना सफेदी करवाकर इसे

विमल भाई साहब के रहने के लिए सुमति जी को सौंप दिया। कोई और चारा न होते देख सुमति जी एक प्रकार से इसे स्वीकार करने को बाध्य ही हो गयीं। और इस सुविधा को स्वीकार कर लेने के कारण भी सुमति जी एक बार फिर उन सभी नौजवान लड़कों की आलोचना का विषय बन गईं।

इसी सबके दरम्यान सुमति बहन जी का शरीर टूट गया, वे स्वास्थ्य गँवा बैठीं।

घर में प्रवेश करने के पहले ही मणिका ने बहुत धीमी आवाज में नवीन से कहा, "एक बात संभवतः आप नहीं जानते हैं।"

"कौन सी बात?"

"कि सुमति बहन जी को भी क्षय रोग (टी. बी.) ने पकड़ लिया है। (इलाज के लिए) उन्हें शिलांग के रीड चेस्ट अस्पताल में भर्ती होने के लिए एक शय्या मिल भी गई है। दरअसल यह रोग उनकी असावधानी की वजह से ही हो गया है। विमल भाई साहब का तो यह एकदम अन्तिम समय है। आप जरा उन्हें सावधान रहने के लिए कहें गे।" मणिका ने फिर कानों में फुसफुसाते हुए कहा, "मना करने पर भी नहीं मानतीं। चर्खी की तरह हरदम काम के पीछे फिरती रहती हैं। खाने-पीने के समय-कुसमय का कोई ठौर-ठिकाना नहीं। (अपने प्रति बिलकुल ही सचेत नहीं हैं) अगर वे अभी अस्पताल चली जाएँ (और उपचार करवायें) तो बच सकती हैं।"

नवीन का मन कुम्हला गया। सुमति जी के चेहरे के फीका पड़ जाने का कारण वह आज समझ पाया। उसका कलेजा डर के मारे काँपने लगा।

घर के बाहरी बरामदे में बैठी सुमति बहन जी मणिका को देखते ही हँसकर बोली, "मणिका !तुम जरा जल्दी भीतर जाओ। विमल भाई कैसा तो कर रहे हैं। डॉक्टर साहब आ गए हैं। एक सुई लगानी पड़ेगी।"

मणिका दौड़ती-भागती विमल भाई के कमरे की ओर चली गई। नवीन सुमति बहन जी के करीब पड़ी एक कुर्सी पर बैठ गया। बरामदे की साज-सज्जा बड़ी सुरुचिपूर्ण है। बीच में सुन्दर काम की एक बड़ी-सी गोलाकार मेज है और उसके चारों ओर समान-समान दूरी पर कई कुर्सियाँ सजाकर रखी हुई हैं। कमरों की खिड़कियाँ लकड़ी की हैं लेकिन उन पर सुन्दर महीन रंग की पालिस चमक रही है। उन पर काफी मूल्यवान बहुत पतले कपड़ों के रंगीन पर्दे लटक रहे हैं जो नदी की ओर से बहते आ रहे हवा के झोकों से हिल रहे हैं। मेज के नीचे की पक्के फर्श पर एक मोटा कश्मीरी कालीन बिछा हुआ सुशोभित हो रहा है। दीवार पर एक काफी बड़ा लम्बा-चौड़ा फोटो टंगा है। सदानन्द बरुआ के पिताजी का फोटो, बिलकुल सच्चे अंग्रेज साहबों के लिबास में। (निपट अंग्रेजों के परिधान में सजे-सँवरे खड़े हैं) फोटो में चित्रित उन भव्य पुरुष महोदय को देखने पर मन पर उनके व्यक्तित्व की गहरी छाप पड जाती है। अपने बचपन में सड़क के

किनारे खड़े होकर नवीन ने उन्हें बग्गी पर चढ़कर सड़क से गुजरते हुए कभी चौंधियाई नजरों से देखा था, आश्चर्यचकित हो कभी विवाह-शादी में, कभी कीर्तन-भजन के आयोजनों में, तो कभी सभा-समारोहों में देखा था। अधिकतर वे जरूरी कामों में बहुत व्यस्त रहते थे। खारधूलि के इस मकान में वे प्रायः आराम करने की गरज से आते थे। आराम के उन कुछ दिनों में शिकार, गाना-बजाना, नृत्य-महफिल और बहरी अलंग के सामूहिक भोज (पिकनिक) की धूम-धाम से सारा-का-सारा जंगल झनझना उठता था। उस वंश से संबंधित लड़का होने के कारण नवीन ने भी ऐसे भोज-भाज उत्सव-जलसे में यहाँ आने का सुयोग पाया था। हाँ, उसकी माँ या उसके पिता जी कभी ऐसे उत्सवों में शरीक होने नहीं आए। उसके पिता जी कचहरी में एक साधारण मुहर्रिर (क्लर्क) की नौकरी करते थे। खाली समय में आराम करने की जगह उन्हें असम के पुराने इतिहास के अध्ययन अन्वेषण के लिए तथ्यों, उपादानों को एकत्र करने का विशेष शौक थ। उस पुराकालीन इतिवृत्त के प्रामाणिक तथ्य गुवाहाटी और इसके आस-पास के इलाकों में स्थित मन्दिरों-मठों में, खुदाई वगैरह में पाई गई मूर्त्तियों और जहाँ-तहाँ पड़ी पाई गई पुरानी पोथियों (ताड़पत्रों, साँची पातों) पट्टों-परवानों आदि में छिपे पड़े थे। ऐसी उन तमाम चीजों का विवरण और इतिहास समझाते हुए उन्होंने कई एक मूल्यवान लेख भी लिखे थे। अपनी जिन्दगी के आखिरी क्षण तक उसके पिताजी पढ़ने-लिखने के काम में ही व्यस्त रहे थे। उसकी माता जी अत्यन्त कर्त्तव्यपरायणा, उसके पिता जी की सुख-सुविधा के प्रति सदा सतर्क रहने वाली गृहिणी थीं। अपने घर की चारदीवारी के बाहर के संसार के संबंध में उन्हें कोई चिन्ता नहीं रहती थी। उसके पिता जी मृत्यु के कुछ दिन बाद ही एक दिन अचानक ही एक मामूली-सी बीमारी में वे भी चल बसीं। माता-पिता के इस निष्ठावान सदाचारी प्राचीन जीवन-यापन का प्रभाव नवीन के व्यक्तित्व पर बहुत गहराई से पड़ा। उस प्राचीन जीवन पद्धति का आदर्श था, चुपचाप बिना किसी प्रचार के, बिना किसी यश की इच्छा के अपना कर्त्तव्य करते जाना।

उसके पिता समाज के अन्य धनी-मानी लोगों की सम्पत्ति, सोना-चाँदी सभी कुछ को मिट्टी का ढेला भर समझते थे। इतिहास के अध्ययन-अनुशीलन ने उन्हें सिखाया-समझाया था कि सांसारिक, धन-सम्पत्ति तो दो दिन की, क्षणस्थायी, है। उसकी अपेक्षा यश-कीर्ति-समाज में नाम होना अधिक स्थायी महत्त्व की चीज है परन्तु उससे भी अधिक दीर्घजीवी स्थायी वस्तु है, मनुष्यता और ज्ञान (विवेक)।

उस बरामदे की दीवार पर लटके उस बड़े चित्र में चित्रित उन महान व्यक्तित्व धनी पुरुष का रूप नवीन के मन में अधिक देर तक नहीं रह सका। उसकी जगह उसके मन में उसके पिता जैसे दीन-दुर्बल, किन्तु निर्लोभ सहृदय और ज्ञानी मनुष्यों का चित्र जगमगा उठा।

उस बड़ी गोलाकार मेज पर पत्रों की एक ढेरी-सी इकट्ठी हो गई थीं। उन्हीं में से एक चिट्ठी पढ़ लेने के बाद सुमति जी बोलीं, "एक बहुत अशुभ और कष्टदायक समाचार है।"

"वह क्या?"

"शेट्टियार जी मृत्यु को प्राप्त हो गए। पाण्डिचेरी के आश्रम में उन्होंने अपनी अन्तिम साँस ली।" इतना कहकर सुमति जी ने वह चिट्ठी नवीन की ओर बढ़ा दी। पढ़कर उसे उसी मेज पर फिर नवीन ने रख दिया और तब बोला, "आदमी बहुत ही भले थे। परन्तु (आखिरी समय में) पाण्डिचेरी आश्रम में शरण लेकर उन्होंने कोई अच्छा काम नहीं किया। (महर्षि) अरविन्द जी की महामन (महाप्रज्ञा) की साधना ज्यादा-से-ज्यादा एक दुस्साहसिक काम है। परन्तु इस आध्यात्मिक साधना से मनुष्य की भौतिक मुक्ति हो सकेगी, भौतिक स्वतन्त्रता प्राप्त हो पायेगी, इस बात पर मुझे कतई विश्वास नहीं होता।"

सुमति बहन जी ने हँसते हुए कहा, "तुम्हारी बात को मैं गलत नहीं कह सकती। परन्तु मनुष्य की मुक्ति केवल एक ही रास्ते से आएगी, अब इस मान्यता पर मुझे धीरे-धीरे सन्देह होने लगा है। और फिर मनुष्य जो केवल राजनीतिक और आर्थिक दृष्टि से ही प्राप्त हो सकने वाली स्वतन्त्रता या मुक्ति चाहता है, ऐसी भी बात नहीं है, वह आत्मा की मुक्ति भी चाहता है। सच्ची आध्यात्मिकता के मूल्य को हम अस्वीकार नहीं कर सकते। संघ के नये नौजवान लड़कों का इस ओर बिलकुल ही ध्यान नहीं जाता, वे इसे बिलकुल ही पसन्द नहीं करते। शेट्टियार ने और कुछ किया हो या न किया हो मगर इस दिशा में तो काम किया था। भौतिकवाद (भौतिक दर्शन) हमें मृत्यु को जय करने के उपाय नहीं सिखलाता। कम-से-कम मैंने तो (उससे) यह शिक्षा नहीं पायी।"

नवीन ने उत्तर दिया, "मृत्यु को कोई भी नहीं जीत सकता।"

सुमति जी की आँखों से आँसू टपकने लगे। चुप रहकर उन्होंने मेज पर की चिट्ठियों को समेटकर रखा, फिर अलसाए भाव से बैठते हुए बोलीं, "विमल जी जैसा मनुष्य भी मर जा सकता है, यह सोचने भर में भी मुझे बहुत कठिनाई होती है। (हमारे स्वाधीनता संग्राम के इस) आन्दोलन के स्वरूप के साथ वे एकमेक हो चुके हैं। हम लोग जब नारा लगाते हैं-आन्दोलन अमर रहे, (क्रान्ति-विप्लव दीर्घजीवी हो) तो क्या तुम समझते हो कि हम तब अमरता की बात (मृत्यु को जय करने की बात) को मन में नहीं विचारते होते हैं?"

नवीन ने कुछ नहीं कहा। सुमति बहन जी की भावुकता को वह बढ़ावा देना नहीं चाहता था। (मनुष्य की या जीव की मृत्यु के बाद भी) आत्मा नाम की कोई चीज अलग से जो बची रह जाती है, (देह के नष्ट हो जाने पर भी आत्मा नहीं मरती) इस बात पर वह कभी भी विश्वास नहीं कर सका। (मृत्यु के बाद) शेट्टियार की स्मृति—शेट्टियार की

याद–किसी के मन में या फिर किसी काम में बनी रह सकती हैं–परन्तु यथार्थतः वह 'स्मृति' शेट्टियार नहीं है, वह 'स्मृति' तो जो व्यक्ति शेट्टियार का स्मरण कर रहा है उस व्यक्ति के मन का ही एक विशेष अंश है। और यही बात विमल भाई साहब के पक्ष में भी होगी। (मृत्यु को जय करने की अगर कोई बात हो तो) मृत्यु को जीतने का एक मात्र अर्थ यही हो सकता कि जीवन की अन्तिम साँस तक, मरने के क्षण तक उसके (मृत्यु) संबंध में बिलकुल ही सचेत न होना, उसकी जरा भी चिन्ता न करना और मृत्यु जब सुनिश्चित हो जाए तो उसे बिलकुल सहज भाव से स्वीकार कर लेना। यह काम यथार्थ रूप में अत्यन्त कठिन काम है। विमल भाई साहब को कभी-किसी वक्त आन्दोलन के–विप्लव के–प्रतीक के रूप में सोचना-समझना अपने आप में एक स्वतन्त्र कार्य है, परन्तु यथार्थतः वे आन्दोलन या विप्लव नहीं हो सकते। आन्दोलन या विप्लव वस्तुतः पृथ्वी को दुनिया का मनोवांछित रूप में बदलने के कुछ विशेष प्रकार के काम हैं। (महर्षि) अरविन्द का विद्रोही और शाश्वत अति मन–महामन–एक व्यक्तिगत उत्कर्ष साधना के अलावा और कुछ नहीं है।

सुमति जी ने अपने आप को सँभालते हुए कहा, "खैर, ये सब बातें अब छोड़ो। बहुत तर्क वितर्क से युक्ति-विश्लेषण पूर्वक देखें तो कुछ भी नहीं है।"

इतनी बात कहते-कहते ही वे जोर-जोर से खाँसने लगीं।

(खाँसते-खाँसते) उनके काले पड़ गए मुँह की ओर देखकर नवीन ने अत्यन्त समवेदना भरे स्वर से पूछा, "आप शिलांग जाने का कार्यक्रम बना रही हैं?"

"ओह, रीड चेस्ट अस्पताल में तो शैय्या बुक हो ही गई है।" सुमति जी ने उत्तर दिया। परन्तु इन्हें यहाँ पड़ा छोड़कर आखिर मैं जाऊँ ही कैसे?"

नवीन ने कहा, "आप का वहाँ जाना अच्छा होगा।"

"तुम भी कितने निष्ठुर हो, नवीन।" सुमति बहन जी ने थोड़ा हँसते हुए कहा, "विमल जी भी बस यही एक बात कहते रहते हैं। मगर नहीं, मैं जा नहीं सकती।" कुछ देर मौन रहकर वह फिर बोलीं, "यहाँ रहते हुए ही मैं काफी अच्छी हो गई हूँ। खुली हवा, सूर्य की किरणें और वनस्थली की सुन्दर प्रकृति–ये सभी मुझे बहुत शक्ति प्रदान कर रहे हैं। मैं यहीं अच्छी हो जाऊँगी। मेरी बीमारी भी तो उतनी बढ़ी नहीं है।"

दोनों ने कुछ देरी तक देश की राजनीतिक स्थिति के संबंध में विचार-विमर्श किया। (दिल्ली के) लाल किले में (अंग्रेज शासक) आजाद हिन्द फौज के बन्दी बनाए गए सैनिक जवानों पर (देशद्रोह का अपराध लगाकर) मुकदमा चलाकर दण्ड–विधान करने का अपराधी सिद्ध करते हैं। परन्तु अपने देश की जनता इसे उनका अपराध मानती ही नहीं है। और तो क्या ;भारतीय सेना-वाहिनी में भी असन्तोष की लहर उठने लगी है। संघ के नौजवान लड़कों को ऐसा आभास हो रहा है कि देश में एक और विशाल आन्दोलन

होगा। परन्तु देश के जितने भी बड़े-बूढ़े नेता हैं वे आन्दोलन करने की बात नहीं सोचते। देश में साम्प्रदायिक ताकतों का मंसूबा बढ़ता जा रहा, देखकर सभी राष्ट्रीयवादी नेता बहुत क्षुब्ध और दुःखी हो, इस सबसे अलग हो गए हैं। ब्रिटेन की लेबर पार्टी की सरकार समझौते और बातचीत का दौर चलाकर भारतवर्ष को स्वतन्त्रता दे देना चाहती है, ऐसा विचार उसने अभिव्यक्त किया है। इसीलिए राष्ट्रीयवादी नेताओं का मन उसी ओर दौड़ने लगा है। परन्तु नौजवान लड़कों के मुँह में तो इस समय वर्ग-संघर्ष चलाने की ही बात गुलजार है। बेलतला में वे (इसीलिए) किसानों को संगठित कर रहे हैं। उनके मन में आश्रम के प्रति कोई श्रद्धा-विश्वास नहीं है। एक और बात ने उन्हें चिन्तित बना दिया है। मुस्लिम लीग ने मुस्लिम जनता के मन में पाकिस्तान बनाने का सपना भर दिया है। वे लोग दिग्भ्रमित हैं। (किंकर्त्तव्यविमूढ हो गए हैं) यह भटकाव आया है धर्म के साथ राजनीती को मिला देने से, दोनों को एक में मिला देने से, इस भटकाव को हटाने का एकमात्र रास्ता है, वर्ग-संघर्ष के माध्यम से हिन्दू-मुसलमान को एक करना, दोनों को परस्पर एक-दूसरे में ला मिलाना।

उन नौजवान लड़कों के इस संकल्प-अभियान में नवीन कोई गलती नहीं देखता बल्कि उसका तो अपना ऐसा विचार हो गया है कि वर्त्तमान परिस्थितियों में इसके अतिरिक्त और कोई रास्ता है ही नहीं। परन्तु सुमति बहन जी उस रास्ते को असली-सही-रास्ता नहीं समझतीं। उनके विचार से हिन्दू-मुसलमानों के मन को मिलाने का एकमात्र उपाय है निर्माणात्मक कर्म उद्योग (ध्वंसात्मक कार्यों से अलगकर सृजनमूलक कार्यों में उन्हें लगाना)। वर्ग-संघर्ष की वजह से भारतीय जनगण और अधिक बँट न जाय, परस्पर अलग-अलग न हो पड़े– इसी का उपाय वे ढूँढ रही हैं। सच्चा निर्माणात्मक सृजनात्मक काम मनुष्यों के दिलों को जोड़कर सच्ची राष्ट्रीय भावना, राष्ट्रीय एकता उत्पन्न करता है और जनता की शक्ति का भी निर्माण करता है। प्रेमधर्मी राजनीति ही मनुष्यों के दिलों को मिलाकर उन्हें एक करेगी, संघर्ष या समझौतावादी राजनीति नहीं।

थोड़ी देर बाद मणिका आकर नवीन को विमल भाई साहब के कमरे में बुला ले गई। एक बहुत बड़े पलँग पर विमल भाई सोए हुए हैं। देह में कुछ भी तो शेष नहीं रह गया है, केवल बस मुँह में कुछ सफेद दाँत भर चमक रहे हैं। हँसी भी बहुत दबी हुई, शान्त गम्भीर है। वह उनके करीब पहुँचा, तो विमल भाई ने तुरन्त उसका हाथ अपने हाथ में थाम लिया और बोले, "मैं तुमसे मिलने की बाट जोहता रहा हूँ।"

नवीन का मन भींग गया, उदास-उत्साहहीन हो गया। उसने लक्ष्य किया कि विमल भाई की देह तो अब कोई देह रही ही नहीं, बल्कि देह की जुमुधि (जब किसी मृत व्यक्ति का शरीर नहीं मिल पाता तो कास-फूंस पत्तलों वगैरह से उसकी शक्ल जैसा पुतला बनाकर दाह-क्रिया सम्पन्न करते हैं, ऐसे ही पुतले को जुमुधि कहा जाता है) भर रह गई

है। हड्डी और चमड़ी का ढाँचा भर। कुछ देर के लिए तो वह गहन भावावेग में अपने आपको भूल गया। परन्तु थोड़ी देर बाद किसी-किसी तरह अपने आप को सँभालकर उसने कहा, ''जीवन में आपने संभावना से भी बहुत अधिक काम किया है। आप की बात सोचते ही गर्व के मारे कलेजा उछलने लगता है। (मानसिक आह्लाद के मारे सिर ऊँचा हो जाता है।)

विमल भाई का चेहरा शान्त-गम्भीर हो गया। उन्होंने कहा, ''उस सबकी अतिशयोक्तिपूर्ण प्रशंसा करना बन्द करो। विश्वविद्यालय बनाने के लिए चलाए गए आन्दोलन में मेरा उद्योग मेरा प्रभाव एक प्रकार से नहीं के बराबर ही हो गया। शून्य हो गया। शिलांग में प्रोफेसर रविचन्द्र जी मुझसे मिलने आए हुए थे। उनकी परिकल्पना के अनुसार ही हम लोगों ने विश्वविद्यालय का पूर्व प्रारूप तैयार किया है। इस प्रारूप के अनुरूप अब जो विश्वविद्यालय बनेगा, वह विश्वविद्यालय मेरी अपनी परिकल्पना के विश्वविद्यालय से एकदम विरुद्ध होगा, बिलकुल उल्टा। (मेरे विचार से नवयुवकों को) केवल ऊँची-ऊँची उपाधियाँ प्रदान करने वाला विश्वविद्यालय आदर्श मनुष्य को नहीं गढ़ सकता। (मनुष्य नहीं बना सकता) (इस प्रस्तावित विश्वविद्यालय में भी) शिक्षा-दीक्षा की व्यवस्था, बनावट वैसी ही (पहले जैसी ही) रहेगी। इस तरह मेरा स्वप्न भग्न हो गया। इधर हम स्वतन्त्रता के मुख्य द्वार (स्वतन्त्रता प्राप्ति की बेला के अति निकट) पर पहुँच गए हैं, (परन्तु अफसोस है कि) स्वतन्त्र मन ही कहीं दिखाई नहीं दे रहा।'' कुछ देर तक चुप रहने के बाद वे फिर बोले, ''अब अपने जाने की इस अन्तिम वेला में बस एक बात कह जाऊँ—अपने देखे-समझे सत्य के अनुसार ही चलना और काम करना।''

बात कहते-कहते ही उनके मुँह पर पसीना छा गया, उनका चेहरा पीला पड़ गया, बिलकुल निस्तेज हो मुरझा गया। उन्होंने अपना मुँह दूसरी ओर घुमा लिया।''

मणिका ने उसकी (नवीन की) ओर देखकर उसे वहाँ से हट जाने का इशारा किया। नवीन उस कमरे से बाहर निकल आया।

बाहर कई आदमी खोज-खबर लेने, हाल-चाल पूछने आए हुए थे। मगर उन लोगों के पास न ठहरकर बड़े उदास मन से नवीन बाहर खुले मैदान में निकल आया। आज मौसम मध्यम किस्म का था, सूरज की धूप ज्यादा तेज नहीं थी। ब्रहमपुत्र की ओर से बहुत तेज हवा बहती आ रही थी।

ब्रह्मपुत्र के किनारे जाकर खड़ा हुआ तो नवीन ने देखा कि सुमति जी कपड़े धो-धोकर गार-निचोड़कर, झटकार कर उन्हें सूखने के लिए फैलाती जा रही हैं। वह खड़े किनारे से नीचे उतरकर उनके पास चला गया और वहाँ पड़े एक पत्थर पर बैठा-बैठा उनका कपड़े धोना देखता रहा। सुमति जी बराबर से ही सदा स्वावलम्बी प्रकृति की हैं। अपना सारा काम वे अपने हाथों ही करती हैं, दूसरे किसी के सहारे के लिए बाट नहीं

जोहतीं।

सूखने के लिए ब्रह्मपुत्र के महीन बालूचर (बालुका राशि) पर फैला देने पर भी आ हल्के सफेद बालू के साथ वे मिल नहीं पा रहे थे। सूखने के लिए फैलाई गई एक चादर ब्रह्मपुत्र की चलती बयार में, देवता के सिर चढ़ आने पर लोग जैसे झूमते-झामते हैं, उसी तरह झूम-झूम झूलने लगी थीं। ऐसा लगा जैसे जयन्ती ही देवधुनी नृत्य नाच रही है।

बालुका बेला पर रंग-बिरंगी चिड़ियों के झुण्ड-के-झुण्ड विचर रहे थे। हवा के झोंकों से उड़-उड़कर बालू ब्रह्मपुत्र की लहरों के ऊपर की हवा में सघनता से बिखरे जा रहे थे, लगता था कि जैसे पानी की पर्त्त के ऊपर एक चिकनी पर्त्त बिछ गई हो।

वहाँ उन लोगों ने जयन्ती, दुदू, रविचन्द्र जी, रंजीत और अनेक लोगों के संबंध में बहुत सारी बातें कीं। एक शहरी परिवार के घर में रहकर जयन्ती मानो अपनी ग्रामीण जीवन की सरलता गँवाए जा रही है। इसी चिन्ता में वह जल्दी-से-जल्दी अपने गाँव के घर लौट जाना चाहती है। परन्तु ऐसा लगता है जैसे दुदू उसे अभी रोके रखना चाह रहा है।

दुदू के हृदय में दो प्रकार के खिंचाव हैं। रागिनी के मानो दो विपरीत सुर हैं। एक शहर का, दूसरा गाँव का। दीवार घड़ी के पैण्डुलम की तरह एक बार वह धनी-सम्पन्न वैभव-विलासी जीवन बिताने का सपना देखकर दाहिनी ओर जाता है, और दूसरी बार गँवई-गँवार का होकर बिलकुल बायीं तरफ के उस छोर पर चला जाना चाहता है। उसका मन स्थिर नहीं है। इस बात का अनुभव दुदू के घर पर थोड़ी देर रह पाने से ही नवीन ने कर लिया था।

सारे कपड़ों को फैला चुकने के बाद सुमति बहन जी आकर उसके पास खड़ी हो गईं। फिर उन्होंने बहुत प्यार से कहा, ''इन बड़े परिवारों में मैंने केवल एक नवयुवती को ही निर्द्वन्द्व, भ्रम-दुविधा से मुक्त पाया। वह धनी और उच्चकुलीन परिवारों की दार्शनिक चिन्ता को पकड़े हुए है। शान्ति-निकेतन जाकर वह अपनी उसी भावना-विचारधारा को संशोधित-परिशोधित कर ले रही है। उसने रवीन्द्रनाथ के साहित्य के अनुशीलन से अखण्ड सत्ता का आस्वाद पा लिया है। जब उसकी कलकत्ता में मुझसे भेंट हुई थी तब उसने कहा था, ''बड़ी बहन जी !सभ्यता, सम्पत्ति और शिक्षा ने मेरे मन को बहुत बड़ा (उदार-बहुत विशाल) बनाया है परन्तु उन सबसे मेरी आत्मा की अशान्ति को दूर नहीं किया।'' इसी कारण से वह शान्ति-निकेतन में रहकर शान्ति पाना चाहती है। उपयोगितावाद या प्रयोजन को सिद्ध कर लेने भर के मनोभाव से आदमी जब तक ऊपर नहीं उठता, तब तक मनुष्य उस शान्ति को नहीं पाता। सभी के साथ मिल जाने के लिए, सबसे समरस हो जाने के लिए वह हर संभव प्रयास कर रही है। वह सचमुच ही एक अत्यन्त कठिन परीक्षा में सफल होने के लिए जुट गई है।''

नवीन ने विचार व्यक्त किया, ''विराग-भाव, अपने आप को अलग रखने की

(औरों से अपने को श्रेष्ठ मानकर उनसे अलग एकान्त में रहने की) प्रवृत्ति इतनी आसानी से नहीं जाती, बहन जी। धनी-सम्पन्न लोग आरंभ से ही उत्पादन करने और निर्माण करने (जैसे खेत-खलिहान में पैदावार बढ़ाने और कल-कारखानों में वस्तुओं का निर्माण करने) की आनन्द प्रदायिनी धारा से वंचित रहे हैं। भला वे शान्ति कहाँ पाएँगे?''

सुमति जी ने जवाब दिया, ''वह वैसी शान्ति चाहती भी नहीं। समाजवाद की बातें वे अधिक नहीं सोचती। वह तो जीवित रहने के लिए केवल एक आनन्दमय आध्यात्मिक प्रेरणा चाहती है।'' थोड़ी देर मौन रह लेने के बाद सुमति जी ने फिर कहा, ''तुमसे अलग होने के साथ-साथ ही वह रंजीत से भी अलग दूर हट गई थी। परन्तु अस्पताल में रंजीत की असहनीय पीड़ा को देखकर उसमें अब उसके प्रति एक नयी हमदर्दी जग गई है। ऐसी बहुत संभावना है कि अन्ततः रंजीत का एक पैर काटकर अलग कर ही देना पड़े। शायद यह तो तुम जान ही चुके हो कि युद्ध के मोर्चे पर लड़ाई में रंजीत को बहुत भयानक चोट लग गई थी।''

नवीन का कलेजा अचानक ही धक्क से रहा गया, जैसे एकान्त कोई बर्छा चुभ गया हो। पैर काटकर अलग कर देने से होने वाले कष्ट की कल्पना मात्र से उसे बहुत सदमा पहुँचा। उसने दुःखी होकर कहा, ''रंजीत भाई का यदि ऐसा हाल हुआ, तो मुझे बहुत पीड़ा होगी।''

सुमति जी कुछ और कहना ही चाह रही थीं कि तभी एक कपड़ा उड-उड़ जाने को हुआ। वे भागकर कपड़ों को समेट लायीं और नवीन से बोलीं, ''अच्छा अब चलो। भोजन का समय हो रहा है।''

सुमति जी के पीछे-पीछे नवीन उस घर में आ गया। परन्तु उसका मन यह सोच-सोचकर बेहद परेशान और उद्विग्न हो रहा था कि कलकत्ता के अस्पताल में भर्ती रंजीत भाई की उस समय क्या दशा हो रही होगी।

भोजन कर लेने के बाद शयन-कक्ष में पलंग पर लेटकर नवीन एक समाचार-पत्र पढ़ रहा था। सुमति बहन जी विमल भाई साहब के कमरे में चली गईं। काम-काज से फुरसत पाकर मणिका नवीन के पास आ पहुँची, उसने एक झटके में ही नवीन के हाथों से वह समाचार-पत्र छीनकर हटा दिया और बोली, ''अब वह समाचार पत्र आप क्यों पढ़ रहे हैं? वह तो एक सप्ताह पहले का पुराना, समाचार पत्र है।''

सच्चाई तो यह है कि नवीन यथार्थतः समाचार पत्र पढ़ ही नहीं रहा था। उसका मन तो तब भी रंजीत की ही चिन्ता में डूबा हुआ था। वह सोच रहा था कि पैर कट जाने पर हो सकतां है कि रंजीत भाई का दिल टूट जाय।

नवीन को गम्भीर चिन्ता में मौन पड़ा देख मणिका ने पूछा, ''माकन बहन जी की चिन्ता मन में बहुत दर्द के साथ उभर आई है क्या?''

नवीन ने जवाब दिया, "बिलकुल नहीं।"

मणिका ने अतिशय आश्चर्य प्रकट करते हुए कहा, "वे तो आप को याद करते-करते पागल हुई रहती हैं। अपनी माता जी की मृत्यु हो जाने के बाद के दिनों में एक दिन आपकी चिन्ता में वे इतनी अधिक व्याकुल हो गईं थीं कि जयन्ती ने तो कह ही दिया, "बहन जी! भगवान शंकर की पूजा-अर्चना कीजिए।"

माकन जी ने हँसकर पूछा, "क्यों जयन्ती! क्या तुम समझती हो कि तुम्हारे शंकर भगवान में इतनी शक्ति है कि वे एक क्रान्तिकारी (आन्दोलनकर्त्ता) के मन को फिरा सकते हैं?"

जयन्ती ने कहा, "हाँ, हाँ, है। भगवान शंकर की शक्ति से क्या नहीं हो सकता? उनकी शक्ति से यह काम क्योंकर नहीं होगा?"

परन्तु उसकी बात पर माकन बहन ने विश्वास कर लिया, ऐसा तो कुछ आभास नहीं हुआ।"

नवीन अब बहुत सहज हो गया। उसने पूछा, "माकन ने तुमसे और भी कुछ कहा था क्या?"

"नहीं।"

नवीन फिर शान्त-गम्भीर हो गया। कुछ देर तक किसी के मुँह से कोई आवाज नहीं निकली। थोड़ा वक्त बीत जाने पर मणिका ने कहा, "परन्तु प्रोफेसर रविचन्द्र जी बराबर ही उसे समझाते रहते थे कि वह रंजीत साहब के साथ विवाह रचा ले। वे आप को अपना जामाता (दामाद) नहीं बनाना चाहते।"

उस दिन नवीन बहुत देर तक मणिका के साथ बातचीत करता रहा। मणिका जब प्रोफेसर रविचन्द्र की सेवा-शुश्रूषा तीमारदारी कर रही थी, उस दौरान उनके अद्‌भुत चरित्र को देखकर तो आश्चर्यचकित रह गई थी। रविचन्द्र जी के दिल में धन-सम्पत्ति के लिए बहुत मोह है, जबकि आन्दोलन-क्रान्ति से उन्हें बहुत डर लगता है। और उधर अपनी धर्म-पत्नी से भी दबे-डरे रहते हैं। वे जब जख्मी होकर रोग-शय्या पर पड़े तो शुरू-शुरू में कुछ दिनों तक रोज-रोज जयन्ती के साथ खूब बातें करते रहते थे।

उनकी उन बातों में केवल धर्मभीरु धर्मभावना के प्रति आदर के साथ डर का भी भाव रखने वाले-रविचन्द्र का ही व्यक्तित्व उजागर हुआ। जयन्ती को तो वे साक्षात् देवी की भाँति ही देखते-समझते थे। प्रोफेसर स्मिथ ने उसकी एक फोटो—जो उसकी एक नृत्य मुद्रा में थी—उन्हें भेंट की थी। उस नृत्य भंगिमा वाली जयन्ती की तसवीर को फ्रेम में बँधवाकर अपने कमरे की दीवार पर टँगे बेकन के चित्र के पास ही टँगवा दिया था। उनके द्वारा दिए गए इस सम्मान ने जयन्ती को सहज ही विमुग्ध कर दिया था।

शुरू-शुरू में जयन्ती से बातचीत करने से मणिका ने उन्हें मना किया था, क्योंकि

डॉक्टर का ऐसा ही निर्देश था। परन्तु जयन्ती ने खुद ही डॉक्टर के आदेश को मानने से इन्कार कर दिया और उसने सबके सामने बड़े गर्व से यह घोषणा कर दी कि डॉक्टर का निर्देश अस्वाभाविक है, अतः अनुचित है। डॉक्टर के निर्देश को तिरस्कृत कर देने के बाद तो रविचन्द्र जी का जयन्ती के प्रति झुकाव दुगुना हो गया। उस समय उनके विचार से जयन्ती पुरालोक और तत्त्ववाद की जीवन्त-प्रतिमूर्त्ति हो गई थी। हजारों वर्षों से ग्रामीण समाज में बहती चली आ रही प्रसुप्त सहज स्वाभाविक मानवता की प्रतिभा का वह जीवन्त उदाहरण थी। उन्होंने तब जयन्ती को ही केन्द्र बिन्दु बनाकर (आज के जमाने के लिए भी) एक नवीन संस्कृति के निर्माण का स्वप्न संजोया था। इसके साथ-ही-साथ परमात्मा के सामने अपना सब कुछ न्योछावर देने, अपने आप को सम्पूर्णतः समर्पित कर देने के भाव से भी वे बहुत विस्वल रहते थे। बीच-बीच में डॉक्टर के आदेशों-निर्देशों का पालन कर पाना जब उनके लिए बहुत कठिन हो जाता था, तब वे जयन्ती के साथ लगातार बहुत देर तक बातचीत करते हुए अपने मन के भावों को बड़े घमण्ड के साथ व्यक्त करते थे। ऐसी स्थिति में विवश होकर मणिका को अपने मरीज के तमाम सारे उत्पातों को डॉक्टर की आज्ञा को अमान्यकर उनके मनमानापन करने को सहना पड़ता था। साथ ही जयन्ती के प्रति उसके मन में अन्दर-ही-अन्दर ईर्ष्या का भाव भी जगने लगा था।

जयन्ती ने जब सुदर्शना के मन में नृत्य कला सीखने के प्रति विराग होते देखा, समझ लिया कि अब उसे नृत्य सीखने में कोई अभिरुचि नहीं रह गई है, तब उसने उन लोगों के घर ठहरे रहने में कोई हित नहीं समझा, इसी वजह से उसने अपने गाँव के घर लौट जाने का निर्णय ले लिया था। इस बीच जब उसे करने को कुछ और नहीं रह गया था, वह उन वृद्ध महाशय से बातचीत करके समय भी बिता ले रही थी और इससे आनन्द का भी अनुभव कर रही थी।

उसने सबसे बड़ा आनन्द पाया था एक विशेष बात से। प्रोफेसर रविचन्द्र जी ने इस दरम्यान देवधुनी नाच के संबंध में बहुत अधिक अध्ययन-अनुशीलन, चर्चा-परिचर्चा की थी। और उस पर एक शोध-निबन्ध भी लिखा और प्रकाशित करवाया था। उस निबन्ध में उन्होंने स्पष्ट रूप से बड़ी दृढ़ता के साथ कहा था कि असम प्रदेश में बाडो, देउरी, सूतिया, बेबेजिया (काछारी लोगों की एक श्रेणी) और राभा जनजातियों के बीच देवधुनी नाच नाचने की परम्परा है, परन्तु मंगलदैया देवधुनी नाच सबसे अलग, विलक्षण और अपूर्व है। यह नाच केवल मनसा-पूजा की वेला में ही नाचा जाता है। ढोलक बजाने वाले कलागुरु के साथ मिलाकर ताल-लय-गति-मान सभी की तुक लय मिलाकर जयन्ती ने जो इतने दिनों तक इस विशिष्ट प्रकार के नृत्य में दक्षता हासिल की थी, उस शिक्षण-प्रशिक्षण की बात का भी विस्तारपूर्वक उल्लेख करके प्रोफेसर साहब ने उस शोध

निबन्ध को अत्यधिक महत्त्वपूर्ण बना दिया था। इसी बीच उन्होंने नवराम ओझा से हाड़ी नाच और सुरभि नाच के साथ गाए जाने वाले गीतों का भी संग्रह कर लिया था, उन्हें भी उसी में उन्होंने प्रकाशित कर दिया था। जयन्ती अपने द्वारा नाचे गए शिवनाच, दुर्गानाच, और कार्तिक नाच (शिवपुत्र कार्त्तिकेय षडानन) आदि विभिन्न नृत्यों में जो तारकसुर बध के अभिनय आयोजन करती है, उसकी नृत्य भंगिमाएँ अभिनयपूर्वक प्रस्तुत करती है, उस सबका भी रविचन्द्र जी ने बहुत सुन्दरता से वर्णन किया था। सबसे बढ़चढ़कर उसे एक बात पसन्द आ गई थी। देवधुनी नाच को यदि उसके समुचित शास्त्रीय विधान के अनुरूप समुचित रूप से प्रकाशित किया जाए तो यह सारी पृथ्वी पर, सारे संसार में, विश्वविख्यात हो जाएगा, यह बात रविचन्द्र जी ने सभी के समक्ष बड़ी दृढ़ता से, सुपुष्ट आधारों पर प्रस्तुत की थी। प्रोफेसर स्मिथ ने भी उनके इन विचारों को सादर स्वीकार कर लिया था।

रविचन्द्र जी ने आशा व्यक्त की थी कि जयन्ती अपना यह दिव्य देवधुनी नाच नाचकर एक दिन सारी धरती को आश्चर्यचकित कर देगी, (लोग दाँतों तले उँगली दबाए देखते रह जाएँगे।)

वह उसी के संबंध में रविचन्द्र जी से सलाह-मशवरा, दिशा-निर्देशन आदि समुचित सन्दर्भों पर बातचीत करके अत्यन्त आनन्द का अनुभव कर रही थी।

इस सब बातों को सुनकर भी मणिका ने आरंभ में इस संबध में कोई कुतूहल नहीं दिखाया था, इसका कारण यह था कि इन नृत्य-कौशलों में उसे सर्वप्रथम एक भिन्न धर्म की गंध महसूस होती थी, इसे भिन्न धर्म का नृत्य मानकर वह इसके संबंध में कुछ जानने की इच्छा भी नहीं जगा पाती थी। परन्तु जिस दिन स्वयं प्रोफेसर स्मिथ ने आकर जयन्ती के नृत्य निरत भाव-भंगिमाओं वाली मुद्राओं के फोटो उसे भेंट स्वरूप प्रदान किए और उसकी नृत्य कला की भूरि-भूरि प्रशंसा भी की, उस दिन के बाद से उसने जयन्ती को एक भिन्न दृष्टि से, आदरभाव युक्त नजरों से देखना शुरू कर दिया। प्रोफेसर स्मिथ ने बतलाया था कि यह नृत्य मनुष्य के आदिम जीवन संग्राम (सभ्यता के आदि काल में ही मनुष्य की जिजीविषा को मजबूती प्रदान करने के लिए विरोधी विघ्न-बाधाओं से संघर्ष) का प्रत्यक्ष गवाह स्वरूप है। इस नाच के मूल में राक्षस और अन्यान्य जीवनविरोधी शक्तियों के खिलाफ किए जाने वाले संघर्ष की प्रेरणा है। एक क्रिश्चियन धर्म के मानने वाले महान् विद्वान के मुँह से जयन्ती की इतनी प्रशंसा सुनने के बाद उसके हृदय में जयन्ती के प्रति श्रद्धा भी बढ़ गई।

एक दिन अपने मरीज प्रोफेसर साहब के पास जब वह पहुँची तो क्या देखती है कि प्रोफेसर साहब अपने बिस्तरे पर पड़े-पड़े भयंकर मानसिक परेशानी में छटपटा रहे हैं। उनकी पलँग के करीब जयन्ती नहीं थी।

उस दिन पूरे दिन जयन्ती नहीं आई। दूसरे दिन भी मणिका ने जयन्ती को वहाँ नहीं देखा। रविचन्द्र जी ने उसे देखते ही कहा, "मणिका !जाओ जरा जयन्ती को देख आओ। उसे कहीं कोई बीमारी-विमारी तो नहीं हो गई?"

अपने मरीज की आज्ञा की अवहेलना न कर सकने के कारण वह जयन्ती को देखने के लिए सुदर्शना के घर गई, वहाँ पूछ-ताछ करने पर अन्ततः जयन्ती को पूजा-गृह में पूजा-अर्चना करते हुए पाया।

लंबे-चौड़े पूजा-मण्डप में जयन्ती अपने लंबे कुंचित केशों को फैलाए हुए, उन्हें अटका देकर नचा नचाकर हाथ में एक करताल लिये काफी ताकत लगा-लगाकर नाच रही थी, और उसके नृत्य को ताल देने के लिए नवराम ओझा ढोलक बजा रहे थे। दुदू भाव-विभोर होकर उसका नाच देख रहा था।

नाच करती हुई जयन्ती की देययष्टि पर उस समय सुन्दर-महीन घेरेदार लहंगा, ऊपर बेलबूट्टेदार चोली, ऊपर की ओढ़नी (चुन्नी) आगे की ओर लटकी हुई थी। पीठ की ओर लटकी करधनी हिलती जा रही थी। हाथ में जड़ाऊ कंगन और बाजूबन्द जैसे सुन्दर गहने थे। गले में मोती हार, कानों में झुमके, नाक में झुलनी और पैरों में पैजनी और घुंघरू। ललाट पर लाल सिन्दूर की बिन्दी। सब मिलाकर एक चकाचौंध पैदा कर देने वाला रूप-सौन्दर्य।

पूजा-मन्दिर के अन्दर मण्डप में वह नहीं गई। चुपचाप बैठी, जब तक नाच होता रहा, एकटक निहारती रही। हिन्दू परिवारों के घरों में वह हमेशा अपने आप को एक अछूत स्त्री ही समझती आ रही है।

नाच समाप्त हो जाने के बाद दुदू और नवराम ओझा बाहर बरामदे में चले गए और आपस में बातचीत में मशगूल हो गए। जयन्ती ने जब मणिका को देखा तो वह उसे अपने कमरे में बुला ले गई और उससे पूछ बैठी, "प्रोफेसर साहब कैसे हैं, उनका स्वास्थ्य अब कैसा है?"

मणिका ने जब सारी बातें खोलकर विस्तार से बतला दीं तब अत्यन्त दुःखी हृदय से उसने कहा, "अब तो मैं उनके पास नहीं जा सकूँगी, मणिका !कल से ही उपवास व्रत में हूँ। आज मनसा पूजा का पर्व था। इसी वजह से आज नृत्य किया। उम्मीद है कि कल ही हम लोग चले जायेंगे। उनसे कहना—भगवान शंकर उन्हें शीघ्र स्वस्थ, रोगमुक्त बनाकर उनका मंगल करेंगे।"

जयन्ती ने उस दिन उसे बड़े प्यार से एक मोढ़े पर बैठाकर चाय पिलायी। फिर अन्यान्य विषयों पर ढेर सारी बातें करने के बाद उसे विदा किया।

वहाँ से आने के बाद जब उसने प्रोफेसर साहब से जयन्ती के आने की असमर्थता बतलाई तब मणिका के मुँह की ओर देखकर भारी गले से उदास स्वर में वे बोले, "उसके

न आने का कारण क्या है? इसे मैं समझ गया हूँ।''

दूसरे दिन फिर प्रोफेसर साहब ने उसे सुदर्शना के घर भेज दिया, जाकर यह पता करने के लिए कि उस दिन जयन्ती अपने गाँव चली गई या नहीं। उसके कमरे में जाकर मणिका ने देखा कि जयन्ती सिकुड-सिमटकर घुटनों पर ठुड्डी टेके बैठी हुई है। उस दिन वहाँ से जाने की कोई तैयारी का संकेत नहीं दिखाई पड़ रहा था।

उस दिन मणिका से जयन्ती ने प्रोफेसर साहब के पास न जाने का असली कारण खोलकर बताया कि खुद सुदर्शना की माता जी ने ही उसे प्रोफेसर के पास जाने से मना कर दिया है। इस तरह का मेल-जोल बढ़ाना उन्हें पसन्द नहीं है। उनके विचार से असमीया लोगों की अवनति का मूल कारण है यही व्यर्थ के मेल-मिलाप, व्यर्थ की बैठकबाजी का उनका स्वभाव ही है। अपने घर में इस प्रकार का मेल-जोल वे पसन्द नहीं करतीं। खासकर एक बूढ़े बीमार पुरुष और एक नौजवान नर्तकी स्त्री का।

एक बार अगर किसी को साँप काट देता है, तो फिर वह रस्सी से भी डरने लगता है। दूध की जली बिल्ली मट्ठा फूँककर पीती है। अपनी देवरानी चित्रा की दुर्गति देख चुकने के बाद से वह और भी अधिक सजग-सतर्क हो गई हैं। घर की गृहणियाँ-विवाहित स्त्रियाँ अपने पतियों के आचार-आचरण पर अगर हर समय बराबर पैनी निगाह से सतर्क दृष्टि न रखें तो पति देवताओं के चारित्रिक स्खलन का डर हर एक कदम पर है, वे कहीं भी, किसी क्षण भी कर्त्तव्यच्युत हो जा सकते हैं। इस बात पर सुंदर्शना की माता जी पूरे दिलो-दिमाग से अटल विश्वास करती थीं।

यह सब बातें कहते समय जयन्ती की आँखों से लगातार आँसू बहते जा रहे थे। उसका निष्कलुष पवित्र सरल हृदय इस प्रकार के अधारहीन अनर्गल आरोपों की चोट को बर्दाश्त नहीं कर पा रहा था। इसी से उसने रविचन्द्र जी के कमरे की ओर कभी भूल से एक बार के लिए भी न झाँकने का दृढ निश्चय कर लिया था।

जयन्ती और मणिका के बीच उसी दिन गहरी मित्रता का सूत्रपात हुआ। उसके यहाँ से लौटकर उसने सारी बातें रविचन्द्र जी को बतलायीं। सुनते ही उनका मुँह एक असहनीय पीड़ा से काला पड़ गया।

कुछ दिन बाद ही जयन्ती अपने गाँव जाने के लिए रवाना हो गई।

इसके बाद तो मणिका खुद ही रविचन्द्र जी से बातचीत करने की संगिनी बन गई। परन्तु यह स्थिति भी अधिक दिनों तक नहीं चल सकी। एक दिन तो उस पर भी निषेधाज्ञा जारी हुई। उसे भी उनसे बातचीत करने को मना कर दिया गया। परन्तु मणिका ने उस निषेधाज्ञा को अमान्य कर दिया और उल्टे और ज्यादा खुलकर उनसे बातचीत करने लगी।

परन्तु इसका परिणाम भयानक हुआ, अर्थात् वहाँ से उसका पत्ता ही कट गया।

एक दिन जब वह रविचन्द्र जी की देखभाल करने के लिए उनके घर पहुँची तो घर के बरामदे में पहुँचते ही उस घर के दामाद श्री मन्मथ ठेकेदार जी ने उसका सारा हिसाब-किताब करके जो कुछ भी उसका पारिश्रामिक देय था, वह चुकता करके उसे रविचन्द्र जी की देखभाल करने के काम से मुक्त कर दिया। फिर तो उसके हाथ से यह सुयोग जाता रहा।

इन बातों को कहते-कहते मणिका उत्तेजित हो उठी थी। स्त्रियों की इस निराधार-बे सिर पैर की ईर्ष्या करने की प्रवृत्ति को वह बहुत बुरा मानती हुई, इसकी निन्दा करती रहीं। सुदर्शना की माँ जो अपने पतिदेव के प्रति असाधारण रूप से क्षण-प्रतिक्षण सजग रहती थीं, दरअसल वह उनके अन्तर्मन में स्थित उनके भयानक डर का ही बाहरी लक्षण था। अपने स्वामी पति के ऊपर अगर विश्वास न हो तो फिर किसी भी विवाहित स्त्री का प्रेम आनन्दमय और सुन्दर नहीं हो सकता।

नवीन ने हँसते हुए कहा, "यह शादी-ब्याह का अनुष्ठान (रीति-रिवाज) ही वैसा है। यह जरूर है कि यह स्त्री और पुरुष के कुछ मूलभूत प्रयोजनों को पूरा करता है, परन्तु यह कुछ बेकार के ऊपरी-फालतू बोझे भी उन पर लाद देता है। अतः इसमें अब आमूल-चूल संस्कार संशोधन की बहुत जरूरत है।"

"मणिका का मन बहुत हल्का, खुशमिजाज और बैडमिन्टन खेल की चिड़िया (कार्क) की भाँति चंचल है। उसने मजाक करने के बहाने कहा, "अच्छा, तो इसी वजह से संभवतः आपने विवाह नहीं करवाया। पहले इस विवाह-पद्धति में संस्कार-संशोधन हो ले तब जाकर उसके बाद करवाएँगे ब्याह। तो इसका मतलब-संन्यास।"

अपनी बात कहकर वह खिलखिलाकर हँसने लगी। हँसी भी ऐसी जैसे पागलों की-सी लगातार, खिल-खिलाती हुई।

नवीन को तो गुस्सा चढ़ आया। वह समझाने जा ही रहा था कि वे कौन से विशेष कारण थे जिनकी वजह से वह अब तक विवाह नहीं कर सका कि तभी एक बहुत जोर की चीख सुनाई पड़ी। विमल भाई साहब के गले से निकली चीख।

दोनों ही विमल भाई साहब के कमरे की ओर दौड़ पड़े।

परन्तु तब तक सभी कुछ समाप्त हो चुका था। विमल भाई ने चिरशान्ति पा ली थी। जीवन की सारी-विघ्नबाधाओं से सदा के लिए छुटकारा। उनके चेहरे पर दुःख की पीड़ा की कोई निशानी अब नहीं रही। नवीन मन-ही-मन गुनगुनाया :

"आलो मइ कि कहबो दुःख।
परान निगरे ने देखिया चाँद मुख॥"

(महापुरुष शंकरदेव के स्वर्गवास की वेला में माधव देव द्वारा अपने उस महान् गुरु से बिछुड़ जाने पर गाए गए गीत के चरण—हे बन्धु मैं अपने दुःख का बखान कहाँ तक करूँ।

उस चन्द्रमुख को न देख पाने से प्राण बाहर हो जाना चाहते हैं।)

माधव देव द्वारा गुरु के स्वर्गवासी होने पर गाए गए इस गीत की ध्वनियाँ बार-बार उसके हृदय में झंकृत होने लगीं। बस केवल ये दो पंक्तियाँ ही।

सुमति बहन जी तो विमल भाई की छाती में अपना सिर पटक-पटककर सिसक-सिसककर जोर-जोर से रो रही थीं। उनकी उस हृदय-विदारक पीड़ा की घड़ी में उनसे कुछ भी कहने-सुनने से कोई लाभ नहीं था। अतः नवीन ने मन-ही-मन कहा, "ठीक है, रो लें, जितना चाहें रो लें।"

मणिका ने बाइबिल का एक छन्द पढ़ा :-

देअर आर थ्री किंग्स दैट रिमेन, फेथ, होप ऐण्ड लव

ऐण्ड दि ग्रेटेस्ट आव दीज इज लव।

(केवल तीन चीजें ही ऐसी हैं जो रह जाती हैं। विश्वास, आशा और प्रेम, और इन तीनों में भी महानतम चीज है प्रेम।)

नवीन ने अपने जीवन में आज पहली बार मृत्यु को अपनी आँखों से देखा। मृत्यु हो चुकने के बाद भी वह यह अनुभव नहीं कर पा रहा था कि विमल भाई साहब अब नहीं रहे। सुमति बड़ी बहन जी भी रोते-रोते बेहाल हो अब धीरे-धीरे सुस्थिर, सहज अवस्था में शान्त होती जा रही थीं। मणिका थोड़ी देर के लिए बाहर चली गईं, वहाँ से एक टोकरी फूल इकट्ठा कर लायी और उन फूलों को उसने विमल भाई की देह पर चढ़ाकर चारों ओर सजा दिया। सुमति बहन जी ने अगरबत्ती और धूप जला दी। थोड़ी ही देर में सारा परिवेश अति सुवासित हो गया तब नवीन ने अनुभव किया कि मृत्यु कोई भयानक वस्तु नहीं है।

धीरे-धीरे (मृत्यु संवाद सुनकर) खोज-खबर लेने आने वाले आदमियों से सारा घर-चौपाल भर गया। आदमियों की भीड़ जब इतनी अधिक हो गई कि आदमी से आदमी की देह रगड़ खाने लगी, तब नवीन को मृत्यु की गम्भीरता समझ पाना कठिन होने लगा। फिर वह घर से बाहर निकल आया। (देखा कि) बाहर द्वार पर मृत शरीर को ले जाने के लिए टिकठी (अर्थी) बनाने वाले लोगों ने चीख-चील्लाकर करणीय असली-आवश्यक काम करना शुरू कर दिया है। अचानक ही नवीन ने देखा कि ब्रह्मपुत्र नदी के किनारे पर वह नवयुवक खड़ा है, जिसने प्रोफेसर रविचन्द्र की कक्षा में बम विस्फोट किया था। आज उस लड़के के शरीर पर एक लंबा पायजामा और एक लम्बा कुर्ता है। नवीन ने उपस्थित कुछ लोगों से बातचीत करके आवश्यक निर्देश दिए और फिर वह बड़ी शीघ्रता से उस नवयुवक के पास पहुँच गया। उसने अनुभव किया कि उसके मन में बहुत हड़बड़ाहट-घबराहट भरी हुई है।

उसने नवीन को नमस्कार निवेदित करके कहा, "विमल भाई साहब को एक शुभ सूचना देने आया था। अगर वह सूचना वे पा सके होते, तो बहुत आनन्दित हुए होते।"

"कौन-सी सूचना?" कुतूहलवश नवीन ने पूछा।

"यही कि क्रान्ति आरंभ हो गई है।"

"क्या?" अत्यन्त आश्चर्यचकित हो नवीन ने पूछा।

"हाँ।" नवयुवक ने उत्तर दिया, "आर. आई. एन. (रायल इंडियन नेवी-तत्काल़ीन भारतीय नौ सेना) की नौ सेना वाहिनी ने ब्रिटिश साम्राज्य के निशान, यूनियन जैक झण्डे को उतारकर फेंक दिया है और उसकी जगह भारतीय राष्ट्रीय झण्डे को ऊँचा कर लहरा दिया है। बम्बई में छह घण्टों से ब्रिटिश सेना और विद्रोही भारतीय नौसेना के सैनिकों के बीच घमासान युद्ध हो रहा है। इसके अलावा उधर विद्रोही सेना के समर्थन में बम्बई में मजदूरों ने हड़ताल कर दी है।"– यह सूचना अगर विमल भाई पा गए होते तो निश्चय ही बहुत आनन्दित हुए होते।"

नवीन ने भी यह बात स्वीकार की कि अगर विमल भाई साहब यह सूचना सुन सके होते तो निश्चय ही प्रफुल्लित होते। परन्तु अब तो वर्तमान परिस्थिति में जो उचित कर्त्तव्य है, उसी पर विशेष बल देना उन्होंने उचित समझा। अतएव उसने कहा, "अब विमल भाई साहब तो सिधार ही गए। अब तो हमें ही कुछ करना उचित होगा।"

नवयुवक ने अत्यन्त श्रद्धा भाव के साथ नवीन की ओर देखा, फिर पूछा, "आप क्या करने को कहते हैं? कहिए।"

"नवयुवकों की एक सभा बुलाकर इस वेला में किए जाने योग्य कार्यों का निर्धरण कर एक कार्य सूची स्वीकार करनी पड़ेगी।" नवीन ने संक्षेप में उत्तर दिया।

दोनों ने आपस में विचार-विमर्श कर आन्दोलनकर्त्ताओं की एक सभा बुलाने, विमल भाई साहब को श्रद्धांजलि अर्पित करने के लिए एक शोक सभा करने, उसी में नौ सेना के विद्रोह के उद्देश्यों को ठीक ढंग से समझाने और आज की रात के अन्दर-अन्दर ही एक प्रचार-पत्र प्रकाशित करके (गुवाहाटी) के निकट जालुकबारी में जो सैनिक छावनी है उसमें उस प्रचार-पत्र को वितरित कर देने का कार्यक्रम निर्धारित किया। उसके बाद अपनी नैया धीरे-धीरे चलाते हुए वह नवयुवक ब्रस्मपुत्र की लहरों पर अदृश्य हो गया।

तब तक साँझ घिर आई थी।

नवीन जैसे ही लौटकर द्वार पर पहुँचा कि उसे देखते ही सुमति जी ने घबराकर कहा, "सभी लोग काफी देर से बहुत उत्सुकता से तुम्हारी प्रतीक्षा कर रहे हैं। अर्थी पर शव ले जाने का वक्त हो गया। आखिर हो क्या गया, तुम कहाँ चले गए थे?"

अपनी देरी का कारण जब नवीन ने सुमति जी को खोलकर बतलाया तो उसे सुनते ही सुमति जी का चेहरा मारे उत्तेजना के भर गया। नवीन ने जब उन्हें विद्रोह का समर्थन करने और उसके अनुरूप कार्यक्रम निर्धारित कर उसे कार्यरूप देने की योजना के संबंध में बतलाया तब दुःख की ऐसी गंभीर वेला में भी उनके मुँह पर हँसी की रेखा फूट पड़ी। वे

बोलीं, "बहुत अच्छा, इसी कार्यक्रम के अनुसार ही काम आगे बढ़ना चाहिए।"

कुछ देर के बाद विमल भाई साहब की अर्थी उठी और शव-यात्रा आरंभ हो गई। शव को अन्त्येष्टि के लिए कामाख्या श्मशान घाट ले जाया गया। वहाँ चिताग्नि में शव-दाह सम्पन्न कर लेने के बाद वापस लौटने तक रात पहर भर चढ़ आई थी। नवीन आते ही जाकर सो गया।

दूसरे दिन सबेरे नींद खुली तो नवीन ने पाया कि पूरा घर बिलकुल निस्तब्ध शान्त है। दिन एक पहर चढ़ आया है। हाथ-मुँह धोकर चाय पीने के लिए रसोई घर में चाय बनाने के लिए गया तो अचानक मणिका दिखाई पड़ी। उस दिन उसने अपनी नर्स की सफेद पोशाक नहीं पहनी थी। शोक प्रदर्शक कपड़े पहने हुए थीं। रह-रहकर वह फफक-फफक कर रो उठती थी। उसने आगे बढ़कर नवीन के हाथों से केटली ले ली और उसे चूल्हे पर चढ़ा दिया। फिर उसकी ओर मुखातिब होकर बोली, "आज ब्रह्मपुत्र किनारे घाट पर तो बहुत आश्चर्यजनक घटना दिखाई पड़ी, जैसा और कभी देखा ही नहीं था। मैं भोर में उधर टहलने गई थी लेकिन विवश हो लौट आई।"

नवीन वहीं एक मूढे पर बैठ गया। उसने पूछा, "क्यों, क्या हुआ?"

"आज काफी रात से ही पुलिस के सिपाहियों का झुण्ड वहाँ पहरा दे रहा था। आप लोगों के संघ का वह नवयुवक ज्यों ही आकर घाट पर उतरा कि पुलिस ने चारों ओर से उसे घेर लिया। उसे गिरफ्तार कर उसे हथकड़ी लगाने की कोशिश कर ही रहे थे कि वह पलटकर, उछलकर घने जंगल में बहुत भीतर जा घुसा। तब से अब तक पुलिस जंगल-झाड़ी छानती उसे ढूँढ रही है, मगर अभी पा नहीं सकी है।"

नवीन सारा कुछ समझ गया कि क्या कुछ घटा है। नौसेना के विद्रोह के समर्थन में प्रचार पत्र बाँटने के अपराध में ही संभवतः पुलिस उसे गिरफ्तार करना चाहती थी। लेकिन वह भागकर बच निकला है। उसने मणिका से पूछा, "बड़ी बहन जी कहाँ है?"

"वे तो शहर चली गई हैं। शायद वहाँ कोई सभा-समिति होनी है, उसी में।"

नवीन ठीक-ठीक समझ गया कि आज साँझ को नौसेना विद्रोह के समर्थन में जो सभा आयोजित हुई है, उसमें भाग लेने के लिए ही वे गई हैं। लेकिन ऐसी भी क्या पड़ी थी, क्यों गयीं वे? कम-से-कम आज अगर वे सभा-समिति में न भी जातीं तो कोई व्यक्ति कुछ भी एतराज नहीं करता। जान पड़ता है नौसेना विद्रोह ने उनके मन में बहुत अधिक उत्साह भर दिया है।

चाय तैयार कर मणिका ने एक प्याला चाय लाकर उसे दिया फिर एक प्याला चाय खुद भी लेकर वहीं एक मोढे पर बैठ गई। चूल्हे की आग इसी बीच बुझ गई। चारों ओर गम्भीर शान्ति छाई थी। सुमति बहन जी ने विमल भाई साहब के श्राद्ध के निमित्त नवीन के लिए एक छोटी-मोटी संस्कार कार्यविधि सम्पन्न करने का निर्देश दिया था। वे सब

बातें मणिका ने नवीन को बता दीं।

नवीन ने उत्तर में कहा, "विमल भाई साहब कभी सपने में भी परलोक की सत्ता को स्वीकार नहीं करते थे, स्वर्गलोक प्राप्ति के संबंध में उन्होंने कभी कुछ सोचा तक नहीं। अब उनकी आत्मा की सद्गति के लिए अगर यह श्राद्ध कर्म या और सब संस्कार किए जाते हैं, तो इनसे उनकी आत्मा के लिए तो कुछ होना नहीं, केवल सामाजिक व्यवहार की रक्षा भर होगी। विशुद्ध श्रेष्ठ भौतिकवादी दृष्टि से देखें, इन दोनों ही दृष्टियों से इस प्रसंग में यह सामाजिकता-संस्कार की रक्षा करना फिजूल है, इसका कोई मूल्य ही नहीं। जब यह बात हम अच्छी तरह जानते ही हैं तो फिर हम यह सब परम्परावादी आयोजन क्यों करें, मणिका ?"

इस नास्तिक-निरीश्वरवादी खतरनाक प्रवृत्ति के आदमी की ओर देखकर मणिका तो सिर से पाँव तक डर के मारे काँप गई। उसने अपनी चाय पीकर समाप्त की, फिर काफी सोंच-विचार करने के बाद उसने साहसपूर्वक कहा, "फिर भी धर्म को मानना ही पड़ेगा। सुमति बहन जी आपकी तरह गुरु-गोसाईं, धर्म-कर्म आदि का तिरस्कार करने वाली नहीं हैं। कम-से-कम उनका मुँह देखकर, उनके सम्मान, उनकी इच्छा की रक्षा के खातिर तो आप को यह सब काम करना ही पड़ेगा।"

नवीन ने हँसकर कहा, "ठीक है, तब तो वैसा ही होगा।"

चाय पीकर जब वह बाहर आया तो उसने देखा कि कुशल-क्षेम पूछने, आवश्यक काम-काज करने के लिए आए हुए आदमियों से सारा द्वार-चौपाल भर गया है। सुमति बहन जी के वहाँ न रहने की वजह से उसे ही घर के मालिक के सारे करणीय कर्मों के लिए आगे आना पड़ा। नवीन को तब समझ में आया कि समाज कितना परम्परावादी, अपनी मान्यताओं की सुरक्षा करने में कितना दृढ़निश्चयी और कितना शक्तिशाली है। संकटपूर्ण परिस्थितियों में और जीवन की विशेष-विशेष स्थितियों में समाज अपनी रूढ़ि-परम्परा और अपने धर्म की रक्षा के लिए प्रत्येक व्यक्ति को कर्त्तव्यकर्म सम्पन्न करने के लिए आगे बढने को मजबूर कर देता है। समाज के इस जोरदार धक्के देकर काम करवाने की शक्ति का उसने भी अनुभव किया।

दोपहरी की वेला में नवीन ने यह भी अनुभव कर लिया कि विमल भाई साहब का श्राद्ध कर्म अगर सुमति बहन जी न भी करवाएँ तो भी विमल भाई के वंश-खानदान के लोग करवाएंगे ही.। समाज की साधारण जनता ऐसा अनाचार कर गुजरने का अवसर नहीं देगी। अतएव इस समय श्राद्ध कर्म पर अगर वह रोक लगाना चाहे, बाधाएँ खड़ी करें, तो भी उसकी यह कोशिश कोई काम नहीं देगी। (श्राद्धकर्म होकर रहेगा।)

भोजन करते समय उसने मणिका से कहा, "मणिका !श्राद्धकर्म के लिए हमें बहुत सोचने-विचारने, उसके कार्यक्रम की पूर्वव्यवस्था करने की कोई जरूरत नहीं। सारी

व्यवस्था जनता खुद ही करेगी।''

मणिका ने हँसकर जवाब दिया, ''आप तो जनता के ही आदमी हैं, इसीलिए जनता ने आप की रक्षा की।''

नवीन भी हँसने को मजबूर हो गया। भोजन करने के बाद नवीन बाहर बरामदे में आकर बैठा। तब तक आदमियों की भीड़ कम हो गई थी। सुमति बहन जी को आने में बहुत देर हो गई थी, इसलिए मणिका बहुत चिन्तित हो गई थी। एक तो उनके शरीर को वैसे ही एक बहुत बुरे रोग ने पकड़ रखा है, उस पर से अगर खाने-पीने औषधि लेने में अनियम हो, बदपरहेजी हो, तब तो सर्वनाश ही हो जाएगा। उसने आकर इस संबंध में बहन जी के असावधानी बरतने की शिकायत की। फिर अन्त में नवीन ने विशेष रूप से आग्रह किया, ''श्राद्ध काम पूरा हो जाने के ठीक दूसरे ही दिन बहन जी शिलांग के रीड चेस्ट अस्पताल में जाकर भर्ती हो जाएँ, इसके लिए जो भी व्यवस्था करनी पड़े, आप को करनी पड़ेगी।''

नवीन ने तुरन्त उत्तर दिया, ''निश्चय ही करूँगा। मैं जानता हूँ कि जो काम करना उचित है उसे बहन जी बिना किए नहीं रहतीं।''

ठीक तभी दुदू आ प्रकट हुआ। आज उसने गाढ़े मोटे खद्दर की धोती और कमीज पहन रखी थी। पैरों में साधारण किस्म की चप्पलें पहने था। आकर उसके पास खड़े होते ही उसने कहा, ''यहाँ बैठे-बैठे क्या करोगे? चलो, नदी के किनारे टहलने चलें। कुछ विशेष बातें हैं।''

बाहर तब तक सूरज की धूप की तेजी कम हो गई थी। वे दोनों ही जंगल के भीतर-भीतर से होकर नदी के किनारे-किनारे चलते हुए एक बहुत बड़े पेड़ के नीचे पड़ी पत्थर की शिला पर जाकर बैठ गए। पास में ही नीचे ब्रह्मपुत्र नदी की धारा कलकल ध्वनि करती बड़ी तेज गति से बह रही थी।

''घर तो विपत्तियों से भर गया है।'' दुदू ने एक सिगरेट सुलगाई, फिर बोला, ''एक ही साथ तीन-तीन महा विपत्तियाँ।''

बिना कोई विशेष अभिरुचि दिखाए नवीन ने पूछा, ''कौन-कौन सी तीन?''

''मेरे पिता जी वापस घर लौट आए हैं। अपनी कमाई का सारा संचित धन उन्हें देकर। सन्तरा-नीबू की खेती करेंगे। दोनों के बीच तलाक ही हो गया, अब तलाक हुआ ही समझो। दूसरी घटना हमारे घर यह घटी कि जयन्ती ने विवाह की मंगनी होने की अँगूठी बेठाराम को वापस लौटा दी। उसका कहना है कि वह देवधुनी नर्त्तकी होकर देवता के प्रति समर्पित होकर ही रहेगी, देवता के कंगन को नहीं उतारेगी। हम सभी-के-सभी दाँत पर उँगली रखे चकित रह गए। उसके पिता ने उसे देवधुनी नृत्य सिखाया था, परन्तु देवता के प्रति उसे न्योच्छावर नहीं किया था, देवता को अर्पित नहीं किया था। उनकी बस एक बेटी ही तो थी, अतः उसे देवता को अर्पित न करके उन्होंने सोचा था कि कोई

एक अच्छा-सा वर तलाशकर उसे कन्यादान देकर परिणामस्वरूप अपने नाती-नातिनी का मुँह देखेगा। अब जयन्ती के इस निर्णय से बेहाल परेशान उसका पिता सुमति बहन जी से आरजू बिनती कर रहा है। सुमति बहन जी इस समय जाने कहाँ से आकर मेरे घर कुछ विश्राम कर रही हैं। उनके कहने-सुनने से, उनके समझाने से शायद जयन्ती मान जाएँ। और तीसरी अन्तिम बात सबसे अधिक पीड़ा पहुँचाने वाली है। एक अनुपयुक्त असमर्थ व्यक्ति से माकन विवाह करना चाहती है। मेरे पिता जी जैसा आदमी भी—तुम खुद ही स्थिति की गंभीरता को समझ लो—उसकी चिट्ठी पढ़कर बिलख-बिलख कर रो रहा है।''

''कौन अनुपयुक्त है? वह असमर्थ व्यक्ति है कौन?'' —नवीन ने बहुत आश्चर्य से पूछा।

''रंजीत जी।'' सिगरेट का एक लम्बा कश खींचकर धुआँ छोड़ते हुए दुदू ने कहा।

''रंजीत। तो रंजीत का पैर काट दिया गया क्या?''

''इसका मतलब कि तब तुम यह सूचना अभी तक नहीं पा सके। उनकी तो दाहिनी टाँग काट दी गई है।''

नवीन का कलेजा धक्क से हो गया।

दुदू ने फिर कहा, ''बड़े पिता रविचन्द्र जी वहीं हैं। उन्होंने बहुत समझाया-बुझाया बहुत मना किया। परन्तु उसने कुछ भी नहीं सुना। नहीं मानी। उसका कहना है कि रंजीत की दुर्दशा देखकर वह अपने आप को सँभाल नहीं पा रही। वह उसके प्रति अतिशय संवेदनशील हो गई है। और इधर मेरे पिता जी इस विवाह का नाम तक सुनना नहीं चाहते। उन्होंने बहुत साफ-साफ यह बात माकन को लिख भेजी है। मैंने भी लिखा है।''

मन-ही-मन बहुत देर तक काफी सोच-विचार लेने के बाद नवीन ने कहा, ''आखिर क्योंकर माकन ने ऐसा किया? इसे समझना तो बहुत आसान है। जान पड़ता है कि उसने रंजीत भाई से विवाह करने का निर्णय उनका पैर कटने के पहले ही कर लिया था। अब अपने वर का एक अंग कट जाने से, एक पाँव अलग हो जाने पर उनके पंगु हो जाने से, उन्हें छोड़ देना चाहिए, यह बात स्वीकार करना उसके लिए अत्यन्त कठिन हो गया था।''

दुदू ने नवीन के विचार ध्यान से सुने परन्तु उसके अनुमान को सही मानने से उसने इनकार कर दिया, उसे नहीं स्वीकारा। माकन ने इस प्रकार का निर्णय लेकर अपने मन की दुर्बलता को ही प्रकट किया है। यह एक सच्चाई है कि एक अंगहीन व्यक्ति में सुन्दरता बची नहीं रहती। इसके अलावा रंजीत भाई को साथ में लेकर समाज में गुजर करने में भी माकन को बहुत कठिनाइयों का सामना करना होगा। वह कहीं भी उसे साथ लेकर जा नहीं पाएगी। उसे लेकर कहीं निकलेगी भी तो तमाम दिक्कतों का अनुभव करेगी। उसका-घर बार एक अस्पताल के रूप में बदल जाएगा।

दुदू ने नवीन से अनुरोध किया, "तूँ जरा लिखकर देखेगा नहीं क्या?"

नवीन ने सिर हिलाकर ऐसा काम करने से इनकार कर दिया। इस घड़ी में वह माकन से कुछ भी नहीं कह सकता।"

अपनी जिन्दगी में आज पहली बार दुदू ने नवीन को छटपटाते हुए कहा, "तूने अपना भी जीवन नष्ट किया, साथ ही उसकी (माकन की) भी जिन्दगी बरबार कर डाली। अब तो यही लगता है कि समाज को नष्ट करना भर बाकी है। मैं खूब अच्छी तरह जानता हूँ कि तुमसे कुछ भी नहीं हो सकता।"

नवीन के मन में भारी क्रोध उभरा मगर उसने कोई उत्तर नहीं दिया। चेहरे पर जरा भी जर्क आए बिना, निर्विकार भाव से वह सामने बहती ब्रह्मपुत्र की ओर एकटक देखता रहा। इस अवस्था में रहते-रहते कुछ देर में ही उसका क्रोध शान्त हो गया। और दुदू के मन में भी अपने किए पर भारी पछतावा होने लगा। उसे भी बहुत मानसिक क्लेश होने लगा।

दुदू अब अच्छी तरह समझ गया कि वर्तमान परिस्थितियों में माकन को उसके द्वारा लिये गए निर्णय से डिगाना बहुत मुश्किल होगा। परन्तु वह उसके इस निर्णय को उचित मानकर स्वयं स्वीकार नहीं कर सका। इस बीच उसने और उसके पिताजी ने यह निर्णय ले लिया है कि अगर माकन का यह विवाह होता है तो वे लोग उसमें भाग नहीं लेंगे। अतएव उसे कुछ एक उपाय तो करना ही होगा।

इस प्रकार के विपरीत आचरण की अवस्था नवीन को सहन नहीं हुई। अभी दो दिन पहले तक माकन के पिता वगैरह माकन का विवाह नवीन से होने देने की अपेक्षा रंजीत से करना अधिक अच्छा बता रहे थे, उसके लिए जोर दे रहे थे किन्तु आज जब स्वयं माकन ने रंजीत से विवाह करना स्वीकार कर लिया, तो अब वे ही लोग उसका भयंकर विरोध कर रहे हैं। उनके इस विरुद्धाचरण के पीछे रंजीत का एक अंग कटकर अलग हो जाना ही एक मात्र प्रधान कारण है। जब ऐसा कारण भी माकन को विवाह करने से रोक नहीं सका तो फिर उसके निर्णय में अब और बाधा खड़ी करने से कोई लाभ नहीं।

नवीन के इस प्रकार से निस्पृह निर्विकार रहने, उसकी बात को गम्भीरता से न लेने की वजह से दुदू को मन-ही-मन बहुत दुःख हुआ। दरअसल वह सच्चे दिल से चाहता था कि माकन का विवाह नवीन के ही साथ हो। इसी वजह से अब इस अन्तिम निर्णय की घड़ी में उसके पास अपने विचार को समर्थन और सहयोग पाने के लिए नवीन के पास आया था। परन्तु नवीन की बातें सुनकर उसे ऐसा महसूस हुआ जैसे नवीन एक नपुंसक क्रान्तिकारी है। एक क्रान्तिकारी व्यक्ति की यह अकर्मण्यता देखकर उसे हार्दिक दुःख हुआ। उसे ऐसा लगा जैसे नवीन रक्त-मांस का बना मनुष्य ही नहीं है। बस कुछ काल्पनिक भावों का मिलजुला पुतला भर है।

उनके मध्य अधिक देर तक कोई बातचीत नहीं हुई। फिर दुदू उससे विदा लेकर अपने घर वापस चला गया। जाते-जाते उसने कहा, "इस सन्दर्भ में मैं कभी समयानुसार तुमसे फिर बातें करूंगा।"

नवीन यह अच्छी तरह समझ रहा था कि दुदू किस कारण से इतना क्षुब्ध हो गया है। वह अपनी आँखों के सामने देख रहा है एक टूटा हुआ, छिन्न-भिन्न हुआ घर-परिवार। परन्तु ऐसा हो क्यों रहा है। इसे वह पकड़ नहीं पा रहा है। अतएव वह कभी इसका तो कभी उसका इस टूटन का, इस छिन्न-भिन्नता का, इस विनाश का मूल कारण समझ ले रहा है। कभी सोचता है कि यह भाग्य का खेल है, विधाता के विधान का फल है तो कभी सोचता है यह व्यक्ति-व्यक्ति की गलतियों का परिणाम है। घर-परिवार का स्वरूप उसने अच्छी तरह देखा ही नहीं है। इसी वजह से दिग्भ्रामित-परेशान-दुदू की कटु आलोचनाओं को भी वह चुपचाप सह गया। माकन यदि स्वयं अपने को न बचाए तो और कोई उसे नहीं बचा सकता।

अपने स्थान पर लौट आने के बाद ही नवीन इन सब प्रसंगों को भूल गया। सुमति बहन जी के अब तक न लौट आने के कारण मणिका बहुत उद्विग्न हो गई थी। जब नवीन ने बताया कि वे दुदू के घर पहुँचकर विश्राम कर रही हैं, तब जाकर उसके सरल मन की परेशानी दूर हुई। "समाज के अधिकांश लोग छोटी-मोटी बातों में उलझकर ही समय बिता देते हैं।" नवीन ने गम्भीरता से सोचा, "दुदू माकन के विवाह के निर्णय को लेकर चिन्तित हो गया है। मणिका चिन्तित थी सुमति जी के समय पर भोजन न कर पाने से।" यह क्षुद्र स्वार्थों से पूर्ण संसार उसका संसार नहीं है। उसे हमेशा ही महान् भावों और बड़ी समस्याओं को लेकर बराबर व्यस्त रहना पड़ा है।

सन्ध्या समय सभा में जाने के लिए कपड़े पहनकर तैयार हो वह मणिका के कमरे में गया।

मणिका उस समय अपने भावी पति के लिए पत्र लिखने में तन्मय थी। अचानक ही नवीन को अपने सामने खड़ा देख वह शर्म से लाल पड़ गई, फिर पत्र को एक किताब से ढँककर उसने कहा, "आप जा तो रहे हैं परन्तु मैं अकेली-अकेली इस सुनसान घर में नहीं रहूँगी। मैं भी आप के साथ सभा में चलूँगी।"

"बहुत अच्छा। तब फिर निकल पड़ो। परन्तु इससे तो पत्र अधलिखा ही रह जाएगा। इससे विल फ्रेंड के साथ ज्यादती क्या नहीं हो जाएगी? मजाक करते हुए नवीन ने उत्तर दिया।

"भावों का जो झरना मन में फूट पड़ा था उसकी धार तो आपने रोक दी। अब तो कोई गला भी दबाए तो वह भाव-धारा तो फिर से आने से रही। मेरे साथ ऐसा क्यों हो जाता है, कह नहीं सकती।" इतना कहकर मणिका ने वह अध लिखा पत्र अपने बक्से में

रख दिया। थोड़ी देर बाद वह पुनः बोली, "इस प्रकार के ढेर सारे पत्र अधलिखे पड़े हैं। पूरा बक्सा ही उनसे भर गया है। एक बार लिखने का जो भाव बनता है वह एक बार टूट जाने पर बाद में वें पत्र एक अतिशय भावुकता के खेल-से महसूस होते हैं। फिर उन्हें रख देती हूँ। विल फ्रेड के नाम लिखे गए मेरे अधिकांश पत्रों की यह दुर्दशा हुई है। मेरा बक्सा इसी प्रकार के पत्रों से भर गया है। परन्तु वे सब अपने आप से भी अधिक अपने-अतिशय आत्मीय लगते हैं। परन्तु संसार की कठोर वास्तविकताओं का स्पर्श पाकर वे फिर अजनबी हो जाते हैं।"

नवीन ने कहा, "अब पत्र लिखकर पूरा करके ही उठना। संसार की बातें सोचकर अपने प्राणों और अपने नवयौवन को अभिव्यक्त करने से बिना वजह रुक मत जाना।"

मणिका ने कहा, "अगर ऐसा हो सके तो निश्चय ही ऐसा करना ही उचित है। परन्तु उचित होने से ही अन्तरतम के सत्य को कोई सदा अभिव्यक्त कर सकता है, ऐसा नहीं है। विल फ्रेड अधिक भावुकता पसन्द नहीं करता। वह अगर पत्र लिखता भी है तो बहुत सावधान संयत होकर लिखता है। उसके पत्रों को पढ़ने के बाद मेरा भी लंबा पत्र लिखने का उत्साह ठंडा पड़ जाता है। उसके पत्र कभी तो सरमन (उपदेश) होते हैं या फिर कभी नीति वाक्यों-लोकोक्तियों के संग्रह। वह मेरे सामने दिल खोलकर बात करने में बहुत कठिनाई महसूस करता है। परन्तु भाई मुझमें इतना संयम नहीं हैं। पत्र लिखते समय भावावेगों की भीड़ ही आ चाँपती है।"

नवीन ने लक्ष्य किया कि ऐसी बातें कहते हुए मणिका की आँखें, मुखमण्डल का तेज मानो किसी वस्तु के संस्पर्श से नाचने लगा है। उसका अन्तःकरण अभी भी आदिकालीन जनजातीय उन्मुक्त हृदय—खुले दिल वाला अन्तःकरण ही रह गया है। आदिकालीन सहज आवेग कितना जीवन्त होता है, इसे उसने अपने जीवन में आज पहली बार देखा। सभ्यता ने और जीवन की जटिलता ने माकन को संकुचित बना दिया है इसी कारण से उसका अपने हृदय को अभिव्यक्त करने का भाव भी कुछ निर्दिष्ट धारा में, नदी के किनारों से बन्धनों के भीतर से ही होता है। परन्तु मणिका की आत्माभिव्यक्ति अपने हृदय की भावनाओं को खोलने का तरीका, किसी बँधी-बँधाई पद्धति में न होकर बिलकुल उन्मुक्त है, सर्वथा बाधा-बन्धन हीन।

नवीन ने कहा, "मणिका !तुम अपने आप को जितना प्रकाशित कर सको, करो। किसी भी संकोच में मत बँधो।"

इतनी बात कहकर वह वहाँ से हट गया।

मणिका सभा में जाने के लिए तैयार हो गई। अपने कमरे में जाकर साज-पोशाक पहनकर जाने के लिए जब बाहर आई तो देखती है कि नवीन बरामदे में एक कुर्सी पर बैठकर मेज पर हत्था टिकाए एक कागज पर कुछ नोट कर रहा है।

"यह आप क्या लिख रहे हैं ?" – उसने पूछा।

"सभा में जो भाषण देना है, उसके खास-खास बिन्दु" –नवीन ने कागज के उस टुकड़े को अपनी जेब में रखते हुए उत्तर दिया। फिर खड़े होकर उसने कहा, "आज हमें जनता के सामने अपने कार्यक्रमों की घोषणा करनी पड़ेगी।"

"किस बात का कार्यक्रम ?"

नवीन एक-एक करके सब बतलाता गया। अंग्रेज शासकों को भारतवर्ष छोड़कर चले जाने के लिए बाध्य करना। साम्प्रदायिकता की भावना को दूर करने के लिए हिन्दू-मुसलमान और ईसाई किसानों को एक-दूसरे के अधिक करीब लाकर उन्हें संगठित करना और एक क्रान्तिकारी स्वयं सेवक सेना का गठन करना।

मणिका अवाक् होकर नवीन की ओर कुछ देर तक देखती रह गई, फिर उसने पूछा, "माकन बहन जी यह सब सुनकर क्या कहेंगी ?"

एक ऊर्ध्व साँस छोड़कर नवीन ने कहा, "कहेगी क्या ? वह तो जानती ही है, मैं आन्दोलन का, विप्लव का काम करता हूँ।"

इस बार नवीन को ध्यान से देखते हुए मणिका ने बिलकुल बेवकूफ की तरह पूछा, " यह सब करने से क्या होगा ?"

'क्या' शब्द का अर्थ कितना विस्तृत, गहरा और सारगर्भित है, इसे नवीन पहवी बार उसी दिन समझ सका। 'कुछ' माने आदमी द्वारा मनोवांछित सभी कुछ।

यह प्रश्न सुनकर वह अपने आपसे अपने अन्तस की गहराई में खोजबीन कर-जाँच-परखकर भी आज तक कोई निश्चित उत्तर नहीं पा सका। उसने कहा, "भविष्य में भविष्यवाणी करने वाली देवधुनी नहीं हूँ, मणिका। फिर भविष्य में होने वाली घटना के संबंध में कुछ कैसे कहूँ। मेरे लिए तो वर्तमान में जो कुछ करना है उसकी कार्यसूची ही पर्याप्त है।"

"आप इन तमाम सारे आदमियों जैसे नहीं हैं।" मणिका ने जवाब दिया। यकायक उसकी आँखों में पानी भर आया। फिर उसने रुँआसे स्वर में पूछा, "तो फिर क्या आप माकन बहन जी से विवाह नहीं करेंगे ?"

तब नवीन ने बहुत सरल-शान्त भाव से वह सारा किस्सा सुना डाला कि किस तरह माकन के साथ उसका सम्बंध-विच्छेद हो चुका है और माकन ने रंजीत जी के साथ विवाह कर लेने का निश्चय कर लिया है। सारा कुछ बखान चुकने के बाद उसने अन्त में कहा, "परन्तु मैं अभी भी माकन से प्यार करता हूँ।"

मणिका ने फिर खोद-खोदकर छोटी-छोटी बहुत सारी बातें पूछीं। नवीन ने भी खुले दिल से उसे सभी कुछ सच-सच बतला दिया।

उसकी बातें सुनकर मणिका के दिल में आया कि नवीन सचमुच ही एक बहुत ही

भला आदमी है। उसी क्षण से उसके साथ उसका सम्पर्क बहुत गाढ़ा हो गया।

सभा में भाग लेने जाने के लिए दोनों ही घर के बाहर निकल आए और बाहरी फाटक बन्द कर ताला लगाने जा रहे थे, कि तभी सुमति बड़ी बहन जी, जयन्ती और नवराम ओझा वहाँ आ पहुँचे।

आश्चर्यचकित होकर सुमति जी की ओर देखते हुए नवीन ने पूछा, "अरे आप तो लौट आईं?"

सुमति बहन जी ने उत्तर दिया, "हाँ, विद्रोह अब नहीं रहा। (सब ठंडा पड़ गया) नौ सेना वाहिनी ने वल्लभ भाई पटेल के समक्ष समर्पण कर दिया है। इधर जार्ज फील्ड मैदान में सरकार ने धारा 144 लागू कर दी है। अतएव (वहाँ आयोजित) सभा-समिति अब नहीं होगी। फाटक खोलो, अन्दर चलें, और भी बहुत-सी बातें करनी हैं।"

नवीन ने फाटक खोल दिया, परन्तु स्वयं संज्ञाहीन व्यक्ति की तरह, काठमारे-सा बाहर ही खड़ा रह गया। नौसेना के समर्पण कर देने के समाचार पर वह विश्वास ही नहीं कर पा रहा था। वह सोच रहा था कि इतिहास कभी भी इस तरह मनुष्य को धोखा नहीं दे सकता। इतिहास का मौन निर्देश पाकर ही तो नौसेना वाहिनी ने विद्रोह किया था। फिर क्या वही विद्रोह इस तरह से असफल हो सकता है?

उसके हृदय में एक तेज तूफान उमड़ने लगा। यह तूफान कुछ देर बाद शान्त हुआ। तब नवीन घर के अन्दर गया। वह सीधे सुमति जी के कमरे में जा पहुँचा। सुमति बहन जी उस समय पलंग पर लेटकर आराम कर रही थीं। उसे देखते ही उठ बैठीं,. फिर पूछा, "यह समाचार सुनकर तुम्हारे हृदय को ठेस पहुँची है क्या? मुझे भी बहुत दुःख हुआ। परन्तु घटना पूर्णतः सत्य है। 'विद्रोह करेंगे' कह देने मात्र से ही तो विद्रोह किया नहीं जा सकता। अच्छा हुआ, हमें एक सही शिक्षा मिली।"

"राष्ट्रीयतावादी कांग्रेसी नेताओं ने ही विश्वासघात कर दिया।" नवीन ने अपना विचार व्यक्त किया।

सुमति जी ने मुस्कराकर कहा, "इसके लिए दोष तो किसी के सर मढ़ सकते हो परन्तु थप्पड़ी (ताली) बजाने से तो बादल नहीं छँट जाते। दोष तो हमारा ही है। हमारी ही गणना (अनुमान) गलत हो गई। राष्ट्रीयतावादी कांग्रेसी नेताओं के प्रभाव की बात तो हम भूल ही गए थे। दरअसल विद्रोह के योग्य जमीन तैयार होने–विप्लव के बिलकुल अनुकूल समय होने के पहले ही नौसेना वाहिनी ने विद्रोह कर दिया। अब इस वक्त हमें धैर्य धारण करना चाहिए। काम ...."

नवीन ने समझा कि सुमति बहन जी ने जो 'काम' शब्द कहा उसका अर्थ आश्रम के निर्माणात्मक काम को चलाने से है और वे उसी संबंध में कह रही हैं, अतः 'वह काम तो संस्कारों का, रूढ़ियों-परम्पराओं का ही सहायक है, विद्रोह का वह कोई सहायक नहीं

है।' यह बात अचानक ही उसके मन में ध्वनित-प्रतिध्वनित होने लगी। परन्तु विद्रोह फिर से कैसे उत्पन्न किया जाए, इसे वह कह नहीं सकता। आज से पहले, अतीतकाल में जो भी विद्रोह हुए वे हमें एक ही शिक्षा देते हैं—विद्रोह के लिए अपेक्षित शक्ति पैदा करनी चाहिए फिर उस शक्ति का संचय-संरक्षण किए रखना चाहिए, विद्रोह का समुचित समय-निर्दिष्ट क्षण क्या है, उसकी प्रतीक्षा करनी चाहिए, विद्रोह का एकनिष्ठ ध्यान करना चाहिए।

उसके ललाट पर बेमौसम ही पसीना आ गया। सुमति बहन जी अचानक ही बहुत कठोर हो गईं, उन्होंने कर्कशस्वर में पूछा, "इतनी-सी बात पर इतनी आसानी से घबड़ाकर अगर परेशान हो जाओगे तो फिर विद्रोह करोगे कैसे? तुम्हारे ऊपर समूचे संघ का भार आ पड़ा है।" थोड़ा ठहरकर वे फिर बोलीं, "जिस नवयुवक ने बम विस्फोट किया था, उसने तुम्हारे लिए सूचना दी है। आज रात में वे विद्रोह के लिए कार्यक्रम तैयार करने की कार्यसूची बनाने के लिए यहाँ आयेंगे। वे भूमिगत (अण्डर ग्राउण्ड) हो जाएँगे। इसमें तुम्हारी क्या राय है?"

नवीन ने देखा कि एक रास्ता साफ खुल रहा है, इस गहन अगम जंगल और दुर्गम पहाड़ों के भीतर से भी, घोड़े का सवार अपने घोड़े पर चढ़ा उसी रास्ते पर चला जा रहा है। रास्ता अनन्त है, जिसका कोई अन्तिम छोर नहीं। बहुत ही लम्बा रास्ता है यह, और घुड़सवार योद्धा बहुत ही कच्ची उम्र का, घोड़े की शक्ति भी बहुत क्षीण हो चुकी है।

इस अश्वारोही (घुड़सवार) योद्धा को कितनी दूर जाना पड़ेगा? किस तरह समय का सद्व्यवहार करना होगा? उसकी मंजिल, उसका अन्तिम लक्ष्य स्थान अभी कितनी दूर है, इस संबंध में कुछ भी कह नहीं सकता। एक गति है, चलने की प्रक्रिया है, केवल गति। यह गति (चलते रहने की दशा) ही सब कुछ है।

गति के अतिरिक्त और कोई चारा नहीं। नवीन ने उत्तर दिया, "तो फिर इसका मतलब यह कि उन्होंने अपना गन्तव्य मार्ग स्वयं ही चुन लिया। मेरी राय जानने की प्रतीक्षा में वे ठहरे नहीं रहे।"

"हाँ, यह बात सच है।" सुमति जी ने कहा, "वे सब किसी जगह पर जमींदारों के खिलाफ आन्दोलन करेंगे। और वे सशस्त्र विद्रोह का रास्ता अख्तियार करेंगे। रूस देश में हुए विद्रोह का रास्ता।" वे कुछ देर चुप रहीं, फिर बोलीं, "यह रास्ता सही रास्ता है ऐसा मेरा मन नहीं मानता।"

नवीन ने कहा, "मैं जब तक जनसाधारण की राय नहीं समझ लेता, तब तक कुछ नहीं कह सकता।" तभी एकाएक उसने फिर कहा, "कम-से-कम खेतिहर किसानों की राय तो समझनी ही होगी। हाँ, इतना जरूर है कि मेरे विचार में वर्ग-संघर्ष के अलावा और कोई दूसरा उपाय नहीं है कि जिससे हिन्दू-मुसलमानों की एकता की रक्षा करते हुए

सच्ची स्वतन्त्रता पाई जा सके। परन्तु इस वर्ग-संघर्ष का स्वरूप किस प्रकार का होगा, यह कह नहीं पा रहा हूँ।''

सुमति बहन जी ने कहा, ''तब फिर इस पर गहन सोच-विचार करो।''

उसी समय मणिका उन लोगों के लिए जलपान और चाय ले आई। उसने चाय-जलपान वगैरह वहीं मेज पर रख दिया, फिर सुमति बहन जी की ओर देखकर पूछा, ''आपने अपने शिलांग जाने के संबंध में क्या किया ? इसी तरह रहने पर तो स्वास्थ्य के खराब हो जाने का खतरा है।''

सुमति बहन जी कुछ देर तो चुप रहीं फिर उन्होंने जवाब दिया, ''श्राद्ध सम्पन्न हो जाते ही मैं चली जाऊँगी। बस यही कि आश्रम का काम देखने-भालने सँभालने के लिए कोई आदमी नहीं पा सकी। क्यों भाई नवीन ! क्या तुम सँभाल सकोगे यह काम?''

नवीन ने सुमति बहन जी के निस्तेज फीके, पीले पड़े और मुरझाए मुँह की ओर निहारकर कहा, ''सकूँगा, क्यों नहीं सँभाल सकूँगा ?''

''अगर तुम्हें कहीं भूमिगत (अण्डर ग्राउण्ड) होने की नौबत आ पड़े।''

इस प्रश्न का नवीन ने कोई उत्तर नहीं दिया। उसने बस इतना भर कहा, ''जब देखूँगा कि मैं सँभालने की स्थिति में नहीं रह गया हूँ तो आप को सूचित करूँगा। परन्तु आप अपनी चिकित्सा (दवा-दारू) करवाने में कोई कमी मत आने दीजिएगा।''

सुमति बहन ने फिर नवीन को आश्रम के काम-काज का संक्षेप में विवरण समझाया-बुझाया। आश्रम की सेविकाओं ने आजकल बेलतला इलाके के गँवई-गँवार लोगों में जाकर उनकी सेवा-परिचर्या करने का काम हाथ में लिया है। कपड़ा बुनने, कपड़ों में बेलबूटे काढ़ने में निपुण महिलाओं को सूत देना, गर्भिणी महिलाओं और सद्यः बच्चा जनने वाली प्रसूता स्त्रियों की सेवा शुश्रूषा करना, स्वच्छ, स्वास्थ्यप्रद जल पाने के लिए अच्छे कुएँ खोदने में सहायता करना, स्वच्छ पाखानों के निर्माण का प्रचलन करना और प्राथमिक पाठशाला स्तर की शिक्षा प्रदान करने के काम में सहयोग देने जैसे कामों में वे व्यस्त हैं। यह सब काम कभी-कभार ही बीच-बीच में क्रम टूट जा जाकर ही हो पा रहा है। जैसे भी हो, साधारण जन-समुदाय की सेवा करना ही उनका एकमात्र धर्म है। इस सेवाधर्म को बनाए रखने से ही साधारण जनता के लोगों को मनुष्य बनाया जा सकेगा। हमारे गाँव में अभी भी लोगों के दिलों में नाना प्रकार के डर समाए हुए हैं। जब तक सच्ची मनुष्यता की भावना का विकास इनमें नहीं हो जाता तब तक उनका यह डर कभी दूर नहीं हो सकेगा।

सुमति जी की इन बातों ने नवीन की अपेक्षा मणिका को अधिक मुग्ध कर लिया। उस पर इनका अधिक असर हुआ। ईसाई धर्म की मिशनरी के लोग भी इसी प्रकार की सेवा-भावना में विश्वास करते हैं। रानी बारी के गिरजाघर में काम करने वाला उसका

होने वाला पति भी तो इसी प्रकार के कई सेवा-भाव परायण कामों का नायक है। (मणिका ने मन-ही-मन यह सब महसूस किया) परन्तु उसने मुँह से कुछ कहा नहीं। सुमति जी की बातें खत्म होने तक उसने सब कुछ बड़े ध्यान से सुना, तदनन्तर वह रसोई घर में चली गई।

सुमति बहन जी ने भी नवीन के साथ संक्षेप में श्राद्ध कर्म के संबंध में विचार-विमर्श किया, उसके बाद वे भी अन्दर के कमरे में चली गईं।

उस समय बाहर साँझ घिरने लगी थी। नवराम ओझा ने सुमति ब्हन जी से विदा ली और वे शहर जाने के लिए बाहर निकल पड़े। वे चाहते थे कि जयन्ती को भी अपने संग-संग ही लिवाये ले जाएँ परन्तु सुमति जी ने उसे ठहर सके; क्योंकि उनका भोजन-छाजन जहाँ-तहाँ ही हो सकना संभव नहीं है। (वे हर कहीं अपना भोज़न अपने हाथ भी नहीं पकाकर खा सकते।) जयन्ती के लिए अपने आचार-व्यवहार में कुछ ढील देने को वे अवश्य ही बाध्य हो गए थे, क्योंकि उतनी ढील न देने से तो शहर में गुजारा मुश्किल है।

हाथ में चोर बत्ती (टार्च) लेकर नवीन भी उनके साथ निकला उन्हें कुछ दूर आगे तक पहुँचा आने के लिए। जब वे चल पड़े तो जयन्ती फाटक पर आकर खड़ी हो गई थी, सुमति बहन जी और मणिका अन्दर ही किसी काम में व्यस्त थीं, अतः वे न आ सकीं।

''आप के साथ-साथ मैं भी चल सकती हूँ या नहीं? नवीन की ओर देखकर जयन्ती ने पूछा।

नवीन नवराम ओझा की ओर देखने लगा। नवराम जी ने हँसकर कहा, ''ठीक है, आओ चलो। बाबू जी बेशी दूर तक नहीं जाएँगे। जंगल शुरू होने की जगह तक ही छोड़ आने से हो जाएगा।''

फिर तीनों साथ-साथ कदम बढ़ाने लगे। उस मकान के सामने का जंगली इलाका चाँदनी से नहा रहा था, सर्वत्र चाँदनी लहरा रही थी। जब तक वे जंगल को पार कर वहाँ नहीं पहुँच गए, जहाँ से जंगल शुरू होता था, तब तक तीनों ही चुप-चुप थे, किसी के मुँह से कोई बात नहीं निकल रही थी। जंगल शुरू होने की जगह पहुँच जाने पर नवराम ओझा रुक गए। उसके बाद एक लंबी उसाँस छोड़ते हुए उन्होंने कहा, ''दुदू बाबू की बीच-बीच में कुशल-क्षेम लेते रहिएगा। मुझे तो ऐसा लगता है जैसे उनकी शनि की दशा चल रही है। ऐसी संकट की वेला में किसी हितैषी मित्र की हद से ज्यादा जरूरत होती है।''

नवीन ने कहा, ''अभी थोड़ी देर पहले ही तो वह आया था। इस समय उसके मन की हालत बहुत खराब है। उससे कहिएगा कि बहुत ज्यादा चिन्तित होने से कोई लाभ नहीं।''

नवराम ओझा ने उत्तर दिया, ''हे भगवान!उस परिवार में धर्म नहीं रह गया है।

परिवार के प्रत्येक सदस्य का अपना-अपना अलग मन है। किसी का किसी से कोई मेल नहीं। जब से उस घर की माँ लक्ष्मी का स्वर्गवास हुआ, तभी से धर्म समाप्त हो गया। लेकिन अभी बांबू जी के अच्छे दिन आने-आने का समय है।''

नवीन ने यकायक ही (जयन्ती की ओर इशाराकर) पूछा, ''इसका विवाह हो पाएगा या नहीं ?''

नवराम ओझा ने हँसकर उत्तर दिया, ''यह तो आप उसी से पूछिए। जो करता है, वही करेगा। मैं तो बस एक निमित्त मात्र, माध्यम भर हूँ। मुझे तो अब महसूस होता है कि मेरे माया-मोह को दूर करने के लिए स्वयं भगवान ने इसे अपना माध्यम बनाकर इसके द्वारा उस विवाह संबन्ध को तुड़वा दिया।''

उन दोनों से विदाई लेकर ओझा आगे जाते-जाते ओझल हो गए। जाते-जाते जयन्ती से विशेषरूप से कह गए दूसरे दिन जाने के लिए बहुत जल्दी निकल पड़ने के लिए। उन दोनों को साथ लेकर दुदू अपनी जीप से सिपाझार तक पहुँचा आएगा, ऐसी बात पहले से तय हो चुकी है।

ओझा को विदा करके नवीन और जयन्ती वापस घर लौट आए। आते समय जयन्ती बहुत सँभाल-सँभालकर दृढ़ कदम बढ़ाती आ रही थी। उसकी मुख मुद्रा भी बहुत गंभीर हो गई थी। नवीन के साथ आते-आते भी वह सर नीचे झुकाए जाने क्या-क्या सोचती-विचारती आ रही थी। नवीन ने लक्ष्य कर महसूस किया कि जयन्ती अपने ढंग की एक विलक्षण प्रकार की औरों से सवथा स्वतन्त्र प्रकार की, नवयुवती है। उसके साथ चलते हुए उसकी देह-गंध, उसका सान्निध्य ही नवीन के मन में एक ऐसा भाव उत्पन्न किए दे रहा था, जैसा भाव किसी देव मन्दिर में दर्शन करने जाते समय ही मनुष्य के मन में प्रादुर्भूत होता है।

अचानक ही नवीन पूछ बैठा, ''अच्छा जयन्ती, जरा बतलाओ तो कि आखिर तुमने ऐसा क्यों किया ? क्या तुम समझती हो कि सदा-सर्वदा तुम देवधुनी बनकर ही रहोगी ? (शादी-ब्याह कर के गृहस्थी नहीं बसाओगी ?'')

''मेरे पिताजी यह अच्छी तरह जानते हैं कि देवता के समक्ष उत्सर्ग करने का, उन्हें अपने को समर्पित करने का मतलब क्या होता है ?''

जयन्ती ने अत्यन्त गम्भीरता से कहा, ''पिताजी ने जिस समय मुझसे एक पुरुष (मर्द) को अपना स्वामी (पति) बना लेने के लिए कहा था, उस समय भी मैंने अच्छी तरह सोचा नहीं था। बेठाराम मुहर्रिर को देखकर कलेजा ठंडा हो गया। लेकिन उसके बाद एक और आदमी मन में आ समाया। थोड़ी-मोड़ी कमी भी रही हो सकती है। इस प्रकार की चकाचौंध-सी लग गई, कुछ भी र्निणय ले पाने में मुश्किल होने लगी। मगर उसके बाद एक और पुरुष ने मन मोह लिया। अब निर्णर्य न ले पाने की कठिनाई भयानक अशान्ति

में बदल गई। जिस दिन बेठा राम मुहर्रिर विवाह संबंध निश्चित हो जाने की प्रतीक अंगूठी पहनाने आए उसके अगले दिन रात में मैं ने सपने में माँ मनसा देवी को देखा। उन्होंने मुझसे पूछा, "कुछ समझ पायी या नहीं ?" मैं ने उत्तर दिया, "नहीं माँ !कुछ नहीं समझ सकी।" उन्होंने कहा, "समझेगी, समझेगी। आदमी में चित्त लगा देने पर देवता को खो बैठेगी।"

यह सपना मैं ने रात के अन्तिम पहरों में देखा था। नींद खुलते ही इस सपने की बातों को सोचती रही थी। अन्त में सब कुछ साफ हो गया, सारा भ्रम दूर हो गया। देवता ही असली है, सत्य है, मनुष्य नहीं। बेठाराम मुहर्रिर के आने पर उनसे सब कह सुनाया। सुनकर वह तो अवाक् रह गए। पिता जी ने सर झुका लिया। दुदू साहब के हाथों में चाय का प्याला था उस वक्त सो हाथ से गिर पड़ा।

"जयन्ती ! क्या यह सब सच है ?" –अचम्भे में भरकर नवीन ने पूछा।

"चन्द्रमा और सूरज की तरह सच है, हे प्रभु !"सहज भाव से जयन्ती ने उत्तर दिया।

जयन्ती का सहज-सरल विश्वास देख नवीन आश्चर्यचकित हो गया। आज पहली बार वह यह समझ पाया कि आदिम और ग्रामीण मन के इसी ईश्वर के आत्मसमर्पण करने की भावना ने क्यों एक युग में एक बहुत विशाल धार्मिक भक्ति साहित्य और संस्कृति का निर्माण करने के लिए मनुष्य को बल प्रदान किया था। फिर भी वह प्रोफेसर रविचन्द्र की भाँति उसकी सहज-स्वाभाविक प्रज्ञा (इण्ट्शन) को इतनी आसानी से सजह ही स्वीकार नहीं सका। उसने कहा, "एक नवयुवती जब तीन पुरुषों को प्यार कर बैठने के कारण भ्रम में पड़ जाय, कोई निर्णय न ले पाने की दुविधा में पड़ जाय, तो भी वह उनमें से किसी एक को सर्वोत्तम चुनकर उससे विवाह नहीं कर सकती, ऐसा मैं हरगिज नहीं मान सकता। क्या तुम समझती हो देवता में तुम रक्त-मांस (का मूर्त्त-रूप) पा सकोगी?"

यह बात कहते-कहते ही उसे एक असमीया कविता का छन्द याद हो आया :

"आमार करने हेरा, आमार कारने कँादि, गाभरूर ओठर लालिमा।"

(मेरे कारण ही देखो जी, मेरे कारण ही रोती रहती है नवयौवना के होठों की लाली।)

जयन्ती ने वैज्ञानिक युग के पहले की आध्यात्मिकता के नाम पर इस भौतिक-लौकिक-जगत और शरीर को पूरी तरह से अस्वीकार कर दिया है। यद्यपि यह ठीक है कि उसने देवधुनी नृत्य को जिला रखा है, परन्तु वह जीवन तो एक प्रकार की मृत्यु ही है।

जयन्ती ने हाथ जोड़कर कहा, "हे प्रभु !इन सब शहरी दावपेंच तर्क-वितर्क के माया के जाल में और मुझे मत फेंको। शहर के अधिकांश नागरिक बस, देह के ऊँचे उठे, नीचे दबे हिस्सों की चिकनाई में फिसलकर पानी में गिरते है और डूबने से बचने के लिए चीखते-चिल्लाते हाथ-पाँव मारते हैं। हम गँवई-गँवार लोग वैसा नहीं कर सकते।"

नवीन ने फिर कुछ नहीं कहा।

पुराने समाज की जड़ें कितनी गहराई तक धँसी हुई हैं, इसे आज वह पहली बार समझ सका। अभी भी ईश्वर गाँव के लोगों के जीवन को कदम-कदम पर अपने नियन्त्रण में किए हुए हैं, अपने निर्देशानुसार चला रहे हैं और जबकि स्थिति यह है कि यही गँवई-गँवार का ईश्वर क्रान्ति का विरोधी है।

जब वे दोनों उस मकान तक पहुँच गए, तो नवीन और जयन्ती दोनों ही थोड़ी देर के लिए बाहर बरामदे में कुर्सियों पर बैठ गए। नवीन ने जयन्ती से पूछा, "अच्छा जयन्ती ! यह तो बताओ कि विवाह करके भी समझती हो कि यह नृत्य-कला का अपना काम कर नहीं सकोगी ?"

"देवधुनी नाच नहीं कर सकती।" जयन्ती ने उत्तर दिया। मैंने यहाँ या फिर शिलांग में चाहे जितने नृत्य किए, कहीं भी नाच में देवता को नहीं पा सकी। यहाँ तो दर्शक बस नर्तकी की देह को ही, जैसे फल से उसका बोकला उतार देते हैं—उसी तरह शरीर की छेदती निगाहों से खोद-खोदकर देखना चाहते हैं। इस तरह का माँस का लोभ क्या कोई नाच है? ऐसा आप समझते हो? रुपंयों की खनखनाहट, भाषणें को सुनने से शरीर पर उभरती सरसराहट और मन के कष्टों के बीच नृत्य अधिक-से-अधिक एक प्रकार का प्रशिक्षण शिल्प (विद्या) या फिर एक खेल-तमाशा ही होकर रह जाता है। उससे देवता नहीं जगते। दुदू साहब ने या सुदर्शना बहन जी ने मेरा नाच कितने दिनों तक देखा, परन्तु उन लोगों ने भी केवल बाहर का ही रूप देखा, अन्तर का दर्शन नहीं कर सके।"

"जयन्ती !तुमने सच्चे शहरी—असली नागरिक को देखा ही नहीं।" नवीन ने कहा।

"देखा है, प्रभु !प्रोफेसर रविचन्द्र जी नागरिकों में उत्तम हैं। वे ज्ञान के विशाल भाण्डार हैं, महाज्ञानी हैं, परन्तु वे भी इसी संसार की लौकिकता में मग्नं हैं। उन्होंने मुझमें कोई एक वस्तु देखी जरूर, लेकिन वह वस्तु क्या है, इसे पकड़ नहीं सके। बहाग बिहू (वैशाख मास में मनाया जाने वाला असम का श्रेष्ठ त्यौहार) के बाद अंग्रेज विद्वान प्रोफेसर साहब मेरे गाँव, मेरे घर गए थे, उन्होंने भी मेरे नृत्य में कोई एक वस्तु देखी-परखी। उन लोगों को विद्या चाहिए, ज्ञान चाहिए। मैं देवधुनी (नर्त्तकी) भला क्या विद्या जानती हूँ? इस देह में ही तो सब कुछ है, उसे देवता को अर्पित करना भूलकर फिर मनुष्य में मन लगा रही थी। नगर के लोग शहरी चतुर प्रवीण, इस तत्त्व को नहीं समझते।

"मन मोर मतलीया, येनि-तेनि जाय।
ज्ञान गुरू गरखिया आनिब घुराय।।"

(मेरा बावरा मन बहकी गाय की तरह इधर-उधर भटकता फिरता है। ज्ञानवान गुरु रूपी गाँयों का रखवाला-ग्वाला उसे सही जगह पर फिर लौटा लाएँगे।)

नवीन ने अनुभव किया कि जयन्ती बातें कर-करके किसी अत्यन्त भयानक

मानसिक द्वन्द्व से अपने आप को बचाना चाह रही है। इस आध्यात्मिक तत्त्व में ही उसकी घायल दुःखी आत्मा आश्रय-स्थल, सान्त्वना पाने की जगह, समझ रही है। दुःखी, दरिद्र, घायल, बेसहारे को बहुत पुराने जमाने से धर्म ही सान्त्वना देता रहा है। इस दुख-कष्ट पीड़ा का मूल कारण वह शरीर और पदार्थों की नश्वरता में दिखा देता रहा है। सनातन और शाश्वत मोह को अन्तरतम में प्रवेश करवाकर धर्म मन को ईश्वर की ओर खींच लेता है। फलतः जिन मूल कारणों से संसार और समाज के कष्ट-दुःख या पीड़ा के अधिकांश भाग की उत्पत्ति होती है, मनुष्य उसे नहीं देख पाता। ऐसी दशा में समाज के संस्कार करने, उसको संशोधित करने या उसे बदल डालने का काम फिर नीचे दब जाता है, व्यक्तिगत मोक्ष-प्राप्ति या मुक्ति की भावना ही प्रमुख जगह पा लेती है। राजनीतिक संगठन और संघर्ष फिर व्यर्थ का कोलाहल भर होकर रह जाता है। जयन्ती इस समय संसार से छुटकारा पा लेना चाहती है।

उसने कहा, "तू देवधुनी होकर क्या करेगी जयन्ती? जब कि देवता है ही नहीं। (देवता का कोई अस्तित्व ही नहीं है) हाँ, देवधुनी नृत्य बना रहे, यह ठीक है। तूँ नृत्य करती रहेगी, परन्तु जो वस्तु है ही नहीं, ऐसी अस्तित्वहीन वस्तु के समक्ष यह देह समर्पित करके क्या करेगी? देह तो एक यन्त्र है। यन्त्र में प्रकृति (भौतिक तत्त्वों) के बाहर का कुछ भी नहीं है। देवता कुछ भी नहीं करता। केवल पूजा लेता है। मनुष्य ही सब कुछ करता है क्रान्तियों के माध्यम से। क्रान्ति या आन्दोलन क्या हैं? क्रान्ति कुछ बुद्धिमान मनुष्यों की परिकल्पना के अनुसार किया जाने वाला संग्राम है। उसमें जनसाधारण की शक्ति निहित होती है। हम जो आन्दोलन कर रहे हैं, इस आन्दोलन की समाप्ति पर हमें एक राष्ट्र मिलेगा, एक ऐसा राष्ट्र जो हमें शान्ति, समता, सुख, पारस्परिक भाई-चारा और प्रेम भाव प्रदान करेगा। देवता नहीं है, है राष्ट्र। राष्ट्र का संरक्षक है यह आन्दोलन। यह आन्दोलन ही असली मोक्ष का मार्ग है।"

जयन्ती अवाक् होकर नवीन का मुँह निहारती रह गई। वह कुछ भी समझ नहीं सकी। परन्तु एक बात वह अच्छी तरह समझ गई, वह यह कि नवीन ने आन्दोलन में ही उसके देवता को देखा है।

जयन्ती ने माथा हिलाकर कहा, "मुझे बिलकुल ही विश्वास नहीं हुआ, प्रभु! मनुष्य कभी भी क्या कल्पनावृक्ष का निर्माण कर सकता है? यह तो देवता का काम है।"

ठीक उसी समय घर के अन्दर से सुमति बहन जी उनके पास आकर बैठ गईं, "किस बात का तर्क-वितर्क कर रहे हो तुम लोग, नवीन?"

नवीन ने जब संक्षेप में तर्क-वितर्क का सब कुछ बतला दिया तब सुमति जी अचानक ही बोल पड़ीं, "विमल जी ने एक बात कही थी, गणतन्त्रीय राजनीति के दोष की बात कही थी, गणराजनीति के अवगुण की बात! गणतन्त्रीय राजनीति बहुमत को,

अधिक संख्या को, हमेशा ऊँचा आसन देती है, गुण को, गुणवत्ता को नहीं देती। धन-सम्पत्ति और अधिकार क्षमता के लोभ की बढ़ती हुई प्यास-ललक को नियन्त्रित करने का कोई नैतिक उपाय क्रान्ति-आन्दोलन या राष्ट्र में नहीं है। इसी वजह से उसे नियन्त्रण में रखने के लिए मनुष्य को आत्म-संयम के किसी एक आधार की बहुत जरूरत है। और वह होना चाहिए मानव-धर्म।''

''विमल भाई साहब ने कहा था?''

''हाँ।''

फिर कुछ समय तक नवीन और सुमति बहन जी के बीच 'आत्म संयम' के प्रयोजन के संबंध में तर्क-वितर्क होता रहा। संघ के नौजवान लड़के उसके सदस्यों की व्यक्तिगत स्वतन्त्रता को छीन लेने की चेष्टा कर रहे हैं। वर्त्तमान समय में वे जो खेतिहर किसानों-मजदूरों का आन्दोलन चलाने जा रहे हैं, उसमें भी वे सुमति बहन जी पर सन्देह करते हुए उन्हें अलग-थलग किए हुए हैं। सुमति जी का एकमात्र सबसे बड़ा अपराध है, सदानन्द बरुआ से आश्रम के लिए जमीन दान में ले लेना। इन लड़कों ने आन्दोलन करने के लिए कार्यक्रम की जो सूची तैयार की है, वह भी अत्यन्त उग्रवाद पर आधारित है। वे अन्दर-ही-अन्दर अस्त्र-शस्त्र भी इकट्ठे कर रहे हैं। बेलतला गाँव के आश्रम में रहनेवाली स्वयं-सेविकाओं के प्रति भी उनका कोई सद्भाव नहीं है। देश के राष्ट्रीयतावादी नेताओं को तो वे अब वर्ग संघर्ष चाहने वालों का प्रमुख शत्रु मानने लगे हैं। वे आपस में जो भी बातचीत, विचार-विमर्श, आलोचना-प्रत्यालोचना आदि करते हैं और जो कुछ भी निर्णय लेते हैं, वह सभी कुछ गुपचुप रूप में छिपे-छिपे ही होता है।

सुमति बहन जी की बातें सुनकर नवीन को लगा कि इस प्रकार तो संघ धीरे-धीरे उनके नेतृत्व से बाहर चला गया है। उसे हार्दिक दुःख हुआ। फिर उसने धीरे गम्भीर सुर में कहा, ''इसका मतलब तो यह हुआ कि संघ में नैतिकता का अभाव हो गया है। फिर एक दीर्घ निश्वास छोड़कर उसने कहा—''परन्तु नैतिक संयम ले आने का तो एक मात्र रास्ता है आदर्शों की उचित शिक्षा।''

''आदर्श तो वे भी मानते हैं।'' सुमति जी ने उत्तर दिया।'' वे नियमित रूप से पढ़ते-लिखते हैं, विचार-विमर्श करते हैं। दरअसल उनका आदर्श ही उन्हें शिक्षा दे रहा है। इस सबकी जड़ में है प्रोलेतैरिएत– (शोषित श्रेणी का पक्षधर) उनकी नैतिकता का आधार भी वही प्रोलेतैरिएत, सिद्धान्त ही हो गया है।''

नवीन इस पर एक दम मौन हो गया। उसने बस इतना भर देखा कि जयन्ती मन्त्र-मुग्ध, अवाक् हो उसकी ओर टकटकी लगाए देख रही है।

एक ओर ईश्वर है, आध्यात्मिकता की भावना है तो दूसरी ओर है प्रोलेतैरिएत'', शोषितों का साम्यवाद। और वह इन दोनों विरुद्ध छोरों के बीच राष्ट्र को, राष्ट्रीय भावना

को पकड़े हुए इस गहरे अथाह जल में डूबने से अपने को बचा लेने की कोशिशें करता जा रहा है। इन प्रोलेतैरिएतों के लिए भी एक दर्शन की आवश्यकता है।

उस दर्शन में वर्ग-संघर्ष के साथ-साथ ही पूर्ण मानवता को भी सम्मानजनक आसन देना पड़ेगा। प्रोलेतैरिएत को वर्ग संघर्ष के माध्यम से वर्गहीन समाज की स्थापना, श्रेणी विभाजन या वर्गविभाजन से मुक्ति प्रदान करने के साथ-ही-साथ व्यक्ति को उसके विकास का रास्ता भी प्रदान करना होगा। इस तरह सभी मनुष्यों को होना चाहिए लियोनार्ड दि विन्ची अथवा फिर महापुरुष शंकर देव। धर्म का आज जो स्थान है उसे कला द्वारा ही भरा जाना चाहिए। मनुष्य को होना पड़ेगा विश्वकर्मा, विश्व का निर्माण करने वाला विश्वशिल्पी। तभी जाकर नृत्य मनुष्य की सर्वथा स्वतन्त्र, मुक्त रचना बन सकेगा।

अन्तरतम ने या किसी एक वस्तु ने नवीन को बड़ी गम्भीरता से झकझोर दिया। वह उठकर खड़ा हो गया और फिर बाहर की ओर निकल गया।

जयन्ती डर के मारे काँपती हुई पूछ बैठी, ''क्या हो गया बड़ी बहन जी? नवीन साहब को बहुत दुःख पहुँचा क्या?''

''नहीं'' सुमति जी ने उत्तर दिया, ''दरअसल वह ईश्वर के बदले किसी अन्य चीज़ को प्रतिष्ठित करना चाहता है। उसकी अन्तरात्मा डगमगा गई है, जड़ से हिल उठी है।''

''तो क्या वे ईश्वर के बदले कोई और चीज़ पा जाएँगे?''

''यह मैं नहीं जानती।''

सुमति बहन जी फिर कुछ देर तक मौन साधे रहीं। उसके बाद उन्होंने जयन्ती से पूछा, ''तुमने जो देवधुनी होकर (देवता को अर्पित ब्रह्चारिणी) रहने का ही निश्चय कर लिया है, तो क्या तुम समझती हो कि इसमें तुम सफल हो सकोगी?''

''जरूर सफल हो जाऊँगी।'' जयन्ती ने उत्तर दिया। फिर अपने आप ही एकाएक उसकी दोनों आँखों से आँसुओं की धारा बहने लगी।

''क्यों, रोती क्यों हो?''

''बेठाराम के लिए मन में बहुत दुःख होने लगा है। उस बेचारे आदमी ने मुझे पाने की बड़ी लौ लगा ली थी, परन्तु मैं क्या करूँ? आजकल तो मैं उसे कभी अकेले-अकेले देख ही नहीं पाती, उसके साथ-साथ ही देखती हूँ, प्रोफेसर रविचन्द्र जी को। उन्होंने मेरे हृदय की सर्वाधिक गहराई तक देख लिया था। उनकी मूर्त्ति याद आने पर ऐसा लगता है जैसे मैं अपने आप को ही देख समझ रही हूँ, आत्म दर्शन कर रही हूँ। मानो मेरा ही दूसरा रूप हो। मानो मैं युगल मूर्त्तिमयी हूँ। आजकल फिर से दुदू साहब का तेजस्वी सुन्दर मुखमण्डल बराबर ही थका-थका देता है, परेशान कर देता है। पूरा शरीर जैसे तीखी मिर्च लग जाने पर जलन करने लगता है। उन्हें जैसे गले में हार की तरह पहनूँगी, हृदय स्थल पर चोली की तरह धारण करूँगी।'' जयन्ती क्षण भर के लिए शान्त हुई। अपनी आँखों के

आँसू पोंछकर वह फिर बोली—"भगवती माता ने स्वप्न दिखाकर मार्ग सुझा समझा दिया। यह प्रेम तो पानी में खड़े कमल के पत्ते पर पड़ी पानी की बूँद जैसा है, जो पड़-पड़कर सरक-सरक गिर-गिर पड़ता है। वस्तुतः उनमें ही मैं सभी को पा लूँगी। स्वयं देवता ने कहा है, इसे तुच्छ मानकर तिरस्कृत या अमान्य नहीं किया जा सकता। हे प्रभु।"

जयन्ती के मुँह की ओर निहार-निहार कर सुमति जी अवाक् रह गईं। इस मुँह में तो सचमुच ही सरस्वती का वास है।

"तो क्या तुम्हें विश्वास है कि देह की अन्तर से रक्षा कर सकोगी?" बहन जी ने पूछा।

"मैं तो रक्षा करूँगी नहीं। देवी भगवती ही रक्षा करेगी।" जयन्ती ने उत्तर दिया। "बेठाराम अपने आप को सँभाल लेंगे। खेती-बारी करने वाले परिश्रमी आदमी हैं। परन्तु दुदू साहब क्या करेंगे, इसी का कोई ठीक नहीं। आप देखिएगा।"

सुमति जी को ऐसा अनुमान हुआ जैसे जयन्ती स्वयं अपने आप में सम्पूर्ण नारी है।

नवीन बहुत देर तक नदी के किनारे-किनारे टहलता रहा, फिर भोजन करने के समय घर वापस आया। तब तक उसका चित्त शान्त हो गया था। उसे अनुभूत हुआ कि क्रान्ति होना अनिवार्य है। गति भी अनिवार्य है। अतएव सभी क्रान्तिकारियों को चाहिए कि अपने प्राप्य लक्ष्य के लिए परस्पर मिल जुलकर प्रत्येक कार्य को स्वयं नियन्त्रित करें। अब एकमात्र यही मार्ग बचा हुआ है। मनुष्य को अपनी आन्तरिक शक्ति से ही स्वयं अपने आप को संयमित किए रखना होगा। मनुष्यों का आपसी संबंध-सम्पर्क तर्क, युक्ति, विचार के साथ-साथ समता की भांवना, प्रेम-भावना, सत्य और सुन्दर के अनुशासन में रखना पड़ेगा। नौजवान लड़कों को वह समझाएगा।

उस रात भोजन करके बिस्तरे पर सोने जाकर भी वह सो नहीं सका। उसके मन में संसार में एक ऋतु-परिवर्तन उपस्थित हो गया था। अत्यन्त अधीरतापूर्वक वह नौजवान लड़कों के आने की राह जोहता रहा।

ठीक आधी रात को खिड़की पर बाहर से किसी के खटखटाने की आवाज़ सुनकर उसने खिड़की खोली तो देखा कि संघ के तीन नौजवान लड़के बगल के बरामदे में खड़े हैं। उसने पूछा, "तुम लोग अन्दर आओगे या कि मैं ही बाहर आऊँ?"

बम विस्फोट करने वाले लड़के ने कहा, "जी, आप ही बाहर आ जाएँ।"

बिना कोई आवाज़ किए ही धीरे से दरवाजा खोलकर नवीन बाहर चला आया। उसके बाद फिर वे चारों चलते हुए नदी के किनारे घाट जा पहुँचे। उसे बरसात की बढ़ियाई नदी में ही वहाँ पास बंधी हुई नैया पर सभी जा बैठे, फिर नाव खोलकर खेते हुए उत्तर की ओर चल पड़े।

"कहाँ के लिए जा रहे हो?" चिन्तित होकर नवीन ने पूछा। उसे पहले यह अनुमान

भी नहीं था कि इस प्रकार से आना पड़ेगा।

"उस पार।"

कुछ देर और बीत जाने पर नवीन ने बम-विस्फोट करने वाले उस लड़के से पूछा, "मैंने जो सुना है कि मुझसे बिना कोई सलाह-मशविरा लिए ही तुम लोग खेतिहार किसानों का आन्दोलन चलाने जा रहे हो, तो क्या यह खबर सही है?"

"जी सही है।" लड़के ने जवाब दिया। आप तो अभी कल ही बाहर प्रकट हुए हैं। आप से राय-सलाह लेने के लिए हम लोग आज आ ही गए हैं। सुमति बड़ी बहन जी के साथ हम लोग घनिष्ठ संबंध क्यों नहीं रखे हुए हैं, यह बात आप जानते ही हैं। इसी कारण इस संबंध में उनसे कुछ कहकर हमनें व्यर्थ में समय नष्ट करना चाहा। अब इस वक्त हम आप को अपने साथ लिवा ले जाने के लिए आए हुए हैं। और हमें ऐसा जान पड़ता है कि अब लौटकर वापस जाने की जरूरत नहीं पड़ेगी। आप को भूमिगत होकर रहना पड़ेगा। विद्रोह करने वाली नौ सेनावाहिनी ने आत्मसमर्पण कर दिया है तो भी कोई बात नहीं। हमें तो अपना संग्राम चलाए रखना होगा। हम आत्मसमर्पण नहीं करेंगे।

अब यह पहली बार नवीन की समझ में आया कि सुमति बहन जी के विचारों में कितनी खरी सच्चाई थी। वे सब एक भिन्न ऐतिहासिक विद्रोह का अन्धानुकरण कर रहे हैं। और ये लड़के उसे भी अपना अनुगामी (पिछलग्गू) बना लेना चाहते हैं।

नवीन ने कहा—"आज तो तुम लोगों से विचार-विमर्श करने के बाद मुझे लौट ही जाना चाहिए। पहले तो मैं तुम लोगों के प्रस्तावित कार्यक्रम की सूची को अच्छी तरह देखना-परखना चाहूँगा। उसके बाद ही अपना निर्णय बतलाऊँगा। दूसरे, विमल भाई साहब के श्राद्ध-कर्म में मेरा रहना बहुत जरूरी है।

बम विस्फोट करने वाले लड़के ने शेष दो लड़कों से गुपचुप विचार-विमर्श किया, फिर उसने स्पष्ट रूप से सुनाकर कहा—"ठीक है, आप अच्छी तरह सोच-समझ लीजिए। लेकिन हम लोगों ने तो दृढ़ निश्चय कर लिया है।

एक पहर रात चढ़ते-चढ़ते वे लोग गुवाहाटी के उत्तरी छोर पर जाकर-ब्रम्हपुत्र के उस पार उतरे। उसके बाद चलते चलते रंगमहल के एक आदमी के घर जा पहुँचे। घर का मालिक उस समय घर पर था नहीं। एक दूसरे ही व्यक्ति ने दरवाजा खोला। बम विस्फोट करने वाले लड़के ने उन लोगों को पीछे की ओर के एक गुप्त कमरे में पहुँचा दिया, फिर स्वयं कुछ देर के लिए बाहर चला गया। जब वह वापस आ गया तब उन लोगों के बीच क्रान्ति-आन्दोलन के संबंध में विचार-विमर्श हुआ।

उन तीनों ही नौजवान लड़कों के लिए गिरफ्तारी का वारण्ट जारी हो चुका है। इसी वजह से उन सबने बेलतला में रहना छोड़ दिया है। वे कल से ही यहाँ आकर रह रहे हैं। आगामी परसों से उन्होंने बेलशर और दूसरी-दूसरी जगहों को जाने का निश्चय कर

लिया है। उसके बाद तो फिर उनका कार्य-क्षेत्र पूरे असम प्रदेश में फैल जाएगा। इन नौजवानों पर आवश्यक अस्त्र-शस्त्र, गोला-बारूद इकट्ठा करने का उत्तरदायित्व सौंपा गया है। कुछ लोगों पर हथियारों के प्रयोग करने का प्रशिक्षण देने का भार पड़ा है। और कुछ और लोगों के ऊपर खेतिहर मजदूर किसानों को संगठित करके जमींदारों को फसल का केवल पाँचवाँ हिस्सा गल्ला देने का आन्दोलन चलाने की जिम्मेदारी सौंपी गई है।

उन लोगों द्वारा स्वीकृत कार्यक्रम परिकल्पना सूची का अध्ययन कर लेने के बाद नवीन को लगा कि जैसे वे सब एक सपना देख रहे हों। अपनी कल्पना-शक्ति या इच्छा-शक्ति के भरोसे ही वे असम्भव कार्य को भी संभव बना डालना चाह रहे हैं।

वह मकान बिलकुल एकान्त निर्जन स्थान में है। रात के अन्तिम पहरों में मुर्गे की बाँग की आवाज सुनकर ही नवीन को महसूस हुआ कि काफी समय हो गया है। उसे ऐसा ही आभास हुआ जैसे खारधूलि का वह मकान यहाँ से सौ योजन दूर हो। देखने में तो लड़कों की इस कार्यक्रम-परिकल्पना में कहीं कोई खोट या गड़बड़ी नहीं दिखाई पड़ती। काफी दीर्घकालीन योजना है। दो वर्षों तक या तीन वर्षों तक वे कहीं भी, किसी के ऊपर भी मारपीट या हिंसात्मक आक्रमण नहीं करेंगे। परन्तु जो कोई भी उनकी परिकल्पना के अनुरूप चलने वाले आन्दोलन में बाधा-विघ्न डालेगा, उसे कठोर दण्ड देंगे, उसे नहीं बक्शेंगे। संघ के कुछ चुने हुए सदस्यों को लेकर एक गुप्त संचालन समिति बनाई गई है। जिस पर आन्दोलन चलाने वाली सभी शाखाओं के समन्वय करने, समयानुसार उन्हें उचित दिशा और गति प्रदान करने का उत्तरदायित्व सौंपा गया है। (उन्होंने पहले से ही निर्णय कर लिया है कि) उक्त संचालन समिति के सभापति का पद नवीन को और सचिव का पदभार उस बम विस्फोट करने वाले नौजवान को सँभालना होगा।

आपस में विचार-विमर्श करते-करते रात समाप्त होकर सबेरा हो गया। चाय पीकर उन्होंने आपस में फिर विचार-विमर्श किया। वार्ता की समाप्ति जनता स्वीकार करती है या नहीं, यही हमारे विचार-विमर्श का सर्वप्रमुख विषय है।"

बम विस्फोट करने वाले लड़के ने कहा, "जन साधारण को तो इसे स्वीकार करना पड़ेगा। अन्यथा फिर और कोई रास्ता ही नहीं है। ब्रिटेन की यह अंग्रेज सरकार तो कांग्रेस पार्टी और मुसलिम लीग के हाथ शासन सौंप कर चली जाना चाहती है। ऐसी परिस्थिति में अब और अधिक प्रश्रय-और अधिक बढ़ावा नहीं दे सकते।"

"जब तक शासन सत्ता का हस्तांतरण नहीं हो जाता, तब तक रुके रहकर उनकी गतिविधियों पर नजर रखे रहें तो कैसा हो?" नवीन ने पूछा।

"नहीं उनकी राह जोहते रहने से काम नहीं चलेगा।" उस लड़के ने उत्तर दिया।

"इस तरह उनकी राह देखते रहने से तो यह बुर्जुवा गणतन्त्र और लहलहाकर

बढ़कर फैल जाएगा, और दृढ़ हो जाएगा।"

नवीन विस्मय विमुग्ध होकर बोला, "मैं तो किसी निर्णय पर नहीं पहुँच पा रहा हूँ।"

"हमें आप की जरूरत है।" लड़के ने कहा, "हम सब आप को ही अपना नेता मानेंगे। आप का इस क्षेत्र में पर्याप्त अनुभव है, जानकारी है। परन्तु।"

नवीन ने लक्ष्य किया कि लड़के की बातों का स्वर काफी कठोर हो उठा है।

धीरे-धीरे करके सूर्य ऊपर की ओर चढ़ने लगा। दिन चढ़ आया। साथ आए हुए नौजवान लड़के फिर वहाँ से चले गए। जाने के पहले नवीन से कहते गए कि वे सब शाम को फिर आएँगे।"

उनके जाने के बाद बहुत देर तक नवीन नाना प्रकार का सोच-विचार करता हुआ उसी कमरे में बैठा रहा। फिर उसने शौच-स्नानादि किया और उस घर के रसोइए ने जो भोजन दिया उसे खा-पीकर उसने एक बार खारधूलि गाँव जाने का निश्चय किया। साज-पोशाक पहनकर जब बाहर निकलने को हुआ, तभी एक नौजवान लड़के ने आकर पूछा, "कहीं जाने का इरादा है क्या?"

नवीन ने जवाब दिया "हाँ।"

"आप को कहीं भी जाने की जरूरत नहीं है।"

लड़के की बात कहने का लहजा तो बहुत मुलायम था, परन्तु स्वर में कठोरता थी।

तब जाकर नवीन को यह पूरा अहसास हो गया कि इतने समय के अन्दर ही वह अपने चलने फिरने, कहीं भी आने जाने की स्वतन्त्रता को संघ के इन लड़कों के हाथों गँवा चुका है।

उसने पूछा, "क्यों जी मेरे कहीं आने-जाने में तुम रोक क्यों लगा रहे हो?"

लड़के ने मुस्कुराते हुए उत्तर दिया, "आप हमारे संघ के नेता हैं। जहाँ-तहाँ घूमना-फिरना आप के लिए खतरनाक हो सकता है।"

फिर बिना एक शब्द बोले ही नवीन बिस्तर पर पड़ रहा।

उस रात फिर वे लड़के आये ही नहीं। उनकी जगह पर एक अधिसूचना आयी, जिसे एक दूसरा लड़का ले आया था। संघ के दिन के काम-काज क्रियाकलापों पूरे विवरण-पत्र को पढ़ लेने के बाद वह अब अच्छी तरह समझ गया कि वस्तुतः वह उन नौजवान लड़कों द्वारा अवरुद्ध किया हुआ बन्दी भर नहीं है, बल्कि उन सबका सम्मानित अतिथि है। उस एक दिन के लिए उसी मकान में रहना पड़ेगा। उसके बाद फिर उसे वहाँ से हटाकर कहीं अन्यत्र पहुँचाया जाएगा।"

नवीन ने बिना किसी ननु-नच के इस व्यवस्था को स्वीकार कर लिया। उसने उस लड़के से बस इतना भर कहा, "ठीक है। सुमति बहन जी को कम-से-कम इसकी सूचना तो भेज देना।"

उस लड़के ने उत्तर दिया, "इसकी सूचना पहले ही वे पा चुकी हैं।"

उस नौजवान छोकरों की संगठन शक्ति को देखकर अबकी पहली-पहली बार नवीन सचमुच ही उनकी ओर आकृष्ट हुआ। उसने कहा, "देखो भाई! मैं इस तरह फालतू, बिना किसी कामकाज के बैठे रहना नहीं चाहता। मैं गाँव-कस्बा, खेत खलिहान घूम-फिरकर अपने देश की साधारण जनता की इच्छाओं अभिलाषाओं को जानना-समझाना चाहता हूँ।"

लड़के ने मन्द-मन्द मुस्कुराते हुए पूछा, "क्यों बेलतला की ओर जाएँगे क्या? लेकिन आपका वहाँ रहना यहाँ की तरह निरापद नहीं है।"

"फिर भी जाऊँगा।"

उसी दिन शाम के वक्त वह बम-विस्फोट करने वाला नौजवान अंग्रेज अफसर की पोशाक में जाने कहाँ से आ उपस्थित हुआ। घर में आकर चेहरे से नकली दाढ़ी मूँछ वगैरह हटाकर अपने असली रूप में आकर उसने नवीन से कहा, "कल मैं ही नहीं आ पाया। बेलशर इलाके में अपनी एक बहुत अच्छी इकाई गठित हो गई है। चन्दे में कुछ धन भी प्राप्त हो गया है और कुछ हथियार-बन्दूकें भी इकट्ठी भी कर सका हूँ। लेकिन इसकी गंध पुलिस पा गई है। अतः लुकता-छिपता, भागता-फिरता यहाँ आ पहुँचा हूँ। अब हमें आज ही यहाँ और उत्तर की ओर जाना पड़ेगा। आप बेलतला को जाना चाहते हैं? ठीक है, लड़के आप को वहाँ लिवा ले जाएँगे। परन्तु इस दौरान ही आप को गिरफ्तार करने के लिए पुलिस वारण्ट जारी हो चुका है। अगर विमल भाई साहब के श्राद्ध के दिन खारधूलि जाएँ ही, तो कृपया छद्मरूप में छिपकर ही जाएँ।"

कुछ समय बाद ही नौजवान वहाँ से चला गया। नवीन ने मन-ही-मन अनुभव किया कि उसका मन चाहे जितना साफ हो, उसके मन में चाहे जो भी भावना क्यों न हो, बाहर से तो वह अब एक भगोड़ा क्रान्तिकारी ही है। उसका तो भाग्य ही खराब है। अब तो जाने की इच्छा होने मात्र से ही वह स्वतन्त्रता से, अपने मन के अनुसार कहीं घूम-फिर नहीं सकता। कुछ समय के लिए उसका मन खट्टा हो गया। इन लड़कों ने तो उसे उसी तरह एक संकीर्ण फन्दे में कस दिया है, जैसे कि किसी चुहिया को चूहियादानी में फँसा रखते हैं।

उस रात में काफी रात गए वह अपना साज-पोशाक पहनकर उस आगन्तुक लड़के के साथ नैया से विशाल ब्रह्मपुत्र नद को पार कर रातों रात ही उजान बाज़ार के घाट पर आ उतरा। वहाँ से बेलतला जाने के लिए पैदल-पैदल बाँग लगाई। वशिष्ठ के पास के एक मकान के सामने जाकर वे जैसे-ही खड़े हुए कि किसी आदमी ने आवाज़ दी, "कौन है?"

प्रत्युत्तर में जब उस लड़के ने अपना परिचय दिया तो उस आदमी ने दरवाज़े के किवाड़ खोल दिए, परन्तु नवीन को देखते ही आश्चर्य से पूछा, "ये कौन सज्जन हैं?"

फिर लड़के ने नवीन का परिचय देकर वहाँ आने का उद्देश्य बतलाया तब उस आदमी ने कहा, "ठीक है, अन्दर आ जाइए।"

अन्दर जाने पर जिस कास-मूँज (घास-फूस) के बिछौने पर वे स्वयं सोए हुए थे, उसे छोड़ते हुए उन्होंने नवीन से कहा, "सो रहिए। अभी एक नींद अच्छी तरह सो सकते हैं।" नवीन भी थकान से चूर था। सो पड़ा, और सोते ही उसे गहरी नींद आ गई। साथ में आया वह लड़का और उस घर में रहने वाले वे सज्जन जगे रहकर आपस में बातें करते रहे, फिर नीचे जमीन पर ही सो गए।

दूसरे दिन सबेरे नींद टूटने पर नवीन किवाड़ खोलकर बाहर द्वार के चौपाल पर निकल आया। (तब उसने स्थान को गौर से देखा) वह मकान पहाड़ी की उतराई की घाटी में स्थित है। उसके आस-पास थोड़े से घर हैं, जिनमें रहने वाले लोग तब तक वहाँ आ इकट्ठे हो चुके थे, उन घरों के अलावा और कोई घर-मकान वहाँ दूर-दूर तक नहीं है। इकट्ठे हुए वे आदमी लोग द्वार पर सूखी लकड़ियाँ फाड़ रहे थे। देखने में ऊँचे कद के तगड़े बोडो खेतिहर किसानों जैसे लग रहे थे। परन्तु कुछ और ध्यान से लक्ष्य करने पर उसकी समझ में आया कि वस्तुतः वे खेतिहर किसान नहीं हैं।

"नींद तो आई न?" उस सज्जन ने पूछा, उनके पूछने का सुर शहराती जान पड़ा। नवीन ने जवाब दिया, "हाँ, आप क्या यहीं के रहने वाले हैं?"

"नहीं" उन्होंने हँसते हुए उत्तर दिया। "आप हाथ-मुँह धोकर तरोताजा हो लें, मैं तब तक चाय बनाता हूँ।"

"आप का शुभ नाम क्या है?"

"सुन्दर राभा।" इतना कहकर वे तुरन्त मकान के अन्दर प्रवेश कर गए। नवीन का तो रोयाँ-रोयाँ भरभरा आया। पूरी देह रोमांचित हो उठी। असम प्रदेश में पढ़ा लिखा शिक्षित एक भी ऐसा व्यक्ति नहीं है जो सुन्दर राभा का नाम न जानता हो। नवीन का दिल अचानक ही पश्चात्ताप से भर उठा। अपने आप पर उसे क्रोध आने लगा। तो कल रात इन्हीं सुन्दर राभा ने उसके सोने के लिए अपना बिछौना उसके लिए छोड़ दिया और स्वयं खाली जमीन पर जा सोए थे। उसे बहुत पछतावा हुआ। प्रोफेसर रविचन्द्र जी की तरह ऊँची-ऊँची परीक्षाएँ उत्तीर्ण करने की पदवियाँ नहीं है। फिर भी चित्रकला, गान, नृत्य, अध्ययन-अनुशीलन सभी क्षेत्रों में वे पारंगत पण्डित हैं। हाथ-मुँह धोकर वह जब अन्दर गया तो देखता है कि राभा जी ने चाय और दो पीठा (असम में पिसे चावलों से बना विशिष्ट व्यञ्जन) एक पीढ़े पर सजाकर रख दिया है, और फिर निश्चिन्त ध्यान मग्न हो एक चित्र आँक रहे हैं।

नवीन एक पीढ़े पर बैठकर पीठा खाते और चाय पीते हुए उनका चित्र आँकना देखता रहा। चित्र के लिए सजाई गई कूँची और रंग सभी साधारण किस्म के ही थे।

चाय-जलपान कर लेने के बाद नवीन गाँव की ओर चला गया। चलते-चलते वह खेती की जमीनों की ओर जा पहुँचा। खेतों में जाकर नवीन ने देखा कि कुछ किसान बैलों को दौड़ा-दौड़ा कर तेजी से हल जोत रहे थे। प्रायः सभी-के-सभी किसान बोडो खेतिहर किसान हैं। उसने उनमें से कई किसानों से बातचीत शुरू कर दी। उसने पाया कि वे सारे-के-सारे लोग सदानन्द बरुआ जी की जमीनों में ही खेती करते हैं। उनके पास के खेतों की जमीनें दुदू और उसके परिवार की थीं। उनमें धान रोपने का काम पूरा हो चुका है। वह बहुत देर तक किसानों को हल जोतते हुए देखता रहा। इसी प्रकार की आत्मविभोर अवस्था में वह पड़ा था कि किसी के तेज स्वर में पुकारने की आवाज़ सुनकर उसे होश आया। उसने घूमकर जो देखा तो पाया कि जो लड़का उसे अपने साथ कल रात ले आया था, वही उसे बुला रहा है और घर लौट आने के लिए कह रहा है।

उन कुछ किसान लोगों से विदा लेकर नवीन उसी लड़के के साथ घर लौट आया। उस समय घर बिलकुल सुनसान था। हाँ राभा जी का चित्र आँकने का काम पूरा हो चुका था। वह चित्र अब एक टूटी कुर्सी पर आड़े-तिरछे सहारा देकर रखा हुआ है। नवीन उस चित्र की ओर देखने लगा। प्रकाश-पुँज से एक गोरे रंग के महान् व्यक्ति पद्मासन की मुद्रा में बैठे हुए हैं। उनके सामने पूजा-नैवेद्य चढ़ाने की एक थाली और एक बड़ा सा वाद्य-यन्त्र रखा हुआ है। उनकी देह के पीछे के भाग में एक सूर्यबिम्ब अंकित है, जिसकी कच्चे, पिघले सोने सी सुनहली किरणों के प्रकाश में सारा परिवेश ही बहुत ही भव्य रूप में देदीप्यमान हो रहा है। उस चित्र को निहारते-निहारते नवीन का हृदय जुड़ा गया, (सारा अवसाद जाता रहा और दिव्य आनन्द की अनुभूति जागरित हो गई।)

"ये महाशय गए कहाँ?" नवीन ने पूछा।

"सूटिंग (सिनेमा के वृत्त चित्र की) देखने के लिए। सिनेमा का वृत्तचित्र बनाने वाले लोगों का एक दल आया हुआ है। वे ही लोग इन्हें बुलाकर लिवा ले गए हैं।" उस लड़के ने जवाब दिया, "उस वृत्त चित्र में अभिनय करने वाले अभिनेता और फोटो खींचने वाले केमरामैन वगैरह अभी-अभी यहाँ से गए हैं।"

लड़का भोजन करने के लिए भोजन परोसे कि इतनी ही देर में नवीन पास ही स्थित वशिष्ठ घाट पार जाकर नदी में स्नान कर आया। भोजन कर चुकने के बाद नवीन ने उस लड़के से पूछा, "क्यों भाई! यहाँ कोई ऐसी जगह है कि नहीं जहाँ आदमी लोग इकट्ठे होते हों, आपस में बातचीत करते, विचार-विमर्श करते हों?"

"जरूर है। परन्तु उसके लिए आप को अभी रात होने तक प्रतीक्षा करनी पड़ेगी। दिन में तो आप इसकी जरा-सी गन्ध भी नहीं पा सकेंगे।" लड़के ने उत्तर दिया। "अभी आप यहीं पर विश्राम कीजिए। मैं आप के लिए कुछ पुस्तकें ला देता हूँ। पढ़िए। आज रात को हमारे कार्यकर्त्ताओं के समक्ष आप को भाषण भी देना उचित होगा, (उन्हें उचित मार्ग निर्देश देना पड़ेगा।")

इतनी बात कहकर वह लड़का बाहर चला गया। जाते-जाते उस कमरे के दरवाजों को बन्द कर बाहर से ही सिकड़ी चढ़ा गया। (जिसमें कि किवाड़ अन्दर से न खुल सकें।)बिस्तर पर पड़कर नवीन उन पुस्तकों के पन्ने पलटने लगा। उनमें से एक विशेष पुस्तक को वह इतना दत्तचित्त होकर पढ़ने लगा कि उसके पढ़ते-पढ़ते ही दुपहर ढल गई। वह विशेष पुस्तक थी—'राष्ट्र और क्रान्ति।' (नेशन ऐण्ड रिवोल्यूशन)।

तभी सुन्दर राभा दल-बल के साथ वहाँ आ पहुँचे और उन्होंने बाहर से किवाड़ खोल दिया। नवीन बिस्तर पर उठ बैठा। उसने जब आने वाले दल के लोगों की ओर ध्यान से देखा तो उसके आश्चर्य का ठिकाना न रहा, विशेषतः उसमें चम्पा को देखकर वह अवाक् रह गया। शेष लोगों को वह पहचान नहीं सका।

देखते ही चम्पा ने उसे नमस्ते की। उसने भी चम्पा को अपने पास बुला लिया, फिर दोनों के बीच काफी देर तक बातचीत होती रही। उस दल के अन्यान्य सदस्य अपने-अपने कामों में व्यस्त थे, अतएव चम्पा और नवीन को अपनी निजी घरेलू बातें करने में भी कोई असुविधा नहीं हो रही थी।

''आप यहाँ कहाँ ठहरी हैं ? '' नवीन ने पूछा।

''होटल में ठहरी हूँ।'' बिना किसी संकोच के चम्पा ने कहा। परन्तु एक बार फूकन जी के यहाँ भी गई थी। वे बेचारे सज्जन तो पूरी तरह से टूट गए हैं। उन्होंने मुझे अपने घर पर ही रुकने का अनुरोध किया था। मैं भी उन्हीं के यहाँ ठहरने की सोचकर आई थी। परन्तु फिल्म दल के लोग इस पर राजी नहीं हुए, उन्होंने मुझे नहीं छोड़ा। उनका कहना था कि दल के सभी सदस्यों को एक ही होटल में एक साथ रहना होगा। इस समय फूकन जी भी खानापारा की अपनी जमींदारी की खेती देखने गए हुए हैं। अभी और दो दिन तक वहाँ से लौट नहीं सकेंगे। और ऐसी हालत में उनके घर पर अकेली-अकेली रहना मुझे अच्छा नहीं लगता। दुदू के मन की थाह भी मैं नहीं लगा पाती, शायद उसका भी मन मेरे वहाँ ठहरने के अनुकूल न हो।''

''यदि आप ऐसा समझेंगी तो यह गलत समझ होगी।'' नवीन ने कहा, ''दुदू इतने छोटे दिल का आदमी नहीं है। आप लोगों के लिए एक अलग मकान उसी ने तो बना-सजा दिया है।''

चम्पा के मन की अन्दरूनी परेशानियाँ बाहर निकलने को अकुलाने लगीं। उसने कहा, ''हाँ मेरे समझने में गलती हो सकती है। दुदू का मन छोटा या संकुचित नहीं है। परन्तु समाज ने तो मुझे अभी तक स्वीकार नहीं किया। सादरी के पिता जी (चम्पा के पूर्वपति) ने तो तलाक देने से मना कर दिया है। और जब तक उनसे तलाक नहीं मिल जाता, हमारा विवाह नहीं हो सकेगा।'' फिर एकाएक आवेश में आकर चम्पा ने कहा, ''और इधर फूकन जी भी मेरे ऊपर बात-बात में बिगड़ उठते हैं। बड़ी जल्दी

क्रोधित-उत्तेजित हो पड़ते हैं। सादरी को न पाकर मैं उसके लिए पगली सी हो गई हूँ। फिर भी उसके बाबा सादरी को मेरे पास आने नहीं दे रहे हैं। एक दिन उसके स्कूल में उससे मिलने गई थी, उस दिन मुलाक़ात हो गई थी। मुझसे लिपटकर वह खूब रोई थी। मगर फिर जब दूसरे दिन उससे भेंट करने गई तो स्कूल की प्रधानाध्यापिका ने मुझे उससे मिलने नहीं दिया, दिखाने तक को मना कर दिया। उनका कहना है कि लड़की के पिता ने ऐसा करने से मना कर दिया है। भाग्य का खेल भी देखो कितना कठोर है, एक नन्हीं कन्या को उसकी माँ से अलग कर देता है।"

उसकी बातें सुन लेने के बाद नवीन ने कहा, "अब तो उसे भूल जाने का प्रयत्न करना ही आप के हित में होगा। उसे लेकर ही तो आप लोगों में मन-मुटाव हो गया है। अब शिलांग छोड़कर आप गुवाहाटी में ही आकर रहिए। और फिर सादरी के अलावा आप का एक सुन्दर बेटा भी तो है न !"

चम्पा न जाने किस रहस्यमय यन्त्रणा से छटपटाने लगी। उसे यथा तथ्य रूप में समझ पाना नवीन के लिए कठिन हो गया। फिर उन्होंने नवीन से कहा, "अगर तुम स्वयं माँ हुए होते तब मेरी उस पीड़ा को समझ सके होते, जो अपनी पहली सन्तान के प्रति एक माँ के कलेजे में होती है।"

कहते-कहते चम्पा की आँखों में आँसू भर आए।

उधर सुन्दर राभा अब तक उस दल के सदस्यों के साथ वृत्तचित्र (फिल्म) की बाहरी दृश्यों की सूटिंग लेने के संबंध में बातचीत करने में इतने मग्न हो गए थे कि चम्पा और नवीन की बातें किसी के कान में जा ही नहीं रही थीं।

चम्पा ने (नवीन की बातों के क्रम को बढ़ाते हुए) कहा, "हाँ, सो तो ठीक है। मेरा बेटा बहुत ही सुन्दर है। परन्तु उस नन्हीं जान को आया के हाथों में छोड़कर इधर आने में भी मुझे तकलीफ नहीं होती है। अगर होती तो मैं क्या इस तरह फिल्मों की सूटिंगें करने आती क्या? यही बात मन में रह-रहकर उभरती-कचोटती रहती है। उसकी उम्र की लड़कियों के देखते ही-मन जाने कैसा हो जाता है।

नवीन ने कुछ देर तक और बातचीत की। आये हुए कलाकार दलबल के साथ फिर बाहर चले गए। कहीं पास में ही खेराय पूजा होने की सूचना थी, उसे ही देखने गए हैं वे लोग। चम्पा भी उस दल के साथ गई है। उनके जाने के बाद नवीन अपने बिस्तरे पर लेटे-लेटे लेनिन की वह पुस्तक फिर पढ़ने लगा। मगर अब की बार पुस्तक पढ़ पाने में सफल नहीं हुआ। चम्पा की बातों ने उसे अन्दर-अन्दर से झकझोर दिया था। चम्पा के

बात-व्यवहार में कोई युक्ति संगत-तर्क पूर्ण विवेचित व्यवस्था नहीं थी ;थी केवल हृदय की तीव्र आवेगपूर्ण मनस्थिति। वह अपने हृदय को पूरी तरह उसके आगे खोलकर रख नहीं सकी। दरअसल उसका यह स्वरूप तो उसे खुद भी ज्ञात नहीं। उसका चरित्र पूरी तरह रहस्यमय है। जयन्ती की तरह प्रेम का या भविष्य का पूर्वज्ञान उसे नहीं है। वह एक विशेष क्षण में एक प्रकार का रूप धारण करती है, तो ठीक दूसरे ही क्षण उससे एकदम भिन्न दूसरा रूप धारण कर लेती है। अपने आप को सही-सही अच्छी तरह न समझ पाने के कारण ही वह कुछ समय के लिए फूकन के प्रेम में निमग्न हो गई। मगर उसके बाद उसके अधीर मन में सादरी को पा लेने के लिए पुनः तीव्र कामना मचल उठी। सामाजिक दृष्टि से यह एक अनमेल-अनुपयुक्त कामना है। संभवतः फूकन की अपनी सामाजिक मर्यादा भावना को भी इससे चोट पहुँची। उन्होंने इस समय चम्पा को अपनी मन-मर्जी के मुताबिक चलने के लिए खुला छोड़ दिया है। और तब अबकी बार चम्पा फिल्मों में वृत्तचित्र बनाने आदि में आ जुटी है।

वह इसी प्रकार चम्पा की बातें सोचने-विचारने में ही मशगूल था कि वही नौजवान लड़का जाने कहाँ से आ टपका। उसके साथ-साथ वह उस रात की चाँदनी के उजाले में पैदल चलता-चलता गाँव की गलियों से गुजरता हुआ एक छोटी-सी झोंपड़ी वाले घर पर पहुँचा। चाँदनी के उजाले में ही उसकी नजर पास ही एक सेंहुड़ (नागफनी जाति चतुर्मुखी पौधा) के नीचे जल रहे मिट्टी के दीये पर पड़ी, जो टिमटिमाता जल रहा था। झोंपड़ी के अन्दर एक ढिबरी का दीया जल रहा था। उसने देखा झोंपड़ी के सामने के द्वार के मैदान में एक चटाई बिछाकर उसी पर एक आदमी बैठा हुआ है। वे दोनों जैसे ही उसके करीब पहुँचे, वह उठकर खड़ा हो गया। घुटने के ऊपर तक धोती लपेटे हुए, कंधे पर एक अंगोछा (गमछा) रखने के अलावा बाकी पूरा शरीर नंगा।

''बैठिए''–बिना कोई औपचारिक भूमिका बाँधे ही उस आदमी ने कहा, ''बाकी आदमी लोग अभी आएँगे।''

नवीन भी उसी चटाई पर घुटने ऊपर कर बैठ गया। उस नौजवान लड़के ने कहा, ''मैं अभी जा रहा हूँ। रात में फिर आकर अपने साथ लिवा ले जाऊँगा।'' नवीन ने बिना कुछ कहे ही, सर हिलाकर स्वीकृति सूचित की।

लड़के के चले जाने के बाद उस आदमी ने कहा, ''इस बार वर्षा बहुत कम हुई है। फसल अच्छी होने की कोई आशा नहीं।''

वर्षा की कमी को वह रोयें-रोयें से महसूस कर रहा था। वे दोनों फिर खेती-बारी के बारे में ही बातचीत करते रहे। वह आदमी दुदू के परिवार की जमीन में खेती करता है। फूकन या दुदू तो अब अपनी जगह-जमीन की देखरेख करने आते नहीं अगहन महीने का अगहनियाँ धान कट जाने पर बेठाराम मुहर्रिर कभी बैलगाड़ी या फिर कभी ट्रक ले आकर

उनके हिस्से का धान ले जाता है। इस खेती की उपज से वह आदमी जितना भाग खुद पाता है, उससे तो पेट भर खाने को ही नहीं जुटता। अतएव उधार-बाढी लेकर किसी तरह काम चलाना पड़ता है। इस बार संघ के लोगों के कहने पर, उनसे बल-भरोसा मिल जाने पर, वह खेत मालिक को उपज का आधा भाग देने की जगह पर पाँचवाँ भाग ही देगा। संघ की व्यवस्था संघ की नीति उन लोगों ने मान ली है। वस्तुतः जो खेतों में हल जोतता है, खेती करता है, धान (उपज) उसी की होनी चाहिए। और केवल उपज ही नहीं, खेत की जमीन भी उसी की होनी चाहिए।

बेठाराम उन किसानों को संघ का सदस्य बन सहयोग देने के लिए प्रेरित कर रहा है। मगर संघ का सदस्य बन उसके काम-काज में सहयोग देने वाले किसान को अन्ततः अपने खेत की जमीन गँवा बैठने का डर पैदा हो गया है। इसी डर के कारण बहुत से खेतिहर किसान संघ के साथ सहयोग करने नहीं आए। परन्तु उसे इस सबका कोई डर नहीं है। संघ के शिक्षित नौजवान लड़के खेत के सभी मालिकों को शत्रु समझते हैं। भीतर-ही-भीतर वे एक युद्ध लड़ने की तैयारी कर रहे हैं। परन्तु वह आदमी खेत की जमीन के सभी मालिकों-जमींदारों को शत्रु नहीं समझता।

उसकी बातें सुनने के बाद नवीन ने अनुभव किया कि अनपढ़-गँवार सीधे-सादे खेतिहर किसान खेती की जमीन पा लेने की आशा में संघ में आ रहे हैं। लेकिन उन्होंने शिक्षित नौजवान लड़कों के विद्रोह-संघर्ष के तत्त्वों को अच्छी तरह समझा नहीं है। उन तत्त्वों को समझने में उनकी कोई अभिरुचि नहीं है।

थोड़ी देर बाद प्रोफेसर और मध्यम आयु के कई खेतिहर किसाान वहाँ आ गए। वे लोग, खेराय में जहाँ पूजा हो रही है, वहाँ से सीधे चले आए थे। वे सभी वहाँ मिट्टी के साफ-सुथरे चबूतरे पर बैठ गए। चबूतरे पर जो चाँदनी का क्षीण प्रकाश फैला था, उसमें आदमियों को किसी-किसी तरह ही पहचानना संभव था।

"किसलिए बुलवाया है रति।" नाटे कद के एक आदमी ने जोरदार स्पष्ट आवाज में पूछा, "शहर से कोई नागरिक आदमी आए हैं क्या?" उसने एक बार नवीन को ध्यान से देखा, फिर उस झोंपड़ी के मालिक गृहस्थ की ओर मुँह करके कहा, "दौबी ने मन्त्र पढ़कर अभी बाथौ पूजा आरंभ ही की थी कि उठना पड़ गया। दौदीनी कोकराझार से आई है। उस बूढ़ी औरत के बालों को देखते ही डर लगने लगता है। क्या है, जल्दी ले आओ। खा-पीकर बात करेंगे, अभी फिर वहीं जाना पड़ेगा। नाच देखना होगा। सिर्फ बाजा बजाना पड़ेगा वहाँ जाकर। दौदीनी क्या भविष्यवाणी करती है, सब सुनना होगा।"

रति ने कहा, "ओ अहाली !जऊ (घर पर बनाई गई एक प्रकार की देशी मदिरा) ले आओ।"

उसके कहने के साथ-साथ ही झोंपड़ी के अन्दर से एक औरत एक कलशा (बड़ा

घड़ा) और कई बड़े-बड़े कटोरे बाहर ले आई और वहाँ बैठे आदमियों के सामने एक-एक कटोरा रख दिया फिर उसने पूछा, ''बाहर से आए अतिथि जी इसे पियेंगे या फिर उनके लिए चाय बनाऊँ?''

रति ने नवीन से पूछा तो उसने पीने से मना कर दिया। तब उस आदमी ने झिड़कते हुए कहा, ''बोड़ो लोगों के बीच काम करने आए हो, फिर न पीने से कैसे चलेगा? थोड़ा-सा ही पी लो।'' इतना कहकर वह कुछ कटोरों में 'जऊ' मदिरा डालने लगा। जब सभी कटोरों में डाल चुका तो पहला कटोरा उसने नवीन के सामने परसा। उसके बाद वहाँ उपस्थिति शेष लोग अपने-अपने कटोरों में खुद ही कलशे से 'जऊ' उडेलने लगे। सभी पीने में जुट गए, परन्तु नवीन ने कटोरे में हाथ तक नहीं लगाया।

अहाली नवीन को चुपचाप एक ही आसन में बैठे हुए देर तक निहारती रही। उसकी ऐसी दशा देख उसे बड़ी ममता हो आई। उसने मुस्कराकर कहा, ''अतिथि जी 'जऊ' नहीं पीते। अच्छा, मैं चाय बना लाती हूँ। संभवतः महात्मा गांधी के पक्के शिष्य होंगे।''

नवयुवक आदमी ने कहा, ''पहली परीक्षा में तो फेल हो गए। ठीक है न?''

अहाली ने तब नवीन के सामने के कटोरे को उठाकर उसी नवयुवक के सामने रख दिया और बोली, ''यह कटोरा भी तुम ही पी जाओ। तुम्हारी जो भयंकर प्यास है, एक कटोरा तो उसे पूरी नहीं कर सकता।'' उसकी बातों में बड़ी आत्मीयता का स्वर अनुगुंजित हो रहा था।

खेराय में जो पूजा हो रही थी, वहाँ पूजा-मण्डप में बज रहे ढोल, सिंफू, और गंगौना (विभिन्न प्रकार के बाजे) के शब्द हवा में तैरते हुए यहाँ तक चले आ रहे थे। नवीन ने देखा कि आज रात की इस चाँदनी में एक अलग ही प्रकार की पृथ्वी की रचना हो रही है। बिलकुल आदिम प्रकृति की पृथ्वी।

''अच्छा! अब कहो।'' मुँह पर लगे जऊ के फेनों को अंगोछे से पोंछ-पोंछकर साफ करके उस नवयुवक आदमी ने कहा, ''अब इस समय मैं बासीराम हो गया हूँ। किसी को काटने को कहोगे तो काट फेकूँगा, मारने को कहोगे तो मार डालूँगा।''

नवीन ने पूछा, ''तो क्या तुम लोग युद्ध करने को, लड़ाई लड़ने को तैयार हो गए हो? मगर यह अच्छी तरह जान लो यह युद्ध कोई मामूली किस्म का छोटा-मोटा युद्ध नहीं होगा।''

इतना कहकर उसने देश की वर्तमान अवस्था और दुर्दशा समझाने की कोशिश की। (इसी समय जो संघर्ष चल रहा है उसे चलाते हुए सबसे पहले तो देश को स्वतन्त्र बनाना होगा। फिर देश को स्वतन्त्र करा लेने के तुरन्त बाद ही जमींदारों पूँजीपतियों के अधिकारों का विनाश करना होगा। यह बात खेतिहर किसानों को अच्छी तरह से मन में

समझे रखना ही उचित होगा।''

उस नवयुवक ने उसकी बात काटते हुए कहा, ''हम आदिवासी लोग हैं। एक ही साथ दो बात हमसे मत बोलिए। ये लोग कहते हैं कि जमींदारों से लड़ाई लड़ लेने भर से ही इनकी लड़ाई पूरी हो जाएगी। और अब तुम कह रहे हो कि एक लड़ाई अभी बाद में भी होगी। यह सब क्या बातें हैं?''

उसकी बातों का सुर कर्कश हो गया।

इसके उत्तर में नवीन ने कुछ नहीं कहा। बल्कि उसने अपनी पहली बात को ही साफ करते हुए कहा, ''दरअसल युद्ध तो एक ही है। दो लग रहा है। लेकिन एक इसका पहला हिस्सा है, तो दूसरा इसका ही पिछला हिस्सा है, एक ही के दो पहलू।'' अपनी बात को समझाकर उसने कहा, ''विदेशी शासन को उखाड़ फेंकना पहला कर्त्तव्य है।''

वहाँ बैठे वे कुछ थोड़े-से लोग बहुत ध्यान देकर उसकी बात सुनते रहे। उसके बाद उस नवयुवक ने कहा, ''धरती की, माटी के लड़ाई ही हम समझते हैं। तुम पढ़े-लिखे लोगों ने पढ़-लिखकर एक ही युद्ध को दो युद्ध बना लिया है। उस तरह नहीं होगा, समझ रहे हैं न। गोरे साहब लोग जैसे हैं, काले साहब लोग भी वैसे ही हैं। कोई भी हमें धरती या माटी यूँ ही नहीं दे देगा।''

उसकी बात पर नवीन ने कुछ भी नहीं कहा।

फिर काफी देर तक उन लोगों के बीच बातचीत होती रही। अन्त में नवीन समझ पाया कि गाँव का रहने वाला आदमी क्या कुछ सोच-विचार रहा है। माटी, खेती की धरती, जगह-जमीन। उनके लिए माटी ही मुक्ति है। बातें समाप्त हो जाने के बाद कई आदमी खेराय पूजा देखने के लिए चले गए। रति भी उन्हीं लोगों के साथ चला गया। वहीं चबूतरे पर बैठा-बैठा नवीन उस नौजवान लड़के के आने की राह देखता रहा।

झोंपड़ी में से बाहर निकलकर अहाली उसके करीब आई और उसने नवीन के घर परिवार के संबंध में उससे पूछताछ की। जब उसने सुना कि संघ के अतिरिक्त उसका और कोई घर-परिवार आश्रय-स्थल नहीं है, तब उसे नवीन के प्रति बहुत ही हमदर्दी अनुभव होने लगी। फिर यकायक उसने आश्रम की सेविकाओं की बात उठा दी। अहाली उन लोगों को अच्छी तरह पहचानती है। सुमति बड़ी बहन जी को भी उसने देखा है। कभी-कभार बीच-बीच में दुदू और सुदर्शना को भी देख चुकी है।

इस तरह कुछ समय सेविकाओं की बातें करते-करते ही बीत गया। थोड़े-थोड़े समय पर वे लोग गाँवों की औरतों की सभा में भाषण भी देती हैं। उसके बाद निरक्षर महिलाओं को अ, आ, क, ख, ग, का ककहरा सिखाती हैं। अहाली ने भी उनके यहाँ जाकर पढ़ना-लिखना सीखा है।

नवीन को उसकी बातें सुनकर बहुत आनन्द मिला। उसने पूछा, ''पढ़ने-लिखने के

लिए समय निकाल पाती हो?"

"कहाँ निकाल पाती हूँ? सारा दिन तो कामों में खटते-खटते ही बीत जाता है।" उसने उत्तर दिया, "पहले सोचा था आज खेराय पूजा देखने जाऊँगी। परन्तु बाद में निर्णय बदल दिया, वहाँ जाने की बात छोड़ दी। आज पढ़ूँगी।"

नवीन फिर बीच में ही बोल पड़ा, "एक बात है सुनो अहाली।" इतने मार्मिक स्वर में कहा, क्योंकि उसे अहाली बहुत आत्मीय-सी जान पड़ी थी, "आश्रम की सेविकाओं से भेंट हो, तो उनसे कहना 'नवीन यहीं पर है।' (भूलना नहीं।)"

ठीक तभी उसका साथी वह नौजवान लड़का जाने कहाँ से आ प्रकट हुआ। अहाली से विदा लेकर दोनों साथ-साथ चलकर पहाड़ी के किनारे की उस झोंपड़ी वाले घर पर पुनः गए। वह लड़का उसे वहीं ठहरने को कहकर क्षणभर में ही कहीं अदृश्य हो गया। यह लड़का आता है और चला जाता है। इसका व्यवहार तो बहुत अद्भुत है।

थोड़ी देर के बाद बाहर किसी मोटर कार की आवाज सुनाई पड़ी। उसके साथ ही साथ कुछ मर्दों और औरतों की हँसी किलकारी की भी आवाज सुनाई पड़ी। यह सब सुनकर भी नवीन ने कोई उत्सुकता प्रकट नहीं की। उसके मन में तो उस समय उस बोडो नवयुवक की बातें और अहाली की कही गई बातें ही उमड़-घुमड़ रही थीं। वे लोग खेती की माटी, जमीन पाना चाह रहे हैं। परन्तु उनके चेहरों पर मासूमियत का पवित्रता का भाव स्पष्ट है। उन लोगों पर किसी ने कोई अन्याय-अत्याचार किया है, ऐसा कोई भाव चेहरों पर नहीं है। उनके चेहरों से तो बस यही भाव फूटा पड़ रहा है कि शोषक (अत्याचारी) भी मनुष्य के रूप में बना रहे, शोषित (अत्याचार सहने वाले) भी बने रहें मनुष्य रूप में, बस इतना हो कि शोषितों की दशा कुछ अच्छी हो जाय। बम विस्फोट करने वाले उस युवक और उसके अन्यान्य साथी नौजवान लड़कों ने जो सशस्त्र गोरिल्ला युद्ध करने की योजना बनाई है, उसे इन लोगों ने स्वीकार किया है या नहीं यह वह निश्चित रूप से पकड़ नहीं पाया है।

अन्य सारे लोग खेराय के उत्सव में व्यस्त हो गए हैं। चम्पा और उसके दल के लोग सिनेमा का वृत्तचित्र बनाने में व्यस्त हैं। परन्तु इस विप्लव के लिए, क्रान्ति के लिए बस कुछ थोड़े से नवयुवक ही व्यस्त हैं, चिन्तित हैं। भला ऐसी अवस्था में कोई विप्लव, कोई क्रान्ति संभव है क्या? इस प्रश्न का उत्तर उसे स्वयं ही देना पड़ेगा। कुल से ही वह भूमिगत होकर, लुक-छिपकर रह रहा है। सम्पूर्ण अगस्त क्रान्ति को पूर्ण करने का उत्तरदायित्व अपने जिम्मे लेकर, अपने सुख-दुःख को तुच्छ समझ, सुख-सुविधाओं का परित्याग करके एक नया आन्दोलन करने का संकल्प लेकर वह जेल से बाहर आया था। परन्तु इस समय तो वह एक दूसरे ही आन्दोलन के चक्रव्यूह में अचानक ही जा पड़ा है। इन नौजवानों छोकरों ने बड़े कला-कौशल से, बड़ी बुद्धिमानी से उसे इधर ले आकर अपना

सहभागी बना लिया है।

परन्तु विप्लव करने या क्रान्ति करने की योजना का कहीं कोई चहून ही नहीं, उसकी शुरुआत करने की कोई पूर्वपीठिका ही दिखाई नहीं देती। बस उसके भूत की छाया भर कुछ नौजवानों के दिमाग में चक्कर काट रही है। उन्होंने उसके विचार-विवेक, उसकी तर्क-विवेचना, उसकी सहमति-असहमति, किसी भी चीज की ओर ध्यान दिए बगैर उसे एक भावुक कल्पित विप्लव के पक्ष में खींच लिया है। उसके मन में एक विचार यह आया कि यह सब झंझट छोड़ वह फिर अपने रास्ते लौट जाए, परन्तु ठीक दूसरे ही क्षण उसे ज्ञान हुआ कि ऐसी अवस्था में उधर लौटने का मतलब है फिर से जेल-यात्रा करना। अतएव अब तो, उसे कुछ दिनों तक इसी स्थिति में इसी तरह बने रहना होगा, यहाँ की जनता की मनःस्थिति को, उनके विचारों के जानने के लिए, इन नौजवान लड़कों से विचार-विमर्श करने के लिए।

जब वह इसी प्रकार के सोच-विचार में उलझा था तभी उस झोंपड़ी के अन्दर सुन्दर राभा जी आ गए। उनके मुँह से 'जऊ' मदिरा की खट्टी-खट्टी गंध आ रही थी। उन्होंने अपनी कमीज खोलकर उतार दी, फिर अपने बिस्तरे पर बैठ जाने के बाद वे हँसकर बोले, "आज तो खेराय पूजा में मानो स्वर्ग के सारे देवी-देवता उतरकर धरती पर आ गए। मैंने भी खूब गाने गाए। खूब नाचा। आप वहाँ नहीं गए क्या?"

नवीन एक दूसरे बिस्तरे पर लेटा हुआ था, करवट लेकर उसने कहा, "मेरे नाम से तो गिरफ्तारी का वारण्ट जारी है, संभवतः आप को इसकी सूचना न हो?"

सुन्दर राभा तब तक कैनवास और रंग-कूँची लेकर चित्र बनाने बैठ गए थे। उन्होंने एक कूँची रंग में डुबोई फिर उसे झटककर हिला-हिलाकर व्यवस्थित कर लेने के बाद कैनवास की ओर नजरें किए हुए ही उन्होंने कहा, "वारण्ट अकेले-अकेले केवल आप ही के नाम तो जारी नहीं है न, मेरे नाम भी वारण्ट है। तो क्या इसी वजह से हँसी-मजाक, उत्सव आनन्द की वेला में हम आनन्द नहीं लेंगे, नाचने के वक्त नाचेंगे नहीं, चित्र बनाने के उचित समय पर चित्र नहीं बनाएँगे? समाजवाद का तो लक्ष्य ही है मनुष्य को बुलाकर, शिल्पी बना देना।"

"तो क्या आप यहाँ सिनेमा का वृत्तचित्र तैयार करने, उसकी सूटिंग करवाने नहीं आए है?" नवीन ने उत्सुक हो पूछा।

"नहीं। फिल्म में तो मैं केवल परामर्शदाता, सलाहकार के रूप में हूँ।"

इतना कहकर फिर नवीन की ओर देखे बिना दूसरी ओर मुँह फेरकर वे चित्र बनाने में व्यस्त हो गए। नवीन ने लक्ष्य किया कि राभा जी पूरी तरह मौन हो गए हैं। उनके साँवले मुख-मण्डल पर कहीं कोई भावावेग, उद्वेग नहीं है। उधर कैनवास पर एक स्त्री का मुखमण्डल धीरे-धीरे उद्भासित (चित्रित) होने लगता है।

नवीन कुछ देर तक लगातार उस चित्र को देखता रहा। परन्तु निर्माता पुरुष (सुन्दर राभा) एकदम मौन रहे, केवल चित्रण में भाव-तल्लीन चित्र बनाते रहे।

नवीन को थकान महसूस होने लगी। उसने तकिये का सहारा लेकर सोने की कोशिश की। फिर धीरे-धीरे उसकी पलकें अपने आप ही मुँद गईं। वह गहरी नींद में सो गया।

उसकी नींद खुली तब बाहर काफी उजाला फैल चुका था। नवीन ने आँखें मलीं और बिस्तरे से उठ गया। उसने लक्ष्य किया कि सुन्दर राभा झोंपड़ी के बाहर किसी से बातें कर रहे हैं। जिससे बातें कर रहे हैं वह कोई भद्र महिला हैं। उधर अन्दर रसोई में चूल्हे पर पानी उबल रहा है। नवीन झोंपड़ी के पीछे की ओर बाहर चला गया। हाथ-मुँह धोकर फिर जब लौटकर अन्दर आया तो देखता है कि राभा जी चाय बना रहे हैं।

उसे देखकर उन्होंने पूछा, "तुम्हारे लिए चाय डालूँ न?"

"डालिए।"

उबाले हुए चार अण्डे, साथ में आलू की भुजिया और कुछ केले एक शीशे की तश्तरी में सजाकर रखे हुए थे। चाय के प्याले के साथ ही उसे भी नवीन की ओर आगे बढ़ाकर, राभा जी ने चाय का एक प्याला स्वयं भी उठा लिया। फिर बोले, "अहाली दे गई है। उसके घर आप कल गए हुए थे। मैंने उसका नाम रखा है सैरन्ध्री। उसका मन खुले साफ-सुथरे चटकदार मौसम की तरह है।"

चाय पीते-पीते नवीन अहाली के मुखमण्डल को मन-ही-मन याद करने की कोशिश करने लगा। परन्तु अच्छी तरह याद नहीं कर पाया। उसके दरवाजे के चबूतरे पर पड़ रही क्षीण चाँदनी की रोशनी में देखा हुआ उसका मुँह बहुत स्पष्ट याद नहीं आ पा रहा था।

राभा ने उसकी ओर देखकर कहा, "वह प्रायः ही रोज सबेरे-सबेरे खाने-पीने की चीजें ले आती है। और वे ही क्षण मेरे लिए अति उत्तम अनुपमेय होते हैं। उसे देखते ही मेरे हृदय में इन्द्रियातीत लोकोत्तर कल्पना जग पड़ती है। और तब मैं चित्र बनाने लगता हूँ। मैंने उसका एक और नाम रखा है—चित्रिणी। उसे देख लेने पर मन में ऐसा भाव उठता है जैसे यह सारा जड़ चेतनामय संसार ही पूरा-का-पूरा एक चित्रशाला है, एक चित्रकला-वीथी है।" चाय पीकर अपने बिछौने पर जाकर लेटकर बदन सीधा करके उन्होंने फिर कहा, "परन्तु कल जब चम्पा को देखा तो उसे देखते-देखते ही मुझे ऐसा लगा कि इस पृथ्वी के अंग-अंग में कोमल सौन्दर्य विराजमान है। एक स्त्री में इतना अधिक रूप-सौन्दर्य हो सकता है, इसकी कल्पना मैंने इसके पहले कभी नहीं की थी। अतएव वहाँ से आते ही रंग-कूंची कैनवास लेकर बैठ गया। सबेरा हो जाने पर ही चित्र आंकना छोड़कर उठा।"

फिर अचानक ही राभा जी एकदम चुप हो गए। उसके कुछ क्षणों के बाद ही वे

बिस्तरे पर सो गए। और कुछ और समय बीतते ही उनकी गाढ़ निद्रा की सूचक नाक धर-धर बजने लगी। उनका भारी-भरकम शरीर मिट्टी पर काठ की तरह पड़ा था।

यकायक उनकी दृष्टि कल चित्रित किए गए चित्र पर पड़ी।

उसकी एक-एक रेखा में सौन्दर्य छलक रहा था। काले रंग, राख जैसे हल्के काले-सफेद रंग से चित्रित स्वच्छ परिधान में सजी-सँवरी नम्र मुखी, सिर झुकाए हुए एक दिव्य नारी, जिसकी दाहिनी काँख में एक जल से भरा हुआ घड़ा है, अत्यन्त मनोरम ढंग से चित्रित है।

नवीन उस चित्र की ओर एकटक निहारता रहा। चित्र में यह चम्पा नहीं है, कोई दूसरी ही एक स्त्री है। राभा के कल्पना-प्रवण हृदय से सर्जित तिल-तिल उत्तम कोई तिलोत्तमा रमणी। परन्तु कुछ और देर तक विशेष ध्यान से देखने पर उसे जान पड़ा कि इस चित्र में चम्पा ने ही मानो पुनर्जन्म लिया है (चित्र का मुख्य आधार चम्पा ही है, शेष चित्रकार की कला सर्जना का कमाल) वह मनुष्य की अनात्मीय होकर भी अतिशय आत्मीय है।

उस चित्र के आसपास कुछ लिखे हुए कागज भी पड़े हुए थे।

तभी हवा का एक झोंका आया जिसने कागजों को तितर-बितर कर उड़ा ले जाना चाहा। नवीन ने दौड़-भाग झपट्टा मार-मारकर कागज के पन्नों को समेटा। उसने उन पन्नों को जब ध्यान से देखा तो पाया कि उनके ऊपरी हिस्से में कुछ नृत्यों के ताल लय, गीतों के स्वग्राम वगैरह लिखे हुए हैं।

राभा जैसे सरल हृदय व्यक्ति में कहीं, रंच मात्र राजनीति की गंध भी नहीं है, फिर भी आखिर उनके नाम गिरफ्तारी का वारण्ट क्यों जारी किया गया है? उनके लिखे कागजों पर नवीन की दृष्टि फिर पड़ी। किसी पन्ने पर किसी गीत का आधा भाग ही लिखा जा सका है। किसी पर अधूरी कहानी लिखी पड़ी है। तो किसी अन्य पर आधा लेख या निबन्ध लिखा पड़ा है। जिस व्यक्ति की प्रतिभा सभी दिशाओं में प्रवाहित होती है, जो अनेक कलाओं में सुदक्ष होता है, उसका कोई भी काम पूरा नहीं होता। बस, केवल उसके हृदय के अन्तःप्रदेश में सम्पूर्णता की कामना भी प्रज्वलित होती रहती है।

फिर भी उन्होंने एक परिपूर्ण पूरे मनुष्य का एक चित्र बना लिया है। वह चित्र किसी महापुरुष का ही चित्र है, इसमें सन्देह नहीं। उस दिव्य नारी के चित्र के सहारे ही उसकी बगल में वह भी रखा हुआ था। नवीन कुछ देर तक दोनों ही चित्रों को अपलक निहारता रहा। देखते-देखते उसका हृदय परमशान्ति से शीतल हो गया, परितृप्त हो गया।

स्नान करने के लिए वसिष्ठ (गुवाहाटी नगर के दक्षिणी भाग में पहाड़ी के किनारे स्थित तीर्थ स्थान, यहाँ प्रवाहित धारा वसिष्ठ गंगा, या दिखों नदी कहलाती है) के घाट पर गया। उस दिन वसिष्ठ का घाट एकदम सुनसान, जन-मानवहीन था। कहीं से भी

कोई आदमी आ-जा नहीं रहा था।

स्नान करने के उपरान्त कपड़े बदलकर नवीन फिर उस छोटी-सी झोंपड़ी वाले घर चला आया। उसने पाया कि राभा जी अभी तक भी गहरी नींद में सो रहे हैं। उनकी देह जरा भी हिल-डुल नहीं रही है। नवीन के लिए भी उस समय करने को कोई काम-धाम नहीं था। वह फिर से चटाई पर लुढ़क गया। कुछ देर बाद ही जोर-शोर से हडकम्प मचाता हरहराता तेज पानी आ गया। वर्षा के साथ-साथ ही बिजली की तेज चकाचौंध और बादलों की भयानक गड़गड़ाहट उमड़ने-घुमड़ने लगी। हवा भी बहुत तेज गति से बहने लगी। झड़-तूफान का वह पानी इतने प्रबल वेग से आ धमका था कि कुछ क्षणों के अन्दर ही सारी धरती और हवा गीली हो ठंडी हो गईं। ठंड के मारे नवीन का शरीर काँपने लगा।

झोंपड़ी के अन्दर भी जब तेज बारिश के थपेड़े आने लगे और उन चित्रों, रंगों और लिखे हुए कागजों के ऊपर पड़ने-पड़ने को हुए तो नवीन ने झटपट उठकर उन सभी को सहेजा-समेटा और अपने बिस्तर से सटाकर रख लिया। भाग्य अच्छा था कि दोनों ही चित्र भींगने से बच गए। नवीन एक बार उस महापुरुष के चित्र को, तो दूसरी बार उस दिव्य स्त्री के चित्र को बारी-बारी से देखने लगा। उसे अन्दर-अन्दर ही अनुभूति हुई कि वह इन दोनों ही वस्तुओं से बहुत दूर है। प्रकट रूप में यथार्थ रूप में भी वह दूर ही है। वे जिसे विप्लव या क्रान्ति कहते हैं, दरअसल वह जीवित रहने देने के जीविका-निर्वाह के समान्य प्रयोजनों को पूरा करने का एक साधन भर, एक उपाय अवलम्ब भर है। आत्मा के श्रेष्ठ प्रयोजनों की पूर्ति के लिए कोई भी साधन, कोई उपाय, अवलम्ब ये विप्लव आन्दोलन नहीं प्रदान करते।

राभा जी के प्रति उसके मन में ईर्ष्या होने लगी। उन्होंने इन दोनों ही चीजों को अपनी निजी वस्तु बना लिया है। नवीन के अन्दर कला नहीं है। कला के सात्विक आनन्द का उपभोग भी वह नहीं कर सका है। मनुष्य को गढने बनाने की कला की साधना वह कर रहा है, परन्तु मनुष्य की सृष्टि करना वह जानता नहीं। उसके अन्दर किस एक अनजानी-अनपहचानी विशिष्ट चीज का अभाव है। परन्तु राभा जी कला के माध्यम से ही अपने अन्तःकरण को आनन्दित कर ले रहे हैं और साथ-ही-साथ उसी आनन्द को इस पूरे घर में फैला दे रहे हैं।

ठीक उसी समय सर पर छोपी (बांस की सींकों और एक जंगली हल्की चौड़ी पत्ती वाले पौधे की पत्ती से बना छाते के आकार का छोटा छाता जो प्रायः चाय-पत्ती तोड़ने वाले, हल जोतने वाले किसान हैट की तरह लगाए रखते हैं) लगाए हाथ में एक बड़े कसोरे में खाने की चीजें लिये हुए अहाली वहाँ आ प्रकट हुई। उसके पीछे-पीछे रती भी था। रती अपने हाथ में 'जऊ' मदिरा की मटकी ले आया है। अन्दर घुसते ही जब उन्होंने राभा को घोर निद्रा में सोए देखा तो अहाली खिल-खिलाकर हँस पड़ी और बोली, "अरे

ओ दादा उठो, उठो। पुलिस आ गई है। जल्दी से खाना खा लो। जेल जाना पड़ेगा अब।''

राभा आवाज सुनकर उठ बैठे और हँसकर बोल पड़े, ''अरे हाँ ! बहुत देर तक सो गया। आज तो मुझे बेलशर जाना पड़ेगा। अरे ओ रती कल दौदिनी (देवधुनी नाच नाचने वाली, भविष्यवक्ता ने क्या बतलाया, खेती-बारी अच्छी तो होगी ?''

''हाँ, अच्छी होगी।'' रती ने मटकी उनके सामने रखते हुए कहा, ''कल उसने बतलाया कि इस बार रणचण्डी उठेगी–भयंकर आंधी-तूफान आएगा, सब तहस-नहस होगा। तुम तो संभवतः बासीराम हो न !'

राभा, अहाली और रती, जोर-जोर से हँसने लगे। नवीन उनकी ओर अचकचाया-सा अनजान बना देखता रहा। राभा ने उसकी ओर उन्मुख होकर कहा, ''संभवतः आप कुछ समझ नहीं पाए? कल अपने नाच में देवधुनी ने बतलाया है कि इस बार गाँव में रणचण्डी उठेगी–भयानक स्थिति आएगी। और मैं बासीराम वीर बनूँगा।''

''यह बासीराम कौन है ?'' नवीन ने कुतूहलपूर्वक पूछा।

''ओ ! बासीराम? तो सुनिए बतलाता हूँ।'' इतना कहकर सुन्दर राभा ने एक गीत गुनगुनाना शुरू किया :

''दानहाँ सुहाँ आदा बासीराम सानमोखाँ
आरव्राबारीनि आरिव्र बुग्दाओ आदा आरिव्र-बुग्दाओ।
हाजो खरायाओ दाउंहा नांनो गराया मारार जो ग्दाओ,
दानहाँ सुहाँ आदा बासीराम सानमोखाँ।
धया दाँलायगोन हाजो खरायाओ दाउहा नाँनो।
खोया थोलायगोन गंगार थेब्रानि आखयाओ,
दानहाँ सुहाँ आदा बासीराम भ्रानमोखाँ।''

(बोड़ो भाषा के इस गीत का भाव है:– सूर्य मण्डल की तरह तेजस्वी मुखवाले महावीर भाई बासीराम आक्रमण करो, काटकर फेंक दो, मार डालो। सामने के घनघोर जंगल के संकट को लाँघ जाओ। आगे बढ़ो। पहाड़ की चोटी पर युद्ध करने के लिए अपने घोड़ों को तेजी से कुदाओं-बढ़ाओ। सूर्यमण्डल से तेजस्वी मुखमण्डल वाले महावीर भाई बासीराम, काटो-मारो। वे भाई सूर्यमण्डल से मुखमण्डल वाले पहाड़ की ऊँची चोटी पर युद्ध करने के लिए जा रहे हैं। अबध्य बासीराम वीर मूर्ख भूटिया सैनिक के हाथों मारे भी जा सकते हैं। (उनके स्वर्गवासी हो जाने का भी डर है)।

गीत के एक-एक बोल, पर उसके सुर-ताल पर केवल सुन्दर राभा ही नहीं बल्कि रती और अहाली भी थिरक-थिरककर नाचने लगे। गीत गा लेने के बाद राभा जी ने उसमें वर्णित कहानी को नवीन को समझाया। बोडो कछारी जनजाति के वंश में एक रूपकुँवर वीर था। उसका नाम था बासीराम। उसका रूप शरद्काल में प्रातः उदित होने

वाले सूर्य की अरुण रश्मियों जैसा तेजस्वी था। परन्तु अब बाद में क्या होगा? वह उतना तेजस्वी वीर भूटान की भूटिया पहाड़ी युद्ध में लड़ते-लड़ते निहत्था, असहाय होकर वीर गति को प्राप्त हो गया, मर गया।

नवीन ने उस गीत के बोलों को लिख लिया।

अहाली ने कटोरा लेकर सुन्दर राभा को एक कटोरा भर 'जऊ' मदिरा परोसी। रती और अपने लिए भी एक-एक कटोरा 'जऊ' भरकर अलग रख लिया। नवीन को पीने के लिए परसने को कुछ भी नहीं है, यह देखकर अहाली का मन मसोस उठा। उसने कहा, ''तुम बोड़ो लोगों के बीच रहने के लिए आए हुए हो, अतः एक बार चख कर तो देखो। इस तरह हमेशाा कैसे रह सकोगे? दुदू दादा तो खूब छककर पीते हैं। पीने में उनके सामने तो बोड़ो मर्द भी नहीं ठहर पाते।''

नवीन ने आँख उठाकर एक बार राभा की ओर देखा, फिर एक बार रती की ओर देखा।

राभा ने कहा, ''पिओ जी, पिओ। चावल से बनी हुई चीज है। दे रे अहाली !एक कटोरा इन्हें भी परस दे।''

अब इस आग्रह पर नवीन इनकार नहीं कर सका। अहाली ने एक कटोरे में 'जऊ'ढालकर दिया तो उसने उसे अपने करीब खींच लिया।

'जऊ' पीते-पीते ही अहाली ने बतलाया, ''तुम्हारी खोज-खबर लेने, पता-ठिकाना लगाने के लिए आज बेठाराम मुहर्रिर आया हुआ था। मैंने उसे कुछ भी नहीं बतलाया। मगर बाद में सुमति बहन जी के चाहने पर उन्हें बतला दिया। श्राद्ध का काम पूरा हो जाने पर वे शिलांग जाएँगी। उनका स्वास्थ्य बहुत खराब हो गया है। अरे हाँ !तुम्हारे लिए एक पत्र भी था'' इतना कहकर मदिरा पीना छोड़कर उसने अपनी कमर की गाँठ में खोंसे हुए मुड़े-सिकुड़े कागज को निकाला और उसे अपने बाएँ हाथ से नवीन को दे दिया। पीते-पीते ही पत्र खोलकर नवीन ने ध्यान से पढ़ना आरंभ कर दिया। उधर रतिकान्त (रती) और सुन्दर राभा इस बात पर चर्चा करने लगे कि आज जो पानी बरस रहा है, इससे खेती कितनी अच्छी होगी, आदि-आदि।

नवीन ने पत्र पढ़कर उसे अपनी कमीज की जेब में रख दिया, फिर भोजन करने लगा।

अहाली और रती जब चले गए तब सुन्दर जी ने पूछा, ''कोई चिन्ताजनक समाचार प्राप्त हुआ है क्या? मैं देख रहा हूँ कि पत्र पढ़ते ही तुम्हारा मन कुम्हला गया है।''

''सुमति बड़ी बहन जी को क्या आप जानते हैं? उन्हें यक्ष्मा (टी. बी.) का भीषण रोग हो गया है। अब उनकी यह बीमारी कुछ अधिक ही बढ़ गई है।''

''हाँ, पहचानता हूँ। आह माँ, रक्षा करो।'' भोजन करते-करते ही नवीन राभा जी से

सुमति बहन जी की जीवन-कथा कहने लगा।

उसकी बातें सुन लेने के बाद सुन्दर जी ने कहा, "विमल बरुआ के साथ मेरी बचपन से ही मित्रता थी। इस सूत्र से वह मेरे मित्र की पत्नी है। और अगर ऐसा कहे कि कोई ऐसा असमवासी नहीं है जो सुमति जी का नाम न जानता हो, तो बी कोई अतिशयोक्ति नहीं होगी। वे हमारी मूला गाभरूरानी और फ्लोरेन्स नाइटिंगल हैं।"

भोजन कर चुकने के बाद सुन्दर राभा ने अपने बिस्तरे के तकिये के अंदर छिपकर रखे हुए एक जोड़ी खाकी पैन्ट-कमीज को निकालकर पहन लिया। और तकिये के रूप में प्रयोग में ला रहे किट थैले में धोती-कुर्त्ता जाकेट और दूसरी आलतू फालतू सामान्य प्रयोग की चीजों को भर लिया। उसके बाद एक बार फिर घासफूँस की ढेरी पर बैठकर मटकी में जो भी 'जऊ' मदिरा बच रही थी, वह सब की सब पी गए।

उधर वर्षा तब तक कम होने की जगह और जोरदार ही तो गई थी। धारा-सार पानी बरसने लगा था।

सुन्दर राभा ने कहा, "मैं आज ही चला जाऊँगा। मुझे अफसोस है कि मैं आपके साथ अच्छी तरह बातचीत नहीं कर सका। बेलतला में अभी आन्दोलन शुरू होने में देर है। वसिष्ठ के घाट से ठीक एक मील दूर घने जंगल के भीतर नौजवान लड़कों ने अपना प्रशिक्षण शिविर लगा रखा है। वस्तुतः मैं वहीं के लिए आया था। एक कार्यसूची (प्रोग्राम) तैयार हुआ है। यहाँ जब हथियार चलाने का प्रशिक्षण पूरा हो जाएगा तब बेलतला से भय नामक जगह से होते हुए पहाड़ पर चढ़कर शिलांग के राजमार्ग पर आने-जाने वाली सरकारी गाड़ियों और पुलिस के यान-वाहन पर नजर रखने के लिए एक सतर्कता शिविर स्थापित करना होगा। मैं बेलशला जा रहा हूँ। वहाँ भूमिहीन खेतिहर मजदूर संगठित हो गए हैं। मैं वहाँ से कुछ चुने हुए आदमियों को लेकर भूटान जाऊँगा। वहीं एक शिविर की स्थापना कर रहूँगा। यदि संभव हुआ तो बन्दूक गोला-बारूद भी इकट्ठा करूँगा।"

नवीन ने पूछा, "अपने इन कार्यक्रमों में आप लोग साधारण जनता का समर्थन पा सके हैं?"

राभा थोड़ी देर तक हँसते रहे, उसके बाद बोले, "मानसिक वातावरण अभी अनुकूल नहीं हुआ है। ब्रिटिश सरकार तो अब इस देश से विदा होने जा रही है। जिन्ना को पाकिस्तान चाहिए। वह पाकिस्तान में असम को भी हड़प लेना चाह रहे हैं। हमें हर तरह से तैयार रहना होगा। जब हमारी ताकत बढ़ जाएगी तब साधारण जनता अपने आप ही हमारे करीब आ जाएगी।"

उन दोनों के बीच आपस में लगभग दो घण्टे तक तर्क-वितर्क होता रहा। नवीन ने गोरिल्ला युद्ध करने के कार्यक्रम को समय से पहले ही स्वीकार कर लेने की शिकायत की। परन्तु राभा ने उसकी इस शिकायत का समर्थन नहीं किया।" समय बहुत जल्दी ही आ

जाएगा। परन्तु यदि हम लोग पहले से ही तैयार न रहे तो वह सुसमय शीघ्र ही नष्ट हो जाएगा। असम प्रदेश को पाकिस्तान अपने उदर में निगल जाएगा। इसके अतिरिक्त पूँजीवाद का विनाश करने के लिए और कोई दूसरा रास्ता भी नहीं है। कांग्रेस पार्टी ने जो संविधान अनुपालन का रास्ता पकड़ा है वह तो निष्फल मार्ग है।" सुन्दर राभा ने उत्तर दिया। उसके बाद एक लम्बी साँस छोड़कर उन्होंने कहा, "समाज को सुन्दर बनाने के लिए क्रान्ति को भी सुन्दर होना चाहिए। परन्तु ऐसा हुआ नहीं।"

उस दिन रात भर जोरदार बारिश होती रही।

राभा जी रात में ही चले गए। जाते समय वे अपना सारा लिखा हुआ कागज-पत्र समेटकर ले गए। परन्तु उन दोनों चित्रों को उन्होंने नवीन को सौंपकर कहा कि वह उन्हें चम्पा को दे दे, "चम्पा उनका दाम दे सकती है। परन्तु दाम चुकाकर लेने की जगह अगर दान के रूप में स्वीकार करे तो अच्छा होगा।" राभा जी ने कहा, "चम्पा के पास इस समय पर्याप्त रुपये हैं। उसका हृदय भी बहुत उदार है। परन्तु सभी कलाकार या शिल्पी अभी समाज-सचेतन नहीं हो सके हैं। वे लोग यह नहीं समझ पाए हैं कि कला कोई बाजारू-बिकाऊ चीज नहीं है। कला हमारे दैनन्दिन जीवन को सौन्दर्य से रंगीन बनाकर कला के रूप में रूपान्तरित करेगी। मैं संघ का सदस्य नहीं बना हूँ, उसमें भर्ती नहीं हुआ हूँ, परन्तु संघ के काम में सहयोग कर दे रहा हूँ। इन लड़कों का रूखा समाजवाद जिसमें कला के सौन्दर्य से विभूषित हो सके, वैसा ही उपाय कर रहा हूँ।"

राभा के साथ बातचीत करने के उपरान्त नवीन ने समाजवाद के एक नये रूप का दर्शन किया।

राभा के चले जाने पर नवीन का मन सूना-सूना उदास-उदास लगने लगा। लगातार की बरसात मे सभी कुछ को धूसर (श्रीहीन-सा) सा-बना दिया था। उस समय यदि उसके पास वे दोनों चित्र न रहे होते तो संभवतः यह उदास-श्रीहीन निर्जनता-अकेलापन वह सहन कर पाया होता भी या नहीं। इस प्रकार किसी भी आदमी के न आने-जाने से, बिलकुल निपट अकेलापन उसे कचोटने लगा, उसके हृदय को निचोड़कर खाली-खाली कर देने लगा। मूसलाधार वर्षा के प्रहार से घास-फूँस की झोंपड़ी की छाजन में जगह-जगह छेद हो गए, जिनसे होकर भींगी हुई फर्श पर पानी की बूँदें टपक रही थीं।

ठीक ऐसी ही बेला में उस बारिस के पानी में भींगते-भाँगते जाने कहाँ से वह लड़का आ पहुँचा। अन्दर घुसते ही वह बोला, "नवीन भाई साहब !हमें अभी इसी वक्त यहाँ से चल पड़ना होगा। गाँव में पुलिस का दल धर-पकड़ करने घुस आया है। शिविर का उच्छेद करके लड़के सब इधर-उधर भाग गए हैं। मैं किसी-किसी तरह वहाँ से बचते-बचाते.यहाँ पहुँच पाया हूँ। अब जरा सा भी देरी मत कीजिए। तुरन्त निकल पड़िए।

नवीन ने कुछ क्षणों तक उस लड़के की ओर ध्यान से देखा। उसके बाद उसने पूछा,

"पुलिस भला कैसे आ गयी?"

"वह सब बहुत लम्बी कहानी है।"

"राभा जी जो यहाँ रह रहे थे, तो उसकी तो कोई सूचना पुलिस नहीं पा सकी थी। परन्तु आप को यहाँ ले आने की बात की गन्ध पुलिस को मिल गई।" लड़का बोलता-बोलता हाँफ रहा था, "बेठाराम मुहर्रिर ने जाने किस सूत्र से इसकी जानकारी पा ली। बस वही काल हो गया।" थोड़ी देर रुककर उसने फिर कहा–"कल रात खेराय पूजा में राभा के जाने का संवाद तो सर्वत्र फैल गया है। अब तो हमें इस समय शहर की ओर चले जाना ही हितकर होगा।"

नवीन जाने के लिए तैयार हो गया। राझा के बनाए उन दो चित्रों को उसने पुआल और कागज से अच्छी तरह लपेटकर बाँध लिया। फिर उसने पूछा, "इन दोनों चित्रों को अहाली के यहाँ रख जाऊँ? तुम्हारी क्या राय है?"

लड़के ने सर हिलाया। लड़का कॉलेज में पढ़ने वाला तेज-तर्रार और कुछ चालू किस्म का था। नवीन के पूछने पर उसने जो विशेष प्रकार की उत्कंठित मुद्रा बनाई तो उसके चेहरे के भावों को देखकर नवीन को बहुत बुरा महसूस हुआ।

वे अभी चलने को खड़े हुए थे ही कि तभी जाने कहाँ से अहाली सर पर छोपी रखे भींगती-भाँगती वहाँ आ पहुँची। आज की बारिश की दशा देखकर वह नवीन को अपने घर खाना खिलाने के लिए बुला ले जाने के लिए आई थी। मगर उसे इस तरह कहीं बाहर जाने के लिए तैयार देखकर उसे बड़ा अचरज हुआ, सो पूछ बैठी, "अरे आज आप जाएँगे कहाँ? आज तो मैंने खासकर आपके लिए दो मुर्गे मारे हैं, और उनका माँस पकाया है। (आज तो आप मेरे यहाँ चलें, वहीं खाना खाइएगा और आज वहीं रुक जाइएगा।"

नवीन ने जवाब दिया, "अब तो मेरा रुक पाना संभव नहीं रह गया, अहाली। जाना ही पड़ेगा।"

अबकी बार अहाली ने उस नौजवान लड़के की ओर देखा। लड़का भी अहाली की ओर देखने लगा। अहाली सभी कुछ समझ गई। तब उसने उस लड़के से ही पूछा, "इधर पुलिस आ गई क्या; गोपाल?"

"हाँ"

अहाली ने फिर पूछा, "कितनी पुलिस आई है?"

गोपाल ने जवाब में कहा, "दो ट्रक"

उसके बाद अहाली ने फिर बाहर मौसम की ओर देखा। धारासार बारिश को देखकर उसने कहा, "ऐसी मूसलाधार बारिश में पुलिस भी घर से बाहर नहीं निकलेगी। अतः तुम्हें भी इसमें बाहर कहीं जाने की जरूरत नहीं है। चलो मेरे यहाँ। श्रीकृष्ण की रक्षा (उनकी माँ यशोदा करती थीं) की तरह मैं तुम्हारी रक्षा करूँगी। राभा दादा को भी

कई दिनों तक छिपाकर रखे हुए थीं।''

तब नवीन ने उस लड़के की ओर साभिप्राय देखा। लड़के ने सहमति जताते हुए सर हिलाया।

नवीन फिर अहाली के पीछे-पीछे चल पड़ा। गोपाल फिर एक दूसरे ही रास्ते पर बढ़ चला, और थोड़ी देर बाद ही उस भारी बरसात में कहीं अदृश्य हो गया।

बारिश से चित्रों को बचाने के लिए उसने चित्रों को कपड़ों के भीतर छुपा लिया था। रास्ता चलते-चलते अहाली ने कहा, ''देवधुनी ने तब ठीक ही कहा था कि अबकी बार रणचण्डी (महाभयानक स्थिति) प्रकट होगी।''

उसकी इस बात पर नवीन ने कुछ नहीं कहा। अहाली के घर पहुँच जाने पर नवीन ने देखा कि उसके घर के अन्दर कल की तरह ही एक ढेबरी का चिराग जल रहा है। अहाली नवीन को अपने घर के एकदम भीतर अपने सोने के कमरे में ले गई। उसने कहा, ''सुनिए जी, शहरी मेहमान साहब !आप यहीं रहेंगे। आज से मैं अलग कमरें में सोऊँगी। और पुलिस के बाप की भी इतनी औकात नहीं जो तुम्हें यहाँ से खोजकर पकड़ ले जाय।''

विमल भाई साहब के श्राद्ध कर्म के दिन तक नवीन अहाली के घर में ही छिपा रहा। उन कुछ दिनों तक गाँव में पुलिस सदल पड़ी रही, परन्तु उनमें से कोई भी अहाली के घर उसके करीब तक नहीं आयी। उन कुछ दिनों में ही बेलतला गाँव में वहाँ के रहने वाले लोग पुलिस की जोड़-तोड़ के उत्तर में उसी प्रकार का जोड़-तोड़ करने की कला सीख गए थे। श्राद्ध कर्म के दिन सबेरे जब पुलिस फिर शहर लौट गई, कहीं कोई डर नहीं रह गया, तो फिर अहाली ने नवीन को बाहर निकलने कहीं जाने-आने की अनुमति दे दी। उन्हीं कुछ दिनों के अन्दर ही नवीन के साथ बहुत सारे खेतिहर किसानों का अति घनिष्ठ सम्पर्क स्थापित हो गया था। वे बेचारे ग्रामीण किसान उसे बिलकुल अपना मान गए थे और पहली-पहली बार दिल खोलकर उससे बातें करने लगे थे।

असम प्रदेश की अनेक जगहों पर जहाँ आदिवासियों का निवास स्थान है, वहाँ झूम की खेती (जंगल झाड़ काट साफ कर अस्थायी खेती करना) करने वाले आ बसे थे और जिन्होंने जमीनों पर कब्जा कर लिया था। उन जमीनों के जमींदार जो स्वयं शहरों में रह रहे थे, उन्होंने उन जमीनों को बहुत सस्ते दामों में झूम खेती करने वालों को बेच दिया था। इस तरह बेलतला के खेतिहर किसानों जमीनों की चोरी हो रही थी। उस जमीन की रक्षा करने, उसे गैरों के कब्जे में जाने से रोकने के लिए गाँव के सारे खेतिहर किसान कमरकस कर तैयार थे और उसे मुक्त कराने की प्रतिज्ञा ले चुके थे। इसी सिलसिले में उन्होंने धान की खेती की फसल में उपजे धान की पाँचवाँ हिस्सा ही जमींदारों को देने का निर्णय भी कर लिया था।

उन्हीं कुछ दिनों में कभी लुका-छिपाकर तो कभी साफ-साफ खुले रूप में नवीन ने

बहुत से लोगों से होने वाले आन्दोलन के बारे में भी बातचीत की थी। ये सारी बाते गुप्त रूप से अहाली के घर के उस भीतरी शयन-कक्ष में ही हुई थीं। इन सब चर्चाओं-परिचर्चाओं से लाभ यह हुआ था कि इसके पहले जो बहुत-सी बातें वह अच्छी तरह नहीं समझ सका था, अब वह सभी उसके सामने सहज प्रत्यक्ष हो, उसे अच्छी तरह समझ में आ गई थीं। गाँव के लोग यह सोचने लगे थे कि जिस शहर के लोग उन ग्रामीणों को मनुष्य भी मानने को तैयार नहीं हैं, उनके साथ मनुष्य जैसा व्यवहार भी नहीं करते थे, उसी शहर से आया हुआ यह सच्चा नागरिक व्यक्ति उनसे घुल-मिलकर बातें कर रहा है, उनके हित की बातें सोच रहा है और उनसे कह रहा है कि "इन गाँवों, खेतों-खलियानों की यह सारी धरती, यह माटी तुम्हीं लोगों की है, यह देश तुम्हारा है, अब तुम लोग रणचण्डी बनकर जगो, अपने हक की रक्षा के लिए भयानक क्रोध में भरकर पूरी ताकत से उठो।"– यह बात अपने आप में कोई मामूली बात नहीं है। अतएव यह साफ दिखाई दे रहा है कि अब समय अच्छा ही आ रहा है।

जिस दिन श्राद्ध-कर्म सम्पन्न होना है, उस दिन बारिश थम गई थी, बादल छँट गए थे और स्वच्छ आसमान में धूप खिल जाने से मौसम सुहावना हो गया था। उस दिन सबेरे-सबेरे ही नवीन कृषक-सभा और महिला-समिति के कामों को चलाने वाले लोगों से मिला। कृषक-सभा का संचालक बना रती और महिला समिति की संचालिका बनी अहाली। उन्हें अपने-अपने क्षेत्रों में क्या-क्या काम, कैसे-कैसे करने होंगे, यह सब नवीन ने उन्हें समझा दिया– अपनी-अपनी सभा समिति में अधिक से अधिक सदस्यों की भर्ती करने का समय-समय पर सभाएँ आयोजित करते रहने का और आगामी अगहन के महीने में जोरदार आन्दोलन करने का काम। वैसे अहाली ने इस सब कामों को करने का कौशल पहले से ही अपने आप सीख लिया था, इनका अभ्यास कर लिया थ।

शाम के वक्त अहाली गाँव के एक घर में एक लड़के को अधिक दस्त होने की बीमारी हो जाने का समाचार पाकर उसकी खोज-खबर लेने बाहर गई थी। वहाँ जाकर देखा कि बीमारी के प्रकोप से लड़का मरने-मरने को है। घर का मालिक सबसे बड़ा चाचा नये खेराय का एक हिस्सा करने के लिए मदिरा के मसाले आदि युक्त दवा-दारू का प्रबन्ध कर रहा था। घर की बूढ़ी माँ आवश्यक चीजों को जुटा रही थी। अहाली वहाँ से झटपट कूदती-भागती हुई आई और नवीन को अपने साथ वहाँ लिवा ले गई। नवीन ने वहाँ पहुँचकर जैसे ही उस लड़के की दशा देखी, वह फौरन समझ गया कि गाँव में छूत की बीमारी हैजा (कालरा) आ गई है।

वहाँ से घर वापस आकर फिर वह एक क्षण भी शान्ति से नहीं बैठ सका। वह दौड़ता-दौड़ता खेतों की ओर गया और वहाँ काम कर रहे रती को खोज-ढूँढ़ लाया। रवी को साथ लेकर वह गाँव में ऐसे ही बीमारों के कई घरों में चक्कर लगा

आया। उसने पाया कि इसी बीच हैज़ा कई घरों में फैल गया है। लौटकर उसने कृषक-सभा और महिला समिति के सदस्यों को इकट्ठा किया, उस समय जितने भी सदस्य मिल सके, उन्हें उसने इस भंयकर बीमारी से रक्षा पाने के लिए बीमारों की सेवा-शुश्रूषा कैसे करने होगी, चिकित्सा की क्या व्यवस्था करनी होगी और इससे बचने, इसके फैलने देने से रोक-थाम के लिए कैसी-कैसी सावधानी बरतनी होगी, इस सबके संबध में सभी को विस्तार से समझाया। उसने बताया कि गाँव के सभी लोगों को समझाया जाए कि पानी को उबाल करके ही पीना होगा, साग-सब्जी को पोटाश के पानी से धोकर प्रयोग में लाना होगा। इस सबके साथ ही गाँव भर में, सभी लागों को हैजे की निरोधक दवा की सूई लगवानी पड़ेगी। बस केवल 'न निखेराय' से काम नहीं चलेगा। गाँव भर में सूइयां दिलवाने के लिए गाँव के मुखिया को अभी तुरन्त शहर भिजवाना होगा– छूत रोगों के चिकित्सालय– कालरा हस्पताल को।

रती दौड़ता-भागता गाँव के मुखिया से भेंट करने गया। तब तक इस घातक बीमारी की सूचना मुखिया को भी हो गई थी। परन्तु ऐसी संकट की घड़ी में क्या करना उचित होगा? यह वे नहीं जानते थे। रती के मुहँ से उन्होंने जब रोक-थाम-उपचार की सारी बातें सुनीं तो उन्होंने पूछा, "यह सब कुछ करने के लिए तुमसे कहा किसने? यह सब तो तुम्हारें अपने दिमाग से निकली हुई बातें नहीं हैं।"

रती ने हँसकर जवाब दिया, "इस सब के संबंध में अभी मुझसे कुछ न पूछो। गाँव के रक्षक देवी-देवता सभी को इस संकट की घड़ी में सोचने समझने की शक्ति दे रहे हैं। बस अब तुम और देर मत करो। नहीं तो सारा गाँव उजड़कर समूल नष्ट हो जाएगा।"

तब बहुत गम्भीर होकर गाँव के मुखिया ने कहा, "यह सब तो ठीक है मगर तुम जरा सँभलकर रहना। पुलिस तुम पर और अहाली पर शक-शुबहा कर रही है। उसकी नज़र तुम लोगों पर है। वह देख-भालकर, सोच-समझ कर चलना। आजकल घर की दीवारों के भी कान हो गए हैं। ठीक है, मैं अब शहर के लिए प्रस्थान करता हूँ।"

गाँव के मुखिया के चले जाने के बाद थोड़ी देर बाद ही रती-नवीन वग़ैराह को सूचना मिली कि जिस लड़के को हैज़ा हो या था, उसकी अन्ततः मृत्यु हो गई। कृषक सभा और महिला समिति के स्वयं सेवक अब गाँव में घर-घर जाकर लोगों को सावधान करने लगे। आवश्यक सावधानी बरतने के उपाय बतलाने लगे।

सायंकाल गाँव के मुखिया जी शहर से हैजे की बीमारी में लगाने वाली कुछ

सूइयों की दवाएँ लेकर लौट आए और बताया कि सूई लगाने वाला आदमी (कम्पाउण्डर) कल ही आ सकेगा। उनकी ऐसी बातें सुनकर नवीन को बहुत अफसोस हुआ (जिस काम में तनिक भी देरी नहीं होनी चाहिए, उसे कल तक के लिए टाल दिया गया था।) अतएवं उसने रती से कहा, "चलो, मेरे साथ निकल पड़ो। कोशिश करके देखूँ तो कि इस काम लायक कोई आदमी पा सकता हूँ, या नहीं?"

"अब कहाँ तक जाओगे?" रती ने पूछा।

नवीन ने बताया, "खार धूलि तक। वे दोनों उसी क्षण कदम बढ़ा चले। उस दिन बारिश फिर शुरू हो गई थी। लगभग दो घण्टे तक लगातार चलते रहने के बाद वे दोनों खारधुली पहुँचे। उस समय तक श्राद्ध-कर्म के लिए एकत्रित हुए आदमी वहाँ से जा चुके थे। सुमति बहन जी को तेज़ बुखार चढ़ आया था (अतः वे अन्दर सो रही थीं) मणिका और जयन्ती बाहर ही बैठकर बातें कर रही थीं और थकान मिटा रही थीं।

नवीन को देखते ही मणिका तालियाँ बजा-बजाकर खिलखिलाकर हँसने लगी। वह उछल-कूदकर किलकारियाँ भरते चिल्लाकर बोल पड़ी, "सुमति बहन जी । नवीन भाई साहब आ गए—नवीन भाई साहब आ गए।"

आवाज़ सुनकर सुमति बहन जी ज्वरग्रस्त शरीर होने पर भी उठकर बाहर निकाल आयीं। नवीन ने देखा कि उनका शरीर और भी टूट गया है। जब सभी लोग बैठ गए तब नवीन ने श्राद्ध-कर्म के बारें में पूछताछ की। अपने भूमिगत—गुप्त—निकास— के बारें में संक्षेप में लोगों को जानकारी दी। और अन्त में जो तात्कालिक समस्या आ पड़ी थी उसे भी संक्षेप में बतलाकर ऐसी स्थिति में सहायता करने के लिए मणिका को बेलतला ले जाने का प्रस्ताव किया।

सुमति बहन जी ने मणिका की ओर देखकर पूछा, "क्यों मणिका ! तूँ वहाँ जा सकेगी?

मणिका ने उत्तर दिया, "हाँ, जाऊँगी।"

नवीन ने उसकी ओर अतिशय कृतज्ञताभरी निगाह से देखा, मानो उसने डूबते से उसे बचा लिया हो।

मणिका ने कहा, "आप से बस इतना अनुरोध है कि आप कम-से-कम आज रात भर यहीं रुक जाँय। आप के लापता हो जाने के कारण यहाँ सभी कुछ गड़बड़ा गया। यहाँ खोजबीन करने के लिए रोज ही पुलिस दिन में भी आती रही, रात में भी आती रही। जयन्ती को मैने जोर देकर किसी-किसी तरह यहीं रोक लिया। फलतः ओझा (जयन्ती के पिता) जी के साथ नहीं गई। अब आप समझ लें कि वह

रह ही गई। आप आज आराम करें। सुमति बड़ी बहन जी कल ही शिलांग (अस्पताल में भर्ती होने) चली जाएँगी।''

नवीन को अनुभव हुआ कि इस बीच मणिका हर तरफ से काफी सावधान, कर्म-तत्पर हो गई। उसने हर ओर से साज-संभाल की है। उसने कहा, ''ठीक है, मैं यहाँ कुछ देर रुकूँगा। तुम जाओ! तुम्हारी देख-रेख के लिए वहाँ अहाली है अतः तुम्हें कोई भी असुविधा नहीं होगी।''

यह अहाली कौन है? इसे समझा देने के बाद मणिका पूरी तरह आश्वस्त हो गई। जाने के लिए कपड़े पहनने को वह घर के अन्दर चली गई। जयन्ती ने उन दोनों को चाय-जलपान दिया।

रतिकान्त (रती) को जाड़ा महसूस हो रहा था। उसने एक बीड़ी सुलगाई और उसे पीते हुए जयन्ती से बातचीत शुरू कर दी। जब उसने जाना कि जयन्ती देवधुनी नृत्य करने वाली देवी है, तो वह उसके प्रति श्रद्धा से भर गया। अब तक बेलतला में हुई खेराय पूजा और सुन्दर राभा द्वारा नाचे गए नृत्य की बातें फि म के वृत्तचित्र के लिए फोटो वगैरह लेने वाले दल के सदस्यों ने शहर में जाकर प्रचारित कर दी थीं। सुन्दर राभा द्वारा वृत्तचित्र की कहानी और उसकी फिल्म स्क्रिप्ट को देख लेने, अपने सुझावों से सुधार देने की कहानी भी इस समय सबकी ज़बान पर फैल रही है। खेराय पूजा में देवधुनी नाच नाचने वाली नर्तकी फिल्म बनाने वाले दल के किसी सदस्य को पसन्द नहीं आई थी। इसी से उन लोगों ने जयन्ती से बार-बार अनुरोध किया था कि एक बार वह नृत्य कर दे तो वह अलग से उसके नृत्य का दृश्यांकन कर लें। परन्तु जयन्ती नृत्य करने को किसी भी तरह तैयार नहीं हुई। अब तो वह अपने गाँव-घर लौट जाने के लिए ही सर्वाधिक विकल है, उत्कण्ठित है।

ये सब छींटी-छटकी सूचनाएँ हैं। (जो उन दोनों की बातों से उभर रही थीं) थोड़ी देर बाद मणिका अपनी साज-पोशाक पहनकर बाहर निकल आई। उसने कहा कि कल सुमति बहन जी के यहाँ से जाने के समय से पहले ही वह लौट आएगी। ऐसा अनुरोध करके वह रतिकान्त के साथ-साथ बिला किसी हिचक के चली गई।

उस रात को भोजन-छाजन के बाद बहुत देर तक नवीन सुमति को एकान्त में अपने भूमिगत होने की अवधि में हुए अनुभवों के बारे में बतलाता रहा।

सब कुछ सुन-समझकर सुमति जी ने हँसकर कहा, ''यह तो वामपन्थी विचारधारा का सम्प्रदायवाद है। अत्यन्त कठिन साहसपूर्ण हिंसात्मक काम कर गुज़रने में कष्ट उठाने का खतरा और रोमांचक (रोमांस) स्वाच्छन्ध का भाव तो है, परन्तु अभी हमारे देश में सशस्त्र क्रान्ति करने का अथवा उसे चलाने का वातावरण

नहीं उपस्थित हुआ है। उसके अनुकूल परिस्थितियाँ नहीं हैं। पढ़ने वाले विद्यार्थी, किसान, मज़दूर सभी देश की सर्वसाधारण जनता के हितों के विरुद्ध कार्य करने वाली सरकार की कार्यवाही-देश को बाँटने की कार्यवाही के विरुद्ध जुट होगा। और इसके अलावा भी मैं इस क्रान्ति के पूरे तत्त्व में ही एक कमी (दोष) देख रही हूँ। वह यह है कि इस क्रान्ति के लिए देश की साधारण जनता नहीं, बल्कि मुट्ठी भर कुछ आदमी ही आगे बढ़ रहे हैं। यह पूँजीवाद को समाप्त नहीं कर सकता। ऐसी क्रान्ति अगर सफल भी हो जाती है, तो भी यह व्यक्ति की जगह राष्ट्र को प्रतिष्ठित कर देती है। बरदलै स्वयं ही असम के सभी बड़े उद्योगों को राष्ट्र के अधिकार में ले लेने, उनका राष्ट्रीयकरण कर देने की बात सोच रहे है। ये नौजवान लड़के सरकारी नौकरशाही को समाप्त करना चाहते हैं, परन्तु इसके लिए साधारण जनता को सचेतन नहीं बनाया है, उसके अनुरूप शिक्षा दीक्षा से उन्हें योग्य नहीं बनाया है। इसी कारण से तुम जो इस क्रान्ति की प्रक्रिया से जुड़ गये हो, तो मुझे यह देखकर आघात पहुँचा है, दुःख हुआ है।"

नवीन ने उत्तर दिया, "बहन जी! आपने समझने में भूल की है। ये नौजवान लड़के दुःखी-दरिद्र खेतिहर किसानों-मज़दूरों को संगठित करके वर्ग-संघर्ष छेड़ना चाहते हैं, शोषकों के खिलाफ संग्राम करने की सोच रहे हैं। परन्तु उसे वे राष्ट्रीय स्वतन्त्रता संग्राम के साथ मिला नहीं पाए हैं।" इसीलिए मैं (नवीन) उन नौजवान लड़कों का साथ पकड़कर उनके द्वारा स्वीकृत वर्तमान कार्यसूची (प्रोगाम) को अभी कुछ और आगे टाल देने का अनुरोध करने की कोशिश कर रहा हूँ। परन्तु अभी इसका सुयोग नहीं पा सका हूँ।"

सुमति जी ने मुस्करा कर कहा, "मुझे जितनी खबर मिली है उसके अनुसार उन सबने श्रेणी शत्रु (अर्थात शोषित समाज से भिन्न लोगों को अपना शत्रु मानकर) को समाप्त कर देने का प्रस्ताव तैयार कर लिया है। परन्तु इस प्रकार के कामों में उग्रता या प्रचण्डता का भाव तो है लेकिन दूर-दृष्टि नहीं है।

नवीन ने इस पर फिर कुछ नहीं कहा। उसके ललाट पर चिन्ता की रेखाएँ उभर आयीं।

उस रात खारघुली की कोमल शय्या उसके लिए काँटों भरी सेज सिद्ध हुई। बहुत तड़के सबेरे ही वह जाने के लिए तैयार हो गया।

चाय-पान करके ही नवीन जाने का आयोजन करने लगा। यहाँ से चल पड़ने के पहले वह एक बार बाहर नदी के किनारे टहलने की गरज से जाकर एक जगह खड़ा हुआ। थोड़ी देर बाद कन्धे पर बन्दूक और हाथ में दो चिड़ियों को लटकाए हुए खारघुली के घने जंगल के भीतर से दुदू निकला। नवीन को देखते ही कहा,

"यही तो श्रेणी-शत्रु है न? दोनों हाथ ऊपर कर खड़े हो जाओ।"

उसकी यह मुद्रा देख नवीन हँसने लगा। फिर दुदू ने अपनी बन्दूक हटा ली और उसे बगल में दाबकर कहा, "तुम्हें खोजते-ढूँढते मैं कई दिन बेलतला की ओर गया। परन्तु कहीं कोई पता ठिकाना नहीं पा सका। यह एक प्रकार की अर्थहीन-व्यर्थ की गोपनीयता रखने की कोशिश, एक प्रकार की अछूतपन है। पता-ठिकाना पा लेने पर मैं तुम्हें पुलिस के हाथों पकड़वा दूँगा, यह बात तो तुम भूलकर भी सोच नहीं सकते न? अतएव मैं निश्चयपूर्वक समझ गया हूँ कि फिलहाल तुम कुछ लोगों के बन्दी हो, उनकी मर्जी के मुताबिक ही तुम्हें रहना पड़ रहा है।"

नवीन इस संबध में मौन ही रहा। उसने बात को दूसरी दिशा देते हुए कहा, "वे सब बातें अभी छोड़ो। ऐसे विषय को लेकर तुम्हें माथा खराब करने की कोई जरूरत नहीं।" – थोड़ा रुककर उसने कहा, "पहले यह तो बताओ कि तुम कहाँ से आ रहे हो? और फिर जाओगे कहाँ?"

दुदू ने जवाब दिया, "मन तो बस जयन्ती को ही ढूँढता फिर रहा है।"

"ये लोग क्या कर रहे हैं? मेरा मतलब है कि जयन्ती ....." नवीन ने पूछा।

दुदू ने हँसकर उत्तर दिया, "देखता हूँ कि तुम भी नासमझ-गँवार की तरह बात कर रहे हो। मनुष्य को मैं चेतन प्राणी (बुद्धि-विचार संपन्न) नहीं समझ पाता। मैं जयन्ती को प्यार करता हूँ। और प्यार करने का अर्थ ही है, पाने की इच्छा, प्राप्त करना चाहना। तुम्हारी तरह मैं परित्याग करने वाला– निवृत्तिमार्गी–नहीं हूँ। मैंने उसे बहुत-बहुत समझाया कि ईश्वर तो नपुंसक है। ईश्वर को प्यार करना, ईश्वर को चाहना तो मनुष्य की विलासिता भर है। मनुष्य को मनुष्य से ही विवाह करना चाहिए।"

"उसके सहज-सरल हृदय को तुम नष्ट मत कर देना।" नवीन ने कहा, "अगर वह तुमसे विवाह करा भी ले तो भी एक छुटपन का, हीनमन्यता का भाव कि 'मैं छोटा हूँ' मन में रह ही जाएगा। शहर में वह शान्ति का अनुभव नहीं करती। नगर में सुखी नहीं होगी।

दुदू हँसने लगा, "तुम उसे बिलकुल ही नहीं जानते। उसमें हीनता का– 'मैं छोटी हूँ' का भाव नहीं है। वह तो बस एक विशुद्धता, सच्चाई, सुशीलता और सरलता भर चाहती है। अतएव मैं सरल होने का प्रयत्न कर रहा हूँ। मैं एक साधारण खेतिहर किसान बनना चाहता हूँ, भूमिपति जमींदार नहीं।"

नवीन दुदू की ओर निहारने लगा। उसकी बात के उत्तर में उसने कुछ नहीं कहा। बल्कि उसकी जगह नवीन ही बोला, "मुझे अभी बेलतला जाना है। वहाँ हैज़े

की महामारी फैल गई है।"

"हैजा, कालरा?"

"हाँ"

"तब तो मैं भी चलूँगा, चलो। चिकित्सक (डॉक्टर) और दवाएँ भी लेता जाऊँ।" – दुदू ने उत्तर दिया।

ठीक उसी वक्त दौड़ते-भागते जल्दी-जल्दी रती और मणिका जंगल के अन्दर से निकल उन दोनों के पास खड़े हो गए।

मणिका की पलकें भारी होती जा रही थीं। सारी-की-सारी रात वह सो नहीं पायी थी। अतः आँखें धँसी जा रही थीं। उसने कहा, "बहुत दुःख हुआ" नवीन भाई साहब! अब तक तीन आदमी मर चुके हैं। हैज़े की बीमारी में आवश्यक ऐम्पोल-दवा बहुत थोड़ी है। अभी और बहुत सारी चाहिए। एक परिचारक वाहन (ऐम्बुलेन्स) भी चाहिए, चिन्ताजनक हाल वाले बीमारों को अस्पताल ले जाने के लिए। डॉक्टर और नर्सों की भी बेहद जरुरत है। मैंने सोचा था कि सुमति बड़ी बहन जी को विदा करके मैं फिर वहीं सेवा करने चली जाऊँगी। परन्तु मेरे अस्पताल से आदेश आया है कि आज वहाँ अपना काम करने जाना ही पड़ेगा।"

नवीन ने अपने को असहाय पाया। परेशान होकर उसने रतिकान्त (रती) से पूछा, "डॉक्टर को सूचना दी थी?"

"हाँ। आते समय बहन जी के साथ वहाँ से होता आ रहा हूँ, उन लोगों के लिए कोई सवारी गाड़ी का प्रबन्ध हो जाने पर वे लोग जाएँगे।" रतिकान्त ने उत्तर दिया।

दुदू अब तक मौन रहकर उन लोगों की बातें सुन रहा था। इतना सुनने के बाद उसने कहा, "अपनी श्रेणी का तो तुम लोग मुझे शत्रु समझते हो मगर मेरे जैसे श्रेणी-शत्रु की सहायता यदि तुम लोग स्वीकार कर सको, तो गाड़ी का प्रबन्ध करने की जिम्मेदारी मैं ले सकता हूँ।"

नवीन ने हँसकर कहा, "जीवन के सभी क्षेत्रों में वर्ग-संघर्ष (श्रेणी-संग्राम) के भाव को फैलाना एक भूल है। पारस्परिक सहयोग करने का भी क्षेत्र है।"

दुदू ने उत्तर दिया, "तब तो चलो। मैं स्वयं तुम लोगों को ले चलूँगा।"

नवीन ने मुस्कराकर कहा, "मैं तो, भाई, तुम्हारे साथ नहीं जा सकता। मेरे नाम तो वारण्ट जारी है, तुम यह बात भूल गए क्या?"

मणिका इस बीच मकान के अन्दर चली गई थी। रतिकान्त ने हड़बड़ाकर कहा, "नवीन बाबू, आप का इस समय वहाँ न जाना ही अच्छा है। पुलिस आप की तलाश में फिर आई हुई है।"

रती के साथ अच्छी तरह सलाह-परामर्श कर लेने के बाद नवीन ने बेलतला न जाने का ही निर्णय किया। अपनी जगह उसने दुदू से ही रतीकान्त के साथ जाने का अनुरोध किया।

दुदू और रती अभी नवीन के साथ बातचीत कर ही रहे थे कि जयन्ती आकर उन लोगों के पास निश्चल खड़ी हो गई।

"जयन्ती" दुदू ने पूछा, "नवराम ओझा ने तुझे बुला भेजा है। यदि उनके यहाँ जाना हो तो चलो। तुम लोगों को कल ही जाना होगा। मैं स्वयं पहुँचा आऊँगा।"

"मैं सुमति बड़ी बहन जी के साथ जाऊँगी। पिताजी को जाकर बतला दीजिएगा।"– इतना उत्तर देकर जयन्ती वहाँ से चली गई। दुदू उसके पीछे-पीछे सुमति बहन जी से बातचीत करने के लिए चला गया।

नवीन को अकेले में पाकर रती ने कहा, "अहाली ने उन दोनों चित्रों को पढा दिया है। ऐसी सुन्दर चीज़ वहाँ रहना ठीक नहीं लगता। इसके अतिरिक्त भी समस्या यह है कि उन दोनों चित्रों को जो ही देखता है, वही राभा के संबंध में पूछताछ करने लगता है।"

इतना कहकर उसने कन्धे में लटका रखे थैले को उतारकर नवीन को दे दिया। रतिकान्त ने आगे फिर कहा, "आन्दोलन का हालचाल भी बहुत अच्छा नहीं है। मैने सुना है कि इसी बीच बेलशर के धनी महाजन सेठ की हत्या कर दी गयी है, यह कहकर कि सेठ बहुत अत्याचारी था। परन्तु अब उसके बाद तो पुलिस का अत्याचार शुरू हो गया है।"

थोड़ी देर रुककर उसने पुनः कहा, "उस गोपाल नामक लड़के का तो कहीं पता ही नहीं लग पा रहा है। कौन जाने पुलिस ने उसे गिरफ्तार ही न कर लिया हो।"

नवीन ने कहा, "ज्यादा चिन्ता करने की जरूरत नहीं। काम करते जाना ही हमारा कर्त्तव्य है।"

कुछ देर बाद दुदू और रतिकान्त दोनों चले गए। तब नवीन घर की ओर लौटा।

साँझ की बेला में सुमति बड़ी बहन जी को यहाँ से ले जाने के लिए एक नौका आई। उनके साथ जाने के लिए उसी नौका से जाने के लिए मणिका और जयन्ती भी निकल पडीं। विदा की उस बेला में नवीन को हार्दिक वेदना हुई। परन्तु वह असहाय था।

औरों के लिए जो दिन था, वही उसके लिए रात थी। अब तो जब तक रात नहीं हो जाती तब तक उसे इसी मकान के अन्दर छिपे रहना होगा।

सुमति जी के चले जाने के बाद नवीन ने राभा के उन दोनों चित्रों को अपने पास रखा, फिर बिस्तरे पर करवट लेट कर घटित हो चुकीं, विगत घटनाओं के बारे में सोचना-विचारना आरंभ कर दिया।

जो घटनाएँ घट गयीं उनकी गति की दिशा स्पष्ट नहीं है। संघ के ऊपर उसका या सुमति जी का अब कोई नियन्त्रण नहीं है। नौजवान सदस्य लड़कों ने एक उग्रवादी रास्ता अपनाकर अच्छा नहीं किया। उनके सोचने-विचारने की दिशा भी स्थिर नहीं है। बुर्जुवा गणतन्त्र को वे पसन्द नहीं करते, उसे देखना नहीं चाहते, फिर भी गाँवों-देहातो में बुर्जुवा गणतन्त्र का प्रभाव प्रबल है। बरदलै का जनता पर जो प्रभाव है उसे समाप्त करने और मुसलिम का जो प्रभाव है उसे रोकने के लिए जिस प्रकार की राजनीतिक क्रियात्मक प्रचेष्टा की आवश्यकता है, वह तो कहीं है नहीं। इसी बीच समूचे असम क्षेत्र में ब्रिटिश साम्राज्य विरोधी आन्दोलन, देश को दो खण्डों में बाँटने के, असम को अलग वर्ग में रखने के विरुद्ध आन्दोलन में परिवर्त्तित हो गया है। बच्चे-बूढें, मर्द-औरत सभी के सभी असम को अन्याय-पूर्वक 'ग' सूची में रखने के खिलाफ हो गए हैं, और इसका विरोध करने के लिए सभी बरदलै को अपना नेता मान उनके पीछे कटिबद्ध हो खड़े हो गए हैं। ऐसी वेला में केवल खेतिहर किसानों के आन्दोलन में संलग्न हो रहने का मतलब है असम का राष्ट्रीय स्वतन्त्रता आन्दोलन से कट जाना। और केवल इतनी ही बात नहीं है, हैजा-कालरा जैसे छूत रोग के फैलने पर भी सेवा-शुश्रूषा करने के लिए स्वयं सेवक तो गाँवों में तैयार नहीं हो सके हैं, तो फिर क्रान्ति करके गाँव चलाने वाले आदमी कहाँ मिलेंगे? पूँजीवाद को केवल बन्दूक की गोली या संघर्षशील क्रान्तिकारी संघ की सहायता से ही समाप्त नहीं किया जा सकता। चाहे गुरिल्ला युद्ध लड़ना हो, चाहे सविनय अवज्ञा आन्दोलन—सत्याग्रह—करना हो, सभी के लिए सबसे पहली आवश्यकता होती है जनमत तैयार करने की और सामाजिक चेतना जगाने की।

सायंकाल दुदू उसके पास मिलने आया।

उसने बतलाया कि गाँवों में हैज़े की सुई लगाने का काम बहुत तेजी से चल रहा है। फिर भी अभी आदमियों का मरना बन्द नहीं हुआ है।

एक कुर्सी पर बैठ जाने के बाद वह वहाँ रखे उन दोनों चित्रों को ध्यान से देखने लगा, फिर बोला, "मै कल प्रातः काल ही फिर उधर जाऊँगा। तुम्हारे जाने की आवश्यकता नहीं है। तुम्हारा जाना ठीक भी नहीं है। (सी. आई. डी.) गुप्तचर पुलिस जगह-जगह फैल गई है।"

उन दोनों चित्रों को भाव-विभोर हो देखते-देखते उसने फिर कहा, "अहाली

ने बतलाया है कि तुम कुछ दिनों तक सभा के साथ-साथ रह रहे थे। उस भले मानस ने तो संघ को ही नष्ट कर दिया।''

नवीन ने हँसकर कहा, ''इस समाज ने किसे नष्ट नहीं किया? सभा तो कम-से-कम इस समाज को बदलने की कोशिश कर रहे हैं, परन्तु आप लोग तो समाज की सारी सुख-सुविधा का उपभोग करते हुए भी अपने आप को खुद ही नष्ट कर रहे हैं। दरअसल इस सबका मूल कारण पूँजी (धन-सम्पति) ही है।''

'' तुम्हारे कार्ल मार्क्स, हमारे बड़े पिताजी की उदारपंथी राजनीतिक विचारधारा, जयन्ती का भगवान, अहाली वगैरह ग्रामीणों की खेराय पूजा, राभा जी का मानवतावाद–ये सभी-के-सभी तुम्हारे इस समाज के ही भिन्न-भिन्न दर्शन हैं, भिन्न-भिन्न विचारधाराएँ हैं। मनुष्य अपने आप को खोजता फिर रहा है, परन्तु पा नहीं सका है। तुम सभी लोगों की सारी चिन्ताओं–सोच-विचारों का बस एक ही उद्देशय है– घटना का एक रूप खड़ा कर देने की कोशिश करना। दूसरी ओर तुम सभी वस्तुतः देवधुनी-भविष्यवक्ता या भविष्य स्वप्न-द्रष्टा भर हो। वर्तमान को जाने बिना वास्तविकताओं को समझे बिना ही तुम सब भविष्य की बातें करते हो। जब कि मैं चाहता हूँ सत्य। यथार्थ की खोज है मुझे। तुम्हारे ये नौजवान छोकरे देश की साधारण जनता की अज्ञानता, भोलेपन और कूपमण्डूकता का लाभ उठाकर उनके सामने एक ऐसे स्वप्नमय सुन्दर भविष्य की तसवीर रखते हैं जिसे वे खुद भी अच्छी तरह नहीं जाते-बूझते, परन्तु उसी स्वर्गीय सुन्दर तसवीर का लोभ दिखाकर उसे वर्ग-संघर्ष की ओर खींचे ले जा रहे हैं। इस तरह तुम लोग एक नौकरशाही को हटा करके हमारे ऊपर एक दूसरी नौकरशाही का बोझ लाद देना चाहते हो। यह क्रान्ति कभी भी विशुद्ध क्रान्ति नहीं हो सकती। विशुद्ध क्रान्ति में मनुष्य नेता न बनकर अन्याय अत्याचार के विरुद्ध जगता है, खड़ा होता है। पहले तुम लोग खुद तो विशुद्ध होओ। दुहरे व्यक्तित्व के, दाँव-पेंच वाले मत रहो। उसके बाद और लोग–बाकी जनता – तो अपने आप रास्ता देख लेगी।'' – दुदू ने उत्तर दिया, ''सम्पत्ति (पूँजी) वस्तुतः एक धारणा है। सर्वप्रथम इस धारणा को मन से निकालना पड़ेगा। और सम्पत्ति ही सभी अन्यायों-अत्याचारों का मूल कारण नहीं है। उदाहरण के लिए माकन की ही अवस्था को लो। माकन की दुरवस्था-दुर्गति का कारण तुम खुद हो।''

नवीन ने कहा, '' तुम्हारी बातों में बहुमूल्य रत्न मोती-मुक्ता भी है और गोबर भी है। अच्छा अब वह सब तर्क-विर्तक छोड़ो भी। माकन की अपनी निजी-स्वयं की धारणाओं के कारण ही यह विवाह नहीं हो सका। फिर मुझे दोष क्योंकर दे रहे हो?''

"आत्मप्रताड़ना—अपने आप को ही छलने की क्रिया—को एक क्रान्तिकारी आवरण से ढँक तो दोगे मगर उससे वह पूरी तरह छिप नहीं जाएगी, निश्चिह्न तो नहीं जाएगी। इन सभी चीज़ों की असली जड़ है तुम लोगों की खोखली—अवास्तव—काल्पनिक वर्ग-संघर्ष की भावना। समाज को निराधार ही वर्गों में बाँटने और उनमें कलह-संघर्ष करवाने की भावना।" दुदू ने उत्तेजित होकर कहा, "तुम जो अपने आप को धन-सम्पत्ति उपार्जन करने में असमर्थ मान बैठे हो, वह भी तुम्हारी एक क्रान्तिकारी आत्महीनता की भावना है। माकन की दशा सोचने पर तो मेरी रातों की नींद हराम हो जाती है।"

"माकन का कोई और नया समाचार है क्या?" —नवीन न पूछा।

दुदू ने उत्तर दिया, "यही तो मैं तुम्हें बतलाने आया हूँ। माकन ने कभी सपने में भी रंजीत जी से प्यार नहीं किया, उन्हें अपना बनाना नहीं चाहा। और अभी आज भी वह उसे प्यार नहीं करती। बस केवल सामाजिकता की रक्षा करने की उसकी भावना की दुर्बलता ही उसे रंजीत जी के साथ घर-गृहस्थी बसाने को बाध्य कर रही है। इस तरह वह भी आत्म-छलना ही कर रही है। अब तो सभी कुछ तितर-बितर, नष्ट-भ्रष्ट हो गया है। अब बरुआ जी उसे नया पैरा लगवा देने के लिए लंदन ले जाना चाहते हैं। यह भी एक चिकित्सा संबंधी विलासिता ही है। रंजीत जी के सारे सपने चूर-चूर हो गए, उनकी सारी इच्छाएं टूट गई हैं। रंजीत ने तो अब विवाह न करवाने का ही निर्णय ले लिया है। माकन का हृदय भी आकुल-व्याकुल है, कोई एक निर्णय ले पाने में असमर्थ हो गया है। उसका मन डाँवाडोल है। अब सदानन्द उसके पीछे पड़े हैं, उसे लन्दन लिवा ले जाने के लिए पकड़े हुए हैं। उसे अपनी पुत्र-वधू (रंजीत की पत्नी) बनाने के लिए दृढ़प्रतिज्ञ हैं। मैने तो माकन को पत्र लिख दिया है कि तुम्हें लन्दन जाने की कोई जरूरत नहीं, तुम सीधी घर लौट आओ।"

नवीन ने कहा, "इस बात में तो कोई सन्देह ही नहीं है कि माकन को एक बहुत ही कठिन समस्या का सामना करना पड़ रहा है। परन्तु ऐसी दशा में अतिशय भावुक होने से तो काम नहीं चलेगा। दुदू, तुम माकन को साफ-साफ लिख दो यदि अभी भी वह बिना किसी शर्त पर अड़े हुए लौट आए, तो अभी भी मैं उसे अपना बनाने को तैयार हूँ, उसे अपना सकता हूँ।"

दुदू का मन अब कुछ प्रफुल्लित हुआ। उसने खुश होकर कहा, 'यह सब बिना शर्त-वर्त' की बात छोड़ो। प्रेम के क्षेत्र में यह शर्त-वर्त की झंझटें मुझे अच्छी नहीं लगतीं। मैं उसकी समस्या का समाधान कर दूँगा। मेरी जितनी सारी सम्पत्ति है उसका आधा भाग वह अपने आप पा लेगी।"

नवीन ने उत्तर में कहा, "देखो दुदू! तुम्हारी सम्पत्ति में (तुम्हारी बहन होते हुए भी) हिस्सा पाने का, तुम्हारी सम्पत्ति के प्रति किसी भी प्रकार का लोभ माकन को नहीं है। मैं यह बात भलीभाँति जानता हूँ। मैं स्वयं भी अपने आप ही अपनी आलोचना करने की, आत्म-निरीक्षण करने की दशा से गुज़र रहा हूँ। मुझमें कहाँ क्या कमी है, इसे खोज-ढूँढ रहा हूँ। अतः यह धन-सम्पत्ति का लोभ तो तुम मुझे मत दिखलाओ।"

दुदू के चेहरे पर पसीना आ रहा था। रुमाल से ललाट का पसीना पोंछकर उसने कहा, "ठीक है तुम भी सोचो। वह भी सोच-विचार ले। मैं उसे कितना अधिक प्यार करता हूँ कि बस क्या कहूँ? अगर उसकी जिन्दगी तबाह होती है तो मेरी जिन्दगी में भी खलल पड़ जाएगा।"

नवीन ने हँसकर कहा, "माकन की जिन्दगी खराब नहीं हुई है। शान्तिनिकेतन में रहकर उसने निश्चय ही किसी-न-किसी नये रास्ते का सन्धान कर लिया होगा।'

"वह क्रमशः अपने काल्पनिक–अयथार्थ–भाव-जगत की ओर ही बढ़ती चली गई है। उसमें वह स्वयं को खोज कर भी नहीं पाती।" – दुदू ने उत्तर दिया। समझ रहे हो न नवीन !मैं भी एक दमन-उत्पीडन से मुक्त समाज पाना चाहता हूँ। उस समाज में यौन-इच्छा या प्यार करने की भावना को भी दमन से मुक्ति मिलनी होगी, इन पर भी दमन-चक्र नहीं चलना चाहिए। हमें बिलकुल ही नये प्रकार के यौन-संबंध स्थापित करने की व्यवस्था पर विचार करना होगा। नये संम्पर्कों की स्थापना की परीक्षा अभी से आरम्भ हो जानी चाहिए। जरूरत पड़ने पर हमें परिवार के घेरे से भी बाहर निकलना पड़ेगा। घर से बाहर जाकर भी नये सम्पर्कों की स्थापना करनी होगी। जब तक ऐसा नहीं होता तब तक मानव-समाज में सामाजिक क्रान्ति हो पाना असम्भव है। हमें अब एक नये प्रकार की नैतिकता की आवश्यकता है। मेरे पिताजी ने हमें एक नया रास्ता दिखाया है। परन्तु पिताजी में भी अभी कुछ पुरानी संरक्षणशील-परम्परावादी धारणाएँ शेष बची रह गई हैं। इसी से माकन को वे प्रेम-यौन-मुक्ति देने को प्रस्तुत नहीं हैं। चम्पा–नयी माँ–भी जो फिल्म बनानेवाले दल के साथ घुल-मिलकर गुवाहाटी शहर में स्वच्छन्द रूप से घूम-फिर रही हैं, इसे भी वे सहन नहीं कर पा रहे हैं, इससे भी उन्हें ईर्ष्या होती है। तुम लोग भी इसी प्रकार के रक्षणशील क्रान्तिकारी हो, कुछ क्षेत्रों मे क्रान्ति चाहते हो, तो कुछ क्षेत्रों को ज्यों-का-त्यों बने रहने देना चाहते हो। जब आज मनुष्य को प्रत्येक क्षेत्र मे क्रान्ति की आवश्यकता है, ज्ञान के क्षेत्र में, कला के क्षेत्र में, संस्कृति के और यौन-सम्पर्कों के क्षेत्र में भी। पूँजी-धन-सम्पत्ति में तो क्रान्ति की आवश्यकता है ही, परन्तु सबसे पहले क्रान्ति की ज़रूरत है मन में। मन-मस्तिक

की क्रान्ति ही पहले चाहिए।''

उसकी बातें सुनकर नवीन चुप ही रहा। परन्तु उसे मन-ही-मन महसूस हुआ कि दुदू ने जो चिन्तन-मनन कर परिणाम निकाला है, जो अनुभव प्रकाशित किया है वह सबका सब गलत नहीं है। परम्परावादी, रूढ़ियों से चिपके हुए, संरक्षणशील समाज में क्रान्ति ला पाना बहुत ही मुश्किल है। गुवाहाटी शहर में हो, बेलतला गाँव में हो, या कहीं भी हो, सर्वांगीण विप्लव पूरी समूची क्रान्ति की बात और तो क्या स्वयं क्रान्तिकारियों ने भी नहीं सोची है। वे जो क्रान्ति कर रहे हैं वह किसी अन्य देश में, किन्हीं अन्य क्रान्तिकारियों द्वारा की गई क्रान्ति की ही एक कमजोर-सी नकल भर है।

फिर उसने मुँह खोलकर कहा, ''इस बिन्दु पर मैंने विचार नहीं किया है। यदि इस क्षेत्र में तुम्हारे कुछ नये विचार हैं, तो उन्हें क्रमबद्ध करके एक कार्यक्रम निर्धारण सूची मुझे दे दो, मैं उसे गम्भीरतापूर्वक समझने-बूझने की कोशिश करूँगा। और आज तुमने माकन के प्रति मेरे व्यवहारों की जो आलोचना की, उसकी सच्चाई से भी पूरी तरह इनकार नहीं किया जा सकता। परन्तु हमारे समाज में परम्परागत से जो विवाह प्रथा चली आ रही है, क्या तुम समझते हो कि उसका कोई और सही विकल्प है?''

दुदू ने उत्तर दिया, ''आज तक तो बस एक ही विकल्प है। और वह है ब्रह्मचर्य। एक और भी है जिसे समाज नैतिक नहीं समझता– वह है वेश्यावृत्ति अथवा कोई भेदभाव न रखना, सम्मिश्रण। असली समस्या यह है कि नारी जाति ने आज पर्यन्त विवाह-व्यवस्था के अतिरिक्त अन्य किसी भी व्यवस्था में अपने को सुरक्षित अनुभव नहीं किया है। परन्तु विवाह का मतलब ही है, घर-परिवार, सामाजिकता, दिखावटी जीवन। इसमें प्रेम बचा नहीं रहता। फलस्वरूप माकन ने शान्तिनिकेतन में अध्ययन अनुशीलन करके भी जयन्ती की अपेक्षा कुछ विशेष नहीं पाया है केवल बस एक श्रेष्ठता की भावना के सिवा। जयन्ती ने एक अवास्तविक परम परमेश्वर पति के समक्ष आत्म-समर्पण कर दिया है। और माकन एक विराट मानव-प्रेम या आध्यात्मिक प्रेम की खोज कर रही है। केवल एक रहस्यमय प्रेम, उसके अतिरिक्त और कुछ भी नहीं। उससे तो अच्छा है कि जयन्ती और माकन दोनों ही अपनी-अपनी शक्ति-क्षमता से उपार्जन करने में, आय बढ़ाने में समर्थ बनें। कोई एक काम करें। अगर वे इस रास्ते आ गई तब वे भलीभाँति देख लेंगी कि प्रेम रहस्यमय नहीं है, क।मनामय, वासनामय है। तुम्हारे समाजवाद में मैंने विमल भाई साहब वगैरह की ब्रस्मचर्य की गन्ध महसूस की है। मुझे या जयन्ती को, तुझे या माकन को स्वयं अपना निजी-निजी अधिकार है कि प्रेम की आधारशिला

पर अपना सीधा-सरल-सहज एक-एक सम्पर्क स्थापित कर लें। और वह होगा पूरी तरह नैतिक सम्पर्क।" थोड़ी देर विश्राम कर वह फिर कहने लगा, "इस प्रकार के सम्पर्क में रुपये-पैसे या सुविधावाद का सम्पर्क नहीं रहता, जबकि विवाह-संबंध या वेश्यावृत्ति सम्पर्कों में यह रह जाता है। अतएव मैं सोच रहा हूँ कि जयन्ती अपने आप को उपार्जन कर पाने में शक्ति-समर्थ बनाए। उसे एक नृत्य शिल्पी, नर्तक कलाकार बनना पड़ेगा। देवधुनी बने रहने से काम नहीं चलेगा। और माकन भी यहाँ लौट आकर कहीं कोई नौकरी-चाकरी या काम करे। "

नवीन ने लक्ष्य किया कि दुदू की बातों में एक अकाट्य तर्क-युक्ति है। यह युग नाना प्रकार की परीक्षा-निरीक्षा का युग है। प्रत्येक क्षेत्र में परीक्षा हो रही है। क्रान्ति भी एक परीक्षा ही है। सुन्दर राभा की जीवन-कला भी एक परीक्षा है। बादलै द्वारा मन्त्रि पद ग्रहण करना भी एक परीक्षा है। यह काल ही संक्रान्ति का काल है। फलतः विवाह-व्यवस्था का एक विकल्प खोजने-ढूँढने का विचार भी एक परीक्षा हो सकती है। उसने प्रकट रूप में कहा, "समाज में और मनुष्य के व्यक्तिगत जीवन में एक परिवर्तन लाना आवश्यक हो गया है। गायों के झुण्ड में जो गाय सबसे आगे-आगे बढ़ती चलती है, जंगल का राजा बाघ हमेशा उसे ही मार खाता है। अतएव खतरा तो मोल लेना ही होगा, इस क्षेत्र परीक्षा करने में— सबसे आगे बढ़, जीवन में सबसे पहले इसका प्रयोग करने में डरने से काम नहीं चलेगा। मैं भी इस बात का अनुभव करता हूँ कि माकन के साथ सद्व्यवहार करके अलग हट जाने मात्र से समस्या का समाधान नहीं हो जाता। मैं आज तक भी उसे भुला नहीं सका हूँ। जीवन की मूल प्रवृत्तियों को, सहजात प्रकृति को दबाकर रखना भी हानिकारक है। अतः यदि माकन सदानन्द बरुआ जैसे व्यक्ति को अपना अभिभावक-संरक्षक बनाने की स्थिति और अपने पारिवारिक दायित्वों से छुटकारा लेकर, मुक्त होकर रहने के लिए आगे बढ़कर आए, तब मैं भी एक सच्चे प्रेमी की भाँति उसके पास लौट जाऊँगा। हम दोनों स्वतन्त्र होकर अपने-अपने मार्ग पर आगे बढ़ते जाएँगे।"

दुदू ने हँसकर कहा, "तुम जिसे पारिवारिक दायित्व कह रहे तो, उससे तो वह मुक्त हो ही चुकी है। पिताजी ने ही उसे मुक्त कर दिया है। जहाँ तक सदानन्द बरुआ की बात है तो सदानन्द बरुआ तो असली आदमी नहीं हैं। असली आदमी हैं रंजीत भाई। उन्होंने अच्छी तरह समझ लिया है कि प्रेम-विहीन, जिसमें यथार्थतः प्रेम-बन्धन का आधार न हो ऐसा, विवाह पारस्परिक समझ-बूझ, समझौता, के आधार पर कभी-कभार ही सफल हो पाता है, शायद ही सफल हो सकता है। परन्तु उस समझ-बूझ का भी एक मुख्य आधार अब नष्ट हो चुका है।

एक विकलांग पति को अपनाकर माकन सुखी नहीं हो सकेगी। यह बात उस फिरोज़ा ने भी समझाई है।''

''फिरोजा ने?'' नवीन ने उत्सुकतापूर्व पूछा।

''उसने कलकत्ता से एक पत्र सुदर्शना बहन को भेजा है। बहुत लम्बा-चौड़ा पत्र। उसने अने पत्र का आरम्भ बहुत दिन पहले घटी एक घटना का उल्लेख करते हुए किया है। रंजीत भाई ने जब सेना की नौकरी ग्रहण की, सेना में भर्ती हो गए, तो जिस बात की डर से बड़ी माँ ने उनके साथ सुदर्शना का विवाह करना नहीं चाहा, उनसे विवाह करने के पूर्व प्रस्ताव से पीछे हट गईं, वही डर अब जाकर प्रत्यक्ष हो गया है, उन्होंने जैसी दुर्भाग्यजनक स्थिति की कल्पना की थी, वही स्थिति घट गई है। रंजीत भाई एक पैर से हीन हो गए, विकलांग हो गए। उनके शरीर की दुर्दशा देखकर माकन को उनके प्रति सहज करुणा उपजी है। करुणा भावना के कारण भी बहुत से लोग बहुत-बहुत-सा काम कर गुज़रते हैं। परन्तु विवाह शारीरिक सुष्ठता-अंगों को यथायोग्य स्वस्थ-सुगठित होने–के बिना सुखमय नहीं हो सकती। और कोई उपाय न देखकर ही माकन रंजीत के साथ लंदन जाने के सदानन्द बरुआ के प्रस्ताव पर सहमत हो गई है, अपने व्यक्तित्व की महानता की रक्षा करने के उद्देशय से ही। बरुआ जी भी यह अच्छी तरह जानते हैं कि रंजीत अब विवाह करने, करवाने के एकदम खिलाफ है। परन्तु सदानन्द बरुआ ने माकन को अपनी पुत्र-वधू के रूप में पाने का मोह अभी त्यागा नहीं है। उन्होंने दुदू को पत्र लिखा है, रुपये भिजवाने के लिए। पचास हजार रुपये। कल ही सिराजुद्दीन हजारिका कलकत्ता जाएँगे। वे ही ये रुपये ले जाएँगे। रुपये देगा, बरुआ जी को बराबर उधार देते रहनेवाला, फैन्सी बाज़ार (गुवाहाटी की एक मशहूर जगह) का व्यापारी सेठ लालचाँद। इस महायुद्ध की वेला में मौके का फायदा उठाते हुए नाना प्रकार के व्यवसाय करके आज वह करोड़पति बन चुका है। उससे रुपये ले आने के लिए हमारे मन्मथ जीजा जी, बरुआ जी के अत्यन्त विश्वसनीय सहयोगी....।''

आश्चर्यचकित होकर नवीन ने पूछा, ''इतने ज्यादा रुपये नकद रूप में बरुआ जी क्यों ले रहे हैं। ऐसा करने में तो गम्भीर खतरा है।''

दुदू ने हँसकर कहा, ''ये सब तो काला रुपया है कालेबाज़ार की कमाई का। लालचाँद के पास तो काले रुपयों का खजाना ही है। और काले धन को नकद रूप में न ले, तो और कोई रास्ता ही नहीं है।''– कुछ क्षण ठहरकर उसने फिर कहा, ''यह काला रुपया–कालाधन–सभ्यता और संस्कृति को भी काला किए दे रहा है। बेलतला में सिनेमा का वृत्तचित्र बनाने के लिए, फिल्मांकन के लिए गए हुए जिस दल को तुमने देखा था, उस दल को वृत्तचित्र बनाने के लिए धन कौन दे रहा है?

कौन फाइनेन्स कर रहा है उन्हें ? ये हमारे मन्मथ जीजा जी ही। कालेधन की संस्कृति है यह। मैं अपनी सामर्थ्य भर धन-सम्पत्ति के पाप से उद्धार पाने की कोशिश भर ही नहीं कर रहा हूँ, बल्कि मैंने माकन को भी इसके लिए लिखा है। वह जिस आर्थिक सुरक्षा, आपद्-विपद् से सर्वथा मुक्ति की सच्छल-सम्पन्न स्थिति की बात सोच रही है उस सम्पन्नता का आधार है यही काली कमाई का कालाधन। ये सब बातें कहते हुए भी मुझे घृणा होती है। धनी होने की अपेक्षा गरीब होना कहीं अधिक अच्छा है। जमींदार और मालिक-सेठ-धनाढ्य होने की अपेक्षा खेतिहर किसान-मजदूर होना अधिक भला है। पहले मैं भी इस मर्म को नहीं समझता था। परन्तु अब जान गया हूँ।

"मन्मथ जीजा जी उन्हीं रुपयों को ले आने के लिए पलाशबाड़ी (मुहल्ले) गए हुए हैं। सेठ लालचंद इस समय वहीं रह रहा है। वहीं एक मिल की स्थापना कर रहा है।"

नवीन को लगा जैसे वह उपदेश प्रधान पौराणिक कहानियों की तरह ही कहानी सुन रहा है। काले संसार से जुड़ी हुई पापाचार-दुराचार की कहानी। उसने कहा, "वे सब बातें अब रोको भी। यह तो बताओ कि अब माकन करेगी क्या? फिरोजा ने इस संबध में कुछ लिखा है?"

"वह सोच-विचार कर रही है। सम्भवतः अब वह विवाह तो नहीं हो सकेगा?"

"अच्छा! और तुम? क्या तुम समझते हो कि तुम जयन्ती से विवाह कर सकोगे?"

" सम्भवतः नहीं ही करा पाऊँगा, अगर वह ऐसी ही मूर्ति धारण किए रह गई तो। उसे मैं बिलकुल नये रूप में गढ़ने की कोशिश कर रहा हूँ। एक नृत्यकला मण्डल स्थापित करने की सोच रहा हूँ।" – दुदू ने उत्तर दिया, "यह बात कहने पर जयन्ती बहुत गहरी उत्सुकता प्रकट करती है। परन्तु धीरे-धीरे फिर बहुत डर जाती है। वह किसे अधिक प्यार करती है यह तो मैं बता नहीं सकता। यदि ऐसा कोई मनुष्य प्रकट हो जो उसके प्राणों को पूरी तरह अपनी ओर खींच ले जाय, उसके हृदय को हर लेने में सक्षम-समर्थ हो, तब संभवतः वह उसके सामने ही अपने आप को समर्पित करेगी। परन्तु मैं? मैं क्या करूँगा? मुझे तो उसे पा लेना ही होगा। उसे पाने के लिए मैं सभी कुछ करूँगा।"

नवीन ने देखा दुदू की आँखों में आँसू उमड़ आए हैं। उसकी आँखों में, मुख मण्डल पर परेशानी का एक अत्यन्त सुन्दर कोमल भाव उभर आया है।

दोनो ही खारघुलि के उस घर में बाहर से ताला बन्द कर बाहर आ गए।

फिर उस सुनसान घने जंगल के भीतर-भीतर पैदल चलते हुए जंगल पार कर बाहर निकल आए और फिर दुदू के घर पहुँच गए। दुदू के मकान में प्रवेश करते ही माली ने दुदू से आकर कहा, "साहब !आप के पिता जी काफी देर से आप की पूछताछ कर रहे हैं, आप से तुरन्त मिलना चाहते हैं।"

"क्यों?"

यकायक बगल के कमरे से दौड़ती-भागती जयन्ती आ पहुँची। "सर्वनाश ही हो गया, दुदू साहब !कहने का साहस नहीं हो पा रहा, हे भगवान !'

"क्या हुआ?"

"मन्मथ जीजा जी को किसी ने मार दिया है।"

दुदू अचानक अतिशय गम्भीर हो गया, बोला, "जयन्ती घर के अन्दर चलो। मेरे साथ में नवीन है, पहले उसे सुरक्षित स्थान पर पहुँचा आऊँ।"

तीनों ही दुदू के शयन-कक्ष में जा पहुँचे। नवीन ने अपने कन्धे से थैला उतारा और फिर पलंग पर बैठ गया। दुदू ने खड़े होकर जयन्ती की ओर देखा और कहा– "अब बतलाओ, क्या हुआ था?"

होगा क्या और? रुपये ले आने के लिए गए हुए थे वे। रुपये हाथ में लेते ही डकैतों से छीना-झपटी, मार-पीट शुरू हो गई। उन लोगों ने सेठ लालचाँद को गोली मार दी और उनके रुपये छीनकर भाग गए।" मारे डर और घबराहट के जयन्ती भीतर-ही-भीतर सासें-उसासें खींच रही थी।

"पिताजी घर पर हैं या नहीं?"

"वे खानापारा से घर लौट कर गए थे। पुलिस बुला ले गई है। उनके साथ पिताजी भी गए हुए हैं। जाने के पहले बड़े पिताजी को शिलांग फोन कर गए हैं। वे लोग भी आ जाएँगें।" जयन्ती रो पड़ी थी।

दुदू ने दराज़ खोलकर तालियों का गुच्छा हाथ में लिया। उसके बाद नवीन की ओर देखकर बोला–"तुम रात भर यहीं ठहरना। सबेरा होने पर चले जाना। कहीं भी मत निकलना। और जयन्ती तुम।"

जयन्ती विकल नेत्रों से दुदू की ओर देखती रही।

"तुम्हारे ऊपर इसकी सेवा-सुश्रषा का भार है।" उसने कहा–मैं अब जा रहा हूँ। मुझे कितनी रात हो जाएगी, कोई ठीक नहीं।"

नवीन की ओर देखकर दुदू ने कहा–"तुम कुछ समझ पाए या नहीं?"

"नहीं, कुछ भी नहीं।" नवीन ने उत्तर दिया। "अपरिपक्व-कच्ची-नासमझ-वर्ग संघर्ष। वर्ग-विद्वेष की लड़ाई। यह सब निश्चय ही तुम लोगों के संघ के नौजवान छोकरों का काम है।" दुदू ने कहा, "सबेरा ही बता देता है कि दिन

कैसा होगा।"

नवीन अवाक् होकर दुदू की ओर निहारता रह गया। दुदू अपनी चाभियों का गुच्छा लेकर बाहर निकल गया। थोड़ी देर बाद ही बाहर जीप गाड़ी के चल पड़ने की आवाज सुनाई पड़ी।

"कुछ समझ पा रहे हैं, भगवन्?" जयन्ती ने पूछा, "इनका ऐसे ही चले जाना देखकर मेरा तो कलेजा काँप रहा है।"–जयन्ती की आँखों से आँसुओं की झड़ी गिरने लगी।

नवीन ने जयन्ती के चेहरे को गौर से निरखा-परखा तो पाया कि उसकी आँखों में, उसके मुखमण्डल पर प्रेम भाव प्रकाशित हो रहा है।

"अब तुम मुझे और अधिक सोचने-विचारने को मज़बूर मत करना। (मुझसे कुछ मत छिपाना) बतलाओ। तुम सबसे अधिक दुदू को ही प्यार नहीं करती तो इस प्रकार से विकल हो रो नहीं पाती, क्यों ठीक है न?" –नवीन ने झटके से पूछा।

"हां, मैं उन्हें प्यार करती हूँ। उनके प्रति प्यार अनुभव करती हूँ। ईश्वर के बाद उन्हें ही। अब इस समय जब उनकी बात सोचकर मेरा कलेजा अचानक काँपने लगा है, तो मैंने इसका संकेत पा लिया है। इसके पहले किसी और के खातिर देवधुनी नर्तकी का कलेजा प्रकम्पित नहीं हुआ, ईश्वर। अपने साथ बन्दूक भी नहीं ले गए।" जयन्ती ने कहा। उसके बाद फिर यकायक बोल पड़ी, "आप को ईश्वर की शपथ है, मेरी यह सब आन्तरिक बातें दुदू साहब से कभी मत कहिएगा। कह देने पर वे जाने कैसे हो जाएँगे। मैं उनके पास से दूर चली जाना चाहती हूँ। उनका मुँह ईश्वर जैसा ही लगता है।" थोड़ी देर वह चुप हो गई। शान्त और सुस्थिर हो जाने पर उसने फिर कहा, "माँ महामहेश्वरी ने आज दिन में ही मुझसे कहा है, 'तूँ चली जा यहाँ से। जहाँ से आई थी, वहीं चली जा।' शपथ खाकर कह रही हूँ, मैं कल ही चली जाऊँगी। हे ईश्वर! इतनी भारी यन्त्रणा, इतना दर्द, इतनी छटपटाहट।"

नवीन ने कहा, "ठीक है, चले जाना। परन्तु अपने आप को ही धोखा मत देना। दुदू ने आज सारी बातें साफ-साफ खोलकर बतला दी हैं। वह तुम्हें अपनी कल्पना के अनुरूप गढ़ लेगा। देवता के हाथ से तुम्हें लौटा ले आएगा। फिर तुम होगी पार्वती और वह होगा महादेव शिव।"

जयन्ती काठमारी-सी अवाक् होकर नवीन की ओर देखती रह गई। कुछ देर ठहरकर उसने कहा–"तोता-मैना की काल्पनिक कहानियों में और विवाह के संस्कार-गीतों वगैरह में, आधारहीन कपोलकल्पित संवादों में इस तरह की बातें

संभव होती हैं, ईश्वर! मानव-जगत में यह सब नहीं घटतीं।"

नवीन ने उत्तर दिया, "होगा जी, होगा। इस पृथ्वी पर असम्भव भी संभव हो रहा हैं।"

जयन्ती को ढाढस बँधाती हुए उसने अभय दान दिया। उसे उसने साहस के साथ प्रेम का सामना करने को प्रोत्साहित किया। नवीन की अभयवाणी सुनकर इस महासंकट की वेला में भी उसने यकायक अपने आप का सही साक्षात्कार पा लिया। वह दुदू साहब को चरम सीमा तक प्यार करती है। दुदू को प्यार करने का अर्थ है शरीर और मिट्टी को प्यार करना।

जयन्ती कुछ देर चुपचाप आँसू बहाती रही। बोली कुछ नहीं। नवीन को भोजन करवाकर वह अपने रहने के कमरे में जाने लगी। तभी यकायक नवीन बोल पड़ा, "जयन्ती! मेरा थैला उठा ले जाओ। इस थैले में दो चित्र हैं। इसे चम्पा माँ जी को दे देना। उनसे कहना कि इन चित्रों के लिए वे जो रुपये देना चाहें, उसे बेलतला गाँव में अहाली के नाम भिजवा दें। दुदू को देने से भी काम हो जाएगा, रुपये सही जगह पहुँच जाएँगे।"

उन दोनों चित्रों को देखकर जयन्ती तो बिलकुल स्तब्ध हो गई। पूछ बैठी– ये किसने बनाये, हे ईश्वर?"

नवीन ने बतालाया, "और भला कौन बनाएगें? सुन्दर राभा जी ने बनाया हैं।"

उन चित्रों की ओर जयन्ती कुछ देर तक एकटक निहारती रही। उसे ध्यान से देखकर उसने कहा, "बहुत सुन्दर चित्र बनाया है। पुरुष जब अपनी ओर देखता है, तो महापुरुष के समान देखता है, हे ईश्वर! शान्त, स्थिर। परन्तु जब प्रकृति को, स्त्री को देखता है तो बस शृंगार ही देखता है, मात्र सौन्दर्य। सिन्दूर और हल्दी के संयोग से नवों रसों का मूर्त रूप प्रकट हो जाना चाहिए, हे ईश्वर! स्त्री की करुण-आर्त पुकार को जो ही, सो ही नहीं सुन पाता।"

जयन्ती के चले जाने के बाद नवीन उसके द्वारा कही गई बातों पर गम्भीरता-पूर्वक मनन करने लगा। उसे अनुभव हुआ कि इस नारी में एक आश्चर्यजनक बोध शक्ति है, जो चीज़ों को बड़ी गहराई तक समझ लेती है।

गहरी रात में उसे बाहर से दुदू के पुकारने की आवाज़ सुनाई पड़ी तो नवीन ने बिजली जला दी और दरवाजा खोलकर दुदू को अन्दर आ जाने दिया। दुदू ने कमरे में प्रवेश करते ही कहा, "यह निश्चय ही एक असभ्य, अपरिपक्व और ओछे दर्जे की वर्गीय लड़ाई ही है। तुम लोगों के संघ का पतन हो गया है। सरकार ने व्यापक रूप से धर-पकड़ करने का अभियान चलाने का निर्णय ले लिया है।

गिरफ्तारियां शुरू हो गई हैं और सबसे बुरी खबर क्या है, जानते हो? उसी बम विस्फोट करने वाले लड़के ने ही यह डकैती डाली है। मन्मथ जीजा जी मरने से कुछ क्षण पहले मजिस्ट्रेट के सामने अपना साफ-साफ बयान दर्ज करवा गए हैं। अतएव उसको फाँसी की सज़ा होना तो निश्चित ही है। हमारे बड़े पिताजी और सुदर्शना जी शिलांग से आ पहुँचे हैं। वहाँ का दृश्य देखा नहीं गया अतः मैं वहाँ से चला आया। ऐसा करुण दृश्य है कि कोई भी किसी के मुँह की ओर देख तक नहीं पा रहा।''

नवीन ने कहा, ''तुम्हारा भोजन रखा है। पहले भोजन कर लो फिर बातें करना। मैं जयन्ती को बुला दे रहा हूं।''

''कोई ज़रूरत नहीं। तुम जाकर सो रहो। मैं अब थोड़ी शराब पिऊँगा।'' हाल-बेहाल परेशान हो दुदू ने कहना शुरू किया, ''धन-सम्पत्ति ही काल है। जब तक इस धन-सम्पत्ति के नाग-फाँस से मुझे छुटकारा नहीं मिल जाता, तब तक मुझे शान्ति नहीं मिलेगी। अब तो कुछ-न-कुछ अवश्य ही करना होगा। ये सब काला धऩ, सफेद धन या ईमान की कमाई, जगह-जमीन-जमींदारी, बाग-बगीचे, चाय-बागान वग़ैरह सभी-के-सभी आज निरर्थक जान पड़ रहे हैं। जीवन की सार्थकता आखिर किसमें है? रुपये-पैसे, धन-सम्पत्ति जुगाड़ने में तो नहीं ही है। तुम लोगों के इस घटिया दर्जे के वर्ग-संघर्ष में भी नहीं हैं। तुम लोग भी तो उसी रुपये-पैसे, धन-सम्पत्ति के इकट्ठा करने की ही फिराक में हो। फिर इस पागलपन की कार्यवाही के मूल में कौन-सी विशेष धारणा है? एक आदमी का रुपया-पैसा, धन-सम्पत्ति पाप है, और वही धन-सम्पत्ति डकैती करके संघ वाले लूटकर हथिया लें तो पुण्य है। मैं थूकता हूँ ऐसी धारणा पर। भाड़ में जाए ऐसी भावना।''

नवीन दुदू के इन सब असंबद्ध, विश्रृंखल और अतार्किक विचारों को बस सुनता भर रहा, उसपर कोई ध्यान नहीं दिया। फिर अचानक दुदू ने शयन-कक्ष की अलमारी खोली और ह्विस्की की एक बड़ी बोतल निकालकर मेज पर रख ली। फिर गिलास लेकर पानी मिलाकर पीने लगा। फिर शराब पीते-पीते ही वह अपना भाषण झाड़ता जा रहा था। इतने जोशो-खरोश से जैसे गुवाहाटी के उच्चन्यायलय के विशाल मैदान में पं. जवाहर लाल नेहरू भाषण दे रहे हों। नवीन शान्त रहकर सब सुनता रहा। वह समझ गया था कि इस दुर्घटना से दुदू के हृदय पर जो भयानक आघात लगा है, उस दुःख-दर्द को जब तक वह उजाड़कर बाहर फेंक नहीं लेता, तब तक उसका चित्त शान्त-स्थिर नहीं हो सकता। इस दुःख-दर्द का उद्दात्तीकरण, इसका उपशमन अत्यन्त आवश्यक है। जी खोलकर तड़प लेने से ही शान्ति मिलेगी।''

पूरी एक बोतल शराब खत्म कर नशे में चूर दुदू थकावट से भरकर नवीन की बगल के पलँग पर लुढ़ककर गिर पड़ा। नवीन ने उठकर गिलास और बोतल उठाकर आलमारी में रखा, फिर दुदू के पास आकर बैठ गया। दुदू के चेहरे पर, सर पर अपना हाथ फेरते-फेरते नवीन ने अनुनय के स्वर में कहा, "मुझे एक वचन दो, दुदू !(

"कौन सा।"

"यही कि, ... कि इस तरह से शराब नहीं पिऊँगा। इस तरह तो तुम शराब नहीं पी रहे हो, बल्कि शराब ही तुम्हें पी रही है।" – नवीन ने बड़े प्यार से उसके चेहरे पर हाथ फेरते सिफारिश की।

"एकदम असम्भव। इतने दिनों तक उसके मुँह की ओर देखकर मैने शराब पीना छोड़ ही दिया था। मगर आज अपने आप को रोक नहीं सका। उस भूतिनी-पिशाचिनी ने तो मुझे खाया ही, अब यह सम्पत्ति भी मुझे खाएगी। मैं यह सारी सम्पत्ति छोड़छाड़कर एक साधारण खेतिहर किसान बनना चाहता हूँ।"–दुदू ने बड़े हताश मन से कहा।

"मगर तुमने एक बात का तो अन्दाज़ भी नहीं पाया।"

कौन-सी?"

"तूँ निश्चय ही बड़ा भाग्यशाली है। जयन्ती ने आज हृदय से अनुभव किया है कि ईश्वर के बाद यदि कोई उसे सर्वाधिक प्रिय है तो वह तुम हो। (उसका हृदय तुम्हारे प्रति ढल गया है।) अब अगर तुम इस तरह शराब पिओगे तो उसे बहुत बुरा लगेगा।"–नवीन ने उत्तर दिया।

नवीन के मुँह की ओर एकटक देखकर दुदू यकायक बिलकुल चुप हो गया। उसकी इस चुप्पी का मूल अर्थ क्या है? इसे नवीन भलीभाँति समझ गया।

उसके कुछ देर बाद से फिर पूरी रात भर उन दोनों के बीच प्रेम और क्रान्ति के संबध में चर्चा होती रही।

दूसरे दिन सबेरा होने से काफी पहले ही बड़े तड़के ही, जयन्ती ने आकर ज्यों ही आवाज़ लगायी दोनों उठ बैठे। दुदू ने नवीन से कहा, "आओ चलो, तुम्हें बेलतला तक छोड़ आऊँ। वस्तुतः तुम और मैं दोनों ही दो भिन्न-भिन्न शिविरों से संबद्ध हैं। मैं एक शोक-संतप्त मालिक हूँ और तुम भी संभवतः ओछे स्तर के कच्चे क्रान्तिकारी नहीं होओगे। ठीक कह रहा हूँ न? "

"मैं असभ्य, रुखी और ओछे किस्म की क्रान्ति में विश्वास नहीं करता। परन्तु तुम्हारे विचारों से मेरे विचारों में निश्चय ही भारी मतभेद है। तुम मेरा विश्वास करो, मैं नौजवान लड़कों को भटकने नहीं दूँगा, मैं उन्हें सच्ची क्रान्ति की

राह पर खींच लाने के लिए दृढ़प्रतिज्ञ हूँ। मुझे आशा है कि क्रान्ति का जो यह जंगली, रूखा और असभ्य प्रकार का रूप अभी दिखाई पड़ रहा है वह धीरे-धीरे मिट जाएगा। परन्तु एक बात याद रखना कि क्रान्ति करने, विप्लव लाने की बात मैं सोचता हूँ।"

दुदू ने उसका ललाट चूम लिया। फिर बोला, "मैं भी क्या कर सकूँगा, देखता हूँ। हाँ, देखना माकन की बात भूल मत जाना।"

दरवाज़े का किवाड़ खोलते ही नवीन ने लक्ष्य किया कि जयन्ती के हाथ में चाय-जलपान रखी हुई तश्तरी काँप रही है। संभवतः दुदू को देखकर ही उसकी देह में कम्पन उमड़ आया था। आज से बहुत दिन पहले ऐसे ही एक दिन माकन के हाथों में थमी हुई तश्तरी भी काँप गई थी। वह झटपट आगे बढ़ा और तश्तरी को अपने हाथों में सम्हाल लिया।

नवीन ने फिर जयन्ती की ओर उन्मुख होकर कहा–" जयन्ती ! तुम कुछ गलत मत समझ बैठना। मैंने दुदू से सब कुछ खोलकर बता दिया है। अकेले-अकेले केवल वही तुम्हें गढ़ेगा, ऐसा नहीं है, तुम भी इसे गढ़ोगी। तुम लोगों का विवाह हो या न हो, वह तो एक अलग बात है। प्रेम मत त्यागना। प्रेम ही असली चीज़ है।"

उसकी बातें सुनकर दुदू यकायक बीच में ही बोल पड़ा, "तुम्हारी बातें सुनकर मुझे माँ की याद हो आई है। इस तरह की बातें करनेवाला आजकल कोई नहीं है।"

जयन्ती की आखों से आँसू झरने लगे थे। उसने कहा, "मेरी माता जी तो मेरे निरे बचपन में ही मर गयीं। आप सचमुच ही माँ की तरह की बातें कह रहे हैं।

गुवाहाटी रेलवे स्टेशन पर रेलगाड़ी आकर खड़ी हो गई।

रंजीत बैसाखियों के सहारे एक प्रथम श्रेणी के डिब्बे से नीचे उतरा। सामान उतारने के लिए कुली ढूँढ़ने के लिए उतरा था कि देखा कि चारों ओर पुलिस घेरा डाले फैली है। वह आगे जाना चाहता ही था कि एक पुलिस अधिकारी ने उसके पास आकर नमस्कार बोलकर कहा, "कुछ देर तक अभी अपने डिब्बे में ही ठहरें। ट्रेन की खाना-तलाशी चल रही है।"

आश्चर्यचकित होकर रंजीत ने पूछा, "क्यों?"

"इस ट्रेन में ही कुछ क्रान्तिकारी आतंकियों के आने की सूचना मिली है।"

"असम में क्रान्ति हो गई हैं क्या?"

"हाँ।"

रंजीत अपने डिब्बे के अन्दर चला गया। उधर माकन अपना हाथ का थैला लटकाए डिब्बे से उतरने को तैयार थी, कि रंजीत को फिर से डिब्बे में चढ़ता देखा। आश्चर्यपूर्वक पूछ पड़ी—"क्यों रंजीत जी! आप फिर क्यों ऊपर आ गए?"

रंजीत ने जब पुलिस अधिकारी द्वारा बतलाई गई बातें बतलायी तो माकन के ललाट पर चिन्ता की रेखाएँ उभर आयीं। दोनों ही शान्त हो बेंच पर बैठ गए। डिब्बा काफी बड़ा था। दूसरी ओर कई आदमी गम्भीर मुद्रा में बैठे हुए थे। वे लोग बातें कर रहे थे।

यकायक माकन हँस पड़ी। हँसकर बोली, "अब मैं सब समझ गई। यह सब नवीन जी और उनके संगी-साथियों द्वारा की गई क्रान्ति है।"

अतिशय गुरु-गंभीर होकर रंजीत ने माकन की ओर निहारा। थोड़ी देर ठहर कर उसने पूछा, "क्यों, वह अभी भी क्रान्ति-व्रान्ति ही कर रहा है क्या?"

"हाँ। अगर यह सब करते न होते तो...." माकन हँसने लगी।

माकन और रंजीत उस दिन कलकत्ता से रेलगाड़ी द्वारा गुवाहाटी आ पहुँचे थे। माकन पूरी तरह बदल चुकी थी। विशेषतः विगत दो सप्ताहों के अन्दर। कलकत्ता शहर में दोनों तीन दिन तक एक ही होटल में थे। रंजीत से मिलने के लिए माकन होटल में आई थी परन्तु साम्प्रदायिक दंगा भड़क उठने के कारण फिर वह वापस नहीं जा सकी थी। इस बीच शान्ति निकेतन में अध्ययन अनुशीलन कर माकन बहुत बुद्धिमती समझदार महिला हो गई थी। रवीन्द्र साहित्य की परीक्षा उत्तीर्ण करने के बाद वह महात्मागाँधी जी का दर्शन करने और उनके काम में सहयोग देने के लिए नोआखाली गई हुई थी। असम की महिलाएँ अपने साथ में साम्प्रदायिक हिंसा की शिकार-पीड़ित-हर्षित महिलाओं की सहायता के लिए, सहायता सामग्रियाँ लायी थीं। इन सहायता सामाग्रियों में रुपये-पैसे अन्यान्य सामग्रियों के अलावा सिन्दूर और चूड़ियां भी थीं। फिरोजा के घर पर माकन को भी पा जाने पर वे लोग माकन को भी अपने साथ ले गईं। नोआखली पहुँचकर उसने जो दृश्य देखा तो उसका अपने प्रति मनोभाव पूरी तरह बदल गया।

महात्मा गाँधी जी का अनुसरण करते हुए जो कई दिनों तक माकन को वहाँ घूमने का अवसर मिला तो अनुभव हुआ कि साम्प्रदायिक दंगों, मजहबी-फसादों में सबसे अधिक दण्ड भोग, सर्वाधिक परेशानी का अनुभव, नारी जाति को ही होता है। उसके मन में विद्रोह का भाव उठने लगा। उसने गम्भीरतापूर्वक अनुभव किया कि जितने दिनों तक नारी, पुरुष के समक्ष अबला बनकर रहेगी, उतने दिनों तक उसे मुक्ति नहीं मिलेगी। सतीत्व की रक्षा की जिम्मेदारी केवल नारी को ही नहीं है,

पुरुष को भी होनी चाहिए। तब उसने दृढ़ निश्चय किया कि वह विवाह-संस्कार, मतीत्व मर्यादा, घूमने-फिरने आदि मामलों में पहले से चले आ रहे नियम-कानून, बाधा-निषेध को कतई ही नहीं मानेगी। उन नियमों में बँधकर नहीं चलेगी। दंगे-फसादों में सताये गए पुरुषों की अपेक्षा नारियों की यातनाएँ-परेशानियाँ सैकड़ों गुना अधिक हृदय विदारक थीं। घर-परिवार, समाज-संसार में पुरुषों की ही भाँति नारी को भी समान अधिकार पाना होगा। नैतिकता की बासी पड़ गई, वर्तमान स्थितियों में जिनका प्रयोग अनावश्यक है, सड़-गल-पच गयी जीर्ण-शीर्ण धारणाओं-मान्यताओं के खिलाफ नारी को विद्रोह करना पड़ेगा। नोआखाली में भ्रमण करने के अनन्तर उसे अनुभव हुआ कि नोआखाली की अत्याचार पीड़ित नारियों के लिए चूड़ी और सिन्दूर की अपेक्षा नयी, शक्तिशाली, युगानुरूप नैतिक धारणा की अधिक आवश्यकता है। आवश्यकता है पुरुषों के दासत्व के प्रति नये विद्रोह की। यह सिन्दूर और ये चूड़ियाँ तो नारी की निर्बलता के प्रतीक हैं।

कॉलेज स्ट्रीट (कलकत्ता का एक भाग) के होटल शेशिल में रंजीत ऑपरेशन करवा लेने के बाद विश्राम लेने के लिए ठहरा हुआ था। कलकत्ता के मेडिकल कॉलेज अस्पताल में उसकी सड़ी-गली टाँग काट दिए जाने के बाद उसका लंदन जाना संभव न हो सका। मन्मथ ठीकेदार को जो पचास हजार रुपये भेजने के लिए कहा गया था, डकैती में उनके लूट लिये जाने के कारण सदानन्द बरुआ जी का लंदन न जा पाना भी एक और महत्त्वपूर्ण कारण था। मन्मथ ठीकेदार और उनके परम मित्र मारवाड़ी सेठ की हत्या की सूचना पाकर वे हड़बड़ाकर बड़ी शीघ्रता से गुवाहाटी लौट गए। लौटकर उन्होंने देखा कि हर तरफ अराजकता फैली हुई है। कोई भी काम ठीक-ठाक नियमपूर्वक नहीं हो पा रहा है। पंचानन फूकन थानापारा अंचल स्थित अपनी नयी छावनी में जाकर रह रहे हैं। चाय-बागान के काम-काज की देखरेख, अथवा जमींदारी की जगह-जमीन, खेती-बारी की देखभाल में उन्हें कोई रुचि नहीं रह गई है। दुदू ग्रामीण युवती जयन्ती के प्रेम में मदमस्त है। खेतिहर किसान बनने की गरज से सिपाझार में जाकर वहाँ एक नयी छावनी बनाकर नवराम ओझा और जयन्ती को भी साथ ले जाकर वहीं रह रहा है। नवराम ओझा भी भंयकर रूप से बीमार पड़े हुए हैं। उनकी भी दवा-दारू, सेवा-शुश्रूषा का भार उसने अपने सिर ले लिया है। चाय-बागान का कार्यालय पंगु हो बन्द पड़ा है। चाय-बागान के लिए दो सप्ताह से आवश्य खर्चे के रुपये नहीं गए हैं। प्रोफेसर रविचन्द्र शिलांग में रहकर विश्वविद्यालय का प्रस्ताव तैयार करने में अतिव्यस्त हैं। यहाँ के कामों की ओर ध्यान देने के लिए उनके पास समय ही नहीं है। अतएव चारों ओर से सहायता की आशा क्षीण देखकर सदानन्द बरुआ जी को निरुपाय

होकर अपने वाणिज्य-व्यवसाय के कामों को ठीक करने में लग जाना पड़ा। ऐसी दशा में रंजीत की देखभाल-सेवा शुश्रूषा का भार आधा नरेनदत्त पर और आधा माकन पर जा पड़ा।

रंजीत और माकन का विवाह संस्कार संपन्न करवाने के लिए भी सदानन्द बरुआ जी को फूकन के साथ बातचीत करने संबन्ध पक्का करने का अवसर नहीं मिल पाया। कारण यह कि मन्मथ ठीकेदार और उनके सहयोगी धनाढ्य सेठ की हत्या हो जाने के मामले में उन्हें कोर्ट-कचहरी की आपाधापी में बराबर लगातार व्यस्त रह जाना पड़ा। चाय-बागान का काम और जमींदारी के कामों की झंझटें तो हैं ही। और इन्हीं सबके दरम्यान रंजीत ने स्वयं विवाह न करने का दृढ़ निश्चय कर लिया।

नोआखाली से लौटकर माकन होटल में रंजीत से मिलने के लिए आई थी। उस दिन यकायक कलकत्ते में साम्प्रदायिक दंगा भड़क उठने के कारण वह होटल से निकलकर बाहर न जा सकी, अतः वहीं रह जाना पड़ा। इन्हीं तीन दिनों के आवासकाल में रंजीत ने उसे अच्छी तरह समझा बुझाकर कह दिया है, "वह पंगु है, एक पाँव कटवाकर विकलांग हो चुका है, अतएव वह विवाह नहीं करवाएगा।"

माकन ने पहले तो उसके इस संकल्प का विरोध किया, क्योंकि उसकी पत्नी बनने के लिए उसने अपने मन को हर तरह से प्रस्तुत कर लिया था। उसकी इस प्रस्तुति के पीछे पारिवारिक कर्तव्य-बोध की भावना भी काम कर रही थी।

परन्तु रंजीत उससे विवाह करने में स्वयं संकोच का अनुभव कर रहा था। वह माकन के सर का बोझ बनकर संसार में जीना नहीं चाहता। अतएव वह चाहता है कि माकन अपनी अन्तरात्मा की इच्छा के अनुसार किसी और से सम्बन्ध बनाकर अपनी गृहस्थी बसाए। उसे सुखी देखकर वह भी सुख का अनुभव करेगा।

रंजीत की ये बातें सुनकर माकन को बहुत बुरा लगा परन्तु अन्ततः उसने देखा कि रंजीत का निर्णय अटल है, किसी भी तरह वह अपना निश्चय नहीं परविर्तित कर सकता।

अतएव माकन ने अन्ततः स्थिति की यथार्थता को स्वीकर कर लिया और उसे बहुत सहज रूप में लिया। उसने विवह-संबंध स्थापित करने की बात को विसर्जित कर दिया, परन्तु रंजीत के साथ एक अलग किस्म का ही साधारण सहयोग-संपर्क स्थापित कर लिया। उससे विवाह करके भी उसकी यथाशक्ति सहायता करने का निर्णय लिया। तदनन्तर ये तीन दिन उन दोनों ने उस होटल में मित्रों की भाँति साथ-साथ बिताए।

फिर वहाँ से साथ-साथ ही गुवाहाटी रेलगाड़ी से आए। और जब गुवाहाटी

स्टेशन पर पहुँचे तो उन्हें यह दृश्य देखने को मिला।

माकन के अधूरे उत्तर को सुनकर रंजीत नें हँसते हुए कहा—'न करता होता तो तुम से विवाह न करा लिया होता, यही कहना चाहती थी न? "—रंजीत के चेहरे पर, उक्त बातें बोलते समय, कोई मनोमालिन्य का या पछतावे का कोई भाव नहीं था, सहज-सरल-स्वच्छन्द उक्ति। उसका चित्त स्थिर, शान्त था।

"हाँ।" माकन ने जबाब दिया, "अबसे मेरी जीवन-यात्रा का एक अध्याय समाप्त होकर दूसरा अध्याय आरंभ हो गया है। अब मेरा एकमेव कर्तव्य है स्त्री जाति के लिए एक नये मार्ग का अनुसन्धान करना।"

रंजीत ने कहा, "तो क्या तुम स्त्री-जाति की पक्षधरता का, पुरुष-विद्वेष का, समर्थन करने वाली 'फेमिनिस्ट' बन गई हो?"

"नहीं। बल्कि यूँ कहें कि 'विद्रोही'।"

"यह फिर किस प्रकार का विद्रोह है? किसके खिलाफ विद्राह है?"

"पुरुष के आधिपत्य के खिलाफ, नारी को पुरुष जाति की दासी मानने की भावना के खिलाफ।"

माकन ने बहुत शान्त भाव से कहा।

रंजीत उत्तर में कुछ कहने जा ही रहा था कि तभी रेलवे प्लेटफार्म पर पुलिस की सीटियों की आवाज़ और आदमियों की भागम-भाग, दौड़ा-दौड़ी, चीख-चिल्लाहट की आवाज़ें सुनाई पड़ीं।

बैठने की सीट से उठकर डिब्बे के दरवाज़े पर जाकर खड़े होकर बाहर झाँककर उसने लम्बे प्लेटफार्म पर नज़रें दौड़ाकर देखा। उसने देखा कि पुलिस कई आदमियों को और एक स्त्री को एक साथ ही बाँध-पकडकर उसी के डिब्बे की ओर ले आ रही है। माकन ने बन्दी बनाए गए आदमियों की ओर एकटक निहारते हुए ध्यान से देखा। जब वे सब करीब आ गए तो उसने देखा पहचाना एक आदमी था रतिकान्त और एक स्त्री थी अहाली। उससे आँखें मिलते ही उन सबने हँसकर सिर झुका लिये। अहाली का चेहरा बिलकुल शान्त-गम्भीर था। रतिकान्त का चेहरा मुरझाया हुआ, उदास। पुलिस दल उन सभी को लेकर रेलवे पुलिस थाने के अन्दर चला गया।

थोड़ी देर बाद उसकी दृष्टि एक और आदमी की ओर पड़ी। कई पुलिस के सिपाही-अधिकारी उसे घेरे में लेकर लिये आ रहे थे।

तब तक रंजीत भी आकर उसकी बगल में खड़ा हो गया था।"

"अरे, आह हो भगवान। यह तो देखता हूँ, सुन्दर राभा हैं।" रंजीत ने

आश्चर्यचकित होकर कहा।

"ये ही क्या वे प्रसिद्ध सुन्दर राभा हैं, जो बहुत श्रेष्ठ चित्र बनाते हैं?"

"हाँ, केवल चित्र आँक़ना ही नहीं, और भी बहुत से क़ाम ये जानते हैं।"

रंजीत की ओर दृष्टि पड़ने पर सुन्दर राभा ने उसे पहचान लिया। पहले वे दोनों साथ-साथ ही उजान बाज़ार में गाना-बजाना करने वाले संगी-साथी रहे हैं। रंजीत को देखकर राभा ने हाथ उठाकर, हँसकर अपनी शुभकामना प्रकट की।

सुन्दर राभा (पुलिस दल के घेरे में) जब थाने के अन्दर चले गए तब माकन ने अपनी दृष्टि फिर सामने की जगहों की ओर दौड़ायी।

पुलिस ने और भी कई आदमियों को हथकड़ी लगाकर बन्दी बनाया था और उन्हें खींचे लिये आ रही थी। माकन मन-ही-मन इसी दल-बल में कहीं नवीन को भी देख पाने की आशा बाँधे हुए थी। परन्तु उसने उनमें कहीं नवीन को नहीं देखा।

लगभग दस मिनट बाद दो कुलियों को साथ लेकर रंजीत के परिवार का कार ड्राइवर उनके डिब्बे के पास आ गया। सामने खड़े होकर उसने कहा, "बड़े भाई साहब! मालिक (आप के पिताजी) लिवा ले जाने के लिए स्टेशन तक नहीं आ सके। अतएव आप सब को लिवा ले जाने के लिए मुझे भेजा है।"

ड्राइवर रंजीत और माकन को लिवा ले जाने के लिए ही आया हुआ था।

"क्यों?" रंजीत ने पूछा।

"क्योंकि फूकन जी की नयी बहू जी की एक मोटर-दुर्घटना हो गई है।"

"कहाँ?"

"खानापारा से थोड़ा इधर आते ही।" ड्राइवर ने बतलाया–"सूचना मिलते ही दुदू भाई साहब, फूकन जी और बरुआ जी ऑफिसर को साथ लेकर वहीं गए हुए हैं।"

माकन अब तक चम्पा की मोटर-दुर्घटना में मारे जाने की बातें चुपचाप सुनती रही थी। सुनने के अतिरिक्त और कुछ करने का उसका वश भी नहीं था। परन्तु दुदू के नाम का उल्लेख होते ही उसने पूछा, "दुदू भैया सिपाझार छोड़कर यहीं आ गए हैं क्या?"

"कुछ दिनों के लिए आए हुए हैं। नवराम ओझा जी गम्भीर रूप से बीमार हैं।"

दोनों ही प्लेटफार्म से निकलकर धीरे-धीरे फाटक की ओर बढ़े। टिकट बाबू को टिकट देकर दोनों बाहर निकले और जाकर मोटरकार में बैठ गए। कार में बैठते ही माकन का मन चार वर्ष पहले देखे हुए गुवाहाटी नगर के दृश्यों की ओर

घूम गया। उसने लक्ष्य किया कि तब से अब काफी अन्तर आ गया है। युद्ध में व्यस्त सैनिक दस्तों की भाग-दौड़ की व्यस्तता अब नहीं है। बल्कि उसकी जगह अब शान्त-स्थिर जीवन आरंभ हो गया है। रेलवे प्लेटफार्म पर पुलिस दल की अभी जो धर-पकड़ जबरदस्ती कार्यवाही हुई, उसने भी इस शान्त जीवनधारा पर कोई प्रतिकूल असर नहीं डाला है।

चम्पा की कार-दुर्घटना का समाचार भी उसके दिल में कोई विशेष बेचैनी पैदा नहीं कर सका। वस्तुतः हुआ क्या? इसे अच्छी तरह जब तक जान नहीं लेती, कम-से-कम तब तक तो वह कुछ अच्छी तरह अनुभव नहीं कर सकती।

रंजीत ने इसी बीच सिगरेट निकाली, सुलगायी और दो-एक कश खींचे फिर कुछ सोचकर कहा, ''चम्पा जी ने सिनेमा के वृत्तचित्र निर्माण करने वालों के दल में मिल जाने के बाद अपने आप को तो जैसे सर्वथा भुला ही दिया था, अपनी चिन्ता-फिक्र ही छोड़ दी थी। उन्होंने किससे, उत्प्रेरित होकर, किसके उकसावे या सीख पर ऐसा किया, यह तो मैं नहीं बतला सकता, परन्तु उन्होंने जो किया, वह यह कि, इस अतिशय निर्दयी समाज और इस समाज में मर्दों के एकाधिपत्य को देखकर उससे छुटकारा पाने के लिए उन्होंने यौन-संबंधों की स्वच्छन्दता और उसकी बिना किसी बाधा-विरोध, बिना किसी शील-संकोच के, मनमानी इच्छा-पूर्ति का रास्ता ही अपना लिया है।'' पुरुष या मर्द के विरुद्ध नारी की मुक्ति का पहला कदम यह यौन-मुक्ति ही है।''-यह बात खुद उनके द्वारा मुझसे कही गई बात है। (उनके जीवन में आए पुरुष उनके प्रथम पति) गुणधर जी के विरुद्ध उनका क्रोध-क्षोभ इस कारण को लेकर था कि उन्होंने विवाह से उन्हें तलाक नहीं दिया। पंचानन (उनके दूसरे पति) मौसाजी के खिलाफ उनके रोष-क्षोभ का कारण था कि वे केवल प्रेम भर चाहते थे, एक दूसरा परिवार, घर और सन्तान पाना नहीं चाहते थे। स्त्री का पत्नीत्व और मातृत्व दोनों ही इस पुरुषप्रधान समाज में स्त्री के शोषण के चिह्न हैं। कलकत्ता के होटल में रहते हुए ही उन्होंने बिना किसी बाधा-निषेध के अतिशय स्वच्छन्द यौन-विद्रोह की घोषणा की थीं।''

यह सब बातें रंजीत ने तब तक माकन को नहीं बतलायी थीं। वह तो बस इतना भर जानती थीं, कि उसकी नयी माँ चम्पाजी फिल्म-निर्माण के प्रयोजन से कलकत्ता में एक वर्ष रही थीं। दुदू के एक पत्र से एक और सूचना उसे मिली थी। वह यह कि उसके पिता जी ने चम्पा जी को जो अपना सारा धन दिया था वह सारा-का-सारा तो वे उड़ा ही गई थीं, ऊपर से उन्होंने पिताजी से फिर से रुपये माँगे थे और इसी सबको लेकर पिताजी का चम्पा जी से मनमुटाव भी हो गया था। फिल्म-निर्माण के बाद वे लौटकर जब फिर शिलांग आ गयीं तो रुपये-पैसे के

अभाव में उन्हें नाना प्रकार की परेशानियां उठानी पड़ीं थीं, किसी-किसी तरह दिन काटने पड़े थे। मन-ही-मन यह सब सोचते हुए माकन ने स्पष्ट रूप से पूछा, "आप उनके यहाँ जाकर मिल पाये थे क्या?"

"मिल पाये थे, का क्या मतलब? मैंने ही उन्हें बुलवाकर उन्हें फिर शिलांग लौट जाने की सलाह दी थी। उन्होंने हाँ-हूँ करके मेरी सलाह की प्रशंसा तो की थी, परन्तु गयीं नहीं।"

रंजीत ने उत्तर दिया, "यह यौन-विद्रोह करने का मन्त्र उन्हें किसने पढ़ाया, मैं कह नहीं सकता।"–रंजीत अपनी बात फिर से दुहराकर चुप हो गया।

माकन ने हँसकर कहा, "आजकल के जमाने में तो विद्रोहियों का कोई अभाव ही नहीं है। और सलाह-परामर्श देने, मन्त्र-उपदेश की भी कोई कमी नहीं है। और फिर यौन-विद्रोह करने के लिए किसी एक स्त्री को किसी की सलाह-परामर्श या मन्त्र-उपदेश की भी कोई जरूरत नहीं पड़ती। इस माने में उसका अपना मन ही गुरु होता है। क्या तुम समझते हो कि मैंने पुरुष के विरुद्ध कोई विद्रोह नहीं किया?"

रंजीत मुस्करा पड़ा। विगत एक पूरे सप्ताह की बातें उसे याद हो आईं। उसने लक्ष्य किया कि इस दरम्यान माकन परिपूर्ण रूप से स्वतन्त्र हो गई थी, बाधा-बन्धन की कोई परवाह किये बग़ैर। वंश-परिवार के नियम-कानून, शादी-विवाह की व्यवस्था, निन्दा-कलंक का डर या पवित्र कुमारीपन आदि किसी भी चीज़ का कोई भी डर-भय उसे नहीं रह गया था। उसने अनुभव कर लिया था कि उसे समाज में पुरुष के सर्वविध समान होना होगा और विश्व-मानवता के आदर्शों पर जीवन व्यतीत करना होगा। रवीन्द्र नाथ ठाकुर के साहित्य का अध्ययन करने के उपरान्त उसने यह अत्यन्त उपयोगी मन्त्र (शिक्षा) पाया था नोआखाली के दंगों में पुरुष जाति की पशुता, बर्बरता का और धर्मभावना की प्रतिज्ञावस्था का नंगा दृश्य उसने देखा, तो उसका मन अन्तरात्मा से विद्रोही हो उठा। नोआखाली में रहने वाली नरेनदत्त की बहन के ऊपर जो भंयकर हृदय-विदारक अत्याचार हुए थे, उन्होंने ही उसे नारी के कर्तव्य के प्रति सजग बना दिया है। वह इस निस्कर्ष पर पहुँची है कि नारी को तमाम सारी अवमानना, अत्याचार-अपमान के विरुद्ध खड़ा होना होगा, और दृढ़ता के साथ उनका मुकाबला करना होगा, तथा अपने लिए एक नये यौन-सम्पर्क को गढ़ना पड़ेगा, जिसमें कि वह अत्याचारियों के अत्याचारों की चोट के समक्ष कभी झुक न सके, उसका मनोबल कभी टूट न पाए।"

कलकत्ता शहर में फैले धार्मिक-साम्प्रदायिक दंगे के चलते ट्राम, बस, यातायात के सभी साधन बन्द हो जाने के कारण उसे रंजीत के साथ एक ही होटल

में रहना पड़ा था। परन्तु इसमें उसने तनिक भी संकोच का अनुभव नहीं किया था। उसी दौरान रंजीत, जो अपना एक पैर कटवाकर पंगु हो चुका था, ने उससे साफ-साफ कह दिया था कि वह उसके साथ विवाह कतई नहीं रचाएगा। माकन ने पहले तो उसे यह समझाने की कोशिश की, कि यह विवाह अनिवार्य है, परन्तु रंजीत ने ही उसे बहुत अच्छी तरह समझाया कि जानबूझकर भी यदि वह उसके जैसे पंगु, लाचार व्यक्ति से शादी करवाती है, तो यह एक प्रकार का महा अन्याय ही होगा। परिवार के लोगों के निर्देश को मानने की तो बात ही दूर, भगवान के निर्देश से भी उसे अपने संकल्प से डिगाया नहीं जा सकता। उसने अपने पिता जी को साफ-साफ लिख भेजा है कि अब वह किसी से भी विवाह नहीं रचायेगा। वह आजीवन अविवाहित् ही रहेगा। और....

वह क्या करेगा? इस संबध में तब तक उसने कोई निश्चय नहीं किया था। उसके पास पर्याप्त धन-सम्पत्ति, खेती-बारी है। उसी सबको ठीक-ठाक ढंग से चलाते हुए वह जीवन-निर्वाह कर लेगा। हाँ, उसके पिताजी, उसके बाद उसके उत्तराधिकारी के संबध में अवश्य चिन्तित हैं। वे चाहते हैं कि उनकी इस अपार सम्पत्ति का उसका कोई अपना उत्तराधिकारी हो। इस उत्तराधिकारी वाली समस्या का समाधान वह नहीं कर पाया है। परन्तु अपने वंश परिवार की अपार सम्पत्ति के कारण ही उसे विवाह करना चाहिए, विवाह करवाकर अपने परिवार और फूकन परिवार दोनों के संयुक्त व्यवसाय चाय-बागान के कारोबार को ठीक ढंग से चलाए जाने के मार्ग को सुगम-सुचल और बाधा-विघ्नहीन बनाना चाहिए, इस तरह के विचार उसे अच्छे नहीं लगे। आदमी इस तरह के कारणों की वज़ह से ही विवाह नहीं करते-करवाते। उसके पिताजी के जैसे विचार हैं, उसके पिताजी की दृष्टि में जो मान्य आदर्श हैं, उसके अपने वैसे नहीं हैं। उसका तो अपना दृढ़ विचार है कि चूँकि वह स्वयं विकलांग है, अतएव तात्विक दृष्टि से विवाह उसकी कामना का विषय नहीं है, विवाह के प्रति उसकी कोई लालसा नहीं है।

उसका विश्वास है कि समय अपने आप उसे उसकी सम्पत्ति के संरक्षण की समस्या का समाधान दिखला देगा।

"इस तरह गुमसुम होकर क्या सोच रहे हो।"– रंजीत को मौन साधे देखकर माकन ने पूछा, " तुम समझते हो कि मैंने कोई विद्रोह नहीं किया है क्या? बिना किसी भी प्रकार की डर की भावना के, फिर भी परिपूर्णतः संयत-संयमित भाव से मैं जो एक युवक पुरुष के साथ एक ही साथ, एक ही कोठरी में निर्विकार भाव से होटल में रही, इसे क्या तुम नहीं समझते कि यह मेरा एक सफल और सार्थक विद्रोह है?"

रंजीत ने सोच-समझकर उत्तर दिया, "तुम्हारे इस साहसपूर्ण कार्य को और लोग किस रूप में लेंगे, इसे कैसी मूल्यवत्ता देंगे, यह तो मैं नहीं कह सकता, परन्तु इतना मै अवश्य जानता हूँ कि यह सचमुच ही एक नैतिक और साहसिक कार्य है। तुम और मैं, जान-बूझकर, परस्पर अपने आप को अपने आप की सीमाओं में रखते हुए जो एक ही कमरे में रहे, इसे सोचकर मुझे अत्यधिक आनन्द होता है। केवल एक-दूसरे को पा लेने की लालसा, काम-वासना का भाव ही स्त्री-पुरुष के बीच एक मात्र संबंध नहीं है। महायुद्ध के समय की बेला की तो बात ही छोड़ो इस युद्ध के पहले के समय में तो लोग इस प्रकार की घटना की बात सोचने में भी कठिनाई का अनुभव करते थे। हम लोगों के घरों के रीति-रिवाज़ का तो यह हाल है कि माँ-बेटा और भाई-बहन भी एक कमरे में नही रहते।"

माकन की आँखों से आनन्द के आँसू बहने लगे। उसने कहा, "स्त्री-पुरुष के बीच इस लालसा-कामना-वासना विहीन संपर्क की स्थापना करने का अर्थ ही है एक शोषण विहीन समानता के सम्पर्क की स्थापना करना। स्त्री पुरुष के बीच इस प्रकार के सम्पर्क की स्थापना कर पाने पर संसार में जातियों के बीच, भिन्न-भिन्न वर्गों के बीच भाँति-भाँति के अत्याचारों और शोषण की भावनाओं को दूर करने का एक नया रास्ता प्राप्त हो सकता है। रवीन्द्रनाथ ठाकुर द्वारा स्थापित विश्वमानवता की धारणा को मैंने कुछ संशोधित कर लिया है, कारण यह है कि उन्होंने हमारे जीवन में जमी हुई छोटी-छोटी दीवारों को नहीं देखा था, जो हमें टुकड़ों-टुकड़ों मे बाँटती हैं। (आप जानते ही हैं कि) फूकन वंश से निकलकर बरुआ वंश में जाने के लिए मेरा रास्ता बिलकुल खुला हुआ है, स्पस्ट और सुगम है, परन्तु वंशों की, परिवारों की जो उच्चता की, श्रेष्ठता-सम्भ्रान्तता की दीवारें हैं, मोहपाश फलांगकर मैं संघ के सभा-मण्डप में जाने में समर्थ नहीं हो सकी। आभिजात्य की, सम्मान-सुख -समृद्धि के घेरे से अपने आप को अलग न करने की भावना ही इसका मूल कारण है। परन्तु इस अभिजात्य-मानवता, उच्चकुलशील की भावना वाली मानवता में विश्वमानवता बीज नहीं हैं। नवीन वगैरह के दल में एक निषेध वाचक वातावरण है। विश्वमानवता का दर्शन उन्होंने किया ही नहीं। अब मैं विश्वमानवता के यर्थाथ स्वरूप की खोज में लगी हूँ। मेरा विवाह भी विश्वमानवता के साथ ही होगा।"

विगत कई दिनों की बातचीत से रंजीत ने माकन के इस नवीन जीवन-दर्शन की बातों को अच्छी तरह समझ लिया था। उसने सोचकर कहा, "यह मार्ग बहुत कठिन है। अतएव इस पर चलने में तुम्हें बहुत तकलीफें उठानी पड़ेंगी।"

माकन ने हँसते हुए कहा, "अब मुझे किसी भी चीज़ से कोई डर नहीं है।"

वे दोनो बातें कर ही रहे थे कि उसी बीच ड्राइवर ने रेल डिब्बे से उनके सारे सामान लिवा लाकर मोटर कार के पीछे डिग्गी में सही ढंग से रखकर मोटर चला दी।

माकन के मकान के सामने पहुँचकर कार ज्यों ही रुकी त्यों ही उसका माली दौड़ा-दौड़ा आकर वहाँ खड़ा हो गया। उसने दोनों को झुककर नमस्कार किया। तभी माकन ने उसे अपने सामान उतार कर घर में ले जाने के लिए कहा।

उसके एक हाथ को पकड़कर, चूमते हुए रंजीत ने कहा–"आज मैं बहुत आनन्दित हूँ, माकन! तुम स्वयं भी मुक्ति पा गयी हो और तुमने मुझे भी मुक्ति प्रदान कर दी है। तुम्हारी बात मुझे सदा-सर्वदा याद रहेगी।"

माकन का गला भर आया। बातें कहने में स्वर लड़खड़ाने लगा। किसी-किसी तरह मुस्कराकर उसने कहा, "इस समय तुम वास्तविक रूप में रण-जित् विजयी रंजीत हो गए हो, समाज में तुम्हारे जैसे पुरुष मात्रा में जितने ही अधिक संख्या में बढ़ेंगे, उतना ही अधिक नारी जाति का कल्याण होगा।"

मोटरकार के चले जाने के बाद माकन अपने घर में गई। अपने सुनसान-निर्जन मकान के बरामदे से होकर वह अपने कमरे में जाकर फिर दरवाजा बन्द कर स्नान घर में जाकर स्नान करने लगी।

ठीक उसी बेला में ऊपर शिलांग के धान खेती मुहल्ले में स्थित चम्पा के मकान के सामने चबूतरे पर चम्पा के मृत शरीर को लेकर गुणधर भारी शोक में डूबे हुए, गम्भीर सोच-विचार में उलझे हुए थे। पास बैठे पंचानन फूकन चुपचाप टकटकी बाँधे चम्पा के मृत पड़े शरीर की ओर देखे जा रहे थे। उसके शव को अपने घर ले जा पाने में असमर्थ रह जाने से गुणधर भीतर-ही-भीतर छटपटा रहे थे। मर जाने के बाद उस भद्र महिला को अपना कहकर दिखाने में उन्हें कोई बाधा नहीं थी। परन्तु एकमात्र उनके पिता जी ने उसे ले जाने में अड़चन खड़ी कर दी, मना कर दिया। उन्होंने और तो क्या यहाँ तक कि सादरी (चम्पा की गुणधर से उत्पन्न कन्या) तक को चम्पा के घर ले आने नहीं दिया। "

दुदू और सदानन्द बरुआ जी ने फूकन को लाकर चम्पा के मकान तक पहुँचा दिया, उन्हें वहीं छोड़ वे लोग कुछ आराम कर लेने के लिए प्रोफेसर रविचन्द्र जी के, मादान-लाबान स्थित, घर चले गए। वहाँ (चम्पा के मकान पर) अधिक देर तक ठहरना सदानन्द बरुआ जी उचित नहीं समझ रहे थे। प्रोफेसर रविचन्द जी के घर पर बरुआ जी और रविचन्द जी पास-पास बैठकर चाय-बागन की व्यवस्था और

घरों के व्यावसायिक सम्पर्क क्रमशः अवनति की ओर टलते जा रहे थे।

उनकी बातचीत में कोई गर्मजोशी नहीं थी, यद्यपि सदानन्द बरुआ जी का मन अन्दर-ही-अन्दर एट्ना ज्वालामुखी की भाँति प्रचण्ड अग्नि से उबल रहा था। अपने जीवन-संग्राम में वे धीरे-धीरे हारते-से जा रहे थे। अभी कल रात को ही वे डिब्रूगढ़ से लौटे थे। वहाँ चाय-बागान नवीन आदि के दल वालों ने मज़दूरों की दैनिक मज़दूरी में फिर से बढ़ोतरी करने की माँगें प्रस्तुत कर दी हैं। प्रतिदिन छह आना के हिसाब से। इसके साथ-साथ ही बोनस, मज़दूरों के लिए क्वार्टर, चिकित्सा-सुविधा आदि-आदि बहुत सारी और-और माँगें भी हैं। उनके वहाँ पहुँचने की खबर पाते ही बागान के सारे मज़दरों ने जुलूस निकालते हुए आकर बागान के कार्यालय भवन में उनका घेराव कर लिया था। छह घण्टों तक घेराव किए रहे। यहाँ तक कि उनका (ब्लड प्रेशर) रक्त चाप बहुत बढ़ गया था। परिस्थिति की जटिलता को देखते हुए, दबाव में आकर दैनिक भत्ता वृद्धि और क्वाटर सुविधा देने की माँगें मान लेनी पड़ी थीं।

आते वक्त उन्होंने प्रतिज्ञा की थी कि दो दिन बाद ही लौटकर वे बागान के मज़दूरों की माँगें पूरी कर देने का बन्दोबस्त करेंगे। परन्तु कल गुवाहाटी लौटते ही उन्हें सूचना मिली कि बेलतला की जमींदारी में खेती करने वाले सारे खेतिहर किसान उपज का आधा हिस्सा (धान) देने को तैयार नहीं हैं। अतएव अब उन्हें धान बचाने के काम में व्यस्त रह जाना पड़ा। पुलिस दल साथ में भेजकर बेठाराम मुहर्रिर को धान ले आने के लिए भेज दिया। रात में ही पहुँचकर पुलिस दल ने बेलतला में शिविर बनाकर रहना शुरू कर दिया है।

आज के जमाने में पुलिस का भी प्रभाव समाप्त हो गया है। केवल अस्त्र-शस्त्र, हथियारों के बल पर आदमियों को कब तक सहमत कर वश में रख सकेगी? जो आन्दोलनकारी भाग गए हैं वे अभी तक पकड़े नहीं जा सके हैं।

अब तक पकड़े जा सके आदमियों में केवल वह बम-विस्फोट करने वाला और मन्मथ ठेकेदार और उसके साथी की हत्या करनेवाला वह लड़का भर ही पकड़ा जा सका है। उसके मामले में तो सुनवाई और फैसला भी हो गया है। सेसन-अदालत ने उसे फांसी की सजा सुनाई है। परन्तु अभी जूरी (न्यायाधीशों का मण्डल) की राय प्राप्त नहीं हुई है, जूरी की राय मिलनी बाकी है। अब तो बस जूरी की राय पर ही उसका जीवन निर्भर है।

उसी दिन ही गुवाहाटी न्यायालय में जूरी के बैठने और हत्या के उस अभियोग के विषय में विचार करने की बात है......।

पचानन फूकन बरामदे में बैठे-बैठै चम्पा के निर्जीव पड़े शव को टकटकी बाँधे निहार रहे थे। उन्हें खानापारा से शव को यहाँ ले आने की सारी बातें याद आ रही थीं। एक जीप में, चम्पा के शव को लेकर वे और गुणधर पास-पास साथ बैठे हुए थे। चम्पा के शरीर के हाथ-पाँव, कुछ भी ठीक-ठाक बचे नहीं रह गए थे, सब टूट-पिस गए थे। परन्तु चेहरे पर कोई चोट नहीं आई थी। उसका मुख मण्डल वैसा-का-वैसा ही बचा रहा था। उसके मुँह को देखकर यह समझ-पाना मुश्किल था कि वह अभी सो रही है या निष्प्राण हो चुकी है। मुँह पर किसी प्रकार की वेदना के भी निशान नहीं हैं। पूरे रास्ते वे उसके मुँह की ओर देख नहीं पाए थे। दुर्घटना यकायक घट गई। चम्पा की मोटरकार खानापारा के एक मोड़ में घुसते ही अचानक दाहिनी ओर के किनारे से छिटककर नीचे मैदान में जा गिरी। वह अपना धैर्य खो बैठी थी।

"और फिर ऐसा होगा क्यों नहीं?"—रास्ते में गुणधर ने पंचानन को बतलाया था—"कल सारी-की-सारी रात वह क्लब में नाचती रही थी। बहुत अधिक मात्रा में शराब भी पी रखी थी। आज ही गुवाहाटी में उनके सिनेमा के वृत्तचित्र के "ट्रेड शो" का शुभ मुहूर्त्त होने की बात थी। वहीं के लिए रात के अन्तिम पहर में वह घर से कार लेकर निकल पड़ी थी। उसके घर की देखभाल करनेवाली कंजनी ने ये सारी बातें मुझे बतलायी हैं।"

पचानन फूकन ने पूछा, "अबकी बार जो वह आई थी तो क्या आप से उसकी कोई बातचीत हुई थी?"

"हाँ, हुई थी। वह सादरी को अपने साथ ले जाना चाहती थी। सादरी को पा लेना चाहती थी।" गुणधर ने कहा, "परन्तु मेरे पिता जी ने इस बार भी उसे नहीं दिया।"

"इसमें आप से भी गलती हुई।" गम्भीरतापूर्वक फूकन ने कहा।

"वाह! सभी मुझे ही दोष देते हैं।" गुणधर ने कुछ रुष्ट होकर कहा—"औरों के तो सात खून माफ हैं। कितना चुन-चुनकर, कैसे-कैसे बच-बचकर मैंने एक रूपवती स्त्री से विवाह किया था, इसे मैं ही जानता हूँ। परन्तु उसने तो जैसे मुझे आदमी समझा ही नहीं। मेरा ही दुर्भाग्य है। मैं उसे छोड़ देने की बात भी कभी क्यों नहीं सोच सका। यह तो केवल मैं ही जानता हूँ।"

पंचानन फूकन के हृदय में भी तब यकायक गुणधर के प्रति सहानुभूति का भाव उमड़ आया। विगत दो वर्षों के दौरान वे चम्पा के सान्निध्य से बहुत दूर हो गये थे। दरअसल चम्पा भी अब पहले वाली चम्पा नहीं रह गई थी। वह अब स्वैरिणी हो गई थी, परम स्वच्छन्दा। वे सब बातें सोचते ही फूकन का सारा शरीर ईर्ष्या के मारे जलने लगता है। बीच-बीच में तो उन्हें इतना भयंकर गुस्सा चढ़

आता था कि कई दफा उन्होंने जाकर चम्पा को गोली मार देने तक की सोच ली थी। उनके दिए सारे रुपयों को नष्ट-भ्रष्ट करके उसने अपने वर्तमान जीवन और बेटे के भविष्य को जो नष्ट कर दिया था, उसकी वज़ह से वे मारे क्रोध के जलते रहते थे। परन्तु बड़े आश्चर्य की बात है कि इस बार शिलांग आने के पहले वह जब उनके घर पर उनसे भेंट करने आई थी, तब फूकन को न कोई ईर्ष्या उपजी थी और न उस पर तनिक क्रोध ही आया था। उसे देखते ही उन्हें ऐसा अनुभव हुआ कि यह स्त्री कोई साधारण स्त्री नहीं है बल्कि उर्वशी है, अनन्त यौवना है। वे इतने प्रेममुग्ध हो गए थे कि अपनी उस प्रेयसी के सारे दोषों को उन्होंने क्षण भर में ही बिना किसी रंजो गम के पूरी तरह क्षमा कर दिया था।

अभी बस परसों ही तो चम्पा ने उनके घर में बैठकर उनसे क्षमा प्रार्थना की थी और उनसे कुछ और रुपये माँगे थे। घर में पैसे न होने पर भी फूकन ने कहीं से उधार लेकर उसे चार हज़ार रुपये दे दिए थे। विदा होते-होते चम्पा ने उनसे कहा था कि बेटे को लेकर वह कुछ दिन फूकन जी के पास रहने के लिए आएगी।

परन्तु उसके ऐसा कहते समय ही फूकन ने अच्छी तरह समझ लिया था कि चम्पा इस तरह उन्हें बस बहलावे में ही रख रही है, धोखा ही दे रही है।

मन-ही-मन उन्होंने चम्पा को फिर क्षमा कर दिया था।

चम्पा का शव अभी भी जीप में ही पड़ा था। फूकन चम्पा के उस मृत शरीर को जीप से उतारकर, अर्थी सजाक़र, फूल-धूप-गंध से सजा-सँवारकर, सुशोभित-कर श्मशान ले जाने की व्यवस्था करने की सोच रहे थे। परन्तु गुणधर ने फिर जिद पकड़ी, बस अन्तिम, अटल जिद कि, चम्पा उनकी है, अतएव उसे अपने घर ले जाकर श्राद्ध-कर्म के नियमों के अनुरूप सारे संस्कार करके वे ही उसकी चिता में अग्नि लगाएँगे।"

फूकन ने कहा–"ठीक है। फिर वैसा ही कीजिए।" इतना कहकर वह उस सबसे निर्विकार भाव से परे हट आए। वे घर के अन्दर चले गए और चम्पा के कमरे में जाकर चम्पा के निजी सारे सामानों को देखने लगे। कपड़े-साज-पोशाकों के अलावा कोई और ज्यादा चीज़ें नहीं थीं। जो कुछ भी था उन सबका उन्होंने बंडल-गँठरी बँधवाकर उसे जीप में रखवा दिया।

परन्तु गुणधर इस बार भी चम्पा के शव को अपने घर नहीं ले जा सके। उनके पिता जी ने इस पर फिर आपत्ति की। कोई और उपाय न देखकर आदमियों को बुलाकर वे वहीं शव की अर्थी सजाकर, वहाँ से सीधे ही मौला श्मशान घाट चिता जलाने के लिए ले गए। फूकन ने गुणधर के ऊपर ही शव का सारा संस्कार करने का भार छोड दिया। चम्पा के मृत शरीर को लेकर किसी प्रकार की हो-हुज्जत

करना उन्होंने उचित नहीं समझा।

गुणधर वगैरह शव-यात्रा लेकर जब दूर चले गए, आँखों से ओझल हो गए तो उसके कुछ देर बाद तक फूकन बाहर के बरामदे में बैठे रहे। शिलांग में उस समय शरद्कालीन सूरज की हल्की किरणों ने दरवाजे के सामने सुनहला दृश्य फैला दिया था। फूकन को ऐसा लगा जैसे वह एक ओर चित्रा का रामायण पाठ और दूसरी ओर चम्पा का मधुर गान सुन रहे हैं। अब उनके जीवन की अन्तिम वेला आ गई है। उनके मन में पुरानी स्मृतियाँ खण्ड-खण्ड रूप में उभरने लगीं। बिना किसी क्रम के, छींटे-छिटके चित्र। उन्हें अनुभव हुआ कि पुलिस सेवाकाल उनकी मनुष्यता के विकास में बाधक रहा है। बिना किसी उपयोगिता के निरर्थक परिपाटी बद्ध, नियम-कानून में बँधा-बँधाया जीवन। चम्पा ने उसे एक नया जीवन दान किया था। इसके लिए वे उसके प्रति कृतज्ञ हैं। चम्पा उन्हें बैशाख बिदू के समय के आँधी-तूफान से बचाकर अपने पंखों पर उठाकर एक सुरक्षित मानवीय परिवेश में ले आई। अपनी अन्तिम साँस तक, मृत्यु के क्षण तक चम्पा एक चंचल सौन्दर्य का संगीत थी। जीवन पर्यन्त वे चम्पा के इस दान की बात कभी भुला नहीं सकेंगे। प्रेम ने उन्हें दिवालिया बना दिया। सम्मान, सम्पत्ति, धन उपार्जन करने की इच्छा, यह सब कुछ आज उनका नहीं है।

केवल अब उन पर एक महत्त्वपूर्ण उत्तरदायित्व है। और वह है यह लड़का, उनका बेटा। कंजनी बच्चे की उँगुली पकड़ कर, पैरों पर चलते-चलाते उसके पिता के पास लिवा ले आई। बच्चा (अपने पिता) फूकन जी की ओर सहमते-सहमते देखकर कंजनी का आँचल पकड़ उसे सिमटकर खड़ा हो गया।

"आओ मेरे सोना। मेरे पास आओ।"

बच्चा उनकी ओर नहीं गया।

कंजनी की ओर देखकर फूकन ने कहा, "कंजनी! तुझे भी मेरे साथ चलना पड़ेगा। तुम तो देख ही रही हो कि यह मेरा साथ नहीं लेगा, मुझसे नहीं सँभल पाएगा।"

कंजनी सोच में पड़ गई। कुछ देर सोच लेने के बाद वह बोली, "वहाँ कितने दिन तक रहना पड़ेगा?"

बच्चे की ओर देखकर फूकन ने कहा, "मैं कुछ कह नहीं सकता। तुम्हीं बतला सकोगी।"

कंजनी बहुत देर तक बच्चे की ओर देखती रही। बच्चे के प्रति उसका भी स्नेह उमड़ पड़ा था। उसकी आँखों से आँसू बहने लगे। उसने कहा, "ठीक है, मैं चलूँगी। परन्तु एक वर्ष से अधिक मैं नहीं रह सकूँगी।"

वह अन्दर चली गई। उसने अपने आवश्यक सामानों की गँठरी-मोटरी बाँधी और उसे ले जाकर जीप में रखा। फिर फूकन से आज्ञा लेकर वह अपने घर गई, अपनी माँ से अनुमति माँगने के लिए। अपने साथ-साथ बच्चे को भी ले गई। जाते समय फूकन से कह गई, " आप बैठिए। मैं जरा अपने घर हो आऊँ। माँ से सब कहना होगा। और कुछ बाजार भी करना पड़ेगा। बच्चे के लिए दूध भी नहीं है।"

फूकन ने फुरसत की साँस ली। जैसे एक भारी समस्या से निसार पा लिया हो। वहाँ से उठकर फूकन फिर चम्पा के शयन-कक्ष में गए। अचानक उनकी दृष्टि आलमारी के बन्द दराज़ पर पड़ी। चाभियों का गुच्छा उसके हाथ में ही था। कुछ घंटे पहले उन्होंने उसे चम्पा के बैग से निकाल लिया था। आलमारी का दराज़ खोलकर उन्होंने देखा तो उसमें गहनों का एक डिब्बा दिखाई पड़ा। वह डिब्बा चम्पा ने सादरी के लिए सहेजकर रखा था। यह बात उसने कई बार फूकन से बतलायी थी।

उस डिब्बे को खोलकर उन्होंने नहीं देखा। बस उसे निकालकर बाहर रख लिया। फिर सारी चीज़े तितर-बितरकर ढूँढ-ढूँढकर देखा-परखा। कई एक पत्र उसमें पड़े हुए थे। उनमें से कई एक पत्र उसने पढ़े। पत्रों को एक-एक कर पढ़-पढ़ कर उन्होंने फाड़-फाड़कर फेंक दिया।

चम्पा के नये-नये दोस्तों के पत्र थे। उन पत्रों के प्रति फूकन का तिल भर भी कोई मोह नहीं था। उल्टे फूकन की दृष्टि में वे कष्टकारक ही लग रहे थे।

अब उनकी दृष्टि कमरे के उस तरफ गई जहाँ सुन्दर राभा द्वारा बनाए गए दो सुन्दर चित्र लटकाकर रखे हुए थे। उन दोनों को चम्पा ने पाँच सौ रुपये देकर खरीदा था। उन दोनों चित्रों की ओर फूकन ने देखा, मगर अधिक समय तक देख नहीं सके। महापुरुष का चित्र तो उन्हें उतना अच्छा नहीं लगा परन्तु नारी का चित्र अत्यन्त मनमोहक था। उन्होंने उसे देखकर ही समझ लिया था कि राभा जी द्वारा बनाए गए उस चित्र के मूल में चम्पा के अतिरिक्त और कोई नहीं। उन दोनों चित्रों को लपेट-बाँध कर, गहनों के डिब्बे के साथ-साथ अपने संग लेकर फिर बाहर निकल आए।

थोड़ी ही देर बाद मकान मालिक आ पहुँचे। उनके साथ कुछ देर तक बातचीत हुई। फिर उस दिन तक का बाकी घर-भाड़ा वग़ैरह उन्हें अदा कर फूकन ने उत्तरदायित्व से छुट्टी पा ली और मकान-मालिक को विदा कर दिया।

हाथ में गहनों का डिब्बा लिये-लिये वे यही सोचते रहे कि इसे कैसे सादरी के पास तक पहुँचाएँ। वे अभी इस उधेड़-बुन में पड़े ही थे कि जाने कहाँ से दौड़ती-भागती सादरी वहीं आ प्रकट हुई। सादरी को देखकर फूकन तो अवाक् रह

गए, बिल्कुल स्तम्भित-से। ऐसा लगा जैसे साक्षात् चम्पा ही हो, नाक-नक्श सभी कुछ बिल्कुल चम्पा जैसा ही।

उन्हें देखकर सादरी मकान के बाहरी फाटक पर ही जड़वत खड़ी रह गई। वह घर से भागकर आई थी अपनी दिवंगत माँ का शव देखने के लिए, अन्तिम बार माँ का मुँह देखने के लिए। परन्तु वहाँ कहीं उनका शव न देख वह काठ मारी-सी रह गई।

फूकन स्वयं उठकर उसके पास गए और उन्होंने उसे प्यार से पुकारा, ''सादरी!'

सादरी उत्तर में कुछ बोली नहीं, रोने लगी। रोते-रोते पूछा—''माँ कहाँ है?''

फूकन ने उसकी बाँह पकड़ी और उसे बरामदे में ले आए।

सादरी हिचक-हिचककर रोती रही। रोते-रोते ही उसने कहा, ''बाबा (पिता के पिता) मेरे कितने निष्ठुर हैं। मर जाने के बाद भी माँ का मुँह देखने नहीं दिया।''

फूकन ने कहा, ''अब इसके लिए और अधिक विषाद करने से कोई लाभ नहीं है, सादरी। तुम्हारे पिताजी उन्हें चिताग्नि को अर्पित करने के लिए ले गए हैं। अब तो कलेजा फाड़कर, मर जाने पर भी माँ को नहीं पा सकोगी।''

सादरी कुछ समय तक रोती ही रही। यकायक उसकी दृष्टि फूकन के हाथ में पड़े दो चित्रों पर पड़ी तब सादरी ने पूछा, ''मौसाजी! ये किसके चित्र हैं?''

उन चित्रों का विस्तृत परिचय बता देने पर सादरी ने कहा, ''माँ को तो पा नहीं सकी। इन चित्रों को आप मुझे देने की कृपा करेंगे?''

फूकन काफी देर तक सोचते रहे। फिर बाद में बोले—''ठीक है, इन्हें तूँ ही ले ले, सादरी। बस इतना ही है कि इन्हें बहुत अच्छी तरह सँभाल कर रखना।''

उन चित्रों में से एक चित्र को देखते ही सादरी की आँखें उसी पर जम सी गईं। उस चित्र की ओर निहारते हुए वह माँ, माँ कहकर फफक्-फफक् कर रोने लगी।''

फूकन की आँखों से भी यकायक आँसुओं का सैलाब उमड़ चला। उन्होंने सादरी को अपनी छात्री से चिपकाकर कहा, '' बेटी। मत रो। रो मत, बेटी। देख तो तुम्हारी प्यारी माँ तुम्हारें लिए यह क्या चीज़ सँभालकर रख गई है।''

सादरी के हाथों में जब उन्होंने गहनों का वह डिब्बा रख दिया तो उसे देख समझकर वह किंकर्त्तव्य-विमूढ़ हो फूकन जी की ओर देखती रह गई। उसके बाद उस डिब्बे को देखकर फिर हिचकियाँ मारकर रोने लगी।

जीप से अपने घर गई हुई कंजनी उसी समय उसी जीप से लौट आई। बच्चें को अपनी पीठ पर बाँधे हुए वह जीप से नीचे उतरकर इधर आई तो वहाँ सादरी

को देखकर अत्यन्त आश्चर्यचकित हो गई। पूछ बैठी, "आज यहाँ कैसे आ गई?"

"घर से छिपकर भाग आई। सादरी ने उत्तर दिया।

फूकन ने सादरी से कहा, "सादरी! अब तूँ अपने घर चली जा। ड्राइवर तुम्हें जीप से पहुँचा आएगा।"

सादरी एक बार नन्हें बच्चे की ओर तो एक बार फूकन की ओर देख-देखकर रोने लगी। फिर उसे और उसके साथ उस गहने के डिब्बे तथा उन दो चित्रों को ले जाकर फूकन ने जीप में चढ़ा दिया। सादरी तब भी रोती ही चली जा रही थी।

उन्हें विदाकर लौट आकर बरामदे में ही फूकन फिर चिन्तागस्त हो उदास मन से बैठ गए। कंजनी अन्दर जाकर चाय तैयार करने में जुट गई। तभी जाने कहाँ से आकर एक मोटर मकान के सामने खड़ी हो गई। उस मोटर में से निकल कर आए सिराजुद्दीन हजारिका और फिरोज़ा।

फूकन ने उन लोगों को आदरपूर्वक बैठाया। फिरोज़ा की ओर देखा तो उसका शरीर देखकर फूकन को अनुमान हुआ कि फिरोज़ा गर्भवती है। फिरोज़ा चुपचाप अन्दर कंजनी के पास चली गई।

"आप आजकल यहीं रह रहे हैं क्या?"-फूकन ने हज़ारिका जी से पूछा।

"हाँ। सभी जगह, सभी दृष्टियों से भयंकर अशान्ति है। सुनता हूँ चाय का मूल्य भी खराब हो गया है। पूरा देश अस्थिर है, डाँवाडोल हो गया है। अभी कुछ देर पहले सदानन्द बरुआ जी से मैने जो विचार-विमर्श किया, उससे स्पष्ट समझ में आ गया कि अगर अब भी हम मैनेजमेन्ट (प्रबन्ध समिति) को ठीक नहीं करते, तो फिर हमारी चाय-बागानों का कामकाज नहीं चल पाएगा। अब यह सब दुदू से नहीं सँभल सकेगा। वह देवधुनी नर्तकी में तो मोहमग्न है ही, दूसरी ओर खेतिहार किसानों-मजदूरों के प्रति भी अनावश्यक दया-ममता का भाव पाले हुए है। इस सबके पीछे वह व्यवसाय ही चौपट कर देगा। व्यवस्था उससे नहीं सँभल सकेगी। परन्तु अब प्रश्न यह है कि यह भार कौन उठाएगा? अब या तो रंजीत इसे सँभाल सकता है या स्वयं आप। और रंजीत तो बेकाम हो ही गया है, अपाहिज, असमर्थ। अतएव हम लोग सोच रहे हैं, कि अब आप को हमारे व्यवसाय का उद्धार करना होगा। अन्यथा इस व्यवसाय से मैं भी अपना शेयर, अपनी हिस्सेदारी छोड़ दूँगा, सदानन्द बरुआ जी भी छोड़ देंगे। आप के बड़े भाई साहब तो बस विश्वविद्यालय का सपना देखते रहते हैं। और उसी के चक्कर में केवल बरदलै जी के घर तक आना जाना लगाए रहने में व्यस्त हैं। हो सका तो विश्वविद्यालय के कुलपति भी हो जायेंगे।"

शिलांग की ठंडी-आर्द्र (भींगी-भींगी) जलवायु में भी हजारिका जी के चेहरे

पर पसीना निकल आया था। रुमाल से ललाट-मुँह पोंछकर उन्होंने एक बार ध्यान से पंचानन की ओर देखा। उन्हें लगा जैसे वे कोई जीवन्त मनुष्य न होकर संगमरमर की एक निष्प्राण मूर्त्ति भर हों। उनकी देह में कहीं जान का नामोनिशान नहीं था। और तब यकायक हजारिका जी को चेत हुआ। अभी-अभी अपनी प्राण-प्रिया के मरण-विछोह दुःख से व्यथित इस भले मानस से उन्हें ये सब बातें नहीं कहनी चाहिए थीं। यह जरूर है कि अब तक वे यही सोचते रहे हैं कि चम्पा के लिए फूकन अब पहले जैसी वेदना का अनुभव नहीं करेंगे। चम्पा के सम्बन्ध में अब तक इतनी बदनामी, इतने कलंक फैल चुके हैं कि उन्हें रखने की कहीं जगह नहीं है। विगत कुछ समय से तो वह किसी के प्रति भी अनुरक्त नहीं थी, किसी से भी प्यार नहीं कर पा रही थी, यहाँ तक कि स्वयं अपने प्रति भी उसे कोई अनुराग, कोई प्यार शेष नहीं रह गया था।

अभी बीते कल ही तो फिरोज़ा उससे मोशमाई झरने के पास मिली थी। फिरोज़ा ने देखा कि वहाँ वह किसी एकदम अपरिचित आदमी के साथ घूम रही थी। उसके लिए तो आँसू की कुछ बूँदें टपकाना भी पाप है। यह धारणा अकेले हजारिका जी की ही है, ऐसी भी बात नहीं, प्रोफेसर रविचन्द्र और सदानन्द बरुआ भी ऐसा ही सोचते हैं। अभी थोड़ी देर पहले ही रविचन्द्र जी ने उनसे कहा था, "उसके साथ लिपटकर पंचानन ने अपनी सारी धन-सम्पत्ति और घर-द्वार सभी कुछ नष्ट कर दिया। मैं उसकी इस दशा में खोज-पूछ करने तो जाऊँगा ही नहीं, पंचानन अगर अभी भी सही रास्ते पर लौट नहीं आता, तो फिर मैं पंचानन का मुँह भी नहीं देखना चाहूँगा।"

इतना सब सोचते-विचारते काफी वक्त गुजर गया, मगर फूकन के भाव में कोई परिर्वतन होते हजारिका जी ने नहीं देखा। उल्टे फूकन उनकी उतनी गुरु-गम्भीर महत्त्वपूर्ण बातों पर तनिक ध्यान न देकर अपनी उसी पथभ्रष्टा प्रेयसी के बारे में ही सोचने में मशगूल था। कुछ देर बाद कंजनी और फिरोज़ा चाय-जलपान लेकर आ गयीं। उनके पीछे-पीछे चम्पा का बच्चा भी सँभलता चला आया। चम्पा के बच्चे का चेहरा देखकर सिराजुद्दीन हजारिका जी की आँखें आश्चर्य के मारे जड़ हो गयीं। उसका मुखमण्डल इतना सुन्दर था कि उसे देखे बिना उसके आकर्षण को समझा नहीं जा सकता।

बच्चे को देखते ही उन्हें जाने कैसा तो हो गया। उसे उन्होंने अपने करीब बुलाया। परन्तु वह उन्हें अनजाना-अनपहचाना समझ सहम-सा गया, उनके पास नहीं आया। फूकन ने चाय के प्याले की ओर आँख उठाकर भी नहीं देखा। कंजनी की ओर देखकर कहा, "मैं कुछ भी नहीं खाऊँ-पिऊँगा। तुम तैयार होकर निकल

आओ। मैं इसी समय जाऊँगा।" उसकी बोली सुनकर लगा कि उसका स्वर अतिशय विषाद पूर्ण है, हारा-थका, वेदना-व्यथित। उस वक्त संभवतः वह दुनिया की हर एक चीज़ से पराङ्मुख, हर एक चीज़ से अपने आप को अलग, कटा हुआ महसूस कर रहा था।

कंजनी ने कहा, "मैं तो तैयार ही हूँ। परन्तु माँ जी का कहना है कि आज गुवाहाटी न जाने में ही भलाई है। क्योंकि वहाँ मुस्लिम-लीग द्वारा मनाये जा रहे सीधी-प्रत्यक्ष कार्रवाई (डाइरेक्ट एक्शन) आन्दोलन का दिन है।"

मुस्लिम-लीग द्वारा आहूत 'सीधी-कार्रवाई' आन्दोलन की बात सुनते ही साधारण जनता डर के मारे काँपने लगती थी। कलकत्ता मे मनाये गए 'सीधी कार्रवाई आन्दोलन दिवस' में बहुत सारे बेचारे निर्दोष हिन्दू-मुसलमान विला वज़ह काल कर दिए गए थे। यदि उसी प्रकार की, सीधी कार्रवाई का दिन' गुवाहाटी में भी मनाया गया तब तो सर्वनाश हुआ ही समझिए।

इस समाचार से कंजनी तो अन्दर-अन्दर ही अत्यन्त भयभीत हो गई है, इस बारे में फूकन को कोई सन्देह नहीं रह गया था। वे स्वयं तो आजकल राजनीति की कोई जानकारी रखते ही नहीं। राजनीतिक हलचल, उतार-चढ़ाव का उन्हें कुछ भी पता नहीं। अतएव उन्होंने हज़ारिका जी की ओर देखकर पूछा, "तो फिर वहाँ कोई बहुत बड़ें दंगा-फँसाद, झगड़ा-झंझट हो जाने का डर है क्या, हजारिका जी?"

"अभी किसी जगह से इस तरह की कोई संभावना का तो पता नहीं चला।" हजारिका ने जवाब दिया, "परन्तु यह बात सच है, इसमें कोई सन्देह नहीं। गणपरिषद (कांग्रेस) के असम के सदस्यों को बंगाल के सदस्यों के साथ धारा-सभा में न बैठने का जो आदेश बरदलै ने घोषित किया है, उसके बाद मुसलिम-लीग ने असम में सीधी-कार्रवाई का दिन (डाइरेक्ट-ऐक्शन डे) मनाना शुरू कर दिया है। परन्तु इससे कोई बहुत बड़ी गड़बड़ी पैदा होगी, या भयंकर मारकाट होगी, ऐसा तो नहीं जान पड़ता। लीग की राजनीति का हममें से अधिकांश लोग समर्थन नहीं करते।"

फिर तो कुछ देर तक दोनों साथियों में देश की राजनीति की ही चर्चा होती रही।

फूकन ने पूछा, "बरदलै आदि नेतागण असम को पाकिस्तान में शामिल किए जाने की संभवना से क्या रोक पाएँगे?"

"पाएँगे कि नहीं? ऐसी बात तो पूछनी ही नहीं चाहिए। अवश्य ही पाएँगे। वे अपने लक्ष्य में सफल होंगे ही।"—हजारिका ने जवाब दिया, "ज़ोर-जबरदस्ती से एक इतने बड़े प्रदेश को कौन पाकिस्तान की ओर खींच ले जा सकता है?"

—विचार प्रगट क़रते-करते हजारिका की बोली के स्वर अचानक ही बहुत तेज़ और ऊँचे हो गए। वे कई महीने से शिलांग में ही हैं। मुसलिम-लीग के भी बहुत सारे नेता यहाँ रहते हैं। उन सब लोगों के साथ उनका अच्छा संबंध है। यहीं पर आज से दस दिन पहले लीग ने 'सीधी-कार्रवाई दिवस' मनाने का प्रस्ताव पास किया था। परन्तु शिलांग में इसका कोई प्रभाव पड़ने वाला नहीं। मैंने उन सभी लोगों को साफ़-साफ़ बतला दिया है कि देश का बँटवारा करने की राजनीति में मैं शरीक नहीं हूँ। मैं दिलो-दिमाग़ से, मन-प्राण से बरदलै के साथ हूँ।''

हजारिका की बातें सुनकर फूकन की जान-में-जान आई। वे यथाशीघ्र घर पहुँच जाना चाहते हैं। माकन से मिलने के लिए उनकी अन्तरात्मा अकुला रही है। अपने घर के शेष सारे सदस्यों से तो उनका नाता टूट ही गया है। दुदू के साथ तो बहुत दिनों से उनकी कोई बात ही नहीं हुई। बड़े भाई रविचन्द्र जी तो आजकल उनका नाम ही सुनना नहीं चाहते। परन्तु जाने क्यों एक माकन के प्रति उनके हृदय में अभी भी एक विशेष प्रकार का ममत्व शेष है। हो सकता है इसीलिए कि वह एक लड़की है, उनकी कन्या है, या फिर इसीलिए कि वह काफी समझदार है, अथवा फिर इसीलिए कि वह उन पर अतिशय श्रद्धा रखती हैं।

जो कुछ भी हो यह ममत्व, यह स्नेह किसी युक्ति, किसी आधार पर ही अवलम्बित हो, ऐसा नहीं कहा जा सकता, यह प्रयोजनातीत है।

अचानक ही फिरोज़ा बोल पड़ी, ''बहुत उम्मीद है कि माकन आज गुवाहाटी आ पहुँचे।''

फूकन ने स्वीकृति सूचक सिर हिलाया। थोड़ी देर बाद उन्होंने पूछा, ''फिलहाल वह क्या करेगी? उसने तुम्हें कुछ बतलाया है क्या?''

फिरोज़ा ने मुस्कराते हुए कहा, ''माकन का हृदय दिन-प्रतिदिन और प्रशस्त, और विशाल होता गया है। अभी कल सुमति बहन जी के यहाँ मेरी भेंट कई अन्य भद्र महिलाओं से भी हुई थी। वे सभी नोआखाली का दौरा कर लौटीं थीं।''

''सुमति? उनका अब कैसा हाल है?''

''उन्हें अब बिस्तरे से उठकर चलने-फिरने दे रहे हैं।''—फिरोज़ा ने जवाब दिया। ''परन्तु वे भी बहुत साहसी हैं। इतनी भयंकर बीमारी की अवस्था में भी राजनीति का काम करना उन्होंने छोड़ा नहीं है। आश्रम के लोगों ने महात्मा गांधी के नोआखाली अभियाम में सहायतार्थ रुपये-पैसे, अन्यान्य सामान, सिन्दूर, चूड़ियाँ वगैरह कई भद्र महिलाओं के हाथों भिजवा दिया था। उन्हीं सहायता पहुँचाने वाली महिलाओं के साथ माकन भी गई हुई थी। वहाँ से लौटकर कलकत्ता आ जाने के बाद उसने कलकत्ते से ही चिट्ठी भेजी है। मेरे लिए भी एक चिट्ठी भेजी है और

सुमति जी को भी लिखा है। उसने लिखा है कि वह एक समाज-सेविका बनेगी। उसके इस संकल्प पर सुमति बड़ी बहन जी को अतिशय प्रसन्नता हुई है। वे भी स्वयं ही आश्रम का कार्य-संचालन करने के लिए किसी उपयुक्त भद्र महिला की तलाश में थीं। अब तो उसके लिए सर्वथा उपयुक्त माकन को ही सोच रही हैं। और संभवतः वह भी इसी प्रकार की बात सोच रही हैं।

फूकन अपनी उस लाड़ली बिटिया के इस प्रकार के विचार परिवर्तन के संबंध में कुछ भी नहीं जानते हैं। अतः वे गम्भीर चिन्ता में पड़कर पूछ बैठे, "वह शादी-विवाह नहीं करवाएगी क्या?"

फिरोज़ा ने मुँह से कुछ न कहकर केवल सिर हिलाकर संकेत से यह सूचित किया कि विवाह करने की उसकी इच्छा अब सर्वथा समाप्त हो गई है। फिर फूकन ने भी और कुछ जानने-समझने, पूछने-ताछने की कोई कोशिश नहीं की। उनकी ऐसी धारणा बन गई है कि यथार्थतः जीवन का सुन्दर उपयोग करने के लिए मनुष्य अपनी प्रिय वस्तुओं के पाने में सफल होता है तो जैसे उनकी प्राप्ति पर उसे उन्हें ग्रहण करना चाहिए, उसी तरह अगर वे प्राप्त नहीं होतीं तो उनकी प्राप्ति की आशा को भी छोड़ देना चाहिए। झूठी, अयथार्थ आशा का कोई अर्थ नहीं। मनुष्य को प्रेम, मृत्य, सेवा, विद्रोह और निराशा का त्याग करने की ज़रूरत नहीं। कर्त्तव्य के साथ जब इनका संघर्ष हो, तब मनुष्य को अटल भाग्य को चुपचाप स्वीकार कर लेना ही उचित है।

सिराजुद्दीन हजारिका जी ने यकायक ग़ौर किया कि चम्पा का बेटा एक बार फिरोज़ा की ओर देख रहा है, तो ठीक दूसरी बार जीप की ओर देख रहा है। उन्होंने अनुमान लगाया कि बहुत संभव है वह अपनी माँ के संबंध में सोच रहा है। यही लड़का जब बड़ा होगा, तब समझेगा कि वह फूकन और चम्पा के अविवाहित, अनियमित मिलन का फल है, एक अवैध सन्तान। हिन्दू-समाज में वह वैध पुत्र की मर्यादा पाने के लिए कोशिश करके असफलता का सामना कर हारा-थका रहेगा, या वह उस समाज की ऐसी विकृत धारणाओं को त्यागकर रूढ़ि-विद्रोहियों के साथ मिलकर एक नये समाज का निर्माण करना चाहेगा, यह सब उसे अपने आप स्वयं ही निश्चित करना पड़ेगा। एक धर्म में और एक परिवार में जन्म ग्रहण करने पर उसी धर्म और उसी परिवार के बन्धन में रहकर जीवन बिताना, मनुष्य का स्वभाव है। परन्तु बन्धन यदि युक्तिहीन हो जाए अनावश्यक प्रतीत हो, अथवा जो रीति-नीति उसमें प्रचलित है उसमें मनुष्य के मन की प्रवृत्तियों का विरोध हो जाए तब उस बन्धन या उस प्रचलित रीति-नीति के विरुद्ध विद्रोह करना मनुष्य का धर्म है।

एक समय उन्होंने फिरोज़ा के अन्तर्धर्मीय-विजातीय विवाह पर असन्तोष प्रकट किया था, दुःख अनुभव किया था, परन्तु आज उसी विवाह में वे एक आदर्श एकताबद्ध समाज के निर्माण में सहाय उपादान देख रहे हैं। हमारे देश में हिन्दू मुसलमान से और मुसलमान हिन्दू से शादी-ब्याह रचाने लगें, तब यथार्थरूप से भारत-वर्ष को एक आर्दश एकताबद्ध राष्ट्र बनने में कोई देर नहीं लगेगी। वस्तुतः इस तरह के शादी-ब्याह के होने में ये धर्म बाधक नहीं हैं, धर्म बाधा नहीं खड़ी करते बल्कि अन्ध-विश्वासी लोग ही बाधा खड़ी करते हैं, रोड़े अटकाते हैं। फिरोज़ा की ओर देखने पर उनके मन में ऐसे ही विचार उठते हैं। वे इस समय फिरोज़ा की सन्तान के जन्म की आतुरता से प्रतीक्षा कर रहे हैं। उस सन्तान का पिता होगा हिन्दू, माता होगी मुसलमान। वह संतान यथार्थतः एक नये आदर्श एकताबद्ध संस्कारों की प्रतीक होगी, एक नयी जातीय चेतना की प्रतिनिधि होगी।

इधर कुछ दिनों से वे जहाँ भी गए हैं, फिरोज़ा को साथ लेकर गए हैं। उसके साथ में होने से वे साम्प्रदायिक भावनाओं से ग्रस्त नेताओं का सामना करने में साहस पाते हैं, बल और भरोसे का अनुभव करते हैं। धर्म मनुष्य को मनुष्य से, सम्प्रदाय को सम्प्रदाय से दूर नहीं करता। दूर करने, काटने-बाँटने का काम अधर्म ही करता है। सच्चा धर्म सभी को एक करता है, जोड़ता है, मिलाता है।

उन्होंने उठकर चम्पा के बेटे को उठा लिया, उसे अपने पास लाकर बड़े प्यार से उसे अपनी गोदी में बिठा लिया। बच्चा अचम्भे में भरकर हजारिका की ओर टकटकी लगाये देखने लगा।

कुछ देर शान्त रह कर हजारिका जी ने फूकन को संबोधित करते हुए कहा, "इस बच्चे को मैं अपनी बेटी फिरोज़ा की औलाद की तरह ही प्यार करूँगा, फूकन जी! ये सब एक-एक छोटे-छोटे विद्रोह के फल हैं। (मेरी दृढ़ धारणा है कि) हृदय की भावनाओं का तिरस्कार-अपमान जहाँ होता है, वहाँ अल्लाह नहीं रहते। और अल्लाह के न रहने पर धर्म भी नहीं रहता। राजनीतिज्ञ लोग फजूल में ही, बिलावज़ह धर्मराष्ट्र की बातें करते हैं। केवल छोटे-छोट विद्रोहों में ही असली धर्म छिपा हुआ है।"

अचानक ही फूकन के मन में जड़ जमा बैठा नदी का बाँध मानो टूट गया। अब तक जो वह एकाकीपन, बन्धु-बान्धवहीन होने की भावना की यातना से परेशान था, वह यातना जैसे अचानक ही समाप्त हो गई। अब उसकी पीर का अनुभव बिल्कुल ही जाता रहा। हिन्दू-मुसलमान, समाज के श्रेष्ठ मालिक मुखिया और हीन, दरिद्र, पतित, शोषित और शोषक इन सबका सम्पर्क-सम्बन्ध मानो उसके हृदय में बँधा वह बाँध ही बनाए रख रहा था। आज वही बाँध टूट गया।

सारी कुण्ठाएँ मिट गयीं। आज मानो उसने चम्पा के प्रति अपने प्यार को प्रत्यक्ष देखा, अनुभव किया। वह प्यार मानो एक नदी हो। उस तीक्ष्ण धारवाली, प्रखर-स्रोता नदी के प्रवाह में अब कोई भी बाधा नहीं खड़ी कर सकता।

फिरोज़ा को भी आज मन-ही-मन हार्दिक आनन्द का अनुभव हुआ। अपने विवाह के अनन्तर उसने एक नयी मुक्ति का स्वाद पाया था। परन्तु परम्परावादी-रूढ़िवादी—बड़े-बूढ़े लोग उसकी उस मुक्ति को 'पाप' या 'दुराचार' कहते, समझते थे। आज उसके पिताजी ने धर्म की जो व्याख्या की, उसे सुनकर उसका हृदय आनन्द के मारे नाचने लगा।

उस समय तक शिलांग में दुपहरी के बाद के सूरज की सिन्दूरी किरणें चमकने लगी थीं। और उसी के साथ-साथ फूकन ने वहाँ उपस्थित सभी लोगों से विदा ली तथा अपने बेटे को और कंजनी को संग में लेकर गुवाहाटी के लिए रवाना हो गए।

फिरोज़ा और उसके पिता हजारिका प्रोफेसर रविचन्द्र जी के आवास पर लौट गए। वहाँ पहुँचने पर उन्होंने देखा कि रविचन्द्रजी निपट अकेले-अकेले अपने मकान के बाहरी बरामदे में टहल रहे हैं ओर कहीं कोई नहीं है।

"यह पंचानन चल गया क्या?" हजारिका को देखकर चिन्तातुर हो रविचन्द्र जी ने पूछा।

"हाँ।"

"उसे आपने कैसा देखा?"

"उसे देखकर दरअसल अब बहुत हमदर्दी हो रही है। दया हो आई। अब तो वह माकन से मिलने के लिए परेशान हो रहा है।"

"समझ रहा हूँ।" कुछ रुककर रविचन्द्र जी ने उत्तर दिया, "नव-किशोर लड़कों की कहो या, जवान-प्रौढ़ों की कहो, कोई भी बड़े-बूढ़ों की कोई परवाह नहीं करता। आप ही ज़रा देखें। मैंने इतनी बड़ी सम्पत्ति पैदा की, इकट्ठी की, परन्तु उसे खाने-भोगने में भी इन सबकी कोई रुचि नहीं है। दुदू के ऊपर तो अब मेरा कोई विश्वास ही नहीं रहा। वह तो कहता है कि सम्पत्ति रखने की कोई ज़रूरत ही नहीं है। जगह-जमीन, खेती-बारी किसान-मज़दूरों को दे देने के लिए उतावला है। लेकिन क्या वह कानून को नहीं बदल सकेगा, अतएव बापदादों की उपार्जित सम्पत्ति को ही उड़ा-उडाकर जिन्दगी बिताएगा। हम लोग बस सर्वनाश होते देखते रहेंगे। मैं यह नहीं कहता कि इसमें अकेले उसी का दोष है। अवश्य ही पंचानन भी इसके लिए उतना ही उत्तरदायी है। देखा नहीं कि उतने सारे रुपये-पैसों का चम्पा ने क्या किया? केवल विनाश, बर्बादी। और दुदू क्या कर रहा है, देख रहे हैं? उसे जो हमने काम दे रखा है, उतना ही बहुत है, वही हमारी बहुत बड़ी उदारता

है। वह कहता है काम छूट जाने से ही वह सुखी होगा। अब वह अपने खेतों की ओर जाएगा, खेती करेगा। रंजीत पंगु ही हो गया, बिल्कुल बेकार। बेचारे सदानन्द बरुआ इस समय अपने चारों ओर अंधकार का बवण्डर-ही-बवण्डर देख रहे हैं। चारों ओर अंधेरा। चाय बागान में मज़दूर सत्याग्रह आन्दोलन कर रहे हैं। जमींदारी की खेती में किसान विद्रोह कर बैठे हैं। मुझे यह सब देखकर बहुत दुःख पहुँच रहा है, बहुत बुरा लग रहा है। अब तो मैं सोच रहा हूँ कि यह सब लिखना-पढ़ना, नौकरी-चाकरी सभी कुछ छोड़ दूँ। मैं इस सबसे छुटकारा लेकर अब व्यापार-व्सवसाय में लगूँगा। मैंने अपने वर्तमान पद से त्याग-पत्र दे देने का निर्णय कर लिया है। विश्वविद्यालय के काम में फँसकर मैंने अपने इन सब उत्तरदायित्वों की बात ही भुला दी थी। मगर अब यह विश्वविद्यालय वगैरह का काम छोड़ दूँगा। इतिहास के शोध-अनुसंधान, चर्चा-परिचर्चा का काम त्याग दूँगा।''

सिराजुद्दीन हजारिका जी तो सुनकर दंग रह गए। बोल पड़े, ''अब आप व्यापार-व्यवसाय करेंगे। तो फिर हमारे इतिहास की खोज का, विश्लेषण का काम कौन करेगा? विश्वविद्यालय की स्थापना कौन करेगा?''

''और कोई चारा नहीं। अब जितने दिन मैं जीवित हूँ, उतने दिन अपने व्यापार-व्यवसाय की दुर्गति होते, उसका नुकसान-विनाशहोते देख नहीं सकता। इसके लिए पंचानन से कुछ कहने-सुनने से कोई लाभ नहीं। परिवार के नव किशोरों, नौजवानों, या अन्य वयस्क लोगों पर अब मेरा विश्वास नहीं रहा।''—प्रोफेसर रविचन्द्र ने उत्तर दिया। ''और फिर विश्वास करूँगा भी किस तरह? उनकी रगों में भी मेरे वंश का एक ही खून बहता हो सकता है परन्तु इन सबका हृदय मेरे हृदय के समान नहीं है। उनकी चिन्ता-भावना, सोच-समझ मेरी जैसी नहीं है, बल्कि बिलकुल उल्टी, एकदम विपरीत है। इसी से मैंने सदानन्द जी से कह दिया है, ''हाँ, आप अपनी जगह बिलकुल सही हैं। आप का निर्णय सर्वथा उचित है। प्रबन्धक के पद से दुदू को त्यागपत्र दे देना चाहिए।'' मैं स्वयं गुवाहाटी के केन्द्रीय कार्यालय का पद भार सँभालूँगा।—और, फिर इतिहास का शोध-परिचर्चा करके क्या करूँगा, हजारिका जी? लाचित (असम के श्रेष्ठ राष्ट्र-रक्षक वीर) का इतिहास पढ़ते-लिखते रहने से होगा ही क्या? लाचित बनने से ही देश की रक्षा होगी। आज मुस्लिम लीग ने असम प्रदेश की धरती पर कब्जा कर लेने के लिए 'खिलजी दस्ता' भेजा है। कौन खिलजी? जिस खिलजी ने सत्रह घुड़सवार सिपाही लेकर नवद्वीप को जीत लिया था। लेकिन यह खिलजी फिर जब आगे आया तो कनाई बरशी में असमीया योद्धाओं के हाथ परास्त होकर क्या फिर उल्टे पाँव वापस नहीं लौट गया था? यह हमारा राज्य कभी भी बंग-देश के अधीन नहीं

हुआ। अब जब कि स्वतन्त्रता मिलने-मिलने को ही है, स्वतन्त्रता हमारे दरवाजें पर दस्तक दे रही है, ऐसी वेला में असम प्रदेश का किसी अन्य के अधीन होना क्या उचित है? दूसरों के नीचे जा दबने की क्या जरूरत है? ब्रिटिश (अंग्रेज) शासकों की उदारता की भावना पर अब मुझे कोई भरोसा नहीं है। आज अगर असम प्रदेश ही चला जाएगा, तो फिर विश्वविद्यालय की स्थापना करके क्या करेंगे? अंग्रेजों की उदारता से मेरा विश्वास उठ गया है। आज अगर असम ही डूब जाय तो फिर इतिहास पढ़कर क्या करेंगे? मैं वही सब बातें सोच-विचार रहा हूँ। शिलांग में बैठकर मैं केवल विश्वविद्यालय की परिकल्पना की योजना बनाता रहूँ, तो इससे क्या होगा? यह सब ऐतिहासिक उद्घाटन इतिहास सन्धान और सांस्कृतिक अनुशीलन-विश्लेषण किसके लिए है? यह हमारे प्रदेश की सोने की मिट्टी। सोने की धरती। अगर यह धरती ही नष्ट होती है, पराये हाथ चली जाती है, तो यह सब करके क्या लाभ ... ?"

वे इतने उत्तेजित हो गए थे कि उनका बातों का क्रम गड़बड़ाने लगा था। अपने व्यवसाय की हित-चिन्ता और देश-प्रेम का भाव दोनों ही प्रोफेसर के मन में प्रबल वेग से जाग उठे थे। और ये दोनों ही परस्पर विरोधी भाव उन्हें दो भिन्न-भिन्न दिशाओं में खींच रहे थे। हमेशा शान्त-स्थिर बने रहने वाले अपने मित्र प्रोफेसर की ऐसी उग्र मूर्त्ति हजारिका जी ने पहले कभी नहीं देखी थी। उनका दिल डँवाडोल हो उठा था। वे उपायहीन होकर फिरोज़ा की ओर देखने लगे। अभी थोड़ी देर पहले रविचन्द्र जी ने उनसे जो बातें कही थीं, वे सब बातें तो उनकी प्रकृति के सर्वथा अनुकूल थीं, परन्तु ये सब बातें.........."

फिरोज़ा भी अपने आप को असहाय महसूस कर रही थी।

ठीक उसी वक्त वहाँ सुदर्शना आ पहुँची। वह अपने पिता जी के निर्देशानुसार बरदलै जी के यहाँ गई हुई थी। बरदलै प्रोफेसर साहब से कुछ विचार-विमर्श करना चाहते थे। वह आते ही सभी लोगों को अन्दर अतिथि-कक्ष में बुला ले गई और सभी को वहीं आदरपूर्वक बैठाकर स्वयं भी एक कुर्सी पर बैठ गई। फिर अपने पिताजी की ओर देखकर धीरे-धीरे बोली, "बरदलै जी ने कहा कि आपने विश्वविद्यालय के विशिष्ट अधिकारी पद से जो त्याग पत्र भेजा है, उसे वे स्वीकार नहीं करेंगे। वे अभी-अभी मंगलदे जाने के लिए निकले पड़े हैं। वहाँ मुस्लिम लीग के कार्यकर्त्ता सार्वजनिक जमीनों और जंगल के इलाकों को जबरदस्ती कब्जा करने की योजना बना रहे हैं। अतः वे स्वयं वहीं जाकर रहेंगे। और स्थिति पर निगाह रखेंगे। उन्होंने कहा है– यह समय असम की सुरक्षा करने का समय है। इसके लिए यदि आप काम करना चाहते हैं तो इसमें उन्हें कोई आपत्ति नहीं है, वे इसमें

कोई बाधा-विघ्न नहीं डालेंगे। उन्होंने हमें आज ही गुवाहाटी जाने के लिए कहा है। मंगलदे में या गुवाहाटी में आप से भेंट होने पर वे बातें करेंगे। असम की अवस्था सम्प्रति भयानक विपत्ति से घिरी है।"

वह विपत्ति, वह आफत क्या है? इसे प्रोफेसर साहब अच्छी तरह समझ गए। कुछ देर तक सोचते रहने के बाद उन्होंने हजारिका जी की ओर देखकर कहा, "ऐसी संकट की घड़ी में क्या करना ठीक होगा, हजारिका जी?"

"आप ज़रूर जाइए।" उन्होंने तुरन्त ही उत्तर दिया। "बरदलै जी की बातों को हमें गम्भीरता से लेना होगा, उन्हें सम्मान देना होगा। उनकी बातें सुनकर तो मेरा भी मन जाने-जाने को कर रहा है।" कहकर वे फिरोज़ा की ओर देखने लगे।

फिरोज़ा ने लक्ष्य किया कि उसके पिताजी किसी आन्तरिक भावावेग से हड़बड़ा रहे हैं।

"क्या हुआ पिताजी?" फिरोज़ा ने पूछा, "आप का मन भी जाने को कह रहा है क्या?"

"हाँ" हजारिका ने उत्तर दिया, "मैं भी जाने की सोच रहा हूँ।" थोड़ी देर रुककर उन्होंने फिरोज़ा से पूछा, "तुम क्या अकेली यहाँ रह सकोगी? हो सकता है सुदर्शना भी यहाँ रहे।"

"नहीं, चाचा जी! मैं नहीं रह सकती। मुझे तो जाना ही पड़ेगा। नवराम ओझा को देखने जाना पड़ेगा। वे बहुत बुरी तरह बीमार हैं।" सुदर्शना ने जवाब दिया।

फिरोज़ा ने तब तुरन्त कहा, "मैं फिर यहाँ अकेले रहकर क्या करूँगी? मैं भी चलूँगी।"

उसी क्षण हजारिका जी ने शिलांग के पर्वतीय अंचल से नीचे असम के मैदानी इलाके में जाने का निर्णय ले लिया। परन्तु अपनी इस अचाक यात्रा का उद्देश्य उनके सामने भी स्पष्ट नहीं था। उन्हें ऐसा लगा कि उन्हें असम की धरती माँ ही वहाँ जाने का आदेश दे रही हैं।

अध्यापक रविचन्द्र जी अपने मित्र का निर्णय सुनकर मन-ही-मन बहुत प्रफुल्लित-उत्साहित हुए। उसके बाद उन्होंने गम्भीर स्वर में धीरे-धीरे कहा, "जब बरदलै जी ने बुलाया है तब तो मुझे जाना ही पड़ेगा, यह ठीक होगा। उनकी बातें मानना हमारा कर्त्तव्य है।"

हजारिका और फिरोज़ा वहाँ से विदा होकर अपने ठहरने के स्थान पर चले गए। प्रोफेसर रविचन्द्र जी फिर अपने कपड़े बदलने और तैयार होने के लिए अपने कमरे में चले गए।

सुदर्शना भी "अपराजिता, अपराजिता" पुकारती हुई अपराजिता को खोजती-ढूँढती अपने कमरे की ओर चली गई।

अपराजिता बरामदे में बैठी अपने-आप में निमग्न गुड्डे-गुड़ियों को लेकर दूल्हा-दुल्हन का खेल खेल रही थी। कई एक जोड़े दूल्हे-दुल्हनों का विवाह वह एक साथ ही कर देना चाहती है परन्तु सबके लिए ठीक से जोड़ी नहीं बैठा पा रही है।

माँ को आया हुआ देखकर उसने पूछा, "इस पैण्ट पहनने वाले दूल्हे की शादी के लिए दुल्हन मेम होनी चाहिए क्या, माँ?"

सुदर्शना ने देखा कि अपराजिता ने विवाह करने के लिए जिन गुड्डे-गुड़ियों को इकट्ठे कर रखा था उनमें प्रायः सभी दुल्हन गुड्डियों ने लँहगा-चोली या साड़ी-ब्लाउज़ पहन रखा था। गाऊन पहनने वाली कोई नहीं थीं।

"हाँ ज़रूरत तो पड़ेगी।" सुदर्शना ने हँसकर कहा। उसने अपराजिता के पास बैठकर एक गुड़िया को गाउन पहनकर उपयुक्त दुल्हन बना दी। कोट-पैण्ट पहने दूल्हे को ले जब उसके पास रखना चाहा तो सुदर्शना ने लक्ष्य किया कि दूल्हे के दाहिनी ओर का खुखड़ी का बना हुआ पैर पैण्ट के अन्दर-अन्दर से ही अलग होकर फर्श पर गिर पडा है।

"यह तुमने क्या कर दिया, माँ! दूल्हा लँगड़ा हो गया।" —अपराजिता माँ पर बिगड़ पड़ी। माँ गुड्डे को ठीक ढंग से पकड़ना नहीं जानती थी, इसी से दूल्हे का खुखड़ी का बना हुआ पैर टूटकर नीचे गिर पड़ा था। जबकि वह अपराजिता का सबसे अधिक प्रिय दूल्हा था।

सुदर्शना ने कहा, "अरे लँगड़ा हुआ तो क्या हुआ? इससे कुछ भी नहीं बिगड़ा। झटपट इनकी शादी कर दे। हमें अभी तुरन्त गुवाहाटी जाना पड़ेगा। जल्दी कर, जल्दी।"

"नहीं, पहले इसका पैर ठीक कर दो।"—अपराजिता ने हठ पकड़ते हुए कहा, "नहीं तो दुल्हन बहुत बुरा मानेगी।"

"कोई बुरा नहीं मानेगी। तुम्हारी माकन फूफी तो लँगडे दूल्हे से ही विवाह करना चाहती थीं, तुमने देखा नहीं?"

परन्तु जाने के क्षण तक अपराजिता ने अपना हठ नहीं छोड़ा। फलतः उनका विवाह किए बगैर ही वह गुवाहाटी जानेवाली मोटर की पिछली गद्दी पर जा बैठी। उस दिन सुदर्शना खुद ही मोटर कार चला रही थी।

\

उस दिन गुवाहाटी में मुसलिम लीग का एक छोटा-सा जुलूस निकला। परन्तु तभी उसके साथ-साथ ही उस जुलूस के विरोध में छात्रों का एक बहुत बड़ा जुलूस निकला। इतना बड़ा जुलूस कि जितना बड़ा गुवाहाटी शहर में इसके पहले कभी

नहीं निकला था। छात्रों का यह जुलूस पूरे शहर में फेरी लगाता हुआ अन्त में उच्च न्यायालय के विस्तृत मैदान में इकट्ठा हो गया जहाँ वह देश को खण्ड-खण्ड में बाँटने की योजना के विरुद्ध एक विशाल सभा के रूप में परिणत हो गया। उस विशाल सभा में केवल छात्र ही नहीं थे बल्कि छात्रों के साथ अन्य सभी वर्गों के बहुत सारे लोग योगदान कर रहे थे।

उस दिन माकन भी उस सभा में शरीक होने गई थी, वहाँ जाकर वह महिलाओं की भीड़ में बैठी हुई थी। सभी में अनगिनत लोगों की भीड़ थी। पूरा मैदान खचाखच भरा हुआ था। उस सभा में कौन-कौन से लोग भाषण देंगे, मुख्य वक्ता कौन होगा? इस सबके संबंध में, छात्रों ने जो विवरण पत्रिका प्रकाशित की थी, जो प्रचार-पत्र वितरित किए थे, उनमें कहीं कोई उल्लेख नहीं था।

माकन बड़ी उत्सुकता से रह-रहकर बहुत जल्दी-जल्दी सभा मंच की ओर देखती-निरखती जा रही थी।

अचानक ब्रह्मपुत्र नदी के किनारे वाली दिशा की सड़क पर एक मोटर-गाड़ी आकर रुकी। उसके रुकते ही भीड़ के किसी अंश से किसी की जय-जयकार के नारे गूँजने लगे। लकड़ी के तख्तों और कुन्दों के खूँटों की सहायता से बनाया गया मंच कुछ नीचा था। उसी पर खड़े होकर एक छात्र ने सभापति के नाम का प्रस्ताव किया। उसके बाद सभा के उद्देश्यों को विस्तार से समझाया गया। और उसके बाद अकस्मात् ही भाषण देने वाले वक्ता महोदय के नाम की घोषणा की गई।

नाम सुनते ही माकन का रोयाँ-रोयाँ भरभरा उठा, वह अतिशय रोमांचित, पुलकित हो उठी।

वक्ता महोदय ने जैसे ही बोलना शुरू किया कि तब तक भीड़ में जो चिल्ल-पों, बक-झक की गुंजन चल रही थी, वह सब अचानक एकदम शान्त हो गई। सभी दम साधे शान्त-मौन हो सुनने लगे।

लगभग आधा घण्टा तक भाषण देकर वक्ता महोदय मंच से नीचे उतर गए। वे अपने भाषण में क्या बोले, वह सब माकन को ठीक से याद नहीं रहा। उनके भाषण का सारांश यह है कि, "यह समय, एक ऐसा समय है जबकि सभी प्रकार की, भिन्न-भिन्न विचारधाराओं की, राजनीतिक पार्टियों के लोगों को, भेद-भाव भुलाकर, एकजुट होकर, पाकिस्तान रूपी-ग्राह के जबड़े में जाने से रक्षा करने के लिए, बचा लेने के लिए, सभी वर्गों के लोगों को, देश की स्वतन्त्रता की रक्षा करने के लिए इकट्ठा होने, संगठित होकर आगे बढ़ने का समय है। यद्यपि वे स्वयं सरकार के विरुद्ध एक बहुत बड़े खेतिहर किसानों-मज़दूरों के आन्दोलन को चलाने के काम में लगे हुए हैं, फिर भी आज यह बँटवारे का संकट आया है, देश के

टुकड़े-टुकड़े होने और असम प्रदेश को एक भिन्न ग्रुप में डाल दिए जाने का खतरा पैदा हो गया है। इस ग्रुप-बाजी के खिलाफ आवाज बुलन्द करने के आन्दोलन से अपने आप को अलग नहीं रख सके। उन्होंने स्पष्ट शब्दों में अति 'बाम पंथी' और "उग्र-पंथी" विचार धारा वाले सहकर्मियों की कार्यशैली के विरुद्ध विचार व्यक्त किया। अधिकांश संघ के कार्यकर्त्ता यह अच्छी तरह समझ गए हैं कि स्वतन्त्रता-प्राप्ति के लिए चल रहे संग्राम के इस अन्तिम दौर में जब कि स्वतन्त्रता प्राप्ति की वेला बिलकुल करीब आ चुकी है तब ऐसी वेला में इस प्रकार की उग्रतावादी कार्रवाइयाँ निरर्थक हैं, फिलहाल इनकी कोई ज़रूरत नहीं है।"

वे जब भाषण देकर नीचे उतर गए तो थोड़ी ही देर बाद एक नवयुवक छात्र ने मंच पर आकर बड़े आदर के साथ सूचित किया कि, "उन्हें अभी-अभी पुलिस गिरफ्तार कर जेल ले गई है।"

सुनते ही सभा में पुलिस की इस कार्रवाई के विरोध में आवाजें उठने लगीं। परन्तु कोई भी बहुत उत्तेजित नहीं हुआ। इस घड़ी में यह गिरफ्तारी लोगों को अच्छी नहीं लगी थी। यह समय सभी लोगों के आपसी भेद-भाव के बिना एक-जुट होने, संगठित हो खड़े होने का समय है। फिर भी किसी ने कुछ कहा नहीं।

उस सभा में और भी कई लोगों ने भाषण किए। माकन सभा के अन्त तक वहाँ रुकी नहीं रह सकी। उत्तेजनापूर्ण भाषणबाजी उसे कभी भी नहीं रुची। आज भी रुचिकर नहीं लगी। परन्तु सभी वर्गों के, सभी श्रेणियों के, भिन्न-भिन्न विचारधाराओं के आदमी आज एक ही भाव से जो इकट्ठा हुए, एकमत हो खड़े हुए, उनकी इस राष्ट्रीय-अनुभूति में माकन ने विश्व-एकता की अनुभूति का आभास पाया। महान् कवियों की व्यक्तिगत अनुभूतियाँ कभी-कभी विश्वानुभूति में परिणत हो जाती हैं। वही अनुभूति शब्दों के माध्यम से संरक्षित रहती है, तो कई-कई बार उनके पढ़ने वालों को भी वह विश्वानुभूति से अनुप्राणित कर देती है। राजनैतिक एकता भी मनुष्य को काम करने की दृष्टि से एक करती है, परन्तु यह एकता होती है एक-पक्षीय।

माकन जल्दी-जल्दी बढ़ती हुई उच्चन्यायालय भवन की ओर आई। वहाँ आदमियों का एक हुजूम इकट्ठा देख उसका कौतूहल बढ गया। दीघली पुखरी की ओर जाकर वह लार्ड कर्जन हाल के पास पहुँची-पहुँची ही थी कि उसने देखा कि बेठाराम मुहर्रिर "ओ माँ! ओ माँ!" बुलाताा हुआ न्यायालय भवन की ओर से उसी की ओर दौड़ा-भागा आ रहा है।

आज बहुत दिनों के बाद घर से बाहर, खेत-मैदान से दूर दीघली पुखरी के

किनारे बेठाराम को देखकर उसे बहुत अच्छा लगा।

बेठाराम का चेहरा पहले ही जैसा है, बस केवल उनके मुँह पर पहले जैसी सरलता-मृदुलता नहीं रह गई है।

"बेठाराम, यहाँ क्या कर रहे हैं? —माकन ने मुस्कराकर पूछा।

बेठाराम ने उत्तर दिया, "अरी वही, जो बम विस्फोट करने वाला लड़का था न, उसे अदालत ने फाँसी की सजा सुनाई थी, उसी के अन्तिम फैसले के लिए जूरी (न्यायाधीशों का बेंच) बैठा हुआ है। उसी की कार्यवाही चल रही है, वही देखने आया था।"

माकन जब कलकत्ता में थी, तभी सदानन्द बरुआ जी के मुँह से उस लड़के द्वारा किए गए हत्याकाण्ड का विवरण उसने सुना था। अपने पिताजी और दुदू के पत्रों से भी उसकी संपुष्टि हुई थी, उनसे भी इस संबंध में सूचनाएँ मिली थीं।

"तो फिर जूरी ने क्या कोई निर्णय कर लिया है क्या?"—माकन ने बड़ी उत्सुकता से पूछा, "नहीं, आज तो जूरी कुछ भी निश्चित नहीं कर सकी। मैं जितना जान पाया हूँ उसके मुताबिक जूरी के पाँच सदस्य एक तरफ हैं तो दूसरे पाँच सदस्य दूसरी तरफ। दोनों पक्षों में खींचा-तानी चल रही है। कल तक ही कुछ होगा। अब तो नवराम ओझा के मत पर ही उसका जीवन निर्भर है। आज तो वे आ नहीं सके। सात्रीबारी अस्पताल में भर्त्ती हैं। कल तक आवेंगे।

"नवराम ओझा भी जूरी के सदस्य हैं क्या?"

"हाँ" बेठाराम ने उत्तर दिया।" उनके मन की थाह नहीं मिल रही है, कि आखिर वे करेंगे क्या? आज अस्पताल जाते वक्त कहने लगे, "किसी को मृत्यु दण्ड देकर उस आदमी को मार तो सकते हो, परन्तु इससे उसका उद्धार नहीं हो सकेगा। जीवों की हत्या करने के महापाप से इस अजामिल जैसे महापापी की रक्षा करनी हो तो उसे क्षमा कर देना ही उचित है।"

मैंने कहा, "हाँ, क्षमा तो आप कर सकते हैं, परन्तु ये महापापी क्या क्षमा का मूल्य भी समझते हैं? वह तो फिर मनुष्यों की हत्या करेगा। तुम्हारी तरह वह तो भगवान का गुणगान करनेवाला नहीं है, ईश्वरविश्वासी भक्त नहीं है।"

तब वे बोले, "मुहर्रिर साहब! आप समानता का भाव प्राप्त नहीं कर सके। मरनेवाला मर गया। अब तो आवश्यकता है उसकी आत्मा का उद्धार करने की। मैं तो उसे फाँसी दिए जाने की राय नहीं दूँगा। सज़ा ही देनी है तो आजीवन कारावास की सजा की सिफारिश करूँगा।"

अब इस बूढ़े को लाख समझाने से भी कोई लाभ नहीं होने का। मूरख को समझाना और देरुआ की गाँठ (जो हर प्रयत्न करने पर भी नहीं सींझता) को साग

जैसे पकाकर सिंझाना, एक ही बात है–"मूरख हृदय न चेत जौ गुरु मिलैं बिरंचिसम।" इस तरह की एक अनहोनी बात कर देने पर न तो परलोक ही सुधरेगा, न इहलोक ही बनेगा–दुविधा में दोऊ गए माया मिली न राम।–वह तो फिर और भी मनुष्यों का खून-कत्ल करेगा।"

माकन ने पूछा, "आज यह जो बहुत विशाल सभा हुई, उसमें आप गए थे?"

"हाँ, हाँ," बेठाराम ने उत्तर दिया।"आज सबेरे से ही सुन रहा था कि नवीन भाई अपने गुप्त प्रवास से प्रकट होकर सभी के सामने आएँगे, सबके सामने भाषण देंगे और फिर अपने आप को गिरफ्तार करवाएँगे। उन्होंने संघ के नौजवान लड़कों की चिन्तन की दिशा बदल दी है। सारा समाचार सुनकर बरदलै जी ने कहा है कि वे नवीन को जेल से रिहा करवा देंगे। इस समय असम प्रदेश की सुरक्षा के लिए वे संघ का सहयोग पाना चाहते हैं। आप नवीन भाई से मिल पायीं क्या?"

"नहीं।" माकन ने निर्लिप्त भाव से उत्तर दिया, "नवीन जी ने जब यह रास्ता ग्रहण कर लिया है, तब तो बम विस्फोट करने वाला यह नवयुवक भी इस सत्यपथ पर चला आएगा। वह अकेले-अकेले तो सब कुछ नहीं कर सकता। लेकिन हाँ, हत्या काण्ड करने का दण्ड तो अवश्य ही मिलना चाहिए। सबसे बड़ा दण्ड है अपनी प्रवृत्तियों को अपने आप दमित कर देना, बुराइयों को उखाड़ फेंकना। अगर वह स्वयं भला बनकर दूसरों की भलाई करना चाहने लगे, तभी वह कोई क्रान्ति कर सकता है, नहीं तो हरगिज नहीं कर सकता।"

मन्मथ ठेकेदार (जिनकी हत्या उस नौजवान ने कर दी थी) की सगी छोटी साली के मुँह से ऐसी बात सुनकर बेठाराम को बहुत आश्चर्य हुआ और कुछ निराशा भी हुई। उसे कुछ सदमा भी पहुँच। लोगों के घरों, खेत-खलिहानों से धान-गन्ना लूट लेने वाले इन दुर्दान्त लोगों को बेठाराम ने अब तक डरा-धमकाकर और पुलिस को सूचना देकर पुलिस से गिरफ्तार करवाकर दबा रखा था। अब अगर यह लड़का छूट गया तो गाँव के खेतिहर आदमी सब फिर से खेतों पर कब्जा कर लेंगे।

बेठाराम को ज़ोर का गुस्सा भी उठा और बहुत आघात भी लगा।

अब तो केवल सदानन्द बरुआ जी के अलावा कुल-खानदान की जगह-जमीन की फिक्र करने वाला, देख-रेख करने वाला कोई है ही नहीं। पंचानन फूकन चम्पा के प्रेम-सागर में निमग्न हो गए, प्रोफेसर रविचन्द्र जी एक बार किताबों में जा डूबते हैं तो दूसरी बार घर की सम्पत्ति की चिन्ता में डूब जाते हैं। दुदू मदमस्त हुआ है जयन्ती में और खेती करने वाले किसानों को ही अपनी जमींदारी की जमीन बाँट देने की सर्वनाशी भावना में निमग्न हो रहा है। और अब देखो कि ये

बहन जी भी परम त्यागी महात्मा, फकीर की तरह बातें कर रही हैं। निश्चय ही श्रीमती चित्रा फूकन के साथ-साथ ही इस वंश की लक्ष्मी भी चलीं गईं है।

बेठाराम ने कहा, "जो करना हो करे, मालिक! मैं अब और इस काम में फँस कर गाँव के लोगों से दुश्मनी मोल नहीं लूँगा।"

दीघली पोखरी का पानी शान्त-कलरवहीन पड़ा था। माकन ने एक बार उस शान्त जल की ओर देखा, फिर देखा बेठाराम के चेहरे की ओर। सम्पत्ति के प्रति उसके मन में तनिक-सा भी मोह नहीं उमड़ा। बेठाराम के सेवा-कार्य में भी उसे कोई खास महत्त्व नहीं दिखाई पड़ा। उसने कहा, "ये सब बातें मुझसे कहने से कोई लाभ नहीं, बेठाराम भैया! अपने वंश की जगह-जमीन-सम्पत्ति की मालिक मैं नहीं हूँ, उस सबके मालिक दुदू भाई साहब हैं। वैसे ये सब मुझे मिल जाये, तो भी मैं ये सब नहीं रखूँगी। आखिर क्यों? क्या आप बता सकते हैं?"

"क्यों?"

"यह जगह-जमीन की सम्पत्ति ही हम लोगों को खेतिहर-किसानों से काटकर अलग रखे हुए है। और उनसे कटे हुए होने के कारण ही हम उनके शत्रु बने हुए हैं। उन्होंने ठीक ही पूछा है—उस जगह-जमीन में—खेतों में क्या हम खेती करते हैं? धान क्या हम बोते-रोपते हैं? तो वे ठीक ही कहते हैं कि नहीं, यह सब हम नहीं करते। हम तो केवल बस जमीन के मालिक होने के नाते उनके द्वारा उपजाये धान-अनाज को उनसे लेकर स्वयं आराम से खाते-पीते-मौज़ उड़ाते, धन का सर्वनाश करते जा रहे हैं। उनका भोग कर रहे हैं। खाली-अवकाश-समय में पढ़ते लिखते हैं, प्रेम-व्रेम करते हैं, सुसभ्य भलेमानस बनते हैं, संस्कृतिवान बनते हैं। परन्तु हमारी आत्मा दुःख के मारे टुकड़े-टुकड़े हो गई है। हम केवल अपने आप को नष्ट कर रहे हैं। चम्पा-नयी माँ को देखो, मेरे पिताजी को देखो, दुदू भैया की ओर देखो, सब-के-सब अपने आप को नष्ट कर रहे हैं। मेरे मन्मथ जीजा जी तो हाय रुपया, हाय रुपया कहते-कहते ही मर गए। सुदर्शना बहन अपने प्रेम में पराभव पाने से, प्रेम के दुःख के कारण उनके कुल-परिवार में अपने आप को घुला-मिला नहीं सकीं।—मैंने अब यह अच्छी तरह समझ लिया है कि इस तरह चलकर, इस तरह का व्यवहार करते रहने से कोई मनुष्य नहीं बन सकता। मनुष्य बन सकते हैं केवल त्याग और सेवा के भरोसे।" इतना कहकर माकन शान्त हो गई। थोडी देर बाद उसने फिर कहा, "मैं अब सूमति बडी बहन जी के आश्रम जाना चाहती हूँ। बेठाराम भैया, कृपया मुझे वहाँ पहुँचा दें।" ऐसा कहते समय माकन की आवाज़ बहुत मुलायम हो गई थी।

उसके अन्तरातम में नवीन द्वारा दिए गए भाषण की बातें बार-बार गूँजती

जा रही थीं।

उसने पहले जब उसके शब्द सुने तब तो उसे एक तीव्र झटका-सा लगा था, परन्तु फिर धीरे-धीरे शान्त स्थिर होकर सारी बातें ध्यानपूर्वक सुन गई थी। साधारण जनता के हित की राजनीतिक बातें सुनकर उसे बहुत भला लगा थीं, परन्तु उसके शब्द बड़े नीरस, सूखे थे। बीच-बीच में नवीन ठहर-ठहर जाता था। उसके भावों में एक द्वंद्व-सा आ जाता था, परस्पर विरोधी-से विचार आपस में टकराते-से लगते थे। संघ द्वारा संचालित खेती-बारी आन्दोलन के लिए संघ के नौजवान लड़कों द्वारा किए गए हिंसात्मक कामों की उसने स्पष्ट रूप से खुलकर भर्त्सना की। उन सब कामों में जो उसके शामिल होने की चर्चा की जा रही थी, उसकी, उस सबमें उसके नाम को शामिल किए जाने की बात का भी उसने विरोध किया, ऐसे लांछन को अस्वीकार किया। साथ-ही-साथ उसने असम प्रदेश को पाकिस्तान रूपी ग्राह के जबड़े में जाने से बचाने के लिए पूरी ताकत से लोगों का आह्वान किया। सभी को एकताबद्ध होकर असम को बचा लेने के लिए प्रोत्साहित किया। इसके लिए सबसे ज़रूरी चीज़ है एकता। और उस एकता के अन्दर जमींदार-सीरदार-खेतिहर किसान की एकता, हिन्दू-मुसलमान की एकता, असम के मैदानी भाग के निवासियों-पहाड़ी भाग के निवासियों की एकता सभी शामिल हैं। एक ओर वर्ग-संघर्ष करने को प्रेरित करना, तो दूसरी ओर विभिन्न वर्गों में एकता स्थापित करने को कहना, इस तरह के दो भिन्न प्रकार के भावों की टकराहट के कारण नवीन का भाषण बीच-बीच में व्यतिक्रम युक्त, सामंजस्यहीन भी हो गया था।

माकन को ऐसा लगा था कि नवीन के हृदय में छिपे इस द्वंद्व की तरह ही, एक और भी हृदय-विदारक द्वंद्व छिपा हुआ था। एक समय माकन से विवाह करने के लिए उसके मन में अति उद्दाम-प्रबल-इच्छा हिलोरें ले रही थी, परन्तु वह विवाह वह कर नहीं सका। जिसका मूल कारण यह था कि एक अतिसम्पन्न उच्चकुलीन परिवार से अपना जीवन संबंध स्थापित करके वह वर्ग-संघर्ष वाले अपने आन्तरिक मनोभावों-आदर्शों को त्याग पाने में पूर्णतः असमर्थ था। उसे याद आया कि किस तरह अन्तिम निर्णय लेने के क्षणों में वह अन्तर्द्वन्द्व से आकुल-व्याकुल, हाल-बेहाल था और अन्ततः माकन को छोड़ देने की बात उसने सोची थी।

यह अन्तर्द्वन्द्व ही उसे अन्दर-अन्दर ही नोच-नोच कर खा रहा है। यही वज़ह है कि वर्तमान उसके लिए परम कष्टकारक होता है। इन अन्तर्द्वन्द्वों की संघर्ष वेला में वह व्यक्ति सत्ता और समष्टि सत्ता का अपने भीतर जो संघर्ष अनुभव करता है, उस संघर्ष में भाग लेने जाकर वह अपने मतानुसार काम नहीं कर पाता। वैसा करने पर जैसे कि उससे कोई भयानक दोष हो जाएगा। इसी कारण वह हमेशा

समस्या के समाधान की बात भविष्य के लिए ठेल देता है, आशा में कि एक दिन समाजवाद प्रतिष्ठित हो जाएगा, एक दिन सभी दरिद्रता से, भूख-गरीबी से छुटकारा पा जायेंगे, एक दिन प्रेम मूर्तिमान होगा, सफल हो जाएगा।

यह भविष्य है क्या, यह माकन कुछ समझ नहीं पाती। अगर वर्तमान सफल न हुआ, तो फिर भविष्य का क्या मूल्य? क्या सार्थकता? समता भावना की परिपूर्ण मूर्ति, साम्य-भाव का पूर्ण स्वरूप नवीन ने जो अभी नहीं देखा है, यह बात माकन आज अच्छी तरह समझ गई। वह वर्तमान को ही अधिक महत्त्व देती है। नवीन केवल यान्त्रिक तत्त्वों, सिद्धान्तों के सहारे ही जीवन को समझना चाहता है। वर्ग-संघर्ष के उद्देश्य, अन्तिम प्राप्य लक्ष्य की बात नवीन ने कभी पूरी तरह जानी ही नहीं। वस्तुतः यह लक्ष्य-मनुष्यों के भीतर की नाना प्रकार की विशृंखलताओं का, नाना प्रकार के भेदों-विभेदों का विनाश है। व्यक्तिगत सत्ता इस विभिन्न श्रेणियों वाले समाज में रहते हुए भी, रवीन्द्रनाथ ठाकुर की भाँति, प्रकृति, समाज, राष्ट्र, सभी श्रेणियों-वर्गों के जीवों और मनुष्यों के साथ एकता का अनुभव कर सकती है, एक सर्वमुखी संगठनात्मक शक्ति के प्रवाह के माध्यम से।

जीवन में यदि काव्य की अनुभूतियाँ न हों, कला-चेतना न हो तो जीवन की सार्थकता पूर्ण नहीं हो सकती। प्रेम-भावना वर्ग-संघर्ष की भावना से बहुत उँचे स्तर की चीज है। मगर ऐसा न हो तो एक परम्परावादी संभ्रान्त बुर्जुआ समाज की युवती कन्या और समाज के सर्वाधिक शोषित-दमित की सेवा में लगे रहने वाले युवक के बीच परस्पर आकर्षण पैदा ही नहीं हुआ होता।

उच्चस्तर के प्रेम को सभी प्रकार के संघर्षों की बुराइयों से बचाकर एक महान अनुभूति के रूप में प्रतिष्ठित करने के लिए विश्वधर्म और साहित्य दोनों ही उपदेश देते हैं। मनुष्यों के टूटे-कटे दिलों को जोड़ने के लिए और संघर्षों में भी मानव मन में शान्त रस की सृष्टि करने के लिए आवश्यकता है, वैसे ही उत्तम प्रेम की, वैसी ही उदार प्रीति की।

सुमति बड़ी बहन जी द्वारा अपनाए गए ब्रह्मचर्य के रास्ते को तो उसने कभी भी ग्रहण करने योग्य नहीं समझा। आज भी उसे उचित नहीं मानती, स्वीकार नहीं करती। परन्तु सुमति बड़ी बहन जी के आश्रम की ओर जाने के लिए आज उसका मन व्याकुल हो रहा है। क्यों? कारण यह है कि वहाँ एक विशाल सेवा भावना का एक रूप प्रकाशित हुआ है। जहाँ वह विश्वमानवता का आभास पाती है, वहीं वह पवित्र तीर्थस्थान समझती है। यौन-भावना को दमित करने की बात को माकन अस्वाभाविक मानती है। वह मानव के सहज स्वभावन के अनुरूप नहीं है। कुछ अन्ध विश्वासों, तर्कहीन संस्कारों की वजह से इस अस्वाभाविक अचेतन मन को एक

धार्मिक मर्यादा भी प्रदान कर दी गई है। परन्तु फिर भी उसने इसे मन से, प्राण से कभी ग्रहण नहीं किया, ग्रहण नहीं कर सकती। अपने प्रिय पात्र को, जिसे हृदय दे बैठें, प्यार करें उस पुरुष की देह और मन को अलग-अलग करके देखने का काम कर के सुमति बहन जी ने कोई अच्छे आदर्श प्रस्तुत नहीं किये। फिर भी सुमति जी ने समस्या का सामना बड़े साहस के साथ किया था। एक अटल भीष्म-प्रतिज्ञा करके, उन्होंने दिखावे के, बाहरी लोकाचार को तिलांजलि देकर, विवाह करवाये बिना ही विमल भाई साहब को हृदय से ग्रहण किया था।

उनके इस परीक्षापरक साहस का प्रभाव नवीन के हृदय पर भी पड़ा था, परन्तु वह अपनी निजी व्यक्तिसत्ता, अपने निजी व्यक्तित्व, की आवश्यकताओं के अनुरूप अपनी एक स्वकीय परीक्षा करने में समर्थ नहीं हो सका। और उसने (माकन) भी और कोई उपाय शेष न देख परम्परा निर्वाह के लिए अपने सारे यौनाकर्षणों, अपनी सारी सौन्दर्य-सुषमा, सेवा-भावना, समेत रंजीत के समक्ष उपस्थित हुई, उसे अपना सब कुछ समर्पित कर देना चाहा था। परन्तु शारीरिक पंगुता, अक्षमता ने रंजीत को कमजोर बना दिया। वह उसे (माकन को) स्वीकार नहीं कर सका।

रंजीत के समक्ष अपनी इच्छाओं के अनुरूप चलने की कोशिश में असफल हो जाने पर उसे अपनी जगह पर यूँ ही लौट नहीं आना पड़ा। बल्कि वे एक-दूसरे के प्रगाढ़ मित्र बनकर ही एक-दूसरे से अलग हुए।

वह अब अपना मार्ग स्पष्ट रूप से देख रही है। उसका यह मार्ग कभी राजनीतिक सभाओं के बीच से होकर जाएगा, कभी आश्रमों के अन्दर से, कभी कविता के क्षेत्र से होकर तो कभी होटल के फाटक की ओर से और कभी और-और भिन्न-भिन्न परिस्थितियों से होकर गुजरेगा।

उसके इस अभियान में, इस यात्रा के अन्त में अन्ततः परिणामस्वरूप प्राप्य क्या है, यह तो वह नहीं बतला सकती, परन्तु उसके मन में कभी भी समाप्त न होने वाला, सदा नयी-नयी उमंग से भरा रहने वाला प्रेम भरा हुआ है, अन्तत, अशेष प्रेम। बेठाराम जाने कहाँ से एक तांगा ले आया और बोला, "आप इस पर बैठ जाएँ, बहन जी। और चलें, यह आप को पहुँचा देगा, मैं पैदल-पैदल ही आऊँगा।"

माकन ने कहा, "यह सब नियम-शिष्टाचार की चिन्ता छोड़ें, बेठाराम जी! आइए, बैठिए। साथ-साथ ही चलेंगे। समझ लीजिए कि हम भाई-बहन हैं, या फिर मित्र-दोस्त ही समझ लीजिए।"

माकन की बात सुनकर बेठाराम अवाक् रह गया। नगर के संभ्रान्त फूकन वंश की राजकुमारी जैसी लड़की के साथ बेलतला जैसे साधारण गाँव के एक

अतिसाधारण व्यक्ति–अदना-से मुहर्रिर (क्लर्क) का भाई-बहन का नाता या मित्रता का नाता क्या संभव है? माकन के आग्रह को देखते हुए अतिशय संकोच के साथ बेठाराम तांगे पर बैठा। उसने देखा कि ताँगे में बैठी उस राजकुमारी की देह हिल–डुल रही है, परन्तु उसका मन बहुत उँचे आकाश में उड़ रहा है, पूरी तरह सहज–सरल वातावरण में।

ताँगा आश्रम के मुख्य द्वार पर पहुँचा, तब तक साँझ उतर आई थी और आश्रम में साँझ बत्ती जल रही थी।

शिलांग जाने वाली सड़क पर ही स्थित है यह आश्रम, एक पहाड़ी ऊँचे टीले के ऊपर।

वे अभी आश्रम द्वार में प्रवेश करने जा ही रहे थे कि तभी एक मोटरकार आकर उनके पास ही खड़ी हो गई। एक बहुत जोरदार आवाज करता हुआ मोटरकार के एक पहिये का टायर फट गया। और मोटर गाड़ी एक बड़े जोर का झटका खाकर ठहर गई। वैसे अभी तब भी सूर्य की अन्तिम किरणें आकाश में जहाँ–तहाँ चमक रही थीं।

"अरे, ओ माकन!"

माकन ने गर्दन घुमाकर पीछे की ओर देखा तो पाया कि फिरोजा मोटरकार में से नीचे उतरी आ रही है। मोटर के पास खड़े होकर, बर्स्ट हुए टायर के पहिये को बदलने के लिए हजारिका जी ग़ाड़ी के भीतर से आवश्यक साजो-सम्मान निकालने लगे थे। उन्होंने वहाँ जब बेठाराम को देखा तो इतने प्रफुल्लित हुए मानो किसी अत्यन्त दुर्लभवस्तु, जिसके मिलने की संभावना न रही हो, उसे ही पा गए हों। अचानक ही बोल पड़े, "अरे ओ बेठाराम! इधर आओ। पहिया बदलवाने में मदद करो।"

बेठाराम भी दौड़कर हजारिका के पास पहुँच गया और यह वह उपयोगी यन्त्र उपयन्त्र उठा–उठाकर हजारिका जी को देने और पहिया बदलने में हजारिका जी की सहायता करने लगा।

फिरोजा और माकन आपस में बातचीत करते हुए आश्रम भवन के अन्दर चली गईं।

उस समय आश्रम में सामूहिक प्रार्थना आरंभ हो गई थी। प्रार्थना सभागार थोड़ी दूरी पर था। वे दोनों उस ओर न जाकर पास ही जिस कमरे में दीया जल रहा था, उसी में प्रवेश कर गईं।

कमरे में किवाड़ खोलते ही माकन को एक खाली बिस्तरा, एक मेज पर इधर-उधर बिखरी कुछ किताबें, वहीं रखा एक लैम्प, एक लाठी की बनी अरगनी

पर टंगी एक जोड़ा धोती-कुर्ता।

"यहाँ कौन रहता है, माकन?" कुछ अचम्भे में पड़कर फिरोजा ने पूछा। "बिना जाने-समझे-पूछे यूँ ही इसमें आकर हम लोगों ने गलती कर दी क्या?"

माकन चुपचाप मेज के पास जाकर खड़ी हो गई। किताबों को अच्छी तरह निरख-परख लेने के बाद बोली, " अरे और कौन रहता होगा, नवीन जी के सिवा।"

उसके इस उत्तर से फिरोजा का अचम्भा और भी बढ़ गया। चकिन हो उसने पूछा, "वे क्या यहाँ रह सकते हैं?"

"इसमें आश्चर्यचकित होने की कोई बात नहीं, कुछ भी असम्भव नहीं है। भूमिगत हो छिपे रहने वाले क्रान्तिकारी अपने आप जहाँ खतरे से बाहर समझते हैं, जहाँ उन्हें विश्वास होता है कि लोग उनके रहने का भेद नहीं खोलेंगे, वहीं रहते हैं।"

""तो फिर चलो यहाँ से।" फिरोजा ने कहा, "हमारी वजह से भी तो उनका खतरा बढ़ सकता है।"

"अब वैसे खतरे का समय समाप्त हो गया है।"–माकन ने हँसते हुए उत्तर दिया, "वह भलामानस तो इस समय जेल में पहुँच चुका है। आज ही उच्च न्यायालय के विशाल मैदान में देशरक्षा के लिए लोगों का आह्वान करते हुए भाषण देकर उन्होंने अपनी गिरफ्तारी दे दी।"

माकन से पूरी घटना विस्तारपूर्वक सुन लेने के बाद फिरोजा ने कहा, "अच्छा ही हुआ, माकन! इस तरह के आन्दोलनों में संयुक्त होने की वजह से उनकी बहुत बदनामी फैल रही थी। अपराजिता क्या कहती है? क्या तुम जानती हो। कहती है, "मैं जब बड़ी होऊँगी, तो जिस आदमी ने मेरे पिताजी की गोली मारकर हत्या की है, मैं भी उसे गोलियों से भून डालूँगी। हिंसा हिंसा को ही जन्म देती है, अपराध अपराध को ही बपता है। नवीन जी इस तरह के आदमियों के साथ में पड़कर अपने आप को ही धोखा दे रहे थे, अपने से ही छलना कर रहे थे।" फिरोजा ने समझाते हुए जवाब दिया।

उन दोनों के बीच काफी देर तक विचार-विमर्श होता रहा। इस लम्बे विचार-विमर्श में नवीन के आन्दोलन के संबंध में ही बातें होती रहीं, माकन के साथ उसके हार्दिक-प्रेम संबंध की चर्चा एक बार के लिए भी नहीं छिड़ी। जान-बूझकर अपनी मन की भावना के अनुसार ही फिरोजा ने वह प्रसंग नहीं उठाया। और फिर उस दिन उस प्रकार की बातें करने का समय नहीं था। फिरोजा के पिता जी आज काफी लम्बे समय के बाद गुवाहाटी आए हैं, मुस्लिम लीन के

पाकिस्तान आन्दोलन के खिलाफ असमीया जनता को उठ खड़े होने को कहने के लिए, जगाने के लिए, समस्त असमीया जनता को एकजुट होने, संगठित करने के लिए। आज सारी राह वे केवल एक ही बात कहते आ रहे थे, एक दैनिक समाचार पत्र प्रकाशित करवाने के लिए, एक ऐसा समाचार पत्र जो जन-चेतना को जगाये, जनमत तैयार करे। और समाचार पत्र प्रकाशन के प्रसंग में ही नवीन की चर्चा भी उठी। तब उसके पिता, हजरिका जी ने कहा था, "दरअसल वह अपनी प्रतिभा का दुरुपयोग कर रहा है।"

"और पिताजी की यह बात अक्षरशः सत्य है।" फिरोजा ने माकन से यह बात और सारी बातें कह लेने के बाद कही।

तब तक उधर प्रार्थना का कार्यक्रम पूरा हो गया।

आश्रम की प्रधान सेविका महोदया तब आकर उन दोनों के सामने खड़ी हो गईं। थोड़ी देर तक ध्यानपूर्वक देखने के बाद उन्होंने उन दोनों को भी पहचान लिया। तदनन्तर माकन ने फिरोजा के साथ घूम-घूमकर आश्रम की कताई-बुनाई कार्यशाला, खेती-बारी और गीता-भवन वगैरह का अवलोकन किया।

यह आश्रम अत्यन्त कड़े नियमों-व्रतों के अनुशासन में चलता है। यहाँ किसी को भी तनिक-सी ढील नहीं दी जाती। आश्रम की सारी-की-सारी सेविकाएँ ब्रह्मचारिणी हैं। उन लोगों के मुखमण्डल पर साधारण किस्म की उत्सुकता, कुतूहल का भाव नहीं है, कोई उद्विग्नता नहीं है, चपलता-चंचलता नहीं है। बस, केवल एक सुर में बँधा एक सुनिश्चित योजना के अधीन सजा-सँवरा वातावरण है। सख्त नियमों के बन्धनों में बँधा यह वातावरण माकन को अच्छा नहीं लगा।

वे दोनों टहलते-टहलते शयनागार में पहुँचीं। उसमें जाने पर, उसे देख-समझकर माकन को लगा कि जैसे वह एक प्रौढ़ा-महिलाओं का छात्रावास हो। उस समय आश्रमवासिनी सेविकाएँ वहाँ नहीं थीं। उनके सोने के बिस्तरे सामने झिलमिला रहे थे। सारे-के-सारे कपड़े खद्दर के थे, परन्तु थे बिल्कुल साफ-सुथरे।

"आज तक तुम कहाँ थी, माकन!" आश्रम की प्रधान सेविका महोदया ने वहाँ उनके करीब आकर माकन से मुस्कराकर पूछा।

माकन ने उत्तर दिया, "इसके संबंध में क्या सुमति बड़ी बहन जी ने आप के पास कोई सूचना नहीं लिख पठाई थी?"

"हाँ, लिखा था। तुम नोआखाली का हाल देखने वहाँ गई हुई थी, इस बात का पता हमें लगा था।" फिर अचानक ही वे बहुत गम्भीर हो गईं, "आज के दिन तक नवीन जी ही इस आश्रम की देखभाल कर रहे थे। यद्यपि वे स्वयं भूमिगत हो छिपे रूप में निर्वासन का जीवन बिता रहे थे, फिर भी बीच-बीच में आकर हमारी

सुरक्षा, आश्रम को ठीक ढंग से चलाने के साधनों की व्यवस्था वगैरह कर दिया करते थे। उन्हीं की प्रेरणा से, उन्हीं के निर्देशानुसार अब आश्रम की सारी सेविकाएँ असम-रक्षा के लिए सारी महिलाओं को संगठित कर रही हैं। ऐसी नाजुक दशा में अगर तुम हमारे साथ खड़ी होओ, हमें सहयोग दो, तो बहुत अच्छा हो। हमारा सबसे पहला बड़ा कर्त्तव्य होगा साम्प्रदायिक शान्ति को बनाए रखना।''

माकन का मन हर्ष से गद्‌गद हो गया। उसने कहा, ''हाँ, मैं आप लोगों का सहयोग करूँगी। परन्तु बहन जी मैं आप सबकी तरह ब्रह्मचारिणी बनकर नहीं रह सकती।''

प्रधान सेविका महोदया ने कहा, ''हमारी भी कोई ऐसी दृढ़ शर्त नहीं है। अब्रह्मचारिणियों के साथ काम किये बगैर, उनका सहयोग लिये बगैर हमारा भी रह पाना मुश्किल है। अभी कल ही मैंने नवीन जी से इस संदर्भ में बातचीत की थी। वे भी तुम्हारे आने के इन्तजार में थे। तुम्हारे आ मिलने से उन्हें भी खुशी होगी। वे तो सोचते हैं कि यदि तुम यहाँ आ मिलो तो आश्रम के सम्पूर्ण काम काज का भार वे धीर-धीरे तुम्हें ही सौंप दें। सुमति बड़ी बहन जी की भी यही मनोकामना है।

सुनते ही लाज के मारे माकन के दोनों गाल लाल पड़ गए। बात के मर्म को समझ लेने पर फिरोजा ने उसके पेट में चिकोटी काटकर कहा, ''अब तो तुम्हें सेविका बनने के अलावा और कोई दूसरा चारा ही नहीं रहा। अब तूँ झटपट जुड़ जा इनमें। तुम जब इनका सहयोग करने लगोगी, तो मैं भी बीच-बीच में आ-आकर आन्दोलन के काम में सहयोग दिया करूँगी।''

माकन ने अब तक अपना मन दृढ़ कर लिया था, दृढ़ निश्चय लेकर उसने यकायक पूछा, ''अगर मैं यहीं आश्रम में ही रहना चाहूँ, तो क्या इसमें कोई आपत्ति होगी?''

प्रधान सेविका महोदया कुछ देर तक सोचती रहीं, फिर बोलीं, ''नहीं, बिलकुल नहीं। आप बड़े शौक से यहाँ रह सकती हैं। परन्तु अगर आप सबके साथ न रहकर एकान्त में रहना चाहती हैं, तब तो यही नवीन जी का कमरा है, इसे ही आप को दे सकती हूँ, फिलहाल यह खाली भी है, वे तो अब बड़े लाट साहब के बड़े मकान (जेल) के मेहमान हैं।''

माकन ने कहा, ''ठीक है, मैं कल ही से यहाँ आ जाऊँगी। परन्तु आप के आश्रम के अत्यन्त कठोर नियमों के बंधन में बँधकर मैं ज्यादा दिन नहीं रह सकूंगी। क्योंकि मैं संन्यास ग्रहण करने को बहुत अच्छा नहीं समझती। अतएव मैं बस जिस कुछ दिनों तक यह आन्दोलन चलेगा, बस उतने ही दिनों तक रह

सकूँगी।"

उसकी इस बात को सुनते ही तुरन्त फिरोजा बोल पड़ी, "तुम क्या यहाँ आये बिना रह भी सकती हो माकन? जरा सोचकर तो देखो।"

उसके इस प्रश्न पर माकन ने कुछ नहीं कहा। मौन बनी रही। फिर कुछ देर बाद उन लोगों से विदा लेकर वे दोनों लौट आयीं। रास्ते में आते-जाते माकन ने फिरोजा से कहा, "अब तो घर में रहना मुझे बिलकुल अच्छा नहीं लग रहा है। एक समय वह था जब नवीन जी ने मुझे घर से निकालकर संघ में आने के लिए आश्रम में रहने, सहयोग करने के लिए कहा था, तो मैंने समझा था कि नहीं, ऐसा काम कर पाना असम्भव है। परन्तु आज स्थिति यह है कि आज घर छोड़ना मेरे लिए इतना आसान है जैसे इसमें कोई बात ही नहीं, कहीं कोई कठिनाई ही नहीं रही।"

"तुम अपने पिताजी जी को छोड़कर अलग रह सकोगी?" फिरोजा ने पूछा, "उनकी तो अब तुम्हारे ऊपर ही सारी मोह-ममता है। और फिर वह बच्चा .... "

माकन ने हँसकर कहा, "पिताजी की रखवाली अब और करने की मुझे जरूरत नहीं है। अपना मार्ग मुझे स्वयं चुनना होगा। वे इस क्षेत्र में मेरे समक्ष कोई आपत्ति नहीं करेंगे। वे बिलकुल ही नहीं रोकेंगे। परन्तु इतना जरूर है कि पिताजी को देखने-भालने के लिए किसी सहृदय सहयोगी आदमी की आवश्यकता है। और वह उत्तरदायित्व मैं अवश्य निभाऊँगी।"

फिरोजा ने अनुभव किया कि यह वह पुरानी माकन नहीं है बल्कि एक बिलकुल ही नयी माकन है। एक ऐसी नवीन माकन जो अपने निजी मन से 'अनुभव' किए सत्य पर चलने के लिए दृढ प्रतिज्ञ है। उसका यह रूप देखकर फिरोजा को हार्दिक प्रसन्नता हुई।

चलते-चलते वे मोटरकार के पास आ पहुँचीं।

वहाँ हजारिका जी कार को ठीक दुरुस्त करके उन्हीं दोनों के आने की प्रतीक्षा कर रहे थे। तब तक बेठाराम मुहर्रिर के साथ देश की वर्तमान दशा पर बातचीत करते रहे थे।

करीब आकर फिरोजा ने अपने पिता जी से कहा, "पिता जी! माकन ने आन्दोलन में जुट जाने का दृढ निश्चय कर लिया है।"

फिरोजा ने माकन के इस निश्चय की बातें जब अपने पिताजी को विस्तार से सुना दीं, तब हाजरिका जी परम प्रसन्न हुए। पूर्ण सन्तुष्ट होकर उन्होंने कहा, "अब जब कि स्त्री-शक्ति जाग पड़ी है, तब तो फिर कोई चिन्ता ही नहीं। यह आन्दोलन तो अब रसोई घर तक में पहुँच गया। मैं अच्छी तरह देख पा रहा हूँ कि यह

निश्चित विजय का लक्षण है।"

मोटरकार पर बैठकर उसे चलाते हुए फिर वे चारों व्यक्ति सर्वप्रथम माकन के घर पहुँचे। वहाँ माकन और बेठाराम उतर गए। फिरोजा को साथ लेकर हजारिका अपने घर के लिए रवाना होने वाले ही थे कि पड़ोस के घर से प्रोफेसर रविचन्द्र जी निकलकर उनके करीब आ गए। उन्होंने आते ही कहा, "बरदलै जी ने मुझे मंगलदे पहुँचने को कहा है। वे वहाँ एकान्त में शान्ति पूर्वक गोपनीय ढंग से विमर्श करना चाहते हैं। उन्होने मुझे आप को भी साथ में लिवा आने को कहा है। आप चलेंगे तो?"

प्रोफेसर रविचन्द्र के हाथों में उस समय भी दो पुस्तकें थीं। हजरिका जी को लगा कि जैसे शिलांग से यहाँ पहुँचते ही वे तुरन्त अध्ययन-अन्वेषण में तल्लीन हो गए थे। जरूर किसी प्रामाणिक तथ्य के उदूघाटन की आवश्यकता आ पड़ी होगी। अर्थात् ऐतिहासिक आधारभूत प्रामाणिक तथ्यों की। यह सब चिन्ता करते हुए हजारिका जी ने लक्ष्य किया कि अभी कुछ समय पहले शिलांग में रविचन्द्र जी के चेहरे पर जो चिन्ता-परेशानी का भाव उन्होंने देखा था, अब उसका कहीं कोई नामोनिशान नहीं है। हजारिका जी फिर स्पष्ट शब्दों में पूछ बैठे, "क्यों?"

रविचन्द्र जी ने कहा–"जातीयता (राष्ट्रीयता) का प्रश्न ही अत्यन्त जटिल रूप में खड़ा हो गया है। लीग वाले कह रहे हैं कि मुसलमान एक जाति (कौम) हैं। कांग्रेस वाले कहते हैं कि हिन्दू-मुसलमान दोनों ही एक ही जाति (कौम या राष्ट्रीय) हैं। और दूसरी ओर मैं सोचता हूँ कि असमीया एक जाति (कौम) है। इस तरह के भिन्न-भिन्न मतों की तात्विक सत्यता में बरदलै जी अनिर्णय की स्थिति में फँस गए हैं। वे जानना चाहते हैं कि असमीया एक जाति है या नहीं? तात्त्विक यथार्थ दृष्टि से। वे अपने पूरे जीवन भर एक तरफ वन्दे मातरम् गीत गाते रहे हैं, तो दूसरी तरफ गाते रहे हैं–"ओ मेरे अपने देश।" महात्मा गांधी ने स्पष्ट रूप में कहा है कि असम ने सन् १९३५ सन् की संवैधानिक धारा के तहत जो प्रादेशिक स्वायत्त शासन पाया है, उस स्वायत्त्व शासन को असम को छोड़ने की जरूरत नहीं है। उसमें असम ककी और भारत की स्वाधीनता के बीज छिपे हुए हैं। वे आप से विशेष रूप से इसलिए मिलना चाहते हैं कि वे आप से असमीया मुसलमान की इच्छा-अनिच्छा, उनकी सहमति-असहमति के संबंध में जानना चाहते हैं।"

"आप उनसे मिल पाए थे क्या ?" हजारिका ने आग्रह के साथ पूछा।

"नहीं, मैं मिलने नहीं गया। वे खुद ही मंगलदे जाते समय मेरे यहाँ से होते हुए गए हैं।" रविचन्द्र जी ने उत्तर दिया, " मैं तो अपनी ही समस्याओं को लेकर विकल था। घर में प्रवेश करने का भी मन नहीं हो रहा था। परन्तु उनके आ जाने

पर अपनी निजी घर-गृहस्थी की अपनी पारिवारिक उलझनों की बातें भूल ही गया। विश्वविद्यालय के विशेष अधिकारी पद से त्यागपत्र देने की बात भूल गया। उनकी मानसिक उलझनों को देखकर मुझे बहुत कष्ट हुआ। एकमात्र महात्मा गांधी ही उन्हें साहस प्रदान कर रहे हैं। वे केवल राजनीतिक दृष्टि से ही नहीं, तात्त्विक दृष्टि से भी स्पष्टतः निश्चिन्त होना चाहते हैं। क्योंकि इस समय असम को अकेले-अकेले लड़ाई लड़नी पड़ रही है, अतएव बुद्धिजीवी, व्यवसायी, स्त्री-पुरुष, वामपंथी सभी वर्गों के सभी लोगों का सहयोग पाना चाहते हैं।''

यह सब सुनकर हजारिका का मन आनन्द से गद्गद हो गया। वे बोल पड़े, ''जाऊँगा। निश्चय ही जाऊँगा।'' असम यदि मरता है, तो मैं भी मर जाऊँगा। किसने कही थी यह बातें मैं भूल गया हूँ।

''लक्ष्मीधर शर्मा जी ने।'' रविचन्द्र जी ने कहा, ''तो फिर आप चलें।''

हजारिका ने बहुत तेजी से कार चलायी और शीघ्र ही अपने घर जा पहुँचे। फिरोजा को नीचे उतारकर वे स्वयं अपनी मोटरकार के एक-एक कलपुर्जों की जाँच-परख करने लगे, कि सभी कुछ सुचारु रूप से काम करने लायक है कि नहीं। गाड़ी के इंजन से पेट्रोल अच्छी तरह गुजर नहीं पा रहा था। इससे उन्हें कुछ चिन्ता हुई, फिर यकायक वे रतिराम ड्राइवर की पूछताछ करने लगे। इंजन वगैरह को ठीक करने के काम में वह बहुत कुशल हैं।

वे चलते-चलते बाहर मैदान में निकल आए। उस समय बाहर बहुत सुन्दर चाँदनी खिली हुई थी। वे पैदल ही चलते-चलते संघ के कार्यालय के सुनमान इलाके से होते हुए धीरे-धीरे सुदर्शना के मकान के फाटक के पास पहुँचकर खड़े हो गए। उनके गले की आवाज सुनकर अपने अतिथि-कक्ष में मन मारे बैठी सुदर्शना झटपट उठकर बाह आ गई।

''माँ! रतिराम है क्या?'' हजारिका ने पूछा।

''उसी की चिन्ता में तो मैं भी हूँ। आज तो मैंने उसे देखा ही नहीं। उसी का रास्ता जोह रही हूँ। मेरी कार को आजकल वह टैक्सी के रूप में चलाता है। जान पड़ता है आज कहीं दूर निकल गया है। आपका कोई विशेष काम है क्या?''

हजारिका जी ने जब अपने आगमन का उद्देश्य बतलाया, तब हँसकर सुदर्शना ने कहा, ''अच्छा, इसका मतलब कि असम रक्षा का काम रातों में भी चलेंगे। यह देखकर मुझे 'शराईघाट की लड़ाई' याद आ रही है। चक्रध्वज राजा की बड़ी राजकुमारी ने भी संभवतः राजा से कहा था-''बर फूकन ने जैसे कहा है, उसी तरह, राज्य की भी रक्षा होगी, प्रजा की भी रक्षा होगी। सभी की रक्षा होगी, राज्य भी विजयी होगा।''

हजारिका जी ने हँसकर कहा, "संगीत वाद्य वादक के घर का बिला भी लय-ताल के बोल बोलता है। बर फूकन ने क्या कहा था? यह तो मुझे ठीक से याद नहीं है। पर जहाँ तक याद पड़ रहा है—उसने कामाख्या मन्दिर में शपथ खायी थी— माँ! रणभूमि से जो भी आदमी पीछे पैर हटाएगा, उसे इसी कटार से पहले काट फेंकूँगा, उसके बाद इस बात की सूचना महाराजा को दूँगा।"—अपनी बात पूरी कर सुदर्शना फिर हँसने लगी।

ठीक उसी वक्त रतिराम मोटरकार चलाते वहाँ आ पहुँचा। साथ में जयन्ती और नवराम ओझा जी भी थे। उन दोनों के लिए पहले की तरह इस बार भी पंचानन फूकन जी के यहाँ ही ठहरने की बात थी, परन्तु वहाँ अब बच्चे और उसकी आया के आ जाने के कारण दुदू ने उन्हें सुदर्शना के पास रहने के लिए भेज दिया है।

नवराम का स्वास्थ्य गम्भीर बीमारी से बहुत टूट चुका है। जयन्ती और रतिराम उन्हें उठाकर घर के अन्दर ले गए। वहाँ रतिराम के बिस्तरे पर उन्हें उन लोगों ने लिटा दिया। हजारिका और सुदर्शना भी उनके पीछे-पीछे गए और नवराम ओझा की पलंग के पास खड़े हो गए। नवराम ने लेटे-लेटे ही हजारिका की ओर देखकर कहा, "अब और ज्यादा दिन जिन्दा नहीं रहूँगा। यमराज ने अपनी मुट्ठी में चोटी पकड़ ली है। बस यही इच्छा है कि दुनिया से विदा होने के पहले जूरी की बैठक में बैठकर जिस लड़के को फाँसी की सजा सुनाई गई है, उसे फाँसी के तख्ते पर चढ़ने से बचा जाऊँ। बस, इतना ही चाहता हूँ। इससे बड़ा पुण्य होगा। मेरा तो मत है कि फाँसी सात गुने शत्रु को भी नहीं लगनी चाहिए। उससे तो अच्छा है कि उसकी जगह उसे आजन्म कारावास की सजा दे दी जाए।"

नवराम ओझा की बात पहले तो हजारिका और सुदर्शना समझ नहीं सके। जब रतिराम ने उस बम विस्फोट करने वाले लड़के को फाँसी दिए जाने की सजा के संबंध में किए जा रहे जूरी के विचार-निर्णय की बातें विस्तार से कहकर समझायीं, तो फिर उन दोनों का मुँह गंभीर हो गया।

हजारिका ने लक्ष्य किया कि सुदर्शना बहुत उदास और गुरु गंभीर हो गई है। हजार हो मगर अपने पति के हत्यारे की फाँसी की सजा को कम करने के प्रस्ताव को वह अच्छी तरह ग्रहण नहीं कर पा रही थीं। वह मन्मथ को प्यार नहीं करती थीं, मगर वह एक अलग बात है। परन्तु अब नवराम ओझा मन्मथ के घर में ही आश्रय लेकर आदर-आतिथ्य पाकर मन्मथ के हत्यारे को फाँसी की सजा से बचायेंगे, यह बात उसे अच्छी नहीं लगी। जबकि इसी नवराम ओझा पर एक कलाकार के नाते वह शुरू से ही बराबर श्रद्धा करती आ रही है, और अभी-आज

भी उनकी कठिन बीमारी की सूचना पाकर उनका हालचाल जानने के लिए वह शिलांग से दौड़ी भागी यहाँ आई है।

नवराम ओझा द्वारा अपने पति के हत्यारे को सजा से मुक्ति दिलाने की धारणा को सुनकर उसके अन्तर हृदय का सारा उत्साह ही मर गया। वह किसी से बिना कुछ कहे-सुने तुरन्त वहाँ से हटकर अपने शयन-कक्ष में चली गई। पति के श्राद्ध कर्म के दिन से लेकर आज तक वह इस कक्ष में सोने नहीं आई थी। उस कक्ष में प्रवेश करते ही उसे ऐसा अनुभव हुआ जैसे वह जान-बूझकर मन्मथ के प्रति पूरे जीवन भर भारी अन्याय करती रही थी। अभी, आज तक भी अन्याय करते रहने का वह अध्याय पूरा नहीं हुआ है। नवराम ओझा उसी के मेहमान हैं माननीय अतिथि, सम्मानित अतिथि महोदय जो काम करने जा रहे हैं, इससे उनकी महिमा और बढ़ जा सकती है, परन्तु उनका यह कर्म उसे उसके स्वर्गवासी पति के समक्ष दोषी ही ठहरायेगा। ऐसी हालत में आखिर उसे करना क्या चाहिए?''

सुदर्शना ने देखा, अपराजिता सोयी हुई है। एक बार तो उसकी ऐसी इच्छा हुई कि घर छोड़कर भाग जाय। परन्तु इस तरह का आचरण करने से बहुत बुरा लगेगा। अतः उसने निश्चय किया, वह घर में ही रहेगी। घर में रहते हुए वह अपने आप को स्वयं ही समझाएगी, मन-ही-मन अपने स्वर्गीय पतिदेव से क्षमा-प्रार्थना करेगी।

फिर वह रसोई घर में जाकर भोजन बनाने का उपक्रम करने लगी।

थोड़ी देर बाद जयन्ती आकर उसके सामने खड़ी हो गई। उसके केश बिखरे हुए थे, शरीर के वस्त्र भी अस्त-व्यस्त थे, चेहरे का सारा रंग ही उतर गया था, बहुत व्याकुल उदास लग रही थी।

"क्या हो गया जयन्ती? तुम्हारा चेहरा अचानक ऐसा क्यों हो गया?'' सुदर्शना ने घबड़ाकर पूछा।

"पिता जी को हजारिका जी ने जाने क्या-क्या कह सुनाया। जिस लड़के को फाँसी की सजा हुई है, उसी को लेकर। जिसकी उसने हत्या की है, उसी के घर में रहकर, उसे माफी दिलाने जाना तो जानबूझकर अन्याय करना है। पिताजी ने बात पर इस रूप में गौर नहीं किया था। उन्होंने इस पक्ष पर तो सोचा ही नहीं था। उनका तो बस यही कहना था कि कानून की अपेक्षा धर्म बड़ा है। एक के प्राणों के बदले दूसरे के प्राण ले लेना, कानून की दृष्टि में अच्छा हो सकता है, परन्तु ईश्वर इसे अच्छा नहीं समझते। पिता जी इसे सही नहीं मानते। अतः अब वे यहाँ से तुरन्त ही कहीं अन्यत्र चले जाने को व्याकुल हैं। अब भला ऐसी लबेजान हालत में मैं क्या करूँ? डॉक्टर ने बहुत सावधानीपूर्वक रखने की हिदायत दी है।'' परेशानी के

मारे जयन्ती की आवाज लड़खड़ाने लगी।

चिन्तायुक्त हो सुदर्शना ने पूछा, "हजारिका मौसा जी अभी हैं या चले गए?"

"वे तो चले गए। रतिराम को भी अपने साथ लिवा ले गए हैं।"

"ठीक है, जयन्ती! तुम जरा खाना पकाने पर ध्यान दो।" सुदर्शना ने कहा, "मैं स्वयं जाकर बूढ़े बाबा को समझाऊँगी। हाँ, मुझे भी यकायक बहुत बुरा महसूस हुआ था, संभवतः इसलिए कि ऐसा होने पर शायद उनकी स्वर्गीय आत्मा को कष्ट हो।" थोड़ी देर ठहरकर उसने फिर कहा, "परन्तु तुम एक बहुत ही समझदार युवती हो। धैर्य रखो, परेशान मत होओ। मैंने स्वयं अपने आप को समझा लिया है, सही रास्ते पर आ गई हूँ। अब मैं जाकर उन्हें भी समझाऊँगी।" थोड़ी देर रुककर उसने फिर कहा, "मगर मैं उन्हें समझाऊँगी कि उन्हीं से खुद समझूँगी? इन सब तत्त्वों को वे मेरी अपेक्षा बहुत अधिक अच्छी तरह जानते हैं।"

जयन्ती ने सुदर्शना की ओर निहारा तो उसे अनुभव हुआ कि बेचारी सहृदय महिला के मन में चिन्ता घुस बैठी है। तब उसने कहा, "अगर उस लड़के को फाँसी देकर मार दिया जाए तो क्या जिन महाशय की हत्या हो चुकी है उन्हें पुनः जिन्दा किया जा सकता है? अरे एक-न-एक दिन तो सभी को जाना पड़ेगा। बस केवल एक दिन आगे या एक दिन पीछे। परन्तु यदि उसके (हत्याकारी के) अन्तरतम में सोये पड़े भगवान को जगाया जा सके, तो वह अपनी गलती को स्वयं महसूस कर सकेगा। अभी उसकी उम्र भी काफी कम है। अभी उस बार उसने तुम्हारे पिताजी पर ही बम विस्फोट किया था, तो क्या तुम्हारे पिताजी ने उसे क्षमा नहीं कर दिया था। मैंने जहाँ तक सुना है, लड़के को अपने किये पर बहुत पछतावा हुआ है। वह अभी भी अच्छा आदमी बन सकता है।"

सुदर्शना ने उत्तर दिया, "उसने जो लोगों की हत्याएँ कीं, सो अनजाने में नहीं, जान-बूझ कर लोगों को मारा। वह भगवान को नहीं मानता। आज उसे अगर पछतावा हुआ भी तो वह पछतावा धर्मभाव के जागरित होने से नहीं हुआ होगा। आलोचना-प्रत्यालोचना से, आगा-पीछा सोचने-समझने से हुआ हो सकता है। नवराम ओझा उसे फाँसी के फन्दे से बचाना चाहते हैं, तो इसमें हमें बाधा देना उचित नहीं है। कौन जाने वह सचमुच ही भलामानुष हो ही जाय।" कुछ देर मौन रहकर सुदर्शना ने कहा, "और सुनो, जयन्ती! मैं मन की इतनी छोटी, इतनी नीच नहीं हूँ कि नवराम ओझा जी यहीं रहें, मेरे घर। कहीं और जाने की जरूरत नहीं। तुमने ठीक ही कहा, पिताजी की तरह मुझे भी उस लड़के को माफ कर देना ही उचित होगा।"

जयन्ती की आँखों से कृतज्ञता के आँसू झरने लगे।

सुदर्शना ने जाकर नवराम ओझा को देखा तो पाया कि उनकी हालत काफी बिगड़ गई है। वे बड़ी कठिनाई से साँस ले पा रहे हैं। वह उनके पास बैठ गई। उनके ललाट पर हाथ रखकर ज्वर का ताप देखा। समझकर कहा, "ओझा जी! आप निश्चिन्त हो शान्तिपूर्वक सो रहिए। कोई भी बात कहने की जरूरत नहीं। शान्त रहिए, बोलने की कोशिश मत कीजिए।"

कुछ देर बाद नवराम ओझा चुपचाप हो सोने लगे और मन-ही-मन भगवान का ध्यान करने लगे। मुँह से कुछ अस्फुट बोल निकल रहे थे परन्तु कुछ भी साफ सुनाई नहीं पड़ रहा था।

नवराम ओझा की देह भयंकर ज्वर से जलने लगी थी।

कुछ समय तक आँखें मूँदे पड़े रहने के बाद अचानक एक बार आँखें खोलकर ओझा जी कहने लगे, "माँ! तुम्हें कष्ट पहुँचाने की मेरी कोई इच्छा नहीं थी। मैं तुम्हें कष्ट देने की गरज से कोई काम करना नहीं चाहता। परन्तु माँ! मनुष्य के अन्दर अधम, मध्यम और उत्तम सभी प्रकार का स्वरूप विद्यमान है। जो महान हैं, बड़े हैं, महात्मा हैं उनके लिए क्षमा ही सदा श्रेष्ठ आभूषण है। माधवदेव जी के घोषा (नामघोषा नामक श्रेष्ठ धार्मिक ग्रन्थ) का स्मरण हो रहा है—'अधम (नीच व्यक्ति) केवल दोष ही ग्रहण करता है, मध्यम गुण-दोष दोनों को ग्रहण करके विचार करता है। उत्तम प्रकृति का व्यक्ति केवल गुण का ही ग्रहण करता है। परन्तु सर्वोत्तम व्यक्ति बहुत थोड़े से गुणों को ही बहुत बड़ा बनाकर ग्रहण करता है।" —मृत व्यक्ति को जिला पाना असंभव है। अतएव उत्तम श्रेणी के लोगों को हमेशा अजामिल जैसे हत्यारे पापी के उद्धार करने की ही बात सोचनी चाहिए। भाव से ही आत्मा ईश्वर है। इसी भाव के कारण ही मैं अपने जीर्ण-शीर्ण महारोगी शरीर को लेकर भी उसके प्राण बचाने के लिए निकला चला आया हूँ। परन्तु यदि माँ! तुम्हें इससे कष्ट पहुँचता है, तो मैं अभी यहाँ से चला जाऊँगा।"

सुदर्शना की आँखों से पानी बहने लगे। उसने भलीभाँति जान लिया कि ओझा की आत्मा पवित्र है। और उनकी पवित्र भावना उसकी अपनी चिन्ता-भाव से सौ योजन ऊपर है। उनकी उस भावना में साधारण अपराध-दण्ड-विधान की सांसारिक चिन्ताओं का लेश भी नहीं है। सांसारिकता के कलुष उन्हें छू तक नहीं सके हैं। उसने कहा, "नहीं, आप जायेंगे क्यों? अगर आप जायेंगे तो यह मत समझिए कि मैं केवल इससे दुःखी भर ही होऊँगी, मुझे दुःख तो होगा ही, ऊपर से मैं भगवान के सामने भी अपराधिनी बन जाऊँगी। आप कहीं अन्यत्र जने की मत सोचिए, यहीं रहकर अपना कर्त्तव्य अपनी इच्छा के अनुसार पूरा कीजिए।"

अबकी बार तो ओझा जी की आँखों से भी आँसू बहने लगे। परन्तु ये आँसू

दुःख-वेदना के आँसू न होकर आनन्द-हर्ष के आँसू थे। उन्होंने सुदर्शना के माथे पर हाथ रखकर आशीर्वाद दिया और कहा, "मैं खूब अच्छी तरह जानता हूँ कि फूकन जी के घर की कन्या कभी भी अविवेकी (नासमझ) नहीं हो सकती।"

उसके बाद ओझा जी धीरे-धीरे अपने विगत जीवन की बातें बतलाने लगे। घर पर सम्पत्ति के नाम पर कहने भर को भी कुछ नहीं है। फिर भी भगवान का नाम जप-जपकर प्रभु का ध्यान करते हुए ओझा पद के अनुरूप का अभ्यास करते आ रहे हैं। जयन्ती ने भी उनसे वह वंशानुगत विद्या सीखी, कला-साधना की। उनकी उत्कट इच्छा पर, उनके जोर देने पर ही उसने देवता का कंगन अपने हाथों में पहना। परन्तु उसका मन इस समय दुदू साहब में ही पूरी तरह आसक्त हो गया है। दुदू उसे देवता के हाथों से छुड़ाकर अपने पास खींच लाना चाहता है। उसके लिए उसने सभी कुछ छोड़ दिया है। मनुष्य की इतनी अधिक आसक्ति ठीक नहीं है। नवराम ओझा सम्प्रति जयन्ती से कुछ भी कह पाने की स्थिति में नहीं हैं। अब वह परम पवित्र देवधुनी बनी नहीं रह सकती। उसका चित्त चंचल हो गया है। ध्यान का केन्द्र डगमगा गया है। अब तो उसे विवाह करवा लेना ही उचित है। परन्तु वे तो अब किसी से भी कुछ भी अनुरोध नहीं करेंगे। सिपाझार में दुदू और जयन्ती के प्रेम-संबंधों की बात लोगों की जबान पर तैरती फिर रही है। सभी इसकी चर्चा करते फिर रहे हैं।

उस तरह की चर्चाओं पर बदनामी फैलाने की चेष्टाओं पर ओझा ध्यान नहीं देते। परन्तु यह बात भी सच है कि उन दोनों के संबंधों की सत्यता प्रमाणित हो चुकी है, उनमें असली संबंध क्या है, इसका निर्णय सभी के समक्ष स्पष्ट हो चुका है।

अब सभी कुछ खोलकर साफ-साफ स्पष्ट शब्दों में कहने की जरूरत नहीं रही नवराम ओझा जी को। सुदर्शना इशारे से ही सभी कुछ जान गई। उसने कहा, "विवाह हुए बिना घर गृहस्थी बसाने की प्रथा के आप बहुत विरोधी हैं क्या, ओझा जी?"

"हमारे समाज में पहले कन्या को घर ले आकर रखने और बाद में विवाह करने की भी एक प्रथा प्रचलित रही है। अगर उसे ही ये दोनों पालन कर लेते तो भी ठीक होता। परन्तु अब तो बहुत देर हो गई, माँ, बहुत देरी हो गई हैं।"

सुदर्शना ने ओझा जी के हृदय की आन्तरिकता को भलीभाँति समझ लिया। दुदू के मन की भावनाओं को भी वह बहुत अधिक तरह जानती है। विवाह जैसी परम्परागत प्रथा को वह बहुत अधिक महत्त्व प्रदान नहीं करता। उसकी दृष्टि में मन का मेल ही असली चीज है। जयन्ती भी दूसरी लड़कियों जैसी नहीं है। वह तो

यह कल्पना भी नहीं कर सकती कि दुदू से उसका कभी सम्बन्ध-विच्छेद हो सकता है।

सुदर्शना बहुत दिनों से मन-ही-मन सोचती रही थी कि वह दुदू से विवाह कर लेने के लिए कहेगी। परन्तु बाद में उसका विचार बदल गया। उसने सोचा अगर वे दोनों विवाह किए बगैर ही सुखी हैं, तो वैसे ही सुखी रहें। विवाह हो जाने पर एक प्रकार का बाध्यतामूलक बन्धन बढ़ जाता है। उसने स्वयं ही विवाह के इस बंधन में बँधकर अपना जीवन नष्ट कर लिया था।

यकायक उसे लगा कि ओझा जी को श्वास-प्रश्वास लेने में अचानक ही बहुत अधिक वेदना होने लगी है। उसने उनका कपाल छूकर देखा, हाथ-पैर भी देखे, उसकी चिन्ता बहुत बढ़ गई। चिन्ता-विकल हो वह वहाँ से बाहर निकर आई। उसने गैराज से अपनी कार निकाली और झटपट डॉक्टर के पास जा पहुँची। डॉक्टर को घर ले आकर उसने ओझा के रोग की परीक्षा करवाई। डॉक्टर के कहने के मुताबिक उसे इस बात का परिज्ञान हो गया कि ओझा की बीमारी बहुत बढ़ चुकी है। उनकी अवस्था अब बहुत ठीक नहीं रही। बीमारी उग्र रूप धारण कर चुकी है। डॉक्टर ने जाँच-परख के बाद दवाइयों के लिए एक पर्ची लिखकर थमाई और साथ-ही-साथ हिदायत दी कि "उनकी देखभाल बहुत सावधानी से और प्रतिक्षण की होशियारी से करना अति आवश्यक है।"

उसने अपनी कार से डॉक्टर को उनके घर पहुँचाया और उधर से ही सीधे सात्रीबारी अस्पताल चली गई। अस्पताल के अधीक्षक से मिलकर उसने मणिका के संबंध में पूछताछ की और उसका क्वार्टर कहाँ है, यह जानना चाहा। मणिका अस्पताल में नहीं थी। शादी के बाद से ही वह छुट्टी लेकर काफी दिनों से वह रानीबारी (अपने पति के कार्यस्थल) चली गई थी। अभी कल ही यहाँ लौटी है, यहाँ पहुँचते ही उसने अपनी नौकरी से त्यागपत्र दे दिया है। उसका त्यागपत्र अभी स्वीकृत नहीं हुआ है, फिर भी अब वह अस्पताल के आदेश-निर्देश से मुक्त है। हाँ, वह अभी अपने क्वार्टर में ही है।

सुदर्शना मणिका के क्वार्टर पर चली गई। मणिका चिन्तित मुद्रा में एक सोफे पर बैठी हुई व्याकुल विरहिणी की भाँति आकाश की ओर निहार रही थी। चाँदनी रात की चटकदार चाँदनी में क्वार्टर के बरामदे के पास फुलवारी के फूल जगमगा रहे थे।

"मणिका SS!" सुदर्शना ने कोमल स्वर में पुकारा।

"अरे वाह! बहन जी आप! कब आयीं आप?"—सोफे से उठकर वह सुदर्शना के पास आ गई।

उसके बालों से सेण्ट की उठती हुई सुगन्ध का झोंका आकर सुदर्शना की नाक में लगा। सुादर्शना को वह सुगन्ध बहुत अच्छी लगी। वह सुगन्ध यौवन की उन्माद गन्ध थी। सर्वप्रथम उसने मणिका को अपने निकट बैठाकर उसके सद्यः विवाहित जीवन के आनन्द-आह्लाद के बारे में जानकारियाँ हासिल कीं। मणिका ने अपने हृदय की सारी बातें बहुत सरल ढंग से उसे कह सुनायीं। विल फ्रेड के संबंध में उसने जितनी कल्पना की थी, वह उससे भी बहुत बड़ा है। बहुत भला आदमी है वह। मणिका को तो वह अपने प्राणों की तरह प्यार करता है। उसे प्रसन्न रखने के लिए, उसकी सुख-सुविधा के लिए उसका यह प्रेमी पति गुवाहाटी से तरह-तरह के साज-सामान खरीदकर घर को हर तरह से सजा-सँवार कर रखे हुए है। उसे साथ लेकर चर्च जाने में उसकी छाती गर्व से फूल जाती है। विल फ्रेड के हृदय में जैसे ईश्वर के प्रति गहरा प्रेम है उसी प्रकार स्त्री के प्रति भी उसका प्रेम अतिशय गम्भीर है। दोनों ही परस्पर इतने प्रगाढ़ प्रेम में आबद्ध हो गए थे कि दोनों ने ही कुछ दिनों तक तो क्षणभर के लिए भी एक-दूसरे से अलग होने की कल्पना तक नहीं की थी। साथ ही विल फ्रेड उतना ही प्रबल देशप्रेमी भी है। रानीबारी के चर्च में उस दिन सर्मन (धर्मोपदेश) देते समय उसने सभी ईसाई भाइयों से एकजुट होकर असम की रक्षा के लिए प्रार्थना करने को कहा था।

उनके विवाह के शुभ दिन पर नवीन भी वहाँ उपस्थित हुआ था। वैसे वह उन दिनों भूमिगत हो गुप्तवास कर रहा था। चूंकि रानीबारी में पुलिस का कोई भय नहीं है अतः वहाँ नवीन मुक्त रूप से रहकर विवाह के कार्यक्रमों में, भोज-भात में सम्मिलित हो सका था। वहाँ तो वह ईसाई समुदाय में बिलकुल ही हिल-मिल गया था। उस अवसर पर दुदू और जयन्ती भी जा पहुँचे थे। वे दोनों बहुत प्रसन्न दिखाई पड़ रहे थे। वे वहाँ लगभग एक सप्ताह तक ठहरे रहे थे। उन कुछ दिनों वे स्वच्छन्द रूप से अपनी इच्छा के अनुरूप नदी में जाकर स्नान करते थे। दोपहर में पहाड़ी-पहाड़ी लाँघते हुए ऊँची चोटियों पर चढ़ जाते थे, और इधर-उधर बिखरे ईसाई परिवारों के घर-घर जाकर उनके स्वागत में दिए गए भोजन-आमन्त्रण स्वीकार करते रहे थे।

उक्त अवसर पर सुदर्शना स्वयं तो नहीं जा सकी थी परन्तु उसने दुदू के हाथों ही मणिका के विवाह-उत्सव के उपलक्ष्य में एक जोड़ी सुन्दर कपड़ा भेंट स्वरूप भिजवा दिया था।

मणिका की सुखी गृहस्थी के सुखद समाचारों से अवगत होकर सुदर्शना बहुत आनन्दित हुई। लगभग आधे घण्टे तक उसकी सुन्दर-सुखी गृहस्थी की बातें कहते-सुनते दोनों ने स्वर्गीय आनन्द का अनुभव किया।

कुशल-क्षेम की बातें समाप्त हो जाने के बाद सुदर्शना ने जब अपने आने का उद्देश्य उसे बतलाया तब तो मणिका का हृदय करुणा के मारे अवसाद से भर गया। उसे मन-ही-मन अनुभव हुआ कि अब तक वह केवल अपने स्वार्थ में ही जकड़ी रही है। दूसरों के दुःख दर्द, रोग-शोक की सुध लेने की बात ही वह भूल गई थी।

सुदर्शना के साथ जाने के लिए वह झटपट तैयार हो गई। सुदर्शना ने कहा, "जब तुम्हें छुट्टी हो, तुम मेरे यहाँ आकर रहना। जयन्ती है, माकन है... ।"

मणिका ने कहा, "मैं अधिक-से-अधिक दो दिन तक ही रह सकती हूँ। रानीबारी की चिन्ता मन में लगी हुई है।"

सुदर्शना ने कहा, "ठीक है। फिर दो दिन से एक क्षण भी अधिक मैं नहीं रोकूँगी। नवराम ओझा जी भी बहुत दिन नहीं रहेंगे।"

फिर वे कार में बैठकर चल पडीं। पूरे रास्ते वे आपस में बातें करती रहीं।

नवराम ओझा के करीब पहुँचकर, उनकी दशा देखकर मणिका बहुत डर गई। उनकी दमें की बीमारी, साँस लेने में कठिनाई बहुत बढ़ गई थी। बाहर भयंकर ठंड पड़ रही थी। मणिका ने कमरे की खिड़कियाँ-दरवाजे अच्छी तरह बन्द कर दिए। फिर सुदर्शना के कमरे से गर्म पानी की बोतल ला उसने ओझा के शरीर को गर्म करने की कोशिश की। लगभग एक घण्टे तक लगातार कोशिशें करते रहने के बाद ओझा की दशा कुछ ठीक हो सकी।

तब उन्होंने मणिका की ओर देखकर पूछा, "माँ! तुमने भोजन कर लिया है या नहीं?"

"नहीं।"

"आज कौन-सी तिथि (संवत् के माह पक्ष की) है?" नवराम जी ने फिर पूछा।

मणिका ने कहा, "यह मैं तो बतला नहीं पाऊँगी, अच्छा! ठहरिए, मैं जयन्ती को यहाँ बुलाए दे रही हूँ, वह आसानी से बतला देगी।"

कहकर मणिका मकान के अन्दर चली गई। अन्दर जाकर उसने देखा कि सुदर्शना मेज के पास बैठकर अपने केश झाड़ रही है। स्नान करके कपड़े बदलकर वह अत्यन्त रूपवती बन गई है। जयन्ती अपराजिता से लगकर सोयी हुई है। बिलकुल गम्भीर घोर-निद्रा में निमग्न। मणिका जयन्ती को जगाने जा ही रही थी कि सुदर्शना ने कहा, "नहीं, मणिका! उसे मत जगाओ। उसका शरीर ठीक नहीं है।"

"क्यों? उसे क्या हुआ?"

सुदर्शना ने सिर हिलाकर ही कुछ संकेत किया और फिर अपने बाल सँवारने

लगी। मणिका के प्रश्न का उसने कोई उत्तर नहीं दिया।

मणिका सुदर्शना के करीब चली गई। आईने में उसके मुँह को देखते हुए उसने पूछा, "उसे क्या रोग हो गया है?"

"मन का रोग।" कहकर केश झाड़ना बन्द कर बड़ा-सा जूड़ा बाँधकर सुदर्शना उठ खड़ी हुई। रसोई घर में जाकर वह मणिका के लिए भोजन परोसने में जुट गई।

मणिका भी उसके पीछे-पीछे वहाँ तक गई। उसने विस्वल होकर पूछा, "सारी बात खोलकर, समझाकर कहिए न!"

"पिता के साथ उसका मन-मुटाव हो गया है। उनसे दूर-दूर रहना पड़ रहा है।" सुदर्शना ने उत्तर दिया, "अभी शादी-विवाह हुआ नहीं और विवाह हुए बिना ही उसके शरीर में माँ बनने के लक्षण दिखाई पड़ने लगे हैं। जयन्ती स्वयं भी नहीं समझ पा रही है कि कैसे क्या घटित हो गया है। इस बात को जान लेने के बाद अब उसके बूढ़े पिता जी उसके हाथ का छुआ एक बूँद पानी भी ग्रहण करने को तैयार नहीं हैं। इस तरह का अनाचार देखकर ही उनकी बीमारी और अधिक बढ़ गई है। इससे वह अब बहुत डर गई है। उसे स्वयं भी बहुत बुरा लग रहा है। देवता के लिए समर्पित हो, देवता का कंगन हाथ में पहनकर भी देवता की ओर पीठ कर, देवता से पराङ्मुख वह मनुष्य के प्रति आसक्त हो गई, मनुष्य प्रेम में निमग्न हो गई। दुदू के लिए तो विवाहहीन सहवास एक नये जीवन का परीक्षण है। जयन्ती ने आज उससे विवाह करने के लिए कहा तो वह उबल पड़ा। उसी पर बड़बड़ाने लगा। अब वह उससे भी टूटकर दूर छिटक जा पड़ी है। अब वह सोच रही है कि उसे लेकर वह इतने दिनों तक बस अपना परीक्षण ही करता रहा है?"

मणिका ने कहा, "तब तो इन दोनों ने एक सीधी सरल बात को जटिल बना दिया है। विवाह हुए बिना ही.... "

यकायक नवराम ओझा की जोर की आवाज सुनाई पड़ी। आज कौन-सी तिथि है? अभी तक क्यों नहीं बतलाया, माँ?"

मणिका अब तक इस बात को भूल ही गई थी। अब उसने पूछा, "ओझा जी जानना चाहते हैं कि आज तिथि कौन सी है?"

सुदर्शना ने कहा, "आज त्रयोदशी तिथि है। यह तिथि जानने की बात भी जयन्ती की बीमारी का एक कारण है। वह बताती है कि इधर कई दिनों से वे सोते समय तिथि की बात पूछते हें। पूर्णिमा की तिथि को ही उनका इस धरती से विदा ले लेने का मन है।"

मणिका सुनकर सन्न रह गई। बिना कुछ उत्तर दिए ही वह फिर नवराम ओझा जी को तिथि बतलाने चली गई।

भोजन करने के समय मणिका जयन्ती को जगाकर बुला ले आई। जयन्ती बिना किसी से कुछ बात किए ही मौन रहकर भोजन करती रही। भोजन करने के बाद वह मकान के बाहरी फाटक की ओर चुपचाप चली गई। मणिका और सुदर्शना ने भोजनोपरान्त थाली-कटोरी वगैरह इकट्ठा कर रसोई घर में ले जाकर रख दिया, फिर जयन्ती को देखने के लिए वे बाहर आयीं। मगर वँहा देखा तो जयन्ती कहीं दिखाई नहीं पड़ी।

"इसकी देह में कोई लग गया लगता है। देखो न, इस भरी रात में अकेले-अकेले जाने कहाँ बाहर निकल गई।" गुस्से के मारे सुदर्शना बिफर पड़ी।

कुछ भी समझ न पाकर दोनों थोड़ी देर आपस में ही सोच-विचार करती रहीं। फिर कुछ सोचकर दोनों माकन के घर जाकर देखने के लिए निकल पड़ीं। तभी हजारिका जी के घर से रतिराम आ पहुँचा। उसे देखते ही सुदर्शना डाँटते हुए पूछ बैठी, "तूँ कहीं से शराब पीकर आया है क्या? तेरे मुँह से शराब की गन्ध आ रही है।"

"हाँ। बहन जी। मोटर कार को ठीक कर जरा होटल चला गया था।" रतिराम ने जवाब दिया।

फिर रतिराम सोने के लिए अपने कमरे में जाने लगा, तभी मणिका ने कहा, "रतिराम!" जयन्ती घर में नहीं है। जरा जाकर देख तो आइए कि कहीं माकन के घर तो नहीं गई है? जल्दी कीजिए।"

"अकेले-अकेले आखिर वह कहाँ चली गई? कहीं उसकी देह में देवधुनी ने तो भर (चढ़ आना) नहीं कर दिया?" ऐसा कहकर वह भी गुस्से में भरकर बड़े-बड़े डग बढ़ाता बाहर मुख्य सड़क पर चला गया। उसके जाने के बाद भी एक घण्टा तक जगे रहकर दोनों बाहर ही बैठी रहीं।

घण्टे भर बाद रतिराम अकेला ही लौट आया। उसका चेहरा उतरा हुआ था। आँखें-मुख दुःख से बोझिल थे।

"नहीं, नहीं मिली।" रतिराम ने कहा, "अब इस समय क्या किया जाये? दुदू भाई साहब भी नहीं हैं। वे भी अपने बड़े पिताजी के साथ मंगलदे गए हुए हैं।"

"माकन से भेंट हुई थी?"

"बड़ी गहरी नींद में सोयी हुई हैं।" रतिराम ने बतलाया, "केवल बड़े साहब जगे हैं। उनसे जब यह बात बतलायी तो बोले मोटर लेकर नदी के घाट-वाट पर जाकर देखो। मैं भी निकल पड़ रहा हूँ।"

सुदर्शना का कलेजा दहल गया। उसने कहा, "जा। मोटर कार ले जा, जल्दी कर। मैं और मणिका घाट पर सब देख-रेख कर लेंगे।"

मोटर लेकर रतिराम राजपथ पर निकल गया।

घबराहट और परेशानी में विह्वल होकर सुदर्शना ने मणिका से पूछा, "यह कहीं आत्म-हत्या-वत्या करेगी क्या?"

उसके इस प्रश्न के उत्तर में मणिका चुप ही रही। बोली कुछ नहीं। परन्तु ऐसी अशुभ घटना कर बैठने के प्रति उसे विश्वास नहीं हुआ। वह समझती है वह एक अलग ही प्रकार, भिन्न प्रकृति की युवती लड़की है।"

उधर ठीक उसी प्रकार दुदू वगैरह मंगलदे डाक बँगले पर जा पहुँचे थे। वहाँ जिस समय वे पहुँचे उस समय बरदलै जी जगे हुए थे और बाहर ही बैठकर बरगीत (शंकरदेर-माधक देव के भजन) गा रहे थे।

प्रोफेसर रविचन्द्र जी ने अपने ग्रन्थ-पत्र वगैरह दुदू के हाथ में दिये और स्वयं बरदलै जी के पास चले गए। बरदलै जी ने भजन गाना बन्द कर दिया और दौड़कर प्रोफेसर को गले से लगा लिया। साथ-ही-साथ बोल पड़े, "अगर इतिहास मर्मज्ञ विद्वान इसी तरह जग पड़ें, तो इतिहास भी सुरक्षित रहेगा। आप को यहाँ आया देख मुझे अतिशय आनन्द मिला। हजारिका जी भी आ रहे हैं न?"

कमरे में जाकर ग्रन्थ-पत्रादि को सँभालकर रख देने के बाद बाहर उन लोगों के पास लौटकर दुदू ने पूछा, "सीधी कार्रवाई आन्दोलन का क्या समाचार है, चाचा जी?"

"अरे कहीं कुछ नहीं हुआ। जो लोग धरती पर जबरन कब्जा करने आए थे उन्हें गिरफ्तार करके बंग देश भेज दिया गया है। भगवान चाहेंगे तो अब और कोई झमेला नहीं हो पायेगा। मैं स्वयं ही वहाँ गया था। तुम्हारी छावनी भी देख आया। बहुत अच्छी बनी है।" बरदलै जी के मुखमण्डल पर सन्तोष और सफलता की किरणें चमकने लगी थीं। पुनः बोले, "अब तो केवल साम्प्रदायिक शान्ति बनाए रखने का ही समय है।"

"एक और बहुत शुभ समाचार है, चाचा जी !" दुदू ने कहा।

"वह क्या?"

"मैं जेल में जाकर नवीन से मिल आया हूँ। वह आप के साथ मिलकर संयुक्त रूप से असम-रक्षा के काम में सहयोग करना चाहता है। इस वेला में वह वर्ग-संघर्ष की लड़ाई चलाने की अपेक्षा राष्ट्रीय संग्राम को अधिक महत्त्वपूर्ण स्थान दे रहा है। उसके मतानुसार सम्प्रति हमारा यही प्राथमिक कर्त्तव्य है।" दुदू ने बतलाया।

बरदलै जी थोड़ी देर तक दुदू की ओर अपलक देखते रहे। आनन्दातिरेक के मारे उनका कण्ठावरोध हो गया। जैसे मुँह से कुछ निकल ही न रहा हो। कुछ देर यूँ ही चुप रहकर वे फिर बोले, "मैं अभी-अभी आदेश दूँगा। नवीन को जेल से रिहा

कर देने के लिए। अब उसे छोड़ देने की जरूरत है। ''

''परन्तु अकेले-अकेले नवीन को छोड़ देने से ही क्या काम बनेगा। संघ के ...''

दुदू अपनी बात कहते-कहते बरदलै के मुँह की ओर देखकर स्तब्ध हो मौन हो गया।

''तुम नवयुवक लोग अपने मन में यही सोचते हो कि मैं जान-बूझकर, अपनी इच्छा से ही संघ का दमन कर रहा हूँ। नहीं भाई, ऐसा नहीं है। ऐसा मैं बाध्य होकर ही कर रहा हूँ। देश की स्वतन्त्रता-प्राप्ति का राष्ट्रीय आन्दोलन पूरा किए बगैर वर्ग-संघर्ष का आन्दोलन छोड़ देना भयंकर गलती है। और फिर वर्ग-संघर्ष......''

बरदलै जी एक-ब-एक चुप हो गए। उन्होंने महसूस किया कि प्रोफेसर रविचन्द्र जी उनसे कुछ कहना चाहते हैं। अतएव उनकी ओर उन्मुख होकर उन्होंने पूछा, ''आप कुछ कहना चाहते हैं क्या?''

''हाँ, महाशय।'' रविचन्द्र जी ने उत्तर दिया।'' वर्ग-संघर्ष के आन्दोलन के आदर्शों-सिद्धान्तों के संबंध में नवीन हम लोगों से अधिक जानता है। आप उसे यहाँ बुलवाइए। हमें उससे बातचीत करनी होगी। आज तक मैं विमल और नवीन इत्यादि के आदर्शों को कोई मूल्य नहीं देता था, उन्हें किसी भी प्रकार महत्त्वपूर्ण नहीं मानता रहा हूँ। परन्तु अब समझ गया हूँ कि वे सब एक विशेष श्रेणी के, विशेष लोगों के मनोभावों को, उनकी सम्पत्ति समृद्धि और हमारी श्रेणी की संस्कृति में शान्ति और समता का कोई मार्ग ही नहीं है। अगर ऐसी स्थिति न होती तो फिर हमारी दशा क्या ऐसी होती?''

बरदलै जी कुछ देर तक एकान्त चित्त होकर संघ के कार्यकर्त्ताओं को रिहा कर देने की समस्या पर मन-ही-मन विचार करते रहे। फिर क्रमरे के अन्दर जाकर उन्होंने अपना आदेश लिखा, फिर वहाँ उपस्थित पुलिस के सिपाहियों में से पुलिस अधिकारी को बुलाकर जिलाधिकारी को हाथों-हाथ ले जाकर देने के लिए कहा। दुदू को भी उसी के साथ-साथ जाने के लिए सलाह दी।

दुदू और पुलिस अधिकारी के चले जाने के बाद बरदलै जी ने प्रोफेसर रविचन्द्र जी को अपने पास बुला लिया। फिर दोनों व्यक्ति असम की समस्याओं पर विचार-विमर्श करने लगे। परन्तु उस विचार-विमर्श में असम की वर्तमान राजनीतिक समस्या की चर्चा तो बस नाम भर को ही हुई। उसके दौरान तो वे लोग सारी रात बैठे-बैठे असम के अतीतकालीन इतिहास, ऐतिहासिक विकास क्रम, वर्तमान-दशा और भविष्यकालीन स्वरूप के संबंध में नाना प्रकार की बातें करते रहे।

''यदि किसी परिस्थिति में धारा सभा (कांस्टीच्युएन्ट एसेम्बली) हमारे स्वतन्त्र

अस्तित्व को अमान्य करती है, तब हमें अकेले अकेले ही दृढ़ता से खड़ा होना होगा।'' बरदलै जी ने बातचीत के दौरान अचानक ही कहा, ''अतएव आज हमें अपना निजी परिचय जान लेना बहुत जरूरी है कि आखिर हम हैं कौन? असमीया, हिन्दू, मुसलमान और ईसाई सभी एक ही इतिहास, एक ही धरती और एक ही आत्मा की सृष्टि हैं। हम भारतीय भी हैं, परन्तु असमीया के हिसाब से ही भारतीय हैं। एक छोटे राष्ट्रीय समुदाय के अस्तित्व को मिटा देने के लिए ही विदेशी साम्राज्यवाद के साथ मिलकर मुसलिम लीग हमारी जनसंख्या की प्रकृति को ही बदल देना चाहती है। इतिहास के अध्ययन ये यह समझा जा सकता है कि हमारी तरह के छोटे राष्ट्रीय समुदाय समुचित चेतना के अभाव में संसार से विलुप्त हो गए। इसी में हमें सभी की सम्मिलित-सर्वसम्मत-चेतना की शक्ति जुटानी होगी। हमारे प्रत्येक सदस्य को सजग और सचेत रहना होगा ... ''

''परन्तु जो लोग असम को पाकिस्तान के अन्दर मिला देना चाहते हैं, वे वस्तुतः धर्म के आधार पर गठित किए गए एक धर्म नियन्त्रित राष्ट्र की स्थापना करना चाहते हैं। असम प्राचीन काल से आज पर्यन्त कभी भी एक मुस्लिम राज्य नहीं रहा है। हमारा इतिहास हमें एक धर्म-निरपेक्ष भाषा प्रधान राज्य होने की प्रेरणा प्रदान करता है।'' –प्रोफेसर रविचन्द्र ने यह बात कहकर पहले बरदलै जी को निधानपुर शिलालेख में अंकित पाठ पढ़कर सुनाया। उस समय हमारे इस असम की सीमा पश्चिम में पूर्णिया (बिहार) तक विस्तृत थी। नाना प्रकार के शोध-अनुसन्धानों से उन्होंने इन तथ्यों की प्रामाणिकता ढूँढ निकाली है। आमोह राजाओं के युग के छह सौ वर्षों के युग के असम राज्य का चित्र तो और भी स्पष्ट है। इस युग के दौरान मुगलों ने असम पर सत्रह बार आक्रमण किया, फिर भी वे असम को अपने अधीन नहीं कर सके। साम्प्रदायिक शक्तियों के षड्यन्त्र के प्रबल न हो पाने तक ब्रिटिश (अंग्रेज) शासक भी सन् उन्नीस सौ नौ (1909) ईस्वी के पहले तक असम के व्यक्तित्व को उतना दयनीय नहीं बना सके थे, अपने अधीन गुलाम नहीं बना सके थे। आज पाकिस्तानियों द्वारा उठाई गई माँग, अंग्रेज शासकों की भीतरी कारसाजी-भीतर-भीतर ही उन्हें उत्साहित करते रहने, मदद करते रहने के कारण भयानक आकार ग्रहण करती जा रही है।

असम केअपने निजी स्वतन्त्र व्यक्तित्व को प्रमाणित करने के लिए अनेक ग्रन्थों से प्रामाणिक साक्ष्य प्रस्तुत करते हुए अनेक विद्वान लेखकों के मतों को अंग्रेजी में उद्धृत करते हुए उन्होंने अपने विचारों को संपुष्ट करते हुए यह बात कही।

बरदलै जी उनकी बातें सुनने के साथ-ही-साथ उन्हें अपनी नोट बुक में नोट

भी करते जा रहे थे। नोट कर लेने का काम पूरा कर लेने के बाद वे अतिशय गंभीर हो गए। आराम कुर्सी पर आराम से लेटते हुए वे कुछ देर तक आराम करते रहे।

रात तब तक काफी गाढ़ी चढ़ आई थी।

बरदलै जी ने चौकीदार को बुलाकर चाय बना लाने के लिए कहा, तदनन्तर, प्रोफेसर साहब को पास बुलाकर राजनीति संबंधी चर्चाओं में संलग्न हो गए।

उसी समय बाहर सिराजुद्दीन हजारिका जी की कार आकर रुकी।

दोनों ही जने उठकर बाहर तक आ गए।

बाहर चन्द्रमा की रुपहली किरणों ने चारों ओर चाँदी-ही-चाँदी बिखेर रखी थी।

सिराजुद्दीन हजारिका सीढ़ियाँ चढ़ते हुए बरामदे में आ गए। आते ही दोनों का अभिवादन कर उन्होंने कहा, "क्यों भाई! एक प्याला चाय पीने का अवसर पा सकता हूँ क्या? गले की सारी नाड़ी-भूड़ी सारी कण्ठ-नलिका सूख गई हैं। कुछ मत पूछिए साहब मेरा हाल। ऐसी बेइज्जती, ऐसा तिरस्कार अपनी सारी जिन्दगी में मैंने आज पहली दफा ही पाया।"

"क्या हुआ? क्या फरमाया आप ने?" बरदलै जी ने पूछा, "किसने की आप की बेइज्जती? किसने आप का तिरस्कार करने का साहस किया?"

"ब्रह्मपुत्र के फेरी (जहाज आने-जाने) घाट पर मुस्लिम लीग के कुछ कार्यकत्ताओं से सामना हो गया। तादाद में तो कुछ ज्यादा नहीं थे। परन्तु मुँह उनका बहुत बड़ा था। बातें बड़ी तीखी-कँटीली और कलेजे पर चोट करने वाली कर रहे थे।" हजारिका ने जवाब दिया, "पाकिस्तान का विरोध करने की वजह से मुझे मारपीट गाली-गलौज करना भर ही छोड़ा अन्यथा कुछ बाकी नहीं रखा। (मगर कौन परवाह करता है उनकी इन हरकतों की।) मुसलमान होने मात्र से ही पाकिस्तान का समर्थन करना पड़ेगा, ऐसा आदेश खुदा ने दिया है क्या? अरे, मैं धर्म तान्त्रिक शासन वाले राज्य की धारणा में विश्वास हरगिज-हरगिज नहीं करता। औरों की तो बात ही जाने दें, यहाँ तक कि मध्यकालीन भारत में अकबर जैसे शहंशाह ने भी उलेमाओं-मजहबी मुल्लाओं के शासन का निषेध करना चाहा था।"

बरदलै ने कहा, "कहीं कोई विशेष परेशानी तो नहीं हुई?"

"नहीं, ऐसी-वैसी कोई विशेष परेशानी नहीं हुई। मैं उन्हें अपनी मोटर में बैठाकर चौक तक ले आया। रास्ते में ही काफी उत्तेजक तर्क-वितर्क हुआ। वे सब तो धर्मोन्मत्त मजहबी दीवानेपन से पगला से गए हैं।" हजारिका ने जवाब में कहा।

तभी चौकीदार ने कमरे में मेज पर चाय-कप-प्लेट वगैरह सजा देने के बाद आकर उन लोगों से निवेदन किया कि अन्दर कमरे में चलकर चायपान कर लें।

वे लोग तब जाकर मेज के पास बैठ गए। चाय पीते-पीते ही बरदलै जी ने कहा, "आज उन धर्मोन्मादियों का सीधी कार्रवाई के आन्दोलन का दिन था। परन्तु उनके इस आह्वान का कोई खास असर नहीं पड़ा। कहीं कोई विशेष गड़बड़ी नहीं हुई। असम में उनकी जरा-सी भी लोकप्रियता नहीं हैं, उनका कोई जनाधार नहीं है, अतएव उनकी कल्पना के अनुरूप कुछ भी नहीं हुआ, उनका कोई प्रभाव नहीं पड़ा।"

देश की वर्तमान परिस्थितियों में जन-साधारण में अगर एकता स्थापित नहीं रही, तो असम को बचाए रख पाना मुश्किल होगा, असम की सुरक्षा खतरे में पड़ जाएगी। यह बात बरदलै जी ने बहुत अच्छी तरह समझाकर दृढता के साथ बतलाई। साम्प्रदायिकता की गलत अवधारणा हिन्दुओं और मुसलमानों में भेद न डाल दे, उन्हें अलग-अलग खेमों में न बाँट दे, इसके लिए सजग रहना होगा। इस काम को दृढता से पूर्ण करने के लिए उन्होंने अपने उन दो अभिन्न मित्रों से अनुरोध किया।

"हमारे साधारण जन-समुदाय के बीच इस तरह का कोई भेद-भाव नहीं है।" प्रोफेसर रविचन्द्र जी ने कहा, "इस विषय में आप लोगों को आगे बढ़ कर पहल करनी होगी, अग्रिम नेतृत्व का भार उठाना होगा। अर्थात् आपको और नवीन को।"

रविचन्द्र जी की बात सुनकर हजारिका जी ने सहमति सूचक सर हिलाया।

बरदलै जी ने उत्तर दिया, "केवल जनता की भीड़ जुटाने से ही काम नहीं चलेगा। इसके लिए प्रामाणिक तथ्य, सत्परामर्श बौद्धिक-चिन्तनगत एकता, इन सबकी जरूरत है। मस्तिष्क की शक्ति न हो तो आन्दोलन भी नहीं होता। एक जाति का गठन भी नहीं होता। जातीय चेतना का विकास नहीं हो पाता। मैं इसी अभिप्राय से एक उपाय सोच रहा हूँ। आप लोगों के तीनों परिवारों में पारस्परिक स्नेह-सौहार्द, मेल-मिलाप बहुत प्रगाढ़ है, साथ ही व्यवसाय-वाणिज्य का भी गहरा संबंध है। मेरा सुझाव है कि आप लोग मिलकर एक दैनिक समाचार-पत्र निकालिए। (आप लोग यहाँ हैं ही और) मैंने सदानन्द बरुआ से इस संबंध में बात कर ली है, वे इसके लिए तैयार हैं। मैं उनकी सम्मति पा चुका हूँ।"

उनका प्रस्ताव सुनकर हजारिका जी तो उछल पड़े। बोल पड़े, "यह है सबसे बड़ी पते की बात, बरदलै जी! मैं तो शिलांग से आते हुए पूरे रास्ते यही सोचता आ रहा हूँ। मैंने तो दैनिक समाचार पत्र के संपादक पद पर कार्य करने वाले व्यक्ति के संबंध में भी अपना मत स्थिर कर लिया है।

"अर्थात्? किसे?"

"नवीन को। वह अपनी प्रतिमा को व्यर्थ ही गँवा रहा है।"

बरदलै जी का चेहरा गम्भीर हो गया। बोले, "क्या उसके विचार अधिक सिद्धान्तवादी नहीं होंगे? कहिए प्रोफेसर साहब ! आप का क्या विचार है?"

रविचन्द्र जी ने उत्तर दिया, "उसे यदि संपादक बनाएंगे, तो उसे कुछ स्वाधीनता तो देनी ही पड़ेगी। परन्तु ऐसा करने से पहले इस संबंध में नवीन से विचार-विमर्श कर लेना ठीक होगा। मैं इस बात से पूरी तरह सहमत हूँ कि वह अपनी प्रतिभा को व्यर्थ गँवा रहा है।"

"इस प्रकार की शर्तों को बीच में कृपया न लाएँ। आजकल के नवयुवक इनकी परवाह नहीं करते। अगर समाचार-पत्र प्रकाशित करना चाहते हैं तो सर्वप्रथम उसके सिद्धान्त सुनिश्चित करें, निर्णय करें। नवीन को ......"

हजारिका जी अपनी बात पूरी नहीं कर पाए थे कि बाहर दुदू और किसी अन्य के बातचीत करने की आवाज सुनाई पड़ी। तीनों सज्जनों की बातचीत तब अचानक ही रुक गई।

आगे-आगे दुदू और उसके पीछे-पीछे नवीन आकर उनके सामने उपस्थित हो गए।

मंगलदे कचहरी की घड़ी में तब चार बजने की घण्टी बज उठी।

दुदू ने साधारण किस्म के सूट का जोड़ा पहन रखा था। उसने एक कुर्सी आगे बढ़ाकर उस पर नवीन को बैठने के लिए कहा और स्वयं फिर बाहर चला गया। उसे बड़ी जोर की नींद आ रही थी। बगल वाले कमरे में जाकर वह तुरन्त सो गया।

नवीन ने अपनी बढ़ी हुई दाढ़ी पर हाथ फेरकर तीनों ही वयोवृद्ध सज्जनों की ओर देखा। उन लोगों की स्थिति में तनिक भी कोई परिवर्तन नहीं हुआ। बस केवल उनकी आँखों में और चेहरों पर उद्वेग और उत्सुकता का भाव उभर आया था। इतनी सारी रात गए तब जागते रहने की उद्विग्नता का कारण वह अब समझ सका। वह कुर्सी पर जैसे ही बैठा कि वैसे ही प्रोफेसर रविचन्द्र जी ने कहा, "संभवतः तुम जानते ही हो। यह समय देश की विपत्ति का समय है। हम सभी तुम लोगों की राह जोह रहे हैं। आज न्यायालय के मैदान में तुमने जो भाषण दिया है, उससे हम सभी लोगों को बहुत प्रसन्नता हुई है। अब राष्ट्रीय स्वतन्त्रता के संग्राम में जुट जाओ, वर्ग-संघर्ष के संग्राम में नहीं।"

"अपने भाषण में एक बात मेरी कहने से रह गई, उस समय नहीं कह सका, वह यह कि राष्ट्रीय स्वतन्त्रता संग्राम भी एक प्रकार का वर्ग-संघर्ष का ही संग्राम है। गत पूरे एक वर्ष से ही मैं संघ के सभी कार्यकर्त्ताओं को यह बात समझाता

आ रहा हूँ।'' नवीन ने कहा। फिर बरदलै जी की ओर देखकर पूछा, ''मुझे बताया गया है कि आप ने मुझे बुलवाया है?''

''हाँ, हम लोग इस समय तुम्हारी सहायता चाहते हैं। अगर पहले से ही तुम हमारे साथ रहे होते तो और भी अच्छा रहा होता। हमें और भी प्रसन्नता हुई होती। इस कच्चे, अपरिपक्व विप्लव की वजह से लगभग चार आदमी मारे जा चुके हैं। बहुत सारी शक्ति का अपव्यय हो चुका है। क्या तुम समझते हो कि शान्तिपूर्ण रूप से समाज में परिवर्तन नहीं होता?'' बरदलै जी ने उत्तर दिया, ''आज आवश्यकता आ पड़ी है समूची जनता को एक जुट करने की संगठित करने की।''

नवीन ने कहा, ''इस राष्ट्रीय संग्राम में मैं आप लोगों के साथ हूँ। उसके बाद फिर क्या होगा? इसे मैं अभी कह नहीं सकता।''

उसका कण्ठस्वर बहुत कठोर हो गया था। ऐसा लगा जैसे उसकी बातों के उस पार उसके भावावेग का मूल स्रोत सूख गया है।

इस बीच उसे कारावास से मुक्ति दे दी जा चुकी थी। उसके विरुद्ध जारी किए गए आरोपों को बरदलै ने उठा लिया था, निरस्त कर दिया था। इसके लिए वह बहुत सुखी है। अब इस समय वह जनता को संगठित करने का काम सम्पन्न करना चाहता है। परन्तु उसके मन के भीतर एक प्रबल अग्नि धधक रही है। कांग्रेस और मुस्लिम लीग के सारे नेता जैसे-तैसे भी स्वतन्त्रता प्राप्त कर देश में अपना शासन स्थापित करना चाहते हैं। इस प्रकार के शासन से जनता के कल्याण हो पाने की कोई आशा नहीं है। ये नेता लोग पूँजीवाद को खत्म करने का कोई उपाय ही नहीं कर रहे हैं। मुहम्मद जिन्ना इसलामी राष्ट्र बनाना चाहते हैं। पं० जवाहर लाल नेहरू पश्चिमी देशों की तरह का एक गणतान्त्रिक राष्ट्र बनाना चाहते हैं। और अभी फिलहाल वे केवल एक राजनीतिक गणतन्त्र बनाना चाहते हैं। जिन्ना साहब के पाकिस्तान में तो वह गणतन्त्र भी नहीं रहेगा। जमींदारों, पूँजीपतियों के शोषण को समाप्त करने के लिए कोई परिकल्पना मुस्लिम लीग के पास तो है ही नहीं, कांग्रेस के पास भी नहीं है। विभिन्न अंगों के रूप में संगठित किए जाने वाले राज्यों, प्रदेशों के संगठन के संबंध में भी कोई वैज्ञानिक सिद्धान्त सुनिश्चित कर पाने में भी ये दोनों ही दल असमर्थ सिद्ध हुए हैं। देश के दो टुकड़ों में बँट जाने के बाद तो इन समस्याओं का समाधान कर पाना और भी कठिन हो जाएगा। इस प्रकार की गलत नीतियों के कारण देश की एकता हमेशा-हमेशा के लिए खत्म हो जाने की ही संभावना दिखाई पड़ रही है।

कुछ देर तक चुपचाप शान्त बने रहने के बाद उसने फिर बरदलै जी के समक्ष अपने मन की सारी भावनाओं को बिना किसी हिचक के निस्संकोच प्रकट कर

दिया। उसने बतलाया कि सम्प्रति संघ के अधिकांश कार्यकर्त्ता उसके साथ हैं, यद्यपि उग्रपंथी अभी भी पूरी तरह से दबे नहीं है। निश्चय ही इस वेला में बरदलै जी जैसे राष्ट्रीयतावादी लोगों के साथ मिलकर वे स्वतन्त्र मोर्चा बनाने को तैयार हो गए हैं। वह स्वयं इधर बहुत दिनों से लगातार सोचता आ रहा है राष्ट्रीय स्वतन्त्रता संग्राम चलाने और वर्ग-संघर्ष संग्राम चलाने की दो भिन्न दिशाओं को एक में मिलाने, दोनों का समन्वय करने के लिए। यह उसका पहला कदम है, प्राथमिक कर्त्तव्य है। बहुत सारी बातें अभी भी अस्पष्ट ही रह गई हैं। जो व्यक्ति उसे स्वतन्त्रता के संबंध में सोच-विचार करते हुए समुचित स्तन्त्रता समाधान निकालने की प्रेरणा प्रदान कर रहे हैं वे व्यक्ति हैं, महात्मा गांधी। उनके विचारों-सिद्धान्तों के उसके अपने विचारों-सिद्धान्तों से बिलकुल ही मेल नहीं है, परन्तु वह अनुभव करता है कि उन्होंने अति साधारण खेतिहर किसान मजदूर के अन्तर्मन की बातें अच्छी तरह समझती हैं। वे वास्तविक रूप में हिन्दुओं और मुसलमानों की एकता चाहते हें, क्योंकि वे जानते हैं कि इनकी एकता के बिना उन लोगों की दरिद्रता की समस्या का समाधान हो पाना कतई संभव नहीं है। धर्म के नाम पर हिन्दू-मुसलमान को बाँट देने की साजिश के मूल में मुस्लिम लीग के नेताओं का अपने निजी वर्ग का स्वार्थ साधने की भावना है। इसमें मुसलमान किसानों-मजदूरों की कोई उन्नति नहीं हो सकती।

भूमिगत होने के काल में वह लुके-छिपे रूप में ही नोआखाली का भी दौरा कर आया था। वहाँ भी वह उसी सत्य को देख आया है।

असम में जीविका की खोज में बाहर से खेतिहर किसान आए हैं, यह बात सच है। परन्तु यह जन-स्रोत अगर नियन्त्रित न हुआ तो अपने ही घर में असमीया लोगों के अल्पसंख्यक हो जाने का डर है। यह डर उसे भी है। धुर बचपन से ही वह असमीया लोगों की अपनी एक टुकड़े धरती के संबंध में सोचता-विचारता आ रहा है। यह धरती ही मनुष्य के इतिहास, आजीविका, संस्कृति और राज्य-स्थापना का मूल आधार है। वह उसकी रक्षा करना चाहता है।

संघ के अनेकों लोग धरती की इस स्थावर आंचलिक स्थिति की समस्या को कोई समस्या मानते ही नहीं। वे सोचते हैं कि असम में बस केवल पोलेट्रिएट शासन स्थापित हो जाने भर से ही सब हो जाएगा। तब भाषा और धर्म के झगड़ों का भी अन्त हो जाएगा। परन्तु नवीन उस प्रकार से नहीं सोचता। राष्ट्रीय और धार्मिक समस्याओं के न होने से नये समाज के गठन के अनुरूप जनता में एकता स्थापित हो पाना संभव नहीं है। पूँजीवाद मात्र एक अर्थनैतिक प्रक्रिया ही नहीं है, अपितु यह एक सभ्यता भी है। अतएव यह भिन्न-भिन्न देशों में भिन्न-भिन्न रूपों

में प्रकट हुआ है। अतः उसकी समस्या से दूर-दूर रहना, उससे आँखें मूँदे रहना तो बहुत बुरा है।

हमारे देश में जो घृणित प्रकार का धार्मिक दंगा-फसाद हो रहा है, युगों-युगों से मनुष्य जिस प्रकार का भाषा, धर्म और सम्प्रदाय के नाम पर राज्य-शासन स्थापित करना चाहता रहा है, उसे चुपचाप (बिना किसी प्रतिरोध के) देखते भर रहना किसी भी क्रान्तिकारी की भयंकर भूल है। तमाम तरह के तर्कों-वितर्कों के अन्त में उसके भी मन में, प्राणों में कोई बारंबार कहता रहता है, "तूँ असमीया है, तूँ असमीया है।" आखिर इसका मतलब क्या है? तो क्या वह भारतीय नहीं है? है। क्या वह विश्व नागरिक नहीं है? है। वह क्या एक व्यक्ति नहीं है? है। इन तमाम सारी चेतनाओं को एक विशाल चेतना में जब तक परिणत नहीं कर सकेंगे तब तक समाजवाद असंभव है। द्वन्द्वात्मक प्रगति से आगे बढ़ने पर किसी एक सत्ता को एक समय में मनुष्य प्रमुखता देने को बाध्य है। विच्छिन्नता के, टुकड़े-टुकड़े होने के विरुद्ध मनुष्य का यह संग्राम विभिन्न युगों में, विभिन्न स्थानों में, विभिन्न परिस्थितियों में, भिन्न-भिन्न रूपों में प्रकाशित होता है। जो इसे जानता है, वस्तुतः वह असली ज्ञानी है, बाकी सब तो हाथी देखने वाले अन्धे आदमियों की तरह हैं।

लगभग एक घंटे तक नवीन ने अपने मन के विचारों को खोलकर बरदलै जी के समक्ष रखा। वहाँ उपस्थित तीनों ही सज्जन अत्यन्त तन्मय होकर उसके विचारों को सुनते रहे।

"मेरे मन से काले बादलों का एक भारी टुकड़ा छँट गया है, इस नवयुवक की बातें सुनकर।" –हजारिका जी ने ही पहले मुँह खोला," पृथ्वी की समस्या का केवल समाधान कर सकते हैं। आज पर्यन्त मेरे मन के भीतर एक जटिल यन्त्रणा थी। मुसलिम मजहब को मानने वाले और-और मुसलमान जो कुछ सोचते-विचारते हैं, मैं उसे क्यों नहीं विचारता? परन्तु मेरी ऐसी धारणा बन गई थी कि हो सकता है मैंने ही गलती की हो। परन्तु अब आज समझ गया हूँ कि मेरे दिल की आवाज़ ही सही और सच्ची है। यह आवाज़ स्वार्थ रहित है। केवल अपने किसी लाभ की बात इसमें नहीं है। यह आवाज़ नज़रुल इस्लाम की आवाज़ है, यह आवाज़ हज़रत मुहम्मद रसूल की आवाज़ है। धर्म के नाम पर जो हमें हमारे भाई-बहनों से काटकर अलग कर देना चाहते हैं, वे लोग परम स्वार्थी हैं, छिन्न-भिन्न करने वाले हैं, बाँटने वाले हैं। मैं इसकी बातें अच्छी तरह समझ गया हूँ।"–यकायक हजारिका जी ने नवीन की ओर सिर घुमाकर फिर कहा, "सुनो नवीन! इसी नये भाव के द्वारा ही हमें अपनी जनता को जगाने की ज़रूरत है। हम अभी थोड़ी देर पहले ही विचार-विमर्श कर रहे थे एक दैनिक समाचार पत्र प्रकाशित करने के संबंध में।

जन-समुदाय को प्रशिक्षित करने के लिए। हमने सोच-विचारकर तुम्हें उसका संपादक बनाना चाहा है। अगर तुम अपनी सम्मति दे दो....''

नवीन के मन के अन्तरतम में जैसे कोई पुकार उठा, ''कोई बुरा नहीं है। यह काम तुम्हारा ही है।'' उसके मन में ऐसी धारणा जगी कि मूल चेतना ही मनुष्य को प्रेरणा प्रदान करती है, असुविधाजनक कठिन परिस्थितियों में काम करने की। छोटे-मोटे असमीया पूँजीपति के समाचार पत्र में वह अपने सभी विचारों को प्रकाशित कर पाने में असमर्थ ही होगा। इस प्रकार के समाचार पत्र के ऊपर बहुत तरह की बातों का कठोर नियन्त्रण होगा। सरकार, व्यापारी, विज्ञापन देनेवाले पग-पग पर संपादक की स्वाधीनता को नष्ट करने की कोशिश करेंगे। परन्तु उसकी विराट चेतना का अपहरण कोई भी नहीं कर सकता।

''मैं सम्पादन का काम करूँगा।''—नवीन ने एक साँस में ही उत्तर दिया।

उसका उत्तर सुनकर बरदलै जी को बहुत आश्चर्य हुआ। उन्होंने कहा, ''नवीन! तुम्हारी बातें सुनकर मुझे बहुत तसल्ली मिली। इसमें एक नये मार्ग का संकेत भी हो सकता है। 'मेरा मार्ग ही सर्वथा सही, शुद्ध मार्ग है' मैं कभी भी ऐसा दावा नहीं करता। समाचार पत्र में भिन्न-भिन्न विचारधाराओं की आलोचना-प्रत्यालोचना और विचार-प्रतिवाद संभव है, ऐसा मेरा विचार है। ऐसा करने से ही सत्य प्रकृत रूप में प्रकाशित हो पाता है। और जनता का भी भला होता है, उससे सच्चे ज्ञान की शिक्षा मिलती है। तुम इस काम में जुट जाओ।''

नवीन ने हँसकर कहा—''मैं जानता हूँ कि आप ऐसा ही कहेंगे।''

''तब फिर क्या किया?'' आश्चर्यचकित होकर बरदलै जी ने पूछा, ''अत्याचारियों-हिंसावादियों पर तुम्हारा विश्वास है क्या?''

''मैं आप की नीतियों, आप की कार्य-प्रणाली में अविश्वास करता हूँ, आप के प्रति नहीं, क्योंकि आप बहुत ही समझदार-ज्ञानवान-व्यक्ति हैं।'' नवीन ने हड़बड़ाकर जवाब दिया।

बरदलै जी दिल खोलकर हँसे, फिर आरामकुर्सी पर पीठ के बल लेटते हुए अत्यन्त आह्लादित होकर उन्होंने रविचन्द्र जी से पूछा, ''देख रहा हूँ कि आप बिलकुल चुप हैं, आप ने कुछ भी नहीं कहा?''

''आखिर विमल का ही शिष्य है नवीन।'' प्रोफेसर रविचन्द्र ने उत्तर दिया, ''मुझे अच्छी तरह याद है कि विमल समग्र मानवता की सेवा की साधना करता था, फिर भी वह आदमी को ही अपने विकास के केन्द्र-स्थल के रूप में समझता था। उसकी आत्मा पूरी तरह मुक्त थी, बिलकुल खुली हुई, आज़ाद। उस समय मैंने उसके साथ नाना प्रकार के तर्क-वितर्क किए थे। अब आज मैं यह सही समझ पा

रहा हूँ कि तब मैं कहने को तो असमीया लोगों के कल्याण के लिए काम कर रहा था, यद्यपि मेरा लक्ष्य था ब्रिटिश शासन-पद्धति को शाश्वत मानकर काम करना। इसी वजह से मैंने एकतन्त्रवाद और पूँजीवाद का सपना देखा था। जान पड़ता है इस कारण से ही नवीन जिसे पूँजीवाद कहता था, उसका पूरा स्वरूप मैं देख नहीं सका था। जान पड़ता है कि पूँजीवाद ने मुझे और मेरी विचारधारा को संकुचित कर दिया था। विमल समय-समय पर मेरी गलतियों की ओर इशारा कर मुझे सजग करता था, परन्तु मैं सोचता था कि विमल की विचारधारा ध्वंसात्मक है। मैं असमीया लोगों की सम्पत्ति, उद्योग, नौकरी-चाकरी, कला-संस्कृति का विकास करना चाहता था। इस विकास का नाम रखा था मैंने—आधुनिकीकरण। परन्तु प्रत्यक्ष रूप में यह मुट्ठी भर लोगों का ही आधुनिकीकरण था। इस बात का अनुभव मुझे धीरे-धीरे हुआ। विशेषतः तब जब मुझे जयन्ती का सान्निध्य मिला। असमीया लोक संस्कृति की तो वह मानो प्रतिमूर्त्ति ही है। समाज के मूल में ऐसी एक अनूठी वस्तु है, इतनी जीवन्त वस्तु। प्रोफेसर स्मिथ ने मेरे मन की खिड़कियों के बन्द किवाड़ों को पूरी तरह खोल दिया। देवधुनी नाच देखकर मैं जैसे अपनी प्रकृत-मूल, सही-सत्ता को समझ सका-असमीया सत्ता को। परन्तु इतना परिवर्तन आ जाने पर भी आज तक मैं विश्वविद्यालय की उच्च शिक्षा के अलावा और किसी शिक्षा का स्रोत नहीं पकड़ सका। नवीन ने समाज के सबसे निचले स्तर के मनुष्यों के बीच विश्वमानवता का पता पा लिया है। नवीन निश्चय ही भाग्यवान है। संभवतः असली सत्ता मनुष्य ही है, भगवान नहीं। भगवान भी हिन्दू अथवा मुसलमान समृद्धिशाली धनी-मानी व्यक्ति को हिन्दू अथवा मुसलमान दुखी-दरिद्र व्यक्ति के साथ पूरी तरह हिलर-मिलकर एक हो जाने का कोई उपाय प्रदान नहीं कर सकता। अंग्रेंज-ब्रिटिश-सरकार की नौकरी करते-करते मैं अपनी निजी जाति से, अपने साधारण जन-समुदाय से कटकर अलग जा पड़ा था। धन-सम्पत्ति, कुलीन-आभिजात्य और संकीर्ण पारिवारिक जीवन को ही आज तक सबसे अधिक मूल्यवान वस्तु मानकर उसे ही सर्वोच्च प्राथमिकता प्रदान करता रहा हूँ। आज कुलीन फूकन परिवार के ये तीनों प्रासाद ढह गए हैं, टूक-टूक हो गए हैं। फिर भी उस ढहे, टूटे-फूटे प्रासाद का मोह अभी गया नहीं है। शिलांग की ऊँची पर्वत अधित्यका से नीचे उतर-नष्ट हो चुकी, तहस-नहस हो चुकी उस सम्पत्ति को फिर से अर्जित करना चाहता हूँ। नयी सम्पत्ति पैदा करने, उपार्जित करने की भी उत्कट इच्छा है। नौजवान युवकों-युवतियों ने हमें सचेत किया है, फिर भी हमारी भ्रान्ति गई नहीं है। आज अचानक इस रात में इस नवयुवक की बातें सुनकर मेरे मन में यह भाव उमड़ा है, कि ज्ञानी बनने के लिए सबसे बडा रास्ता है समाज का वास्तविक परिपूर्ण ज्ञान

प्राप्त कर मनुष्यों की हर तरह की विच्छिन्नताओं, टूटनों, अलगाव पैदा करने वाली ताकतों के विरुद्ध निरन्तर संघर्ष करते जाना। इस शब्द का मैंने आज से पहले कहीं, कभी कोई प्रयोग नहीं किया था, कारण यह कि मैं गणतन्त्रात्मकता में विश्वास करता था। परन्तु आज मैंने देख लिया है कि संघर्ष के बिना हमारी यथार्थ राष्ट्रीय सत्ता सुरक्षित नहीं रह सकती। राष्ट्रीय सत्ता के साथ-साथ ही व्यक्ति सत्ता और विश्वसत्ता भी द्वन्द्व के माध्यम से विकसित होगी। गणतन्त्रात्मकता किसी भी चीज़ का समाधान नहीं करती।"—कुछ क्षण मौन ठहरकर उन्होंने फिर कहा, "नवीन! मैं तुम्हें आशीर्वाद देता हूँ। तुम अपना कर्त्तव्य करने में सफल होगे। तुम कर सकोगे।"

नवीन के मन में ऐसा अनुभव हुआ जैसे इन वयोज्येष्ठ अनुभवी जनों के हृदय में नयी चेतना का अभ्युदय हो गया है।

वह कुछ बोला नहीं, मौन साधे रहा। फिर उन लोगों से विदा लेकर वह बाहर निकल गया। आज बहुत दिनों के बाद खुले दिल से, उन्मुक्त-मन से वह बीतती हुई रात के पिछले पहरों को भेदकर उगते हुए प्रातःकाल के प्रकाश को देखने का अवसर पा रहा है। वह कुछ और आगे बढ़ गया, आगे मैदान की हरी-भरी घास पर जाकर खड़े होकर वह उन्मुक्त आकाश की ओर निहारने लगा।

उसके चले जाने के बाद वे तीनों वरिष्ठ सज्जन कुछ देर तक कमरे में बैठकर विचार-विमर्श करते रहे। उन लोगों ने अनुभव किया कि वे नवयुवकों पर भरोसा कर सकते हैं। बरदलै के हृदय में जो नाना प्रकार के उद्वेग थे दुश्चिन्ताएँ थीं, उस रात की बातचीत से उनमें से अधिकांश शान्त हो गईं। उन्होंने प्रोफेसर रविचन्द्रजी से (विश्वविद्यालय के विशेष अधिकारी पद से) त्याग-पत्र न देने तथा कुछ दिनों तक गुवाहाटी में ही रहकर बुद्धिजीवी लोगों की स्वाधीनता के भार को वहन करने का उत्तरदायित्व निभाने के लिए अनुरोध किया।

प्रोफेसर रविचन्द्र ने उनका यह अनुरोध बिना किसी ननु-नच के स्वीकार कर लिया। उनका हृदय उस समय तक परिवार की समस्याओं के घेरे से बहुत दूर बाहर निकल जा चुका था। मंगलदे में आकर वे मानो जयन्ती के लोक-संस्कृति के हृदय-प्रदेश में ही आ उपस्थित हुए थे। आज की बातचीत, सलाह-परामर्श में उन्हें एक नयी प्रेरणा प्राप्त हुई, जिससे उन्होंने निर्णय कर लिया कि वे अभी कुछ समय तक यहीं ठहरकर आराम करेंगे, तदनन्तर फिर धीरे-धीरे गुवाहाटी जायेंगे। फिर अन्य बन्धुओं से विदा लेकर वे अपने कमरे में चले गए। जाते ही बिछौने पर पड़कर सो गए।

बरदलै जी मंजन-स्नानादि करके आधे घण्टे के अन्दर ही मंगलदे के उस

डाक-बंगले से गुवाहाटी रवाना हो गए। गुवाहाटी में उनका बहुत ही आवश्यक काम था।

उनके विदा होते समय नवीन और सिराजुद्दीन हजारिका बरदलै जी को आगे पहुँचाने के लिए मोटर कार के पास तक छोड़ने गए। वहाँ से लौटकर वे बरामदे में खड़े हो गए। तभी दूर किसी मसजिद से उठती हुई नमाज़ की अजान सुनाई पड़ी। दोनों शान्त होकर उस अजान को सुनते रहे। थोड़ी देर बाद हजारिका ने बरदलै जी द्वारा खाली किए गए कमरे में जाकर नमाज पढ़ी। और उसके कुछ समय बाद वे भी अपनी मोटरकार से गुवाहाटी रवाना हो गए।

करीब एक घण्टा के बाद दुदू और रविचन्द्र जी की नींद टूटी। इस बीच नवीन बाजार चला गया था, वहाँ एक नाई से उसने अपनी दाढ़ी मुडवाई, बाल कटवाए, फिर स्नान करके नयी वेश-भूषा धारण कर बरामदे में आ बैठा। दुदू वगैरह को भी मंजन-स्नानादि करके बाहर आने में लगभग आधा घण्टा का समय और लग गया। फिर चाय-जलपान करने में भी कुछ देरी हुई। उसके बाद किताबें बाँधने के लिए वे रविचन्द्र जी के कमरे में गए।

नवीन के धैर्य का बाँध टूट चुका था। अब वह गुवाहाटी जाने के लिए व्यग्र हो उठा था। उस समय उसके हृदय में किसी के भी प्रति कोई विशेष आसक्ति नहीं रह गई थी। मित्र, प्रेमिका, नेता, गुरुजन किसी के प्रति भी उसकी विशेष मोहासक्ति नहीं थी। दैनिक समाचार पत्र के संपादक बन जाने की संभावना भी उसके हृदय में कोई आलोड़न-विलोड़न उत्पन्न नहीं कर सकी। फूकन परिवार के गिरने-टूटने की तो बात ही दूर, देश के गिरने-टूटने की परिस्थिति भी उसके हृदय में अत्यन्त यत्नपूर्वक सँभालकर रखी हुई समानता-समत्व की भावना को समाप्त नहीं कर सकी। मित्रता की भावना अथवा संघ के सदस्यों का भाईचारा भी उसे किसी के प्रति विशेष रूप से आकृष्ट नहीं कर सकता था। उसने अनुभव किया कि वह स्वयं काल की प्रतिमूर्त्ति है।

दुदू ने उससे बहुत सारी पुरानी बातें कहीं, समझाईं, परन्तु इन सारी बातों में वह रंच मात्र भी आसक्त नहीं हुआ।

प्रोफेसर रविचन्द्र अकेले-अकेले ही अपने कमरे में बैठे-बैठे किताबों को बन्द करते, व्यवस्थित करते रहे। व्यवस्थित करने और बाँधने-बूँधने का काम पूरा हो जाने पर उन्होंने दुदू को बुलाया था, किताबों के उन बंडलों को मोटरकार में ले जाकर रखने के लिए।

जब यात्रा आरंभ कर देने की सारी व्यवस्था पूरी हो गई तब प्रोफेसर साहब कमरे से बाहर निकल आए। दुदू के हाथों में पड़ी किताबों की ओर नवीन काफी

समय तक एकटक देखता रहा। किताबों के प्रति इस विद्वान पंडित की मोहासक्ति को देखकर उसे मन-ही-मन हँसी आने लगी। विद्वान लोग हमेशा भूतकाल में रहना ही पसन्द करते हैं। इसी कारण से उन लोगों की मनुष्य के संबंध में धारणा बहुत संकीर्ण हो जाती है। वर्तमान में रहना वे नहीं चाहते, इसी वजह से जीवन्त मनुष्य का रूप वे नहीं देख पाते। वैसे यह अवश्य ही सच है कि भूतकाल के साथ वर्तमान काल का बहुत ही घनिष्ठ संबंध है। इतिहास के स्वस्थ मूल्यांकन के ऊपर ही वर्तमान की रचना की जा सकती है।

वह इन्हीं सब सोच-विचारों में निमग्न था कि अचानक नवीन को लगा कि सुदर्शना की मोटर कार लेकर रतिराम डाक बँगले के सामने की सड़क पर आ खड़ा हुआ है।

"क्या हुआ रतिराम? तुम यहाँ कैसे आ पहुँचे?" –उद्विग्न होकर दुदू ने पूछा।

मोटरकार से नीचे उतरकर रतिराम दुदू के निकट आकर खड़ा हो गया, फिर उसने धीरे-धीरे कहा, "कल रात से ही जयन्ती नहीं है। (पता नहीं कहाँ चली गई है।)

"सारी रात मैं खोजता-ढूँढता फिरता रहा। नदी के घाटों पर, सड़कों-गलियों में, लोगों के घरों में। (सभी जगह देखा) कहीं भी नहीं पा सका। फूकन चाचा ने भी खोजा-ढूँढा। वे भी नहीं पा सकें। अन्ततः बहन जी ने मुझे आप के पास भेजा है।"–रतिराम के चेहरे पर दुःख की गाढ़ी छाया छा गई थी।

इस बात की सूचना पाते ही प्रोफेसर साहब का मुखमण्डल काला पड़ गया। उन्होंने और कुछ मत प्रकट न कर दृढ़तापूर्वक कहा, "वह कहीं हेरा (खो) नहीं सकती, चिन्तित मत होओ, चलो।"

"क्यों? बड़े पिताजी?"–दुदू ने पूछा।

"क्यों? का उत्तर तो मैं भी नहीं दे सकता। वस्तुतः वह लोकंतात्त्विकता का मूर्त्तिमान जीवन्त प्रतीक है।" प्रोफेसर साहब ने जवाब दिया।

नवीन कुछ बोला नहीं। तीनों ही व्यक्ति जाकर मोटरकार में बैठ गए। रतिराम भी उनके पीछे-पीछे आया और अपनी गाड़ी चला ले चलने के लिए तैयार हो गया।

चलंते-चलाते वे लोग जिस समय सुदर्शना के घर पहुँचे उस समय दिन के ग्यारह बज रहे थे। जयन्ती के लापता हो जाने की खबर पाकर नवराम ओझा कुछ देर के लिए व्याकुल-विचलित हो गए थे, परन्तु कुछ समय तक राम नाम का स्मरण करते रहने के बाद उन्होंने अपने मन को शान्त-स्थिर-दृढ़ बना लिया। उन्होंने बहुत अधिक परेशानी उठाते हुए किसी-किसी तरह एक मुट्ठी भात पकाकर खाया और

फिर न्यायालय गए। सुदर्शना स्वयं ही एक ताँगा मँगवाकर उसमें उन्हें सहारा देकर बैठा दिया। उनके स्वास्थ्य की गड़बड़ी को देखते हुए अचानक सहायता की आवश्यकता पड़ सकने की परिस्थिति के लिए साथ में मणिका को देख-भाल के लिए भेज दिया।

दुदू सुदर्शना को रसोईघर में बुला ले गया और उससे जयन्ती की समसामायिक मानसिक अवस्था के संबंध में खोजबीन कर उसने उससे आवश्यक जानकारी हासिल की। जयन्ती के मन की बेचैनी की बातें सुनकर वह सकपकाया-सा किंकर्त्तव्य-विमूढ़ हो गया। उसने काफी सोचा-विचारा परन्तु और कभी जयन्ती इस तरह हाल-बेहाल, दुर्बल परेशान हुई रही हो, ऐसा उसे कुछ भी याद नहीं आया। उसके पिता जी जब उससे अप्रसन्न हो गए थे, तो उसे हार्दिक कष्ट पहुँचा था, फिर भी वह उसके मुँह की ओर देखकर सारे कष्ट को भुलाकर शान्त बनी हुई थी। हाँ, यह ज़रूर है कि इधर कुछ दिनों से विवाह हुए बिना ही माँ बन जाने की गम्भीर चिन्ता से वह काफी दुःखी और परेशान हो गई थी। उसने उसे नाना प्रकार से समझाया परन्तु उसके उपदेशों का भी उसपर कोई विशेष असर नहीं हुआ था। इसका मूल कारण था उसके पिता का उसके प्रति क्रोध का, बुरा मान बैठने का भाव। नवराम ओझा ने आगामी पूर्णिमा तिथि को मर जाने की जो दृढ़ इच्छा व्यक्त की है वह आज से लगभग पन्द्रह दिन पूर्व से ही उनके मन में स्थायी रूप से घर किए हुए है। इन विगत कई दिनों में जयन्ती उनके इस मरण-प्रण की बातें याद कर-करके कई बार अस्थिर-बेबस-बेहाल हो उठी थी। दुदू ने उसकी इस यन्त्रणा को इतना अधिक गुरु-गम्भीर और जटिल नहीं समझा था। (वह सोचता रहा कि) पहले भी उसके हृदय में इस तरह की यन्त्रणा का भाव उभरता रहा है। उसकी ऐसी कातर दशा होने पर उस समय दुदू उसे कभी शहर घुमाने के लिए, कभी भूटान पहाड़ के सीमान्त छोर तक, तो कभी मैदानी इलाकों में परिभ्रमण करवाने के लिए ले गया था। घूम-फिरकर पर्याप्त यात्रा कर लेने अथवा काम में मन लग जाने पर काम करने लगने पर वह फिर अपनी सहज स्वाभाविक अवस्था में लौट आती रही है। परन्तु आज तो जैसे बाज पक्षी-सी बिलकुल ही वश के बाहर हो गई हैं।

नवराम ओझा ने उन दोनों के पारस्परिक प्रेम के संबंध में कभी भी, किसी भी दिन, रंच मात्र भी कुछ नहीं कहा था। परन्तु उसके गर्भवती हो जाने की सूचना पाने के दिन से ही उसके हाथों का पकाया खाना छोड़ दिया था। उस दिन के बाद से उसके साथ अच्छी तरह बातचीत भी कभी नहीं की और उसे फिर कभी मनसा-पूजा में भाग भी लेने नहीं दिया। उनके द्वारा इस प्रकार के, उसे छोड दिए

जाने, उसका तिरस्कार किए जाने के विभिन्न व्यापारों ने उनकी पुत्री (जयन्ती) के हृदय पर भारी आघात पहुँचाया था। उसी से क्षत-विक्षत, घायल-विवश होकर उसने उससे (दुदू से) विवाह कर लेने के लिए आरजू-मिन्नत की थी। परन्तु उसकी उन बातों को सुनते ही दुदू उस पर बरस पड़ा था और उसे अत्यन्त डरपोक-कमज़ोर कहकर उसका उसने निर्दयतापूर्वक तिरस्कार कर दिया था। वह समाज को, दुनियां को यह दिखा देना चाहता था कि स्त्री-पुरुष के मिलन के लिए मन का विवाह ही पर्याप्त है, उसके लिए इस बाहरी पूजन-हवन-अनुष्ठान आदि की कोई आवश्यकता नहीं है। अभी भी, अपनी आखिरी मुलाकात के समय भी उसने उसके द्वारा विवाह-संस्कार सम्पन्न कर लिये जाने के उसके प्रस्ताव को वैसे ही तिरस्कार-पूर्ण ढंग से अस्वीकार कर दिया था।

जयन्ती भी विवाह कर लेने के लिए अपनी मज़बूरी, अपनी आत्यन्तिक आवश्यकता को उसके समक्ष अच्छी तरह खोलकर समझा नहीं सकी थी। उसने लोगों के व्यवहार से अनुभव कर लिया था कि गाँव के सभी-के-सभी लोगों ने उससे अपना सम्पर्क तोड़ लिया था, कोई भी उससे मिलना-जुलना नहीं चाहता था। दुदू जब उसे अपनी छावनी वाले घर ले गया था, तब उसकी छावनी के घर मे उसके साथ रहने के दिन से ही एक सम्भ्रान्त परिवार के सुसभ्य घर में रहने वाली भद्र महिला के रूप में आदर-सत्कार मिलना चाहिए था, परन्तु ऐसा कुछ वह नहीं पा सकी थी। गाँव के लोग उससे कुछ डरे-सहमे से रहने लगे, दुदू की प्रेमिका के रूप में मानकर उसका आदर-यत्न भी करने लगे। परन्तु लोगों के मन में उसके प्रति पहले जो एक पवित्र देवधुनी की अति पवित्र मर्यादा का भाव था, वह सब फिर समाप्त हो गया, वह हार्दिक मर्यादा भाव लुप्त हो गया।

इन विगत दो वर्षों के लम्बे अन्तराल में फिर कोई भी उसे देवधुनी नाच नाचने के लिए आमन्त्रित करने नहीं आया। इसका मूलभूत कारण था कि लोगों की दृष्टि में वह अब अपवित्र हो गई थी।

''रखैल'' ''रखैल'' कह-कहकर पुकारते, इसकी उसकी, बहुत सारे लोगों की बातें सुन-सुनकर परेशान हो जाने पर, आजिज आकर वह कभी-कभी उससे कहीं और ले चलने के लिए आग्रह करने लगती थी। परन्तु सब कुछ छोड़ जाने को प्रस्तुत होने पर भी नवराम ओझा को क्षणभर के लिए भी छोड़ जाने को वे तैयार नहीं हो सके। क्योंकि उनके अलावा अब उन्हें देखने-भालने वाला, उन्हें चाहने वाला और कोई दूसरा तो था ही नहीं। और उनकी बीमारी अब वास्तविक रूप में बहुत ही प्रचण्ड हो चुकी थी।

ऐसी दारुण परिस्थिति में अब जयन्ती की दशा यह थी कि उसके पास अब

सभी कुछ था, सिवाय एक सामाजिक मान-सम्मान के, सामाजिक मर्यादा के।

नवराम ओझा की बीमारी जब बहुत बढ़ गई, उनकी दशा चिन्तनीय हो उठी तब उन्हें गुवाहाटी ले आना पड़ा। गुवाहाटी आए हुए भी तीन दिन बीत गए, फिर छात्रीबारी अस्पताल से निकलवाकर कल उन्हें सुदर्शना के घर पहुँचाया गया।

इन विगत कई दिनों में दुदू की जयन्ती से भेंट-मुलाकात नहीं हो पायी, कहना ही ठीक होगा। नवराम ओझा जी भी अब उसके साथ पहले करते आ रहे व्यवहार से बिल्कुल भिन्न किस्म का व्यवहार करने लगे थे। इस प्रकार उसके अपमानित अनुभव करते रहने, बुरा महसूस करते रहने की घटनाएँ प्रायः रोज़-रोज़ की घटनाएँ बन गईं थीं।

ओझा जी ने अवश्य ही पहले से ही घोषणा कर रखी थी कि आगामी पूर्णिमा के दिन संसार से विदा लूँगा, शरीर छोड़कर प्राण विसर्जन कर दूँगा। परन्तु कोई कहता है कि मैं प्राण दूँगा, मर जाऊँगा, तो क्या कह देने भर से वह सचमुच ही मर जा सकता है? अगर उसने ऐसी संभावना पर भरोसा किया होता, इस संभावना के संबंध में गम्भीरता से किया होता, तो वह इन कुछ दिनों तक ओझा जी को कतई ही नहीं छोड़ सकी होती। अब जो वह दुदू को और ओझा को, दोनो को ही छोड़कर चली गई सो आखिर क्यों?

अपने गर्भ में पल रही नन्हीं सन्तान के डर से क्या? नहीं, वह केवल उसकी वज़ह भर से ही सब को छोड़कर अन्यत्र कहीं चली नहीं जा सकती। समाज में कलंकित होने के भय से, कलंक मुक्त होने के लिए वह आत्महत्या कर सकती है, ऐसी भी धारणा दुदू की नहीं है। बल्कि 'वह आत्महत्या नहीं कर सकती' इस विचार पर दुदू का दृढ़ विश्वास है।

वह ऐसे ही विचारों की उधेड़-बुन में खोया हुआ था कि तभी प्रोफेसर रविचन्द्र जी ने उसे बाहर बुलवाया।

बाहर आकर उसने देखा कि नवीन प्रोफेसर साहब के सामने एक कुर्सी पर बैठा हुआ है और प्रोफेसर साहब दोनों हाथों में सिर पकड़े हुए गम्भीरतापूर्वक कुछ सोच-विचार रहे हैं।

"मझे किसलिए बुलवाया है, बड़े पिताजी?"

"कल आस-पास कहीं खेराय की पूजा हुई थी क्या? कहीं मनसा-पूजा होने को थी क्या?"

"इस संबंध में मैं तो कुछ बता नहीं सकता।"

"तुम सब बता ही क्या सकते हो?"—झिड़कते हुए रविचन्द्र जी ने कहा—"कल मनसा-पूजा का पुण्य-पर्व था।"—कुछ देर ठहरे रहकर उन्होंने फिर

कहा, "भला यह तो बताओ कि वह आजकल पूजा-पर्व पर देवधुनी नाच-नाचती है या नहीं?"

दुदू ने जवाब दिया, "गत दो वर्षों से उसने देवधुनी नृत्य नहीं किया।"

प्रोफेसर साहब अचानक ही उठ खड़े हुए, "तब तो निश्चय ही वह कहीं देवधुनी नाचने ही गई हुई है। अपने पूज्य इष्ट देव से ही वह पूछने गई है कि अब वह क्या करे। कल निश्चय ही कहीं देवधुनी नाच का आयोजन हुआ है।"

"वह इस तरह का पागल पन करेगी, ऐसी धारणा मेरी तो नहीं है, बड़े पिताजी। नाच की वह मानसिक अवस्था तत्त्व जो आत्मविभ्रम है, यह बात मैंने उसे अनेक बार, अनेक दिन अच्छी-तरह समझा दी थी। और अन्ततः वह यह अच्छी तरह समझ भी गई थी। देवता नहीं है। वस्तुतः देवता भ्रम की, माया की सृष्टि हैं। तत्त्वतः कुछ नहीं।"—दुदू ने उत्तर दिया।

"मैं उसे तुम से कहीं ज्यादा अच्छी तरह जानता-समझता-पहचानता हूँ। शहर की नागरिक सभ्यता की पीड़ाओं और उत्पीड़नों में पड़कर वह भ्रमित हो गई थी। तुमसे मिलने जाकर, तुम्हारे निकट होने से वह अपने आराध्य देवता से विच्छिन्न हो गई थी, अपने इष्टदेव से दूर जा पड़ी थी। परन्तु यह सब घटित हो सका था तर्क और युक्ति के प्रभाव से। परन्तु अब किसी एक कारण से निश्चय ही वह इस तर्क और युक्ति पर से विश्वास खो बैठी है और अब पूरी तरह से अपने शैशव और नवयौवन काल की मानसिकता में गढ़े-पले-बढ़े ईश्वरीय शिल्प जगत् में पुनः लौट गई है। उसका यह पुनरावर्तन किस कारण हो गया, इसे तो मैं नहीं बता सकता। परन्तु इतना जानता हूँ कि अब वह पुनः देवधुनी नाच नाचे बिना अपने मन की द्वन्द्वात्मक दशा से छुटकारा नहीं पा सकती। निश्चय ही वह जीवन का ही सुविचार करने गई हुई है, या तो किसी देवधुनी नृत्योत्सव में, अथवा किसी प्रसिद्ध मन्दिर में। उसने मुझे बतलाया था कि नृत्य करते-करते वह एक ऐसे स्तर पहर पहुँच जाती है जहाँ वह देवता के ठीक आमने-सामने पहुँच जाती है, उसे देवता का साक्षात्कार मिल जाता है, ऐसी स्थिति में पहुँच जाने पर वह अपना भी और अन्य सारे लोगों का भूतकाल-भविष्यकाल सभी स्पष्ट देख पाती है। आदिम मनुष्य का मनस्तत्त्व उसके व्यवहार से स्पष्टतः प्रकटित हो उठता है। उसके क्रियाकलापों को तुमने अपने मनोभावों से निरख-परखकर भयंकर भूल की है। अभी भी उसे अच्छी तरह समझने की कोशिश करो।"—प्रोफेसर रविचन्द्र अपनी ये बातें कहते हुए इतने आत्मविभोर हो गए थे कि कहते समय उनकी पलकें पूरी तरह मुँदी हुई थीं।

उनकी बातें सुनते हुए शुरू-शुरू में तो दुदू को बहुत बुरा लगा, परन्तु धीरे-धीरे वह समझ गया कि उसके बड़े पिता जी जो बातें कह रहे हैं, उनमें एक

बड़ा सत्य छिपा हुआ है। अपने अहंकार मद में डूबे रहने के कारण इतने दिनों तक जयन्ती की निजी व्यक्ति सत्ता के प्रयोजन को समझ नहीं सका था। उसने पूछा, "तो वह कहीं नाचने के लिए गई है?"

"हाँ।"

"रात की वेला में कहाँ जा सकती है?"—दुदू ने पूछा।

यकायक प्रोफेसर साहब के मन में बेठाराम मुहर्रिर की याद उभर आई। एक समय जयन्ती बेठाराम के मोह में पड़ी थी। अपने जीवन में जयन्ती ने जिन तीन पुरुषों को प्रेम किया, उनमें एक मात्र बेठाराम ही गाँव का निवासी है। देवधुनी संस्कृति में उसका भी जयन्ती के समान ही विश्वास है। बेठाराम फिलहाल दुदू के कार्यालय में ही रहता है, यह खबर प्रोफेसर साहब को भली-भाँति मालूम है। परन्तु वे बिना अच्छी तरह सोचे-समझे, जाने-सुने कुछ कहना नहीं चाहते थे। क्योंकि इस प्रकार से कुछ कह जाने का परिणाम भयानक हो सकता है। वे खूब जानते हैं कि दुदू की मानसिकता अपरिपक्व है। वह ईर्ष्यान्वित होकर अचानक ही कुछ-का-कुछ कर बैठ सकता है।

उसी समय दुदू के गुवाहाटी कार्यालय का चपरासी वहाँ आ पहुँचा। दुदू को सलाम करके उसने समाचार अर्ज किया, "साहब! बेठाराम मुहर्रिर अभी भी काम पर नहीं आया है। बरुआ साहब ने पूछा है कि आपने क्या उसे कही भेजा है?"

"नहीं, मैंने तो उसे कहीं, किसी काम से नहीं भेजा।" चपरासी इतना सुनकर चला गया।

प्रोफेसर रविचन्द्र को खटका लगा। उन्होंने दुदू को लक्ष्य कर कहा, "एक बात तुमसे कहना चाहकर भी मैंने कही नहीं। यह सोचकर कि उसे सुनकर शायद तुम्हें बुरा लगे। अगर तुम मुझे वचन दो–"

"कौन-सी बात? कहिए भी। मैं तो अपनी पूरी क्षमता भर, जितना संभव हो सकता है उतनी सीमा तक कभी भी अपने बड़ों के आदेश का तिरस्कार नहीं करता।"

"मुझे सन्देह हो रहा है..." –रविचन्द्र जी का स्वर काँपने लगा था, "कि संभवतः वह बेठाराम मुहर्रिर के साथ ही कहीं देवधुनी नाचने गई हुई है। बेलतला में तो ऐसा आयोजन समय-समय पर होता ही रहता है। तुम ज़रा खोज-बीनकर, पता लगाकर देखो। मेरा अनुमान गलत नहीं होता।"

दुदू को लगा जैसे उसके पैरों तले की ज़मीन भूकम्प आने से डगमगाकर थर-थर काँप रही है। उसने कहा, "नामुमकिन है, बड़े पिताजी। बेठाराम मुहर्रिर के साथ..."

तभी नवीन उसके पास आ खड़ा हुआ और उंसने उसके कन्धे पर हाथ रखा। उसके हाथों के शान्त-शीतल स्पर्श से दुदू की मानसिक दशा पुनः सुस्थिर हो गई।

"मुझे उसे खोज-ढूँढकर ले ही आना पड़ेगा। जब तक वह स्वयं अपने मुँह से मुझसे नहीं कहेगी तब तक मैं किसी पर भी विश्वास नहीं कर सकता।" –दुदू ने ऐसे कहा जैसे अपने आप से ही बातचीत कर रहा हो।

रविचन्द्र जी ने अबकी बार नवीन से कहा, "तुम भी सारे काम अभी दर किनार रखो, अभी इसके साथ-साथ जाना ठीक रहेगा।"

नवीन ने शान्त भाव से उत्तर दिया, "जी, मैं जाऊँगा। वहाँ मैं सभी को जानता-पहचानता हूँ। इसकें अतिरिक्त मेरा अपना भी काम है।"

"कौन-सा काम?"

"आज उच्चन्यायालय में फैसला सुनाने के लिए जूरी की बैठक हो रही है। बम विस्फोट करने वाले उस नौजवान लड़के का क्या फैसला होता है, कुछ कह नहीं सकता। अपने संघ के कार्यकताओं के साथ-साथ उपस्थित रहना ऐसी वेला में आवश्यक और लाभप्रद है। मुझे वहाँ तक तो जाना ही पड़ेगा।"

"अगर उसे फाँसी की सजा सुना दी गई, तो क्या कुछ झगड़ा-झंझट, आन्दोलन वगैरह भड़क सकता है?"

"मैं कुछ कह नहीं सकता। परन्तु उम्मीद करता हूँ कि ऐसा कुछ नहीं होगा।"

प्रोफेसर रविचन्द्र को उस लड़के का चेहरा याद आ गया। हाँ, उन्होंने स्वयं ही उसे एक बार क्षमा कर दिया था। कक्षा में बम विस्फोट कर देने पर भी जो वे मरे नहीं, बच गए थे, केवल इसीलिए नहीं। उसके अदम्य साहस, मृत्यु की परवाह न कर खतरा मोल लेने की क्षमता पर भी वे मुग्ध नहीं हुए थे। बल्कि उसे क्षमा कर देने का प्रधान कारण थी जयन्ती। उसके साहचर्य ने ही उसके संग-साथ रहते-रहते विकसित हुए परिवेश ने ही उनके मन में दबी-सोयी पड़ी महानता की भावना को जगा दिया था। उस महानता का भाव था–'बड़ों के लिए क्षमा ही आभूषण है'। उन्होंने सच्चे अन्तःकरण से उसे क्षमा किया था। न्यायालय में जाकर उन्होंने उसके लिए सजा दिलाने की दरख्वास्त नहीं की। बाद में इसी लड़के ने फिर मन्मथ को गोली मारकर हत्या कर दी। मन्मथ के साथ ही वह राजस्थानी व्यापारी भी मारा गया। अत्यन्त ही हैवानियत पूर्ण, निष्करुण हत्याकांड था वह। ऐसे हत्याकांड करने के पीछे चाहे जो कोई भी उद्देश्य रहा हो, इस हत्याकांड के लिए वे उस लड़के को मन-प्राण से क्षमा नहीं कर सके। अपनी बेटी के सुहाग को मिटते देख, विधवा बेटी के मुँह को निहारकर वे बदला लेने की भावना से उद्वेलित भी नहीं हुए। बदला लेने

का भाव तो उनके मन में रंचमात्र भी नहीं उभरा। हाँ, समाज में अपराध और उसका दण्ड-विधान होने का जो सामान्य नियम है, यदि उसका अनुपालन नहीं हुआ, तब तो मनुष्य का सर्वनाश ही हो जाएगा, बस इसी का डर उनके हृदय में समा गया है। क्रान्ति या आन्दोलन की वज़ह से की गई वैप्लविक हिंसा होने के कारण भी हिंसा को क्षमा करने के वे पक्षपाती नहीं हैं। हिंसा आखिर हिंसा ही है।

उसी समय सुदर्शना भी वहाँ आ पहुँची। तीनों लोगों को रसोई घर में बुला ले जाकर उसने उन लोगों को भोजन परसा। दुदू ने भोजन को हाथ तक नहीं लगाया। सुंर्दशना ने उसी समय उन लोगों को नवराम ओझा के विचारों के संबंध में, उनकी मानसिक दशा के संबंध में बतलाया। वे शीघ्र ही मर जाना चाह रहे हैं। अपने मरने के पहले-पहले उस सजायाफ्ता लड़के को फाँसी दिए जाने के दण्ड से बचाकर, उसकी जान बचाकर पुण्य कर लेना चाहतें हैं। एक अतिशय असाधारण पुण्य।

प्रोफेसर रविचन्द्र ने पूछा, "इस बूढ़े आदमी को अचानक ही यह मरने की ऐसी प्रबल इच्छा क्योंकर जग पड़ी।"

सुदर्शना ने दुदू की ओर देखकर कहा, "यह बात दुदू बतलाए तो ही ठीक हो।"

दुदू घबरा गया। कठिनाई का अनुभव-करते हुए उसने जैसे-तैसे जवाब दिया, "बड़े पिता जी ! ओझा जी जयन्ती के साथ अपना सम्पर्क विच्छिन्न कर लेने की गरज से ही ऐसा चाहते हैं। अविवाहिता पुत्री के शरीर में माँ बनने के लक्षणों को देखकर..........."

दुदू की बात पूरी भी नहीं हो पायी कि यकायक प्रोफेसर साहब उसकी ओर देखकर बोल पड़े, "अब भी विवाह सम्पन्न कर लो।"

"मैं विवाह करने में विश्वास नहीं रखता।" –दुदू ने उत्तर दिया।

प्रोफेसर साहब फिर कुछ नहीं बोले। उनका मुखमण्डल गम्भीर, चिन्तायुक्त और फीका पड़ गया।

फिर तो किसी के मुँह से कोई बोल नहीं फूटा। थोड़ी देर बाद नवीन और दुदू चुपचाप जाकर दुदू की मोटरकार में बैठ गए। दुदू चुपचाप कार चलाने लगा। पूरे रास्ते भर वह एक शब्द भी मुँह से नहीं बोल सका।

नवीन द्वारा दिखाये गए एक घर के सामने जाकर मोटरकार खड़ी हो गई। यह घर वैसे बेठाराम का घर नहीं था, बल्कि ग्रामसभापति का घर था। नवीन ग्राम सभापति के घर के अन्दर चला गया।

दुदू ने सामने के विस्तृत खेराय पूजा के स्थल को ध्यान से देखा। मैदान में

एक बड़ा-सा-केलों के पत्तों का मण्डप बना हुआ हैं। वहाँ बीच में पूजा की वेदिका बनी हुई है। देवताओं के स्थान वहाँ स्वच्छ सुन्दर रूप में चमक रहे हैं।

पूजा-स्थल पर घास फूस रौंद दिए जाने से मिट्टी उभर आई है। पास में ही कुछ कलश पड़े हुए हैं। यत्र-तत्र मुर्गे के खून के थक्के-के-थक्के गिरने से धरती पर पड़ी बालू रंगीन हो गई है। ऊँची वेदी पर सेहुड़ पौधे का कोमल तना चमक रहा है। दुदू नाच करने की उस जगह पर जाकर खड़ा हो गया। अचानक उसे सोने का एक हार दिखाई पड़ गया। हार के बीच का चन्द्राकार गोलक (लाकेट) दूर से ही चमचमा रहा था। उसने आगे बढ़कर उस हार हो उठा लिया।

उसी समय ग्राम सभापति की पत्नी बाहर निकल आईं। प्रौढ़ वय की उस महिला ने वहाँ जब दुदू को देखा तो हँस पड़ीं, पूछा, "वहाँ क्या ढूँढ रहा है रे, फूकन का छोरा?"

"यह किसके हार की लड़ी है?" करीब जाकर उस महिला को हार दिखाते हुए दुदू ने पूछा।

हार की ओर ध्यान से देखते रहने के बाद भद्र महिला ने कहा, "इस तरह का हार पहनने वाली कोई नौजवान लड़की इधर हमारे इलाके में तो नहीं है अतः यह गहना उस नाचने वाली छोरी का ही हो सकता है।"

तभी नवीन दुदू के पास आ गया और उसके कन्धे थपथपाकर उसने कहा, "अब और रुके-ठहरे रहने की ज़रूरत नहीं। (पता चल ही गया) वह नाचने वाली निश्चय ही जयन्ती ही रही होगी।"

ग्राम सभापति की पत्नी ने कहा, "हाँ, वे ठीक ही कह रहे हैं, उसका नाम जयन्ती ही है। वह बेठाराम मुहर्रिर के साथ आज सबेरे ही यहाँ से गई है।"

"यहाँ क्या हुआ था, माताजी?"

"खेराई-पूजा। बेठाराम एक बहुत ही सुन्दर नाचने वाली युवती को ले आया था, मगर......।"

"तो फिर देवधुनी ने क्या भविष्यवाणी की?"

"नहीं, कुछ भी नहीं कहा।"

"क्यों? क्यों नहीं कहा कुछ?"

"संभवतः उसके सर पर देवता आए ही नहीं।"

इतना सुन चुकने के बाद नवीन और दुदू वहाँ फिर और नहीं ठहर सके। पैदल ही चलते-चलते वे आश्रम की सेविकाओं द्वारा खोली गई पाठशाला के निकट पहुँच गए!

उनके उधर पहुँचते ही पास के एक छोटे से घर में से एक भद्र महिला बाहर

निकल आई और उन्होंने ऊँची आवाज़ में पुकारकर कहा, "नवीन भाई साहब! इधर आइए। "आवाज सुनकर नवीन ने उधर देखा तो पाया कि अरे यह तो अहाली है। उसके पास जाकर हँसते हुए नवीन ने पूछा, "तुम कब छूटकर बाहर आ गई?"

"बस, ठीक तुम्हारे बाद ही। और अकेली बस केवल मैं ही नहीं। सभी के सभी। सुन्दर राभा भी छोड़ दिए जाने पर बाहर आ गए। मेरे पतिदेव भी छूट गए। कल ही यहाँ आकर खेराई पूजा में हम सभी ने खूब मौज-मस्ती लूटी। संघ के ऊपर भी अब सरकारी रोक-टोक, प्रतिबन्ध या निषेधाज्ञा नहीं है।"

नवीन दुदू को साथ लिये हुए ही अहाली के घर गया। अहाली ने बड़े आदर के साथ उन्हें बैठाने की कोशिश की, परन्तु वे बैठे नहीं। अहाली के द्वारा नवीन को सूचना मिली की आज यहाँ के सभी संघ-कार्यकर्ता उच्चन्यायालय की ओर दौड़ते-भागते गए हुए हैं। यही जानने के लिए कि अन्ततः उस नौजवान के बारे में क्या फैसला होता है? इस सूचना से नवीन समझ गया कि फ़िलहाल यहाँ के कार्यकताओं से वह यहाँ भेंट नहीं कर पाएगा। अहाली के साथ कुछ देर बात कर लेने के बाद उसने कहा, "सभी लोगों से कहना कि आज आश्रम पर आकर इकट्ठे हों। तुम भी जरूर आना।"

संघ के ऊपर से राजकीय प्रतिबन्ध उठा लेने के समाचार से नवीन को अतिशय हार्दिक आनन्द का अनुभव हुआ।

"मैं तो संभवतः नहीं जा पाऊँगी। मगर और यहाँ के सारे लोग जब न्यायालय से लौट आएँगे तो तुमसे मिलने वहाँ तुम्हारे पास जाएँगे। मैं सभी को सूचना भिजवा दूँगी।"—प्रसन्नता से मन-बदन में मतवालापन भरे अहाली ने कहा।

नवीन और दुदू फिर वहाँ से चल पड़े। वहाँ से चलकर वे बेठाराम मुहर्रिर के घर पहुँचे।

परन्तु बेठाराम घर पर नहीं था। पता चला कि अभी वह बागीचे में गया हुआ है। नवीन वगैरह फिर उसके बागीचे में भी जा पहुँचे। बेलतला के गाँव-घर तो क्या नवीन वहाँ के लोगों के खेत-खलिहान-बाग-बगीचे, जंगल-झाड़ सभी कुछ को बहुत अच्छी तरह जानता-पहचानता है। बगीचे में एक आम के पेड़ पर चढ़कर बेठाराम पके-पके मीठे आम तोड़ रहा था। पेड़ के नीचे टुकड़े-टुकड़े में कटी हुई ईख के कुछ ढेर पड़े थे।

दुदू वग़ैरह को देखते ही बेठाराम पेड़ से उतर कर नीचे आ गया।

"जयन्ती कहाँ है, बेठाराम?"

"चलिए, बतलाता हूँ। मैं अभी बस थोड़ी देर पहले ही उसे वशिष्ठ के पास

पहुँचा आया हूँ। वहीं नदी में स्नान कर लेने के बाद वह मन्दिर में प्रविष्ट हुई है। मुझे नहा-धोकर एक मुट्ठी कुछ खाकर फिर शहर चले जाने की बात थी। क्योंकि वहाँ न पहुँच पाने से उधर बड़े साहब मारे क्रोध के आग-बबूला हो रहे होंगे।''

बड़े साहब से उसका अभिप्राय सदानन्द बरुआ जी से था।

मीठे-मीठे (माधुरी) आमों को हाथ में उठाए बेठाराम आगे-आगे चल पड़ा। पीछे-पीछे वे लोग भी चलने लगे।

अपने घर पहुँच जाने पर बेठाराम ने उन्हें आदरपूर्वक बैठाया, फिर जयन्ती के संबंध में सारी बातें एक सिरे से विस्तार से बतलाने लगा।

उस दिन संभवतः कचहरी की घड़ी में रात के शायद दस बजे का घंटा बज चुका था। बेठाराम खा-पीकर दुदू आदि लोगों के घर के पास ही कार्यालय के कमरे में सोने के लिए चला गया था और अब बस सोने की तैयारी ही कर रहा था कि तभी वह वहाँ आ पहुँची। उसे, उतनी रात गए, वहाँ देख बेठाराम को भारी अचम्भा हुआ। उसने पूछा, ''इस तरह, लगभग आधी रात गए जो तुम यहाँ आई हो? जानने पर लोग क्या कहेंगे? दुदू भाई साहब ही भला क्या सोचेंगे?''

उसने उत्तर दिया, ''दुदू साहब के पास यह सब देखने-सुनने का समय ही कहाँ है? पल भर विश्राम लेने का भी उपाय उनके पास नहीं। लट्टू-जैसे लगातार दिन-रात चक्कर काटते-रहते हैं। मेरे मन में कलियुग के देवता कलि ने बसेरा ले लिया है। देवता–इष्ट देवी-देवता–मुझे छोड़कर चले गए हैं। मनुष्य के प्रेम में डूब जाने से पाप ही हुआ है, सब नष्ट-भ्रष्ट ही हो गया है। तुम मुझे अभी कहीं (देवता की सेवा में देवधुनी नाच) नाचने के लिए लिवा ले चलो, नहीं तो मेरा दम घुट जाएगा, मैं मर ही जाऊँगी। तुम लोगों के गाँवों में कहीं खेराई-पूजा नहीं हो रही है क्या? यदि कहीं पूजा का आयोजन हो रहा हो तो मुझे वहीं ले चलो।''

बेठाराम ने तब कहा था, ''अरे! तुम अभी भी देवधुनी बनने की आशा संजोए हुए हो क्या? अरे जाओ, घर लौट जाओ। चलो, मैं तुम्हें पहुँचा आता हूँ।''

उसकी इतनी बात सुनते ही वह फफक-फफककर, सिसक-सिसककर रोने लगी। उसके इस तरह के करुण-क्रन्दन से बेठाराम का मन भी द्रवीभूत हो गया। कुछ देर तक सोचने-विचारने के बाद उसने कहा, ''हाँ, अभी कल ही एक गाँव के ग्राम सभापति मुझे निमन्त्रित कर गए हैं। उन लोगों के घर के सामने ही मैदान में आज खेराई-पूजा होनी है, आज ही। परन्तु माकन बहन जी के साथ-साथ आज जो दिन भर दौड़-धूप करनी पड़ी उससे तो एक पहर रात चढ़ आई। अतः मेरा वहाँ आज जाना संभव नहीं हो सका, इसी से यहीं दुदू साहब के कार्यालय में ही आ सोया हूँ। अगर तुम वहाँ जाना चाहो तो मैं वहाँ तक तुम्हें लिवा ले जा सकता हूँ।

परन्तु इससे ख्याति-कुख्याति, इज्जत-बदनामी, जो भी होगी उसका दायित्व तुम्हारा होगा, मेरा कोई दोष नहीं।''

जयन्ती थोड़ी देर तक किंकर्त्तव्यविमूढ़ बनी चुपचात शान्त रही। उसके बाद बोली–''इस सबसे वह अधिक महान है। देवधुनी नाच देखने का बहुत मन हो आया है। यदि संभव हुआ तो आज देवता के निकट लौट जाऊँगी, अन्यथा फिर मनुष्य के पास ही लौट आऊँगी। आज मनसा देवी की पूजा की तिथि है। अतः अब और अवहेलना मत करो, टालो-टूलो मत। जल्दी करो, चलो। तुम तो बाँस के प्राणों को भी पहचानते हो, फिर मनुष्य के प्राणों को क्या नहीं समझ सकते? चलो, इज्जत-बेइज्जत जो भी होगी, मेरी होगी।''

उसी रात पैदल-पैदल ही मुख्य सड़क पर से ही गुजरते हुए वे सीधे बेलतला चले गए थे। बहुत कठिन बात के कारण ही जयन्ती की आत्मा को असहनीय आघात लगा है। मारे कष्ट के वह व्याकुल है। परन्तु उन सब बातों को वह उससे पूछ नहीं सका। उतनी रात गए सड़क पर बस वे ही दो मनुष्य चल रहे थे। परन्तु उनमें से किसी के मुँह से भी कोई बात नहीं निकल रही थी।

खेराई-पूजा-स्थल पर पहुँच जाने के बाद बेठाराम ने देखा कि उस पूजा में नृत्य करने के लिए तामूलपुर की जिस देवधुनी को आने की बात तय थी, वह आई ही नहीं। गाँव के लोग गाँव के ही किसी और को इसके लिए खड़ा करना चाहते थे, परन्तु बेठाराम ने जब जयन्ती के वहाँ आने, और नृत्य करने को तैयार हो सकने की बात बताई तो गाँव के सभापति इसके लिए तैयार हो गए। मृदंग और बाँसुरी के ताल-ताल पर थिरकते हुए जयन्ती ने जो नाचना शुरू किया तो बेठाराम को ऐसा लगा जैसे अँधियारी रात में सूर्य निकल आया हो। इस तरह वह लगातार लगभग चार घंटे तक नाचती रही। पूरे मैदान की घास मल-मसल उठी और धूल उड़ने लगी। सारी दर्शक प्रजा आश्चर्य से मन्त्र-मुग्ध हो गई। चार घंटे बाद वह धड़ाम से पृथ्वी पर गिर पड़ी। फिर बहुत देर तक उसी प्रकार पड़ी रही। उधर दर्शक प्रजा के लोग बार-बार पूछते जा रहे थे–''हे देवधुनी गाँव का क्या होगा, कैसा होगा गाँव का आगामी समय? देश की क्या दशा होगी?'' –परन्तु वह मुँह खोलकर कुछ भी नहीं बोली। कटे पेड़ की तरह एक ही जगह पड़ी रही।

सवेरे सूर्योदय काल तक बहुत सारे लोग प्रतीक्षा करते खड़े रहे, देवधुनी के मुँह से कुछ थोड़ी-सी भी भविष्यवाणी सुनने के लिए। परन्तु देवधुनी की इस असफलता पर बहुत से लोगों ने बेठाराम को बहुत सारी खरी-खोटी बातें सुनायीं।

दूसरे दिन भोर में चेतना फिरने पर जयन्ती बेठाराम को साथ लेकर वहीं पड़ोस के एक गाँव के एक मन्दिर में गई, वहाँ प्रतिष्ठापित मनसा देवी की पीतल

की मूर्ति का दर्शन करने के लिए। उसके ठीक पहले (बीते हुए) दिन को ही वहाँ मन्दिर में बड़े धूम-धाम से पूजा-अर्चना हुई थी। परन्तु जब ये दोनो वहाँ पहुँचे, तब उस समय वहाँ और कोई उपस्थित नहीं था। मन्दिर के मूर्त्तिस्थापना वाले छोटे से आसन वाले घर में कमल पुष्प पर ललित आसन में अभयदान की वरद मुद्रा में विराजमान देवी की मूर्त्ति को बाहर से देखकर ही जयन्ती की आँखों से धारासार आँसू झरने लगे। देवी की उस प्रतिमा में सर पर पाँच नाग फन फटकारे खड़े थे, उनके बायें हाथ में भी एक नाग लिपटा था। दाहिनी ओर उनके स्वामी जरत्कारु विराजमान थे, बाईं ओर पुत्र आस्तीक थे।

जयन्ती को उसके पिता जी ने ही इस देवी की कहानी बतलायी थी। वे अत्यन्त जाग्रत देवी थीं।

उन्हें साष्टांग (दण्डवत) प्रणाम कर उसने पूछा, "माँ! माँ! तुमने मुझे क्यों छोड़ दिया?" मेरा ऐसा तिरस्कार क्यों किया?"

पीतल की बनी देवी (मूर्त्ति) अपनी जगह अडिग, स्थिर, निस्पन्द बनी रहीं, सारी बातें सुनती रही, परन्तु कुछ भी उत्तर नहीं दिया। संभवत जयन्ती के पिता जी अबसे बहुत साल पहले इस मनसा देवी के पास दर्शनार्थ आए थे। कोच राजाओं के जमाने से बहुत पहले से ही ये देवी यहीं विराजमान हैं। उस समय जयन्ती बहुत छोटी थी। किसी एक किसान ने हल जोतते हुए इस मूर्त्ति को पाया था, फिर यहाँ लाकर उसकी प्रतिष्ठापना कर दी थी।

बहुत देर तक नाना प्रकार से चिरौरी-विनती, क्षमा-प्रार्थना करते रहने के बाद भी जब देवी का कोई शब्द वह सुन नहीं सकी तब जयन्ती ने समझ लिया कि अब देवी ने उसका परित्याग कर दिया है।

उसके मन की कातर दशा को समझकर बेठाराम ने कहा था, "अब यहाँ से चलो, जयन्ती! यह कठकरेजी, वज्र जैसे कठोर, निष्करुण हृदयवाली देवी कुछ नहीं बोलेगी। चलो मन्दिर की ओर चलें। वशिष्ठ गंगा में स्नान कर वहाँ के मन्दिर में पूजा करो। इससे तुम सर्वथा स्वस्थ और शुद्ध हो जाओगी। यह अन्धी, गूँगी, कठोर हृदया।"

जयन्ती का कष्ट देखकर बेठाराम का हृदय पसीज गया था।

"मन्दिर में जाकर क्या होगा? क्या आप समझते है कि मैं फिर से कुमारी हो सकती हूँ? क्या फिर देवता का कंगन पहन सकूँगी?" –जयन्ती की आँखों से आँसू छलक पड़े, गला भी रुँध गया।

बेठाराम ने उत्तर दिया, "इतना सारा ज्ञान जानता होता, तब तो मैं नवराम ओझा ही हो गया होता। मैं अपने बचपन से ही देखता आ रहा हूँ कि ओझा जी

जब भी गुवाहाटी आते हैं तो यहाँ इस मन्दिर में आकर पूजा-अर्चना करते हैं, उसके बाद वहाँ जाते हैं। अतः और कुछ यदि न भी हो तो तुम्हारे पिता जी इससे सुखी-सन्तुष्ट होंगे। और इतना क्या कुछ कम है? चलो।"

जयन्ती ने बेठाराम की बातों का हृदय से विश्वास किया। अपनी बहुत छोटी अवस्था से ही वह वसिष्ठ मुनि की तपस्या की कहानी सुनती आ रही है। वसिष्ठ गंगा में स्नान करने से देह खो देनेवाला आदमी भी फिर से अपनी देह पा जाता है। अतः कौन जानता है शायद वह भी वहाँ अपनी खो दी गई कुमारी देह को फिर से ज्यों-की-त्यों पा जाए? अतः बेठाराम के साथ-साथ वह वसिष्ठ आश्रम जा पहुँची। वहाँ उसने वसिष्ठ गंगा में स्नान किया और फिर मन्दिर में भीतर चली गई।

बेठाराम वहां उसे पहुँचाकर वहीं छोड़ आया है। आज उसके अपने सारे काम़-काज का भारी नुकसान हो गया है, अपना कोई भी काम नहीं कर सका है। न न्यायालय में जूरी का फैसला सुनने जा सका और न अपने कार्यालय के काम पर ही जा सका। इस तरह सारी बातें कह सुनाने के बाद बेठाराम ने उनसे कहा, "अगर आप अपनी मोटरकार ले जाकर उसे लिवा ले आएँ, तो मेरी भी जान बचे।"

दुदू उसकी बातें बहुत ध्यान देकर अत्यन्त तन्मय होकर सुन रहा था। जयन्ती के मन का तूफान इतना प्रबल हो उठा था, इसकी तो उसे कल्पना तक नहीं थी। उसने नवीन से कहा; "तुम यहीं ठहरो। मैं स्वयं जाकर उसे ले आता हूँ। अब मेरा हृदय शान्त हो गया है, सारी दुश्चिन्ताएँ समाप्त हो गईं हैं। वह सम्भवतः शान्ति की खोज में संलग्न है।"

दुदू के मुँह की ओर निहारकर और उसके भावों को समझकर बेठाराम को भी बहुत सुकून मिला, उसकी भी चिन्ताएँ दूर हो गईं। हो सकता है कि उसने इसमें उसका कोई दोष नहीं समझा हो। जयन्ती तो अब उसकी नहीं है, देवता की भी नहीं है। देवता के चंगुल से देवधुनी को निकाल ले आकर अपना निजी बना लेने की शक्ति उसमें नहीं थी। वह शक्ति दुदू के पास ही है। उसके द्वारा बनवाई गई विवाह-अनुबन्ध निश्चित करने की अंगूठी पहनने से इनकार कर दिया, जबकि दुदू बिना अंगूठी पहनाए ही उसे अपने घर लिवा ले गया। नवराम ओझा जैसा आदमी भी एक बात भी नहीं बोल सका, अपने अन्दर-ही-अन्दर जल-भुनकर राख होकर अब संसार त्याग कर वैतरणी पार होने के लिए दिन गिन रहा है।

दुदू के पीछे-पीछे कुछ दूर तक चलकर उसने पूछा, "मुझे भी साथ चलने की ज़रूरत होगी क्या?"

"नहीं, इसकी ज़रूरत नहीं। तुम नहा-धोकर तैयार रहो। मैं उधर से आकर

तुम्हें कार्यालय तक पहुँचा दूँगा। सदानन्द बड़े पिता जी तुम्हारे बारे में खोज-पूछ कर रहे थे।"

दुदू चला गया।

सामने की पुष्करणी (छोटी पोखरी) मे डुबकी लगाकर भींगे गमछे को लपेटे हुए ही नवीन के सामने से घर के अन्दर चला गया, फिर कपड़े बदलकर उसने चाय बनाई और पहले नवीन को चाय पिलाकर फिर खुद भी पी।

घर के अन्दर जाकर बेठाराम की खाट पर थोड़ी देर के लिए नवीन लेट गया। तनिक में ही उसकी आँखों की पलकें मुँद गयीं। घर फर्श पर ही एक कपड़ा बिछाकर बेठाराम भी लेट गया।

उधर दुदू तब तक मन्दिर में पहुँच गया। मन्दिर के प्रवेश द्वार पर खड़े होकर दुदू एक-एक तीर्थ यात्री दर्शनार्थियों को ध्यान से लक्ष्य करने लगा। सभी धर्म-निष्ठा वाले आस्तिक प्रकृति के लोग थे। दल-के-दल दर्शनार्थी मन्दिर के अन्दर जा रहे थे, अन्दर से बाहर निकल रहे थे।

लगभग पन्द्रह मिनट तक वहाँ खड़े रहने के बाद मन्दिर के अन्दर से जयन्ती बाहर निकली। दुदू के पास आने पर उसे देख वह आश्चर्य के मारे स्तम्भित-सी हो गई। परन्तु शीघ्र ही उसने अपने आप को सँभाल लिया। फिर मुस्कराते हुए पूछ बैठी, " देवता ने अपनी ओर ही खींच लिया है, ऐसा समझकर डर गए क्या?"

"तुम्हारी पूजा-अर्चना पूरी हो गई या नहीं?"

"हो गई।"

"तो फिर आओ चलो। मैं अपनी मोटर लिये हुए आया हूँ।"

जयन्ती और दुदू बाहर निकल आए। मोटर के पास पहुँचकर जयन्ती खड़ी हो गई। फिर उसने पूछा, "कल जो कुछ घटित हो गया, उसके बाद भी आप मुझे प्यार कर सकेंगे क्या?" उर्वशी जैसे पत्थर शिला बनी हुई है, उसी तरह पाषाण-शिला बनी रहकर ही मैं शान्ति पा सकूँगी। मेरे अन्तरतम हृदय के देवता विदा हो गए, मैं सचमुच पाषाण-शिला हो गई।"

दुदू ने उसे अपनी बाहों में समेट लिया। फिर उसे प्यार से चूमते हुए उसने कहा, "नहीं, तुम पाषाण-शिला नहीं हो, तुम तो देवधुनी हो।"

"नहीं, मैं अब और देवधुनी नहीं रह गई। देवता मुझे त्याग गए। मैं कहीं भागकर भी नहीं जा सकती। आप स्त्री जाति की बात कुछ भी नहीं जानते। मैं इस वेला में अविवाहित ही रह जाना नहीं चाहती।"

दुदू ने जयन्ती के मुख की ओर बहुत ध्यान से देखा। उसने अनुभव किया कि इस जयन्ती के मुख से वस्तुतः प्राचीन भारतीय समाज ही बोल रहा है। उसकी तरह

से वह पुराने संस्कारों को तोड़ देना नहीं चाहती। इस समय वह एक साधारण भारतीय स्त्री है। उसका यौन-क्रान्ति ला देने का सपना टूटकर चकनाचूर हो गया।

"तो क्या तुम विवाह-संस्कार करवाना चाहती हो? विवाह-संस्कार न होने से क्या तुम समझती हो कि कोई एक बहुत बड़ा अभाव रह गया है?"—दुदू ने पूछा।

"हाँ, रह गया है।"

"क्या अभाव रह गया है?"

"आज मेरा अपना कहने को कुछ भी नहीं रह गया है। मेरी यह देह भी अब तुम्हारी हो चुकी है, मेरे उदर में पल रही सन्तान भी तुम्हारी है। मैं जो चल-फिर रही हूँ, खा-पी रही हूँ, सब कुछ का खर्च तुम्हारा है। मेरा अपना मन भी केवल तुम्हारे अन्दर से ही, तुम्हारे माध्यम से ही अभिव्यक्त होता है। मैं तो अपना सभी कुछ खो चुकी हूँ। अब तो मैं बस एक दासी हूँ, देवधुनी नहीं।" इतना कहते-कहते जयन्ती के मुँह से अनजाने ही एक अमर्षपूर्ण कड़ी बात भी निकल गई, "तुम आग के एक गोले हो और मैं उसके जलावन का ईंधन भर। खरपतवार भर। अब मेरी पूरी देह के पोर-पोर में जलन-ही-जलन है।"

दुदू ने पूछा, "तो तुम क्या मुझे छोड़ जाना चाहती हो?"

"अब छोड़ जाने का कोई उपाय ही नहीं। मैं अपने घर जा नहीं सकती। देवधुनी भी नहीं बन सकती। किसी और की भी नहीं बन सकती।"

दुदू बहुत देर तक चिन्ता मन सोचता रहा, फिर उसने कहा, "सन्तान का जन्म हो जाने के बाद तुम फिर से देवधुनी हो जाओगी। तुम क्या समझती हो?"

"नहीं, यह अब संभव नहीं है। अब इस जूठी देह में देवता कभी लौटकर नहीं आ सकते।

दुदू का हृदय विकल हो उठा। वह सोचने लगा, आखिर अब वह करे क्या? विवाह-संस्कार से मुक्त प्रेम का यही अन्त है क्या? आधुनिक ज्ञान-विज्ञान ने जयन्ती के मन को छुआ तक नहीं है। उसकी बुद्धि में विवाह-हीन-प्रेम का यह परीक्षण समा ही नहीं सका है, अतः इस परीक्षा के निकष पर वह बलि नहीं होना चाहती। वस्तुतः उसका देवता है, उसका ही उदात्त मन (सुपर इगो)। उसका वही उदात्त मन अब उसे देवधुनी बनना छोड़कर गृहिणी बनने को प्रेरित कर रहा है। अब इस प्रबल इच्छा में वह कोई हेर-फेर, बदलाव नहीं कर सकती। और वह स्वयं भी उसे तिरस्कृत कर यूँ ही छोड़कर जा नहीं सकता।"

उसने मुँह खोलकर कहा, "चलो, थोड़ा घूमने चलें। कुछ देर तक गम्भीरतापूर्वक विचार किए बगैर मैं कुछ भी नहीं कर सकता।"

दोनों कदम-कदम बढ़ने लगे। बसिष्ठ झरने को पार कर जंगल की टेढ़ी-मेढ़ी

पगडंडी से होते हुए वे वन में भीतर चले गए। जयन्ती ने अनुभव किया कि दुदू की आँखें कहीं बहुत दूर लक्ष्य किए हुए हैं। वह गहन चिन्ता में खोया हुआ है। कुछ और दूर तक चल लेने के बाद जयन्ती ने पूछा, "इस ओर अभी और कहाँ तक जाएँगे? सारा-का-सारा तो बस जंगल-ही-जंगल है।"

दुदू ने उत्तर दिया, "किसी एक उचित निर्णय पर पहुँचे बग़ैर मैं लौटना नहीं चाहता। मैंने तुमसे विवाह न करने का संकल्प क्यों किया था? क्या तुम नहीं जानती?"

जयन्ती ने सिर हिलाया। हाँ, वह जानती है। एक समय के बाद विवाह बोझ हो जाते हैं। विशेषतः विवाह संबंधी नैतिकता। पुरुष नयी स्त्री चाहने लगता है, स्त्री नये-नये पुरुष की कामना करने लगती है। तब अपने अन्तर्मन की यौन-कामना को दमित करने का मतलब है दूसरे व्यक्ति की दासता स्वीकार करना। जयन्ती दुदू के अलावा भी बेठाराम और रविचन्द्र जी को भी चाहती है। परन्तु उन लोगों को छोड़ अब वह केवल दुदू को ही पा लेना चाहती है। और तो और, अब तो उसने अपने इष्ट-देवता का भी परित्याग कर दिया है। उसके लिए मानो ईश्वर के बाद दुदू ही सब कुछ है। अब उसे एक पुरुष की ज़रूरत है। ज़रूरत है एक स्वामी की। वह दासी बन जाना चाहती है। तभी जयन्ती ने कहा, "समाज की परवाह न कर उसे छोड़ देने की शक्ति मुझमें भी नहीं है, तुममें भी नहीं है। और अगर तुम ऐसे ही समाज-विरोधी हो, समाज की कोई परवाह नहीं करते, तो फिर आज मुझे खोजते-ढूँढते हुए यहाँ क्यों आए? भय के कारण नहीं क्या?"

दुदू इस बात से इनकार नहीं कर सका कि आज जयन्ती को लौटा ले जाने की उसकी इच्छा के माध्यम से उसकी प्रबल यौन-आसक्ति ही अभिव्यक्त हुई है। उसे अपना बना लेने की कामना उसमें अत्यन्त प्रखर हो उठी है।

"ठीक ही तो है। सचमुच ही मैं एक पाखण्डी हूँ।"—दुदू ने मन-ही-मन कहा, "मैं भी अन्य सारे दूसरे गृहस्थ पतियों की तरह ही ईर्ष्यालु हूँ, स्त्री के प्रति आसक्त हूँ और अपने बल-पौरुष के लिए गर्व का अनुभव करनेवाला हूँ। यदि सचमुच ही जयन्ती भी मेरी ही तरह स्वाधीन-स्वच्छन्द है, तो फिर आज उसे उसी तरह मुक्त क्यों नहीं रहने दिया? मेरे उद्वेगों का मेरी परेशानियों का मूल कारण क्या है? निश्चय ही समाज की प्रबल सचेतनता ही है। नवराम ओझा द्वारा किए जा रहे सत्याग्रह को अग्राह्य कर देने, उसकी ओर से बिलकुल ही निर्लिप्त हो रहने की शक्ति भी मुझमें नहीं है। समाज की चोट को, समाज की प्रताड़ना को तिरस्कृत करते निर्द्वन्द्व चला नहीं जा सकता। "कभी दूर भविष्य में विवाह जीवन का बोझ हो उठेगा" यह मानकर आज विवाह न करवाने की आखिर सार्थकता ही क्या है?

बहुगामिता केवल साधारण समाज की ही नहीं, मेरी अपनी भी अन्दरूनी ख्वाहिश नहीं है।"

अचानक ही दुदू के मन में ऐसा भाव उठा, कि उसने अनुभव किया कि उसके पिता जी ने यौन-मुक्ति के लिए जो कुछ किया, वही समाज के लिए एक मात्र यौन-मुक्ति का रास्ता नहीं है। बल्कि वह तो एक व्यतिक्रम है। नियम से भिन्न बेनियम की एक मिसाल भर। उनका पहला विवाह संबंध नष्ट हो गया, विवाहेतर प्रेम की वज़ह से, और दूसरा प्रेम-मिलन बर्बाद हो गया विवाह न हो पाने की वज़ह से। इन दोनों ही क्षेत्रों में विवाह की एक महत्त्वपूर्ण भूमिका थी, विवाह एक पुष्ट आधार था। विवाह एक मानक है। नियमाधार है। उसके माध्यम से ही स्त्री-पुरुष का मिलन समाज-स्वीकृत होता है, समाजोचित बनता है, समाज को ग्राह्य होता है। विवाह कभी-कभी टूटता है, कभी-कभी बोझ बन जाता है। सुधार करने की स्वतन्त्रता होने पर भी या चेष्टा करने पर भी छोटे से जीवन में उसका प्रयोग कर पाना सदा संभव नहीं हो पाता। अबाध स्वाधीनता, बिना किसी भी रोक-टोक के निपट स्वच्छन्दता जान पड़ता है, असम्भव है।

चलते-चलते वे दोनों चोरी-छिपे शराब बनाने-वाले और शराब की काला बाज़ारी करने वाले एक शराब-व्यापारी के मकान पर पहुँच गए। उन्हें देखकर उस घर के छोटे-छोटे बच्चे-बच्चियाँ तक भयभीत-परेशान हो गए। उनकी ऐसी दशा देखकर दोनों ही हँस पड़े, फिर उस घर को वहीं छोड़कर वेऔर आगे बढ़े, थोड़ी दूर आगे एक ऐसे घर पर पहुँच गए जिसे लोग छोड़ जा चुके थे। उस सुनसान पड़े घर में दोनो अन्दर चले गए। उन्होंने देखा कि उस घर में संघ की प्रचार सामग्री संबंधी कई बैनर और प्रचार पत्रादि पड़े हुए हैं। यह देख दुदू को बहुत कौतूहल हुआ। उसने बहुत मनोयोग से उन कागज-पत्रों को देखा वह जानता था कि यह बन-जंगल-झाड़ का इलाका नवीन के संघ के कार्यकत्ताओं के लिए कोई अपरिचित स्थान नहीं है।

जयन्ती उस घर के पिछवाड़ें की ओर निकल आई। वहाँ खड़ी होकर उसने उस ऊँची पहाड़ी से नीचे की ओर ढलती गई पगडंडी की ओर गौर से निहारा। उस घर के पीछे की ओर ही वसिष्ठ-गंगा प्रवाहित थी। और उसके पास में ही थी अरुन्धती। वहाँ अरुन्धती एक विशाल पाषाण-शिला बनकर पड़ी हुई है।

उसी चमचमाती विशाल पाषाण शिला के पास बैठकर दोनों आपस में बातचीत करने लगे। उस जन-मानुषहीन सुनसान जंगल में वे दोनों पूरी तरह से एकात्म हो गए। जयन्ती ने स्पष्ट रूप से, बिना किसी संकोच के कह दिया कि वह अब लौटकर फिर अपने गाँव नहीं जाना चाहती। अपने उस गाँव में वह अब

अपनी वह मर्यादा फिर से नहीं पा सकेगी। वहाँ अब उसके लिए कोई जगह नहीं। अब वह शहर का नागरिक होने का ही प्रयत्न करेगी। परन्तु विवाह किए बग़ैर वह एक सभ्य नागरिक नहीं बन सकेगी अब। यदि ऐसा न हो पाया तो वह दुदू से सामाजिक दृष्टि से सदा के लिए अलग-थलग हो जाएगी। और अब तो जहाँ तक आ पहुँचे हैं वहाँ से लौट जाने का भी उपाय किसी को नहीं है। गर्भस्थ सन्तान ने ही उन्हें एक-दूसरे के और अधिक करीब ला दिया है। ऐसी परिस्थिति में यदि विवाह संस्कार सम्पन्न हो जाता है तब तो जयन्ती के पिताजी भी शान्तिपूर्वक मर सकेंगे।

जाने क्यों उस क्षण दुदू को ऐसा अनुभव हुआ कि जयन्ती द्वारा कही गई ये बातें अक्षरशः सत्य हैं। जब कि दूसरी ओर उसके अपने निजी विचार अवास्तविक, काल्पनिक उड़ान भर जान पड़ने लगे। विवाह के बदले उसकी जगह कोई और व्यवस्था जयन्ती को सन्तुष्ट नहीं कर सकेगी। वह इस तरह प्रेमिका-रखैल के रूप में संबंध बनाए रखने की इच्छुक नहीं है। गाँव के लोग उसे 'रखैल' ही कहने लगे हैं। उनके द्वारा दिया गया यह बदनाम उससे सहा नहीं गया।

अब वह समझ सका कि अकेले-अकेले वह अगर उसे 'मोती' कहकर पुकारे तो मात्र इतने से ही वह मोती नहीं हो पाएगी। फलतः वह जिस मानसिक-यंत्रणा में जकड़ी हुई कष्ट पा रही थी, उस मानसिक-यन्त्रणा से उसे शीघ्र ही मुक्ति दिलाने का उसने निश्चय किया।

अपनी ज़ेब में से गले के हार को निकाल कर अपनी हथेली पर रखकर उसे दिखाते हुए उसने पूछा, "यह हार तुम किसे दे आई थी? अपने आराध्य देवता को?"

अभी उस क्षण तक हार के खो जाने का पता जयन्ती को नहीं था। अब उसे सहसा देखकर उसका हृदय आनन्द के मारे नाच उठा।

उसके गले में पड़ी बहुत पुरानी अत्यन्त दुर्लभ बहुमूल मणिमाला के पास ही हार को पहनाते समय जयन्ती कोमल-मसृण उरोजों से दुदू के हाथ छुवा गए। फिर उसने भावावेश से विजड़ित अवरुद्ध कण्ठ से कहा, "तुम्हारे लिए मैं आज अपनी परीक्षा-निरीक्षा के प्रयोग के काम को सामयिक रूप से तिलांजलि दे रहा हूँ। मैं तुम्हें वचन दे रहा हूँ। मेरे बड़े पिता जी ने भी परामर्श दे दिया है, अब हमारा विवाह-संस्कार सम्पन्न होगा।"

इतनी बात कहते-कहते उसकी आँखों में आँसू भर आए। उसने अनुभव किया कि समाज के सामने उसकी यौन-क्रान्ति करने की सारी योजना पराजित हो गई है। परन्तु इससे जयन्ती के निकट वह निश्चय ही महान् हो गया है।

कुछ समय बाद वे दोनों ही एक-दूसरे में अपने-आप को विलीन कर अरुन्धती शिला के पास बैठे रहे।

उस समय शहर के प्रख्यात सिनेमा हाल बिजुली सिनेमा में चम्पा एवं उसके सहयोगियों द्वारा निर्मित फिल्म के व्यापारिक प्रदर्शन का शुभ मुहूर्त्त पूरा हो समाप्त हुआ था। उसे देखने के लिए वहाँ शहर के सभी गण्यमान्य व्यक्ति आए हुए थे। बरदलै जी ने भी अपना शुभ-कामना सन्देश पठाया था। अभी जल्दी ही जेल की सजा काटकर छूटे हुए सुन्दर राभा को उद्घाटनकर्त्ता के रूप में आमन्त्रित किया गया था। अपने अत्यन्त मधुर उद्घाटन भाषण में राभा जी ने उस फिल्म के निर्माण, उसकी कथा और क्रान्ति के संबन्ध में विस्तार से इतनी सरसता से बतलाया कि उपस्थित सभी श्रेष्ठ वक्ताओं, दर्शकों, श्रोताओं ने बार-बार तालियाँ बजा-बजाकर अपना आनन्द व्यक्त किया। दर्शकों की अपार भीड़ के अलावा वहाँ सिनेमा हाल के बाहर मुख्य सड़क पर मोटर कारों, ताँगों-इक्कों की भारी भीड़ जमा हो गई थी।

सुदर्शना जब अपने पिताजी, माकन और माकन के पिताजी को घर ले जाने के लिए बाहर निकलकर अपनी मोटरकार के पास पहुँची, तो उसके पीछे की कार में आकर बैठ रहे सदानन्द बरुआ और रंजीत से उसका आमना-सामना हो गया। अचानक ही उनकी एक-दूसरे से यह भेंट-मुलाकात हो गई।

अपनी बैसाखियों के सहारे एक ही जगह स्थिर खड़े होकर रंजीत सुदर्शना की ओर एकटक निहारे जा रहा था। सुदर्शना अपनी कार से निकलकर नीचे उतर आई और कदम-कदम चलते हुए उसके बिलकुल करीब जाकर खड़ी हो गई। रंजीत की दशा देखकर उसे अन्दर से जोर की रुलाई आ गई परन्तु बाहर से अपने आप को पूरी तरह संयमित रखते हुए उसने रंजीत से पूछा, "यह वृत्त-चित्र (फिल्म) आप को कैसा लगा?"

"इस वृत्त में कोई जान ही नहीं है। कोई कहानी भी तो नहीं है। बस तरह-तरह की भावुकताओं से भरी-ठूँसी गँठरी भर। केवल बस एक ही चीज़ तारीफ के लायक है। चम्पा के गीत बहुत ही मनमोहक लगे। सभी लोग उन्हें ही देखते रहे।"– रंजीत ने उत्तर दिया, "वृत्त चित्र (सिनेमा फिल्म) की अपेक्षा जीवन अधिक रसमय है, मधुर है। तुम्हारा क्या विचार है?"

"हाँ, मैं तो अब जाकर जीवन को समझ पा सकी हूँ। मनुष्य जो चाहता है, उसे समझ नहीं पाता। तुम क्या कहते हो?" सुदर्शना ने मुस्कराते हुए उत्तर दिया।

"जो पा सका है, उससे ही सन्तुष्ट रहने में ही भला है। हाँ, क्रान्तिकारी-विद्रोही ही अधिक कुछ की चाह रखते हैं। कभी पा भी जाते हैं। कभी नहीं पा पाते, हाथ मलते रह जाते हैं।"– रंजीत ने उदास-दुःखी मन से विचार व्यक्त किया।

सुदर्शना ने रंजीत के कटे हुए पैर की ओर देखते हुए धीरे-धीरे पूछा, "आप नहीं करेंगे क्या?"

रंजीत का हृदय दहल गया। और कोई न सुन पाए अतः उसने धीमे-धीमे कहा, "अब इस समय मैं समझ गया हूँ कि प्रथम प्रेम ही असली प्रेम होता है। अब मैं कभी विवाह नहीं करूँगा।"

रंजीत के मुँह को ध्यान से देखते हुए सुदर्शना ने मुस्कराते हुए कहा, "एक दिन अपराजिता को देखने आइएगा।"

"अपराजिता?" आनन्द और आश्चर्य के भाव से विह्वल हो रंजीत ने पूछा। उसने अनुभव किया कि वह अभी भी उसे भूल नहीं सकी है। उसकी इस कृतज्ञता के प्रति उसका हृदय मारे आह्लाद से भर उठा। उसने प्रसन्नतापूर्वक कहा, "ठीक है, आऊँगा।"

सुदर्शना अपनी मोटरकार में चली गई। रंजीत अपने पिता जी की मोटरकार में जा बैठा। मोटरकार में सदानन्द बरूआ के साथ सिराजुद्दीन हजरिका भी बैठे थे। दोनों सज्जन दैनिक समाचार-पत्र प्रकाशित करने के संबंध में विचार-विमर्श कर रहे थे। बरूआ जी के मन में अधिक उत्साह नहीं था। रंजीत के साथ माकन का विवाह होना जो स्थिर हुआ था, बाद में उस संबन्ध के टूट जाने से उनका मन भी टूट गया था, हर एक काम से उनका उत्साह जाता रहा था। उनके व्यापार-वाणिज्य में उधार में धन लगाने वाले उनके वित्तपोषक साथी अग्रवाल की हत्या कर दिए जाने के बाद से ही उनका मन गिरना शुरू हो गया था। वह व्यापारी आदमी उनका सचमुच ही अत्यन्त हितैषी था।

चाय-बागान के मज़दूरों की रोज़-रोज़ की नाना प्रकार की माँगों को पूरा करने में चाय-बागान चलाने का खर्चा बढ़ता ही जा रहा है, अब तो उसे सँभाल पाना भी कठिन हो गया है। प्रबन्ध सुचारु रखना भी मुश्किल हो गया है। अब तो वे उसे अकेले-अकेले सँभाल नहीं पा रहे हैं। फूकन परिवार के बड़े-बूढ़े महा आलसी हैं, काम करने से जी चुराने वाले। एक नवयुवक बेटा है भी सो महा कामुक। उत्तरदायहीन। उन पर कोई भरोसा करना उचित ही नहीं हैं।

बेलतला की ज़मींदारी की खेती-बारी से उपजी फसल का अनाज किसी के भी गोदाम में नहीं लाया जा सका। आन्दोलन या क्रान्ति का मूल उद्देश्य पूरा हो या न हो, छोटा लक्ष्य तो पूरा हो गया। "असम के कई जमींदार मर-खप गए है।

बरुआ जी द्वारा कही गई इस बात से उनके अन्तर का क्षोभ-दुःख व्यक्त हो रहा था।

फिर भी जब कि वे बरदलै जी को वचन दे ही चुके हैं तो फिर उस वचन से पीछे हटने का प्रश्न ही नहीं उठता। दैनिक समाचार पत्र प्रकाशित करेंगे ही।

सिराजुद्दीन मोटरकार में बरुआ जी की बगल में बैठे-बैठे बातें करते गए थे। वे बरदलै जी की बातें कर रहे थे।– बरदलै जी ने यदि विशेष ज़ोर देकर अनुरोध न किया होता, तो बहुत संभव है प्रोफसर रचिन्द्र जी स्वयं आकर उनके साथ मिलते और व्यापार-वाणिज्य के काम में जुट गए होते। परन्तु उन्हें इस जंजाल में घसीट लाने की इच्छा सिराजुद्दीन जी की बिलकुल ही नहीं है। ऐसा करने से असम की शिक्षा-दीक्षा एवं बौद्धिक क्रिया-कलापों के विकास के क्षेत्र में भारी क्षति होगी। यही कारण है कि वे खुद ही बरुआ जी के साथ मिलकर व्यापार के काम को आगे बढ़ाने का विचार कर रहे हैं।

हजारिका जी की बातें सुनकर बरुआ जी को बड़ी तसल्ली हुई। हजारिका जी यदि उनके प्रबन्ध के कार्य कें सहयोग देने लगें तब तो उनका खोया उत्साह फिर से वापस आ जाएगा। बरुआ जी ने कहा– ''यदि इस काम में आप सहयोग दें तो मैं अपनी पूरी क्षमता से सारी ताकत लगाते हुए इसमें जुट जाऊँगा। बरदलै जी ने मुझे बहुत ज़ोर देकर इसके लिए पकड़ रखा है।''

सिराजुद्दीन हजारिका ने बरुआ जी के मन की इस भरी थकान के मूल कारण को तहेदिल से समझ लिया कि उनकी थकावट का कारण आखिर है क्या? वे इतने लम्बे अरसे से अकेले-अकेले ही लगभग एक भारी साम्राज्य सँभालते चले आ रहे थे। उन्होंने मन में भावना सँजो रखी थी कि अपने बेटे के पीछे तो बस अँधेरा-ही-अँधेरा है। कौन उपभोग करेगा इस अपार सम्पत्ति का?''

''एक बात कहना चाहता हूँ, बरुआ जी।''

''कौन-सी बात?''

''क्या आदमी केवल अपने लिए या अपने परिवार के लिए ही धन-सम्पत्ति का उपार्जन करता है? ये तथा-कथित समाजवादी हमारी चाहे जितनी भी निन्दा क्यों न करें, हमारा विचार है कि, व्यक्तिगत सम्पत्ति का भी असली उद्देशय देश की सेवा करना ही है। अगर इस समय एक दैनिक समाचार-पत्र प्रकाशित होकर देश के जन-समुदाय में फैलाया जाता है तो इस समय उससे देश की उन्नति होगी। बरदलै जी और प्रोफेसर साहब ने भी हमें इसके लिए प्रेरित किया है। नवीन बनेगा इसका संपादक।''

हजारिका की बात सुनकर बरुआ जी को हार्दिक प्रसन्नता हुई। उन्होंने रंजीत

की ओर देखकर कहा, "तुम क्या कहते हो, रंजीत? नवीन को संपादक बनाकर दैनिक समाचार-पत्र प्रकाशित करने में कोई विशेष खतरा है क्या।"

"बिलकुल नहीं। यदि हो भी तो बहुत मामूली किस्म का"– रंजीत ने उत्तर दिया, "मैं तो आप लोगों के साथ इस संबध में कोई बात कर ही नहीं पाया पिताजी। देश की इस महा संकटपूर्ण सिथति में पंगु–असमर्थ व्यक्ति भी साहसपूर्वक उठ खड़े हुए हैं, उस महान् पियलि फूकन (सन् 1830ई० के स्वतन्त्रता संग्राम के शहीद) की तरह। यदि दैनिक समाचार-पत्र प्रकाशित होता है, तो मैं भी उसमें अपना सहयोग दूँगा।"

बेटे के उत्साह को देखकर बरुआ जी के मन में अब तक घर किए बैठी सारी निराशा यकायक समाप्त हो गई। (उदासी-हीनमन्यता के बादल छँट गए) उन्होंने हजारिका से कहा, "तो फिर आइए, इस संबन्ध में निश्चित विचार स्थिर कर लें। यदि इस महीने के अन्दर-अन्दर ही प्रकाशित कर ले सकें तो बहुत अच्छा हो।"

फिर तो वे तीनों ही समाचार-पत्र प्रकाशन के संबंध में ही बातें करते-करते हजारिका जी के घर पहुँच गए। वह हजारिका जी को उनके मकान पर उतारकर रंजीत वग़ैरह अपने घर चले गए।

उसी समय उधर उच्च न्यायलय में जूरी का विचार आरंभ हो गया था। भारी ज्वर की दशा में होने पर माणिका को साथ लेकर उसके सहारे नवराम ओझा, ज्वर-ग्रस्तदेह से ही न्यायालय जा पहुँचे और जूरी विचार-पतियों (न्यायधीशों) के साथ आसन पर बैठकर सत्र न्यायालय (सेशन कोर्ट) की राय पर विवेचना करने लगे। जनता के समूह से उस समय पूरा न्यायालय ठसाठस भरा हुआ था। मुजरिम न्यायालय में खड़ा था। न्यायालय कक्ष के बाहर संघ के बहुत सारे कार्यकर्त्ता इकट्ठे हो गए थे। संघ पर से सरकार ने चूँकि प्रबिन्ध हटा लिया था, अतः अब तक जो कार्यकर्त्ता भूमिगत थे, वे भी प्रकट होकर न्यायालय की ओर दौड़े-दौड़े चले आए थे।

वे सब सबेरे से ही नवीन को देखने के लिए, उसका साथ पाने के लिए उतावले थे।

इस ओर विशुद्ध श्रेणी-संग्राम वर्ग-संघर्ष के रास्ते को अपनाने वाला वह नौजवान क्रान्तिकारी न्यायाधीश के न्यायलय में जीवन और मृत्यु की संधि की बेला की मानसिक-यन्त्रणा से जूझता हुआ परेशान अस्थिर था। शहीद पुकारे जाने से लोगों के मन में सद्भाव की जो मूर्ति खड़ी होती है, वैसी मूर्त्ति उसकी नहीं है।

सभी लोग सामने प्रत्यक्ष देख रहे हैं—हाथ में हथकड़ी पहने एक उदास, अत्यन्त दुर्बल-क्षीण, आशा-निराशा, जीवन और मृत्यु के भय के बीच हिचकोले खा रहे एक प्राण वाले नौजवान लडके को। एक बार वह आँखें उठाकर देखता है, बगल के बन्द कमरे की ओर जहाँ जूरी-न्यायाधीश बैठकर उसके दण्ड से उसे रिहाई देने या न देने की बात विचार कर फैसला देने में संलग्न हैं तो दूसरी बार वह खिड़की से बाहर की ओर देखता है जहाँ उसके सहयोगी कार्यकर्त्ता उत्कंठित चित्त से जूरी के फैसले को सुनने के लिए दम साधे खड़े है।

उस बेला में उसके मन में किस भाव का उदय हो रहा था? इसे कोई नहीं जानता, परन्तु उसका चेहरा देखकर सभी लोग यह अच्छी तरह समझ पा रहे थे कि वह बँच जाना चाहता है। जीवित रहना चाहता हैं।

वहाँ उपस्थित जन-समूह ने इस बीच इतना भर जान लिया है कि जूरी का विचार आधे-आधे पर है। जूरी के सदस्यों में से एक दल का विचार है कि "ऐसे भयानक किस्म के अपराधी को फाँसी की सज़ा देना ही उचित है, क्योंकि यह जानबूझ कर पहले से ही योजना बनाकर की गई पूर्व-परिकल्पित हत्या है। तो दूसरे दल का विचार है कि लड़के ने आदर्श के लिए हत्या की है, भयभीत दशा और परेशानी में पड़ कर नहीं। अतः उसे फाँसी की सजा से छुटकारा देकर कालेपानी भेज देना चाहिए, अथवा अगर यह संभव न हो तो आजन्म कारावास की सजा दी जानी चाहिए।"

वैसी दशा में उस समय केवल एक व्यक्ति के वोट पर उस नौजवान लड़के का जीवन-मरण निर्भर रह गया था। वे मन्मथ ठीकेदार के घर पर अतिथि के रूप में आकर ठहरे हुए थे। इसी वज़ह से कुछ लोग सीना ठोंककर कह रहे थे कि ऐसे व्यक्ति का वोट लड़के को मृत्यु-दण्ड देने के पक्ष में ही पड़ेगा। अतएव अब तो इस लड़के की मृत्यु अनिवार्य है।

कुछ अधिक सही खबर रखने वाले लोगों का कहना था कि जूरी का वह सदस्य व्यक्ति एक बहुत ही ऊँचे दर्ज़े का भक्त है। अतः वह वही करेगा जो सर्वथा उचित होगा।

न्यायालय कक्ष के एक किनारे एक बेंच पर बैठे-बैठे मणिका और रतिराम अत्यन्त गम्भीर हो न्यायालय में खड़े हुए उस लड़के की ओर देख रहे थे।

वे जानते थे कि नवराम ओझा जी क्या करेंगे।

वह नौजवान लड़का भी मणिका को पहचान गया था। वह मुस्कराने की कोशिश कर रहा था, परन्तु उसके मुँह से मुस्कराहट नहीं फूट पा रही थी। मणिका अपने हृदय से तो उसे अच्छा-भला लड़का नहीं कह पा रही थी। परन्तु उसे मृत्यु-दण्ड से छुटकारा दे दिए जाने की कामना कर रही थी। नवराम ओझा की,

सुन्दर विचारों की सुबुद्धि ने उसके भी विवेक को जगा दिया था।

कुछ देर बाद ही उन्हें सुनाई पड़ा कि एकत्रित भीड़ के लोग किसी की जय-जयकार कर रहे हैं।

कुछ देर बाद ही उनके बिलकुल पास आकर जयन्ती बैठ गई। उसके मुख-मण्डल पर प्रसन्नता के भाव स्पष्ट दिखाई पड़ रहे थे।

"तूँ कहाँ चली गई थी, जयन्ती?" रतिराम ने पूछा।

"वह सब बातें यहाँ न्यायलय में नहीं कर सकूँगी। बाद में सभी कुछ जान जाओगे।

उसकी बोली सुनकर रतिराम ने अनुमान लगा लिया कि दुदू इस बीच उससे मिल पाने में सफल हो गया है। उसके दिल से एक बड़ी दुश्चिता दूर हो गई। वह तो बस मन-ही-मन उन दोनों के विवाह होने की ही कामना कर रहा था। परन्तु उसकी बात कौन सुनता? वह तो बस एक मामूली-सा ड्राइवर भर है। यह सब बातें उससे कोई नहीं जाँचता-पूछता।

मणिका ने जयन्ती के कान में मुँह लगाकर फुसफुसाकर पूछा, " तुम्हारी देह में देवधुनी का भाव चढ़ आया था?"

"हाँ, लगभग वैसा ही समझो। मगर केवल देवता ही नहीं, आदमी के चक्कर में भी ऊभ-चूभ हो गई थी।"– जयन्ती के मुँह पर हँसी खेल गई। शरीर में सन्तोष-परितृप्ति का भाव उमड़ रहा था। वह भी समझ सकी कि दुदू के साथ इस बीच वह अपने हृदय के भाव से बातें कर आई है।

"पिताजी कैसे है?"– जयन्ती ने व्याकुल होकर मणिका से पूछा।

"अच्छे नहीं है।"– मणिका ने उत्तर दिया।

अचानक ही न्यायालय के बन्द कक्ष के किवाड़ खुल गए। न्यायालय के भीतर और बाहर जमा हुई भीड़ में लोगों में अचानक ही गुनगुनाहट की ध्वनि भर गई।

न्यायाधीश महोदय आकर अपनी कुर्सी पर बैठ गए। फिर उन्होंने जूरी-विचारकों की ओर देखा। उन लोगों में से सभी एक-एक कर उस कमरे से निकल आए और आकर न्यायाधीश के सामने की कुर्सियों पर बैठ गए। मुकदमे का विचार फिर शुरू हुआ।

न्यायाधीश ने जूरी के सदस्यों से अपने विचार प्रस्तुत करने को कहा। सारा-का-सारा न्यायालय पहले तो भारी कलरव से अनुगुंजित हो उठा परन्तु शीघ्र ही बिलकुल शान्त हो गया। क्या होता है, क्या नहीं होता है, यह जानने के लिए सभी दम साधे उत्कंठित हो गए थे। मुज़रिम नौजवान का शरीर काँपने लगा था। उसकी ऐसी दशा देखकर न्यायाधीश ने एक पुलिस जवान को एक कुर्सी ले जाकर उसके पास रखने का आदेश दिया। कुर्सी वहाँ पहुँचते-पहुँचते ही वह उसपर धम्म से

बैठ गया। फिर तुरन्त ही वह बाहर की ओर देखने लगा।

अपने सहकर्मियों के साथ नवीन को बात करते हुए खड़ा देखकर वह नवीन की ओर देखकर हँसने की कोशिश करने लगा। नवीन ने हाथ हिलाकर उसका स्वागत किया। तब उसने सर हिलाया। बिजली की-सी गति से दोनों की आँखों-आँखों से दोनों के मन-प्राण की बातों का आदान-प्रदान हो गया। संघ की दो धाराएँ आपस में मिल जाने की कोशिश करके भी बीच में से कट जाना चाहती थीं। परन्तु नवीन भूमिगत रहकर ही बम विस्फोट करने वाले उस नौजवान के सहयोगियों को समझा-बुझाकर उसकी ओर खींच लाया था। उस नौजवान को पत्र लिखकर उसने अपने विचारों को साफ-साफ बता दिया था।

नवीन समझ पा रहा था कि इस नौजवान के पहले विचारों में अब परिवर्तन हो गया है। उसकी आँखों की भाषा से उसके मत-परिवर्तन के भाव बिलकुल साफ-साफ झलक रहे थे। नवीन को वहाँ देखकर उसने मन-ही-मन एक आशा-आश्वासन के भाव का भी अनुभव किया, उसे साहस और सहारा मिला। वह अच्छी तरह जानता है कि नवीन संघ को सफलतापूर्वक चला ले जाएगा। उसके न रह जाने पर, उसके बिना भी आन्दोलन चलता रहेगा।

अबकी बार उसने बल और साहस के साथ जूरी के सदस्यों की ओर देखा। एक-एक कर प्रत्येक के मुख को देख लेने के बाद उसनेअपना सिर नीचा कर लिया। जूरी के सदस्यगण ही आज उसके जीवन-मरण के मालिक हैं।

यकायक एक लम्बे-चौड़े हृष्ट-पुष्ट शरीर वाले व्यक्ति उठे और जूरी के सदस्यों की लिखित राय को उन्होंने न्यायाधीश के सामने बढा दिया।

उपस्थित जन-समुदाय की आँखे अब जूरी के सदस्यों की ओर से हटकर न्यायाधीश की ओर जा लगीं। अनगिनत उन आँखों के साथ-साथ ही जयन्ती की आँखें भी उन्हीं पर जा पड़ी।

आज से पहले कभी और वह न्यायालय में नहीं आई थी। आज भी नहीं ही आई होती। परन्तु अपने पिता के पास आने के लिए उसका हृदय व्याकुल हो उठा था। उसके पिता के मन में 'मर जाऊँगा', 'मर जाऊँगा' का एक बुरा विचार जड़ बाँधे पैठ गया है। वस्तुतः उस भाव का मूल कारण वह स्वयं है।

हाँ, यह जरूर है कि उस विशेष क्षण तक उसने अपने पिता की कोई विशेष चिन्ता नहीं की थी। जूरी-विचारकर्त्ता की ही बातें सोच रही थी कि वे क्या राय देते हैं।

अचानक न्यायाधीश ने कागज पढ़ना पूरा कर लिया। फिर कागज़ को मेज़ पर रखकर कागज़ दबाने के एक गोले से उसे दबाकर रख दिया। फिर कुछ देर तक वे शान्त-मौन साधे रहे। उसके बाद उन्होंने कागज़ को फिर हाथ में उठा लिया,

थोड़ी-सी भूमिका बाँध लेने के बाद उन्होंने गुरु-गंभीर आवाज़ में जूरी के सदस्यों की राय को न्यायालय में पढ़ सुनाया।

राय पढ़ लेने के बाद एक बार उन्होंने जूरी-गणों की ओर देखा। उसके बाद मुज़रिम की ओर देखा। फिर गम्भीर स्वर में कहा, "न्यायालय मुज़रिम को मृत्यु-दण्ड से रिहाई देकर उसकी जगह उसे आजीवन कारावास की सज़ा का आदेश देती है।" यह घोषणा देकर ही वे न्यायाधीश आसन से उठ खड़े हुए फिर सीढ़ियों से उतरकर अपने कमरे में चले गए।

जूरी के सभी सदस्य भी अपनी-अपनी कुर्सियों से उठ खड़े हुए।

जयन्ती ने महसूस किया कि उस नौजवान लड़के के मुँह पर हँसी की एक रेखा चमक उठी है। परन्तु उसके मुँह से कोई बात नहीं निकली।

फिर उसे पुलिस अपने घेरे में लेकर चली गई।

अचानक ही मणिका को लगा कि नवराम ओझा लड़खड़ा रहे हैं। रतिराम को साथ लेकर वह ज्दी-से-जल्दी उनके पास गई और उन्हें सहारा देकर धीरे-धीरे बाहर लिवा ले आई। संघ के सारे कार्यकर्त्ता उनके प्रति कृतज्ञता जताने के लिए धक्का-मुक्की करके उनके बहुत पास पहुँच आना चाहते थे, परन्तु मणिका उन्हें करीब नहीं आने दे रही थी।

इसी दौरान नवराम ओझा बेहोश हो गए।

रतिराम ने उन्हें ले जाकर टैक्सी में लिटा दिया फिर मणिका ने जयन्ती को हाथ हिलाकर इशारे से बुलाया। दौड़ी आकर वह पिता के पास बैठ गई। अपने पिता की ऐसी दशा देख वह बहुत ही डर गई।

रतिराम ड्राइवर की सीट पर जा बैठा, फिर उसने पूछा, "बहन जी हम चलें कहाँ को?"

"छात्रीबारी अस्पताल ले चलो।"

"इन्हें हो क्या गया है?" डरते-डरते जयन्ती ने पूछा।

"सब जान जाएगी, अभी चलो।"

टैक्सी धड़धड़ाती हुई बहुत तेज़ रफ्तार से चल रही थी। रतीराम भी जान गया था कि बूढ़े महाशय का यह बड़ा भारी आघात (स्ट्रोक) है। जितना जल्दी अस्पताल पहुँच जायँ, उतनी ही भला है।

मणिका नवराम को बाहों में पकड़े बराबर उनकी नाड़ी ही देखती जा रही थी। जो बहुत जल्दी-जल्दी चल रही थी।

छात्रीबारी अस्पताल में पलंग पर लिटा कर डॉक्टर ने नवराम ओझा के हृदय की जाँच-परीक्षा की। सब कुछ का अच्छी तरह परीक्षण कर लेने के बाद डॉक्टर ने

मणिका की ओर देखकर कहा, ''अब सबकुछ समाप्त, कुछ भी शेष नहीं।''

जयन्ती अपने कानों पर विश्वास नहीं कर पा रही थी। बेलतला से भागी-दौड़ी वह आई थी बस इसीलिए कि अपने पिताजी को यह शुभ समाचार दे सके कि उसका शुभ-विवाह होने ही वाला है। यह सोचकर कि इसे सुनकर उसके पिताजी को कम-से-कम इस अन्तिम वेला में शान्ति मिलेगी।

परन्तु सब कुछ व्यर्थ हुआ। एक लम्बी चीख मारते हुए उसने अपने पिता के शव को अपनी बाहों में जकड़कर पुकारा, ''पिताजी, पिताजी, पिताजी''

परन्तु पिताजी फिर भी कुछ नहीं बोले।

मणिका बाहर निकल आई, रतिराम को बुलाकर उसने सूचना दी और कहा, ''जाओ, दुदू भाई को बतला दो।''

दुदू आज बहुत दिनों बाद अपने पिता और छोटी बहन के साथ बैठकर एक साथ भोजन कर रहा था। सुदर्शना अपराजिता और प्रोफेसर रविचन्द्र भी उनकी भोजन करने की मेज के करीब बैठकर बातचीत करते हुए हँसी-मजाक कर रहे थे। इस हँसी-मजाक का मुख्य कारण था दुदू द्वारा लिया गया नया निर्णय। उसका विवाह-संस्कार सम्पन्न होगा और वह अपनी नयी छावनी पर रहकर नियमित रूप से खेती-बारी करेगा।

''यहाँ की यह इतनी सारी धन-सम्पत्ति का क्या करोगे?'' प्रोफेसर रविचन्द्र ने पूछा।

''मैं इस सबका केवल न्यासी (धरोहर की देखभाल करने वाला) भर रहूँगा।'' दुदू ने कहा, ''इससे जो कुछ भी आय-आमदमी होगी, उसे मैं सुरक्षित कर रखूँगा, साधारण जनता के हित में लगाने के लिए। हाँ, बागान के बारे में मैं कुछ नहीं कह सकता। वह सब कई भागीदारों की संयुक्त संपत्ति है।''

इसके बाद तो पूरे परिवार के सदस्य मिलकर दुदू के इस प्रस्ताव पर बहुत देर तक सोच-विचार, आलोचना-प्रत्यालोचना करते रहे। प्रोफेसर रविचन्द्र ने कहा, ''तुम्हारा प्रस्ताव कोई बुरा नहीं है। आजकल समय बदल गया है। तुम लोगों के इस जमाने की कुल तीन प्रधान समस्याएँ हैं। स्वाधीनता, सम्पत्ति और काम भावना। तुम परीक्षण करना चाहते हो, तो करो। सम्पत्ति का उपार्जन आदमी केवल भोग के लिए ही नहीं करता, सेवा करने के लिए भी करता है। परन्तु मेरी धारणा क्या है, जानते हो? हमारे देश में अभी लोग सम्पत्ति की क्रान्ति के लिए भी तैयार नहीं हो सके हैं। काम-भावना की क्रान्ति के लिए भी तैयार नहीं हैं। यदि ऐसा न

होता तो तुम्हें भी जयन्ती से विवाह संस्कार सम्पन्न करवाने की जरूरत नहीं पड़ती और नवीन को भी अपनी भूमिगत क्रान्तिकारी भूमिका से लौटकर राष्ट्रीय अान्दोलन में जुटने की आवश्यकता नहीं पड़ती। (हम लोग तो खैर नहीं) परन्तु सुमति ने इस बात को बहुत पहले ही पहचान लिया था। निर्माणमूलक काम ही हमारा एक मात्र सर्वमान्य रास्ता है। तुम लोगों के महात्मा गांधी भी यही बात कहते हैं। तुम्हारा क्या कहना है, माकन?

माकन ने अपना सिर हिलाया। कुछ देर ठहरकर वह बोली, "राजनीतिज्ञ लोगों का तर्कशास्त्र मैं बिल्कुल ही नहीं समझती। संघर्ष चलाने या आन्दोलन छेड़ने से ही, अथवा किसी पूर्व प्रचलित व्यवस्था को नष्ट-भ्रष्ट कर देने से ही, अपने द्वारा सोचे-विचारे-अभिलषित-लक्ष्य तक पहुँच सकेंगे, ऐसा सोचना किसी एक विशेष परिस्थिति में संभव हो सकता है, परन्तु यह धारणा हमेशा-हमेशा के लिए स्वीकृत, सनातन सत्य नहीं हो सकती। सभी लोगों को, हरएक को जो मिलाती है, एकताबद्ध करती है, वस्तुतः वही वस्तु क्रान्ति की जनक है। बहुत महान् करुणा की दृष्टि से देखने पर ही राजनीतिक, अर्थनीतिक और सामाजिक आदि भिन्न-भिन्न प्रकार की बाहरी समानता सार्थक होती है। समता की भावना दरअसल एक विशाल अनुभूति है। उसके लिए ध्यानपूर्वक-अच्छी तरह-कीर्त्तन और दशम (महाप्रभु शंकरदेव और माधवदेव रचित धर्मग्रन्थ) के पदों को पढ़ लेने से काम बन जाएगा। वैसे बहुत भारी-भारी ग्रन्थों को पढ़ लेने पर भी इस सहज समता की अनुभूति को आदमी उपलब्ध नहीं कर पाता। उसका कारण यह है कि ऐसे लोग विच्छिन्नता को—अलगाव को—नष्ट करने के उपाय को सदा बाहर-बाहर ही ढूँढ़ते-फिरते हैं। परन्तु अन्तर की ओर देखना भूल जाते हैं।"

माकन की बात सुनकर प्रोफेसर साहब तालियाँ बजा-बजाकर उल्लसित हो बोल पड़े, "वाह बेटी, वाह! तुमने ठीक ही पकड़ा है। यह बात मैंने सर्वप्रथम जयन्ती से सीखी थी।"

पंचानन फूकन ने यकायक बीच में ही कहा, "एक बात भूल मत जाना, माकन!"

"कौन-सी?"

" प्रामाणिकता"—पंचानन फूकन ने आज बहुत दिनों बाद अपने बेटे और बेटी का एकसाथ पास में बैठाकर बात करने का अवसर पाया था। इसी वज़ह से आज उनका मन बिलकुल खुल गया था, उन्मुक्त हो गया था। उन्होंनें कहा, "इस जमाने में प्रायः हर एक चीज ही बनावटी है-विशेषकर हमारे जीवन-निर्वाह की पद्धति। मैं तुम लोगों को कुछ भी दे नहीं जा सकूँगा। हमारी सारी सम्पत्ति लगभग

समाप्त होने-होने को है। बस थोड़े से कुछ खेतों के टुकड़ों और चाय-बागान की कुछ हिस्सेदारी (शेयर-पूँजी) के सिवा-कुछ भी तो शेष नहीं। प्रभूत धन-सम्पत्ति, पद-मर्यादा और ऊँची-ऊँचा शिक्षा की डिग्रियाँ, पदवी या ऊँची, क्षमतावान ओहदा पाकर मनुष्य कई-कई दफे जीवन की मूल समस्या और उद्देश्य से दूर हट जाता है, पथ-भ्रष्ट हो जाता है। विमल ने नवीन से ठीक ही कहा था, "स्वयं अपने द्वारा देखे गए सत्य के अनुसार चलने के लिए, प्रामाणिक होने का यही मार्ग है। मेरे अपने इस जीवन में बहुत सारी विश्रृंखलताएँ आईं, बहुत कुछ उल्टा-पुल्टा, अनाप-शनाप हुआ, परन्तु मैंने स्वयं अपने आप को कभी भी छला नहीं, धोखा नहीं दिया।"

बात के प्रसंग में नवीन का नाम उच्चरित हो आया तो माकन के मुँह के भाव या मन में किसी भी प्रकार का कोई परिवर्तन नहीं हुआ। वह उस समय पूरी तरह आत्मस्थ-स्वयं को परिपूर्णतः अपनेवश में किए हुए थी। उसने इसी दौरान उसी दिन आश्रम चले जाने की ठान ली थी। उसके इस निर्णय को उसके परिवार के किसी भी व्यक्ति ने पसन्द नहीं किया था। परन्तु यह बात कहने, उसके निश्चय के विरुद्ध कुछ कह सकने, का साहस किसी को नहीं हुआ था।

उन लोगों की बातचीत अभी और कितनी दूर तक चली होती? कहा नहीं जा सकता, मगर इसी बीच अचानक ही रतिराम वहाँ आ पहुँचा।

"न्यायालय का समाचार क्या है जी, रतिराम?"—सुदर्शना ने पूछा।

"न्यायालय का समाचार बहुत अच्छा ही है। ओझा जी ने उस लड़के की जान बचा दी। लेकिन स्वयं ही स्वर्ग सिधार गए।"

रतिराम ने नवराम ओझा की मृत्यु की घटना का विस्तार पूर्वक वर्णन किया। पूरी घटना सुन लेने के बाद सभी-के-सभी अवाक् रह गए। सुदर्शना ने कहा, "अभी परसों ही ओझा ने कहा था कि वे पूर्णिमा को चल पड़ेंगे। सो देखिए न, चले ही गए।"

बाकी लोगों में से किसी ने भी कुछ विचार व्यक्त नहीं किया।

दुदू ने कहा, "बड़े पिताजी! आप लोग यहीं बैठे। मैं जरा अस्पताल जाऊँ। उनके शव को यहाँ ले आऊँ। आप लोगों का क्या कहना है?"

"ले आओगे, क्यों नहीं ले आओगे?" —प्रोफेसर ने उत्तर दिया। "उस वृद्ध सज्जन को नियमपूर्वक विदाई देनी होगी। थोड़ा ठहरो, मैं भी चलूँगा।"

दुदू और प्रोफेसर साहब चले गए।

फिर कुछ देर तक किसी के मुँह से कोई बोल नहीं फूटा।

उसी समय कंजनी चम्पा के बच्चे को पीठ पर बाँधे उन लोगों के पास आ गई।

बड़े लोगों के समाज में अपने मन के अनुकूल मज़ा न पाकर अपराजिता बरामदे में बैठकर अपने साथ-साथ लटकाकर लेकर चलनेवाले थैले में से उसने दूल्हा-दुल्हन के पुतलों को निकाला और उनका विवाह करवाने का खेल खेलने लगी थी। कल जिस दूल्हे का एक पैर अलग हो गया था, उसकी देह में एक पैर लगा देने की कोशिश कर रही थी। पास ही बगल में दुल्हन बनी कन्या खड़ी थी ही।

सुदर्शना, माकन और फूकन उसके इस खेल को ध्यान से देख रहे थे। अपराजिता अब तक किसी की ओर देख नहीं पायी थी। कंजनी आकर उसकी बगल में ही बैठ गई, बैठकर उसने पीठ पर से बच्चे को उतारकर फर्श पर रख दिया। वह बकैंयाँ खींचते हुए (घुटुटन चलकर) उसके बिलकुल पास चला आया और उसने दूल्हे की देह से पैर को निकालकर जैसे ही अलग किया कि उसके साथ-ही-साथ अपराजिता क्रोध के मारे झनझना उठी और उसके हाथ से उस पैर को उसने झपट कर छीन लिया। फलतः बच्चा बिलख-बिलखकर ज़ोर-ज़ोर से रोने लगा।

माकन दौड़ी गई और उस सुन्दर हृष्ट-पुष्ट बच्चे को उसने गोदी में उठा लिया फिर उसे सहला-फुसलाकर चुप कराने की कोशिश करते हुए उसने अपराजिता के प्रति बनावटी क्रोध दिखाते हुए कहा, "नहीं, नहीं। रोना नहीं मेरे सोना। मैं अभी उसे उसकी उद्दण्डता का मजा चखाऊँगी।"

"मजा चखाने" की बात सुनते ही अपराजिता अचानक ही विकट क्रोध से भर उठी। उसने माकन से कहा, "मौसी। दूल्हे के पैर जब तक ठीक दुरुस्त न हो जाँय, तब तक वह जो विवाह नहीं करेगा, यह बात तुम जानती हो या नहीं? तुम्हारे जैसी रूपवती कन्या अगर अविवाहित ही रह जाये तब तो महा आफत होगी।"

माकन हँसने लगी। बोली, "बड़ी बहन जी! यह तुम्हारी बच्ची तो बड़ी खतरनाक है।"—इतना कहकर उसने बच्चे को गोद में उठा लिया और जाकर अपने पिता के पास खड़ी हो गई। बच्चा माकन से इतनी आसानी से जो हिल-मिल गया, तो इसे देख पिता को बहुत खुशी हुई।

बच्चे का नामकरण चम्पा ने ही किया था। कार्तिक। कार्तिक सचमुच ही कार्तिक (भगवान शिव के परम रूपवान पुत्र कार्तिकेय जैसा सुन्दर) ही था।

सुदर्शना ने माकन की ओर देखकर पूछा, "नवीन जी से तुम्हारी भेंट हुई या नहीं?"

"नहीं, माकन ने बिना किसी संकोच के कहा, "कल मैदान में भारी जनसभा में भाषण देते हुए देखा था। उसका भाषण सुनकर मुझे ऐसा लगा जैसे वह भीड़ का, समूह का आदमी हो गया है। अपने व्यक्तिगत अस्तित्व के साथ राष्ट्रीय अस्तित्व को मिला देने के प्रयत्न में वह धीरे-धीरे अपने व्यक्तिगत अस्तित्व से दूर छिटक गया है। अपनी वैयक्तिगत सत्ता से ही कट गया है। कम-से-कम शब्दों से तो हृदय की भावनास व्यक्त नहीं हो पा रही थी। हमारी राजनीति वास्तविक मानवता से ही कटी हुई है।"

अपनी बेटी की बातें सुनकर पंचानन फूकन ने अनुभव किया कि उनकी बेटी माकन अब पूरी तरह होशियार-बालिग हो चुकी है। अब वह किसी पर भी निर्भर होकर नहीं चलती। समाज से भी उसे कोई डर अथवा समाज के प्रति कोई अनादर अवहेलना का भाव उसमें नहीं है। उसके प्राण एक प्रामाणिक अनुभूति पर प्रतिष्ठित हैं।

उन्होंने अपनी कन्या से पूछा, "तुम अपने निजी प्रेम और अपने परिवार के प्रति निभाने योग्य उत्तरदायित्व को, दोनों को ही सच्चे हृदय से, सात्विक रूप में निभाती रही थीं। परन्तु इन दोनों ही क्षेत्रों में तुम सांसारिकता की दृष्टि से असफल हुई हो। समय-समय पर मैं सोचता हूँ कि तुम्हें विवाह कर लेने के लिए फिर से कहना मेरा कर्तव्य है। परन्तु उसके तुरन्त बाद ही मुझे लगता है कि यह कर्तव्य-निर्वाह की धारणाएँ सामन्त युगीन आधिपत्य—बलपूर्वक दबाकर रखने की निशानी हैं। मैंने निर्णय ले लिया है कि मैं अपने बेटे-बेटियों को कोई आदेश उपदेश नहीं दूँगा। पितृसतात्मकता और अधिनायकवाद को मैं बुरा समझता हूँ। यदि अपने आप स्वयं कभी आवश्यकता अनुभव करो, किसी को अपना बना लेने के लिए, तो निस्संकोच उसे अपना बना लेना। पुरानी नैतिकता की भावनाओं में अब मुझे बिन्दु मात्र भी विश्वास नहीं है।"

पिता की बातों को माकन ने बहुत पसन्द किया। वह बहुत आनन्दित हुई। उसने बच्चे को पिता की गोद में बैठाकर कहा, "पिता जी! वास्तविक रूप में जरूरत महसूस होने पर मैं निश्चय ही किसी को अपना बना लूँगी।"

तभी अचानक सुदर्शना पूछ बैठी, "आश्रम में जाकर ब्रह्मचारिणी बन जाने पर फिर कहाँ वैसा कर पाओगी? तुम भी सुमति बड़ी बहन जैसी ही हो जाओगी, यही सोच-सोचकर मुझे प्रायः डर लगता है। जहाँ तक मेरी समझ है, तुम्हारा आश्रम में जाकर रहना कुछ अच्छा नहीं होगा।"

"वहाँ तो मैं बस आन्दोलन के समय तक ही रहूँगी। सदा-सर्वदा के लिए तो वहाँ नहीं रहूँगी।"—माकन ने जवाब दिया।

"घर पर रहते हुए ही अपना काम क्यों नहीं करती? जिस तरह से कि फिरोजा करना चाहती है।"

सुदर्शना ने फिर प्रश्न किया।

"हमारे परिवार में काम करना चाहने वाले कर्मठ कार्यकर्ताओं के लिए समुचित परिवेश नहीं है, बड़ी बहन। यहाँ रहने पर आदमी भोगी, आलसी और कामुक हो जाता है। हमारे परिवार के सभी-के-सभी लोग यथार्थ परिश्रम करने के कार्य से कट गए हैं। इसी कारण हममें से कोई भी व्यक्ति देश के लिए कोई श्रेष्ठ अवदान नहीं दे सका है।" इतना कहकर माकन कुछ क्षणों तक मौन रही। उसके बाद अपने मन की भावनाओं को अन्दर-ही-अन्दर आलोड़ित-विलोड़ित करके, झकझोर कर उसने फिर कहा, "आश्रम में सामन्तकालीन कठोर अनुशासन है, इसी से मैं सोचती हूँ कि वहाँ भी कोई अच्छा परिवेश नहीं है। अगर कुछ है तो यहा है। समूचे देश के साथ एक आत्मीयता का, अपनेपन का संबंध स्थापित कर देता है यह परिवेश। यदि वैसा भाव बना रहे तो बिना किसी बाधा के लगातार देश सेवा कर सकते हैं। मैं आश्रम के कष्टप्रद अवदमन की नीति, इच्छाओं को जोर-जबरदस्ती दबाए रखने की प्रवृत्ति और हमारे परिवार की सहज-सरल ढंग से मौज-मस्ती लूटने की भोग-विलास की उन्मुक्त प्रवृत्ति में से किसी एक को भी अच्छा नहीं समझती। परन्तु मैं अभी भी किसी श्रेष्ठ उन्नत आश्रम का पता नही लगा पायी हूँ। अकेले-अकेले ऐसे स्थल का निर्माण भी नहीं कर सकती। क्योंकि ऐसी सृष्टि के लिए पुरुष की आवश्यकता होती है।

अचानक ही उसके पिता पूछ बैठे, "तो फिर क्या इन घरों में कर्मशील और आनन्दमय परिवेश बना नहीं सकते?"

माकन ने कहा, "प्रयत्न करने से तो कोई भी वस्तु ऐसी नहीं है जो न मिल जाय। उद्योग के लिए कुछ भी असाध्य नहीं। परन्तु मैं झट से तो कुछ भी नहीं कह सकती, पिताजी !"

सुदर्शन यकायक फिर पूछ बैठी, "तो फिर संघ को ही आदर्श निवास-स्थान के रूप में क्या बदल नहीं सकती? मान लो कि तुम और नवीन यदि।"

"बड़ी बहन जी! संघ के परिवेश में कौन-सी वस्तु नहीं है, जानती है?" माकन ने कहा।

"क्या नहीं है?"

"एक सत्य की स्वीकृति नहीं है। बहुत सारे व्यक्ति ही मिलकर एक समूह हैं, इस बात की स्वीकृति नहीं है। नवीन जी के साथ कितनी बातें मैंने की थीं।"

कुछ देर तक सोचने के बाद सुदर्शना ने कहा, "एक काम क्यों नहीं करती

माकन?"

"कौन-सा?"

"आओ। हम घर, आश्रम और संघ—इन सभी से मुक्त और गतिशील निवास स्थान बनाने का प्रयत्न करें।"

माकन कुछ देर तक कुछ नहीं बोली। उसके बाद बोली, "इस प्रश्न का उत्तर मैं नहीं दे सकती, बड़ी बहन। कारण यह कि अनेक लोग ऐसा करने का प्रयत्न करके केवल एक-एक सुन्दर माजुली (नदी का द्वीप, जैसा की शिवसागर जिले में ब्रह्मपुत्र नद के बीच का द्वीप है जिसका नाम माजुली है) ही बनाते हैं (तात्पर्य यह कि सुन्दर तो बना लेते हैं परन्तु शेष समाज के कटा हुआ, विच्छिन्न, अतः निरर्थक)।

पंचानन फूकन ने प्रसन्नता से हँसते हुए कहा, "माकन बिलकुल ठीक ही कह रही है। मनुष्यों ने सत्र (साधु-संन्यासियों की धर्मचर्चा और निवास के लिए बने आश्रम) बनाए हैं। कम्यून (श्रमिक कार्यकर्ताओं की बस्तियाँ) बनाए हैं। परन्तु एक-दूसरे से टूटने-छिटकने कट जाने की समस्या का समाधान नहीं कर पाए हैं।"

माकन कुछ कहने ही जा रही थी कि बाहर से ढोलक-झाल मँजीरा बजने की आवाज सुनाई पड़ी। उसे सुनते ही सभी लोग बाहर निकल आए, नवराम ओझा को अन्तिम श्रद्धाञ्जलि देने के लिए उन लोगों के साथ ही कंजनी और अपराजिता भी बाहर आ गईं।

नवराम ओझा का शव एक ट्रक पर रखा हुआ था। माकन वगैरह जाकर ट्रक के पास खड़ी हो गईं। संघ के लगभग पचास कार्यकर्ता ट्रक के साथ आए थे और वे सभी ट्रक के निकट खड़े होकर विचार-विमर्श कर रहे थे। ट्रक के रुकते ही उस पर बैठे जो लोग ढोल-मँजीरा बजा रहे थे उन्होंने बाजे बजाना बन्द कर दिया और ट्रक के पास ही बैठकर आराम करने लगे।

पंचानन फूकन और वहाँ उनके साथ उपस्थित अन्य सभी लोगों ने नीचे खड़े होकर ही ओझा के शव को प्रणाम किया। थोड़ी देर बाद एक मोटरकार से दुदू वगैरह भी वहाँ आ पहुँचे। उसमें से सबसे पहले प्रोफेसर साहब और जयन्ती उतरे। माकन आदि को देखते ही जयन्ती सिसक-सिसककर रोने लगी। प्रोफेसर साहब उसे पकड़कर घर के अन्दर ले गए।

मोटर में से उतरकर दुदू अपने पिता के पास आकर खड़ा हुआ और उसने उसने पूछा, "पिताजी! ओझा जी की चिन्ता में आग लगाने के लिए मुखाग्नि कौन करेगा?"

"क्यों, तुम करोगे। और कौन? ओझा जी का और है ही कौन?"

पिता की बात सुनकर वह घबरा गया। इस तरह के यज्ञ-पूजन आदि संस्कारों में उसकी तनिक भी आस्था नहीं है, कोई श्रद्धा, कोई विश्वास नहीं है। परन्तु उस क्षण उस सामाजिक प्रथा का उल्लंघन कर जाने का साहस उसे नहीं हुआ। वह सीधे घर के अन्दर चला गया और सन्दूक खोलकर उसने एक धोती निकाली। अन्दर-अन्दर ही उसका धर्मानुष्ठान-विरोधी क्रान्तिकारी मन विद्रोह कर उठा। इस प्रकार के काम करने का उसका तनिक भी मन नहीं था। उसे याद आया कि अपनी स्वर्गीया माँ की अन्त्येष्टि करने के समय भी उसने यही धोती पहनी थी। वैसे उस समय उसका मन यज्ञ-हवन अनुष्ठानादि के इतने अधिक विरुद्ध नहीं था।

अन्दर-अन्दर ही उसे अनुभव हुआ, "मैं एक पाखण्डी हूँ। मैं महा दुर्बल हूँ।"

एक दिन के अन्दर ही उसने समाज के समक्ष दूसरी बार हार स्वीकार की।

कपड़े बदलकर संस्कार के अनुकूल कपड़े पहनकर वह फिर माकन आदि के पास आ गया। इस बीच उसकी मोटर कार में लोगों ने अन्त्येष्टि-संस्कार के लिए आवश्यक वस्तुओं को लाकर रख दिया था। आगे की सीट पर संस्कार करवाने वाले एक पुरोहित जी भी बैठे हुए थे।

"यह एक समझौता है" दुदू ने मन-ही-मन अपने आप से कहा, "ज्ञान, तर्क और क्रान्ति से मैं धीरे-धीरे दूर होता गया हूँ। समाज मुझे बन्दर की भाँति नचा रहा है।"

ढोलक-झाल-मँजीरा फिर से बजने लगे। ट्रक भी चल पड़ा। अब उसे श्मशान जाना होगा। किसकी मृत्यु हुई? उसकी या कि नवराम ओझा की? परम्परा ही विजयिनी हुई।

"माकन!"—दुदू की बोली कँपकँपा रही थी। वह अपने मन की बातें कह नहीं पाया। उसके अपने उदात्त मन (सुपर इगो) ने ही उसके भावों को प्रकट होने नहीं दिया।

क्या हो गया दुदू भैया!"

"तुम अब जाओगी या यहाँ रहोगी?" अपनी वाणी को उसने किसी तरह सुस्थिर किया।

"जाऊँगी।"

"ऐसा है तो जाना।" वह माकन से अपने मन की परेशानियों और खींचा-तानी, निर्णय न कर पाने की मजबूरियों की बातें बतलाना चाहता था, परन्तु बतला नहीं सका। वह तेजी से मोटर कार में जा बैठा। कार को चलाना आरंभ करते हुए उसने अपने आप से पूछा, "विद्रोह करना क्या इतना कठिन है?"

मोटर कार के चले जाने के बाद माकन आदि सभी घर लौट आए।

घर के अन्दर से अपराजिता को साथ लिये हुए प्रोफेसर साहब बाहर आ रहे थे। सुदर्शना को देखकर उन्होंने कहा, "चलो, बेटी। अब जरा सदानन्द बरुआ जी के यहाँ भी हो आएँ।"

सुदर्शना का मन अभी कुछ देर माकन के पास ही रहने का था। अतः उसने कहा, "अभी इसी समय न जाने से क्या काम नहीं चलेगा?"

"नहीं, नहीं चलेगा। वहाँ हजारिका साहब भी जायेंगे। दैनिक समाचार पत्र प्रकाशित करने का निर्णय आज ही पक्का कर लेना पड़ेगा। देश के काम को यूँ हीं टाल नहीं सकते।"अपने पिता की बात को अनसुना कर देना संभव नहीं था सुदर्शना के लिए, अतएव अपनी मोटरकार में उसने अपने पिता जी और अपनी बिटिया को बैठाकर रंजीत के घर की ओर चल पड़ी।

उधर माकन अपने पिता के साथ घर के भीतर चली गई। भीतर जाकर उसके पिताजी एक कुर्सी पर बैठ गए। जयन्ती तब भी अभी चित्रा जी के कमरे के सामने के बरामदे में बैठी सिसक-सिसककर रोती ही जा रही थी। कंजनी बच्चे को खाना खिलाने के लिए फूकन जी के घर ले गई।

माकन ने अन्दर के कमरे में से एक छोटा-सा बिस्तर और खद्दर का एक झोला निकाला और उसे ले आकर बाहर के बरामदे में रख दिया। रतीराम बाहर अत्यन्त दुःखी उदास चित्त बैठा था। उसे एक ताँगा ले आने को कहकर माकन फिर घर के भीतर चली आई।

पहले वह जयन्ती के पास गई। बरामदे में से उसे उठा लाकर उसने उसे अपने पिता के निकट बैठाया, फिर स्वयं भी उसके पास बैठ गई। जयन्ती धीरे-धीरे शान्त हो गई। शान्त हो जाने के बाद उसने एक बार अपने भावी श्वसुर के मुँह की ओर आँखें उठाकर निहारा। फिर अपना सिर झुका लिया। पंचानन फूकन जी मौन धारण किए रहे। उन्होंने एक शब्द भी कुछ नहीं कहा। उन्हें किसी से भी कहने को कुछ भी नहीं था। आज बहुत दिनों के बाद उन्हें अपने घर में शान्ति का अनुभव हो रहा था।

"जयन्ती।" माकन ने पुकारा।

"कहिए?"

"मैं अब यहाँ से जाऊँगी।"

अभी तक जयन्ती ने माकन के निर्णय के संबंध में कुछ भी नहीं जाना-सुना था। उसे जरा भी पता नहीं चल सका था। अतएव माकन ने बहुत संक्षेप में उसे वह सब कह सुनाया।

जयन्ती आश्चर्यचकित हो गई। उसने देखा कि इस घर के पिता-पुत्र और

पुत्री सभी का अपना-अपना अलग-अलग स्वतन्त्र मन हैं। सभी अपने-अपने मन के मुताबिक ही काम करते हैं।

उसने बहुत सँभल-सँभलकर धीरे से कहा, "यह इतना अच्छा घर होते हुए आप आश्रम में जाकर क्यों रहेंगी भला?"

माकन ने उसके इस प्रश्न का कोई उत्तर नहीं दिया। बस इतना भर कहा, "घर ही सब कुछ नहीं है, जयन्ती ! देश भी है।"

"मैं सोच रही थी ... ।" जयन्ती अपनी बात पूरी नहीं कर सकी।

जयन्ती के मुँह की ओर ध्यान से देखकर माकन समझ गई कि जयन्ती केवल अपने पिता के अचानक स्वर्गवासी हो जाने के शोक से ही विह्वल नहीं है, बल्कि इस घर-परिवार के साथ स्थापित हुए नये सम्पर्क के फलस्वरूप जिन उत्तरदायित्वों को सँभालने की जिम्मेदारी सिर पर आ पड़ी है, उसकी बात सोच-सोचकर भी वह अन्दर-अन्दर ही चिन्तित हो गई है। संभवतः अभी तक वह सोच रही थी कि माकन उसे समझा-बुझाकर साज-सँभालकर इतना समर्थ बना देगी, कि वह इस नये परिवार के लोगों के मन को समझकर तदनुकूल व्यवहार कर पाएगी। वह एक होने वाली साधारण सद्गृहिणी की दृष्टि से ही यह सब बातें सोच रही थी।

माकन को उसके प्रति करुणा हो आई। साथ ही उसका यह व्यवहार उसे बहुत भला भी लगा। उसने अनुभव किया कि जयन्ती की सोच-समझ, ध्यान-धारणा सभी कुछ स्वर्गीया माँ की तरह ही है। उसके अन्दर माकन ने कुन्ती और सीता का दर्शन किया।

उसके पिता जी भी संभवतः इस बात को समझ पा रहे थे। इसी से उन्होंने कहा, "तुम्हें कुछ भी परेशान होने की, चिन्ता करने की आवश्यकता नहीं है, जयन्ती ! इस घर में तुम्हारा जिस भी तरह से रहने-चलने का मन हो, तुम वैसे ही रहना चलना। अच्छा-बुरा, इच्छा से-अनिच्छा से, जैसे भी, जो कुछ भी करना चाहोगी, यहाँ स्वतन्त्रतापूर्वक कर सकोगे। दुदू ही सब कुछ कर देगा। अब इसे जाने दो।"

इतना कहकर वे वृद्ध बेचारे उठ खड़े हुए। जयन्ती ने उनके पास जाकर उनके पाँव छुए और कहा, "आज से आप मेरे पिता हैं।"

वे सज्जन अपने कमरे में चले गए। माकन घर के बाहरी फाटक पर जा खड़ी हुई। उसके पीछे-पीछे जयन्ती भी वहाँ तक आ गई थी। रतिराम बग्गी ले आकर चलने को तैयार खड़ा था। वह इस बीच उसकी सारी गठरी-मोटरी वगैरह उसमें रख चुका था। माकन बग्गी में चढ़कर बैठ गई। उसने फिर जयन्ती को नमस्कार कर विदा ली और बग्गी के कोचवान को बग्गी आगे बढ़ाने को कहा।

बग्गी के चलने पर घोड़े के पैरों की टापों से उठने वाली आवाज ने माकन के मन को प्राचीन भारतीय इतिहास के उस युग में खींच लिया, जब रथों का युग था। सर्वत्र रथ-ही-रथ थे। आज के जमाने में इधर गुवाहाटी शहर में ताँगें-इक्कों, घोड़ा-गाड़ियों की संख्या बहुत कम हो गई है। और आगे बहुत जल्दी ही यह संख्या शून्य तक पहुँच जाएगी, बिलकुल ही समाप्त हो जाएगी। समय-काल बदल रहा है, युग परिवर्तित हो रहा है।

बग्गी के चक्कों से टकराकर सड़क की गिट्टियाँ उखड़ गई थीं। ताँगे में बैठी-बैठी माकन अपने द्वारा देखी-परखी गई गुवाहाटी नगरी की नाना घटनाओं को याद करती जा रही थी। उसकी माँ के समय की सारी बातें सोचने-समझने, आचरण करने आदि बदल चुकी हैं। देश को स्वतन्त्र करने के लिए चलाए गए स्वाधीनता आन्दोलन और असमीया जनता की उन्नति के लिए देखे जा रहे कितने तरह के सपनों ने उसके बचपन और नवयौवन की बेला में उसके मन को मुग्ध कर लिया था। प्रेम और नारी-मुक्ति की कितनी सुन्दर-सुन्दर कल्पनाएँ मचलती थीं।, परन्तु उनमें से अब कोई भी शेष नहीं रह गई हैं। अब तो मोह-भंग स्वप्न-भंग का समय है। पक्षी राज घोड़ा-पंखों के सहारे मनमाना आकाश में कहीं भी उड़ जाने वाला घोड़ा अब नहीं रहा।

यकायक बग्गी रुक गई।

माकन ने खिड़की से झाँककर देखा तो पाया कि बाहर सुदर्शना बहन के घर से मणिका जोर-जोर से पुकार रही है।

माकन बग्गी पर से उतरी नहीं। मणिका ही दौड़ी-दौड़ी करीब आ गई। आकर उसने खिड़की में झाँककर कहा, "माकन बहन जी! मैं भी तुम्हारे साथ चलूँगी।"

"तूँ कहाँ जाएगी?"

"जहाँ आप जायेंगी।"

फिर मणिका दौड़कर घर के भीतर गई और वहाँ से एक थैला उठा लायी। फिर उसे लेकर बग्गी में बैठ गई। मणिका बहुत सावधानी से सजी-सँवरी होकर अत्यन्त सुन्दरी बन कर आई थी। उसकी देह से बहुत सुन्दर इत्र की खुशबू छिटक रही थी। माकन मन-ही-मन समझ गई कि विवाह-संस्कार हो जाने के बाद होने वाला आत्म सुख का समय अभी उसका नहीं बीता है, वह अभी उसी मोह-मुग्ध परिवेश में आह्लादित है। माकन को उसकी यह स्थिति बहुत अच्छी लगी।

"तुम्हारा तो अभी आश्रम में जाने का समय नहीं हुआ है, मणिका!" माकन ने मजाक करते हुए कहा।

"हाँ, आप ठीक ही कह रही हैं। परन्तु शिलांग से सुमति बड़ी बहन जी वहाँ आई हुई हैं। इसी से वहाँ जाने के लिए निकल पड़ी हूँ। जरा उस महान भद्रमहिला को देख आऊँ।"

"ऐसी बात है क्या?"

"हाँ। जान पड़ता है उनका ऑपरेशन करवाने की आवश्यकता पड़ेगी। और ऐसा ऑपरेशन कलकते में होगा।"

"इस तरह अचानक ही आ गईं वे।"

"डॉक्टर ने बहुत जल्दी करने की सलाह दी है। बरदलै जी को पता चला तो उन्होंने आज ही उन्हें भिजवा दिया है। कल सबेरे ही वे कलकत्ता चली जाएँगी।"

वे दोनों पूरे रास्ते बातें करती जा रही थीं। मणिका ने उस दिन की सारी घटनाएँ विस्तार से बतलायीं। माकन ने अपने मन के इस संकल्प के संबंध में उसे बतलाया कि वह अब एकनिष्ठ होकर साधारण जनता की सेवा करना चाहती है। मानव-सेवा ही अब उसका व्रत है। इसी तरह की बातों में वे मग्न थीं कि उन्हें पता ही नहीं चला कि रास्ते का समय कैसे गुजर गया। जब बग्गी रुक गई तब उन्हें पता चला कि अरे, आश्रम तो ठीक उनके सामने ही है।

उस समय साँझ होनी शुरू हो गई थी। आश्रम में प्रार्थना-सभा चल रही थी। भजन-कीर्तन चल रहा था। बाहर की एक कुटिया के सामने संघ के कार्यकर्ताओं की भारी भीड़ जुटी हुई थी। मणिका और माकन को वहाँ देखकर आश्रम की एक प्रौढ़ा सेविका उनके पास चली आईं। वे उन्हें उसी कुटिया में लिवा ले गईं। वहाँ पहुँचकर उन्होंने देखा कि कुटिया के भीतर भी अनेक कार्यकर्ता बैठे हुए हैं। उनके समक्ष खड़े होकर नवीन भाषण कर रहा है। माकन कुछ देर तक उसकी वक्तृता सुनती रहीं। उस समय नवीन अपने वक्तत्व को समाप्त करने वाला था, "हिन्दू-मुसलमान-ईसाई और आदिवासी सभी को एकता के सूत्र में बाँधने के लिए रचनात्मक कार्य करने का समय आ गया है। गोआलपाड़ा जिले में बाहर से आए हुए लोगों और वहाँ के मैदानी इलाकों के स्थायी निवासियों के बीच संघर्ष छिड़ गया है। ऐसी परिस्थिति में उस क्षेत्र में स्वयं सेवकों और सेविकाओं के पहुँच जाने का समय हो गया है।"

माकन ने इसी बीच उस प्रौढ़ा सेविका से पूछा, "मेरे रहने के लिए कहाँ बन्दोबस्त कर रही है?"

"यहीं पर।"

"तो फिर अभी कहीं और चलकर बैठे। यहाँ की यह सभा पहले समाप्त हो। मेरे सामानों को आप घर के भीतर रखवा दें।" इतना कहकर वह मणिका के साथ

बाहर निकल आई। प्रौढ़ा सेविका सामान वगैरह कुटी के अन्दर रख-रखा देने के बाद फिर उन लोगों के पास आ गईं और उनसे बोलीं, "आप लोग सुमति बड़ी बहन जी के पास चलिए।"

छुआछूत से दूर एक अकेली कोठरी में एक बिस्तरे पर बैठी-बैठी सुमति जी प्रार्थना सभा में गाए जा रहे भजन-कीर्तन को सुन रही थीं। मणिका आदि को जब उन्होंने लक्ष्य किया तो उनके मुँह पर हँसी दमक गई। सुमति बहन जी के चेहरे को देखकर उनके अन्दर के भीषण रोग का पता कोई नहीं लगा सकता। उन्होंने मणिका से पूछा, "तुम मेरे साथ चल सकोगी, मणिका?"

"कहाँ?"

"कलकत्ता। ऑपरेशन हो जाने के बाद चली आना।"

मणिका ने मन-ही-मन विलफ्रेड के विषय में सोचा। उसे अनुमान हुआ कि इस काम के लिए विलफ्रेड भी अपनी सहमति दे देगा। परन्तु इस समय वह स्वयं विलफ्रेड को छोड़कर कहीं अन्यत्र जाना नहीं चाहती थी। वह अपने निजी सुख स्वप्न में विभोर थी। आत्म-सुख में ऊभ-चूभ हो रही थी। फिर भी वह अपने निजी सुख स्वार्थ की इच्छा को दबा देने में समर्थ हो गई। उसने सोचा सुमति बहन जी बहुत सोचने-समझने के बाद, कोई और उपाय शेष न रह जाने पर ही, उसकी एकान्त आवश्यकता महसूस होने पर ही उसे साथ ले जाना चाह रही हैं। ऐसी भयानक संकट की घड़ी में वे अकेले-अकेले कलकत्ता नहीं जा सकतीं।

"मैं चलूँगी।"—मणिका ने उत्तर दिया। सुनते ही सुमति जी का मन मारे आनन्द के भर उठा। वे मणिका को अपने पूरे अन्तरतम से प्यार करती थीं। उसके मन में सेवा का भाव अपने आप—स्वतः स्फूर्त उमड़ा हुआ है। उसमें मान-सम्मान घमण्ड-दम्भ अथवा सोच-विचार का कोई जंजाल नहीं है।

"तो फिर कल सबेरे यहाँ चली आना। मैं रेलगाड़ी से जाऊँगी। सुदर्शना को सारी बातें बता देना। अब इस समय तुम यहाँ से जा सकती हो।"

बाहर उस समय काफ़ी अंधेरा छा गया था। मणिका ने कहा, "मैं कुछ धीरे-धीरे जाऊँगी। सुदर्शना बहन जी के यहाँ चुपचाप भूत की तरह पड़े रहने की अपेक्षा आप लोगों के पास ही रहूँगी। माकन बहन जी यहीं रहने के लिए आ गई हैं, इसकी सूचना आप को मिली है या नहीं?"

सुमति जी ने कहा, "हाँ सूचना पा चुकी हूँ।"

फिर उन तीनों ही भद्र महिलाओं ने देश की वर्तमान दशा में आश्रम के लिए कर्तव्य भूमिका के संबंध में विचार-विमर्श किया। इस बीच आश्रम की सेविकाओं ने साम्प्रदायिक शान्ति स्थापित करने के उद्देश्य से विभिन्न स्थानों पर

जाने का निर्णय कर लिया था। कल बड़े सबेरे ही रेलगाड़ी से संघ के सेवकों और सेविकाओं का एक दल गोआलपाड़ा जिले के लिए रवाना हो जाएगा। आश्रम की उन तमाम सेविकाओं ने माकन को आ पकड़ा था, उनके साथ उनकी नेता बनकर चलने के लिए। यह सूचना देने के बाद सुमति बहन जी ने पूछा, "तो तुम जाओगी न?"

इस सूचना को पाकर माकन बहुत आनन्दित हुई। इस समय तो वह वहीं चली जाएगी। विशेषतः यह समय नारी समाज को जागरित करने का समय है। स्त्रियों को हर तरह से तैयार करने का समय।

तभी संघ के कार्यकर्ताओं की सभा समाप्त हुई। नवीन ने क्रमशः सभी कार्यकर्ताओं को विदा किया और स्वयं धीरे-धीरे सुमति बड़ी बहन जी के पास चला आया। आज की जन-सभा ने सर्वसम्मति से गोआलपाड़ा जाने वाले स्वेच्छा सेवकों का नेतृत्व करने का निर्देश दिया है। यही बात बहन जी को बतलाने के लिए वह आया था। नवीन के मन में आज अपार आनन्द हिलोरें ले रहा था। उसका संघ वर्ग-संघर्ष और राष्ट्रीय स्वतन्त्रता रक्षा के संग्राम के बीच समन्वय बनाए रखते हुए आज की परिस्थिति में एक सही रास्ता ढूँढ निकालने के समर्थ हुआ था। नवराम ओझा की कृपा से जूरी-विचारपतियों ने संघ को एक महान् विपत्ति से बचा लिया था। संघ के उस नौजवान लड़के, विस्फोट करने वाले उस नवयुवक के प्राणों की रक्षा हो गई थी। फलतः संघ के कार्यकर्ताओं के मन पर अब किसी दुःख अवसाद की गाढ़ी छाया नहीं रह गई थी। बीते दो वर्षों में वह लगातार उस नौजवान लड़के की अति साहसिकतापूर्ण (आवश्यकता से अधिक उत्साह दिखाकर आतंक पैदा करने की) नीतियों के विरुद्ध गाँव-गाँव घूम-घूमकर लोगों के साथ तर्क-वितर्क का अभियान चलाता रहा है। अब वह अनवरत अभियान फलीभूत हुआ है। अब सभी लोग असम की सुरक्षा बनाए रखने के आन्दोलन में योगदान करने को तैयार हो गए हैं। नवीन ने बरदलै के साथ विचार-विमर्श कर एक समझौता स्थापित कर लिया है। अब दोनों ही पक्ष एक-दूसरे की नीतियों को अच्छी तरह समझ चुके हैं। सुमति बड़ी बहन जी के साथ अब उसका कोई मतभेद नहीं रह गया है, यह साफ कहा जा सकता है।

एक गीत गुनगुनाता हुआ वह उनकी कुटी के भीतर आ गया। परन्तु वहाँ माकन को उपस्थित देख आश्चर्य के मारे स्तम्भित हो गया। इस बेला में इस स्थान पर ऐसे एक आनन्द के क्षण में वह माकन को यहाँ पा सकेगा, यह बात तो वह सपने में भी नहीं सोच सका था। जेल से रिहा होने के बाद से अब तक वह माकन से भेंट ही नहीं कर पाया था। वैसे यह सच है कि वह इतना जरूर जानता था कि

सम्प्रति माकन गुवाहाटी में ही है।

माकन और मणिका दोनों ही एक-एक मोढ़े पर बैठी हुई थीं। नवीन जाकर सुमति जी के बिस्तरे पर बैठ गया, फिर माकन की ओर देखकर आश्चर्य से पूछ बैठा, "अरे तुम यहाँ?"

"यहाँ कैसे आ पहुँची हूँ, इस प्रश्न का उत्तर आप को देना पड़ेगा क्या?" माकन ने महीन मुस्कान बिखेरते हुए उत्तर दिया, "हाँ यह जरूर है कि आज जब कि समूचे राष्ट्र के लिए राष्ट्रीय संकट की यह घड़ी आ पड़ी है तो इस भयानक राष्ट्रीय संकट में अपना यथाशक्ति सहयोग देने के लिए, मूल सिद्धान्तों में मेल न होने पर भी, मैं वृहत्तर मानवता के हित में यहाँ आई हूँ। सम्प्रति मैं यहीं रहकर सेवा कार्य करूँगी। आप कुशलपूर्वक हैं न?"

माकन में आया हुआ यह परिवर्तन आश्चर्यजनक है। आज की उसकी बातों में प्रेम की विशेष प्रबलता का भाव अथवा ढुलमुलपन निश्चय न कर पाने की मनोदशा नहीं है। उसके एक-एक शब्द गूढ़ अर्थपूर्ण हैं। अब वह अपने ही बल-भरोसे पर चलने में समर्थ हो गई है। उसका यह मन अब अपने आप में स्वयं सम्पूर्ण है।

"मैं पूरी तरह सकुशल हूँ, और तुम?" नवीन ने पूछा।

"ठीक हूँ।"

मणिका ने उनके वार्तालाप से ही लक्ष्य कर लिया कि दोनों के हृदय में परस्पर एक गम्भीर समझौता है। यह समझौता बहुत ऊँचे दर्जे का है। परन्तु इस समझौते की अन्तिम परिणति क्या है? इसे वह नहीं समझ सकी।

वह कुछ कहना चाहती थी। परन्तु इसी बीच सुमति बड़ी बहन जी और नवीन के बीच विचार-विमर्श शुरू हो गया। माकन और मणिका चुपचाप, मौन रहकर उन लोगों की बातचीत सुनने लगे।

अपनी बातचीत में, विमल भाई साहब को अमीन गाँव रेलवे स्टेशन से मदनापल्ली के लिए विदा करने के दिन के बाद से उनके संघ को जो नाना प्रकार की राजनीतिक परिस्थितियों का सामना करना पड़ा और नाना प्रकार की सामाजिक विपत्तियों को किस तरह उन्होंने पार किया, यही सब बातें वे कर रहे थे। विमल भाई साहब द्वारा दिए गए उपदेशों के अनुसार ही वे दोनों अपनी-अपनी दृष्टि से अनुभव किए गए सत्य के अनुसार अपने-अपने कर्मक्षेत्र में आगे बढ़ते-बढ़ते आज एक समन्वय के शुभ क्षण में संघ में फिर आ उपस्थित हुए हैं। हाँ, इस समन्वय भावना का स्थायी आधार वे लोग अवश्य ही अभी तक खोज नहीं सके हैं। सुमति बड़ी बहन जी इस दृढ आधार को खोज लेना चाहती हैं। महान् सार्वजनीन

आध्यात्मिकता की भावना द्वारा प्रेरित हुए सेवा भाव में इसी के अनुरूप उनकी मान्यता का प्रतीक है आश्रम। और नवीन उसे पाना चाहता है मन और शरीर के स्तरों पर—संगठन में। इसी के अनुरूप उसके काम का प्रतीक है—संघ।

"संघ जैसे कि पुरुष तत्त्व है। और आश्रम मानो प्रकृति तत्त्व। दोनों के मिलन से ही महान् सृष्टि का मुहूर्त उदित होता है।" सुमति बड़ी बहन ने हँसकर कहा, "आज का यह समय काम करने का समय है। कल बड़े भोर ही रेलगाड़ी द्वारा सब सेविकाएँ जायेंगी उन विभिन्न जगहों को जहाँ भयंकर साम्प्रदायिक दंगे भड़के हुए हैं, अशान्ति फैल गई है। तुम लोगों ने फिर क्या निश्चय किया है?"

"हम लोग भी जाएँगे।" नवीन ने उत्तर दिया।, "जब तक साम्प्रदायिकता का संकट दूर नहीं होता, साम्प्रदायिक दंगे होना बन्द नहीं होते, तब तक असम की जनता को जगा पाना बहुत कठिन होगा।"

एक-ब-एक माकन पूछ बैठी, "आप भी जायेंगे क्या?"

"हाँ।"

उसका मन आनन्द से अस्थिर हो गया। उसने कहा, "मैं भी जाऊँगी। एक साथ काम करने का अवसर मिलने पर बहुत अच्छा लगेगा। नोवाखाली का दौरा जब मैंने किया था तो वहाँ जाकर मैंने देखा कि असली काम तो गाँव में है। लोगों के घर-घर जाने से ही उनमें एकता स्थापित हो सकेगी।"

सुमति बहन जी, नवीन और मणिका तीनों ही एक झटके में इस बार माकन की ओर देखने लगे। उसकी बातों में कोई दुविधा ढुलमुलपन अथवा संकोच नहीं था।

नवीन ने कहा, "मुझे बहुत आनन्द का अनुभव हो रहा है, माकन! तुम्हारे साथ काम करने का अवसर पाऊँगा, इससे बड़ा सौभाग्य और मेरा क्या हो सकता है?"

"सौभाग्य इसमें किसका अधिक है, कह नहीं सकती। परन्तु मैं आप के काम में एक अभाव देख रही हूँ।"

"क्या?"

"आप ने समाज-सत्ता को गम्भीर भाव से निरखा-परखा है, यह बात संभवतः पूरी तरह सच है। परन्तु व्यक्ति के मन में जीवन को बचाए रखते हुए जीवन की चहारदीवारी की आड़ से समूची मानव-सत्ता को देखने की जो महान शक्ति है, यह बात आप पकड़ नहीं सके हैं। यदि ऐसा न होतां तो इस संसार में रवीन्द्र नाथ ठाकुर अथवा महात्मा गांधी का उद्‍भव नहीं हुआ होता। यह बात मैंने ठोकरें खाकर सीखी हैं। इसी कारण यह बात स्पष्ट रूप से कह रही हूँ। मनुष्य का एक

आध्यात्मिक दृष्टिकोण भी होता है।"

माकन की इन बातों को सुनकर नवीन यह सोचने-विचारने को बाध्य हो गया कि आज जो यह युवती उसके सामने उपस्थित है, वह पहले की धनी-विलासिनी माकन नहीं है, आज वह व्यक्तिगत सता की सहायता से (समाज सत्ता के साथ) सभी लोगों के साथ एक हो जाने, मिल-जुल जाने की कोशिश कर रही है। आध्यात्मिकता की यह शिक्षा उसने महापुरुषों से सीखी है। उसने कहा, "हाँ, मैं तो संसार को केवल राजनीतिक दृष्टि से ही देखता हूँ। इसी दृष्टिकोण से ही मनुष्यों की सारी विच्छिन्नताओं को, सारी विषमताओं को दूर किया जा सकता है, यह मैं नहीं कहता। तुम्हें मैंने संघ में बुलाया था सुमति बड़ी बहन जी की भाँति रहने के लिए। परन्तु तुमने ब्रह्मचर्य का रास्ता नहीं अपनाया। यह रास्ता निश्चय ही यौन-विच्छिन्नता और पूरी तरह आध्यात्मिकता का रास्ता है। इसी प्रकार धन-सम्पत्ति संबंधी विच्छिन्नता (असमानता, अलगाव-कटाव) को भी तुम फलाँग नहीं सकी। ठीक है कि नहीं? "

यौन-विच्छिन्नता और धन-सम्पत्ति (आर्थिक) विच्छिन्नता (असमानता) को समाप्त करने के लिए हमारे आश्रम और हमारे घरों से उच्च स्तर की, परन्तु दोनों के सद्गुणों से भरे हुए स्थान की आवश्यकता है। महात्मा या महापुरुष लोग अथवा राजनीतिज्ञ लोग अभी भी वह मार्ग दिखा नहीं सके हैं। मैं सोचता हूँ कि कर्मठ कार्यकर्त्ताओं को ही एक नये समतापूर्ण, विच्छिन्नता या विषमता को दूर करने वाले नये निवास स्थान का निर्माण करना चाहिए। अपने इस विचार पर मैं पूरी तरह दृढ़ हूँ। इस संबंध में आप क्या सोचती हैं, मैं नहीं जानती। सुमति बड़ी बहन जी का भी मत क्या है? मैं नहीं जानता।"

सुमति जी आँखें मूँदे हुए उन दोनों के ही विचारों को सुन रही थीं। माकन की बातें सुनकर उन्हें बेहद खुशी हो रही थी। उन्हें याद आई कि विमल जी भी ब्रह्मचर्य को अच्छा नहीं समझते थे। वे भी मन-ही-मन सन्तान-प्राप्ति की इच्छा करते थे।

सुमति जी ने धीर-गम्भीर स्वर में धीरे-धीरे कहा, "यदि उस प्रकार का नया निवास-स्थल निर्मित कर सको, तो फिर इस अभिनव खोज के लिए तुम पुरस्कार पाओगी, माकन!"

"कौन-सा पुरस्कार?" माकन ने उत्सुकतापूर्वक पूछा।

"इसी सत्पुरुष व्यक्ति का।" अपनी बात कहकर सुमति जी हँसने लगीं।"

माकन का चेहरा लाज के मारे लाल हो गया। उसने कहा, "वे कोई जड़ पिण्ड तो नहीं है। उनका अपना भी तो मत है।"

नवीन ने उत्तर दिया, "नये जीवन की खोज में ही तो मैंने अपना इतना समय गँवाया। परन्तु खोज-ढूँढ निकालने के लिए, आविष्कार कर पाने के लिए मेरे पास अवकाश नहीं है, अन्य कामों की व्यस्तता में इतना खाली समय भी नहीं है, और न तो मुझमें वैसी प्रतिभा ही है। पहले के विचारों की ही पगुरी करता रहता हूँ, उन्हें ही बार-बार दुहराता चला आ रहा हूँ। ऐसी दशा में यदि सचमुच ही तुम ऐसा एक अभिनव आविष्कार कर दिखाओं तो मैं अपना सभी कुछ तुम्हारे पुरस्कार के रूप में अर्पित कर देने को प्रस्तुत हूँ।"

माकन ने कहा, "इसका मतलब यह हुआ कि आप अभी भी अपने उत्तरदायित्व से बच निकलकर मुझसे अलग ही बने रहना चाहते हैं?"

"नहीं, मैं ऐसा नहीं चाहता। मैं तो सहज सीधा-सादा श्रेष्ठ, स्वाभाविक जीवन चाहता हूँ। यदि तुम सोचो कि सहकर्मी—साथ-साथ काम करने वाले सहयोगी—होने के अतिरिक्त सहभागी समानरूप से उत्तरदायी होने वाला—होने की भी आवश्यकता है, तो मैं उसमें भी कोई आपत्ति नहीं करूँगा।"—नवीन ने उत्तर दिया।

इस तरह की बातचीत ने आकस्मिक रूप से नवीन और माकन को अत्यन्त करीब ला दिया। माकन और नवीन ने इसके पूर्व सपनों में भी नहीं सोचा था कि उनके मन परस्पर एक-दूसरे के इतने समीप आ चुके थे।

रात अधिक बीत गई देख, नवीन जाने के लिए उठ खड़ा हुआ। सुमति बड़ी बहन जी से विदा लेकर वह मणिका और माकन के साथ-साथ उस कुटिया तक गया। उस कुटिया में नवीन का जो कुछ भी सरंजाम था, उन सारे सम्मनों को अच्छी तरह समेट बाँधकर माकन ने एक बड़े थैले में भर दिया। इसके बाद उसने नवीन और मणिका को आश्रम के बाहरी प्रमुख प्रवेश द्वार तक पहुँचा दिया, फिर उनसे विदा ली।

उस रात फिर माकन को नींद ही नहीं आई। वह बार-बार यही सोचती रही कि आज अचानक ही नवीन के साथ इस तरह की बातें करने की प्रेरणा उसे कहाँ से प्राप्त हो गई। कैसे संभव हुआ यह सब? नवीन को इस तरह अचानक ही इतने करीब पाकर आकस्मिक रूप से नवीन का साहचर्य मिल जाने से उसकी यौनासक्ति से पराङ्मुख हो जाने, यौनभावना से दूर रहने, का भाव क्षणभर में ही समाप्त हो गया। आज बहुत दिनों बाद दोनों ही एक आन्दोलन के दौरान मिल गए हैं। माकन की व्यक्तिगत चेतना-व्यक्ति सत्ता-अपने वैयक्तिक घेरे से निकलकर वृहत्तर क्षेत्र में प्रसारित होकर, फैलकर समूचे असम प्रदेश से एकाकार हो रही है फिर असम के माध्यम से समूचे विश्व से मिल जाएगी। क्षणभर के लिए आकाश में उड़ने वाला

पक्षिराज घोड़ा धरती पर उतर आया है, परन्तु उसके पंख कटे नहीं हैं, बस सिमट भर गए हैं। उसकी आत्मा समूचे विश्व ब्रह्मांड को छू लेने की उत्कट अभिलाषा करती है। उसकी इस अभिलाषा के पीछे कोई राजनीति नहीं है, केवल एक विशाल मानव धर्म है।

आज उसकी आत्मा पूरी तरह मुक्त है, किसी भी प्रकार के बाधा-बन्धन से पूरी तरह उन्मुक्त, फिर भी पुरुष के साथ उसका सच्चा सुन्दर स्पर्श नहीं हो पाने से जैसे वह असम्पूर्ण है, अधूरी है। उसके चारों ओर उसके सम्भ्रान्त परिवार की धन-सम्पत्ति की जो चहारदीवारी थी वह उसे इतनी मजबूती के घेरे हुए थी कि उसे पुरुष के पास जाने ही नहीं दे रही थी। आज वह उस चहारदीवारी को फलांग चुकी है। ढह गई हैं, वे भेद की दीवारें। फिर भी नवीन के साथ उसका यौन-विच्छिन्नता का भाव अभी गया नहीं है। उन दोनों को एक-दूसरे से अलग हुए आज बहुत दिन हो गए। आज वह किसी एक परिवार की नहीं है। रंजीत के साथ जो उसका विवाह-संबंध निश्चित हुआ था, उस संबंध के टूट जाने के बाद पारिवारिक दायित्व से भी वह मुक्त हो गई। अतएव अब वह खुले दिल से, उन्मुक्त मन से, नवीन के निकट जा सकती है।

नवीन पूरी तरह से समाज का व्यक्ति, जन प्रतिनिधि हो गया था। इसके साथ ही वह सुमति बहन जी के अति कष्टकर, नैतिक बन्धन युक्त ब्रह्मचर्यव्रत से प्रभावित भी था, और उसी के प्रभाववश एक दिन उसने उसे उसी इच्छाओं के दमन करने वाले मार्ग पर चलने के लिए संघ में आमन्त्रित किया था। शरीर और मन, देह और आत्मा की विच्छिन्नता, एक न हो पाने की परिस्थिति, ने नवीन को स्वाभाविक प्रकृति से क्रमशः धीरे-धीरे अलग-थलग दूर कर दिया था। यौन-भावना से रहित उसके व्यक्तित्व का विकास फिर सामाजिक दिशा में हुआ। आध्यात्मिक दिशा भी जड़वाद आत्मतत्त्व को अस्वीकार करने वाले मतवाद—के प्रभाव से सूख गई थी। अब अकस्मात ही उस समाज पुरुष जन-मानव के प्राणों में प्रकृति के साथ मिलने के लिए अत्यन्त प्रबल लालसा जाग पड़ी है।

अब तक वह रह रही थी सुमेरु पर्वत (गोलाकार पृथ्वी के उत्तरी सीमान्त पर स्थित) पर तो नवीन था कुमेरु पर्वत (दक्षिणी सीमांत) पर। इस प्रकार दोनों बिलकुल ही विपरीत छोर पर स्थित थे। परन्तु अब दोनों ही (अपनी चरम स्थितियों को छोड़कर) अपनी स्थितियों से चलकर मध्य में विषुवत रेखा पर आ खड़े हुए हैं। माकन की व्यक्ति-सत्ता समाज-सत्ता की ओर बढ रही है तो नवीन की समाज सत्ता व्यक्ति सत्ता की ओर। दोनों के बीच नारी और पुरुष के प्रेम की शक्ति प्रवेश कर गई है। दोनों ही आज एक-दूसरे के अत्यन्त निकट आ रहे हैं। वे नवीन राष्ट्रीय

संयोग स्थापित करने के अभियान के साथ-ही-साथ यौन-सत्ता के मिलने के अवसर के संबंध में भी अनुसंधान करने में समर्थ हो रहे हैं।

माकन संघ में नहीं जाना चाहती। घर के घेरे में और आश्रम में भी नहीं रहेगी। वह तो एक बिलकुल नये निवास-स्थान की तलाश में है।

वह यह भी जानती है कि नवीन भी संघ से अधिक रसमय एक घर की कामना करता है।

कल वे सभी साम्प्रदायिक दंगे भड़क उठने वाले अशान्त क्षेत्रों में शान्ति स्थापना करवाने के उद्देश्य से अपना कर्ममय अभियान आरंभ करने के लिए निकल पड़ेंगे। इसी के दौरान नवीन घर का आविष्कार भी होगा। पूरी तरह समता और आनन्द से भरा हुआ घर। मनुष्यों के साथ वे पूरी तरह मिल जाएँगे।

फिर वह सोयी पड़ी नहीं रह सकी। कुटिया से निकलकर बाहर चली आई। बाहर आकर देखा कि सुमति बड़ी बहन जी भी जगी हुई हैं। वह उनके कमरे में चली गई। उनके बिछौने पर बैठकर उसने उनका हाथ अपने हाथों में ले लिया और बोली, "बड़ी बहन जी! आप सोयी नहीं?"

"नहीं। ऐसा लगता है जैसे कोई मुझे बुला रहा है। कोई एक व्यक्ति हाथ हिला-हिलाकर अपनी ओर बुला रहा है। परन्तु क्यों? कौन बुला रहा है? कुछ भी समझ नहीं पा रही हूँ।"

आश्चर्यचकित होकर माकन ने पूछा, "कौन बुला रहा है?"

"जान पड़ता है परिपूर्ण जीवन?" हँसते हुए सुमति जी ने उत्तर दिया, "आज मैं बहुत-बहुत सुखी हूँ, माकन! एक दिन मैंने और विमल जी ने मिलकर नयी चेतना का शंख बजाया था। उस शंखनाद की ध्वनि को सुनकर नवीन मन्त्र मुग्ध हो खिंचा चला आया था। नवीन मेरे अतिशय हार्दिक प्रेम का पात्र है, मेरा अतिशय लाड़ला। तुम यदि उसकी सहगामिनी —सहयोगी— और सहधर्मिणी बनो, तो मैं परम आनन्दित होऊँगी। नये सिरे से सब कुछ गढ़ो। मुझे कोई आपत्ति नहीं। हमने जो किया वही सभी कुछ नहीं है, वही अपने आप में सम्पूर्ण नहीं है। हमारी साधना तो अपूर्ण होकर ही रह गई, पूरी नहीं हो सकी। अब तुम लोग उसे पूरा करना।" सुमति जी ने फिर माकन को अपनी अँकवार में (बाहों के घेरे में) कस लिया और बहुत प्यार से एक चुम्बन लिया।

माकन ने अनुभव किया कि चन्द्रमा की चमकती चाँदनी के बीच-बीच से मन का पक्षीराज घोड़ा उड़ता चला जा रहा है। उसकी यह यात्रा अनन्त है ....। •

उस रात को नवीन को भी नींद नहीं आ सकी थी। सुदर्शना के घर पहुँचने पर

उसने सुना कि तीनों वृद्ध सज्जनों ने मिलकर रंजीत को दैनिक समाचार पत्र का प्रबन्ध निदेशक (मैनेजिंग डाइरेक्टर) बना दिया है। सुदर्शना ने अपने विशाल भवन की निचली मञ्जिल (ग्राउण्ड फ्लूर) को उस समाचार पत्र का कार्यालय बना देने का प्रस्ताव किया है। वे दोनों ही इस समाचार पत्र के असली परिचालक होंगे। ये अनुभवी वृद्ध सज्जन लोग केवल आवश्यकतानुसार सलाह-परामर्श देंगे। नवीन ने अनुभव किया कि सुदर्शना रंजीत की सहकर्मी बनने का अवसर पाकर एक नये जीवन गर्माहट ताजगी और स्फूर्ति का अनुभव कर रही है। भोजन करते समय वे लोग केवल दैनिक समाचार पत्र के संबंध में ही बातें करते रहे। उनके आग्रह पर नवीन ने कहा, "गोआलपाड़ा में भड़के साम्प्रदायिक दंगों के क्षेत्रों में शान्ति स्थापित करने के अपने अभियान के पूरा हो जाने और वहाँ फिर से शान्ति स्थापित करवाने का काम पूरा कर लेने के बाद वहाँ से लौट आकर ही वह समाचार पत्र के काम में अपना योगदान करेगा।

भोजन कर लेने के बाद कुछ देर तक सुदर्शना ने समाचार पत्र प्रकाशन के संबंध में आवश्यक विचार-विमर्श किया जैसे उसके उपयुक्त एक नया प्रेस खरीदने, उसके विभिन्न अंगों में नियुक्त किए जाने वाले कर्मचारी आदमियों और अन्य आवश्यक बातों के संबंध में।

उसी बीच मणिका ने मौका निकालकर विलफ्रेड के लिए एक पत्र लिखा—अपनी कलकत्ता-यात्रा के संबंध में समाचार देते हुए। उसने लिखा, "सुमति बड़ी बहन जी का स्वास्थ्य बहुत अच्छा नहीं है (अवस्था चिन्ताजनक है) ऐसी अवस्था में उनकी सेवा-शुश्रूषा का अवसर मिलने को वह अपना सौभाग्य हीं समझती है।

वहाँ आवश्यक विचार-विमर्श के पूरा हो जाने के बाद नवीन क्षणभर भी अधिक नहीं ठहरा। वहाँ से चलकर वह दुदू के घर पहुँच गया। उसके मन में उस समय माकन की कही बातें ही बार-बार गूँज रही थीं। अन्य बातें तो बस मन में एक तरफ से आती थीं तो दूसरी तरफ से चली जाती थीं।आज अचानक ही माकन को अपने निकट सहकर्मी के रूप में पा जाने की घटना पर उसे ऐसा जान पड़ रहा था कि इस प्रकार के परिवर्तन की प्रेरणा केवल इतिहास ही नहीं दे रहा है, अपितु एक आध्यात्मिक संस्कृति भी इसे प्रेरणा प्रदान कर रही है। उसकी आत्मा आज अनन्त विस्तार तक चराचर जगत में विस्तृत हो चुकी है। उसे अनुभव हुआ—मनुष्य केवल बस घोड़ा ही नहीं है, (इस) घोड़े के पंख भी हैं। माकन के साथ जब उसके संबंध विच्छिन्न हो गए थे, उस दिन से उसकी राजनीति केवल भिन्न-भिन्न क्षेत्रों, स्थानों को जीतने वाला घोडा था, आज उसके जीवन में माकन

का प्रेम जो मूर्तिमान होकर फिर से लौट आया है तो उसके इस पुनरागमन के साथ-साथ ही उस घोड़े को भी मानो पंख लग गए हैं।

दुदू के घर पहुँचा तो नवीन ने देखा कि दुदू अपनी स्वर्गीय माँ के कमरे के सामने के बरामदे में बैठा हुआ है। उसे देखने से स्पष्ट लगा कि श्मशान घाट से लौटकर उसने अपने कपड़े तक नहीं बदले हैं। उसका पूरा घर बिलकुल सुनसान शान्त पड़ा है। बगल वाली कोठरी में बस केवल जयन्ती गूँगी बहरी चामगाछ की सूखी-ठूँठी लड़की-सी चुपचाप बैठी है। पंचानन फूकन के घर में भी कोई रोशनी नहीं जल रही है।

"क्या हुआ?" नवीन ने पास जाकर पूछा, "मैं कुछ भी नहीं कर सकता हूँ। पुराने समाज के आगे आज मैं झुक गया हूँ। मेरा सारा गर्व-गुमान ठंडा हो गया है। जयन्ती को लेकर अपनी छावनी पर जब विवाह संबंधहीन प्रेम-जीवन का मैंने आरम्भ किया था तब मैंने सोचा था कि इससे मैं एक नवीन यौन-जीवन के आदर्श की स्थापना कर सकूँगा। परन्तु नवराम ओझा ने मेरे इस प्रयोग-परीक्षण के विरुद्ध अपना मत विरोध, मेरे प्रति अपना रोष व्यक्त करना शुरू कर दिया। उस नौजवान लड़के को फाँसी के तख्ते पर लटकने से बचाकर उसकी प्राणरक्षा कर, मेरे प्रति किए गए रोष को, क्रोध को तोड़े बगैर ही वे मर गए। इस तरह वे पुराने संसार—पुराने रीति-रिवाजों को मानने वाले समाज—के लिए शहीद हो गए। उनका रोष, उनका विद्रोह सफल हो गया। विवाह हरगिज नहीं करवाऊँगा, ऐसा मैंने गर्व से कहा था, मगर अब वही करने को बाध्य हो गया हूँ। श्राद्ध-कर्म नहीं करूँगा, ऐसा सोचा विचारा था, और अब इस समय देख ही रहे हो, श्मशान से आकर अन्त्येष्टि संस्कार के नियमों के अनुरूप व्रत-उपवास सभी कुछ कर रहा हूँ। अपनी सारी चल-अचल धन-सम्पत्ति का ट्रस्ट (न्यास) बना दूँगा। (समाज की सेवा में सब कुछ अर्पित कर मात्र उसका संरक्षक भर ही बना रहूँगा) ऐसी घोषणा की थी, परन्तु खेतीहर किसान बनने की भूमिका सफल नहीं हुई। बस बैठा हुआ हूँ। कुछ समझ नहीं आता। क्या करूँगा?"

नवीन ने कहा, "प्रयोग परीक्षण कर रहे थे, सफल नहीं हुए। ठीक है। न विचार करो, सोच-समझ कर देखो कि किस कारण से सफल नहीं हुए?"

"किया है। वस्तुतः प्रयोग परीक्षण उचित समय से पहले ही हो गया।"

नवीन ने मुस्कराकर कहा, "तुमने बिलकुल ठीक पकड़ा है। तो फिर उसके लिए शौक करने की क्या जरूरत है? हाथ-पाँव धोओ, स्नानादि करके निवृत होओ। कुछ खाया-पिया कि नहीं?"

"नहीं।"

नवीन के समझाने-बुझाने पर उसने स्नानादि करके कपड़े बदले। अपने कमरे से बाहर आकर जयन्ती ने उसके लिए भोजन परस दिया। फिर दुदू भोजन करने के लिए भोजनालय के कमरे में चला गया। नवीन भी उसके पीछे-पीछे वहाँ जा पहुँचा। दुदू ऐसे व्रत के अनुरूप तैयार किया हुआ, परोसा हुआ (हविष्य अन्न) भोजन करने लगा। उसके पास ही एक कुर्सी पर नवीन बैठ गया। उसने जयन्ती से पूछा, "तुमने भोजन नहीं किया क्या?"

"खा लूँगी।"

वह अपने पति को पूरा भोजन कर लेने की प्रतीक्षा कर रही थी। यह सब देख-समझकर नवीन को मन-ही-मन महसूस हुआ जैसे इस घर में फिर से चित्रा मौसी लौट आई हैं।

इस घर से उसका सम्पर्क अत्यन्त गंभीर है।

दुदू भोजन करने के बाद जब उठकर हाथ-मुँह धो चुका, तब जयन्ती ने कहा, "मैंने इनसे कहा है कि इन सब चीजों का संस्कार-परिष्कार करने के लिए अभी ठहरना पड़ेगा।"

"कितने समय तक ठहरना पड़ेगा, यह तो तुम नहीं बता सकती, जयन्ती !"

जयन्ती ने कहा, "जब तक कि साधारण जनता, साधारण आदमी नहीं समझते....।"

"यह तो बहुत लम्बा समय है।"

"सो तो होगा ही। एक बहुत बड़ा पेड़ लगा देने पर जब उसकी जड़ें जम जायँ तो क्या उसे बहुत आसानी से उखाड़ फेंका जा सकता है? अब चिन्ता छोड़िए, जाइए दोनों मित्र मिलकर बातचीत कीजिए। मैं भी कुछ खाऊँ।"

नवीन और दुदू बाहर जाकर बैठ गए। उस समय आकाश अत्यन्त निर्मल था और इस निर्मल आकाश में चन्द्रमा की अत्यन्त स्वच्छ प्रकाशयुक्त चाँदनी छिटकी हुई थी। बरामदे ही में उन्होंने एक बिस्तरा बिछा लिया। फिर दो तकिये सिरहाने रखकर वे लेट गए। नवीन ने कहा, "जयन्ती सचमुच ही लोकतत्वात्मक चेतना की प्रतिमूर्ति है। यदि वह ऐसा नहीं होती तो वह मूल रहस्य को, असली बात को इतनी आसानी से पकड़ नहीं सकी होती। उसने बहुत सही कहा है, —ठहरना होगा; अभी प्रतीक्षा करनी होगी।"

दुदू ने कहा, "इसी कारण तो मैं जयन्ती के प्रति श्रद्धा रखता हूँ। निश्चय ही उसका एक विशेष मन है। देवधुनी का मन। तुम लोगों की क्रान्तिकारी भविष्य वाणी के साथ देवधुनी की भविष्यवाणी की आर्श्चयजनक समानता है। ठहरना होगा, अवसर की प्रतीक्षा करनी होगी। यही बात मानो क्रान्तिकारियों की भी अन्तिम

बात है।"

नवीन कुछ बोला नहीं। उसने समझ लिया कि जयन्ती के उपदेश ने ही उसके मन को शान्त कर दिया है।

फिर वे दोनों कुछ समय तक चुपचाप पड़े रहे।

कुछ देर बाद जयन्ती आकर उनके पास खड़ी हो गई। वह नवीन के लिए पान-सुपाड़ी लेकर आई थी। पान-सुपाड़ी हाथ में लेकर नवीन फिर बिस्तरे पर बैठ गया। जयन्ती बाहर आकाश में निखरे चाँद की ओर देखने लगी। स्वच्छ सफेद थाली की तरह चमकता चाँद मानो उससे कुछ कहना चाहता है।

उसने नवीन की ओर देखकर पूछा, "माकन बहन जी आश्रम में रहने के लिए चली गई हैं, आप को इसकी सूचना मिली है या नहीं?" मैं सोच रही थी कि इस बार ... "

"इस बार क्या, जयन्ती?"

"सोच रही थी दोनों का मेल करवा दूँगी। सब व्यर्थ हो गया, झूठा हो गया।" जयन्ती ने एक लम्बी साँस छोड़ते हुए कहा।

नवीन ने पूछा, "क्यों?"

"क्यों? ईश्वर ने जोड़ा लगा रखा है।"

इस बार नवीन अपनी हँसी नहीं रोक पाया। वह खिलखिलाकर हँसने लगा। नवीन को इस तरह हँसते देखकर जयन्ती आश्चर्य में पड़ गई। नवीन के मन में ईश्वर के प्रति कोई विश्वास नहीं है, यह बात जयन्ती अच्छी तरह जानती है। इसी कारण उसने मन में इसका कुछ भी दुःख नहीं माना। उसने कहा, "जी महाशय! ईश्वर है, ईश्वर का आस्तित्व है। हँसकर उसे उड़ा दिया नहीं जा सकता। उसकी इच्छा से ही सब कुछ होता है।"

नवीन ने उत्तर दिया, "ईश्वर नहीं, हमने स्वयं ही अपने द्वारा ही अपना भविष्य निश्चित कर लिया है ... "

"क्या निश्चित कर लिया है? माकन बहन जी से मिले ही कहाँ हो?"

माकन के साथ की गई उसकी बातें उसे याद हो आईं। उन बातों में कहीं 'विवाह' शब्द नहीं था, फिर भी आज उन्होंने जो बातचीत की थी, उसने उन्हें निश्चित ही इतना निकट ला दिया था कि फिर कभी अलग ही नहीं किया जा सके। वे दोनों अब साथ-साथ काम करने वाले सहकर्मी हैं, सहयात्री हैं, सहधर्मी हैं। उनके बीच जो यौन-विच्छिन्नता थी, वह भी अब दूर होनी शुरू हो गई है। इस विशेष अवस्था को प्रचलित किसी एक शब्द से समझा नहीं सकते।

जयन्ती को कोई सीधा-सादा उत्तर न देकर नवीन ने आज आश्रम में घटी उनके मिलन की सारी घटना की कहानी पूरी तरह विस्तार से कह सुनाई।

उस कहानी को सुनकर कुछ देर तक जयन्ती शान्त बनी रही। फिर दुदू की ओर देखकर बोली, "आप की नींद अभी भी टूटी कि नहीं? सुन पाए कि नहीं, माकन-हरण नाटक का पूरा कार्य सम्पन्न हो गया है। हम लोगों को इसकी जरा-सी आहट भी नहीं मिली।"

दुदू ने सोए-सोए ही उत्तर दिया, "हरण नहीं हुआ जयन्ती, यह तो स्वयंवर हुआ, स्वयंवर।"

जयन्ती फिर खिलखिलाकर हँसने लगी।

जयन्ती जब अपने कमरे में सोने के लिए चली गई, तब नवीन भी सोने की कोशिश करने लगा। दुदू तब तक गंभीर नींद में खो चुका था। जयन्ती की कुछ बातें नवीन के मन में बार-बार गूँजती जा रही थीं, "ठहरना होगा, प्रतीक्षा करनी होगी।" हड़बड़ी करने पर कोई भी काम नहीं कर सकेंगे। उसने अनुभव किया कि उसके साथ माकन का मिलन केवल बस पुरुष के साथ प्रकृति का एकरस होने का मिलन भर ही नहीं है, यह मिलन व्यक्ति-सत्ता और समाज-सत्ता का भी मिलन है।

उसी समय उसके मन में आकाश में मुक्त विहार करने वाला एक पक्षीराज घोड़ा उतर आया।

फूल कुँवर का पक्षीराज घोड़ा। सारा आकाश ही आज सुन्दर फुलवारी के रूप में परिणत हो गया है।

दूसरे दिन रात बीतते-ही-बीतते बड़े तड़के, भोर में ही, रेलगाड़ी छूटने के समय पर ही नवीन रेलवे स्टेशन पहुँच गया। दुदू भी उसके साथ-साथ वहाँ आ पहुँचा था। वे प्लेट फार्म पर पहुँचे ही थे कि रेलगाड़ी के इंजन ने सीटी बजा दी। वे दौड़े-दौड़े उन लोगों के डिब्बे में जा चढ़े। देखा तो पाया कि माकन सुमति बड़ी बहन जी की बगल में उनके बिलकुल पास बैठी हुई है। मणिका साथ ले जाने वाले सामानों की गठरी-मोटरी-टोकरा-टोकरी वगैरह बैठने की बेंच के नीचे अच्छी तरह सजा-सँभालकर रख देने में व्यस्त है। आश्रम के सेवक एवं सेविकाएँ डिब्बे के सामने प्लेट-फार्म पर भी भीड़ लगाए खड़े विद्यालयों-महाविद्यालयों के छात्रों को खिड़की के बाहर हाथ कर, हाथ हिला-हिलाकर विदाई का सादर अभिवादन जना रहे हैं।

अपना साज-सामान ठीक रख लेने के बाद नवीन ने फिर दुदू को भी सादर विदा किया। माकन ने भी खिड़की के बाहर हाथ हिला-हिलाकर उसे विदाई दी।

जब रेलगाड़ी चल पड़ी तो नवीन आकर सुमति बड़ी बहन जी और माकन के सामने स्थिर खड़ा हो गया। उसने लक्ष्य किया, सुमति बड़ी बहन जी का मुँह

बिल्कुल सफेद, खून से रहित, पीला-पीला, पड़ गया है, उनके दोनों हाथ सूखकर बिलकुल पतले हो गए हैं, सिर के सारे बाल पक चुके हैं। उनका शरीर स्वस्थ नहीं था। बीमारी से देह जल रही थी, परन्तु उनके मुख पर एक दुर्निवार, बराबर बनी रहने वाली, दूर तक प्रभाव डालने वाली हँसी फैली हुई है।

नवीन ने माकन की ओर देखा। काले लंबे केशों से सँवारे जूड़े के नीचे चाँद-सा चमकता उसका मुखमण्डल, मानो चन्द्रमा की ज्योत्सना के कारण वृक्ष के नीचे पड़ी सुन्दर मनोहर छाया हो। उसने मुस्कराकर उसके प्रति अपना अभिवादन व्यक्त किया।

वह बेंच पर बैठ गया। खिड़की से बाहर झाँककर देखा तो जाना कि रेलगाड़ी पान-बाजार (गुवाहाटी का एक मुहल्ला) की शिलांग जाने वाली सड़क को पार कर रही थी। सड़क के बंद फाटकों पर एक जुलूस आकर ठहर गया था। उसने खिड़की से गर्दन बाहर निकालकर जुलूस की ओर ध्यान से देखा। जुलूस के आदमियों के हाथ में देश का राष्ट्रीय झंडा लहरा रहा था। उसने तेज आवाज में चिल्लाकर जुलूस के लोगों का अभिनन्दन किया। उसकी पुकार सुनकर जुलूस के लोग भी ज़ोर-ज़ोर से पुकार उठे, नारे लगाने लगे और आनन्द के मारे उल्लसित हो नाचने लगे।

"समूचे असम में ही इसी तरह के जुलूस निकल रहे हैं।"—सुमति बड़ी बहन जी ने बतलाया, "अब समय आ गया है, असम अपने हक की रक्षा करेगा। अपना प्राप्य पाकर रहेगा। अफसोस कि केवल मैं ही यहाँ नहीं रहूँगी। परन्तु मैं भली-भाँति जानती हूँ कि तुम लोग मेरे काम को पूरा करोगे।"

नवीन ने सम्मति सूचक आदरपूर्वक सिर हिलाया।

पाण्डू रेलवे स्टेशन पर गाड़ी रुकी। रेलगाड़ी से उतरकर (ब्रह्मपुत्र नद पार करने के लिए स्टीमर बोट से पार होने के लिए) वे सभी फेरी घाट पर गए। कुली ने सारे सामानों को डिब्बे से निकालकर फेरी तक पहुँचाया।

सुमति बड़ी बहन जी ने कहा, "आओ, इस जहाज के ऊपर छत पर चलें। आज बहुत दिन पहले की बात याद आ रही है। उस दिन की जिस दिन विमल जी को मदनापल्ली के लिए विदाई देने आई थी। उस समय द्वितीय विश्व युद्ध पूरी तेज़ी से चल रहा था।"

तीनों ही सीढ़ियाँ चढ़कर ऊपर जा पहुँचे।

ऊपर प्रातःकालीन पवन बह रही थी। भींगा-भींगा शीतल पवन। नद (ब्रह्मपुत्र नद) का जल शान्त था। सुमति जी छत के किनारे की रेलिंग के पास जाकर खड़ी हो गईं। चारों ओर से, हर ओर, हर कहीं से चलती हुई हवा उन्हें अपना आमन्त्रण जना रही थी। उन्होंने अनुभव किया कि यह लौहित्य, यह सुन्दर

ब्रह्मपुत्र सदा-सर्वदा इसी प्रकार रहेगा। यह मनोहर प्रकृति हमेशा अपनी शोभा बिखेरती रहेगी। बस केवल मनुष्य आएँगे और जाएँगे। सारा असम आज आन्दोलन चला रहा है। कल इस आन्दोलन के सुन्दर-फल का उपभोग भी करेगा। मनुष्यों का समाज रहता ही है। अर्थात् असमीया रहेंगे, असम रहेगा, और रहेगा भारत वर्ष। सबसे ऊपर रहेगी यह धरती, यह पृथ्वी। लेकिन प्रकृति उससे भी अधिक दिनों तक रहेगी। विमल जी चले गए। वह भी जाने-जाने को ही है। अब इस समय आए हैं, नवीन और माकन। उनके बाद फिर कौन आएगा? जीवन की सार्थकता किसमें है? निस्वार्थ और अथक, निरन्तर की गई सेवा में और प्रेम में। सेवा और प्रेम वस्तुतः एक ही सिक्के के दो पहलू हैं।

अचानक उन्होंने लक्ष्य किया कि नवीन और माकन फेरी की छत के एक किनारे जाकर आपस में बातें करने में मग्न हो गए हैं।

फेरी-जहाज चल पड़ा।

सुमति बड़ी बहन जी के मुँह पर हँसी चमक उठी। उन्हें मन-ही-मन अनुभव हुआ कि माकन और नवीन संघ और आश्रम के काम को तब तक चलाते जाएँगे जब तक कि मानव की संपूर्ण मुक्ति प्राप्त न हो जाए। असम प्रदेश की मुक्ति की समस्या आज मानव-मुक्ति की समस्या से अलग नहीं रह गई है। ते सर्वांगीण मुक्ति-हर प्रकार की संर्शमुक्ति की कामना कर रहे हैं...........।

•••

परिशिष्ट

1. असमीया उपन्यास
2. लेखक का आत्म-कथ्य

असमीया उपन्यास

[डॉ० महेन्द्रनाथ दुबे, क० मुं० हिन्दी-विद्यापीठ,
आगरा विश्व विद्यालय, आगरा, उ० प्र०]

उपन्यास को आधुनिक गद्य युग का महाकाव्य कहा जाता है। गद्य विधा की प्राचीनता की दृष्टि से असमीया भाषा समस्त आधुनिक भारतीय आर्य भाषाओं में अग्रगण्य है। 'आमवाड़ी' के शिलालेखों के पाठोद्धार से असमीया-गद्य लगभग तेरहवीं शती से ही आरंभ होना प्रमाणित होता है। महापुरुष शंकरदेव के 'अंकीया नाटों' में भी, पात्रों के संवादों में इसका प्रचुर प्रयोग मिलता है। किन्तु संपूर्णतः गद्य-रचना की दृष्टि से भट्टदेव लिखित 'कथा-भागवत' और 'कथा-गीता', जिनकी गद्य में रचना सन् १६०० ई० के पूर्व हो चुकी थी, सर्वाधिक प्राचीन गद्य-रचना है। असमीया गद्य के वे ही पथप्रदर्शक हैं। तदनन्तर अहोम राजा स्वर्गदेव जयध्वज सिंह के काल (सत्रहवीं शताब्दी के मध्य) से उन्नीसवीं शती के पूर्वार्द्ध तक अहोम राजवंश की ऐतिहासिक वृत्तावली के रूप में जो बुरुंजी साहित्य की महान परिपाटी लिखी जाती रही, उसका आधार भी गद्य था। राजघरानों और धार्मिक सत्रों के माध्यम से असमीया गद्य का विकास निरन्तर होता रहा। गद्य का ऐसा नैरन्तर्य आधुनिक भारतीय आर्यभाषाओं में अन्यत्र दुर्लभ है। किन्तु यह सत्य है कि गद्य का जो नवीन असमीया रूप है उसका विकास असम में अंग्रेज़ों के प्रभुत्व स्थापन (१८२६ ई०) के अनन्तर ही हुआ। अंग्रेज़ों के राज्यस्थापन के कुछ समय बाद से ही असमीया गद्य विधा नानाप्रकार की नई-नई साहित्यिक विधाओं के रूप में विकसित हो चली। जैसे एक नये युग का ही सूत्रपात हो गया। इसी से तभी से असमीया साहित्य का आधुनिक युग माना जाता है। इस आधुनिक असमीया साहित्य की सर्वाधिक गौरवशाली विधा गद्य-विधा है और इस गद्य विधा का सर्वाधिक महत्वपूर्ण अंश है असमीया उपन्यास।

असमीया उपन्यास साहित्य के आरंभ करने का श्रेय असम में ईसाई धर्म प्रचार करने आए ईसाई मिशनरी वाले साहबों को ही है, किन्तु यह भी सच है कि इन ईसाई धर्म प्रचारकों को असमीया की जो विकसित गद्य-रीति प्राप्त हुई उसी के

कारण असमीया गद्य-भाषा में धर्मप्रचार के साथ-साथ विविध साहित्यरूपों के विकास का श्रेय उन्हें मिला। सन् १८४६ ई० में शिवसागर मिशनरी प्रेस से अरुणोदय पत्रिका का प्रकाशन हुआ जो इस नवीन साहित्यान्दोलन का सर्वाधिक शुभ संवाहक हुआ। यद्यपि इस पत्रिका का उद्देश्य असमीया भाषा के माध्यम से ईसाई धर्म का प्रचार करना ही था किन्तु इसमें समय समय पर इतिहास, विज्ञान, ज्योतिष-जीवनी एवं सामान्य ज्ञान संबंधी बातें भी प्रकाशित होती रहती थीं। इसी क्रम में सर्वप्रथम सन् १८५१ ई० में जान बूनियन के उपन्यास Piligrims Progress का अनुवाद असमीया में 'यात्रिकर यात्रा' नाम से प्रकाशित हुआ। यह अनूदित उपन्यास ही असमीया के उपन्यास साहित्य का प्रथम दिग्दर्शक सिद्ध हुआ। फिर १८७७ ई० में ए० के० गर्नी ने बँगला उपन्यास 'एलोकेशी वेश्यार विषय' का असमीया अनुवाद इसी में प्रकाशित किया। इसी वर्ष 'फूलमनी आरू करूणा' भी अनूदित हो प्रकाशित हुआ, जिनसे उपन्यास धारा का प्रवर्त्तन हुआ, किन्तु इस वर्ष का जो स्मरणीय योगदान है वह है ए० के० गर्नी रचित 'कामिनीकान्तर चरित्र' उपन्यास का प्रकाशन। यद्यपि इसके प्रकाशन के पीछे भी मूल उद्देश्य ईसाई धर्म का प्रचार ही अन्तर्निहित था, फिर भी आधुनिक ढंग का प्रथम असमीया मौलिक उपन्यास यही कहा जा सकता है। कुछ लोग इसके पूर्व १८७६ ई० में हेमचन्द्र बरुआ द्वारा रचित प्रकाशित ग्रन्थ "बाहिरे रंच भितरे कोवा भातुरी" को ही आख्यान मूलक होने के कारण प्रथम उपन्यास मानते हैं किन्तु इसे समाज संस्कार की दृष्टि से लिखा गया व्यंग्यात्मक प्रबन्ध ही माना जा सकता है।

'कामिनीकान्तर चरित्र' (१८७७ ई०) में कथावस्तु छोटी है। कामिनीकान्त नामक ब्राह्मण का विवाह सरला से होता है, किन्तु ईसाई धर्म से प्रभावित हो वह शीघ्र ही ईसाई धर्म स्वीकार कर लेता है। इस पर पत्नी सरला विरोध करती है जिसे वह अनेकों पत्र लिखकर अपने पक्ष को समझाता है। अंततः पत्नी भी उसकी सार्थकता मान लेती है और ईसाई बन जाती है। इस उपन्यास में प्रचारात्मक उद्देश्य से ही उच्चकुलशील ब्राह्मण का ईसाई होना दिखाया गया है। प्रचार की मात्रा इतनी प्रबल है कि औपन्यासिक सौन्दर्य छिप-सा गया है। इस कारण से कितने ही विद्वान इसे भी प्रथम उपन्यास मानने से हिचकिचाते हैं। १८८४ ई० में पद्मावती देवी फूकननी रचित 'सुधर्मार' उपाख्यान प्रकाशित हुआ किन्तु उपन्यास-शिल्प की दृष्टि से वह समुचित श्रेणी का सिद्ध न हो सका।

इसके अनन्तर असमीया साहित्य का जब जोनाकी युग आरंभ हुआ तो

बिजुली नामक पत्रिका में पद्मगोहाईं बरुआ के दो उपन्यास क्रमशः 'भानुमती' (१८९१ ई०) और 'लाहरी' (१८९२ ई०) प्रकाशित हुए। ये उपन्यास प्रचारधर्मिता से मुक्त थे। इनकी आधारकथा आहोम युग की बुरंजियों पर आधारित थी। इस प्रकार ऐतिहासिक परिप्रेक्ष्य में समकालीन समस्याओं का समाधान ढूँढने का प्रयास इसमें सर्वप्रथम प्रत्यक्ष हुआ। फलतः पद्मगोहाईं बरुआ को असमीया के प्रथम नाटककार होने के साथ-साथ प्रथम उपन्यासकार होने का गौरव भी दिया जाता है। सन् १८९९ ई० में हरेश्वर शर्मा बरुआ कृत 'कुसुमकुमारी' का प्रकाशन हुआ। श्री लक्ष्मीनाथ बेजबरुआ रचित 'पदुम कुँवरी' उपन्यास का प्रकाशन १९०५ ई० में हुआ, जो ऐतिहासिक दंदुआ द्रोह की घटना पर आधारित एवं ऐतिहासिक उपन्यास है।

असमीया उपन्यास को सुष्ठ आधारभूमि प्रदान करने वाले और उच्चता के शिखर की ओर उन्मुख करने वाले कृती व्यक्तित्त्व हैं रजनीकान्त बरदलै (१८६७-१९३९)। उन्होंने जो महान् उपन्यास रचे उन्हीं के कारण उन्हें असमीया के स्काट, असमीया के बंकिमचन्द्र, असमीया उपन्यास के पिता अथवा असमीया उपन्यास सम्राट आदि के रूप में आदर के साथ याद किया जाता है। वे एक परम देशभक्त थे। स्काट और बंकिम की भाँति ही उन्होंने अपनी ऐतिहासिक और आंचलिक बिरासत को बड़े परिश्रम और स्नेह से उपन्यासों के माध्यम से प्रस्तुत किया। उन्होंने उपन्यास को गंभीरता से लिया और विषयवस्तु के आधार पक्ष को संपुष्ट करने के लिए विस्तृत ऐतिहासिक, सामाजिक और सांस्कृतिक अध्ययन किया। तदनन्तर अपनी कृतियाँ रचीं। कार्यवश उत्तर असम के अरुणाचल प्रदेश में जाने पर इन्होंने वहाँ की मिरि जनजाति का निकट से अध्ययन किया और परिणाम स्वरूप 'मिरि जीयरी' (१८९४) नामक उपन्यास रचा। इस उपन्यास के चरित्र जंकि और पानेई बालसहचर रहे हैं। जवानी में वे एक दूसरे के अत्यधिक निकट आते हैं और प्रणय-सूत्र में बँधना चाहते हैं किन्तु उनकी जातीय अदालत उनके प्रणय की स्वीकृति नहीं देती। ऊपर से उन्हें प्राणदण्ड की सजा सुनाती है। नाना संघर्षों के अनन्तर अन्ततः उन्हें फाँसी दी जाती है किन्तु मृत्यु के उपरान्त जब उनके शव सुवर्ण नदी में फेंके जाते हैं तो जीवन में मिलने से वंचित रह गए उनके शव अन्ततः एक साथ मिल जाते हैं। इस छोटी कथा के आधार पर ही बरदलै ने मिरि जनजाति की सभी सामाजिक स्थितियों का सफल चित्रण किया है।

इस सामाजिक उपन्यास के बाद बरदलै ने प्रायः ऐतिहासिक उपन्यासों की

रचना की जिनमें 'मनोमती' (१९००) 'दंदुआ द्रोह' (१९०९) 'रंगीली' (१९२५) 'निर्मल भकत' (१९२६) 'रहदै लिगरी' (१९३०) और 'ताम्रेश्वरी मन्दिर' (१९३६) उल्लेख्य हैं।

मनोमती सच्चे अर्थों में असमीया का प्रथम ऐतिहासिक उपन्यास है। ऐतिहासिक पृष्ठभूमि पर हलकांत बरुआ और चंडी बरुआ के परस्पर शत्रुवत् परिवारों की सन्तानों, लक्ष्मीकान्त और मनोमती में प्रेम हो जाता है। दोनों ही परिवारों के विरोध के बावजूद अन्ततः वे सफल होते हैं और अपनी सखी पमीला की सहायता से मनोमती का लक्ष्मीकान्त से मिलन होता है। ऐतिहासिक आधार पर काल्पनिक कथा और चरित्रों के संयोग से यह उपन्यास मनोरम बन पड़ा है।

'दंदुआ द्रोह' अहोम राजाओं के विरुद्ध कामरूप की जनता द्वारा किये गए संघर्ष का चित्रण करता है। इस संघर्ष का नेतृत्व हरदत्त और वीरदत्त नामक दो भाई करते हैं। किन्तु यह क्रान्ति सफल नहीं हो पाती। वीरदत्त मारा जाता है, हरदत्त गिरफ्तार हो जाता है और अपनी सम्मान-रक्षा के लिए उसकी पुत्री ब्रह्मपुत्र में कूदकर आत्महत्या कर लेती है।

'रंगीली' असम पर हुए बर्मियों के आक्रमण की कहानी पर अवलंबित है। असम निवासियों की आपसी फूट और राजनीतिक सूझबूझ के अभाव, गृहकाल के कुप्रभावादि का बड़ा ही यथार्थ चित्रण इसमें हुआ है। इस संघर्षशील उपन्यास में भी चार-चार प्रेमी युगलों की चार कथाएँ गतिशील हैं। इनमें रंगीली और पदुमी का चरित्र लगभग समान प्रभाव का है। अधिकांश चरित्र काल्पनिक हैं।

'निर्मलभकत' बर्मियों के तृतीय आक्रमण की पृष्ठभूमि पर प्रतिष्ठित है। इसमें जननायक निर्मल संघर्ष करते-करते बर्मियों द्वारा कैद कर लिया जाता है। १३ वर्षों तक बर्मा की कैद में बिताता है किन्तु वहाँ भी निरन्तर अपनी पत्नी रूपही की याद में डूबा रहता है। परन्तु उस कैद से छूटकर जब असम के अपने घर पहुँचता है तो पाता है कि उसकी प्रिय पत्नी ने जीवन की मजबूरियों से लाचार होकर अन्य से विवाह कर लिया है। वह उसके जीवन में व्याघात न डालकर संन्यास ग्रहण कर लेता है। प्रेम कथा के परिपार्श्व में भी देशप्रेम भावना का बड़ा ही अच्छा चित्रण इसमें हुआ है।

'रहदैलिगरी' उनका सबसे बड़ा उपन्यास है जो तीन खण्डों में विभाजित है इसमें रहदै और दयाराम की प्रणयकथा प्रधान है। ऐतिहासिक चरित्र तो हैं किन्तु

काल्पनिक घटनाएँ अधिक हैं जो लेखक के समसामयिक संघर्षों से चित्रित हैं। द्वितीय खण्ड में रहदै हठयोगी साधु से हठयोग सीखती है। तृतीय खण्ड में कृष्णदासी वैष्णवी के रूप में आकर बर्मियों के आक्रमण की पूर्व सूचना देती है, लोगों को संगठित हो संघर्ष करने की प्रेरणा देती है। और अन्त में दयाराम को मानवसेवा में संयुक्त कर स्वयं वृंदावन चली जाती है।

'खांबा आरु थोइनी' उनका एक और उपन्यास है जो आवाहन पत्रिका में १९३० में प्रकाशित हुआ था।

बरदलै के बाद उस ढंग के बुरुंजी मूलक ऐतिहासिक उपन्यास फिर नहीं लिखे गए। वैसे ऐतिहासिक इतिवृत्त को आधार बनाकर लिखने वालों में दंडिनाथ कलिता (१८९०-१९५०), हरिनारायण दत्त बरुआ, शरत्चन्द्र गोस्वामी (१८८७-१९४५) आदि उल्लेख्य हैं। श्री दंडिनाथ कलिता-कवि, कहानीकार और नाटककार भी थे। इनका प्रथम उपन्यास 'फूल' १९०८ में प्रकाशित हुआ। तदनन्तर 'साधना' १९२८, 'हत्याकारी कौन', १९४७ 'परिचय' १९५०, 'आविष्कार' १९५० और 'गणविप्लव' १९५१ में प्रकाशित हुए। 'साधना' इनका बहु प्रशंसित उपन्यास है जिस पर इन्हें असम साहित्य सभा का श्रेष्ठ पुरस्कार दिया गया। सन् १९२० के बाद भारतीय राजनीति पर गांधी जी के आदर्शों का प्रभाव पड़ने लगा था। शेष देश के साथ असम पर भी गांधी जी के सत्य अहिंसा के आदर्शों, सविनय अवज्ञा आन्दोलन की प्रेरणा, अछूतोद्धार, नारी शिक्षा, नैतिक नियमों के प्रति श्रद्धा आदि के आदर्शों का प्रभाव पड़ने लगा था। कलिता के इस साधना उपन्यास में इस जमाने की सारी गतिविधियों की छाया दिखाई पड़ती है। इसमें आदर्शवादी नवयुवक दीनबन्धु का धूर्त-प्रपंची और स्वार्थी लोगों से संघर्ष दिखाया गया है। उसके द्वारा स्थापित स्कूल, उसकी अध्यापिका प्रभा आदि के सन्दर्भों को लेकर कथा गतिशील होती है अन्त में प्रपंचियों की पराजय होती है। इस उपन्यास के द्वारा स्त्री-शिक्षा और स्वतन्त्रता के आदर्शों को स्थापित किया गया है। यह उपन्यास अनेक अंशों में हिन्दी के प्रेमचन्द के प्रेमाश्रम उपन्यास से तुलनीय है।

शरत्चन्द्र गोस्वामी असम साहित्य सभा के संस्थापकों में से एक हैं। इनका उपन्यास 'पानीपथ' (१९३०) बाबर और संग्रामसिंह के युद्ध पर आधारित है किन्तु इसमें ऐतिहासिक की अपेक्षा काल्पनिक तत्व अधिक हैं। इसकी विशिष्टता है इसकी

शैली, जो पुराने ढंग की लोक कथा शैली को छोड़कर एकदम पाश्चात्य कथा शैली में ढाली गई है। हरिनारायणदत्त बरुआ का उपन्यास 'चित्रदर्शन' १९३१ भी इसी श्रेणी का है।

श्री देवचन्द्र तालुकदार (१९००) भी गाँधीवादी प्रभाव के उपन्यासकार हैं। 'अपूर्ण' और 'आग्नेय गिरि' (१९२४) 'विद्रोही' (१९२९) 'दुनियां' और 'आदर्शपीठ' इनके प्रमुख उपन्यास हैं। आदर्शपीठ का प्रकाशन आह्वान पत्रिका में क्रमशः हुआ। गांधीवादी आदर्शों पर रचित इस उपन्यास का प्रतिपाद्य है कि शिक्षा और ज्ञान के प्रकाश के बिना देश में किये जाने के सारे सामाजिक सुधार व्यर्थ हैं। आगे चलकर श्री तालुकदार पर साम्यवादी विचारधारा का विशेष प्रभाव पड़ा।

असमीया उपन्यास समालोचक प्रायः असमीया उपन्यास के विकासक्रम को युद्धपूर्व और युद्धोत्तर युग के दो उपविभागों में बाँटते हैं। यहाँ उनका अभिप्राय सन् १९३९ में होने वाले द्वितीय विश्वयुद्ध से है। वे मानते हैं समस्त विश्व के साथ भारत पर भी इस युद्ध का बड़ा गहरा असर हुआ था फलतः साहित्यिक धारायं भी इससे प्रभावित हुई थीं जिसके कारण युद्धोत्तर साहित्य विधाओं में युद्धपूर्व की अपेक्षा व्यापक परिवर्तन लक्षित होते हैं इसी से अपने वर्णन क्रम में वे १९३९ ई० के पहले प्रकाशित उपन्यासों को एक ओर और उसके बाद प्रकाशित उपन्यासों को दूसरी जगह रखकर देखते हैं। उनके अनुसार यदि देखें तो युद्ध पूर्व उपन्यासों में शान्तिराम दास का 'वैरागी' (१९२०), चिन्ताहरण पाटगिरी का 'संसार चित्र' (१९२१), नवीन भट्टाचार्य का 'चन्द्रप्रभा', स्नेहप्रभा भट्टाचार्य का 'बीना' (१९२३) दीनानाथ शर्मा का 'उषा' आदि उल्लेख्य है।

जहाँ तक मैंने असमीया उपन्यास साहित्य को देखा परखा है मेरे विचार से सन् १९३९ के विश्वयुद्ध से भारत और उसका असम प्रदेश विशेष प्रभावित तो था किन्तु भारतीय राजनीति और सामाजिक परिवेश में व्यापक परिवर्तनों की लहर १९२० के सत्याग्रह आन्दोलनों से ही आरंभ हो गई थी। १९३९ की अपेक्षा १९४२ के अंग्रज़ो 'भारत छोड़ो' आन्दोलन का असर अधिक गहरा था और १९४७ में भारतीय स्वतन्त्रता-प्राप्ति और १९५० में भारत के गणराज्य घोषित हो जाने के बाद एक लंबी लड़ाई की कशमकश के साथ भारत की हर विधाओं में अचानक परिवर्तन आए। स्वतन्त्रता से जो-जो आशाएँ लगी थीं उनका भी मोह भंग हुआ। स्वतन्त्रता के बलिदानी व्यक्तित्त्वों की उपेक्षा का साक्षात्कार हुआ। बचे

हुए त्यागी नेता भी स्वतन्त्रता के बाद कुर्सी पाते ही किस कदर बदल गए, इसे भी सबने प्रत्यक्ष देखा। इन सबकी जो भारी प्रतिक्रिया साहित्य के विविध रूपों में हुई वह १९३९ के प्रभाव से भी अधिक गहरी है। अतः असमीया उपन्यास की विकास-यात्रा को भी यदि स्वतन्त्रता प्राप्ति से पूर्व युग और स्वतन्त्रता-प्राप्ति से उत्तर युग के रूप में देखा जाए तो अधिक समीचीन हो।

देश जब १९४२ की क्रान्ति से गुजर रहा था तभी विभिन्न प्रयोजनों से अपनी धरती का मोह, अपनी जातीय परम्परा के प्रति आदर, अपनी संस्कृति की जीवनी धारा के ज्ञान की जिज्ञासा, अपने समाज के अपने प्रतिवेशियों के दुःख दर्द के प्रति चिन्ता का भाव देश में सर्वत्र प्रबल हुआ। उसका स्फुरण अपने-अपने ढंग से विविध भाषाओं के साहित्य और उनकी विधाओं पर पड़ा। इस समय के दौरान असमीया में श्री विरंचिकुमार बरुआ रचित उपन्यास 'जीवनर बाटत' (१९४५) का प्रकाशन हुआ जिसे उन्होंने 'बीना बरुआ' के अपने छद्म नाम से प्रकाशित किया था। अनेक दृष्टियों से यह उपन्यास अपने युग की नाना प्रवृत्तियों का एकत्र सामग्रिक साक्षात्कार कराता है और अपने शक्तिशाली चित्रण से असमीया उपन्यास का कीर्तिस्तम्भ सिद्ध होता है।

इस उपन्यास की कथा बड़ी सहज और सरल है। इस प्रकार से 'अभिज्ञान शाकुन्तल' की दूसरी संस्करण-सी है। असम प्रदेश के एक गाँव की सीधी सरल, युवती तगर अपने गाँव में बारात में आए एक युवक कमलाकांत पर रीझती है। प्रेम दोनों ओर से पनपता है। निशानी के लिए कमलाकान्त उसे अपनी अंगूठी पहनाकर चला जाता है। फिर कभी सुध नहीं लेता। कन्यादान से दबा हुआ पिता अन्ततः पुत्री तगर का विवाह धरणी नामक स्कूल अध्यापक से कर देता है। किन्तु ससुराल में तगर को सास की नाना प्रताड़नायें सहनी पड़ती हैं। दैवयोग से धरणी बन्दी बनाया जाता है जहाँ यक्ष्मा से उसकी मृत्यु हो जाती है। पुलिस तगर के घर की तलाशी लेने आती है। दैवात् तलाशी लेने वाला अधिकारी वही कमलाकांत है। तलाशी में उसे वहीं अपनी ही अंगूठी मिल जाती है जिससे उसे अपनी पुरानी प्रेम-कहानी याद हो आती है। कहानी अभिज्ञान शाकुन्तलम की छाया सी लगते हुए भी अपने यथार्थ ग्रामीण जीवन चित्रण के कारण अत्यन्त सशक्त और प्रभावपरक है। इस उपन्यास में बीच-बीच में लोककथाओं, लोकोक्तियों, कहावतों के जो निपुण प्रयोग हुए हैं वे बड़े ही हृदयस्पर्शी हैं।

यद्यपि इस उपन्यास का अन्त अवसादमय है फिर भी तगर के चरित्र की

महिमामय करुणाधारा सर्वत्र प्रवाहित होती दृष्टिगोचर होती है। इसके सभी चरित्र स्मृति में स्थायी आवास बना लेते हैं जो बार-बार कौंधते रहते हैं।

बिरिंचिकुमार बरुआ ने 'रास्ना बरुआ' छद्मनाम से एक दूसरा उपन्यास रचा 'सेउजी पातर काहिनी' (हरे पत्तों की कहानी) जो १९५८ में प्रकाशित हुआ। इसमें नरेश्वर नामक शिक्षित ग्रामीण युवक के माध्यम से असमी ग्रामीण जीवन के चित्र उकेरे गए हैं। फिर अपने पिता पर गाँव वालों के नाना निंदा-अपवाद से खीझकर वह प्रकृति के मुक्त अंचल, पत्तों से हरे-भरे चाय बगान में पहुँचता है। जहाँ की मुक्त प्रकृति के जीवन से वह रीझता है, वहीं अंग्रेज साहब और चाय बगान की आदिवासी युवती की संकर सन्तान छनियाँ के सौन्दर्य और प्रेमाकर्षण में खिंचता है। वहाँ वह विभिन्न प्रकार के नर-नारियों के निकट संपर्क में आता है। चाय-बगान के श्रमिकों के जीवन के नानाविध छायांकन क्रमशः स्पष्ट होते हैं। उसके प्रेमाकर्षण को उच्च धरातल पर बनाये रखने के उद्देश्य से ही एक दिन छनियाँ कहीं भाग जाती है। नरैश्वर भी अन्ततः चाय बगान के जीवन से भी ऊब जाता है और वहाँ से भाग निकलता है।

इस उपन्यास का कथाफलक अत्यन्त विस्तृत है। इसमें एक ओर नारी हृदय के विचित्र प्रकाश को प्रकाशित करने का उपक्रम है, दूसरी ओर ग्राम और नागरिक जीवन के छाया चित्र हैं और उनके समानान्तर चाय बगानों की मुक्त प्रकृति का कुण्ठाहीन स्वच्छन्द जीवन है। तीसरी ओर चाय बगान में मालिकों द्वारा किए जा रहे शोषण और अत्याचार के दृश्य हैं जहाँ श्रमिक अपमानजनक जीवन बिताने को बाध्य हैं। उनकी कुल बधुएँ स्वच्छेचरीयों की शिकार होने को बाध्य हैं। इस नानाविध विस्तृत उद्देश्यों को प्रकाशित करने के लोभ में लेखक उपन्यास की कथा को सामग्रिक दृष्टि से बाँध कर एकोन्मुख नहीं कर सका है। इसीलिए औपन्यासिक शिल्प और प्रभाव डालने की क्षमता की दृष्टि से इसे वह सफलता नहीं मिल सकी जो उनके प्रथम उपन्यास 'जीवनर बाटत' को मिली थी। यद्यपि आधुनिक जीवन के संघर्ष को इसमें सटीक ढंग से मुखरित करने का प्रयास किया गया है। बिरंचिकुमार अपनी ऐतिहासिक सत्यदृष्टि से यहाँ भी सजग हैं। नरेश्वर के घरेलू जीवन के पुराने वैभवपूर्ण रूप और वर्तमान अवनतिपूर्ण रूप को वे बड़ी सूक्ष्मता से रखते हैं और उस परिवेश में ही तदनुरूप नरेश्वर के चरित्र का विकास दिखाते हैं। नरेश्वर के गाँव में आए आडम्बरी साधु के क्रियाकलापों से नाना छल-बल से नवयुवतियों को फँसाने के उसके कृत्यों से वे जहाँ साधु के खोखले जीवन को

खोलते हैं वहीं यौन शक्ति के प्रबल आकर्षण को भी प्रस्फुटित करते हैं।

छनियाँ के पीछे पड़े क्लर्क के चरित्र की दुर्बलताओं से, जहाँ वह छनियाँ को पाने को तो लालायित है किन्तु छनियाँ द्वारा विवाह का प्रस्ताव रखने पर समाज के डर से उसे स्वीकार करने में असमर्थ है, वे नागरिक जीवन की कुटिलता और भीरुता को उद्घटित करते हैं। चाय बगीचों के श्रमिकों की कुण्ठाहीन यौन भावना के समानान्तर वे तथाकथित समाज की कुण्ठाग्रस्त यौन विकृति को उभारते हैं। साहबों के अत्याचार का विरोध करती हुई छनियाँ उनके जालिम अत्याचारों के कारण जहाँ उनके प्रति घृणा प्रकट करती है, वहीं श्रमिकों द्वारा उस अत्याचार को निरीह भाव से बिना विरोध के पत्थर की तरह सहते रहने की भीरु भावना के कारण उसे उनके प्रति भी वितृष्णा हो जाती है।

परन्तु इस उपन्यास में जहाँ छनियाँ स्वेच्छापूर्वक चाच बगान से दूर कहीं चली जाती है, उसके बाद की कथाधारा सुश्रृंखल नहीं रह पाती। शोषण के विरोध का कोई समुचित समाधान उपन्यासकार देने से विरत ही रहता है। पलायन ही कोई उपाय नहीं। चाय के हरे-हरे पत्तों की आड़ में कितना प्रताड़ित, करुण, अमानविक जीवन चल रहा है इसका चित्र देकर ही उपन्यासकार विरत हो जाता है। वह संघर्ष के सार्थक उपाय नहीं सुझाता।

फिर भी असमीया उपन्यासों में इसका स्थान विशेष उल्लेखनीय है। श्री विरंचिकुमार बरुआ का साहित्यिक व्यक्तित्व बहुमुखी था वे उपन्यासकार के साथ-साथ एक श्रेष्ठ कहानीकार, नाटककार, निबन्धकार और समालोचक भी थे कलकत्ता और लंदन विश्वविद्यालयों से उन्होंने उच्चस्तरीय शिक्षा पाई थी और उसका समुचित सदुपयोग अपनी कृतियों में किया। यदि उनकी प्रतिभा एकान्तिक दृष्टि से उपन्यासों से प्रवाहित हुई होती तो निश्चय ही हमें असमीया के और भी उत्तम उपन्यास उनकी लेखनी से मिले होते।

देश स्वतन्त्र होने की शुभ बेला जहाँ एक ओर हर्ष की बाढ़ ले आई थी, वहीं साम्प्रदायिक विद्वेष के कारण देश का दुःखद बँटवारा हुआ। लाखों लोगों के घर उजड़ गए, भीषण रक्तपात हुए। शताब्दियों से साथ-साथ बसे रहते चले आने वाले लोगों के बीच भय और संशय घर कर गए। राष्ट्रीय स्वातंत्र्य का आनन्द पड़ोसियों के विद्वेष से उत्पन्न हिंसात्मक प्रतिकारों में बह गया। देश के व्यवस्थित हो जाने पर भी नई-नई सामाजिक समस्याएँ उत्पन्न होने लगीं। असम-उपत्यका में, सीमावर्ती

प्रदेश होने के कारण भयंकर प्रभाव पड़ा। फलतः उसकी साहित्यिक धाराओं में भी नया बदलाव आया। निश्चय ही स्वतन्त्रता से प्राप्ति के बाद रचे गये सभी उपन्यासों पर इन समसामयिक घटनाओं से जूझने का प्रयास दिखाई पड़ता है।

इस काल में जिस बात की सबसे अधिक आवश्यकता थी वह थी धार्मिक-साम्प्रदायिक विद्वेष भूलकर विभिन्न धार्मिक संप्रदायों को निकट लाने की और पारस्परिक विश्वास और सौहार्द्र स्थापित करने की। इस क्षेत्र में 'महम्मद पियार' (१९२६) ने अपने विभिन्न उपन्यासों द्वारा हिन्दू-मुसलमान सौहार्द्र बढ़ाने, देश की प्रमुख समस्या आर्थिक समस्या के प्रति सजग होने और मिलजुल कर उसका समाधान ढूढ़ने, विश्व के विभिन्न भागों में हुए विभिन्न युद्धों के कारण मानव जाति में आए पारस्परिक विद्वेष एवं नैतिक पतन को हटाकर समुन्नत मानवतावादी आदर्शों को प्रतिष्ठापित करने की चेष्टा की। उनके उपन्यासों–'प्रीति उपहार' (१९४७)'संग्राम' (१९४८), जीवन नैर जाँजि, (१९४९) 'हेरोवा स्वर्ग' (१९५२)'युवती निशार 'आजान' (१९५६) में यही स्वर मुखर है। असमीया मुस्लिम समुदाय में व्याप्त दोषों और दुराग्रहों का चित्रण बिना किसी पूर्वग्रह के हेरोवा स्वर्ग (खोया हुआ स्वर्ग) में हुआ है। इस उपन्यास के सभी चरित्र यथार्थ जीवन के सच्चे प्रतिनिधि हैं। निम्न मध्य वित्त वर्ग किस प्रकार से नाना प्रकार की मजबूरियों में पिसता चला आ रहा है इसका बड़ा ही सटीक चित्रण इस उपन्यास में हुआ है। पियार साहब की यही बड़ी विशेषता है कि सामाजिक जीवन के सूक्ष्म पर्यवेक्षण को वे यथातथ्य रूप में रखते हैं, किसी भी प्रकार के राजनैतिक दृष्टिकोण को उस पर हावी नहीं होने देते। उनकी वर्णन भंगिमा सरल है, चरित्रों में भी मनोवैज्ञानिक अथवा अन्यान्य प्रकार की जटिलता नहीं आने पाई है।

स्वतन्त्र्योत्तर कालीन असमीया समाज में जो भ्रष्टाचारी संस्कृति पनपी है उसका बड़ा ही ज्वलंत चित्र श्री दीननाथ शर्मा ने अपने 'संग्राम', 'माटी' आरु मानुह तथा 'नदाई' उपन्यासों में रखा है। विशेषतः 'संग्राम' उपन्यास में हम देखते हैं कि आदर्शवादी नायक बुद्धिनाथ अपने तमाम सद्गुणों के बावजूद भ्रष्ट समाज की मान्यताओं से अपने को जोड़ न पाने के कारण एक के बाद दूसरी नौकरियों से क्रमशः निकाला जाता है।

इसी प्रकार के छायाचित्र हमें मथुरा डेका के उपन्यास 'हुमुनियाह' (दीर्घनिश्वास) जमीरुद्दीन कृत 'समाज संघात संग्राम' और सौमार कृत 'केरानीर

जीवन' (क्लर्क की ज़िन्दगी) में भी मिलते हैं। यद्यपि इन उपन्यासों में कथावस्तु का आधार बहुत पुष्ट है किन्तु तदनुरूप चारित्रिक विकास न हो पाने के कारण ये उपन्यास अपेक्षित उन्नत कोटि के नहीं हो पाए हैं।

चरित्र-सृष्टि पर विशेष ध्यान देने वाले उपन्यासकारों में प्रफुल्लचन्द्र गोस्वामी (१९१९) का विशिष्ट स्थान है। इन्होंने मनोविश्लेषण के वैज्ञानिक आधार पर 'केचा पातर कॉंपनि' (किसलयों का प्रकम्पन १९५२) नामक उपन्यास लिखा जिसकी कथा आत्मकथात्मक शैली में कही गई है, इससे उपन्यास के नायक उत्पल का चरित्र तो बड़ी सूक्ष्मता से उद्‌घाटित हुआ है किन्तु अन्यान्य चरित्र उतने उभर नहीं सके हैं। आधुनिक युग में किसानों के उत्पीड़न, उनसे मालगुजारी वसूलने में बरती गई निर्ममता, रोजी-रोजगार में निरन्तर होने वाली हानि और इन सबका मनुष्य के महत् मस्तिष्क पर पड़ने वाले घातक प्रभाव आदि का सुनिपुण चित्रण हुआ है। इसमें सामाजिक द्वन्द्व और वैयक्तिक जीवन की अस्थिरता का साथ-साथ घात-प्रतिघात रूप में वर्णन किया गया है। निर्णय ले पाने में असमर्थता, उद्देश्य के प्रति सावधानता की कमी, सामाजिक संघर्षों का सही समय पर सही ढंग से सामना कर पाने की कमी इसके वैयक्तिक चरित्र की कमजोरी है। फिर भी, सारी कमजोरियों के बावजूद, इसमें व्यक्तित्व का बड़ा ही निभ्रान्त, उज्ज्वल और मुक्त चित्रण हुआ है। मनोविश्लेषणात्मक चित्रण में लेखक को सफलता मिली है।

मनोवैज्ञानिक गहनता से पुष्ट उपन्यासों के दूसरे श्रेष्ठ कृतिकार हैं श्री राधिका मोहन गोस्वामी। इनके उपन्यास, 'चाकनैया' (१९५४) 'भँवर' और 'बामारली' (१९५८), 'चक्रवात' – इस दृष्टि से उल्लेखनीय हैं। चाकनैया का प्रधान चरित्र है विवेक। विवेक को घरेलू एवं सामाजिक जीवन की विभिन्न परिस्थितियों से गुजरते हुए लेखक एक ओर समाज में व्याप्त भ्रष्टाचार, स्त्री-पुरुष संबंधों की दूषित मनोवृत्ति, सच्चे प्रेम का निरादर कर जबरदस्ती नवयुवकों को अनिच्छाकृत शादी करने पर मजबूर करने का व्यापार, वर्त्तमान नवयुवक पीढ़ी का वृद्धजनों के प्रति निरादर भाव आदि उद्‌घाटित हुआ है तो दूसरी ओर व्यक्ति के रूप में विवेक की मानसिक दुर्बलता, संघर्षों का सामना करने की अक्षमता, समाज के डर से अमला जैसी युवती की मर्यादा की रक्षा करने से विरत रह जाने की कापुरुषता, पलायनवादी मनोवृत्ति और संशयालु चित्त का भी समुचित उद्‌घाटन हुआ है।

'बा मारली' उपन्यास में इससे भिन्न आधुनिक सभ्यता, विशेषकर पाश्चात्य

प्रभाव में आकर किये जा रहे अन्धानुकरण से समाज पर होने वाले भयानक कुप्रभावों का पर्दाफास किया गया है। इस उधार ली गई सभ्यता से हमारे गाँवों का चिराचरित शान्त चरित्र किस प्रकार डगमगा गया है, नई हवा में युवतियाँ किस भाँति गुमराह हो रही हैं आदि का सम्यक् निरूपण इसमें हुआ है।

प्रेमधर राजखोवा का उपन्यास 'भूलर समाधि' आकार में तो बड़ा है ही इसमें भारतीय समाज में द्वितीय विश्वयुद्ध काल से ही होते आ रहे परिवर्तनों, स्वतन्त्रता-संग्राम और स्वतन्त्रता-प्राप्ति एवं उसके अनन्तर के व्यापक भारतीय फलक को विवेच्य बनाया गया है। इस व्यापक फलक को चार प्रमुख चरित्रों के माध्यम से प्रस्तुत किया गया। दो ऐसे चरित्र हैं जो असमीया न होकर बंगाली हैं जो अपनी गतिविधियों से असम में निवास कर रहे गैर-असमीया लोगों की जीवन-पद्धति एवं असम के प्रति उनके दृष्टिकोण को अभिव्यक्ति देते हैं। इस उपन्यास में कथ्य को अधिकाधिक रूप से हृदयंगम करा देने के अभिप्राय से लेखक ने आवश्यकता से अधिक व्याख्यात्मक शैली का प्रयोग किया है जिससे वर्णन कहीं-कहीं बोझिल हो गए हैं, साथ शैलीशिल्प की सुघढ़ता भी हल्की हो गई है।

सामाजिक मनोभूमि के कुशल पारखी श्री योगेशदास (१९२७–), उपन्यास कहानी तथा गल्प-साहित्य के कुशल समीक्षक के रूप में भी समादृत हैं। इनके उपन्यासों में सँहारि पाई (१९५५) 'डाबर आरु नाइ' (१९५५) 'जोनाकिर जुई' (१९५६), 'निरुपाइ-निरुपाइ' (१९६३)। 'एमूठि धूलि' और 'हेजार फूल' विशेष चर्चित रहे हैं। इनमें भी सर्वाधिक ख्याति इन्हें 'डाबर आरु नाइ' से मिली। इस उपन्यास में लेखक ने द्वितीय विश्वयुद्ध से संक्रान्त समाज का चित्र खींचा है। युद्ध का विनाशकारी प्रभाव सुदूर ग्रामांचलों को भी किस प्रकार झकझोर डालता है इसे एक ग्रामीण मध्यवित्त परिवार और उससे जुड़े, साधारण मजदूरों के माध्यम से प्रभावशाली ढंग से अभिव्यक्त किया है। इस उपन्यास की भाषा विषयानुसार पात्रानुसार बड़ी ही सीधी सरल है। इसका आरंभिक अंश तो कलात्मकता की दृष्टि से भी अति उत्कृष्ट है यद्यपि उत्तरार्ध कुछ अधिक भारी हो गया है। योगेशदास का 'छा जूई खेदि' भी एक उत्कृष्ट उपन्यास है।

सामाजिक विषय को ही विवेच्य बनाकर लिखने वालों में हितेश डेका (१९२४)भी उल्लेख्य हैं। इनके उपन्यासों में 'आजिर मानुह' (१९५२), 'नतुन पथ' (१९५४), 'माटीघर' (१९५८), 'भाड़ाघर' (१९५४) और 'आसल मानुह'

प्रसिद्ध हैं। इनका सर्वाधिक बड़ा उपन्यास है 'एयेतो जीवन' जो तीन खण्डों में विभक्त है। सर्वाधिक लोकप्रिय उपन्यास 'आजिर मानुह' है जिसमें आज के जीवन संघर्ष और जमीन संबंधी संघर्षों का वर्णन है। इसके प्रधान चरित्र प्रताप और महेश्वर अपनी भूमिका में खरे हैं। तिलक दास के 'जीवनर गति' और 'शिल्पी' उपन्यासों में देशप्रेम और आंचलिक जीवन के चित्र बड़े मनोरम बन पड़े हैं।

श्री प्रेमनारायण दत्त (१९०१–) नाटक, उपन्यास, कहानी, निबन्धादि में लब्धप्रतिष्ठ कलाकार हैं किन्तु इन्हें सर्वाधिक लोकप्रियता जासूसी उपन्यासों के क्षेत्र में मिली है। जासूसी उपन्यासों में 'दिन डकाइत' (१९४७) 'रामटाडोन' (१९५०) अधिक प्रसिद्ध हुए। इनके अतिरिक्त इन्होंने 'नियतिर निर्मालि' (१९५५), प्रणयर सुँति प्राणी परश, (१९५७), मुक्तिर पथेदि (१९५६) प्रसिद्ध हैं।

प्रेमनारायण दत्त ने अपने 'प्रणयर सुँति' उपन्यास में प्रेमप्रधान कथावृत्त को जो प्रमुखता दी, और उसको जो व्यापक लोकप्रियता प्राप्त हुई उसकी देखा-देखी प्रेम को केन्द्र में रखकर अनेक नवोदित उपन्यासकारों ने उपन्यास लिखे। इनमें सर्वानन्द पाठक का 'विदायर आकर्षण' आद्य शर्मा का 'जीवनर तीन अध्याय', अरुणदास के 'व्यर्थ लग्न', 'धूप नीरवे ज्वले', 'सपोन जेतिया भाँगे' (जहाँ सँपने टूटते हैं), कुमार किशोर के 'शिखार कँपनी', 'कपिली नीरवे कान्दे', 'छायापथ', 'ए मूठि तरार जिलिमिलि' (एक मुट्ठी तारों की झिलमिलाहट) विशेष प्रसंशनीय हैं। यह इनकी विशेषता है कि प्रेम प्रसंगों का चित्रण करते हुए भी ये सर्वत्र मर्यादित हैं और किसी प्रकार की अश्लीलता इन्होंने नहीं आने दी है। कुछ नये उपन्यासकार ऐसे भी हैं जो भावातिरेक में इस मर्यादा का पालन नहीं कर सके हैं।

सैयद अब्दुल मलिक असमीया छोटी कहानी के एक अनुपम लेखक हैं। कहानी के अतिरिक्त कविता और उपन्यास में भी उन्हें सफलता मिली है। यद्यपि उन्होंने चौथे दशक से ही लिखना आरंभ किया था किन्तु उनकी प्रतिभा का प्रकाश सन् पचास के बाद ही एकाएक छा गया। उनके प्रकाशित उपन्यासों में 'रथर चकरी धूरे' (१९५८), 'बन जुइ' (१९५८), 'छविघर' (१९५९), 'जीया जुरिर घाट' (१९६०), 'सूरुज मुखीर स्वप्न' (१९६०), 'कण्ठहार' (१९६१), 'अन्य आकाश अन्य तरा' (१९६२), 'रूप तीर्थेर यात्री' (१९६३), 'आधार शिला' और 'अघरी आत्मार काहिनी' विशेष उल्लेख्य हैं। 'अघरी आत्मा काहिनी' साहित्य अकादमी पुरस्कार से पुरस्कृत है। यद्यपि इनके सभी उपन्यास विस्तृत चर्चा के योग्य हैं किन्तु

स्थानाभाव के कारण वैसा संभव नहीं है।

'सुरुज मुखीर स्वप्न' धनश्री नदी के तट पर बसे गाँव के हिन्दू-मुस्लिम सम्प्रदाय के लोग नाना संघर्षों के बावजूद भी विपत्ति के समय में किस प्रकार एकमेक हो जाते हैं, नदी की बाढ़ से किस प्रकार संत्रस्त हो अपना सब कुछ गँवा बैठते हैं, फिर भी उसी नदी की क्रोड में पलते हैं, उसे ही अपनी जीवनदायिनी माँ का गौरव देते हैं। समाज जीवन की कहानी के साथ ही सूरजमुखी के फूल-सी खिली तारा की प्रेम-कहानी चलती है और वह भी जब इस परिणति पर पहुँचती है कि तारा की माँ कपाही स्वयं तारा को दरकिनार रख उसके प्रेमी युवक से स्वयं विवाह कर लेती है।

अब्दुल मलिक मूलतः कहानी-कला के कुशल शिल्पी हैं। उनके उपन्यासों में भी उनका कथा-शिल्पी रूप सोने में सुहागा डाल देता है। उनका वर्णन कौशल और थोड़े शब्दों के सटीक संयोजन से प्रभावविस्तार देखते ही बनता है।

मलिक के 'अघरी आत्मार काहिनी' (बेघरवाली आत्मा की कहानी) भी जीवन के प्रकृत निरीक्षण से समृद्ध उपन्यास है। समाज को निकट से यथार्थ रूप में देखने, राजनैतिक मतवादों को थोपे बिना यथार्थ रूप में चित्रित करने, गँठी हुई मँजी भाषा में प्रभावशाली ढंग से वर्णन करने और मानव में एकनिष्ठा आशा के कारण यह उपन्यास बहुत ही उत्कृष्ट हो गया है।

इसमें बाल्यबन्धु निरंजन और शशांक के एक लंबे अन्तराल पर मिलने, निरंजन की पत्नी अपराजिता के शशांक के क्रमशः निकट आते जाने, मृगांक के साथ के गुप्त संबन्ध, राजनैतिक आदर्शों के पीछे वैयक्तिक जीवन में क्रमशः पिछड़ते जाते, एक प्रकार की असफल राजनीति करते निरंजन और अपराजिता की जोड़ी, क्रमशः टूटता उनका घर-बार और एक मोटर दुर्घटना में निरंजन की मृत्यु आदि घटना-चक्रों को बड़ी निपुणता से बुना गया है। समाजवादी लेखक के रूप में विख्यात मलिक महोदय ने कहीं भी अपने राजनैतिक मतवाद को इस पर हावी नहीं होने दिया बल्कि कथा को बड़े ही स्वाभाविक ढंग से विकसित किया है। आन्तरिक अनुभव को बड़ी सत्यनिष्ठा से अभिव्यक्त किया है।

कमलेश्वर चालिहा (१९०४–) बहुमुखी प्रतिभावाले साहित्यकार हैं। 'प्रिया' (१९३९), 'बालीगड़ा' (१९५१), 'सुन्दरर आघात' एक नायिकाप्रधान उपन्यास है जिसकी प्रधान चरित्र मोहिनी है। उसकी कार्यक्षमता, साहस और निपुणता सराहनीय

है। अपन उपन्यासों में वे अपनी दार्शनिक मान्यताओं को भी भर देते हैं, जिससे उनमें कुछ नीरसता आ जाती है।

नारायण बेजबरुआ के 'नवदिगन्त', 'प्रेरणार प्रतीक' और 'मौनतार अन्तरालत' अच्छे उपन्यास हैं।

असम प्रदेश हरी-भरी पर्वत-श्रृंखलाओं, नाना प्रकार की छोटी-बड़ी नदियों, जल-प्रपातों, पहाड़ियों से घिरी समतल भूमि से युक्त अतिशय मनोरम प्रदेश है। मैदानी भागों और नीची-ऊँची पहाड़ियों पर भी बाँस, सरपत, लकड़ी-फूस, टिन आदि की सहायता से बने छोटे-बड़े घरों वाले, गाँव समूची उपत्यका में फैले हैं। समूचे असम में गाँवों की ही अधिकता है, नगर थोड़े से ही हैं किन्तु जैसी शेष भारत की दशा है, पढ़ने-लिखने और तदनुरूप रचना करने के मुख्य स्थल नगर ही हैं। गाँव का भी आदमी पढ़-लिखकर नगर का ही हो जाता है। फलतः अपनी रचनाओं में वह भी नगर-जीवन की समस्याओं को ही उभारता है। ऐसी मनोवृत्ति की स्थिति में कुछ थोड़े से ही लोग हैं जो नगर के होकर भी ग्रामीण समस्याओं के प्रति उन्मुख हैं अथवा गाँव से नगर में आकर भी गाँव को भूले नहीं है और अपनी सर्जनात्मक कृतियों में ग्रामीण मूक जनता को वाणी देते हैं। हिन्दी की भाँति असमीया उपन्यासों में भी ग्रामीण जीवन के जीवन्त चित्र जिन विशेष उपन्यासों में मिलते हैं उन्हें हम आंचलिक उपन्यास कह सकते हैं। ऐसे उपन्यासकारों में हम नवकान्त बरुआ और शीलभद्र का नाम आदर से ले सकते हैं।

नवकान्त बरुआ को असम प्रदेश एवं देश के अन्य भागों के जन-जीवन का अच्छा खासा अनुभव है। वे कवि रूप में अधिक विख्यात हैं किन्तु उनका पहला उपन्यास 'कपिली परिया साधू' (कपिली नदी के किनारे की कहानी, १९५४) बहुत ही लोकप्रिय आंचलिक उपन्यास है। कपिली नदी के आस-पास बसी ग्रामीण जनता की यथार्थ जीवन कारिणी, अभावों का संसार, आशा के पीछे दौड़, निराशा की परासा वेला, दुःख दर्द के बीच भी हँसी-ठिठोली, नाच-गान के अवसर निकाल लेने की क्षमता का बड़ा ही मूर्त्तिमन्त चित्रण इसमें हुआ है। कपिली नदी ही उनके जीवन की ऊर्जा-तरंगों को प्राणवन्त करती है और वही उनके विषाद का भी कारण बन जाती है। 'ककाइ देउतार हाड़' (पितामह की अस्थियाँ १९७०) उनका दूसरा सशक्त उपन्यास है। उन्होंने 'गरमा कुँवरी' और 'ककाई देउतार हाड़' में

असम के ऐतिहासिक संदर्भों को भी सफलता से उभारा है।

श्री आर. एम. दत्त चौधरी (शीलभद्र) सर्वाधिक प्रचार से दूर रहने वाले कलाकार हैं। असम में भी बहुत कम लोग जानते हैं कि शीलभद्र के छद्म नाम से लिखनेवाले श्री चौधरी ही हैं। असम ग्रामीण जीवन के दुःख दर्द को इन्होंने जिस समानुभूति से देखा और अपनी कहानियों एवं उपन्यासों में चित्रित किया है वह अत्यन्त दुर्लभ है। मधुपुर, आगमनीर घाट, आँहतगुरि, अविच्छिन्न, प्राचीर, गोधूलि और बीर सैनिक एक से एक बढ़कर असमीया समाज के जीवन्त छायाचित्र प्रस्तुत करते हैं।

आंचलिक जीवन-चित्रण करने वाले अन्य विशिष्ट उपन्यासकार हैं कृष्णप्रसाद बरठाकुर जिनके दो उपन्यास 'लुइतर पारर धुनिया छोराली जनी' (ब्रह्मपुत्र के उस पार की सुन्दरी कन्या) और 'लुइतर इ पारे सि पारे' (ब्रह्मपुत्र के इस पार, उस पार)ब्रह्मपुत्र उपत्यका के आंचलिक जीवन को बड़ी मनोहरता से प्रस्तुत करते हैं। गोविन्द महन्त कृत 'कृषकर नाती' (किसान का पौत्र), धनकान्त गगै कृत 'सोनार नाङ्ल' (सोने का हल) भी कृषक जीवन की छवि उकेरनेवाले उपन्यास हैं। धर्मेश्वर कटकी रचित 'सोवन सिरी भेटिर कोने' , दीननाथ शर्मा रचित 'नदाई', डिम्बेश्वर ने ओग रचित 'गायें-नगरे' अन्य उल्लेखनीय आंचलिक उपन्यास हैं।

ग्राम और शहर के जीवन की यथार्थ पकड़ श्री उमाकान्त शर्मा की बड़ी खरी है। कहानी और आलोचना में तो वे प्रतिष्ठित हैं ही, पशुपति भरद्वाज नाम से उन्होंने 'उत्तर मेघर छाँ' और 'छिमछाङर दूटो पार' नाम अच्छे उपन्यास लिखे हैं, जिनमें प्रथम में आज की उपेक्षित युवाशक्ति, पढ़े-लिखे नवयुवकों की बेकारी और तज्जन्य आक्रोश का अच्छा निरूपण हुआ है। दूसरे उपन्यास में असम की आदिवासी जनजाति जो छिमछाङ् नदी की उपत्यका में बसती है, के ऊपर आधुनिक तथा कथित सभ्यता के दावेदारों द्वारा किये जा रहे अत्याचारों का वर्णन है। द्वितीय विश्वयुद्ध और भारत के स्वतंत्रता संग्राम को लक्ष्य करके उन्होंने 'रँगा रँगा' तेज नाम एक अच्छा समाजनैतिक उपन्यास भी लिखा है।

पद्मबरकटकी नई पीढ़ी के प्रतिभाशाली लेखक हैं। 'मनर दापोन' (१९५९), 'खबर बिचारि' (१९६०), 'कोनो खेद नाइ' (१९६३), 'न जला धूपर इतिकथा' इनके प्रमुख उपन्यास है। इनमें 'कोनो खेद नाई राजा' शिवसिंह और रानी फूलेश्वरी देवी के बुरुंजीमूलक एवं इतिहास प्रसिद्ध कथा पर आधारित है, यद्यपि समसामयिक

युगबोध के अनुरूप इतिहास को एक नई दृष्टि से निरखने-परखने का प्रयत्न लेखक ने किया है।

'होमेन बरगोहाँई' (१९३१) असमीया में फ्रायडीय मनोविश्लेषण के पक्षधर के रूप में उभरे कलाकार हैं। मन के विविध स्तरों—ज्ञात और अज्ञात मन की अतल गहराइयों का बड़ा ही सूक्ष्म मनोवैज्ञानिक विश्लेषण उनकी रचनाओं में मिलता है। आरंभ में कवि के रूप में ही इन्हें विशेष प्रतिष्ठा मिली किन्तु आगे चल एक बड़े ही निपुण और गंभीर शैली के कहानीकार और उपन्यासकार के रूप में इन्हें प्रसिद्धि मिली। कथा कहने की जो अतिप्रभावशाली शैली इन्हें प्राप्त है वह अन्यत्र दुर्लभ है। सूक्ष्म से सूक्ष्म भावदशाओं को उभारने में इनकी लेखनी सिद्धहस्त है। यद्यपि प्रायः ही इनके चरित्रों पर नैतिक दृष्टि से आरोप लगाए जाते हैं किन्तु तार्किक दृष्टि से उन्हें गलत नहीं ठहराया जा सकता। उनके उपन्यास 'सुबाला' (१९६३), और 'पिता-पुत्र' (१९७५) दोनों ही पर्याप्त चर्चित रहे हैं। पितापुत्र उपन्यास तो साहित्य अकादमी से पुरस्कृत भी हुआ है।

असमीया की महिला उपन्यास-लेखिकाओं में निरुपमा बरगोहाईं का विशिष्ट स्थान है। 'सेइ नद निरवधि', 'एजन बूढ़ा मानुह' और 'केक्टाशर फूल' उनके प्रसिद्ध उपन्यास हैं। हिरण्यमयी देवी का वृहत् आकार का उपन्यास 'जीवन संग्राम' भी काफी लोकप्रिय हुआ है। तरुलता बरुआ का उपन्यास 'जीवनर धुमुहा', शुचिव्रता राय चौधरी के उपन्यास 'लुइतर पारे-पारे' और 'छीयेन नदीर ढौ ' भी काफी प्रसंशित हुए हैं। मेदिनी चौधुरी ने माधवदेव के जीवन को नये दृष्टिकोण से अपने उपन्यास 'बन्दुका बेहार' में प्रस्तुत किया। महापुरुष माधवदेव के जीवनचरित्र को अलौकिक घटनाओं से भिन्न कर सामान्य पुरुष के यथार्थपरक चारित्रिक विकास के रूप में जो उन्होंने प्रस्तुत किया तो इसका श्रृद्धाशील गोष्ठियों में अच्छा-खासा विरोध भी हुआ, किन्तु कथावस्तु को यथार्थवादी धरातल पर रखने और अपने सुनिष्ठ कौशल से-चौधरी ने इसे बहुत ही मनोरम बना दिया है। अपने दूसरे उपन्यास 'यात नदी ना छिल' (यहाँ कोई नदी नहीं थी) में उन्होंने स्मृति-चित्रों का सहारा लिया है। एक शिशु की कथा से आरंभ कर एक विकसित बुद्धि के प्रबुद्ध लेखक के अनुभवों तक कथा-सूत्रों को स्मृति-परक शैली में प्रस्तुत करते हुए उन्होंने ग्राम प्रकृति और चरित्रों, यहाँ तक कि पशु-पक्षियों तक को जीवन-रूप में प्रतिष्ठित कर दिया है। प्रबीना शइकिया, अनिमा दत्त, मामनि रयसम गोस्वामी, स्नेहदेही कमला बरगोहाई, नीलिमा शर्मा, पूरबी बरमूदै, मिनती चौधरी, अरूपा

पटंगीया आदि लेखिकाओं ने छोटी कहानियों की रचना में विशेष ख्याति पाई है किन्तु इनमें से कई उपन्यास रचना में भी प्रवृत हुई हैं जिनके उपन्यास विभिन्न पत्रिकाओं में क्रमशः प्रकाशित हो रहे हैं। कुछेक के उपन्यास पुस्तकाकार भी प्रकाशित हो चुके हैं। इनकी मँजी हुई कथा-शैली, स्त्रीचरित्रों की सही पहचान और सामाजिक- परिदृश्य को आत्मीयता से निरखने-परखने की दृष्टि को देखते हुए हम आशा कर सकते हैं कि इनसे असमीया उपन्यास साहित्य की श्रीवृद्धि होगी।

असमीया उपन्यासों की वर्तमान गतिविधि में ऐतिहासिक उपन्यासों की धारा क्षीण हो चली है। ऐसी परिस्थिति में देवेन्द्रनाथ आचार्य का उपन्यास 'कालपुरुष' एवं त्रैलोक्यनाथ गोस्वामी के उपन्यास जिया मानुह और चराईदेउ अपनी सशक्तता और प्रौढ़ता के कारण वन्दनीय हैं। इन्होंने एक भारी अभाव की पूर्ति की है। इन्होंने अपने उपन्यासों में अहोम राज्यकालीन असमीया वातावरण को मूर्त्तिमन्त किया है। आशा की जानी चाहिए कि भविष्य में उनसे और अधिक प्रौढ़ ऐतिहासिक उपन्यास कृतियाँ मिलेगी।

नये लेखकों के विविध भंगिमाओं वाले उपन्यास भी क्रमशः प्रकाश पा रहे हैं। इनमें कैलाशशर्मा रचित 'विद्रोही नगार हातत' (विद्रोही नागाओं की गिरफ्त में), लक्ष्मीनन्दन द्वारा रचित 'निशार पूरबी' और 'गंगा चिलनीर पाखि', डिम्बेश्वर बरा रचित 'अधीर अपेक्षा', मनोजकुमार शर्मा रचित 'परिणति', गोविन्दप्रसाद शर्मा रचित 'काँचर दरे हीरार दरे', लुम्मेर डाई रचित 'पृथिवीर हाँही' और 'पाहारर शिले शिले', नारायण बर पुजारी रचित 'राति येतिया दो भाग', रजनी गोस्वामी रचित 'पथर सन्धानत', अभय डेका रचित 'जोनाक निशार-डाबर', नवीन डेका रचित 'एम. एल. ए.', कांचन बरुआ रचित 'असीमत यार हेराल सीमा' नलिनी चक्रवती, रचित 'सूर्य हेनो लुकाइ आछे एइ अरण्यत' आदि उल्लेख्य हैं। इधर हाल के वर्षों में असमीया के जो उपन्यास अधिक चर्चा-परिचर्चा के विषय रहे एवं अपने विविध दृष्टिकोणों एवं कथन-शिल्प के कारण जो बहुत सराहे गए उनमें अमूल्य बरुआ रचित एइ पदुमिनी, (१९६५), कुमार किशोर रचित 'जुँइ, धोआँ, आरु छाई' तथा 'किं किनीर कलडक' (१९७०), श्री चन्द्रप्रकाश शइकिया रचित 'मन्दाक्रान्त' और 'मेघमल्हार' उपन्यास, श्री त्रैलोक्यनाथ भट्टाचार्य रचित 'साँची पातर पोथी' (१९७३), नीरद चौधुरी रचित 'स्तब्ध-वृन्दावन' (१९६८), और 'काल हीरा' (१९७०), श्री फणी तालुकदार-रचित 'पृथिबीर प्रेम' (१९७७), श्री महेन्द्रबर ठाकुर रचित 'बेली फूल'

(१९७१), लक्ष्मीनन्दन बरा रचित 'गंगा चिलनीर पाखी' (१९६५) और 'उत्तर पुरूष' (१९७०) विशेष उल्लेखनीय हैं।

असमीया छोटी कहानियों के सशक्त एवं संप्रतिष्ठ कई ऐसे लेखक हैं जिनमें औपन्यासिक कृतित्व की क्षमता है और जो उपन्यास रचना में भी प्रवृत्त हो रहे हैं, अथवा जिनके उपन्यास रचना में प्रवृत्त होने से हम असमीया उपन्यास साहित्य की श्रीवृद्धि की आशा कर सकते हैं। ऐसे कलाकारों में डा. भवेन्द्रनाथ शइकिया, सौरभकुमार चालिहा, महिमबरा, लक्ष्मीनन्दन बरा, अतुलानन्द गोस्वामी, साइदुल इसलाम, इमरान शाह, शीलभद्र, अरुण गोस्वामी, डली तालुकदार, प्रणति गोस्वामी, कुमुद गोस्वामी, प्रणव ज्योतिडेका, उदयादित्य भराली, मदन शर्मा, देवव्रत दास, विरंचिकुमार मेधि, भूपेन्द्रनारायण भट्टाचार्य आदि का नाम आदर के साथ लिया जा सकता है।

इधर असमीया में शिशु श्रेणी के लिए और किशोर-श्रेणी के लिए उपन्यासों की रचना की प्रवृत्ति भी बढ़ी हैं। हल्के-फुलके मनोरंजन से लेकर गूढ़ातिगूढ़ समस्याओं को सुलझाने की प्रवृति वाले रहस्य-रोमांच युक्त डिटेक्टिव नावेल या जासूसी उपन्यासों की परम्परा असमीया में काफी पहले से चली आ रही है और अभी भी अपनी दिशा में विकसित होती जा रही है। विश्व का अन्यान्य समृद्ध भाषाओं एवं भारतीय भाषाओं के गौरवशाली उपन्यासों का अनुवाद भी तेजी से हो रहा है जो निश्चय ही असमीया उपन्यास क्षितिज को प्रभावित करेगा और उसे विस्तार देगा।

२

पाखी घोड़ा असमीया भाषा के उपन्यास साहित्य की एक गौरवशाली कृति 'फूल कोवँरर पखी घोराँ' का हिन्दी रूपान्तर है। इसके रचयिता श्री बीरेन्द्र कुमार भट्टाचार्य असमीया एवं हिन्दी भाषा-भाषी जनता, साथ ही भारत की समस्त साहित्य-प्रेमी जनता के निकट अतिशय लोकप्रिय साहित्यकार हैं। भारत के श्रेष्ठ ज्ञानपीठ पुरस्कार से सम्मानित श्री भट्टाचार्य की सर्जक प्रतिभा बहुमुखी है। अपनी अन्यान्य साहित्य-विधाओं की अपेक्षा कथा और उपन्यास के क्षेत्र में उन्होंने

अपेक्षाकृत विलम्ब से योगदान किया। परन्तु जब इनकी कहानी 'कलं आजिओ बय' प्रकाशित हुई तो अचानक ही वे असम-साहित्य प्रेमियों के मन में बस गए। फिर छोटी कहानियों के क्षेत्र से आगे वे उपन्यास रचना में जो प्रवृत हुए तो 'राज पथे रिडियाय' (1956), 'इयारूइंगम' (1961), 'आई', 'शतघ्नी', 'प्रतिपद' और 'मृत्युञ्जय' जैसे श्रेष्ठ उपन्यासों की रचना से उन्होंने असमीया साहित्य को समृद्ध कर दिया। जहाँ 1942 के स्वतंत्रता-आन्दोलन पर आधारित 'राजपथे रिडियाय' ने एक उत्तेजना की सृष्टि की तो नगा समस्या, मानव-प्रेम और देश-प्रेम के संघर्ष में विकसित द्वन्द्व के सफल चित्रण के लिए विख्यात 'इयारूइंगम' को साहित्य-अकादमी पुरस्कार का सम्मान मिला। 'आई' आधुनिक सभ्यता की दौड़ में विनष्ट होते सरल ग्रामीण-जीवन की ओर ध्यान आकृष्ट करता है। 'शतघ्नी' भारत पर हुए चीनी आक्रमण के परिप्रेक्ष्य में रचित उपन्यास है। 'प्रतिपद' उपन्यास आधुनिक औद्योगिक युग में बड़े औद्योगिक प्रतिष्ठानों की स्थापना और तज्जन्य संघर्षों को लेकर रचा गया अपने ढंग का अनोखा उपन्यास है। मृत्युञ्जय उपन्यास भारतीय स्वतंत्रता संग्राम के सन्दर्भ को बहुत प्रामाणिकता के साथ प्रस्तुत करने वाला अत्यन्त श्रेष्ठ उपन्यास है। भारतीय ज्ञानपीठ पुरस्कार से इसे सम्मानित कर सचमुच ही समुचित आदर अभिव्यक्त किया गया है। इन्हीं के क्रम में श्री भट्टाचार्य का यह नवीनतम उपन्यास है—'फूलकोवँरर पखी घोरा' अर्थात् फूल राजकुमार का पक्षीराज घोड़ा या पाखी घोड़ा।

रचना-धर्मिता, शैली-शिल्प और कथा-सरंचना की दृष्टि से भी यह उनका आगे बढ़ा हुआ उपन्यास है, यानी अगले कदम, आगे के प्रस्थान-बिन्दु को अभिव्यक्त करने वाला उपन्यास। एक प्रकार से 'राजपथे रिडियाय' और 'मृत्युंजय' की अगली कड़ी। स्वतन्त्रता-संग्राम की कथा को वे दोनों उपन्यास जिस विशेष बिन्दु पर छोड़ देते हैं, 'पाखी घोड़ा' उसी बिन्दु से आरंभ होता है।

कथानक की पटभूमि असम प्रदेश है, आज का टुकड़े-टुकड़े में बँटा-बिखरा नहीं ; स्वतन्त्रता पूर्व और प्राप्ति के ठीक बाद का सुवृहत् असम प्रदेश। पश्चिम में कूचबिहार से लेकर पूरब में बर्मा सीमा-रेखा तक उत्तर में अरुणाचल से दक्षिण में वर्तमान बाग्लादेश, मणीपुर तक की सीमा तक। कथा-धारा गुवाहाटी के पास के पाण्डु घाट ब्रस्मपुत्र तट से लेकर मणिपुर नागालैण्ड के बर्मी-सीमा तक सघनता से घटित होते हुए भी इसमें समस्त भारतीय-स्वातन्त्र्य-संघर्ष की गहन मीमांसा होने के कारण समस्त भारतीय उत्थान-पतन के साथ इसका घना रिश्ता बना हुआ है।

समय की दृष्टि से इसकी व्याप्ति द्वितीय विश्वयुद्ध के अन्तिम प्रहरों (1944-1946) से लेकर भारतवर्ष के स्वतंत्र होने के शीघ्रपूर्व की उस दारुणवेला तक है जब स्वतंत्रता की शुभ वेला के स्वागत के पहले ही देश को धर्म के आधार पर भारतवर्ष और पाकिस्तान के रूप में दो टुकड़ों में विभाजित करने की कुटिल नीति चली गई थी और देश की भोली-भाली जनता इस कुटिल-नीति का शिकार बन गई थी।

गुवाहाटी नगर के कुछ पश्चिम में, आज जहाँ ब्रह्मपुत्र नद पर विशाल रेल-सेतु बन गया है, उससे कुछ दूरी पर तब उत्तरी किनारे पर अमीनगाँव रेलवे स्टेशन था, और उसके ठीक सामने दक्षिणी किनारे पर पाण्डु का विशाल रेलवे स्टेशन, पूर्वी-सीमान्त रेलवे का मुख्यालय। इन दोनों को जोड़ते थे फेरीघाट के जहाज, यां कह लें विशाल स्टीमर बजरे। ब्रह्मपुत्र कोई नदीं नहीं, नद है अतः मामूली नौका या बज़रा फेरी नहीं लगा सकते और विशेषतः तब जब कि पूरी ट्रेन के समस्त यात्रियों को उनकी भिन्न-भिन्न श्रेणियों के अनुरूप एक साथ ही उस पार खड़ी ट्रेन तक पहुँचाना हो।

इस उपन्यास का आरंभ और अवसान उसी अमीनगाँव रेलवे स्टेशन पर ही होता है। असम प्रदेश सदियों से समस्त भारतीय मानव जाति का संगम-स्थल है। शेष देश से मात्र एक पतले से तन्तु से जुड़ा होने पर भी समस्त देश से इसका दृढ़ बन्धन है, फलतः इस उपन्यास में जहाँ असम प्रदेश के मैदानी, पहाड़ी भागों के निवासियों की सक्रिय भागीदारी है वहीं देश के अन्यान्य क्षेत्रों से भी आए हुए पात्र हैं, और असम से देश के अन्य क्षेत्रों को जाते हुए पात्र हैं जिनके योग से ही इसकी कहानी आगे बढ़ती है।

विमल भाई साहब असम के एक ऐसे ही सपूत हैं, जिन्होंने अपना समस्त जीवन अपने आदर्शों के अनुसार पिछड़ी हुई दीन-हीन असमीया जनता की सेवा में लगा दिया। गांधी जी के आदर्शों पर चलकर आश्रम की स्थापना की। सुमति जी से निकट सम्पर्क स्थापित करके भी ब्रह्मचर्य व्रत निबाहा और जब शरीर राजयक्ष्मा के प्रहार से जर्जर हो गया, तब उपचार करवाने के लिए मद्रास के मदनापल्ली अस्पताल में जाने को विवश होने पर अपना उत्तरदायित्व सुमति को सौंपकर चल पड़ने को विवश हो गए। और तब शुरू हुआ सुमति जी जैसी धीर-गम्भीर-साहसी महिला का संघर्ष। प्रसंग क्रम में नवीन, दुदू, माकन, फिरोज़ा जैसे नवयुवक चरित्र देशसेवा के

कार्य में उनसे आ मिले। अपने भिन्न आदर्शों के अनुरूप नवीन अपने अलग संघ-कार्यालय का संचालन करता है।

दुदू का परिवार असमीया के संभ्रान्त वर्ग का परिवार है जिसमें प्रोफेसर रविचन्द्र जैसे महान ज्ञानी विद्वान् हैं, जिनमें असम लोक-संस्कृति के प्रति बड़ी ममता है, असमीया-संस्कृति के उद्धार की भावना है परन्तु जो अंग्रेजी सरकार से संघर्ष का रास्ता अख्तियार करने की जगह सहयोग का रास्ता अख्तियार करना ही उचित समझते हैं, यही क्या देश के स्वाधीन होने की वेला में भी वे शासक पार्टी और सत्ता के इर्द-गिर्द बने रहने में ही भलाई समझते हैं। उनके आदर्शों के अनुरूप ही आदर्श है सदानन्द बरुआ का, सिराजुद्दीन हजारिका का। वे लोग भी वैभव से हर प्रकार समृद्ध होते हुए भी नयी पीढ़ी की भावनाओं को समझना नहीं चाहते। कुलीन खानदान और बेटी के लिए सुख-सुविधा न दे पाने की आशंका देख रविचन्द्रजी अपनी पुत्री सुदर्शना का विवाह उसके प्रेमी रंजीत से न कर मन्मथ ठेकेदार से कर देते हैं, अपनी भतीजी और पंचानन फूकन की पुत्री माकन की प्रेम-भावना को जानते हुए भी नवीन से उसका रिश्ता नहीं होने देते। इस वयो-ज्येष्ठ गोष्ठी में सिराजुद्दीन हजारिका ही अपेक्षाकृत अधिक मुक्त मन के हैं और नवीन की भावनाओं की समयानुसार कद्र करते हैं। उन्होंने अपनी पुत्री फिरोज़ा को ग़ैर जाति क्या ग़ैर धर्म में, धर्मान्तर विवाह कर लेने की भी अनुमति दी और जब धर्मान्ध मुसलमान देश के टुकड़े करने और पाकिस्तान के समर्थन में आन्दोलन चला रहे थे तो उन्होंने डटकर उनका मुकाबला किया, असम और देश को उन्होंने बराबर धर्म से ऊँचा स्थान दिया।

प्रौढ़ावस्था के चरित्रों में पंचानन फूकन का चरित्र एकदम भिन्न प्रकार का है। एक उच्च पदस्थ पुलिस अफसर, एक विवाहित गृहस्थ, एक नवयुवती के पिता होते हुए भी वे स्वच्छन्द प्रवृत्ति के हैं। अपनी धर्मप्राण पत्नी चित्रादेवी के होते हुए भी एक दिन शिलांग की एक संगीत सभा में जब एक विवाहिता स्त्री चम्पा खाटनिया से भेंट होती है तो उसके रूप-सौन्दर्य और संगीत की मिठास के समक्ष वे अपना सभी कुछ भुला बैठते हैं। द्वितीय विश्वयुद्ध की विभीषिका और देश के स्वतंत्रता सेनानियों को अंकुश में रखने की ड्यूटी के चलते वे उससे कुछ दिन अलग ज़रूर रहते हैं परन्तु जब उनकी बदली इम्फाल (मणिपुर) होती है और वहीं चम्पा के क्लर्क पति भी बदली होकर चम्पा को साथ लिये पहुँचते हैं, तब जब पुनः उनकी चम्पा से मुलाक़ात होती है तब वे आकर्षण के आवेग को सँभाल नहीं पाते।

एक भले मानस की तरह वे अपनी पत्नी को सभी कुछ लिख पठाते हैं और उनसे विवाह-विच्छेद कर लेना चाहते हैं। चम्पा भी उनके नज़दीक खिंच आती है। परन्तु इस आघात को उनकी धर्मप्राण पत्नी सहन नहीं कर पाती और हृदयगति रूकने से उसका देहान्त हो जाता है। उसके बाद तो पंचानन फूकन का चरित्र जैसे पंगु हो जाता है। अनुशोच और पश्चाताप में झुलसते वे बस तमाशबीन से रह जाते हैं। चम्पा के बार-बार आग्रह पर भी उससे समाज संस्कार विहित ढंग से विवाह नहीं रचा पाते। जबकि उससे उन्हें एक पुत्र भी उत्पन्न हो जाता है। चम्पा का पूर्व पति उससे संबंध विच्छेद नहीं करता और उसके वापस लौटने की आशा संजोए बाट जोहता रहता है। उधर चम्पा भी रस-नृत्य-संगीत और चलचित्र निर्माण में संलग्न हो अर्ध-विक्षिप्त सी जीवन जीने लगती है। इसी क्रम में वह असमीया के प्रथम वृत्तचित्र निर्माण में नायिका की भूमिका और संगीत गायिका की महान् भमिका का निर्वाह करती है परन्तु वृत्तचित्र के मांगलिक अनुष्ठान के पूर्व ही एक मोटर दुर्घटना में उसकी मृत्यु हो जाती है। उसके मृत शरीर के अन्तिम संस्कार के लिए जब उसके पूर्व पति जोर देते हैं तो फूकन चुपचाप उसे मान लेते हैं। और अपने बच्चे तथा उसकी दासी कंजनी को साथ ले गुवाहाटी के अपने घर लौट आते हैं। यहाँ भी अपनी आँखों के सामने घटते जन-जीवन को यहाँ तक कि अपनी युवा पुत्री के जीवन को भी वे बस एक तटस्थ-व्यक्ति की तरह देखते रहते हैं। जब कि उनके अग्रज प्रोफेसर रविचन्द्र परिवार की खोई जाती प्रतिष्ठा को बचाने, पारिवारिक सम्पत्ति को व्यापार के माध्यम से बढ़ाने, असम में विश्वविद्यालय की स्थापना कर शिक्षा की दृष्टि से उसे सम्पन्न करने और जयन्ती तथा उसके पिता नवराम ओझा को हर प्रकार का संरक्षण दे असम लोक संस्कृति को बचाए रखने की हर संभव कोशिश करते हैं।

नवराम ओझा जी का चरित्र अपने आप में बेमिसाल है। वे गँवई गँवार के सच्चे प्रतिनिधि हैं, साथ ही शहर में आकर भी वे वही बने रहना चाहते हैं। सहनशीलता की हद तक उनमें क्षमा और त्याग की भावना है। इसी से वे अपनी अन्तिम साँस छोड़ने के पूर्व फाँसी की सजा पाए अभियुक्त को अपनी सम्मति से बचाकर ही अन्तिम साँस छोड़ते हैं। वैसे अपनी अविवाहित कन्या के गर्भिणी हो जाने की घटना को वे मन-प्राण से सहन नहीं कर पाते।

परन्तु इस उपन्यास के सर्वाधिक जीवन्त चरित्र नवयुवक वर्ग के हैं ; जिनका विशिष्ट प्रतिनिधि है नवीन। वह अपनी प्रगतिशील विचारधारा, ग्रामों में चलाए गए

विभिन्न प्रकार के आर्थिक आन्दोलनों, जमींदार और पूंजीपति-वर्ग के विरूद्ध ठोस संघर्ष छेड़ने, संघ के युवकों को संगठित करने के कारण जेल का बन्दी भी बनता है। संघ के क्रान्तिकारी युवक उसे अपना नेता मानते हैं परन्तु ऐसे भी क्षण आते हैं जब नेता अपनी निजी वृत्ति से नेतृत्व न कर अपने अनुगामियों के अंकुश के कारण नेतृत्व करने को, उनके दिशानिर्देश के अनुरूप संचालन करने को बाध्य वह होता है। वैयक्तिक जीवन में माकन के प्रति उसमें मोह है और वह उससे विवाह भी रचाना चाहता है। परन्तु माकन ठोस आधारों पर खड़ी युवती है वह प्रेम को मान्यता तो देती है परन्तु गृहस्थी के अनुरूप संसाधन जुटाने, एक अच्छी नौकरी कर लेने की शर्त भी रखती है, जिसकी वज़ह से नवीन को पीछे हटना पड़ता है और इसी का सुयोग उठाकर प्रोफेसर रविचन्द्र-सदानन्द बरुआ जैसे प्रतिष्ठित व्यावसायिक घराने से, बरुआ जी के पुत्र रंजीत से अपनी भतीजी माकन की शादी करके, संबंध को प्रत्येक दृष्टि से दृढ़ कर लेना चाहते हैं।

परन्तु बड़ी तेजी से घटना चक्र बदलते हैं। द्वितीय विश्वयुद्ध में जर्मन-जापान का पतन होता है। बर्मा-नगालैण्ड मोर्चे पर जापानी सेना हारती है। विजयी अंग्रेज़ भारत को दिए गए आश्वासनों को भूल, नये सिरे से दमनचक्र चलाते हैं, परन्तु तब तक समस्त देश जग चुका था। जब और कोई चाल न चली तो अंग्रेजों ने धर्म के नाम पर हिन्दू-मुस्लिम जनता में भेद डाल दिया। धार्मिक उन्मादी नेताओं ने समाज में विष घोल दिया। देश के साथ असम की धरती भी बँटवारे की हिंसा के आगोश में आ गई। मुस्लिम लीग ने असम को पाकिस्तान में मिलाने का जेहाद छेड़ दिया। ऐसे समय में प्रवीण (प्रौढ़ वयस्क) पीढ़ी को नवीन पीढ़ी के सहयोग करने की अपेक्षा महसूस हुई। असम के लिए गठित कांग्रेसी सरकार के मुख्यमंत्री बरदलै ने बड़ी राजनीतिक पटुता से प्रोफेसर रविचन्द्र, सदानन्द बरुआ, सिराजुद्दीन हजारिका वगैरह को इस संकट की घड़ी में एकजुट होने, नवीन को जेल से रिहा कर, नवयुवकों को राष्ट्रीय एकता भावना के लिए तैयार करने, गुवाहाटी से प्रकाशित होने वाले प्रथम समाचार पत्र के सम्पादक के रूप में उसे जनचेतना जगाने का उत्तरदायित्व सौंपने आदि के कार्य में सहयोग देने की सलाह दी। संकट की घड़ी की सही परख करने के अनुरूप नवीन ने देश के प्रति अपने उत्तरदायित्वों के निर्वाह के लिए कमर कसी। उधर नवराम ओझा की मृत्यु के बाद उनकी लोकनृत्य-शिल्पी पुत्री जयन्ती, जो दूदु के विवाह-संबंध-विहीन नारी-पुरूष सम्पर्क गठित करने के आदर्श के चलते गर्भ से हो गई थी, परिस्थितिवश दुदू द्वारा विवाह कर लेने को सहमत हो जाने के अनन्तर

अपने जीवन का अन्त न कर पुनः जीवन-क्षेत्र में लौट आती है। माकन अपना घर तो छोड़ देती है, सुमति बहन जी की तरह आश्रमवासिनी भी हो जाती है, परन्तु सुमति जी की तरह विवाहित होकर भी ब्रह्मचर्य व्रत रखकर, सन्तानोत्पत्ति के दायित्व से अलग रहने, मूल प्रवृत्तियों को दमित कर जीने, गृहस्थ होकर भी संन्यस्त जीवन बिताने को प्रस्तुत नहीं होती, बल्कि समाज में फैले जातीय और घृणा के दंगों को दबाने और समस्त असमीया सेविकाओं का दल ले जाने को भी प्रस्तुत होती है जहाँ धार्मिक सांप्रदायिक दंगे भड़क उठे हैं।

और ठीक इसी उद्देश्य से नवीन भी युवकों का दल लेकर जाने को तैयार होता है। आश्रम में ठहरी हुई सुमति जी को देखने जब वह पहुँचता है तो वहीं उसकी भेंट माकन से होती है। माकन के समाजसेविका रूप को देखकर उसे अति प्रसन्नता होती है। उधर राजयक्ष्मा जैसे क्षयरोग से, विमल जी के समान ही सुमति जी का शरीर भी तब तक जर्जर हो चुका था और शिलांग के क्षयरोग अस्पताल के डाक्टरों ने उन्हें अच्छी चिकित्सा के लिए मद्रास जाने की सलाह देकर भेज दिया था। सुमति जी ने अतिशय उदार हृदयवाली नर्स मनिका को अपने साथ चलने को कहा तो सभी की सहायता में सदा तत्पर मनिका ने अपने विवाह की रंगरेलियाँ मनाने की भावना को त्याग कर सुमति जी के साथ जाने के लिए अपने पति से आज्ञा ले ली।

दंगाग्रस्त गोआलपाड़ा ज़िले को जाने के लिए उसी रास्ते माकन और नवीन भी चले। पाण्डु स्टेशन के फेरी घाट से फिर जहाज पर चढ़ने के बाद सुमति जी के साथ जब नवीन और माकन जहाज की छत पर खड़े हुए तो सुमति जी को विदा करने की इस वेला में नवीन और सुमति दोनों को ही वह दिन याद आने लगा, जब इसी तरह एक दिन उन्होंने विमल भाई साहब को विदा किया था। परन्तु आज की इस विदा वेला में एक नवीनता यह थी कि सुमति जी नवीन और माकन के कर्मठ जीवन की निकट साक्षी होने के कारण पूरे विश्वास से यह मानकर विदा हो रही थीं कि उनके शेष पड़े काम को, दमित-पीड़ित, बुमुक्षु जनता को मुक्ति दिलाने तक नवीन और माकन काम करते-करते पूरा कर जायेंगे। उनका स्वप्न टूटेगा नहीं बल्कि नयी पीढ़ी के ये युवक-युवती उसे पूरा करके ही रहेंगे।

मूलतः कवि-हृदय होने के कारण श्री बीरेन्द्रकुमार भट्टाचार्य जी ने इस उपन्यास की कथा-भूमि काव्यात्मक भावना के अनुरूप बिम्ब एवं प्रतीकधर्मी रखी है। उपन्यास की कथा में आदि से अन्त तक एक अश्वारोही राजकुमार के विजय

अभियान का बिम्ब चलता है, एक ऐसे राजकुमार का जो विरोधी-प्रबल शत्रु सेना में, जानबूझ-कर अपने घोड़े पर सवार हो प्रवेश कर जाता है, एक ऐसा घोड़ा जिसके पंख लगे हैं, पंख भी ऐसे जो उसे सवार समेत कहीं भी उड़ा ले जा सकते हैं। परन्तु दुर्दान्त शत्रुओं के प्रत्याक्रमण में उसके घोड़े के पंखों के काट लिये जाने का भी खतरा है, और पंखों के कटने का मतलब है अनिवार्य, बेबस मौत, एक अपमानजनक पराजय।

इस बिम्ब का आधार है, बोड़ो-काछारी भाषा में प्रचलित एक लोक गाथा, जिसकी ओर लेखक उल्लेख करता है, इस उपन्यास में उद्धृत किया गया बोड़ो भाषा का एक गीत, जिसमें बताया गया है कि बोड़ो-काछारी राजवंश का एक राजकुमार था रूप कुँवर। जितना ही रूपवान उतना ही असीम शक्ति का अधिकारी। भूटान देश के आक्रमणकारियों से अपनी प्रजा की सुरक्षा के लिए वह वीर युवक अकेले ही भूटान देश की सीमा में शत्रु सेना से मोर्चा लेने जा घुसा। परन्तु उस असीम साहसी युवक को शत्रु-सेना ने चारों ओर से घेर कर मार डाला। यद्यपि युद्ध में उसकी पराजय हुई, वह वीर गति को प्राप्त हुआ, तथापि बोड़ो-कछारी वंश में एक महान् देशभक्त के रूप में वह सदा-सदा के लिए वन्दनीय हो गया।

उसकी वीर-दर्प मूर्त्ति के साथ उसकी सौंदर्य-कान्ति का भी मनोरम मेल हुआ। देशरक्षा के लिए उसके विजय अभियान के संग्राम में जब उसके पक्षिराज घोड़े के पंख कट जाते हैं, जो वह पंख हीन घोड़ा जहाँ धरती पर गिरता है वहाँ गुलाब-मालती-टगर-गुटिमाली जैसे सुगन्धित फूल खिल उठते हैं। उन फूलों को चुनकर दिजाई मालिन जब हार गूँथती है, तो फूलकुँवर के स्पर्श से उसका सभी कुछ सोने का हो जाता है। फिर एक ऐसा पुष्पहार बनता है जो कभी मुरक्षाए ही नहीं और अन्ततः आती है महाकान्तिमयी अप्रतिम सुन्दरी कन्या पाँचतुली राजकुमारी। एक परम रोमांचकारी प्रेम-कथा गढ़ी जाती है, और प्रेम की एक स्रोतस्विनी अचानक, असमय में ही समाप्त हो जाती है।

बोड़ो-कछारी और असमीया लोक-कथाओं के मेल से जो कथानक उभरता है वह हिन्दी भाषा-भाषी क्षेत्र के पूर्वांचल में प्रचलित फुलवारानी (जिसके शरीर की तौल का माँप फूल जितना ही रहता था) की कथा की भाँति ही परम आह्लादमय और परम कारुणिक है।

इस उपन्यास का कथानायक नवीन एक ऐसे ही राजकुमार की भाँति जीवन

संघर्ष में असम क्षेत्र, उसकी जनता; उसकी संस्कृति की सुरक्षा और सम्मान के लिए बद्ध परिकर हो साहस के साथ आगे बढ़ता है। ब्रह्मपुत्र महानद की फेनिल उत्तुंग तरंगें ही मानो उसका अतिवेगगामी पाखी घोड़ा (पक्षिराज घोड़ा) हो, जो अपने उत्थान-पतन से उसे संघर्षों में कभी उसे ऊपर उछाल देता है, कभी घटनाचक्र के आवर्त्त में पंख कटे-घोड़े की भाँति उन्नतिपथ पर उड़ते हुए चले जाने का जो स्वप्न देखा था उसी के अनुरूप बार-बार गिर-पड़कर भी नवीन साहस नहीं छोड़ता। अपनी व्यक्तिगत ज़िन्दगी को रंगीन बनाने के लिए जातीय एवं सामाजिक ज़िन्दगी का कभी तिरस्कार नहीं करता। समाज-हित के लिए निरन्तर अपने व्यक्तिगत हितों का बलिदान करता जाता है। परिणाम और भी सुखद होता है जब उसके व्यक्तिगत जीवन को आलोकित करने वाली माकन उसके सामाजिक एवं जातीय जीवन के कार्यक्षेत्र में भी दृढ़ता से उसका साथ निभाने आ जाती है, तब उसे विश्वास हो जाता है कि मनुष्य मात्र अश्व ही नहीं है बल्कि एक ऐसा अश्व है, ऐसा घोड़ा है, जिसके पंख लगे हैं। ऐसे मज़बूत और समर्थ पंख जिनके सहारे वह अपने लक्ष्य तक उड़कर जा सकता है।

उसकी इसी जिजीविषा शक्ति को देखकर अन्ततः सुमति बड़ी बहन जी मानो आर्शीवाद वाणी सुनाती हैं:–"हम लोगों ने जो किया, वह सब अपने आप में परिपूर्ण नहीं है। हमारी साधना तो अभी अधूरी, अपूर्ण ही पड़ी हुई है। तुम उसे पूरा करना।"

आत्म-कथ्य

श्री बीरेन्द्र कुमार भट्टाचार्य का

मैं जहाँ तक जानता हूँ, अँग्रेजी के एक कवि (ह्यू मैक्डायार्मिड) ने कहा था, 'ऐसा जीवन, जो अपरीक्षित हो, जीने योग्य नहीं। मैंने अपने जीवन को लगातार देखा परखा है और पाया है कि इसमें ऐसा कुछ खास नहीं है ज़ो याद करने लायक हो। और मेरी कृतियाँ? बार-बार मैं इनमें से एकाध को पढ़ने की कोशिश करता हूँ। तब मेरी अंतरात्मा मुझे कोसती है और कहती है, तुम कब अपनी सर्वोतम रचना लिखोगे?'

मुझे कितनी ही बार जिज्ञासु और सुधी श्रोताओं की सभा में बुलाया गया है और हर बार मैंने यह महसूस किया है कि मैं अन्तिम न्याय के लिए जा रहा हूँ और मुझे अंधकार और खामोशी से भरे नरक को झेलने की सज़ा सुनायी जाएगी। मुझे यह भी पता है कि मैं हमेशा के लिए नहीं रहने वाला। यहाँ उपस्थित दिल्ली के श्रोता-समुदाय ने संभवतः मूल असमीया में लिखित मेरी रचनाओं को नहीं पढ़ा है और मैं नहीं जानता उन कृतियों के उपलब्ध अनुवादों से उन्होंने मेरी रचनाओं के बारे में कैसी धारणा बना रखी है। आज मैं एक शब्दों के कलाकार के नाते अपनी निष्ठा और सद्भावना को आपके समक्ष प्रकट करना चाहूँगा और साथ ही अपनी उस मानसिकता के बारे में बताना चाहूँगा जो कला को जीवन के साथ जोड़ना चाहती रही है। इस बात की बहुत अधिक संभावना है कि यह संवाद कायम न हो क्योंकि कुल मिलाकर स्थितियाँ ऐसी हैं कि मैं बोल रहा हूँ और ऐसी भाषा में बोल रहा हूँ जोकि न तो मेरी है और न आपकी। तो भी मैं भरसक कोशिश करूँगा कि मैं जो कहना चाहता हूँ वह आप तक पहुँचा सकूँ।

मेरे जीवन के तीन प्रमुख पड़ाव रहे हैं। पहला है मेरा बचपन, जो ऊपरी असम क सुदूर स्थित अनजाने-से एक चाय बागान में बीता और जहाँ मेरे पिता काम करते थे। दूसरा है, युवावस्था का—जब अपनी स्कूली पढ़ाई पूरी कर कॉलेज की औपचारिक पढ़ाई और फिर स्वतंत्रता-संग्राम और सामाजिक परिवर्तन के लिए बुनियादी कार्यों में भाग लेते हुए अनौपचारिक पढ़ाई पूरी की। और अन्त का वह तीसरा पड़ाव, जब मैंने पत्रकारिता और सर्जनात्मक-लेखन कार्य आरंभ किया और इसी की परिणति के रूप में

चौथे पड़ाव की भी बात सोची जा सकती है— जिसमें भाग-दौड़ बढ़ गयी है, साहित्य अकादमी से जुड़ जाने के कारण भारतीय साहित्य के यथार्थ से जूझना पड़ता है और इसके साथ ही, अपने को और भी अधिक गहराई से टोह-टटोल पाने के स्तर पर भी यह प्रक्रिया तेज़ हो गयी है। अपर्याप्तता की भावना के साथ ही, उत्कट आशा की भावना भी मन में जगी है— एक नये-सर्जनात्मक दौर के लिए और कम-से-कम इस घड़ी तो इसके लिए अवश्य ही बहला रही है।

हालाँकि इन पड़ावों के विभाजन का कोई औचित्य नहीं है लेकिन वे मेरी साहित्यिक गतिविधियों से जुड़े विचारों को व्यक्त करने की दृष्टि से अनुरूप जान पड़ते हैं। मेरे पास कुछ नितांत व्यक्तिगत और अप्रकाशित कविताएँ हैं, मेरे अपने ही सुख-दुख से जुड़ीं— जो मेरे आरंभिक सर्जनात्मक काव्य जीवन के तीन विभिन्न प्रस्थानों को रेखांकित करती हैं। अपने चाय बागानों में बीते बचपन की स्मृतियों से जुड़े वे अंतरंग अनुभव— जो बाद में, मेरे उपन्यास 'कालर हुमुनियाह' (काल-दृष्टि) के लिए बतौर कच्चे माल इस्तेमाल हुए। इनमें एक बालक चाय बागानों के बहुभाषी और बहुधर्मी परिवेश को अपने अंदर-बाहर महसूस करता है, जिसके शिखर पर कोई गोरा या काला साहब बैठा होता है और जिसके सबसे निचले स्तर पर गरीब मज़दूर। वह न केवल प्रकृति को बल्कि स्वयं अपने आप को पाता है। ये तमाम पात्र आपस में एक-दूसरे से टकराते हैं ; उनके जीवन में गरीबी अभाव और शोषण है लेकिन परस्पर-प्रेम, सौंदर्य, आक्रोश और आपसी सद्भाव की वहाँ कोई कमी नहीं है। वह बालक भी एक दिन इसी परिवेश का ज़रूरी हिस्सा बन जाता है, और अचानक जब उसके पिता अपनी नौकरी खो बैठते हैं तब उसे इस चाय बागान को बड़े उदास मन से छोड़ना पड़ता है।अपने बीते या खोये मासूम बचपन की सुखद स्मृति, किशोर मन का कौतूहल और विपुल प्रेम उसे अब भी नागालैंड की खूबसूरत और सदाबहार घाटियों की तरफ संकेतों से बुलाता है और अपनी भरी छातियों में छुपा लेता है।

मेरे उपन्यास 'आई' (माँ) में इसी तरह का एक दूसरा लड़का भी है। वह अपने को एक ऐसे गाँव में पाता है कि जहाँ उसकी माँ न केवल उसे बल्कि गाँव के सारे दूसरे बच्चें को अपने बच्चे की तरह पालती और पढ़ाती है। परिवार और गाँव में ऐसी कई अनहोनी बातें होती हैं जिनसे विचलित होना स्वाभाविक है लेकिन वह तमाम दुरवस्था को बड़ी शान्ति से झेलती जाती है। इस गाँव का प्रतिदर्श मेरे अपने जोरहाट स्थित धेखिया खोवा गाँव अपनी सुयोग्य और स्नेहमयी माँ से निर्मित हुआ है, जो अभी भी जीवित हैं। लेकिन

यह माँ किसी भी गाँव में होगी और मेरी अपनी माँ जैसी प्रतीत होगी।

यह प्रतीक गाँव मेरे एक दूसरे उपन्यास 'मुंनियुनिर पोहर' (भुटपुटी रोशनी) में भी एक पिछवई के तौर पर चित्रित हुआ है। इस गाँव की कहानी का एक सिरा गुवाहाटी से भी कुछ इस तरह जुड़ जाता है जब इसका प्रमुख पात्र वापस गाँव लौटता है। राजनीति से प्रेरित उसकी महत्त्वाकांक्षी पत्नी उसे छोड़ चुकी है। गाँव आकर वह एक समाज सुधारक और कर्मठ कार्यकर्ता बन जाता है और बाद में गाँव की एक विधवा से विवाह कर लेता हैं जो कभी उसके बचपन की संगिनी भी रह चुकी थी। इसका कथानायक किसान और खेतिहर वर्ग-संघर्ष के नकारात्मक यथार्थ, भूदान आन्दोलन और 1975 के आपातकाल से जुड़ी भयावह घटनाओं से भी जूझता है। यह गाँव 1960 में प्रकाशित 'आई' के गाँव के मुकाबले कहीं अधिक संघर्षास्पद, विश्रृंखल और विभक्त है।

एक गंभीर छात्र के रूप में बचपन से ही मेरी पढ़ने-लिखने में काफ़ी रूचि रही। साहित्य को समझने में और स्कूल तथा कॉलेज से प्रकाशित हाने वाली पत्रिकाओं में, चाहे वे हस्तलिखित हों या मुद्रित, मैं सक्रिय तौर पर लेखन सहयोग करता रहता था। मेरे गाँव में असमीया के एक प्रसिद्ध कवि रहते थे और ऐसे कई कवि लेखक और साहित्यिक मित्रों से मेरा परिचय था जो पास के शहर जोरहाट में रहा करते थे। मेरे बड़े भाई श्री नलिनीधर भट्टाचार्य मेरे साहित्यिक जीवन के क्षेत्र में हमेशा मेरे मार्ग दर्शक बने रहे। मैं कविताएँ, कहानियाँ और निबंध लिखता था। लेकिन एक वक्ता के रूप में मेरा संकोच बना रहा। इस संकोच ने अब भी मेरा साथ नहीं छोड़ा है जबकि मुझे तरह-तरह की सभाओं में व्याख्यान देना पड़ता है, यहाँ तक कि राजनैतिक सभाओं में भी। लिखना और व्याख्यान देना दो अलग-अलग चीज़ें हैं। यह लगभग तय है कि मैं व्याख्यान देने में कभी महारत हासिल नहीं कर पाऊँगा और मुझे लेखन से ही संतोष करना पड़ेगा। वैसे मेरे पात्र मुझसे कहीं बेहतर ढंग से बतियाते हैं और शायद इसलिए भी कि उनका कोई श्रोता नहीं होता, केवल पाठक होता है। जहाँ तक मेरी अपनी बात है मैं शायद आत्मालाप में बहुत अच्छा हूँ। कुछ वर्ष पहले, आकाशवाणी गुवाहाटी ने मेरे द्वारा लिखित कुछ नाटकीय संवादों को प्रसारित किया जो असम के उन स्वतंत्रता सेनानियों के महत्त्वपूर्ण नाटकीय संवाद थे जिन पर राजद्रोह का दोष मढ़कर फाँसी पर चढ़ा दिया गया था। फाँसी के फन्दे पर जाने के पहले बहादुर शहीद अपने-अपने जीवन की अन्तिम सच्चाइयों के बारे में रोशनी डालते हैं। मैंने उन सच्चे शहीदों को न केवल ज़िन्दा करने की कोशिश की बल्कि उन्हें अपने देशवासियों से ऐसा कुछ कहने की प्रेरणा भी जगायी जिससे कि वे अपनी आहत मानवीय

चेतना को दोबारा सामने रख सकें। इनका नायक अपने-आप में शायद एक 'व्यक्तित्व' है हाँलाकि मैं इस बारे में बहुत निश्चित नहीं हूँ। मेरी अपनी कविताओं में भी, सामान्य व्यक्ति हो या सामाजिक प्रतिबद्धता से जुड़ा हुआ कोई पात्र– जिसे वह चित्रित या प्रतीकित करता है– अच्छी तरह पहचाना जा सकता है। वह बातें भी करता है और इसी दृष्टि को वाणी भी दी जा सकती है।

15 अगस्त- 1947 का दिन मेरे जीवन का सबसे महत्त्वपूर्ण दिन रहा है। यह दिन मेरे प्रथम उपन्यास 'राजपथे रिंगिआई' के नायक के आत्मान्वेषण का दिन रहा है। वह देश के विभाजन से अपने आप को आश्वस्त नहीं कर पाता और चाहता है कि स्वतंत्रता आन्दोलन के दौरान किये गये वादों को और लोगों की आशाओं और आकांक्षाओं को पूरा किया जाय। वह कामगारों और वन्यजनों को शांतिपूर्ण आन्दोलन के लिए उकसाता है ताकि अपूर्ण क्रांति के सम्पूर्ण लक्ष्य को प्राप्त किया जा सके।

मैं साहित्य और इससे जुड़ी तमाम विधाओं को पारिभाषित नहीं करना चाहता। मैंने इसकी असफल कोशिश की है। मोटे तौर पर यह सर्जनात्मक प्रक्रिया अनजानी-सी चीज़ रही है। अपने छात्र-जीवन से ही, मैंने छोटी-बड़ी कहानियाँ लिखने की कोशिश की थी। ये कहानियाँ छोटी थीं या बड़ी– मैं इस विवाद में नहीं पड़ना चाहता क्योंकि महत्व आकार का नहीं है। कभी मैं किसी विचार से इनकी शुरूआत करता तो कभी किसी खास व्यक्ति या स्थिति के सम्मुखीन होने पर या खूबसूरत दृश्य को देखकर या किसी अप्रतिम चेहरे को देखकर। कोई प्रभावी आत्मीय-सा जान पड़नेवाला चेहरा पात्र-योजना के लिए बहुत महत्त्वपूर्ण होता है जब तक कि उसमें कोई शारीरिक या मानसिक असामान्यता न हो। कभी-कभी ऐसा भी होता है कि आप अपनी आदिम वृत्तियों से परिचालित होते हैं और कभी आसन्न या संभावित भविष्य से, और उस वक्त तो और भी बुरे फँसते हैं जब वर्तमान आपको किसी पंछी की तरह पिंजरे में बंद कर देता।

एक पुरूष लेखक के लिए एक स्त्री का होना भी बहुत ज़रूरी है क्योंकि वह एक दूसरी सत्ता होती है। मेरी रचनाओं में यह दूसरी सत्ता कई अवसरों पर एक सम्पूर्ण समाज के रूप में प्रतीकित होती है। कभी-कभी तो यह स्त्री-पात्रा किसी प्रतीक के रूप में या विचार-प्रस्थान के तौर पर सक्रिय दीख पड़ती है। कभी-कभी कोई पददलित या शोषित या कि हाशिये पर खड़े अन्य पात्र को भी दूसरी सत्ता के तौर पर कार्यरत देखा जा सकता है।

"आप अपने कथा साहित्य का सृजन कैसे करते हैं?" मैंने एक बार ताराशंकर

बन्धोपाध्याय से पूछा था। ताराशंकर बाबू मुझे बराबर सृजन के लिए प्रेरित करते रहते थे। उन्होंने उत्तर दिया था कि वे पहले पात्रों की कल्पना कर लेते हैं और फिर परिस्थितियों के साथ उनका सामना या मुठभेड़ आरंभ हो जाता है। और ये पात्र भी आखिरकार क्या होते हैं? वे सब-के-सब संभवतः भोगे हुए यथार्थ के ही बिम्ब होते हैं या उनको समझने या भुगतने की कुंजी होते हैं। मैं अपनी रचनाओं में और अन्यत्र भी, आदमी की उसी चेतना या ऊर्जा का अन्वेषी रहा हूँ। और इसकी भी एक लंबी कहानी है। अब मैं अपने उपन्यासों से जुड़े अनुभवों को संक्षेप में दोहराना चाहूँगा।

मैं आमतौर पर समकालीन अनुभवों से अपनी रचना-यात्रा का आरंभ करता हूँ। मैं एक तरह से राष्ट्रव्यापी क्रान्ति की उपज था और दूसरे विश्व युद्ध की कतिपय जघन्य घटनाओं का साथी भी रहा था। एक छात्र के नाते मैंने 1939 में डिगबोई के हड़ताली कामगारों की सहायता के लिए चन्दा इकट्ठा किया था और अगस्त के आन्दोलन के विद्रोहियों के साथ एकजुट होकर क्रान्ति की मशाल भी जलायी थी। हालाँकि यह सब थोड़े समय के लिए ही था। मैं कुछ हड़तालियों और स्वतन्त्रता-सेनानियों को बहुत निकट से जानता था। साथ ही, मैं लोगों की आकांक्षाओं और अन्याय, शोषण, और औपनिवेशिक अत्याचार के खिलाफ उनके आक्रोश से भी परिचित था। इन अनुभवों ने मेरे जीवन के दर्शन को ही बदल कर रख दिया और मेरा रूझान समानता के उस आदर्श के प्रति उन्मुख हो चला था, जिसने पूरे विश्व को केन्द्र में रखने की दृष्टि प्रदान की। न्याय, स्वतंत्रता, प्रेम और सौन्दर्य जैसे कुछ दूसरे मूल्य मुझे भी उसी तरह बराबर लुभाते रहे हैं जिस तरह मेरी पीढ़ी के दूसरे लोगों को। लेकिन एक उपन्यासकार किसी प्रकार की अमूर्तता में नहीं जी सकता। उसे बहुतेरी घटनाओं में से भी कुछेक का चयन करना पड़ता है और इसी तरह पात्रों को चुनना पड़ता है। ये घटनाएँ सचमुच महत्त्वपूर्ण होनी चाहिए ; साथ ही, पात्र की सक्रिय, प्रभावी और अपनी विशिष्टताओं से मण्डित हो तो रचना बेहतर होती है।

मैं देश की प्राचीनतम तेलनगरी डिगबोई की शुरू से ही यात्रा करता रहा हूँ। साहित्य सभाओं में तथा उन पाठकों एवं लेखकों से मिलने जो मेरे संपादन में प्रकाशित 'रामधेनु' और 'नवयुग'से संबद्ध रहे हैं। वहाँ एक बार मेरी मुलाकात तेल कंपनी के एक प्राचीन कर्मी से हुई थी। उससे मुझे 1939 में हुई हड़ताल का लिखित ब्यौरा प्राप्त हुआ था। (बाद में स्व. मानवेन्द्रनाथ राय ने इस हड़ताल को दूसरे स्वतंत्रता आन्दोलन का सबसे महत्त्वपूर्ण प्रस्थान-बिन्दु माना था।) यह कर्मी उक्त हड़ताल का प्रमुख भागीदार था। बाद

में मैं दूसरे भागीदारों से भी मिला और तेल क्षेत्र और उत्पादन इकाइयों का दौरा करते हुए विभिन्न लोगों से मिला। तब मैंने पाया कि वहाँ के श्रमिक किस तरह कार्य करते हैं और वहाँ के अधिकारी किस तरह रहते हैं। मैंने उक्त उपन्यास हड़ताल के लगभग तीस साल के बाद लिखा था। मुझे इस शताब्दी के तीसरे दशक में विद्यमान डिगबोई शहर का निर्माण मानसिक तौर पर करना पड़ा और यह ध्यान में रखना पड़ा कि तब देश के दूसरे स्थानों से इसका कैसा रिश्ता रहा था। उस समय मैं बड़े अभावों में जी रहा था और मेरी पत्नी भी मेरी वांछित और आमंत्रित कठिनाईयों में मेरा भरपूर साथ दे रही थी। मैंने हमेशा आज़ादी की चाह की थी और जिसका नतीजा यह होता था कि मेरी नौकरी बराबर छिनती रही। 1967 में, तीसरी बार मेरी नौकरी छिनी थी और तब से मैं जीवन-निर्वाह के लिए स्वतंत्र रूप से पत्रकारिता का कार्य कर रहा था। अपनी कथा-यात्रा को आगे बढ़ाते हुए मैंने पत्रों के साथ अपना तादात्म्य स्थापित किया। उस हड़ताल को दोबारा सर्जित किया और इसके तमाम पात्रों को हँसने-बोलने-चलने-फिरनेऔर प्यार करने की छूट दे दी। लेकिन तब भी कोई चीज़ थी जो गायब थी। एक पाठिका ने पाण्डुलिपि के प्रथम प्रारूप को पढ़ा और यह कहते हुए इसे खारिज कर दिया कि इसमें कोई जान नहीं है। मेरे मन में एक तरह की उदासी-सी छा गयी लेकिन मैंने अपने आपको इससे मुक्त किया और इसे दोबारा लिख डाला। मैं अब भी इससे संतुष्ट न था जैसा कि मैं आमतौर पर अपनी रचनाओं के साथ रहता आया हूँ। पता नहीं, यह परिपूर्णता की कसौटी है या कि एक गंभीर प्रयास भर जोकि मुझे विचलित और असंतुष्ट बनाये रखती है। लेकिन यह एक तरह का असंतोष ही है जो किसी व्यावसायिक प्रकाशक द्वारा शायद ही सराही जाती है और जिसके लिए पहली महत्त्वपूर्ण बात यह होती है कि कोई किताब कितनी बिकेगी? मोटे तौर पर वह उन लेखकों को पसंद करते हैं जो उसके कारोबारी शर्तों पर खरे उतरें। जो भी हो काफी जोड़-तोड़ और भाग-दौड़ के बाद, यह उपन्यास छपा। शीर्षक था 'प्रतिपद' (नया चाँद)।

मेरा दूसरा उपन्यास था 'मृत्युञ्जय', जो 1970 में छपा। मैंने सन् बयालीस के आन्दोलन के प्रति अपने लगाव के बारे में पहले ही बताया है ; यही इस उपन्यास के लिखे जाने की प्रेरणा भी रही। आज़ादी एक महान मूल्य है। लेकिन सवाल था कि यह आज़ादी किन साधनों के बूते पर प्राप्त की जाय !अब तक भारत ही एक मात्र देश है जो यह चाहता रहा कि अहिंसक तरीके से ही आज़ादी प्राप्त की जाय। इसी आधार पर असम में भी अहिंसक साधनों से यह लड़ाई लड़ी जा रही थी। लेकिन तभी दूसरा विश्व युद्ध तकरीबन हमारे दरवाज़े तक आ पहुँचा था और जिसके दबाव में हमारे साम्राज्यवादी

स्वामियों ने नियंत्रण खोकर यहाँ के स्वतंत्रता-सेनानियों तथा लोगों को नारकीय यातनाओं में झोंक दिया था। मुझे, आख़िरकार इस संवाद और संघर्ष में तथा साधनों की बहस में अपनी विषय-वस्तु मिल गयी थी लेकिन मैं घटनाएँ और पात्र भला कहाँ से जुटाता?

सन् 1943 (24 नवम्बर) में, गुवाहाटी के निकट पानिखैती में, एक ज़बरदस्त रेल दुर्घटना हुई थी। यह एक सैनिक गाड़ी थी जो एलाइड आर्मी के जवानों और अफ़सरों को ढोया करती थी। इस भयावह हादसे के तत्काल बाद मैंने इसके मलबे में फँसे लोगों को बहुत पास से देखा था और उनकी यातना से मेरी नस-नस झनझना उठी थी। उन कार्यकर्ताओं के बारे में भी मुझे पता चला जो इस तोड़-फोड़ से जुड़े हुए थे। कुछ साल के बाद मैं इस तोड़-फोड़ करनेवाले दल के नेता से मिला था और इस घटना से जुड़ी तमाम सूचनाएँ एकत्रित करता रहा था। सारी घटना मेरी स्मृति में सुरक्षित थी। उपन्यास लिखने के पहले, मैंने उक्त घटना-स्थल का दोबारा निरीक्षण किया और मानसिक रूप से 1940-42 की तरह उस क्षेत्र विशेष की पुर्नरचना कर ली। यह सही है कि इन घटनाओं में से कुछ को मुझे हटाना पड़ा, छोटा करना पड़ा और कुछ घटनाओं को जोड़ना भी पड़ा। मुझे सारे परिवेश को आविकृत करना पड़ा था। मेरा लक्ष्य यह था कि सारी गतिविधियों की परिछाई को पुर्नसर्जित करना है और इसके लिए मुझे पात्रों को संवादों, पुरानी यादों, गतिविधियों यहाँ तक कि आपसी झगड़े और फ़सादों में उलझाये रखना पड़ा। इस आदर्शोन्मुख संघर्ष को रेखांकित करते हुए मुझे इसके पात्रों को 'टाइप' और प्रतिनिधि के तौर पर गढ़ना पड़ा और कभी-कभी एक-दूसरे के विरुद्ध भी खड़ा करना पड़ा। इन प्रमुख पात्रों में एक तो साधारण खेतिहर का बेटा धनपुर है, जो बिना किसी लाग-लपेट के प्रतिकारात्मक विद्रोह का झण्डा बुलन्द करता है और एक नया सामाजिक आधार तैयार करना चाहता है। इन्हीं पात्रों में से एक छात्र है जो इतिहास-चक्र में विश्वास करता है और स्वतंत्रता के लिए लड़ी जाने वाली लड़ाई में हिंसात्मक विद्रोह का हामी है। लेकिन रूपराम नाम का यह पात्र अपने अनैतिक और हताश साथियों द्वारा किसी विकृत या घटिया विद्रोह का समर्थन करना नहीं चाहता। इन्हीं में से तीसरा, उपन्यास का प्रमुख पात्र महन्त गोसाईं अंततः विद्रोह का सहारा लेता है और अपने जीवन के अंत तक एक ऐसे क्रान्तिकारी की भूमिका निबाहता रहता है जो पछतावे की आग में जलता रहता है। इस उपन्यास में आगत सारी स्त्री पात्राएँ भले ही युद्ध की यातना भुगतते हुए क्रांति एवं आतंक की छाया में जी रही होती हैं लेकिन वे मानवता की पताका उठाये रखती हैं। इनमें से एक आदिवासी लड़की दिमि है जो प्रेमातुर होने के साथ-साथ क्रांति

और जीवन एवं आदिम तथा आधुनिक मन और मानस के बीच एक खूबसूरत-सी कड़ी है। ये स्त्रियाँ महाभारत के स्त्री-पर्व की तरह तमाम यंत्रणाएँ झेलती हैं और इस उपन्यास के अंत में इनमें से ही एक नये मानवीय संदर्भ में यह प्रश्न करती हैं, "जब आज़ादी आ जायेगी तब लोग अच्छे होंगे न?"

वर्तमान सदी के पाँचवें दशक में मैं मणिपुर के एक कस्बे उखसल में एक विद्यालय का शिक्षक था। यह तनखुल नागाओं का क्षेत्र था और यहीं मुझे अपने एक दूसरे उपन्यास 'इयारूइंगम' के पात्र मिले। मैं यहाँ एक नागा की तरह ही रहा और मैंने देखा कि युद्ध और हिंसा के चलते नागा जीवन और मनः स्थिति की कितनी क्षति हुई है। वहीं सरेंग्ला नाम की एक नर्स के यातनापूर्ण जीवन के बारे में मैं जान पाया। और इस तरह वह मेरे उपन्यास की नायिका बनी। एक जापानी सैनिक ने उसे अपने साथ रहने को मजबूर किया और बाद में असहाय छोड़ दिया। इसी अभिशप्त घड़ी से उनके जीवन की त्रासदी आरंभ हुई। उसमें मुझे एक करूण और महत्त्वपूर्ण पात्रा की झलक मिल गयी। धीरे-धीरे नागालूम ढंग-से मुझे दूसरे पात्र भी मिलते गये। इनमें से एक थे मेजर खटिंग जो सेना की 14 वीं बटालियन की अग्रिम पंक्ति के सेनानी और युद्धनायक थे। विदेसिया नाम का एक दूसरा पात्र मिला, जो आई.एन.ए. का भूतपूर्व सैनिक था और नेताजी सुभाष चन्द्र बोस के प्रति समर्पित था। वह नागा विद्रोह का नायक था। इसी तरह के दूसरे पात्रों में था रिषंग, जो वृत्ति से अध्यापक था और इस बात के लिए जी-तोड़ कोशिश करता रहा कि ये नागा वैश्विक शांति, प्रजातांत्रिक शासन और भारतीयता का संदेश स्वीकार लें। इस कृति में फनितफंग जैसा दुविधाग्रस्त विद्रोही और असफल प्रेमी पात्र भी है तो नाजेक जैसा सनकी पात्र भी जो नागा संस्कृति और उसकी अस्मिता को बचाये रखना चाहता है। इनके साथ जीवन नाम का एक असमी शिक्षक भी है। जिसने एक नागा स्त्री से विवाह किया है और रिषंग का साथी बनकर उसके शान्ति प्रयासों में अपनी भागीदारी निबाहता है। इतना ही नहीं, इसमें एक और जापानी सैनिक और उसका कुत्ता है जो बड़ी मानवीय भूमिका निबाहते हैं। 'इयारूइंगम' इस तरह नागाओं का अनजाया भविष्य बन गया है। मैंने नागा जीवन, उसके धर्म, विश्वासों और रीति-रिवाज़ों को जानने की भरपूर चेष्टा की और इस उपन्यास में इसकी विश्वसनीय झलक देखने को मिल सकती है। मैंने नागाओं और उनके जीवन तथा परिवेश को एक नये संदर्भ में रखा और उन्हें अपनी भारतीय संचेतना से दीप्त करने की कोशिश की।

यहाँ मैं अपनी अन्य औपन्यासिक कृतियों या दूसरी रचनाओं के बारे में नहीं कहना चाहता। जाने-अनजाने तौर पर असम और इससे सम्बद्ध उत्तर-पूर्वी भारत के

दूसरे क्षेत्रों के समकालीन जीवन के रूपायन में मेरी बराबर रुचि रही है और वे क्षेत्र अब भी मुझे प्रेरित और लेखन में प्रवृत्त करते हैं। देश के सुदूर उत्तरी सीमान्त पर बसे इन प्रदेशों में सर्जनात्मक लेखन के लिए विपुल मात्रा में कच्ची सामग्री उपलब्ध है और जिनका उपयोग किया जाना है। इनमें से कुछ का उपयोग मैंने अपने लघु-उपन्याओं और कहानियों में किया है लेकिन वहाँ एक नयी दुनिया अब भी सबकी आँखों में ओझल है और जिसे आविष्कृत किया जाना है।

मेरा नया उपन्यास है 'फूलकुँवर पाखी घोड़ा' (पंखदार घोड़ा और फूलों का राजकुमार)। इस उपन्यास में गुवाहाटी के एक मध्यमवर्गीय शिक्षित परिवार को केन्द्र में रखकर आज़ादी के उत्सव का चित्रण किया गया है। युद्ध ने नयी पीढ़ी के जीवन और सांस्कृतिक कार्यकलापों को पूरी तरह ध्वस्त कर रख दिया था। मैं भी इसी पीढ़ी का एक सदस्य था। मेरी स्मृति में युद्ध काल की तमाम दृश्यावली अंकित थी। नैतिक मूल्यों का पतन, शिक्षा में विघटन, साहित्यिक एवं सांस्कृतिक गतिविधियों में ठहराव, बढ़ती कीमतें, क्रांतिकारियों की दुविधा, लालची ठेकेदार वर्ग का उदय और कालेधन का बोलबाला-सब कुछ। एलायड आर्मी की कार्रवाइयों और उनकी बर्बरताओं ने युवकों के हृदय को बुरी तरह आहत कर दिया था। और तब आया वर्तमान का वह दौर जब असम के लोगों को सबसे बड़े राजनैतिक संकट का सामना करना पड़ा। आज़ादी की उस घड़ी में मुस्लिम लीग ने एक ऐसी चाल चली थी जिससे कि असम को (तत्कालीन) पूर्वी पाकिस्तान का हिस्सा बनाया जा सके। असम ने तब गोपीनाथ बारदोलोई के सुयोग्य नेतृत्व में अपनी सत्ता और इफ्ता को बचाने के लिए जीवन-मरण का संघर्ष छेड़ दिया था। इसके साथ ही, अपनी सांस्कृतिक विरासत को जगाये रखने और अपनी पहचान को बनाये रखने के लिए एक अलग विश्वविद्यालय की स्थापना पर बहुत ज़ोर दिया गया। इधर राष्ट्रीय आन्दोलन को भी अगस्त क्रांति के विद्रोहियों के असफल हो ज़ाने और आर. आई. एन. के सैनिक विद्रोह के चलते बड़ा धक्का लगा था। इन तमाम घटनाओं नें उपन्यास का ताना-बाना तैयार किया। शहरी जीवन के ताप-तनाव, धनी-वर्ग, अधिकारी वर्ग, राजनैतिक कार्यकर्ता, पत्रकार, विद्वान और फ़िल्म निर्माता वगैरह ये सबके सब ग्रामीण पात्रों के आमने-सामने खड़े किये गये हैं जिनमें से कुछ काश्तकार हैं, वैष्णव भक्त हैं, देवधनी नर्तकी हैं और आदिवासी खेतिहर हैं। पात्रों की तीसरी कतार में ऐसे लोग हैं जो लड़ाई की देन हैं– एक प्रवासी दक्षिण भारतीय है, जो रंगून (बर्मा) का भगोड़ा शरणार्थी है और बर्मा की दुर्गम पहाड़ी और जंगली इलाकों को पैदल पार कर असम आते हुए जिसका सब कुछ छिन जाता है। इसके साथ ही, एक अमेरीकी प्रोफ़ेसर, आस्ट्रेलिया

की एक नर्स, सहायक नारी सेना की कुछेक सदस्याएँ और चीनी सैनिकों का एक दस्ता भी हाशिये पर सक्रिय हैं। लेकिन इसकी कथा, मुख्य रूप से, उन कुछेक परिवारों से जुड़ी हुई है जो रक्त-संबंध, मित्रता और सांस्कृतिक बंधनों से परस्पर गुँथे हैं। इसमें ऐसे भी कुछ पात्र हैं जो इस पूरे दौर को न केवल पहचान देते हैं बल्कि विचारों के सारे संघर्ष एवं टकराव को सार्थक विस्तार प्रदान करते हैं। इसमें गैरवैवाहिक प्रेम और पारिवारिक जीवन में विघटन, असफल प्रेम और विवाहेतर स्त्री-पुरुष संबंध और माँ-बेटी के संबंध पर तलाक़ के प्रभाव के दृश्य भी उकेरे गये हैं। इस भगदड़ भरी और अफरा-तफ़री की दुनिया में एकता की भावना आरोपित की गयी है जिससे कि इस उपन्यास के खुले ढाँचे में विश्वदर्शन के माध्यम से सौदर्यमूलक या मूल्यपरक व्यवस्था कायम की जा सके।

मैं नियमित रूप से लिखता हूँ और जब नहीं लिख रहा होता तो अपनी दूसरी सामाजिक हैसियत से लोगों की सेवा किया करता हूँ। मेरे जीवन का उद्देश्य यही है कि मैं उन लोगों की सेवा करूँ, जिन्हें मैं बेहद प्यार करता हूँ। मैं पत्र-पत्रिकाओं और अख़बारों के लिए भी लिखता हूँ। मेरे मन में जानकारियाँ इकट्ठी करने और ज्ञान प्राप्त करने की भरपूर ललक बनी रही है। मैं जहाँ तक संभव है, वहाँ तक पढ़ता रहता हूँ। सम्प्रति साहित्य अकादमी के अध्यक्ष के नाते मुझे काफी स्थानों पर जाना पड़ता है और इस तरह मैंने अपने देश भारत को ज़्यादा-से-ज़्यादा जान पाने की तैयारी कर रखी है। मैंने विदेशों की यात्राएँ भी की हैं। लेकिन वह जादुई स्थल कहीं और नहीं, मेरे मन में ही है जिसे मैं बुरी तरह चाहता हूँ और जिसने मेरे लिए सारी विषय-वस्तु या लेखन-सामग्री जुटा रखी है। हालाँकि बाहरी यात्राएँ और एक अ-मानवी दुनिया मुझे बराबर लिखने को प्रेरित करती रही है। मैंने अपनी पहली रूस यात्रा के बारे में अपने अनुभवों को पिरोते हुए एक प्रयोगात्मक उपन्यासिका लिखी थी, जिसमें एक भारतीय सैलानी के साथ एक आरमेनियाई मध्यस्थ (इन्टरप्रेटर) के बीच एक आख्यान के ताने-बाने के तौर पर काल्पनिक संवाद रखे गये थे। ऐसा ही एक दूसरी प्रयोगात्मक उपन्यासिका लिखने की प्रेरणा मुझे गुवाहाटी के चिड़ियाघर की सैर करते हुए मिली, जब चिंपांजी के एक जोड़े ने मेरा ध्यान आकृष्ट किया। मैंने राजनीतिक प्रयोगों के उपकरण के बतौर उन दोनों का इस्तेमाल किया और दो सामाजिक प्रबन्धकों के हाथ सौंप दिया जो इन्हें वैज्ञानिक मशीनों के द्वारा मानव के रूप में बदल देना चाहते हैं।

ऐसा होता है कि हम सब कुछ बहुत अधिक लिखना चाहते हैं लेकिन समय इतना कम होता है कि अपनी इस महत्त्वाकांक्षा को पूरा कर पाना संभव नहीं हो पाता। पिछले कुछ वर्षों से मेरे मन में एक बात घर कर गयी है। और वह यह है कि सार्वजनिक सभाओं

और घरेलू क़िस्म की व्यस्तताओं में बीता समय सर्जनात्मक लेखन से हमेशा-हमेशा के लिए विदा हो जाता है। चूँकि मेरी उम्र बीतती जा रही है, बीता हुआ वक़्त अपने ही ढंग से बदला लेता है। कभी-कभी भरे मन से और पछतावे के साथ मैं अपनी डायरी में ऐसे नोट्स लेता रहता हूँ जो कभी किसी कहानी या उपन्यास का रूपाकार ग्रहण कर सकें। मैं अपने को स्वनिर्भर और निर्दोष प्रसन्नता के बीच पाना चाहता हूँ। जब मैं अपने को परिचित गाँवों और ख़ूबसूरत पहाड़ियों या उत्तर-पूर्वी भारत स्थित असम की मनोरम घाटियों में पाता हूँ तो अपने में सचमुच बड़ी प्रसन्नता का अनुभव करता हूँ।

मैं बराबर दिल्ली आता रहता हूँ लेकिन यहाँ आकर मुझे हमेशा लगता रहा है कि मैं गाँव से शहर आया हूँ, खुले दिल से निकल कर कुन्द दिमाग में बंद हो गया हूँ या फिर खुले आकाश से किसी पिंजरे में डाल दिया गया हूँ। मैं स्वेच्छा से अभावों या गरीबी का जीवन जीने का आदी रहा हूँ ताकि मेरी आत्मा जीवित और मुक्त रहे। और जैसा कि एक अमेरीकी लेखक ने कहा भी है कि लेखक आत्मा से तो बडे ताकतवर लेकिन अंटी के ठनठन गोपाल होते हैं। सच तो यह है कि आप अपने आत्मबल में भी हमेशा ताकतवर नहीं होते। कभी-कभी मैं यह महसूस करता हूँ कि अतीत का अवशेष हूँ... एक बीता हुआ काल हूँ जिसे युवा और उपभोक्ता-प्रधान समाज ने बहिष्कृत कर दिया है। मुझे कभी-कभी यह भी जान पड़ता है कि शायद मैं भविष्य का हिस्सा हूँ। लेकिन वर्तमान आपको अपने शिकंजे में कस लेता है और आपसे इसी तरह सलूक करता है जिस तरह कि पिंजरे में कैद पंछी के साथ किया जाता है। और इस प्रकार आपका तन और आपका मन दोनों ही सीखचों में इस तरह जकड़ा होता है कि आप बच नहीं सकते। लेकिन तो भी आप अनंत आकाश में अपने पर तोलना चाहते हैं। एक लेखक को इतनी अधिक सीमाओं में लिखना होता है कि आपके पास बच निकलने का कोई रास्ता नहीं होता और तमाम परीक्षाओं और परेशानियों से गुजरना पड़ता है। प्रश्न यह है कि अपने पूरे उत्साह के बावजूद मैं जीवन की सुरक्षा और सर्जना के लिए कितना अवकाश जुटा पाऊँगा। लेकिन क्या मैं उन्हें पा भी सकूँगा ? मैं नहीं जानता। मेरे पास अपने कुछ नये उपन्यासों, कविता-संग्रहों तथा अपनी अन्यान्य रचनाओं को समेकित और अच्छी तरह संपादित कर प्रकाशित कराने की योजना तैयार है। मुझे प्रकाशकों से ढेरों शिकायतें रही हैं लेकिन उनके सहयोग के बिना कोई चारा भी नहीं। हम एक-दूसरे की कमज़ोरियों से भी परिचित हैं। एक लेखक के रूप में मैं चाहता हूँ कि समाज और राज्य मुझे समुचित आज़ादी और सुरक्षा प्रदान करें और बाकी सारी चीज़ें मुझपर छोड़ दें। लेकिन प्राप्ती की आशा या माँग किये बिना कुछ दिया जा सकता है, यह संभव है ? मुझे खुद अपने आप से शिकायत रही

है, खासतौर पर अपनी कमियों और कमजोरियों से।

आज हमारे देश के लेखकों की हालत कई मायनों में बहुत बुरी है। उनके लिए समग्र राष्ट्रीय स्तर पर पढ़ा जाना और प्रशंसा जुटा लेना अब भी एक सपना है। संभवतः अंग्रेजी के लेखक और उन क्षेत्रों के लेखक, जहाँ अनुवाद-कार्य एक व्यवसाय कें रूप में फलता-फूलता रहा है, कहीं अधिक भाग्यशाली हैं। चालीस साल की आज़ादी के बाद भी लेखकों की स्थिति में हम कोई सुधार होते नहीं देख पा रहे हैं। क्षेत्रीय भाषाओं के लेखक की स्थिति तो और भी बुरी है। एक लेखक के नाते मेरा सामाजिक भविष्य इस दुःस्थिति में होने वाले सुधार पर बहुत अधिक निर्भर करता है और इसके साथ ही दूसरी तमाम बातों पर भी।